이정식 자서전

만주 벌판의 소년 가장, 아이비리그 교수 되다

이정식 자서전

만주 벌판의 소년 가장, 아이비리그 교수 되다

이정식 지음

일조각

가지 않은 길

단풍 든 숲속에 두 갈래 길이 있었습니다.
몸이 하나니 두 길을 가지 못하는 것을
안타까워하며, 한참을 서서
낮은 수풀로 꺾여 내려가는 한쪽 길을
멀리 끝까지 바라다보았습니다.

그리고 다른 길을 택했습니다. 똑같이 아름답고,
아마 더 걸어야 될 길이라 생각했지요.
풀이 무성하고 발길을 부르는 듯했으니까요.
그 길도 걷다 보면 지나간 자취가
두 길을 거의 같도록 하겠지만요.

그날 아침 두 길은 똑같이 놓여 있었고
낙엽 위로는 아무런 발자국도 없었습니다.
아, 나는 한쪽 길은 훗날을 위해 남겨 놓았습니다!
길이란 이어져 있어 계속 가야만 한다는 걸 알기에
다시 돌아올 수 없을 거라 여기면서요.

오랜 세월이 지난 후 어디에선가
나는 한숨지으며 이야기할 것입니다.
숲속에 두 갈래 길이 있었고, 나는
사람들이 적게 간 길을 택했다고
그리고 그것이 내 모든 것을 바꾸어 놓았다고

가지 않은 길

인생을 살다 보면 갈림길 앞에서 선택해야 할 때가 생긴다. 두 길 중 어느 길을 택할 것인가, 망설이게 되는 때가 있다. 망설이고 망설이다 선택한 후 가지 않았던 길에 미련을 두는 것은 우리 인간이 어쩔 수 없이 거쳐야 하는 과정인지도 모른다. '내가 만일 그 학교에 갔다면, 그 전공을 택했더라면, 그때 그 남자 혹은 그 여자를 만났더라면 지금쯤 내 상황은 달라져 있지 않을까' 하는 미련은 누구에게나 있기 마련이다. 나에게도 가끔 그런 때가 있었다. 그중에서 특히 기억나는 것은 할리우드의 유혹이었다. 그때 내가 할리우드에 남아 있었더라면, 내가 직업을 바꾸지 않았더라면… 하는 미련이다. 그러나 이것은 망상일 뿐이다.

나는 스스로 선택한 길을 걸었던 경우보다 선택의 여지가 없어서 주어진 길을 무턱대고 걸었던 때가 더 많았다. 특히 열네 살부터 20대까지는 대부분의 시절이 그랬다. 만주에서 병원 도우미로 일하며 임질과 매독에 걸린 환자들의 뒤치다꺼리를 하고, 시베리아의 찬바람을 견디면서 공장 마당의 말똥을 치우던 소년이 미국 아이비리그의 대학교수가 되었으니 내가 받은 축복은 이만저만한 것이 아니다. 그리고 나의 경험은 동아시아 역사와 남북한의 정치 관계를 연구하고 가르치는 데에도 큰 도움이 되었다. 특히 강의 시간에 졸고 있는 제자들을 잠에서 깨우는 데 큰 역할을 했다. 강의는 주로 점심시간 후인 오후에 있었는데 식곤증 때문인지 꾸벅꾸벅

조는 학생들이 여럿이 있곤 했다. 그러나 이 '낮잠꾼'들도 막상 내가 경험담을 말하기 시작하면 눈을 번쩍 떴다. 그 이야기가 다른 어느 곳에서도 들을 수 없는 내 강의만의 개성이요, 노른자위였기 때문이다. 내가 36년간 교수 생활을 한 펜실베이니아 대학교에서는 학기 말마다 학생들에게 강의 평가를 쓰도록 했는데, 내 강의를 들은 학생들의 대부분은 강의가 훌륭했다는 평가보다 나의 회고담이 생생해서 재밌고 유익했다는 말을 빼놓지 않았다. 일제강점기에 우리를 일본인으로 개조하기 위해 실시했던 황국신민皇國臣民 교육제도에 관한 이야기, 중공군과 국민당군이 우리 집 앞에서 기관총을 쏘고 수류탄을 던지면서 크게 싸우던 상황, 한국전쟁 중에 평양에서 B-29 폭격기의 공습을 당했던 이야기 등은 졸고 있던 학생들을 깨우는 최고의 묘약이었다.

나는 일본 군부軍部 세력이 중국 대륙을 침공한 1931년에 태어났다. 내가 세 살이 될 무렵 우리 가족은 마적馬賊으로 유명한 만주로 이주했다고 하는데 이것이 나의 유랑 생활의 발단이었다. 유치원과 초등학교 1학년을 만주의 톄링鐵嶺에서 마친 나는 멀고 먼 한커우漢口라는 곳에서 2년을 보냈다. 한커우는 지금 우한武漢으로 알려진 양쯔강楊子江 중간 지역에 놓인 도시이다. 나는 평양에서 초등학교 4~6학년까지 다닌 후 다시 만주로 돌아가서 중등학교에 다니다가 해방을 맞이했다. 그런데 아이러니하게도 민족의 해방은 나에게 뜻하지 않은 시련을 가져왔다. 만으로 따지면 갓 열네 살이 된 내가 소년 가장이 되어야 했기 때문이다. 내가 열네 살이 된 것은 8·15 광복을 두 주일 앞둔 때였다.

소년 가장이 되리라고는 꿈에도 생각해 본 적이 없었지만 나는 얼떨결에 그 역할을 충실히 해냈다. 실력이 의심되는 돌팔이 의사의 조수로서 국민당군 병사들의 매독 치료에 일조하기도 했고 콜레라가 돌았을 때에는 많은 중국 사람들의 팔목에 주사를 놔 주기도 했다. 그리고 랴오양 면화공장랴오양컬花廠의 청소부가 되어 모든 것이 꽁꽁 얼어붙는 만주 벌판에서 하루 12시간씩 작업해야 했다. 발가락이 얼어붙는 지옥 같은 겨울왕국에서 우리 가족은 무사히 살아남았다. 이후 만주 벌판의 청소부는 평양 신양리 시장의 쌀장수로 장바닥을 누비고 다녔고, 한국전쟁의 포화 속에서는 중공군 포로를 심문하는 미군의 중국어 통역관으로 활동했으며, 태평양을 건너와서는 박사학위를 받은 후 미국 아이비리그에 속한 펜실베이니아 대학교의 정치학 교수로 변신했다. 펜실베이니아 대학교는 전 미국의 대학들 중에서 5, 6위를 오르내리는 명문이다. 금상첨화錦上添花라는 말이 있지만 나는 회원 수가 1만 명이 넘는 미국정치학회가 1년에 하나밖에 주지 않는 '우드로 윌슨 파운데이션 상Woodrow Wilson Foundation Award'이라는 최고저작상最高著作賞을 은사와 함께 받는 영예를 누리기도 했다. 훌륭한 스승, 로버트 스칼라피노Robert A. Scalapino 교수를 만난 덕분이었다.

왜 신은 내게 이처럼 다채로운 생애를 주셨을까? 왜 나로 하여금 그처럼 여러 번의 전쟁을 겪게 했을까? 중일전쟁, 제2차 세계대전, 중국 국공내전, 한국전쟁 등 나와 나의 가족은 많은 세월을 전쟁 속에서 살아야 했다. 그런데도 결국 나는 끈질기게 살아남아서 지금까지도 연구를 하면서 글을 쓰고 있다.

최근 의학계에서는 인간의 두뇌에 대해 여러 가지를 발견했다고 한다. 우리 두뇌는 참으로 이상하게 생긴 모양이다. 지금도 눈을 감으면 양쯔강 강변을 어슬렁거리던 물소들이 보이고, 면화공장에서의 힘겨운 노동 장면이 영화처럼 펼쳐지고, 평양 신양리 시장에서 쌀가마를 메고 뛰어다니던 나의 모습이 떠오른다. 평양의 창공을 가로지르며 지나가던 미군 제트기 조종사의 모습은 왜 그리도 선명한지. 부산 거제리巨濟里의 포로수용소에서 대문짝보다도 크게 그린 스탈린과 김일성의 초상화를 들고 수용소 마당을 돌던 인민군 포로들이 지금도 섬뜩하게 나를 쳐다보고 있는 것 같다. 과연 내가 이들의 모습을 온전히 글로 옮길 수 있을지 모르겠다.

앞에서 나는 할리우드의 유혹에 대해서 언급했는데, 이 대목에 호기심을 갖는 독자들이 많을 것이다. 케케묵은 옛날 자료나 찾아다니고, 논문의 주석 하나 때문에 며칠씩 시간을 보낸다는 학자가 할리우드에서 배우가 될 뻔했다니, 놀라거나 의아해하는 분들이 더러 있을 것이다.

엊그제 반세기 전 내가 출연한 영화가 '이달의 명화'로 선정되어 텔레비전에서 전파를 탔다. 〈타임 리밋Time Limit〉(1957)이라는 제목의 이 영화는 유튜브에도 올라와 있는데, 나는 그걸 보면서 잠시 잊었던 옛 추억을 떠올렸다. 만일 그때 영화에 출연한 후에 할리우드에 남았더라면 지금쯤 명배우가 되어 있을지도 모른다. 물론 실패한 연예인으로 그저 껄껄대면서 회한의 나날을 보내고 있을 수도 있다. '가지 않은 길'이니 무엇을 장담할 수 있으랴.

1957년 봄, UCLA에서 석사학위를 마친 후 미래의 진로를 생각하고 있을 때의 일이다. 어느 날 외국학생 자문실Foreign Student Advisers Office에서 전화가 왔다. 지금 할리우드의 영화 제작사에서 한국어를 번역할 사람을 찾고 있는데 도와달라는 부탁이었다. 그래서 흔쾌히 갔더니 짐작과 다른 일이 기다리고 있었다. '출입금지', '금연', '고압전선' 등 몇 마디의 말을 한국말로 번역해 달라는 것이었다. 북한의 포로수용소가 배경인 영화를 찍으려고 하는데 한국어로 표지를 써서 붙여야 한다고 했다.

그러고 나서 감독으로 보이는 사람이 나를 사무실 주변의 호프집으로 데려가더니 보수를 얼마나 주면 되겠느냐고 물었다. 그래서 나는 시원한 맥주 한 잔이면 족하다고 대답했다. 그와 헤어지면서 나는 농담을 건넸다. 영화 촬영을 시작하면 내게 맞는 적절한 배역을 추천해 달라고. 얼마 후에 정말 그로부터 전화가 왔다. 할리우드의 새뮤얼 골드윈Samuel Goldwyn 영화제작소로 곧장 와 달라는 것이었다. 마침 석사 학위를 받은 후 대기 상태로 있던 터라 시간적 여유가 있었다.

나는 거기서 칼 몰든Karl Malden 감독을 만났다. 당시에 유명한 엘리아 카잔Elia Kazan 감독의 〈베이비 돌Baby Doll〉(1956)이라는 영화가 인기리에 상영되고 있었다. 나도 소문을 듣고 얼마 전 그 영화를 본 터여서 그의 얼굴을 보자마자 얼어붙지 않을 수 없었다. 칼 몰든이 바로 그 영화의 주연 배우였기 때문이다. 영화의 한 장면이 떠올라 나도 모르게 대뜸 "당신은 참 불쌍한 사람으로 보였소"라고 말했다. 그러자 누군가 앞을 가로막으며 나를 제지했다. 그러자 몰든이 급하게 말했다. "이 사람 말을 막지 말아요. 내가 언제 또 이 같은 관객의 목소리를 들을 기회가 있겠소." 그는 내게 계속 말해 보라고 권했다. 아예 근처에 있던 구두닦이를 불러 내 구두를 닦으라고 시켜서 나를 가지 못하게 붙잡았다. 미국에 온 후 3년 만에 처음으로 남의 손을 빌려 구두를 닦은 날이었다.

그런 인연으로 나는 어렵지 않게 배우가 되었다. 하지만 예상치 못한 난관이 생겼다. 영화에 출연하려면 배우노동조합에 가입해야 하는데 입회비가 자그마치 500달러라고 했다. 그때 내 한 달 생활비가 75달러였으니 그 돈은 내게 엄청나게 큰 금액이었다. 옆에서 통화 내용을 듣고 있던 몰든이 수화기를 낚아채 상대방을 설득했다. 그는 문제점을 정확하게 파악했다. 몰든은 말했다. "이 사람은 외국인 학생이고 UCLA에서 석사 학위까지 받은 데다 이제 박사과정을 밟겠다고 하니 앞으로도 계속 영화계에서 활동할 사람은 아니오. 조합에 가입하지 않고 출연할 수 있게 해 주시오." 그러자 상대방의 태도가 달라졌다. 나는 앞으로 영화에 출연하지 않겠다는 서약서에 사인하고 노동조합의 허락을 받았다. 출연료는 하루에 80달러라고 했다. 하루만 출근하면 한 달 생활비를 벌 수 있게 된 것이다. 언제까지라는 기간은 없었다.

나는 할리우드 시내에 있는 큰 창고로 안내되었다. 그곳은 거대한 의장

衣裝 창고였다. 밖에서 볼 때는 벽돌로 된 평범한 창고에 지나지 않았지만 그 안에 펼쳐진 광경은 눈이 부실 정도로 충격적이었다. 중세기 영국의 왕과 백성의 의장, 로마제국 병사의 의장, 19세기 미국 남부南部군의 의장, 중국 노동자의 옷, 독일·러시아 군인의 군복 등 4층 건물의 층층마다 헤아릴 수 없이 많은 각 시대 각 계층의 가지각색의 옷과 소품들이 빼곡하게 들어차 있었다.

그중에서 내게 배당된 것은 인민군의 동계 전투복이었다. 코디네이터는 몇백 벌이나 되는 군복 중에서 내가 입어야 할 것을 찾아 주었다. 모자와 구두도 내가 북한에서 많이 본 익숙한 것이었다. 한국에서 따발총이라고 부르던 PPSh-41 기관단총도 주었다. 어디에서 이렇게 많은 옷과 장비들을 구해 놓았는지, 나는 그저 어리둥절할 뿐이었다.

나는 순식간에 조선인민군 병사가 되었다. 누가 어디에서 보더라도 영락없는 인민군 병사였다. 참으로 아이러니한 일이었다. 나는 평양에 살 때 인민군에 차출되지 않기 위해 목숨을 걸고 숨어 있었다. 만주에서는 중공군 병사들과 친하게 지낸 적도 있고, 조선의용군 아저씨들과도 자주 만나서 담소를 나누기도 했지만 나는 본질적으로 북한 정권을 싫어했다. 그런데 미국이라는 자유민주주의 국가에 유학을 와서 조선인민군 병사 노릇을 하게 되었으니 말 그대로 운명의 장난이 아닐 수 없었다.

영화제작소로 출근하기 시작했는데 웬일인지 이틀, 사흘 동안 시키는 일이 없었다. 하루에 80달러라는 엄청난 일당을 받는데도 그저 영화제작소의 이곳저곳을 구경하면서 종일 돌아다니기만 하는 나날이 계속되었다. 우리 영화의 주인공인 리처드 베이스하트Richard Basehart, 리처드 위드마크Richard Widmark 등이 출연하는 장면을 촬영할 때 따라다니면서 구경하기도 했다. 이때 촬영한 영화 〈타임 리밋〉의 줄거리는 이렇다.

북한군에게 포로로 잡힌 미 공군 소령 해리 카길(리처드 베이스하트 분)은 어느 날 북한 방송에 나와 자백한다. 자기가 미 공군 비행사로서 북한에 세균을 이용한 생화학 무기를 투하했다는 것이다. 물론 터무니없는 거짓말이다. 휴전이 이루어진 후 군은 미국으로 귀환한 카길을 반역죄로 몰아 조사한다. 사형선고가 내려질 상황인데도 카길은 자기 행동을 변호하지 않을 뿐 아니라 자기가 틀림없이 죄를 지었다고 주장한다. 즉, 자신이 거짓 방송을 함으로써 이적利敵 행위를 했으므로 사형을 받겠다는 것이다. 카길을 조사하게 된 윌리엄 에드워즈(리처드 위드마크 분) 법무장교는 카길의 행동 이면에 무언가가 감춰져 있다는 것을 직감한다. 그는 북한의 포로수용소에서 일어난 일들을 면밀히 재현하는 한편 자기변호를 거절하는 카길의 마음속을 분석한다. 카길이 방송에 나서기 이틀 전에 같은 텐트에 있던 미군 포로 두 명이 죽었다는 사실을 알아낸 에드워즈는 그 텐트에서 함께 지낸 모든 병사를 불러내 그 이유를 찾기 시작한다. 그 결과 그는 군사재판 법정에서 카길을 기소하기 위한 검찰관이 아닌 변호인 자격을 신청하게 된다.

이처럼 이야기의 줄거리는 북한에서 일어난 카길의 '범죄' 동기를 추적하는 것이었는데, 나는 그를 호송하고 감시하는 역할이었다. 일반적으로 초짜 엑스트라, 즉 잉여剩餘 일꾼들의 일당은 21달러였는데, 내가 일당 80불의 어엿한 배우로 채용된 데에는 이유가 있었다.

영화 장면에 단독으로 등장하거나 무슨 말이든 말을 한 마디 하게 되면 배우로 대우받게 되는데 나는 영화의 한 장면에 클로즈업되어 나오는 단독 샷이 있었다. 5~6초 동안이었지만 어찌 됐든 나 혼자 나온다. 그리고 단 두 마디이지만 어엿한 대사가 있었다. 베이스하트와 같이 탄 군용차(미군이 쓰는 스리쿼터 트럭)에서 뛰어내려 "나왓!" 하고 서릿발같이 명령하며 그에게 총을 겨누고 지켜보는 장면이었다.

내가 이 장면을 연기한 곳은 산속에 만들어 놓은 포로수용소였다. 어딘지 알 수 없는 산속에 철조망과 경비 초소가 만들어져 있었다. 내가 써 준 '출입금지', '금연' 등의 경고문도 붙어 있었는데 더러 거꾸로 붙어 있는 것들이 눈에 띄었다. 미국인들이 한글을 전혀 몰랐던 것이다. 경고문 주변에는 포로들을 모아 놓은 텐트들이 곳곳에 세워져 있었다.

어디에서 데려왔는지 그곳에는 나와 똑같은 차림의 '인민군 전사'들이 예닐곱 명 모여 있었다. 모두 동양인이었는데 그중에 한국인도 한 명 있어서 그와 오랫동안 이야기를 나누기도 했다. 그는 전문 배우였다. 우리는 날이 저물어 갈 때쯤 대열을 지어 구보를 시작했다. 미군 포로들이 머무는 텐트에 다다라 수색하는 연기를 하며 "나가!" "빨리 빨리!" 등의 명령을 연발했다. 한 번만 더, 한 번만 더. 칼 몰든 감독은 우리에게 몇 번이나 같은 연기를 되풀이시켰다. 나는 베이스하트와 단 둘이 출연하는 장면도 찍었다.

해가 완전히 저문 후에 우리는 야외에서 식사를 했다. 서늘한 이국의 들판에서 맛본 진찬珍饌이었다. 미국에서 3년을 살았지만 한 번도 먹어 보지 못한 햄 스테이크 같은 비싼 음식을 처음 맛보았다. 참으로 풍요로운 식탁이었다. 영화의 출연진과 감독이 함께하는 식사였는데 매일같이 스파게티만 먹는 내게 그것은 황홀하고 감동적인 파티가 아닐 수 없었다. 삶은 스파게티와 채소, 소고기가 섞인 깡통을 따서 내용물을 데워 볼품없이 섞어 먹는 것으로 끼니를 때울 때였다. 또 하나 나를 놀라게 한 것은 그날 저녁까지 일한 야근수당으로 60달러를 더하여 총140달러를 받은 일이었다. 도합 5일 동안 실컷 영화 만드는 현장을 구경하고 별로 한 일도 없는데 700달러라는 엄청나게 많은 돈을 벌 수 있었다. 야근은 하루밖에 하지 않았지만 규정상 5일치 수당을 지불하는 모양이었다.

미군 포로와 인민군 병사 역할을 한 배우들은 내 연기력이 아마추어답지 않게 뛰어났다고 감탄하며 앞으로 반드시 배우가 되라고 말했다. 내가 초등학교 1학년 때 학예회에서 키워 놓은 실력이 발휘된 모양이었다. UCLA에서 석사 학위를 받은 내가 배우들 중에서 가장 교육을 많이 받은 사람이라면서 배우를 하면 상당한 대우를 받을 것이라고 했다. 그 길이 내 인생의 두 갈래 길에서 '가지 않은 다른 길'이 아니었을까, 가끔 생각한다.

내가 이 책의 첫머리에서 로버트 프로스트의 시를 거론한 데에는 이유가 있다. 오래전 프로스트와 함께 시간을 보낸 남다른 기억이 있기 때문이다. 젊은 시절, 내가 다트머스 대학교에 전임강사로 있을 때였다. 대학 근처에 거주하던 프로스트가 일주일 동안 내가 가르치는 학생들과 세미나를 가졌다. 월요일 저녁에 4학년 졸업반 전체 학생들을 대상으로 한 특강이었다. 나와 다른 강사 세 명이 이 세미나를 진행하는 역할을 맡았다. 어느 날 특강을 마친 후 스무 명 안팎의 강사와 학생들이 한자리에 모여 프로스트와 대화를 나누었다. 겨울이었고, 방 한쪽에 있는 벽난로에서 장작불이 타오르고, 창밖에는 미국 북동부 뉴잉글랜드의 저녁 풍경이 펼쳐져 있었다. 뉴햄프셔주 하노버에서 있었던, 지금도 잊을 수 없는 벽난로의 온기가 느껴지는 따뜻한 기억이다.

세미나에서 무슨 이야기가 오고 갔는지 전부 기억하지는 못하지만 몇 가지 질문들이 어렴풋이 떠오른다.

"〈가지 않은 길The Road Not Taken〉을 쓰신 특별한 이유가 있습니까?"

"〈불과 얼음Fire and Ice〉을 쓰신 계기에 대해서는 여러 가지 설이 있는데 과연 어느 것이 맞습니까?"

"세상은 정말 단테가 예언한 대로 불이나 얼음의 세상으로 끝난다고 생각하십니까?"

"케네디 대통령의 취임식을 위해서 쓰신 시를 읽지 못하게 되었을 때 무척 당황하셨죠?"

아마도 노시인이 수백 번 받은 질문들이었을 것이다. 대통령 취임식 연단에 시인이 초청된 것은 미국 역사상 유례없던 일이어서 프로스트는 국민들로부터 크게 주목받았다. 취임식이 야외에서 거행되는 바람에 흰 눈에 반사된 햇빛에 눈이 부셔 새로 쓴 원고〈헌정사Dedication〉를 읽지 못하자 프로스트는 평소에 외우던 자신의 시〈아낌없는 선물Gift Outright〉을 암송했다. 그 모습은 미국 대통령 취임식 중 명장면으로 꼽힐 만한 아름다운 장면이었다.

그때 토론의 내용을 전부 기억하지 못하지만, 장작불 앞에서 우리를 부드럽게 응시하던 그날 저녁 노시인의 눈길만은 또렷이 기억한다. 그의 시선이 유독 나의 아내에게 여러 번 머물렀기 때문이다. 아마도 스무 번은 쳐다보았을 것이다. 스물세 살의 동양인 새색시가 색동저고리에 초록과 파랑이 섞인 색의 비단 치마를 입은 모습이 매력적이었던 모양이다. 어쩌면 치마에 수놓아진 공작의 화려한 자태가 그의 눈을 붙잡았는지도 모른다. 그는 다음 해인 1963년 정월에 세상을 떠났다. 향년 89세였는데 조금만 더 생존했더라면 세계의 문호 로버트 프로스트는 '동양의 미美'에 대한 시를 썼을지도 모른다.

그의 시〈가지 않은 길〉은 내가 가장 좋아하는 시이다. 이 시를 읽을 때면 내가 맞닥뜨린 수많은 인생의 갈림길들을 떠올린다. 이 시에서 아이디어를 얻어 나의 삶을 설명하는 시를 쓴다면 이러할 것이다.

노란 숲속에 나 있던 두 갈래 길
두 길 모두 걸을 수 없는 것이 안타까웠다.
멀고 먼 장래에
나는 이 이야기를 하게 될 것이다.
탄식을 하면서.
숲속에 두 길이 갈라져 있었는데, 나는

모두가 가지 않는 길을 택했다.
운명을 좌우하는 선택이었다.

이제 내가 거쳐 온 수많은 두 갈래 길과, 뚜벅뚜벅 걸어온 길을 찬찬히
기록해 보고자 한다. 다시 돌아갈 수 없는 길, 사람들이 적게 간 길, 그리
고 내 모든 것을 바꾸어 놓은 길을.

차례 —————————————————————————————

왼쪽부터 어머니(문봉계),
외할머니(양창수), 아버지(이봉주),
그리고 외사촌 형 명린(왼쪽)과
나(6세경).

앞줄 왼쪽부터 나(10세경), 사촌동생(이규식), 할아버지(이인길), 할머니.
뒷줄 왼쪽부터 작은어머니, 작은삼촌(이봉규), 아버지, 어머니(안고 있는 아기는 친동생 용식).

미국 자택 거실에서, 아내(우명숙)와 나(1990년대 중반 촬영).

장모(윤신현)와 장인(우신기), 그리고 나의 장녀 영란.

환갑을 맞은 어머니.

2005년 미국에서 첫째 딸 결혼식. 앞줄 왼쪽부터 첫째 딸 영란과 사위(Robert Russo),
뒷줄 왼쪽부터 둘째 딸 시아버지(곽철균), 둘째 딸 진아, 나, 아내, 둘째 사위(Andy Kwak),
둘째 딸 시어머니(Mrs. Kwak).

둘째 딸 진아 가족.
왼쪽 뒷줄부터 시계 방향으로
Kyra Kwak, 진아, Sophia, Nicky.

미국 영화 〈타임 리밋〉(1957)의 포스터.
한국전쟁 당시 북한에 포로로 잡혔던
미국 공군 소령에 대한 영화이다.
미국 유학 시절 한국어 번역을 해주러
갔다가 우연한 기회를 통해 이 영화에
출연하였다.

영화 〈타임 리밋〉의 한 장면. 나는 주인공을 포로수용소로 호송하고 미군 포로들을 감시하는
조선인민군 병사를 연기했다. 맨 오른쪽에 총을 든 병사가 나이다.

1974년 미국정치학회가 최고의 정치 및 국제문제 저작에 주는 우드로 윌슨 파운데이션 상을
받는 모습(왼쪽)과 상패(오른쪽). *Communism in Korea*로 로버트 스칼라피노 교수와 공동 수상했다.

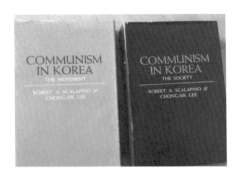 

Communism in Korea Vol. 1, The Movement와 Vol. 2 The Society. 1973년 11월.
뒤표지에 저자들의 사진을 실었다.

1946년 겨울부터 1948년 봄까지 내가 일한
랴오양 면화공장의 정문(1981년 촬영).
33년이 흘렀지만 외양은 거의 그대로였다.

랴오양 면화공장에서 함께 일한 전기공 자오더셴 씨
(1981년 촬영).

랴오양 면화공장의 옛 동료들
(중앙에 팔짱 낀 사람이 왕위민 조장)(1981년 촬영).

왕위민 조장(왼쪽)과 자오더셴 씨(1981년 촬영).
왕 조장은 국적을 뛰어넘어 나를 진정한 인간애로 감싸주었다.

* 국립국어원의 외래어표기법에 따라 외래어를 표기하였으나 일부는 저자의 요청에 따라 달리
  표기하였다.

제1장

중일전쟁의 한복판에서: 한커우, 1939~1940년

한커우 이주와 아버지의 사업

1937년 7월 7일에 발발한 중일전쟁은 20세기 동양 역사상 가장 중요한 사건의 하나였다. 중일전쟁의 발발은 그 후 오랫동안 중국인뿐만 아니라 한국인에게도 많은 고통을 준 참혹한 전쟁의 시작이었다. 이런 상황에서 1939년의 이른 봄, 우리 가족은 난징南京을 떠나 양쯔강 상류를 향해 올라가고 있었다. 며칠 전 만주에서부터 기차를 타고 온 우리는 난징 건너편인 푸커우浦口[1]에서 내려 배를 타기 위해 나루터로 향했다. 양쯔강은 중국에서 가장 긴 강으로 장강長江이라 불리는 강이다. 강의 폭이 너무 넓어서 다리를 놓을 수 없어 배를 이용해 도강하는 방법이 최선이었다. 나는 처음 양쯔강을 보았을 때를 잊을 수가 없다. 멀리서 보이는 강은 너무나 거대하고 웅장했다. 게다가 푸른빛이 아닌 흙탕물 빛깔, 완전한 진흙색이라는 것이 놀라웠다. 강이 아니라 또 하나의 육지가 움직이는 것 같았다. 양쯔강은 상류에 있는 산과 들판의 흙이 섞여 들어가 강물이 황토빛을 띠고 있다고 들었다. 대체 상류의 산이 얼마나 크기에 그처럼 유구한 세월 동안 끊임없이 강의 빛깔을 탁하게 만든 것일까.

만리장성의 남쪽에 위치한 톈진天津에서 내려오는 수많은 열차의 손님들이 많으니 푸커우와 난징을 연결하는 큰 배가 있을 것 같았다. 그러나 예상과 다르게 푸커우 강가에는 수십 개의 삯배들이 손님을 잡기 위해 혼잡하게 붐비고 있었다.

---

1 1908년 시가 설치되었다가 1950년에 난징시의 제7구가 되었다. 양쯔강을 사이에 두고 난징 시 가지와 마주보는 위치에 있다.

상류를 향해 올라가는 통통배는 수륜선水輪船이라는 것이었다. 배 뒤쪽에 있는 물레방아의 그것처럼 큰 바퀴가 물을 담뿍 담아 올렸다가 뒤쪽으로 옮기는 동작을 반복하며 배를 전진시켰다. 나는 처음 보는 그 동작이 너무나 신기해서 몇 시간 동안 바퀴에서 튕겨져 나오는 물방울을 고스란히 맞으며 구경했다. 가까이에서 보고 있노라면 물의 힘이 얼마나 위대한지를 느낄 수 있었다. 우리가 탄 배는 그리 크지 않아서 선객이 많지 않았다. 원주민인 중국인과 외국인을 분류해 태웠는데 우리는 2층 선실에 머물렀다. 목적지인 한커우漢口까지 이동하는 데 며칠이 소요되었는지는 기억나지 않는다. 끝없이 칠흑 같은 물길을 가르고 앞으로 앞으로 나아갔을 뿐이다. 거대한 강 위로 장막을 드리운 듯 어둠이 내려앉으면 금세 한치 앞도 보이지 않는 밤이 오고 또 눈을 떠 보면 어느새 아침이 되어 있었다. 난징에서 한커우까지 가는 동안 여러 도시를 지나며 손님들이 한꺼번에 올라타고 우르르 내렸기 때문에 시간이 꽤 소요됐을 것이다. 우리 가족은 마치 바닷길을 달리는 완행열차를 탄 기분이었다. 그도 그럴 것이 그 배는 양쯔강을 오르내리는 대중교통 역할을 하고 있었다. 지도를 펼쳐 보면 나오는 낯익은 지명의 도시에서 타고내리는 사람들의 손에는 하나같이 큰 가방이나 보따리가 들려 있었다. 양쯔강에는 우리가 탄 배 같은 수륜선도 가끔 보였지만 큰 돛을 몇 개나 달고 다니는 전통적인 화물선이 많이 보였다. 햇빛을 받은 돛들이 기름을 잘 먹인 장판지처럼 번득거렸다. 화물선은 우리가 탄 배보다 몇 배나 더 컸지만 선부 대여섯 명밖에 눈에 띄지 않았다.

한참 강을 거슬러 오르던 중에 한커우가 보인다는 말을 듣고 승객들이 모두 갑판에 모여들었다. 중국에 와서 우리 가족이 처음으로 정착한 벙부蚌埠의 첫인상은 어두운 잿빛이었지만, 한커우의 첫인상은 밝고 환했다. 한커우는 그때도 지금과 다름없는 국제도시였다. 그동안 보았던 어느 도

시보다도 웅장했다. 네모반듯하게 지은 크고 흰 건물이 눈길을 끌었는데
— 그 서구식 건물들은 이후에 내 머릿속에서 한커우라는 도시를 상징하게 되었다. —
누군가 화강암으로 지은 그 건물들이 영국 조계租界의 은행이었다고 했다.

우리가 한커우에 도착하기 몇 해 전까지만 해도 그곳에는 영국, 프랑
스, 일본을 포함한 여러 나라들의 조계가 있었다. 서양 사람들이 눈에 띄
지 않았던 것으로 보아 그 조계들은 이미 철폐된 듯했다. 한커우의 어느
지역에서도 그런 표식은 보이지 않았다. 조계라는 것은 강대국들이 중국
각지 도시의 일부를 조차租借해서 경계를 설치하고 이른바 '치외법권'이라
는 명목하에 자기 나라 법을 적용해 다스린 곳을 말한다. 나는 양쯔강 강
변에 서 있던 그 건물 앞을 자주 지나다녔는데, 삼 층 높이 정도의 건물은
완전히 폐쇄되어 있었다.

아버지는 중국인이 주로 모여 사는 민취안루民權路에 자리를 잡았다.
우리가 살던 집의 주소는 민취안루 186호였던 것 같다. 삼 층짜리 콘크리
트 건물이었는데 1층에 자전거, 쌀 등의 상품이 진열된 가게가 있었고, 2
층은 사무실, 3층은 살림집이었다. 2층에 거리 쪽으로 난 베란다가 있었
고, 건물 전면에는 흰색 철판에 검은 글씨로 '삼하흥업주식회사三河興業株
式會社'라고 쓴 간판이 붙어 있었다. 한커우 시내에서 가장 큰 간판 같았
다. 3층 우리 집에 놓여 있던 침대가 어렴풋이 떠오른다. 셋째 동생 광식
이가 그곳에서 태어났다. 집 옆에는 내가 중국 아이들과 놀았던 작은 골목
이 있었다. 집 뒤로는 중국인들이 운영하는 비누공장이 있었다. 민취안루
는 양쯔강과 한수이漢水강이 합류하는 곳에서 200~300미터 떨어져 있었
다. 내가 그 위치를 정확하게 알게 된 것은 1981년, 즉 40여 년 만에 그곳
을 다시 방문했을 때였다. 어릴 적에는 우리 집과 양쯔강, 그리고 한수이
강 사이에 일본 병영이 자리 잡고 있어서 강 근처에 가볼 수 없었다. 한수
이강은 북쪽에서 흘러 내려오는 양쯔강의 지류로 너무나 맑고 푸른 강이

었다. 이 강이 양쯔강의 흙탕물과 합쳐지는 장면은 그야말로 가관이었다.

당시에는 양쯔강이 너무 넓어서 다리를 놓을 수 없었지만, 1981년에 가 보니 여러 개의 멋있는 철교들이 한커우와 우창武昌, 한양漢陽을 연결하고 있었다. 중국 정부는 그것으로 부족해서 양쯔강 밑으로 한커우와 우창을 연결하는 터널을 만들었다. 옛날에는 한커우, 한양, 우창을 총칭하여 무한삼진武漢三鎭이라고 불렀다. 하지만 지금은 세 도시를 합해서 우한武漢이라 부르고 각 도시는 우한의 일개 구로 재편되었다.

나는 1층에 진열된 자전거나 쌀을 늘 보면서 지냈지만 실제로 물건을 사고 파는 모습을 본 적은 없다. 그래서 삼하흥업이라는 회사가 무슨 일을 하는 회사인지 잘 몰랐다. 그런데 몇 해 전에 유홍柳鴻 전前 국회의원이 발간한 자서전『세모歲暮의 회고回顧』(1989)에서 그 해답을 얻었다. 삼하흥업은 유홍이 투자한 회사로 주 사업은 중일전쟁을 기화로 품귀해진 5금속(철, 동, 주석, 연, 아연) 중에서 철을 제외한 금속을 상하이의 국제시장에서 구입해서 다롄으로 보내고, 그곳에서는 만주 일대에서 대량으로 생산되는 콩을 사서 상하이로 가져다 파는 것이었다.

'삼하흥업'의 삼하三河란 하늘에는 은하銀河, 땅에는 대하大河, 사람에게는 혈하血河가 있으므로 천, 지, 인을 뜻한다고 한다.[2] 삼하흥업의 사장은 유홍과 의형제 관계를 맺은 봉재룡奉在龍으로 해방 직전에 큰 재산을 모았다고 한다.[3] 우리가 한커우를 떠날 무렵인 1941년 초는 아직 그런 기척이 없을 때였다. 유홍의 글이 나를 놀라게 했지만 삼하흥업을 언급한 연구 논문이 있는 것을 보고 또 한 번 놀랐다. 김인호[4]에 의하면 우리 가족

---

2 柳鴻, 『歲暮의 回顧』(서울, 1989), p. 124.

3 위의 책, p. 125.

4 김인호, 「1940년대 조선공업의 대외적 성격과 조선인 자본가의 중국 침략」, 『한국독립운동사 연구』15, 2000. 12.

이 한커우로 간 1939년에 삼하흥업은 상하이 지역에서 자본금 2만 원 이상의 23개 조선인 기업들 중에서 1위를 차지했다. 세칭世稱 자본금이 40만 원이고 업종은 철강이라고 했다. 당시에 40만 원은 엄청나게 큰 금액이었는데(그중의 얼마가 실제로 투자됐는지는 알 수 없으나), 2위 기업의 자본금은 최영택의 20만원이었으며 그 외에는 모두 자본금 규모가 2만~8만원이었다.

한커우의 서쪽 끝을 흐르는 한수이강의 건너편에 있는 공업지대가 한양이었다. 그러니 철강업을 주업으로 삼은 봉재룡 사장이 한커우를 눈여겨본 것은 너무나 당연한 일이었다. 봉 사장이 한커우를 주목한 이유가 또하나 있었다. 한양 제철소에 철광석과 석탄을 보급하는 다예大冶가 한커우의 동남방 90킬로미터 지점에 있었기 때문이다. 한커우에서 양쯔강을 따라 동쪽으로 내려가면 황스黃石라는 도시가 있는데 이곳은 다예의 광산지대 바로 북쪽에 위치해 있다. 8세기부터 당唐나라가 이곳에서 철광석과 동銅을 야금했을 정도로 역사가 깊은 곳이며, 광석의 매장량이 풍부하여 외국 자본가들이 탐내던 곳이었다. 일본은 오래전부터 이곳에 투자하다가 일본군이 이 지역을 장악한 후로는 광석 수출을 독점했다고 한다. 오랜 후에 중국 인민정부는 이곳에 화력발전소를 설치하여 황스와 우한에 전기를 공급하도록 하고 철강 제철소를 세우는 동시에 화학비료 공장, 방직 공장을 건설했다. 다예를 광석 공급지대에서 공업지대로 변화시킨 것이다.

유홍의 회고록을 보면 그는 봉재룡에게 3만 원씩 두 번 자본금을 주었으나 성과가 좋지 못했고 나중에 1만 원을 손수 상하이로 갖다 주었다고 했다. 삼하흥업이 대박을 터뜨린 것은 그 후(1943~1944년경)의 일이라고 한다. 우리 가족이 한커우에 간 1939년은 봉재룡이 처음 투자받은 3만 원으로 철강 사업의 기초를 닦던 시기였을 것이다. 아버지는 삼하흥업의 선봉대로 한양과 다예를 왕래하면서 많은 사람을 만나고 철강업의 가능성을 타진했을 테지만 성과가 좋을 수는 없었다. 그런 큰 사업에 착수하기에는 당시의 정치상황이 너무나 불안정했기 때문이다.

삼하흥업의 자본주인 유홍이 철강업에 대해서 언급하지는 않았지만 1943년의 기록을 보면 삼하흥업은 알루미늄, 식료, 직물 매매에 자본금 70만원을 투자했고, 철강업에는 100만 원을 투자했다고 한다. 봉 사장은 다방면으로 손을 뻗으면서도 초기의 꿈인 철강 사업을 포기하지 않았던 것이다.

유홍은 봉 사장이 상하이 국제시장에서 금속을 사와 다롄에서 팔았다고 했다. 한커우가 전선에서 가까우니 봉 사장이 부친을 시켜서 탄피를 수집해 팔았던 것 같다. 선친의 사진첩에 이를 유추할 만한 단서가 있었다. 큰 트럭에 물건을 잔뜩 넣은 포대들이 가득 실려 있고 그 위에 중국 인부들 여러 명이 앉아 있는 사진이었다. 아버지는 트럭 조수석 옆에 서 있었다. 그 포대에는 분명 탄피가 들어 있었을 것이다. 구리와 아연으로 만들어진 탄피는 회수해서 재생할 수 있는 귀한 물건이었다. 한커우는 중일전쟁의 최전선이었으므로 많은 탄피를 수집할 수 있었을 것이다. 아버지가 조수석에 앉지 않고 발판에 서 계셨던 것으로 보아 트럭이 도착했을 때 찍은 사진 같다. 언젠가 아버지가 출장을 갔다가 한 달이 지나도록 돌아오지 않아 온 가족이 근심에 빠졌다. 아마도 탄피를 수집하러 갔던 곳에 전투가 있었는지도 모른다. 그러고 보면 그 일은 너무나 위험천만한 일이었다.

아버지는 때때로 중국인 30~40명을 초대해서 큰 잔치를 베풀곤 했다. 어떤 사람들인지 정확히 알 수는 없으나 우리 집이나 회사에서 보지 못했던 사람들임은 분명하다. 중국 식당의 음식 종류와 다양한 맛은 이루 말할 수 없이 풍부하고 화려했다. 그 후 나는 많은 향연에 참석했지만 그때만큼 맛있는 음식을 다시 만날 수 없었다. 그때 참석한 많은 손님들은 인부들을 이끌고 전선에 나가서 탄피를 직접 수집해 오거나 모아온 탄피를 삼하흥업에 전매轉賣하는 중간상인들이었을 것이다. 삼하흥업의 입장에서 보면 될 수 있는 대로 많은 업자들이 더 많은 탄피를 모아 주는 것이 이득이니 이들을 귀하게 모셔야 했을 것이다. 그러나 우리 가족이 1941년 봄에 한커우를 떠났고 삼하흥업이 번성하여 거재巨財를 모은 시기는 1943년~1944년경이니 탄피 수집 사업이 어느 정도 삼하흥업의 번성에 기여했는지는 알 수가 없다. 물론 나의 추측이 사실과 전혀 다를 수도 있지만 유홍이 말하는 비철금속과 내가 본 사진은 분명 연관이 있을 것이다. 나는 그 사진을 한국전쟁이 발발한 후까지도 간직했는데 1·4후퇴 때 그만 평양에 두고 오고 말았다. 며칠 후면 다시 돌아올 텐데 굳이 사진까지 들고 피난길에 나설 필요가 있을까 싶었던 것이다.

우리 집에서 북쪽으로 약 100미터쯤 올라가면 로터리가 나왔는데, 그곳에 손중산孫中山 즉 쑨원孫文의 동상이 서 있었다. 동상 뒤편에는 한커우 시내를 종횡으로 가로지르는 큰길인 중산루中山路가 있고, 그 길을 한참 따라가면 중산공원이라는 아주 큰 공원이 나왔다. 동상 앞쪽에는 큰길 세 개가 부채처럼 방사형으로 뻗어 있었다. 첫 번째가 민주루民族路, 두 번째가 민취안루, 세 번째가 민성루民生路였다. 길의 이름은 모두 중국의 국부 쑨원이 주창한 삼민주의三民主義를 따랐다. 쑨원은 1911년의 신해혁명辛亥革命, 즉 반청공화혁명反淸共和革命의 지도자로서 중국 국민당과 공산당 양측에서 국부로 대접받는 사람이다. 반청공화혁명이란 무엇인가. 1644년부터 중국을 통치한 만주족의 청왕조淸朝가 저지르는 전횡과 무능에 실망한 한족漢族 중의 진보 세력들이 국민당 영수 쑨원 휘하에 뭉쳐서 청조를 타도한 것이다. 이러한 역사는 베르나르도 베르톨루치가 감독한 영화 〈마지막 황제The Last Emperor〉(1987)에 일부분 묘사된 바 있다. 한커우에 쑨원의 동상이 세워진 까닭은 그곳이 공화혁명의 발상지였기 때문이다. 1911년에 이곳에 있던 군대가 청조에 반기를 든 것을 시작으로 반란이 전

34

국으로 확산된 것이다.

우리는 한커우에서 2년여를 보냈는데, 그 기간은 나의 생애에 많은 영향을 끼쳤다. 우선 나는 어린 나이에 동양 현대사의 최전선에서 ―일본의 중국 침략의 최전선에서― 여러 가지 광경을 목도할 수 있었다. 한커우에서는 전쟁이 계속되고 있음을 거의 매일 피부로 경험했다. 우리가 한커우에 도착한 후 삼하흥업에서 근무하던 종업원 중에 일본인 청년이 한 명 있었다. 그는 나를 데리고 곧잘 영화 구경을 시켜 주곤 했다. 그 덕에 나는 인기배우 리샹란李香蘭[5]이 출연하는 영화를 꽤 많이 보았는데, 종종 극장에서 집으로 돌아오는 길에 일본 군인들이 새끼줄을 쳐 놓고 운집한 중국 사람들을 제지하느라 진땀을 빼는 모습을 여러 번 보았다. 일본 군인들이 살해된 현장이었다. 시내에서 일본 장교가 암살되었다는 뉴스도 간간이 들었다. 강한루江漢路라는 크고 어두침침한 거리가 특히 험악하다고 했다. 중국 공작원들이 일본 군인들의 사기를 꺾고 중국인의 저항심을 높이기 위한 작전이었을 것이다. 실제로 쑨원 동상 서쪽에 있던 민주루 근처는 위험지대라고 해서 일본인들의 출입을 제지했다.

당시 초등학교 2학년생이던 나는 '아마'(중국인 식모)를 빼고는 중국 사람들과 접촉할 기회가 전혀 없어서 중국인들의 생각을 알 길이 없었다. 그런데 언젠가 민취안루 노상에서 한 중국인이 반일감정을 노골적으로 표출하는 모습을 보고 놀란 적이 있었다. 나는 자전거 타기 연습을 하느라 환전상 마당 근처를 가끔 지나갔는데, 하루는 자전거로 지나가던 중국 여인의 다리를 치어 버리고 말았다. 전족을 한 중년 여인이었다. 그녀는 사방을 둘러본 후 나를 쏘아보더니 내 자전거 앞바퀴를 냅다 걷어찼다. 그리고 순식간에 사라져 버렸다. 내 잘못이었으므로 그녀가 화를 낸 것도 무리는 아

---

[5] 만주에서 출생한 가수이자 배우이다. 본래 일본인으로 본명은 야마구치 요시코山口淑子이다.

니었지만, 짧은 소매 셔츠에 반바지를 입은 내 옷차림을 보고 그녀는 필경 나를 일본 사람으로 생각했을 게 분명했다. 지금 생각해 보면 그녀의 발길질은 침략자에 대한 분노가 아니었을까 싶다. 자전거 바퀴를 걷어차기 전에 사방을 둘러본 것은 아마도 주변에 일본 어른들이 없는지 확인하기 위해서였을 것이다.

한커우의 중국인들이 반일감정을 품은 것은 너무나 당연했다. 일본의 중국 침략은 무모했을 뿐만 아니라 대단히 잔인했다. 나라가 짓밟히고 친지들이 비참하게 살해당하는 상황에서 반일감정을 갖지 않는 것이 오히려 더 부자연스러웠다. 충칭으로 피난을 간 중국 정부는 피점령 지역의 항일정신을 고취하는 한편, 일본군을 동요시키기 위해 계속 노력하고 있었다. 그 노력의 일부가 일본 장교 암살이었다.

한커우가 전쟁터에서 멀지 않음을 실감할 수 있었던 또 다른 이유는 우리 집과 양쯔강 사이에 주둔한 일본군 부대 때문이었다. 일개 대대 병력쯤으로 추산되는 이 병영의 군인들은 때때로 출동을 나갔는데 출진할 때는 모두 씩씩하게 발맞춰 행진했지만 돌아올 때에는 찬바람이 부는 듯 소연蕭然하고 병사들의 얼굴은 침울했다. 이런 변화가 오랜 전투와 행군의 피로 때문만은 아니었다. 불리해진 전세로 인해 이미 일본군은 사기를 잃어가고 있었다. 한 병정이 소총 두 자루를 메고, 다른 병정은 화장한 유골을 담은 20~25센티미터 크기의 유골함을 메고 걸어오곤 했다. 유골함은 붕대를 만들 때 쓰는 것 같은 희고 얇은 천으로 싸맨 뒤 목에 걸게 되어 있었는데 크기가 모두 동일했다. 처음에는 유골함이 드문드문 보였는데 날이 갈수록 그 숫자가 늘어났다. 생존한 병사들이 메고 오는 소총 숫자도 점점 늘어났다. 먼 길을 걸어 모두 지쳐 보였다. 이때만 해도 일본군에는 트럭 같은 차량이 귀해서 전사한 병사들의 무기를 다른 병사들이 어깨에 메고 돌아와야 했다. 전사자 수가 늘어나는 것은 상대방인 중국군 지휘부의 전략, 전술과 경험이 일본군보다 우월하거나 무기가 더 좋다는 의미였고 일본군의 처지가 날로 열악해지고 있다는 것의 방증이었다.

하루는 돌연 일본 병사들이 법석을 떨며 민취안루의 모든 민간인에게 엄포를 내렸다. 집의 문을 닫고 절대 밖을 내다보지 말라고 했다. 우리 집도 문과 창문들을 모두 닫았다. 여기저기에서 창문 밖의 쇠로 만든 덧문을 내리는 소리가 들려왔다. 그러나 나는 호기심을 참을 수 없었다. 분명 일본군 부대가 돌아오고 있는데 평상시보다 패전의 피해가 참혹하다는 것을 직감할 수 있었다. 나는 숙제를 미루어 두고 4층 옥상에 올라갔다. 높은 곳에 올라가서 내려다보면 들키지 않고 상황을 파악할 수 있으리라는 계산이었는데 콘크리트 기둥이 빼곡하게 세워져 있어서 고작 열 살짜리의 머리도 그 사이를 통과할 수 없었다. 단지 내가 볼 수 있었던 것은 넓은 길 건너편의 보도步道에서 우리 쪽 건물들을 위아래로 훑어보던 병사들의 모습이었다. 그런데 어쩌다가 그만 나는 위를 올려다보고 있던 일본군 한 명과 눈이 마주쳤고, 칼을 꽂은 총을 든 그가 소리를 질렀다. 곧 병사 두 명이 길을 건너 우리 집 문을 소란스럽게 두들겼다. 나는 재빨리 2층으로 내려가서 열린 취사장(부엌) 문 뒤에 웅크려 앉았다. 집안으로 들어온 병사들 중 한 명이 부엌문에 머리를 들이밀면서 뭐라고 고함을 지르더니 순식간에 옥상으로 뛰어 올라갔다. 주방에서는 어머니와 아마가 문의 반대쪽 벽을 향해 서서 빠른 속도로 칼질을 하고 있었다. 탁탁탁탁! 리드미컬한 도마질 소리는 병사들이 문간에 들어섰을 때부터 옥상에 올라갔다 내려올 때까지 계속되어 두 여인은 열린 문 뒤에 내가 숨어 있는 것도 몰랐고, 병사들의 요란한 군화 발자국 소리도 듣지 못했다. 그들은 나를 찾지 못한 채 되돌아갔다.

일본군은 출진한 부대가 심하게 참패하고 돌아오는 길을 중국인들이 못 보게 하려고 했다. 들것에 실린 부상자와 전사자들의 유골함이 생존해 돌아온 군인들보다 많았는지도 모른다. 그러나 그런 조치로 현실을 눈가림할 수 있을 리 만무했다. 그들은 대일본황군大日本皇軍의 체면을 지키기 위해 안간힘을 썼을 뿐이다. 만일 문 뒤에 숨어 있던 내가 그때 발각되었다면 나는 지금 이 세상에 존재하지 않을지도 모른다. 그야말로 일촉즉발 위기의 순간이었다.

한커우 메이지 심상소학교

한커우에서 다닌 일본 학교는 내게 크나큰 영향을 끼쳤다. 내가 한커우 메이지 심상소학교漢口明治尋常小學校를 다니게 된 것은 당시 한커우에 한국인이 없다고 할 정도로 극소수였기 때문이다. 중국인 학교가 있었지만 일본제국의 신민인 조선 사람은 조선 학교가 없는 곳에서는 일본 학교를 다니는 것이 당연시되었다. 중국 사람이 많은 만주에서도 조선 사람은 중국말을 제대로 배우지 않아 말이 통하지 않았고, 장차 한국에 돌아간다고 해도 일본 학교를 다녀야 했다. 메이지 심상소학교는 중국 사람들이 허가 없이 출입할 수 없는 일본 조계에 있었다. 일본 조계는 항구에서 동쪽 끝자락에 있는 데 반해 우리 집은 서쪽 끝에 있어서 버스를 타고 한 시간 정도를 가야 했다. 학교는 그리 크지 않았고 삼 층짜리 벽돌 건물에 운동장이 있었다. 희한하게도 1학년을 다닌 톄링鐵嶺 보통학교에 대한 기억은 많지만 2년 동안 다닌 메이지 심상소학교에 대한 기억은 너무나 희미하다. 1년 동안 만주의 조선인 학교, 즉 톄링 보통학교에서 배운 일본말로 어떻게 일본인 학교를 다녔을까? 어릴 때이니까 빨리 적응하고 말도 빨리 배웠을 것이다. 어쨌든 톄링 보통학교에서 1년 동안 배운 나의 일본어 실력이 그리 부족하지 않았던 모양이다. 왜냐하면 우리 가족이 한커우에 도착한 지 얼마 안 되어 작문 시간에 만주 톄링에서 한커우에 도착하기까지의 기행문을 써서 과제로 제출했는데, 선생님이 내 글을 한커우의 일본 신문사에 보내서 내 글이 신문에 게재되었던 것이다. 글이 꽤 길었는지 두 번에 나누어 실렸다. 부모님은 더할 나위 없이 기뻐하셨고, 아버지는 그 신문을 여러 부 사서 톄링의 이자하李子河 선생님, 고향의 삼촌, 친한 친구들에게 두루 보냈다.

글 내용이 잘 기억나지는 않지만, 우선 우리 가족이 한커우까지 간 경로가 그곳에 사는 태반의 일본 사람들과 달라 흥미를 끌었을 것이다. 우리는 톄링에서 펑톈奉天을 거쳐서 기차를 타고 만리장성을 지나 푸커우浦口를 거쳐 양쯔강을 거슬러 올라갔는데, 일본인들은 대부분 배를 타고 상하이를 거쳐서 한커우로 갔다. 우리 가족은 한커우까지 가는 과정에서 전쟁의 폐허를 목격했지만 일본인들은 그렇지 않았을 것이다. 나는 내 처녀작이 과연 어떤 작품이었는지 궁금해서 한동안 한커우에서 발간된 일본 신문을 열심히 찾아보았다. 도쿄에 있는 아시아경제연구소의 도서실장이 내 말을 듣고 일본 전국의 도서관 네트워크를 통해 찾아봐 주었는데, 불행히도 한커우에서 발간된 일본 신문은 남아 있는 것이 없다고 했다. 후에 우한武漢에 갔을 때 도서관을 찾아가 보았지만 안타깝게도 내가 갔던 날이 공휴일이라 도서관이 문을 닫아 자료를 찾아보지 못했다.

어쨌든 나의 기행문이 신문에 게재되자 나는 새로운 환경에서 자신감을 갖게 되었다. 어린애들이 다른 학교로 전학 갔을 때 늘 보는 일이지만 새로 온 애들은 아무래도 주눅이 들고 낯선 환경에 적응하는 데 시간이 걸린다. 그런데 나의 경우는 쓰는 언어까지 완전히 달랐다. 조선어를 쓰는 선생님 대신에 일본어밖에 모르는 선생님, 조선어를 쓰는 조선 친구 대신에 주변이 온통 일본인 친구였으니 말이다. 그런데 나의 작문이 어른들의 신문에 실렸으니 스스로 내 실력에 자신감을 갖게 되었고 새로운 환경에 적응하는 데 큰 도움이 되었다. 더구나 담임선생님은 물론 다른 선생님들도 낯선 조선 아이에게 각별한 관심을 갖게 되었을 것이다. 하여튼 나는 메이지 심상소학교에서 차별 대우를 받았다거나 억울함을 느껴 본 적이 없다.

우리 가족이 2년 후 한커우를 떠날 때 담임선생님과 동급생들은 양쯔강에 있는 부둣가까지 나와서 작별인사를 해 주었다. 20명 가까이 되는 친구들이 모두 나와서 따뜻하게 작별인사를 건넸다. 모두 정장을 입고 있었는데, 그중 한 여자아이의 옷차림이 지금도 기억 속에 또렷이 남아 있다. 열 살짜리 그 아이는 명주로 만든 짧고 흰 드레스에 흰 모자를 쓰고 나왔는데 모자에는 빨간 리본이 달려 있었다. 이런 선명한 인상은 그때 찍은 사진에서 얻은 것이리라. 그런데 불행히도 한국전쟁 때 평양에서 피난을 나오면서 사진첩을 모두 두고 와 버렸다. 3학년을 마치고 새 학기가 시작하기 전에 한국으로 돌아와야 했을 터이니 2월 아니면 3월이었겠지만 한커우는 내륙이라 날씨가 더워 모두 여름옷을 입고 있었다. 그러고 보면 학교의 분위기는 매우 훈훈했던 것 같다. 한커우의 여름은 말할 수 없이 무더웠다. 내륙인 데다 평원지대이니 더울 수밖에 없었다. 전선줄에서 참새가 익어 떨어진다고 할 정도였다. 남쪽이어서 겨울은 춥지 않지만 한 해 겨울은 꽤 추웠던 것으로 기억한다. 물론 난방시설이 없는 곳이라 조금만 추워져도 체감온도는 뚝 떨어졌다.

한커우에서 보낸 2년은 나에게 뜻하지 않은 소득을 주었다. 첫째는 나의 일본어 발음이 완전히 일본인의 그것과 똑같아진 것이다. 어릴 때여서 그랬을 것이다. 이것은 후에 나의 학업에도 큰 영향을 미쳤다. 덕분에 훗날 나는 일본의 정치와 외교 등을 가르치고 일본에 자주 드나들며 각종 회의에 참석할 때 언어에 구애받지 않고 본격적인 연구를 할 수 있었다. 둘째는 내가 독립운동가들의 발자취를 따라가며 연구하는 데 많은 도움이 되었다는 것이다. 양쯔강은 한국 독립운동가들이 자주 오르내리고 건너다니던 강이므로 그 지역에 대한 배경지식은 연구하는 데 긴요한 자료가 되었다.

1968년의 어느 날 서울의 약수동 집에서 정화암鄭華岩[6] 옹과 마주 앉

---

6 정화암(1896~1981)은 일제 강점기에 백범 김구와 함께 독립운동가로 활동한 무정부주의자

아 정담을 나누던 때가 떠오른다. 그분이 어떤 모임에 대해서 언급하실 때 "아, 그거 무창武昌에서 있었지요. 그 양쯔강 유역에, 한커우 건너편에……." 하면서 맞장구를 쳤더니 그분도 놀라시며 쉴 새 없이 속사포 같은 속도로 독립운동 시절을 회고해 주셨다. 그분이 즐기신 마오타이주茅台酒도 분위기를 고조하는 데 한몫을 했다. 또 내가 대학에서 중국 정치를 강의할 때 내 경험을 학생들에게 들려주면 학생들이 무척 흥미로워했다. '백문이 불여일견'이라고 하지만 나는 초등학교 3학년생의 나이에 너무나 많은 일을 겪었다. 장자莊子가 말하길 인생이란 문틈 사이로 백마가 지나가는 것 같다고 했다. 속절없이 빠르게 흐르는 삶을 표현한 말이다. 하지만 나는 문 밖에 있던 백마가 내 방에 뛰어든 듯한 충격적인 어린 시절을 보냈다.

1941년, 한커우를 떠나던 날, 나는 부모님에게 우리가 떠나는 이유를 묻지 않았다. 오게 된 이유를 묻지 않은 것처럼 떠날 때도 마찬가지였다. 우리 가족이 그곳을 떠나고 얼마 후에 중국 항공대가 한커우를 공습했다는 기사를 읽고 아마도 그런 위험에 처해 있었기 때문이었나 하고 막연히 짐작했을 뿐이다. 하지만 한커우는 언제나 위험한 곳이었으므로 꼭 안전 문제 때문에 한커우를 떠났다고는 볼 수 없을 것이다. 이제 와 생각해 보면, 아버지의 사업 부진이 우리가 한커우를 떠나게 된 결정적 이유였던 것 같다. 봉재룡 사장의 삼하흥업은 3만 원을 두 번째로 수혈받고도 고전하는 상태였으니 한커우 지점을 정리하자는 이야기가 나왔을 가능성이 높다. 지점장이었던 부친이 변변한 퇴직금도 받지 못한 채 한커우를 떠나야 했던 것을 보면 아마도 사업 부진의 영향이 컸던 것으로 보인다. 거기에

___

이다. 광복 후에 야당 정치인으로 활동했다. 본명은 정현섭鄭賢燮이며 자는 윤옥允玉, 호는 화암華岩이다.

어머니의 외로운 삶도 이유가 되었을 것이다. 아버지는 회사 일로 바쁘고 나는 공부로 분주했지만, 중국말을 할 줄 모르는 어머니에게 한국과 관련한 사람이나 장소가 거의 없는 한커우는 그야말로 절해의 고도孤島와 다름없었을 것이다. 어머니는 한커우를 떠나는 날만을 손꼽아 기다렸다.

우리는 분명 난징을 지나 왔을 테지만 기억이 나지 않는다. 대신 상하이는 또렷하게 기억난다. 우리가 탄 통통배는 양쯔강을 타고 내려와 상하이를 둘러싼 황푸강黃浦江으로 들어섰다. 선착장에 배가 꽉 차 있어서 우리 배가 계속 황푸강을 돌아야 했던 까닭에 나는 상하이 구경을 실컷 할 수 있었다. 크고 작은 배들이 어림잡아도 100척은 넘었을 것이다. 가장 인상적이었던 것은 번드Bund[7] 거리의 고층건물들이었다. 당시 동양에서 가장 높다고 하는 24층의 고층건물이 우뚝 서 있었고, 그 주위로 높은 건물들이 도열해 있어서 마천루의 국제도시 상하이를 자랑하는 듯했다. 나중에 안 사실이지만 번드에 있는 공원에 '중국인과 개는 출입금지'라는 푯말이 붙어 있어서 중국인들이 무척 분개했다고 한다.

우리는 다롄으로 가는 배를 타려면 며칠 기다려야 해서 그동안 시내 곳곳을 구경했다. 이곳저곳이 인상적이었는데 특히 영국 조계의 인도인 교통순경의 모습이 눈에 띄었다. 머리에 터번을 두르고 검은 수염을 길게 늘어뜨린 시크족 출신 순경의 모습은 내게 굉장히 신기했다. 영국 조계에는 영국 본토에서 옮겨다 놓은 듯한 교회와 다양한 용도의 영국풍 건물들이 늘어서 있었다. 길을 걸어 프랑스 조계로 들어서자 그곳에서는 갈색 베레모 같은 것을 쓴 베트남인 순경들이 프랑스식의 고풍스런 건물들이 늘어선 거리에서 교통정리를 하고 있었다.

물론 내가 영국이나 프랑스를 가본 적이 없었으니 어떤 것이 영국식이

---

7 강변을 따라 죽 늘어선 빌딩 구역을 말한다. 중국어로 와이탄外灘이라고 한다.

고 어떤 것이 프랑스식인지를 분간하지는 못했지만 두 조계의 분위기는 각기 다채롭고 이국적이었다. 조계 입구에 철조망으로 만든 관문을 들어서면 건물들의 스타일이 완전히 판이해서 다른 나라에 왔다는 인상을 받았다. 조계는 조차租借를 받은 나라들이 통치권을 가진 구역이니 외국이나 다름없었다.

훗날 '독립운동사'를 연구하면서 알게 된 사실인데, 러시아 영사관에서 번역 일을 하던 여운형呂運亨은 좌익분자들을 탄압하던 국민당 측 헌병대에 붙잡혀 감시를 받으며 끌려가던 중 영국 조계의 입구를 지나갈 때 혼잡한 틈을 타서 슬쩍 빠져나왔다고 했다. 조계와 관계가 있던 민간인은 쉽게 출입할 수 있었지만 착검한 중국 관헌들은 그곳에 들어갈 수 없었기 때문이다. 그들뿐만 아니라 독립운동가들 거의 모두가 프랑스 조계에서 보호받았다. 자기 나라의 자주와 독립을 위해서 독립운동가들이 서양 각국의 치외법권에 의존했다고 하면 아이러니이지만 해외에까지 뻗은 일본의 마수에서 벗어나려면 그 방법밖에 없었다. 어느 조계였는지 기억나지 않지만 상하이에서 나는 난생 처음으로 바나나를 사먹었다. 그것은 만주나 한국에서는 보지 못했던 희귀한 과일이었는데 그 후에 오랜 세월이 흐르도록 그때의 독특한 향미를 다시 맛볼 수 없었다.

우리 가족은 상하이에서 다롄까지 가는 기선의 삼등실에 탑승했다. 삼등실은 선박 밑바닥에 만들어진 창고나 다름없는 곳이었다. 넓은 바닥에 판자를 깔고 중간에 통로를 만들어 두 쪽으로 나눈 다음 양쪽에 선객들이 병사처럼 앉아 있거나 누워 자도록 만들어 놓았다. 내가 그 삼등실을 기억하는 것은 밤바다 격랑을 타며 배가 좌우로 흔들릴 때마다 내 작은 몸이 이리저리 바닥을 굴러다녔기 때문이다. 중심을 잡지 못하고 한쪽으로 쏠릴 때마다 옆에 있던 아주머니에게 부딪쳤는데 참다 못한 아주머니가 버럭 짜증을 냈다. 만일 그때 내가 열 살짜리 소년이 아니라 몸이 훌쩍 자란 청소년이었다면 아주머니는 나를 치한으로 몰아 공격했을지도 모른다.

기선의 삼등실에서 보낸 며칠은 낭만적인 여행과는 거리가 멀었다. 항해 도중에는 바깥을 내다볼 수도 없었다. 삼등실에 달린 창문은 요동치는 바닷물만 보이는 둥근 구멍 몇 개가 전부였다. 거기에는 먼 수평선도 흰 구름도 없었다. '황해'라고 하면 노란 바다가 연상되지만 그때 내가 본 바닷물의 빛깔은 이끼나 수초를 떠올리게 하는 흐린 초록색이었다. 배가 칭다오와 다롄에 정박했을 때에는 갑판에 올라가 먼 곳을 바라볼 수 있었지만 항해 중에 본 것은 오직 녹색의 일렁이는 물뿐이었다.

우리 배는 칭다오青島에 정박했지만 하선시켜 주지 않아 도시를 구경하지는 못했다. 갑판에 올라가 아름다운 서양식 고층건물들을 멀리서 보았는데 한 폭의 서양화처럼 나의 기억 깊은 곳에 남아 지금도 칭다오를 이야기할 때면 이 장면이 눈에 선하게 떠오른다. 19세기 말, 서양 열강들이 중국을 분할 통치한 시절에 칭다오를 포함한 산둥반도山東半島는 독일이 차지한 조차지였기 때문에 독일 사람들은 독일식으로 건물을 설계하고 맥주공장을 지어 놓았다. 내가 멀리서 그곳을 바라보았을 때는 칭다오를 일본이 점령했을 때였다. 제1차 세계대전이 발발하자마자 일본이 재빠르게 산둥반도를 점령하고 독일이 취한 모든 권익을 자기가 승계할 것이라고 하여 중국 사람들을 울분에 차게 했지만 전승국 일본 제국의 야욕을 꺾을 도리가 없었다. 전승국들의 지도자로 등장한 우드로 윌슨 미국 대통령은 민족자결 원칙을 내걸고 세계평화를 부르짖었지만 산둥반도의 중국 반환과 조선 독립에는 미온적이었다. 전승국 반열에 오른 일본이 국제연맹에서 탈퇴하겠다고 위협했기 때문이다. 윌슨이 국제연맹을 세계평화의 필수조건으로 여겼기 때문에 일본의 위협은 대단히 효과적이었다. 오랜 후에 나는 여운형 전기를 쓰면서 그와 장덕수張德秀가 상하이에서 열린 연합국 전승 축하 퍼레이드를 목격하면서 울분에 찬 눈물을 흘렸다는 기록을 보았는데 여하튼 연합국은 승리했고 국내에서 3·1운동이 일어나기는 했지만 독립은 실현되지 않았다.

다음 날 우리가 도착한 다롄만의 푸른 바닷물은 너무나 맑고 투명했다. 깊은 바다의 수면 위를 떠돌던 오징어 떼의 모습이 지금도 눈에 선하다. 러시아인들이 세웠다는 다롄의 풍경은 중국이라기보다 서양 도시에 가까웠다. 외국 조계가 많은 상하이보다도 더 서구적이었다.

얼마 후 우리는 평양으로 향했다. 큰외삼촌이 아버지에게 급히 돌아오라는 전보를 보냈기 때문이다.

제2장

평양에서 겪은 태평양전쟁,
1941~1943년

평양 가루개로 이사하다

1941년의 봄, 한커우에서 귀국한 우리 가족은 평양에 터를 잡았다. 평양
은 우리 가족에게 아주 낯설기만 한 곳은 아니었다. 서너 살 때쯤에 평양
상수리에 있는 큰외삼촌 집에 놀러간 기억이 있다. 만수대 쪽에서 평안남
도 도청을 향해 올라가는 길 왼쪽에 있던 평양상업학교와 바로 그 밑에 줄
지어 있던 새로 지은 한옥들이 머릿속에 떠오른다. 큰외삼촌 집은 그 한옥
들 중 하나였다. 매우 단단하고 굵은 목재와 큰 돌로 지어진 말끔한 집들
은 중산층 중에서도 살림살이가 좀 나은 사람들이 사는 곳이었다. 골목에
서 나와 건너편에 있는 구멍가게에 가서 알사탕이며 과자 등을 사 먹던 기
억이 생생하다. 평안남도 도청은 모란봉 건너편 언덕의 가장 높은 곳에 있
었는데, 지금은 그 자리에 웅장한 혁명박물관이 자리 잡고 있다.

우리가 중국에서 돌아왔을 때 큰외삼촌은 기림리箕林里에 있는 큰 한옥
에서 아주 예쁜 둘째 부인과 살았다. 영화배우 같은 미모에 교양 있어 보
이는 부인이었다. 외사촌형 명린과 함께 그 집에 놀러 가서 후하게 대접받
은 기억이 난다. 명린은 그 부인을 '작은어머니'라고 불렀다.

그때 큰외삼촌은 광산을 개척했는데, 아버지에게 만주에서처럼 함께
사업을 하자고 제안했다고 들었다. 하지만 이미 조선의 경제는 완전히 총
독부 통제하에 있어서 개인 기업체가 자유롭게 광산업을 경영할 수 있는
상황이 아니었다.

평양에 도착한 우리 가족은 도심 외곽에 자리한 '가루개'라는 마을에 둥
지를 틀었다. 가루개의 공식 이름은 감북리坎北里였다. 이곳에는 훗날 김
일성종합대학이 세워졌다. 서평양西平壤역에서 멀지 않은 기림리는 전차

종점에서 30분 이상을 걸어 우牛시장을 지나면 나타나는 마을이었다. 그곳을 지나갈 때면 말뚝에 매어 놓은 여러 마리의 소와 상인들, 그리고 소를 사러 온 손님들이 보였다. 손님들은 대개 전통적인 바지저고리에다 흰 두루마기를 입거나 갓을 썼기 때문에 금세 알아볼 수 있었다. 상인들은 보통 흰 바지에 흰 적삼을 입었다. 우리 집은 기림리에서 높은 고개를 넘은 후에 논과 밭을 한참 지나야 나왔다. 아마 그 당시에 집값이 저렴한 동네였을 것이다. 화물차와 소달구지가 다니는 큰길을 지나 골목에 들어가면 집이 있었는데, 그 큰길에도 버스가 오지 않는 오지 마을이었다.

우리 집은 큰방이 하나 있고 그 앞으로 부엌, 그다음에 방이 한 칸, 그리고 건너편에 또 한 칸이 더 있는 디근자형의 새로 지은 한옥이었다. 집 안에 수도 시설이 있었다. 집의 위치나 구조는 이전에 살았던 한커우의 삼층 집과 비교가 되지 않았다. 그때 우리 가족의 생활환경은 몹시 열악했다.

가루개의 집은 너무나 불편했다. 어머니는 더더욱 그러했을 것이다. 평양 시내였다면 아침마다 문을 여는 상설 시장, 그러니까 늘 열려 있는 시장의 상점들이 있었을 것이고, 아주 시골이었다면 오일장이 닷새마다 열렸을 것이다. 하지만 가루개는 이도 저도 아닌 곳이어서 어쩌다 지나가는 행상에게서 식료품과 생필품을 구입해야 했다. 가장 가까운 곳에 있는 상점이 기림리로 가는 길 중간 지점에 있었는데, 물건을 사려고 왕래하기에는 너무나 먼 거리였다. 게다가 물건도 잡화나 과자 종류밖에 없었다.

소달구지를 몰고 다니는 상인들은 야채를 잔뜩 싣고 나타나 종을 치거나 소리를 질렀다. 리어카 행상들은 냄비와 그릇, 생활용품을 팔았고 리어카에 판자를 놓고 큰 가위로 짝짝 소리를 내며 다니는 엿장수도 있었다. 다만 식량 배급제가 시행되면서 엿을 만들 수 없게 되었을 테니 그리 오래가지는 않았을 것이다. 칼 갈아 주는 사람, 깨진 그릇을 고치는 사람처럼 지금은 사라진 직업을 가진 사람들이 소리를 지르면서 돌아다니곤 했다.

깨진 사발도 조각을 이어 붙여 사용할 만큼 궁핍한 시절이었다.

가루개의 우리 집에서 시내 신창리新倉里 근처에 있는 명륜국민학교明倫國民學校까지 가는 길은 너무나 멀고 힘들었다. 특히 집에서 전찻길까지 걸어서 우시장과 마을을 지나고 고개를 넘는 데 30~40분이 소요됐다. 다시 20분 동안 전차를 타고 도청 앞의 높은 고개를 넘어 신창리까지 간 후 7~8분 정도 걷거나 뛰어가야 학교에 간신히 도착했다. 이처럼 먼 거리를 한 주일에 여섯 번씩 왕래하려니 어린 소년의 육체로는 감당하기가 어려웠다. 때때로 아프다는 핑계로 학교에 가지 않고 동네 아이들과 구슬치기를 하거나 딱지치기를 하면서 빈둥빈둥 놀았다. 내 책상 서랍에는 늘 구슬과 딱지가 가득 차 있었다.

수십 년이 지난 지금, 가루개 집에서의 궁핍했던 생활이 한편으로는 아름다운 추억이 되었다. 아이들과 논둑 옆을 흐르는 개울에서 물고기나 개구리를 잡고, 연못에서 첨벙대며 물놀이를 했던 기억이 선명하다. 시골살이를 해 본 경험이 전혀 없던 나에게는 모든 것이 신기하기만 했다. 남의 밭에서 콩서리를 하려다가 들켜서 혼비백산 도망 친 기억도 난다.

학교에 가기 싫었던 것은 단지 거리 때문만은 아니었다. 첫 번째 이유는 집에서 전차 정거장까지 가는 중간 지점에 위치한 마을이었다. 기림리에서 고개를 넘어 내리막길을 조금 내려오면 마을이 있었는데 큰길 옆에 잡화점이 있었고 꽤 넓은 골목이 있었다. 장거리 하굣길을 마치고 집에 돌아올 무렵이면 동네 아이들이 벌써 학교에서 돌아와 운동을 하거나 장난을 치며 놀고 있었다. 그 골목 입구가 아이들의 집합 장소였다. 그래서 그곳을 지날 때면 어김없이 아이들 무리와 부딪쳤다. 내가 나타나면 아이들은 일시에 움직임을 멈추고 둘러서서 시위를 하듯 나를 노려보았다. 무언중에 자기들과 다른 교복을 입은 나를 못마땅해 하는 것 같았다. 아이들의 수가 많고 또 덩치가 제법 큰 아이도 있어 나는 내심 긴장하지 않을 수 없었다. 외톨이였던 나는 언제나 그 언저리를 조심스럽게 지나갔다. 어느 날 결국 피할 수 없는 상황에 맞닥뜨렸다. 무리에서 체구가 가장 큰 아이가 내게 손가락질하며 고래고래 소리를 지른 것이다. "야, 이 새끼야! 너, 누구야?" 매우 위협적인 목소리였다. 상점 주인이 가게 안에서 곁눈질로 엿보고 있었다. 나는 오래전부터 이런 일이 벌어지리라 예상했고 두들겨 맞을 각오도 하고 있었지만, 막상 그 순간이 오자 그저 불안하고 떨렸다. 나는 새하얗게 공포에 질린 마음을 숨기며 태연히 영문을 모르겠다는 눈빛으로 "왜 그래?" 하고 대꾸했다. 그 순간 지구가 자전을 중지하고 온 세상의 시계가 멈춰 버린 것 같았다. 가게 주인 아저씨가 한 가닥 희망이었다. 그런데 덩치 큰 아이가 의외의 부드러운 목소리로 말을 건넸다. "너 다니는 학교가 어디야?" 황소 같은 덩치의 검은 눈망울이 호기심으로 빛났다. 내가 대답할 새도 없이 덩치는 다음 질문을 던졌다. "이름은 뭐야?", "왜 그 학교에 다녀?" 순박하게 깜빡이던 그 아이의 두 눈을 잊을 수가 없다. 나는 입가에 친절한 미소를 띠며 하나하나 대답해 주었다. 악수를 했는지는 기억나지 않는다. 그 후부터는 동네 어귀를 지나다 아이들을 만나면 손을 흔들며 인사를 주고받았다. 나중에 알게 된 사실은 위협적으로 들리던 '새끼'라는 말이 평양에서는 비속어가 아니라 '자식' 정도의 표현이었다는 것이다. 오랜 시간이 지난 후 한국전쟁 당시 방위군에서 훈련을 받을 때 친근감의 표현으로 무심코 '새끼'라는 말을 뱉었다가 불같이 화내는 상대방을 보고 놀랐던 기억이 있다. 지금 생각해 보면 그것은 웃지 못할 에피소드였다.

학교에 가기 싫었던 두 번째 이유는 화장실이었다. 당시 평양 시내에도 공중변소가 몇 개 없었으니 기림리 정거장에서 집으로 오는 시골길에 그런 시설이 있을 리 만무했다. 그래서 학교를 나설 때는 만반의 준비를 해야 했는데, 간혹 그 행사를 소홀히 하거나 '최후의 기회'를 놓쳐서 낭패를

보았다. 이 '최후의 기회'란 내가 마음속에 정해 놓은 특별한 구역으로 몇 개의 봉분이 모여 있는 묘지 언덕을 말한다. 어느 날 나는 〈노라쿠로のらく ろ〉[1]에 몰두해 정신없이 걸음을 옮기다가 '최후의 기회'마저 놓쳐 봉변을 당하고 말았다. 제2차 세계대전 때 전투기를 조종한 어떤 미국 장교는 "나의 속옷만이 그날의 일을 알고 있다"라고 말했는데 초등학교 4학년 때의 내가 바로 그러했다.

〈노라쿠로〉가 일본 청소년들에게 군국주의를 불어넣기 위한 선전도구였음을 알게 된 것은 한참 후의 일이다. 나중에 알고 보니 많은 일본 어른들도 〈노라쿠로〉를 읽으며 일본의 중국 침략을 자연스럽게 지지하게 되었다고 한다. 나는 이때 배운 노라쿠로의 노래, 즉 "모토와 야도나시 노라이누모, 이마데와 모오켄 렌타이데……"(원래는 노숙하는 개였는데, 이제는 맹견 연대에서……)라는 가사를 70여 년이 지난 지금도 정확하게 기억하고 있다.

평양에서 어머니와 교회는 떼려야 뗄 수 없는 관계였다. 어머니는 고독했던 한커우 시절만 빼고는 항상 교회에 다녔지만 평양에 돌아온 후에는 더 열심히 신앙 생활을 했다. 새벽기도, 일요예배, 일요 저녁예배, 수요예배 등 교회를 빼놓고 어머니의 일과를 이야기할 수 없을 정도였다. 어머니는 평신도 설교도 멋지게 해내서 교인들의 신망이 두터웠다.

가루개 교회는 잡화점이 있는 마을에 있었다. 지금도 그 건물과 담임목사님이 선명하게 기억난다. 지은 지 얼마 안 된 아담한 교회인 데다 어머니가 집사여서 나는 목사님과 비교적 가까이 지냈다. 게다가 목사님이 해

---

1 다가와 스이호田河水泡가 1931년부터 1941년까지 연재한 만화. '노라쿠로'를 우리말로 해석하면 '노숙자, 검둥이'이다. 돌봐주는 주인이 없어서 정처 없이 떠돌아다니던 검은 개가 '맹견猛犬부대'에 입대해서 일등병이 되고, 중사가 되며 승승장구로 진급할 뿐 아니라 전쟁터에 나가서 혁혁한 업적을 세운다는 이야기이다.

방 후에 전국적으로 유명해져서 내가 잊으려고 해도 잊을 수가 없다. 북한 정권이 발표하는 모든 문서에 강량욱康良煜(1903~1983)이라는 이름이 들어가 있었기 때문이다. 그의 직명은 '조선인민공화국 최고인민회의 상임위원회 서기장'이었다. 최고인민회의는 남한의 국회에 해당하는 기관이며, 상임위원회는 국회가 열리지 않을 때에도 법령을 채택할 수 있는 기관이다. 잘 알려져 있듯이 공산 정권에서는 공산당이 모든 것을 결정하므로 최고인민회의건 상임위원회건 실질적으로 정책을 결정하는 기관들은 아니었지만 모든 법령을 상임위원회의 이름으로 발표하게 되어 있어서 강량욱 목사의 이름을 거의 매일 공시판公示板에서 볼 수가 있었다.

강량욱 목사가 그처럼 유명해진 것은 그가 김일성 수상(당시는 수상, 1970년대 이후 주석)의 모친인 강반석의 일가였기 때문이라고 알고 있었는데 후에 더 자세한 정황을 알고 보니 그 외에도 김일성과 가까울 수밖에 없는 중요한 이유가 있었다. 1912년생인 김일성이 1923년에 고향인 평안남도 칠골에 있는 창덕학교彰德學校에 전학했을 때 "희망대로 강량욱 선생이 담임한 학급에 편입되었다"[2]라고 한 것을 보면 강 선생은 창덕학교 내에서 평판이 좋았던 것 같다. 창덕학교의 설립자는 김일성의 외조부 강돈욱姜敦煜(1871~1943)이다. 김일성의 외갓집은 재산이 풍족한 지주 집안이었다. 김일성에 의하면 강량욱은 평양 숭실학교의 전문반, 즉 전문학교에 해당하는 반에서 공부하다가 학비를 댈 수 없어서 중퇴하고 창덕학교의 교사가 되었다고 한다. 강량욱의 아내는 소년 김일성이 방문할 때마다 비지밥을 대접해 주었다. 흰쌀밥이 아니고 비지밥을 대접한 것은 경제 사정이 궁핍했기 때문이다. 강량욱은 김일성보다 9년 연상이었는데 김일성이 자서전에서 강량욱을 꼭 '선생'이라 칭하고 그의 부인을 '사모님'이라고

---

2 김일성, 『세기와 더불어』 제1권(평양: 조선로동당출판사, 1992), p. 87.

존대한 이유가 있다. 강량욱이 나이가 많고 사제 간이라는 이유도 있었지만, 강량욱은 김일성의 외할아버지 강돈욱과 같은 돌림자를 쓰는 6촌 동생이었으니 촌수로 따지면 김일성에게 할아버지뻘이었다. [3]

강량욱 목사가 높은 지위를 차지하며 김일성 정권의 주요인물이 되기는 했지만 그 부부가 치러야 했던 대가는 가혹했다. 북한 정권에 반대하는 누군가가 그들이 사는 관사 담장 너머로 폭탄을 던져 그로 인해 마당에서 놀던 아들 둘이 사망했기 때문이다. 나는 그들이 사는 관사 앞을 지날 때마다 그 사건을 떠올렸다. 강량욱 목사 가족이 산 관사는 일제시대 일본인 초등학교인 야마테山手 소학교 바로 앞에 있던 일본인 가옥(이른바 적산가옥)이었는데 주변에 인적이 거의 없었다.

1949년 한식날이었을 것이다. 우리 가족은 할아버지의 산소에 가기 위해 시내에서 멀리 떨어진 공동묘지를 찾아갔다. 그런데 그곳에서 우연히 강 목사 부부를 만나서 인사를 나누었다. 부부는 자그마한 승용차를 타고 왔다가 돌아가는 길에 나보다 10년 아래인 동생 광식과 막내 혜숙을 평양까지 직접 태워다 주었다. 승용차는 평양 시내에서나 드물게 보는 희귀한 문물이었고, 정부기관의 고위 관료들만이 타고 다니는 것이었다. 그런데 강량욱 목사가 나의 동생들을 크게 배려해 준 것이다. 뒤쪽이 오리 엉덩이 모양으로 높은 흰색 새 자동차였다. 당시 공동묘지까지 다니는 버스가 있을 리 없었다. 우리 가족은 그 먼 길을 걸어 돌아오면서도 어쩐지 우쭐해진 기분에 휩싸였고, 나중에도 그 일을 두고두고 이야기하며 정담을 나누

---

3 강량욱이 강돈욱과 함께 창덕학교를 창립했다는 설이 있지만 창덕학교가 1907년에 설립되었다고 하니 1903년생인 강량욱으로서는 불가능한 일이었다. "창덕학교는 1907년 4월 1일에 김일성의 외할아버지인 강돈욱 선생이 창건하였다. 1923년 4월부터 1925년 1월까지 김일성은 이 학교에서 공부를 하였다. 지금 이 학교에는 1,000여 명의 학생과 90여 명의 교직원들이 있다고 한다." (중국 주재 북한대사관 홈페이지 기사문, 「중조친선학교들이 창덕학교 창립 100돐을 함께 경축」, 2007. 3. 31.)

곤 했다. 지금 생각해 보니 그들은 폭발 사고로 잃은 자식들의 묘를 찾아
보기 위해 그곳에 들렀던 것 같다.

명륜국민학교와 황국 신민화 정책

내가 전입한 명륜국민학교는 대동강에 가깝게 자리 잡은 만수대 근처에 있었다. 원래 여학교였다가 남녀공학으로 바뀐 지 얼마 되지 않아 대다수의 사람들은 명륜국민학교를 여학교로 알고 있었다. 그래서 나는 그 학교에 입학한 후 다른 학교 학생들로부터 놀림을 받기도 했다. 하지만 웬일인지 내게는 야릇한 엘리트 의식 같은 것이 있었다. 아마도 입학할 때 입학시험이라는 쉽지 않은 관문을 거쳤기 때문인 것 같다. 나는 명문 중의 명문인 평양사범학교를 나온 아버지의 영향력으로 —아버지가 동창들을 수소문하여 추천을 받은 덕분에— 명륜국민학교에 들어갔다.

내가 평양에서 4학년으로 전입했을 시절은 만주 톄링에서 보통학교를 다니던 시절과 사뭇 다른 점이 있었다. 우선 학교의 이름이 보통학교에서 '국민학교'로 바뀌었다. 학우들은 톄링 보통학교에서처럼 모두 조선 아이들이었지만 한커우의 소학교 학생들처럼 일본말을 쓰고 있었다. 4학년 선생님 또한 분명히 조선 사람이었지만 마에가와前川라는 일본 이름을 썼고, 5학년 선생님은 가네다鎌田라는 일본인이었다. 마에가와 선생님의 조선 이름은 들어 보지 못했다.

명륜국민학교의 분위기는 톄링 보통학교나 한커우의 메이지 심상소학교와 판이하게 달랐다. 톄링 보통학교에서는 선생님과 학생 모두 조선어를 쓰면서 따로 일본어를 배웠고, 메이지 심상소학교에서는 나와 대만 학생 외에 모두가 일본인이었기 때문에 자연스럽게 일본어를 썼다. 그런데 명륜국민학교에서는 조선어 사용 자체를 금지했다.

이러한 정보는 누구를 통해서 알게 된 것이 아니라 어느 날 상급생이 던진 질문 덕분에 알게 된 것이다. 쉬는 시간에 운동장에서 논 후 교실에 들어가려고 신발을 벗어 신발장에 올려놓을 때였다. 갑자기 "오마에 쵸셍고 데키루카?"라는 말이 들려왔다. "너 조선말 할 줄 아니?"라는 뜻밖의 질문이었다. "내가 왜 조선말을 못 해?"라고 우리말로 대답하자 상급생은 다급히 손가락을 입에다 대고 "쉿!" 하면서 은밀한 미소를 지었다. 그제야 나는 우리말을 쓰는 것이 금지되어 있음을 깨달았다. 내가 1학년이었던 1938년과 4학년이 된 1941년 사이에 일본 정부의 조선 교육정책이 많이 달라졌는데, 중국에 있던 나는 전혀 몰랐던 것이다.

우리가 만주에 있을 때만 해도 보통학교에는 『조선어독본』이 있고 조선어를 가르쳤다. 그런데 평양에 오니 그런 자료와 수업은 없어졌고, 학교에서는 조선어가 금지되었다. 대신 모두들 '국어상용國語常用'에 익숙해져 있었다. 국어상용이란 일본어를 항상 쓴다는 뜻인데, 학교에서는 일본어로 말하고 집에서는 조선어를 사용했다. '국어상용' 원칙을 따른다면 집에서도 일본어를 써야 했겠지만 당시 조선 사람들의 대부분이 일본어에 능숙하지 않아서 만일 집에서도 국어상용을 해야 한다면 아예 말을 하지 말라는 것과 같았다. 나의 어머니도 일본어를 몰랐기 때문에 내가 집에서 일본어로 대화를 한다는 것은 불가능했다. 그래서 우리는 자연히 '이중언어 생활'을 하게 되었다.

상급생이 내게 조선말을 아느냐고 물어본 이유는 우리 반 아이들이 전부 다 나를 '나이치진', 즉 내지인內地人이라고 불렀기 때문이다. '나이치진'이란 일본인을 가리키는 단어이다. 그러하니 급우들은 내가 조선 사람인 것을 알았지만 다른 반 아이들은 내 정체를 몰랐을 게 틀림없다. 내가 그런 호칭으로 불린 것은 내 일본어 발음에 사투리의 성조가 없고 단어와 문장을 구사하는 능력 또한 일본 사람과 별반 다름이 없었기 때문이다. 2학년과 3학년을 한커우의 일본인 학교에서 다닌 것이 큰 영향을 미친 것이다.

일본 정부가 1930년대 후반에 와서 조선 사람들까지 '신민화臣民化' 대상으로 삼은 이유는 중국을 점령하고 동양 전체를 일본의 식민지로 만들려면 엄청나게 많은 노동력이 필요했기 때문이다. 조선 사람들을 '보조 일본인'으로 만들려고 한 것이다. 조선 고유의 성씨를 못 쓰게 하고 일본 이름으로 바꾸도록 한 이른바 창씨創氏 명령도 우리를 일본 사람으로 개조하기 위한 노력의 한 방편이었다. 그러나 러일전쟁 시절부터 조선 사람들을 멸시하고 폭력을 휘두르며 폭정을 거듭한 일본이 조선 사람을 강제적으로 일본화하는 것은 무리였다. 총독부가 '국어상용'을 명령한 지 4년 후인 1942년에 초등학교를 졸업한 남성이 전 인구의 13.73퍼센트, 중등학교 졸업생이 2.08퍼센트[4]밖에 되지 않았으며, 같은 해를 기준으로 일본어 해독이 가능한 조선인 남자는 3할, 여자는 1할밖에 되지 않았다.[5] 따라서 모든 조선 사람이 일본어를 사용하는 것은 도저히 불가능한 일이었고, 아무리 조선어와 일본어에 흡사한 점이 많다고 해도 일본말을 배우는 데에는 오랜 시간이 필요했다. 학령기 아동에게만 일본말을 가르치더라도 학교 숫자를 몇 배나 늘려야 했다. 조선총독부는 3·1운동이 일어난 1919년 이후 경찰 행정 예산을 2배로 올렸지만 교육 예산은 별로 확보하지 않고 있다가 1940년대에 들어서야 예산을 증가하기 시작했다. 그러니 '국어상용'이 하루아침에 이루어질 리 만무했다.

황국신민을 만들기 위한 정책으로 '국어상용' 외에 몇 가지 방법이 더 동원되었다. 그중 하나가 의례儀禮 행사들을 통한 '황국정신'의 주입이었

4　Yunshik Chang, "Growth of Education in Korea, 1910-1945," *Bulletin of the Population and Development Studies Center* Vol. IV, 1975, p. 47. (조선총독부, 「인구조사결과보고서」, 1944년 5월 1일자 재인용)

5　佐野通夫, 「朝鮮植民地支配末期の敎育政策」, 姜德相先生古稀·退職記念論文集刊行委員会 編集, 『日朝關係論文集: 姜德相先生古稀·退職記念』(東京: 新幹社, 2003), p. 452.

고, 그다음이 철저한 일본 역사 교육을 통한 '야마토 정신'의 주입이었다. '야마토大和'는 일본 역사 최초의 통일국가로, 일본인들은 특히 일본적 정신을 말할 때 많이 사용했다.

국어상용 정책이 있다는 사실은 우연한 기회를 통해 알게 되었지만, '황국정신'을 주입하는 의례 행사는 아침조회에 매일 참석하면서 자연스레 알게 되었다. 선생과 전교생이 교정에 모여서 정렬하면 교장의 호령하에 동방요배東方遙拜를 했다. 동방요배란 '우리 동쪽에 계시는 천황 폐하에게 드리는 인사'인데, "사이케이레이最敬禮"라고 호령하면 우리는 몸을 90도로 굽혀 경례를 했다. 그다음 교정 앞쪽에 세워진 천황과 황후의 사진이 보존된 어친영 봉안전御親影 奉安殿을 향해서 다시 한 번 경례했다. 특별한 날, 즉 초대 천황인 진무神武 천황이 야마토를 세웠다는 기원절紀元節이나 금상今上 천황의 생일인 천장절天長節에는 턱시도를 입고 흰 장갑을 낀 교장이 어친영 봉안전에 가서 최경례를 한 다음 허리를 굽히고 천황의 어영御影, 즉 사진을 들고 나와서 단에 서면 우리는 모두 머리를 숙이고 엄숙한 자세로 서 있다가 구령에 따라 최경례를 했다. 그리고 천황의 사진이 다시 제자리에 돌아갈 때까지 엄숙한 자세로 서 있어야 했다.

이것은 시작에 불과했다. 교정에서의 행사가 끝난 후 반장의 명령에 따라 대열을 지어 교실로 올라가면 다시 의례 행사가 계속되었다. 교실 벽의 중앙에 놓인 흑판 위에는 가미다나神棚가 설치되어 있었다. 가미다나는 일종의 소형 신사神社라고 할 수 있다. 우리는 가미다나에 최경례로 요배한 후 손뼉을 세 번 쳤다. 세 번 손뼉을 치는 이유는 아무도 설명해 주지 않았다. 그다음에 반장이 "교육에 관한 칙어勅語!"라고 호령하면 우리는 그 길고 긴 글을 소리 맞추어 봉창奉唱했는데, 우리가 가장 힘차게 부른 대목은 맨 마지막 구절인 '교메이교지御名御璽'였다. 이것이 끝이 아니었다. 그다음에는 고대로부터 내려온 126대의 천황들의 이름을 소리내어 외웠다. '진무덴노神武天皇'로 시작하여 '긴조덴노헤이카今上天皇陛下'까지 천황들의 이름을 하나도 틀림없이 줄줄 외웠는데, 특히 '긴조덴노헤이카'를 외칠 때는 마지막이라는 생각에 모두들 웃으며 힘차게 소리질렀다.

조선총독부가 우리에게 이처럼 천황들의 이름을 하나하나 외우게 한 이유를 생각해 본 것은 오랜 후의 일이다. 총독부의 목적은 일본 천황의 정통성과 정당성, 그리고 일본 제국의 우월성을 믿게 하는 것이었다. 일본의 통치자들이 원한 것은 조선 사람들이 일본의 우월성을 무조건 믿는 것이었다. 후에 알고 보니 야마토가 세워진 시기는 2,600년 전이 아닌 서기 7세기였고 우리가 배웠던 '국사'의 대부분은 신화에 지나지 않았다. 하지만 우리는 학교에서 배운 것 외에 다른 역사를 알 도리가 없었다. 제2차 세계대전에서 일본이 패배한 후 일본 학자들 간에 건국 신화에 대한 활발한 연구와 논쟁이 있었는데, 그중 2,600년 전에 구름을 타고 야마토에 천황이 내려왔다는 신화가 사실은 백제가 망한 후 살아남은 왕족들이 일본 열도에 건너가서 새로운 왕국을 세운 것을 말한다는 학설이 있어서 흥미롭게 읽었다. 다시 말하자면 일본의 왕족은 백제의 후예라는 것이다. 내가 이 문제를 다시 떠올리게 된 것은 『일본과 한국』이라는 책을 쓰면서 일본 건국신화의 기원을 연구했기 때문이다.[6] 백제가 당과 신라 연합군의 공격을 받고 멸망한 때가 7세기인데, 야마토가 건립된 시기가 바로 그때였다.

천황 126명의 이름을 외우고 나면 '황국신민서사皇國臣民の誓詞'를 소리 내어 암송했는데, 이 문서는 짧아서 좋았다. "우리는 대일본제국의 신민입니다. 우리는 마음을 합하여 천황폐하에게 충의를 다하겠습니다. 우리는 힘든 일을 참으면서 단련하여 훌륭하고 강한 국민이 되겠습니다." 아

---

6 Chong-Sik Lee, *Japan and Korea: The Political Dimension* (Stanford: Hoover Institution, 1985).

직도 기억하는 이 선서 외에도 우리는 '군인에게 주신 칙어' 5항목을 외웠다. 그 칙어는 "하나. 군인은 충절함을 본분으로 한다"로 시작된다. 내가 한커우에서 학교를 다닐 때에는 '황국신민서사'를 들어 본 일이 없었는데 나중에 알고 보니 이것은 한국 사람만을 위해서 만들어진 것이었다.

일본 황실의 정통성, 존엄성은 이 외에도 여러 가지 방법을 통해서 우리에게 주입되었다. 우리가 매일 부른 일본 국가國歌는 천황의 정통성을 찬양하는 노래였다. '기미가요君が代'로 시작하는 일본 국가를 우리말로 번역하면 '우리 군주의 통치는 천 대千代, 8천 대로, 시냇가의 자갈돌이 바위로 자라서 곰팡이가 낄 때까지 계속될 것이다'라는 뜻이다. 제2의 국가라고 알려질 만큼 우리가 매일 부른 〈우미유카바海行かば〉라는 노래는 바다에서 죽건, 산에서 죽건 천황을 위해서 죽으면 한이 없다는 내용의 노래였다.

학교에서는 황국신민화皇國臣民化 정책 중 하나인 신사참배를 정기적으로 실시했다. 우리는 평남도청 앞 모란봉 뒤에 놓인 평양신사平壤神社에 자주 갔다. 총독부에서는 신사참배가 황국신민화의 중요한 도구였지만 우리에게는 교실 밖으로 소풍 가는 것이었을 뿐이다. 신사 앞에 열을 맞춰 서 있으면 괴상한 옷을 입고 상투 비슷한 모자를 쓴 일본 사람이 나와서 무어라 한참 중얼거리다가 소금을 뿌린 후 세 개의 종이조각을 매단 막대기를 흔들어댔다. 그러면 우리는 또 절을 하고 의식을 마친 후 줄지어 학교로 돌아왔다.

기원절과 천장절에는 학교에서 행사를 마친 후 모두 평양신사에 가서 요배했는데 우리 학교에서 평양신사까지 가려면 30분은 족히 걸어가야 했다. 5학년 때 천장절에 있었던 일이 기억난다. 전교생이 신사에 가기 위해 학교 뒤뜰에 모였는데 선생님이 갑자기 나를 부르더니 2학년인가 3학년 한 반을 인솔하라고 지시했다. 인솔이라고 해 봐야 학생들을 줄 세워 출발

명령을 내리는 것인데, 그때 나는 그것만으로도 기분이 우쭐해졌다. 그 반 앞에 서서 "키오쯔께(차렷)!" 명령을 내리고 점호 명령 등을 호령했더니 평소에 보지 못했던 여자 선생님이 옆에 서 있던 남자 선생님에게 웃는 얼굴로 눈짓하는 모습이 내 눈에 들어왔다. 학교의 뒤뜰은 삼면이 삼 층 건물로 에워싸여 있어서 내 목소리가 메아리처럼 반사되며 울려 퍼졌다. 스스로 듣기에도 그 소리가 웅장하게 여겨졌다.

지금 생각해 보면 그 지루한 의례 행사들은 우리를 일본화하기는커녕 우리가 그들을 비웃게 만들었다. 일본 권력자들은 이런 의식을 통해서 조선 사람들이 야마토 정신을 갖게 될 것이라고 확신했는지 모르지만, 천황이란 존재는 관념적이고 추상적인 개념에 지나지 않아서, 동방요배나 사진에 대한 최경례를 통해서는 친근감이나 존경심을 가질 수가 없었다. 사실 우리는 동방요배 같은 행사의 진의를 몰랐다. 또 교실마다 설치된 가미다나에 무엇이 들어 있는지도 모르는 상태에서 가미다나에 참배한다고 해서 일본 정신을 갖는다는 것은 그야말로 어불성설이었다.

의례 행사를 통해 조선인의 정체성을 말살하려는 시도는 오히려 씻어버릴 수 없는 원한을 심어 주는 것으로 끝났지만 학교의 '국사 교육'은 어린 학생들에게 잘못된 식민사관을 심어 주기에 충분했다. 최소한 나의 경우는 그랬다. 나는 집안에서나 주변에서 한국 역사에 대해서 전해들은 바가 전혀 없었으므로 학교에서 가르치는 역사를 저항 없이 받아들였는데 그것은 백지나 다름없는 내 머릿속에 처음으로 그려진 지도였다. 물론 내 단순한 머리로도 구름을 타고 일본 땅에 내려와 야마토라는 나라를 창건했다는 건국 신화나, 가미카제神風(신이 보낸 돌풍)가 일어나서 몽고의 선박들을 휩쓸어 버렸다는 신화는 믿어지지가 않았다. 그러나 러일전쟁에 관한 무용담이나 영웅들에 관한 이야기들을 오랜 세월이 지난 오늘까지도 기억하고 있는 것을 보면 아마도 우리를 일본인으로서 세뇌하는 데 가장 빠르고 효과적인 방법은 역사 교육이었던 것 같다. 교과서를 통해서뿐만 아니라 잡지, 만화는 물론 노래까지 만들어서 우리가 즐겨 부르게 했기 때문이다.

요시노 선생이 우리에게 일본 역사를 열정적으로 가르친 시기는 내가 6학년 때인 1943~1944년이다. 조선 역사에 관해서는 일언반구도 없이 일본의 고대사부터 러일전쟁까지의 역사에 주력한 것은 조선총독부의 정책이었다. 일제시대에 배화여고 교장을 지낸 이만규의 다음 글이 이 정책의 의도를 명쾌하게 설명했다고 생각되기에 여기에 소개한다.

일본 역사를 어린아이 때부터 가르쳐 일본이 있는 것만 알고 조선이란 관념이 없게 만들려 하였었다. 일본의 문화로 조선의 고유문화를 박멸하려는 것이 이 교육령(1922)의 정신이며 지식분자를 일인日人化시키고 일본을 구가謳歌하게 하여 이들로 하여금 조선의 무식 대중을 속이고 꾀어 일본정신이란 함정으로 몰아넣으려는 일을 하게 하려는 것이 교육령의 복선이었으니 곧 문화정치를 표방하여 문화로 문화를 정복하고 일본을 위하는 고등 대변자를 만들려는 것이 이 교육령의 목적이었다.[7]

조선의 역사를 몰랐던 나는 일본의 역사만을 배우고 이를 받아들여 우리 것이라고 생각했으니, "문화로 문화를 정복"하려는 총독부의 정책은 목적을 이룬 셈이었다. 역사 교육의 중요성을 새삼스럽게 느끼게 된다.

6학년 때 일어난 즉석 연설 사건은 지금도 생생히 기억난다. 어느 날 평안남도 도청의 시학관視學官이 우리 학교에 시찰을 나온다고 하여 법석을 떨었다. 시학관 일행은 남녀 혼성반의 160명이 함께 공부하고 있는 큰 방

---

7 李萬珪, 『朝鮮教育史』(서울: 을유문화사, 1949), p. 265.

뒤편에 자리를 잡고 우리 수업을 청강했다. 그 시간은 마침 국사 시간이었다. 요시노 선생은 우리가 이미 배운 원나라 함대의 일본 공격에 대한 강의를 되풀이했다. 열띤 강의를 통해 그의 애국심을 나타내려고 했을 것이다. 천하무적이던 몽골군이 수백 척의 선박을 이끌고 일본을 정복하러 갔는데 돌연 '가미카제'가 불어서 침략군의 함대 전체가 침몰하고 말았다는 내용이었다.

요시노 선생은 가미카제를 중심으로 열정적인 강의를 마친 후 우리의 소감을 물었다. 지금 베이에이米英, 즉 미국과 영국 침략군이 대일본제국을 위협하고 있는데 너희들은 어떻게 생각하느냐고 물었다. 30~40명이 손을 들었는데 요시노 선생은 나를 지목했다. 나는 신이 나서 일어나 열변을 토하기 시작했다.

"가미카제가 침략군을 몰살한 것은 대일본제국이 신으로부터 탄생한 신국神國이기 때문입니다. 그러므로 신이 가미카제를 내려보내서 신국을 침략하려던 야만 족속들의 배들을 침몰시킨 것은 너무나 당연한 일이었습니다. 지금 베이에이米英가 우리를 침범하려 하고 있으니 이제 또 가미카제가 진격하여 그들을 격멸할 것입니다. 우리는 정의의 칼을 들고 그들을 타도하는 데 일익을 담당해야 합니다."

그날의 내 연설은 이런 내용이었다. 즉석 연설임에도 불구하고 일본 귀신이라도 들린 양 청산유수로 쏟아냈다. 그로부터 30여 년 후에 만난 명륜국민학교 급우 문국진이 그날의 나를 또렷이 기억할 정도였다. 그는 나의 웅변에 놀라서 요시노 선생이 미리 지도해 주었을 거라고 생각했다고 회고했다. 그렇게 의심한 사람은 문국진뿐만이 아니었다. 그날 시찰을 나온 시학관 일행도 나의 즉석 연설을 연극의 한 장면 같았다고 말했다고 한다. 나의 연설이 완벽했다는 칭찬이었겠지만 나로서는 너무나 억울한 말이었다. 내가 담임선생님이 만들어 준 극본을 재연한 배우에 지나지 않는다는 의미도 되었기 때문이다. 나는 도청의 높은 사람들 앞에서 '감상'을 발표하는 순서가 있다는 것을 몰랐고, 도청에서 온 높은 사람들은 우리가 얼마나 철저히 황국신민 교육을 받아 왔고 얼마나 애국심이 강했는지를 몰랐다.

왜 그들은 내가 가미카제를 불러일으킬 만한 열정에 가득 차 했던 연설을 진지한 감정의 표현으로 받아들이지 않았던가? 그들은 왜 나의 순수성을 의심했을까? 나는 그에 대한 대답을 미국 흑인해방운동의 지적知的 영도자인 듀보이스W. E. B. Du Bois(1868~1963)의 글에서 찾았다. 그는 미국 흑인이 두 개의 의식Consciousness을 갖고 있다고 말했다. 흑인 사회의 한 사람으로서 갖게 된 자생적 의식과 흑인을 멸시하는 안목으로 보는 백인의 의식을 동시에 가지고 있다는 것이다. 즉 흑인들은 자기들을 누구와도 다르지 않은 동등한 사람으로 보는 한편 백인들이 자기들을 비천하게 보는 의식으로도 자기들을 본다. 몸은 하나밖에 없지만 두 개의 상충된 의식이 깃들어 있어 항상 갈등하는 것이다.[8]

이처럼 듀보이스는 두 개의 '의식'을 말했는데 나는 내가, 그리고 우리 세대의 조선 아동들은 두 개의 '정체성identity'과 의식을 가지고 있었다고 생각한다. 조선 사람 본연의 정체성이 우리 몸속에 깃든 한편, 일본 황국신민으로서의 정체성과 의식도 키워 가고 있었다. 집에서 조선어를 쓰면서 된장찌개와 김치를 먹던 나와 학교에서 일본어를 쓰면서 가미카제 정신을 부르짖은 나의 몸은 하나이지만 정체성이 달랐다. 일본 정부는 우리

---

8 "It is a peculiar sensation, this double-consciousness, this sense of always looking at one's self through the eyes of others, of measuring one's soul by the tape of a world that looks on in amused contempt and pity. One ever feels his two-ness,—an American, a Negro; two souls, two thoughts, two unreconciled strivings; two warring ideals in one dark body, whose dogged strength alone keeps it from being torn asunder." W.E.B. Du Bois, "Of Our Spiritual Strivings," *The Souls of Black Folk* (New York: Dover, 1994), p. 2.

의 성씨를 일본 것으로 바꾸도록 했고 조선어 대신에 일본어를 '상용'하게 함으로써 조선인 이정식을 일본인으로 바꾸려고 했는데, 집에서 조선어를 '상용'하던 나는 일본어를 쓰는 나와 공존했다. 수십 년간 조선 사람으로 지내면서 핍박과 차별을 받아 온 어른들과 달리 나는 두 가지 정체성 간의 갈등을 별로 느끼지 않았다. 조선 사람으로서의 정체성이 강하지 않은 상태에서 일본 교육을 받았기 때문일 것이다. 나는 온전한 조선인도 일본인도 아닌 불완전한 존재였다.

가루개의 생활은 우리 가족에게 매우 불편했는데 다행인지 불행인지 그곳에서의 생활은 그리 오래가지 않았다. 아버지가 평양에서 온전히 정착할 생활 근거지를 찾지 못했기 때문이다. 평양사범학교 출신이었지만 교편을 잡은 지 오래되어서 교사로 복직할 수 없었고 다른 곳에 쉽게 취직할 수도 없었다. 조선의 경제는 1938년부터 전시통제하에 있었기 때문에 새로운 사업이나 장사를 시작할 수가 없었다. 그래서 할 수 없이 아버지의 유일한 남동생인 삼촌이 사는 만주로 떠나게 된 것 같다. 가루개를 떠나서 만주로 이사한 시기는 정확히 기억나지 않는다. 가루개에서 겨울을 지냈던 기억이 없는 것을 보니 아마도 1941년 가을쯤에 그곳을 떠났던 것 같다. 가족은 떠났지만 나는 평양에 혼자 남았다.

명륜국민학교를 다니던 나는 다행히 평양에 사는 고모 집에 신세를 질 수 있었다. 고모 집은 명륜국민학교에서 그리 멀지 않은 신양리에 한옥들이 줄지어 선 골목에 있었다. 고모부는 두 사람과 동업해 피복공장을 경영했는데 대동문 안쪽에 공장이 있다고 했다. 그곳은 중상류층이 모여 사는 동네였다. 골목의 모든 집에 꽤 묵직해 보이는 대문이 달려 있었다. 고모 집 대문 바로 옆에 이 층짜리 한 간 방이 있었고 마당에는 온돌의 구들을 놓을 때 쓰는 반듯한 석판石板들이 깔려 있고 한쪽에 수도가 있었다. 집은 대체적으로 말끔했다. 구질구질했던 가루개의 집과는 확연히 달랐다. 내가 중학에 들어갈 시험공부를 해야 한다고 특별히 배려하여 여중에 다니는 현숙 누나가 혼자 쓰고 있던 한 간 방을 내주었다. 고모의 따뜻한 배려였다. 그러지 않아도 누나가 있으면 얼마나 좋을까 하고 생각했는데 현숙 누나가 있어 나는 더더욱 좋았다.

태평양전쟁과 나의 평양 학창시절

우리 가족이 평양에 정착한 1941년, 역사적 대사건이 벌어졌다. 12월 초에 일본 해군이 '진주만 공격'을 감행한 것이다. 진주만은 하와이 열도 오아후Oahu섬에 위치한 곳으로 미국은 1908년부터 이곳을 태평양함대의 해군기지로 삼았다. 일본군이 진주만에 있는 미국 함대를 전멸시켰다는 소식을 들을 때까지 우리는 진주만이란 지명을 들어 본 적도 없었다.

진주만 공격 이후 우리 학교는 돌연 축제 분위기에 휩싸였다. 〈대동아결전의 노래大東亞決戰の歌〉를 배운 우리는 매일매일 시가행진에 나섰다. 그 노랫말은 일본 군부의 명분과 감정을 요약한 것이었다.〈대동아결전의 노래〉를 몇백 번이나 불렀는지는 기억나지 않지만 70년이 지난 오늘까지도 그 음과 노랫말은 똑똑히 기억하고 있다.

"일어나자마자 격렬한 태평양의 함성이 들린다. 동아 침략 백년간의 야망을 꺾어 버렸다. 바야흐로 지금이 결전의 때이다."

일본 해군의 최우선 목표는 미국이었다. 여기에는 이유가 있었다. 미국이 일본의 중국 침략을 가장 신랄하게 비난하며, 일본의 침략 행위를 중단시키기 위해 석유와 고철 자재의 수출을 금지하겠다고 압박했던 것이다. 미국은 세계시장에서 유일한 석유와 철강재 수출국이었다. 따라서 이러한 조치는 일본의 무기 생산을 중단시키고 자원을 고갈시키겠다는 협박이나 마찬가지였다. 일본군은 이미 오래전부터 중국 전선에서 교착상태에 빠져 불필요한 부담을 지고 있었다. 하지만 그렇다고 고개를 숙이고 후퇴할 수도 없는 난감한 처지에 놓여 있었다. 일본 정권을 장악한 군인, 관료들은 돌진하는 용기만 철저히 교육받았을 뿐, 후퇴나 항복을 죽음보다도 수치스러운 것으로 여겼다.

아이들은 〈대동아결전의 노래〉를 뜻도 제대로 모르면서 아주 신나게 불렀다. 사실 그 노래에는 몇 가지 심오한 뜻이 담겨 있다. 이 노래에서는 일본의 적수가 미국은 물론이고 아시아를 침략한 서양의 여러 나라라고 말한다. 바로 '동아 침략 백년간의 야망을 꺾어 버렸다'는 부분이 그렇다.

미국이 스페인으로부터 필리핀을 빼앗은 때가 1898년이니 미국이 동양을 '침범'하기 시작한 것은 진주만 공격으로부터 불과 43년 전의 일이었다. 서양의 다른 나라들, 즉 프랑스·영국·네덜란드 등이 영토 쟁탈전을 벌이며 식민지를 착취한 것은 그보다 수십 년 앞선 일이다. 프랑스는 베트남·캄보디아·라오스를, 영국은 말레이·싱가포르·인도를 비롯한 남아시아 나라들을, 네덜란드는 지금의 인도네시아를 식민지로 삼고 있었다. 그래서 일본은 태평양전쟁을 말할 때 미국을 상대로 일으킨 전쟁이라 하지 않고 항상 '베이에이米英', 즉 미국과 영국을 상대로 한 전쟁이라고 말했다. 또한 이 노래는 태평양전쟁이 동양에서 서양 제국주의를 물리치는 성전聖戰이라고 말했다. 일본 스스로 동양 해방군을 자처한 것이다. 그러나 일본이 필요했던 것은 석유를 비롯한 지하자원이었다. 석유를 팔지 않겠다는 미국의 압박에 굴하지 않고 각 나라에 매장된 자원으로 미국과 싸우겠다는 생각이었다.

어쨌든 우리는 매일같이 들려오는 일본군의 전승 소식을 들으면서 축하 행렬에 참여했다. 순진한 우리는 축하 행렬에 참여한 선물로 말레이에서 생산했다는 고무공을 받고 즐거워했다. 식민지 조선에서뿐만 아니라 일본에 사는 아이들도 똑같은 선물을 받았다고 하니 얼마나 많은 고무공이 수송되어 왔는지 모른다. 완구의 종류가 나날이 줄어들던 시절, 어린아이들에게 고무공은 너무나 놀라운 선물이었다. 고무공 선물은 일본의 동남아 '진출' 효과를 과시하기 위한 수단이었을 것이다. 하지만 아무것도 모르는 우리는 그걸 가지고 놀기 바빴다.

　지금 같으면 전쟁 진행 상황을 매일 텔레비전으로 볼 수 있겠지만 우리는 선생님들의 인솔하에 영화관에 가서 '대본영발표大本營發表'라는 말로 시작되는 전쟁에 관한 뉴스를 보았다. '대본영大本營'이란 천황이 명령을 내리는 일본 최고의 군사본부로서 전쟁의 총괄기관이었다. 뉴스 중에서 가장 인상적이었던 것은 일본군이 싱가포르를 점령하는 장면이었다. 영국은 싱가포르 앞바다에 포진지를 여럿 설치해 놓고 난공불락이라고 자랑했지만 이는 종이호랑이에 지나지 않았다. 일본군이 바다가 아닌 육지 쪽에서, 즉 뒤쪽에서 밀고 들어갔기 때문이다. 같은 장면을 얼마나 많이 보았는지 야마시타 도모유키山下奉文 대장이 "예스카 노카(예스냐 노냐)"라고 물으며 영국군 총사령관 아서 퍼시벌Arthur Percival 앞의 책상을 주먹으로 내리치는 장면이 아직도 눈에 선하다. 무조건 항복하겠느냐 아니면 공격을 받겠느냐며 담판을 짓는 장면이었는데, '예스카 노카'라는 말은 학생들 사이에 유행어가 되었다.

　일본 정부가 발표한 대로 서양 나라들의 아시아 침략이 여지없이 막을 내리고, 일본이 선포한 '대동아공영권大東亞共榮圈'이 현실화되는 듯했다. '공영권'이란 '모두가 함께 번성을 이루며 사는 지역'이라는 뜻이다. 마치 동양의 민족들을 압박하고 착취해 온 백인들이 항복했으니 모두 행복해질 것이 아니냐는 투였다. 중국 대륙에 파송된 일본군이 아직도 탈출구를 찾지 못하고 있었지만 일본은 진주만 공격 이후 이 문제도 절로 해결되리라 믿었던 모양이었다. 미국은 태평양 함대가 주요전력을 상실하고 식민지인 필리핀을 잃어버리면 이빨 빠진 호랑이가 되어 버릴테니 미국에만 의존하고 있던 장제스 정부가 왕징웨이王精衛의 뒤를 따라 항복할 것이 아니냐는 논리였다.

　'대동아공영권'의 실현은 일본의 아름다운 꿈이었다. 강대국이 약소국을 압박하여 착취하지 않고 모두 함께 윤택하게 살아가자는 주장은 불교 신자나 기독교 신자가 원하는 극락이나 천국과 다름없는 높은 이상이었다. 어찌 보면 지금의 유럽연합EU과 비슷했다. 그러나 일본이 제시한 이 구상은 실현되지 못했다. 여기에는 두 가지 이유가 있었다. 첫째는 일본이 내세운 이상이 표면상의 이유에 불과했기 때문이고, 둘째는 일본에 미국을 물리칠 만한 힘이 없었기 때문이다. 내가 태평양전쟁의 경과에 대해 몇 가지 언급하고자 하는 것은 이 전쟁이 세계사를 바꾸어 놓은 커다란 사건이기도 하지만, 내 나이 만 열 살에 시작된 이 전쟁으로 내 인생이 아예 뒤집혀 버렸기 때문이다.

나날이 일본에 불리해져 가는 전세戰勢는 우리 가족을 포함한 모든 조선 사람의 실생활에 커다란 변화를 가져왔다. 우리는 가정에서 쓰고 있던 모든 놋그릇을 내다 바쳐야 했다. 이 일은 애국반愛國班[9]을 통해서 실행되었을 것이다. 일본 사람들은 보통 도자기 그릇을 썼기 때문에 이 명령은 대부분 조선 사람들에게 해당했다. 놋그릇 헌납에는 예외가 없었다. 김장할 때나 꺼내 쓰던 큰 양푼부터 밥그릇, 젓가락, 심지어 요강까지도 바쳐야 했다. 일상생활에 대변동이 일어난 것은 자명한 일이었다. 그렇다고 놋그릇 대신 도자기로 만든 식기를 공급해 주는 것도 아니었다. 나중에는 장롱 같은 가구에 붙어 있는 자물쇠나 장식품도 떼어 갔다. 구리와 아연의 합금인 이 놋쇠를 가지고 도대체 어떤 무기를 만들었는지 모르겠다. 상하이의 삼하흥업은 1943~1944년에 비철금속 무역으로 거금을 벌었다고 하는데 그 시기가 놋그릇 헌납과 때를 같이한다.

일본 정부는 민간인들이 쓰던 각종 금속 제품뿐만 아니라 공장 시설도 전쟁을 위해서 '회수'했다. 대포와 함정 같은 무기를 만들려면 방대한 양

---

9 일제강점기 전시체제하에서 조선인의 생활을 감시하고 통제하기 위해 만들어진 조직.

의 쇠가 필요했기 때문이다. 아이러니하게도 일본은 진주만을 공격하기 직전까지 미국에서 고철을 수입하고 있었다. 그런데 미국에 선전포고를 했으니 더 이상 고철을 수입할 수 없었다. 일본은 당장 전쟁에 필요하지 않은 공장 시설을 철거하고 철로까지 뜯어서 함정이나 대포를 만들었다. 이른바 '기업 정리'라는 명목으로 이루어진 이 과업[10]은 한반도보다 일본에서 더 대규모로 이루어졌다. 특히 산간 지역을 연결하는 협궤철도가 많이 철거되었다고 한다. 이 당시 조선중요물자영단朝鮮重要物資營團의 직원으로서 기업 정리 대상을 '판정'하기 위해 각종 사업체에 파견되었다는 어떤 이는 직위나 계급의 상하를 막론하고 모두가 자기를 칙사勅使처럼 대접했다고 말했다.[11]

일본이 놋그릇을 빼앗고 교통에 필수적인 철로를 뜯어 가고 생활필수품 공장의 기계까지도 용광로로 보내야 했던 이유는 일본 해군의 함정과 수송선들이 끊임없이 침몰되었기 때문이다. 미국이 일본 해군의 통신 암호를 해독한 사실을 알아차리지 못한 채 일본은 군함과 수송선 제조에 온 힘을 다했지만, 미국의 잠수함들은 일본의 연간 생산량보다 훨씬 더 많은 선박들을 격침했다.[12] 일본의 생산력으로는 도저히 그 손해를 메울 수 없을뿐더러 그만큼의 재료를 구하는 것도 불가능했다. 일본의 패색은 점차 짙어졌지만 어느 누구도 항복에 대한 이야기를 꺼낼 수가 없었다. 그러는 사이에 우리가 겪는 고통은 나날이 극심해졌다.

---

10 배성준, 「전시하 '경성' 지역의 공업통제」, 『국사관논총』 88, 2000, pp. 243~287. 이 글에서는 '기업 정리'에 대해서만 언급하고 '정리' 대상이 된 공장이나 철로는 다루지 않았다. 한국에서는 1943년 12월에 '기업정비조치령'이 시행되었고 1944년 3월부터 기업 정비가 이어졌다.
11 이분은 필자와 면담은 했지만 이름을 밝히기를 원하지 않았다.
12 일본의 선박 보유량은 진주만 공격을 감행한 1941년 12월에는 637만 6천 톤이었는데 1945년 8월에는 152만 7천 톤, 즉 4분의 1로 감소했다. 마찬가지로 일본 해군의 선박 피해는 1943년에는 207만 톤이었고 1944년에는 411만 5천 톤에 이르러 약 두 배가량 증가했다. 中村隆英, 『昭和經濟史』(東京: 岩波書店, 1986), pp. 135~136.

전쟁이 계속됨에 따라 옷은 물론이고 신발이며 양말, 비누에서 성냥까지 모든 것이 배급 품목에 포함되었다. 구멍 뚫린 옷을 기워 입는 것은 당연해졌고, 운동화의 밑창이 떨어져 나가면 몇 차례 수선해서 신다가 버려야 했다. 시골에서는 짚신을 만들어 신고 다녔겠지만, 도시에서는 어떻게 지냈는지 기억이 나지 않는다. 저녁 식사가 끝나면 어머니나 이모들이 양말에 전구를 집어넣고 짜깁기를 하는 것이 예삿일이었다.

더욱 심각한 문제는 식량 문제였다. 배급받는 식량은 품질이 형편없었고 그나마도 배급량이 줄어들어 최소한의 필요량을 충족하지 못했다. 배급받는 양곡 중에 쌀이 차지하는 비중은 점점 줄어들고 좁쌀과 콩이 늘어갔다. 얼마 후에는 대두박大豆粕이 식용 잡곡 중 한 가지로 등장했다. 대두박이란 찐 콩을 압착하여 콩기름을 짜고 남은 찌꺼기이다. 나는 만주에서 흔히 보았기 때문에 대두박이 익숙했다. 원래의 콩 색깔대로 대두박도 노란색이다. 대두박 덩어리는 직경 50센티미터, 두께 15센티미터 정도 되는 둥근 타이어 모양이었다. 만주에는 대두박을 쌓아 놓은 창고들이 많았다. 일본이나 조선에서 대두박을 수입해 비료나 가축의 사료로 쓴다고 들었다. 그런데 전시체제하에서 대두박이 사람들의 양식이 된 것이었다. 동물 사료로 쓰는 것이니 콩기름을 짜낸 대두박에도 영양분이 남아 있긴 했을 것이다.

나는 대두박을 먹어 본 적이 없다. 배급받은 대두박의 냄새가 너무나 고약했기 때문이다. 누군가가 대두박을 배급받아 와 대문 안에 들어서는 순간 온 집안에 악취가 진동했기 때문에 나는 도저히 대두박을 먹을거리라고 생각할 수가 없었다. 대두박이 갓 만들어졌을 때에는 그런 냄새가 나지 않을 테지만, 우리가 받아 온 대두박은 어느 창고 구석에 내동댕이쳐져 있었을 법한 케케묵은 것이었다. 함경남도 함흥에서 자란 염극용 씨에 의하면 자기 집에서는 배급받은 대두박을 부숴서 말린 후에 기름에 볶아 먹었다고 한다. 그곳에 배급된 대두박은 썩지 않았던 모양이었다.[13] 서울에 살던 이채진 씨는 배급받은 대두박을 국에 말아 먹었다고 한다. 그거라도 먹어야 배를 채울 수 있으니 먹지 않을 수가 없었던 것이다.

명륜국민학교 5학년 시절, 기억나는 것은 담임인 일본인 가네다兼田 선생이 시킨 '세이자静坐'이다. 세이자는 책상과 의자들을 교실 한쪽에 밀어놓고 마룻바닥에 꿇어앉아 눈을 감고 있는 것인데, 나중에 생각해 보니 선불교에서 말하는 정좌였다. 이 정좌의 목적은 몸을 바르게 하고 앉아서 마음을 가라앉히고 번뇌를 끊고 진리를 생각하여 무아지경無我之境에 이르는 것이다. '무아'라는 말은 '나'라는 존재를 잊어버리라는 뜻일 것이다. 그렇지만 우리에게는 괴로운 시간일 뿐이었다. 선생님이 세이자의 뜻을 가르쳐 주지 않은 데다 다리가 저리도록 오랫동안 꿇어앉아 있어야 했으니 좋을 리가 없었다. 혹시나 해서 한쪽 눈을 뜨고 상황을 파악하려다가 긴 막대기를 들고 감시하던 손오공처럼 생긴 선생님으로부터 한방 얻어맞은 기억이 아직도 생생하다. 지금 생각하니 '무아'라는 말은 컴퓨터 게임에 빠져서 시간 가는 줄 모르는 상태나, 소설책에 코를 박고 앉아서 소설의 주인공이 된 듯 스스로를 잊어버리는 상태를 말하는 듯하다. 하지만 '세이자'로는 그런 무아지경에 빠질 수 없었다.

5학년이 되자 친하게 지내는 학우들이 여럿 생겼다. 그중 석세일, 문국진과는 아직도 연락을 잇고 있다. 석세일의 부친은 사친회師親會 회장이었는데 개업의였다. 위치는 생각나지 않지만 흰 돌로 장식된 그 집의 현관이 기억난다. 장우현은 창씨를 하지 않았지만 장張이라는 성을 일본말로 '하리'라고 발음하여 '하리 유겐'이라고 불리었다. 나처럼 중국에서

---

13 염극용 씨와의 면담. 2015년 7월 20일. 최영호 교수는 중학교 2학년 때 동원되어 대구역에 가서 만주에서 온 콩깻묵(대두박)을 운반했고 그 콩깻묵이 식구들의 주식이 되었다고 말했다.

돌아온 와타나베와도 가깝게 지냈는데 후에 알고 보니 그의 본명은 변형 식이었다.

1943년에 우리는 6학년이 되었다. 여자반 담임 남자 선생님이 징병으로 출정出征해서 남녀 교실을 합반하여 총 160명이 한 교실에서 함께 배우게 되었다. 선생님도 전쟁에 불려 나갔으니 그야말로 살벌한 '전시체제'였다. 6학년이 된 우리가 수업을 듣는 교실은 큰 교실 두 개를 터서 160명이 함께 수업을 들을 수 있도록 만든 곳이었다. 교실 앞쪽에는 남학생들이, 활짝 열어 놓은 칸막이 뒤쪽에는 여학생들이 앉았다. 남녀 합반은 처음 있는 일이었으므로 선생님들이 여러 가지로 많이 고민했을 것이다. '남녀칠세부동석'이라며 남녀유별男女有別을 강조하는 나라인 데다 남녀학생들이 자기가 원하는 대로 섞여 앉는 것은 언감생심이던 시절이었다. 앞쪽에 여학생들을 앉히면 뒤에 앉은 남학생들의 신경이 온통 여학생들에게만 쏠릴 테니 여학생들을 뒤쪽에 앉힌 것 같았다.

초등학교 6학년에는 이미 사춘기에 접어든 아이들이 있었던 모양이었다. 언젠가 나를 좋아하는 여학생이 있다는 소문이 들렸다. 누가 그런 말을 퍼뜨렸는지는 모르지만 소문에는 그 여학생의 이름까지 돌았다. 하지만 나는 전혀 모르는 이야기였다. 나는 여학생들을 처음 만나, 그들의 이름을 알지도 못했다. 나는 그런 쪽으로 너무나 둔했다. 가끔은 그때 과연 어떻게 생긴 아가씨가 나를 좋아했을까 궁금하다.

우리 반 담임이었던 요시노吉野 선생은 우리를 열심히 가르쳤다. 총독부에서 발간한 교과서 외에도 '국사'(당시에는 일본 역사) 교재를 두둑하게 등사해서 우리에게 과외 공부를 시켰다. 미농지라는 얇은 종이에 파란 잔글씨로 등사한 교재가 지금도 눈에 선하다. 요시노 선생은 총독부 교육국이 정한 수업 시간 외에도 따로 시간을 내어 열정을 다해 학생들을 가르쳤다.

나는 공부에 자신이 있었다. 그래서 시험을 전혀 두려워하지 않았다.

제일 자랑스러웠던 때는 6학년 남녀반 160명이 종합 모의시험을 치렀을 때였다. 아마도 중학 입학시험에 대비한 모의시험이었을 것이다. 산수·국어·역사 과목이 모두 포함되었는데, 나는 200점 만점을 받았다. 200점을 받은 학생은 나와 여학생 단 둘뿐이었다. 나는 의기충천할 수밖에 없었다.

1948년 봄, 만주에서 평양으로 귀국한 나는 옛 스승을 찾았다. 우리에게 그렇게 '국사'를 열정적으로 가르치던 요시노 선생의 진짜 이름은 이효겸李孝謙이었다. 평양 제2중학교의 교감이 된 이효겸 선생의 주소를 수소문해서 상수리上需里에 있는 자택을 찾아갔다. 내 팔자가 남달리 억센 탓인지 만주 땅에서 해방을 맞이하여 온갖 고생을 하다가 고국에 돌아왔기에 인사를 드리고 싶었다. 옛 스승은 많이 변해 있었다. 이효겸 선생은 그날 나에게 공산주의의 우월성과 필연성에 대해 길게 설명했다. 나는 만주에서 조선의용군朝鮮義勇軍 아저씨들과 퍽 가까이 지냈고, 팔로군八路軍 병사들과 같은 동네에서 산 적이 있어서 딱히 공산주의에 대한 저항심은 없었다. 하지만 어쩐지 그날 이효겸 선생의 모습은 실망스러웠다. 그 후 이효겸 선생은 북한의 최고 엘리트를 양성하는 혁명열사유가족학원, 즉 만경대학원의 교감으로 자리를 옮겼다(그러고 보면 북한의 각 분야에서 최고 엘리트로 활약한 사람들도 나와 같은 선생님에게서 교육받은 것이다). 그는 찬란한 금테두리로 장식한 제복을 입고 고급 자동차를 타고 다녔다고 한다. 그런데 나중에 소식을 들은 바로는 한국전쟁 당시에 북한군이 후퇴할 때 북쪽으로 피난하다가 노상에서 만난 치안대 혹은 누군가에게 붙잡혀 무참하게 희생되었다고 한다. 치안대는 지방 청년들의 자의적 조직으로서 전쟁 중이었으므로 무기를 가진 곳도 더러 있었을 것이다.

나는 방학 때마다 우리 가족이 사는 만주로 떠났다. 평양에서 급행열차를 타면 중간에 잠깐씩 멈추긴 했지만 신의주까지 한 번에 갈 수 있었다.

내가 이동하는 구간은 부산에서 신의주를 연결하는 철도 노선의 일부분이었는데, 이런 노선의 서울 이북 구간은 러일전쟁 당시 일본군이 건설했을 것이다. 내가 탄 기차는 신의주 정거장에 한참 서 있다가 압록강을 가로지르는 철교를 건넌 후 만주의 안둥安東(현재의 단둥丹東)에서 한참 머물곤 했다. 국경이라고는 하지만 조선과 만주 둘 다 일본의 식민지였기 때문에 여권이나 통행증이 필요 없었고 복잡한 수속 절차도 없었다. 하지만 기차가 종종 오래도록 멈춰 서는 이유가 있었다.

오랜 후에 독립운동사를 연구하면서 알게 된 사실인데 신의주와 안둥역에서 형사들이 검문을 했다고 한다. 날카로운 매의 눈으로 승객들을 살핀 형사들은 일종의 특수경찰이었다. 이들이 얼마나 많은 독립운동가, 밀수꾼, 망명자들을 색출했는지는 알 수 없다. 어떤 직업이든 어느 정도 경험을 쌓으면 특유의 직감이 발달할 것이므로 어지간히 노련한 사람이 아니라면 국경 형사들의 눈을 피하지 못했을 것이다.

나는 앞서 말한 사람들 중 어느 부류에도 속하지 않았지만 만주에서 돌아오는 길에 검문을 받은 경험이 있다. 신의주에 멈춰 선 기차에서 한 형사가 내게 접근한 것이다. 그전에도 형사 몇 명이 객실에 올라와서 승객들을 둘러보다가 몇몇 사람들을 골라 오래도록 심문하는 모습을 보았지만, 그날은 어째서인지 검은색 국민학교 학생복을 입고 흰 줄이 달린 학생 모자를 쓴 내가 검문 대상이 되었다.

형사는 내 옆자리에 앉아서 말을 걸었다. 처음에 나는 그가 형사인 줄도 모르고 심심한 아저씨가 이야기나 나누자는 줄 알았다. 그는 내게 어디로 가느냐, 어디에 갔었느냐, 아버지는 무슨 일을 하느냐, 평양에는 누가 있느냐 등 내 신변에 관해 여러 가지 질문을 던졌다. 마치 단순히 궁금해서 그런 척하며 내 소지품까지 들추어 보았다. 그런데도 나는 그가 매우 자상하고 친절한 사람이라는 인상을 받았다. 어쩌면 그는 나를 불온단체의 소년 연락책으로 의심했는지도 모른다. 하지만 나는 불온단체가 있다는 이야기도 들어 본 적 없는 순진한 소년에 지나지 않았다. 그는 내게 일본말을 어떻게 그렇게 잘하느냐, 어디에서 배웠느냐고 추켜세우면서 유도심문을 했다. 당연히 내가 한커우에서 자랐다는 내력이 나왔고 삼하흥업 이야기가 나왔다. 삼하흥업이 무슨 회사인지 모르겠다고 답했으니, 여기서 그가 어떤 '냄새'를 맡았을 수도 있다. 앞에서도 이야기했지만 한커우는 중일전쟁의 최전선에 속한 대도시였고 충칭重慶에서도 그리 멀지 않은 곳이었다. 만약 그가 독립운동 단체들과의 접촉을 의심했다면 그럴듯한 시나리오를 완성했을지도 모른다. 해방 후에 아버지가 랴오양의 헌병대에 끌려가서 오랫동안 취조를 받았다는 말을 어머니께 들었을 때 문득 그 형사가 생각났다. 그날의 형사가 내 아버지 이봉주李奉柱를 조사해 보라고 연락한 것은 아니었을까?

한 번은 이런 일도 있었다. 방학이 끝난 후 내가 평양으로 돌아갈 때 고모부의 취향을 아는 아버지가 랴오양의 명물인 고량주 두 병을 사서 싸 주었다. 열차에 오른 나는 큰 술병들을 선반 위에 올려놓았다. 열차가 압록강을 건넌 후에 내 뒷좌석에 앉은 한 아저씨가 "아아, 그거 냄새 좋다……" 하며 연신 탄식 비슷한 소리를 냈다. 아버지는 내가 가지고 가기 편하도록 고량주 두 병을 아주 큰 병에 옮겨 담아 주었는데 완전히 밀봉되지 않아서 고량주 냄새가 객실 전체로 퍼져 나간 것이었다. 당시 만주에서는 고량주를 그럭저럭 구할 수 있었지만 압록강 건너편인 조선에서 고량주는 좀처럼 보기 힘든 귀한 물건이었다. 그러니 그 아저씨가 탄식에 가까운 소리를 내며 군침을 삼킨 것도 무리가 아니었다. 지금도 중국 음식점에서 배갈白乾을 보면 그날의 일이 떠오른다.

시간이 흘러 나는 졸업식을 치르게 되었다. 그동안 남녀 두 반을 합친 우리 교실이 가장 큰 줄 알았는데 우리 반의 졸업식은 아래층에 있는 더 큰 교실에서 열렸다. 교실 세 개를 터서 만든 그 넓은 공간이 학생과 선생님, 그리고 학부모들로 발 디딜 틈도 없이 꽉 찼다. 지금 같으면 누군가가 그렇게 사람이 많이 들어가면 위험하다고 경고했을 것이다.

교장 선생님의 인사와 학부모의 인사는 기억이 나지 않지만 스승을 기리는 노래는 아직도 그대로 기억하고 있다. 물론 그전부터 오랫동안 연습해 왔으니 기억할 수밖에 없을 것이다. '아오게바 도오도시 와가 시노 온'으로 시작하는 졸업식 노래 〈우러러보니 존귀한仰げば尊し〉은 어딘가 눈물겨운 감흥이 느껴져 지금도 즐겨 부른다. '올려다보면 우러러 보이는 우리 선생님의 은혜'라는 뜻으로 일본어판 〈스승의 은혜〉라고 할 수 있다. 이 노래는 일본 사람들에게는 물론 내 연배의 조선 사람들에게도 널리 알려졌다. 대만에서는 아직도 이 노래를 부르는데, 일본 가사와 같은 내용을 중국어로 번역해서 부른다고 한다. 우리 세대에게 유명한 그 노래가 사실은 미국의 노래를 번안한 것이었다는 사실이 알려진 것은 극히 최근의 일이다. 일본의 어느 교수가 1871년에 발간된 가요집을 뒤적이다가 발견했는데,〈학교 졸업식의 노래Song for the Close of School〉가 원곡이라고 한다.

명륜국민학교 졸업식 날 일곱 명의 우등생이 표창을 받았는데 나도 그 중의 한 명이었다. 나는 네 번째인가 다섯 번째로 불려 나가서 표창장을 받았다. 그날 참석한 고모는 아마 그 장면을 보고 보람을 느끼셨을 것이다. 지금 생각해 보니 그 졸업식은 나의 일생에서 가장 귀중한 행사였다. 중학교와 고등학교의 졸업식에는 참여 자격이 없어서 못 갔고, 대학 학부의 졸업식에는 불참했다. 박사학위를 받을 때에는 졸업장을 우편으로 받았다. 내가 졸업식에 참석했던 것은 UCLA에서 석사학위를 받았을 때뿐이다. 1957년 정월의 일이다.

졸업식도 중요했지만 우리에게 더욱 중요했던 것은 평양 제2중학교 입학시험이었다. 당시 평양 제1중학교는 일본 학생들이 다니는 곳이었고 우리가 갈 수 있는 가장 좋은 학교는 평양 제2중학교였다(우리는 이름을 줄여서 평2중이라고 불렀다). 우리 반의 우등생들은 물론 그다음으로 성적이 높은 몇 명을 더해서 열몇 명이 평2중의 입학시험을 치르게 되었다. 그런데 요시노 선생이 보낸 지원자들 중에서 나만 낙방하는 비극이 일어나고 말았다.

공부라면 누구보다도 자신 있던 내가 평2중 입학시험에서 낙방한다는 것은 상상도 하지 못한 일이었다. 지금 생각하면 바로 그런 자만심이 나를 낭떠러지로 떨어트렸다. 시험을 보기 위해 모여든 학생과 학부모로 붐비던 평2중의 교정이 지금도 눈에 선하다. 대부분의 학부모들은 우리나라의 재래식 두루마기를 입었다. 당시 유행하던 털 목도리도 많이 보였다. 평양의 3월은 쌀쌀했고 눈은 오지 않았지만 구름이 끼어 있었다. 누구였는지 잘 기억나진 않지만 한 아이와 나는 붐비는 교정에서 사람들 사이를 뛰어다니면서 숨바꼭질을 하고 조선말로 떠들기까지 했다. 내가 입은 교복 가슴팍에는 큰 글씨로 303번이라는 번호가 붙어 있었다.

나는 시험을 치는 교실에 들어가서도 마치 왕자라도 되는 양 계속 촐랑거렸다. 시험 감독 선생님이 나타나기 전에는 복도에 나가서 뛰어다니기도 했다. 그때의 나는 무언가에 홀리거나 최면에 걸린 것만 같았다. 6학년 때 조례를 마치고 질서 있게 교실로 걸어 올라가지 않고 계단을 뛰어넘었다는 이유로 따귀를 맞은 일은 있었지만, 이렇게 난잡하게 떠들어댄 적은 없었다. 정말이지 귀신에 홀리지 않고서는 중요한 평2중 시험장에서 그렇게 야단법석을 떨 리가 없었다.

이런 핑계를 대는 것은 너무나 무책임하지만, 그날의 나는 정상이 아니었다. 결국 나는 평2중 출신의 요시노 선생이 보낸 명륜국민학교 학생 중에서 유일한 낙방생이 되었다. 나는 당연히 평2중에 다닐 것으로 예상하

고 2년간이나 가족과 떨어져 고모 집에 신세 진 것이었는데 모든 게 허사
가 되고 말았다.

나의 '고향', 나의 가문

내가 평양의 고모 집에서 명륜국민학교를 다니던 1942~1943년, 태평양 전쟁이 진행될수록 주민들에게 배급되던 식량의 질과 양이 급속히 나빠졌다. 그런데 그 '덕분'에 나는 오래전부터 선조들이 살아 온 평안남도 안주군 입석면立石面을 방문하게 되었다. 우리는 그 마을의 이름을 부를 때 '입석立石'이라는 한자를 쓰지 않고 '선돌'이라고 했다.

오랫동안 많은 선조들이 대대손손 함께 살아온 그 마을은 당연히 나의 고향이기도 할 것이다. 하지만 불행히도 나에게는 고향이라는 개념 자체가 생소하다. 나는 평안남도 개천군 북면 원리院里에 있는 외갓집에서 태어나 세 살 때 만주로 이주했으며, 유치원과 초등학교 1학년을 만주 톄링에서, 2학년과 3학년을 중국의 한커우에서 보냈다. 그리고 4~6학년을 평양에서 보냈다. 철이 들기도 전부터 집시 같은 생활을 해온 것이다. 나는 평양을 나의 고향이라고 생각하지만, 정확하게 말하면 고향이 없는 유랑민이라고 해야 할 것이다. 물론 고향이라는 말에는 '마음속 깊이 간직한 그립고 정든 곳'이라는 뜻이 숨어 있으니, 평양은 틀림없는 나의 고향이다. 하지만 내가 '고향 없는 유랑민'이어서 서글프다는 느낌을 가졌던 적은 없다. 그런데 그것이 나의 '정체성'이라는 말을 듣고 놀란 일이 있다.

1963년의 여름이었다. 나는 다트머스 대학교에서 2년간의 전임강사직을 마치고 필라델피아에 있는 펜실베이니아 대학교로 옮겼다. 가족을 데리고 장거리 이사를 하는 도중, UC 버클리 동창인 프린스턴 대학교의 로버트 길핀Robert Gilpin 교수 집에서 하루 저녁을 묵게 되었다. 나는 UC 버클리 대학원에 다닐 무렵에 길핀 부부와 가까이 지냈는데, 마침 우리가 지나가는 경로에 프린스턴 대학교가 있어서 겸사겸사 길핀 교수를 만난 것이다. 저녁 식사 자리에는 그와 같은 학교에 있는 글렌 페이지Glenn Paige 교수도 함께했다. 페이지 교수는 내 이력에 대해서 이것저것 묻더니, "아, 이제 알았다." 하면서 무릎을 쳤다. 어째서 내가 고국에 돌아가지 않고 미국 대학에서 학생들을 가르치고 있는지를 알았다고 했다. 그러면서 하는 이야기가 당신은 한국 땅에 뿌리가 없는 사람이라는 것이다. 그 말은 맞는 이야기였다. 하지만 그때 나는 아직 미국 정착 여부를 결정하지 않은 상태였다. 정착하기로 결심한 것은 3년 뒤인 1966년, 서울에서 한 해를 보내면서 정치의 풍파를 겪어 본 다음의 일이다. 고려대학교 아시아문제연구소에서 한 해를 보낸 나는 두 갈래 길 중에 하나를 택해야 함을 깨달았다. 고국의 서울에서 신문과 잡지, 텔레비전의 각광을 받으면서, 그리고 거센 정치의 풍파와 마주하면서 논객 겸 교수로 생활할 것인지, 아니면 미국에 남아서 학문에 전념할 것인지를 선택해야 했다. 결국 학문에 대한 욕심이 이겼지만, 만약 한국 땅에 박힌 우리 가족의 뿌리가 깊었다면 고국에 남았을지도 모른다. 반세기가 지난 지금 생각해 보니, 그 당시에 한국과 미국 중에서 한 곳을 선택할 수 있었던 것은 대부분의 사람들이 누릴 수 없는 특권이었다. 너무나 감사한 일이다.

우리 집안의 본적지는 평안남도 안주군 입석면이다. 호적상으로 말하면 그곳이 나의 고향이다. 하지만 나는 그곳에서 살아 본 적도 가 본 적도 없었다. 우리 가족이 가루개로 알려진 평양 감북리에 살 때 안주에 사는 국환國煥이와 국찬國燦이가 우리 집에 와서 며칠 지낸 적이 있다. 그때 안주에 큰고모가 있고 고모부가 대장간을 경영한다는 사실을 알게 되었다. 하지만 그게 전부였다. 큰고모는 나에게 생소한 존재였다.

아마 1943년, 내가 6학년 때였을 것이다. 평양의 작은고모와 식구 몇몇을 따라 쌀을 구하기 위해 안주에 가게 되었다. 식량난이 아니었다면 내가 선돌에 가볼 기회는 영영 없었을지도 모른다. 우선 교통이 불편했다. 평양에서 압록강 쪽으로 북상하는 기차를 타고 만성萬城역까지 가는 길은 힘들지 않았지만, 만성에서 선돌까지 가는 길이 문제였다. 버스가 있었지만 하루에 한 번밖에 다니지 않아서 먼 길을 걸어 다니는 것이 예사라고 했다. 선돌은 청천강에서 멀지 않고 서쪽이 황해를 향해 있어서 쌀농사가 잘 되고 생선도 많이 잡혔다. 그래서 다른 지방에 비해 풍요롭다고 했다. 하지만 우리가 찾아간 선돌은 철길에서 멀리 떨어진 시골이었다. 그런 곳에 단 한 번 찾아가서 며칠을 보냈을 뿐이지만, 그때의 인상이 영영 잊히지 않는다. 그곳이 나의 고향이어서 그런지도 모른다. 그날 우리 일행은 고모와 나, 그리고 사촌동생들이었다. 만성역에서 내린 우리는 다행히 선돌까지 가는 버스를 탈 수 있었다. 아마 버스의 출발 시간이 기차의 도착 시간에 맞춰져 있었을 것이다. 그 버스가 석유를 연료로 쓰는 차였는지 그 후에 흔하게 볼 수 있던 목탄차였는지는 기억이 나지 않는다.

그 시절에 운행한 목탄차는 목탄을 태울 때 생겨나는 일산화탄소를 이용해서 피스톤을 움직이는 버스였다. 그 원리를 따지면 천연가스를 연료로 하는 버스나 마찬가지였다. 전황이 점점 악화되어 감에 따라 석유가 극도로 부족해진 일본은 석유 대신에 목탄으로 자동차를 움직이는 기술을 발명했다. 하지만 화력이 너무나 약했다. 직경 80센티미터, 높이 2미터 정도의 물탱크 비슷한 장비를 조수대助手臺 뒤에 싣고 다녔는데, 언덕을 만나면 버스나 트럭의 조수가 뛰어내려서 선풍기를 마구 돌렸다. 바람으로 불길을 더 크게 일으켜 화력을 강하게 하기 위해서였다. 하지만 짐을 실은 목탄차는 언덕을 만나면 사람이 걷는 속도보다도 느리게 움직였다.

선돌의 큰고모 집에는 내가 난생 처음 보는 대장간이 있었다. 큰고모 가족이 사는 집은 내가 살던 가루개의 집과 비슷했는데, 지붕이 짚으로 엮은 이엉으로 덮여 있는 것이 가루개에서 흔히 볼 수 있는 집과 달랐다. 생활공간은 집 뒤에 있는 널찍한 채소밭을 향해 있고, 대장간은 큰길을 향해 있었다. 우리가 머무는 동안에는 고모부가 일을 쉬어서 대장간이 비어 있었다. 하지만 나는 호기심이 나서 대장간을 몇 번이나 둘러보았다. 그 대장간은 쇠를 달구어서 농촌에서 쓰는 온갖 연장을 만드는 곳이었다. 그곳에는 큰 풀무가 있었는데, 영화에서 본 대장간의 모습을 떠올리며 손잡이를 당겨 보아도 한 손으로는 전혀 당겨지지가 않았다. 풀무의 손잡이를 당겼다 밀었다 하면 강한 바람이 불어서 불길이 강해지고 쇠를 달구어 녹이게 된다. 그리고 대장장이가 긴 손잡이가 달린 집게로 달아오른 쇠를 이리저리 돌리면 쇠망치를 든 도제徒弟가 그걸 때려서 원하는 물건의 형태를 만든다.

지금 생각해 보면 큰고모부(문용각文龍珏)도 처음에는 나의 조부(이인길李仁吉) 밑에서 망치를 들었다 놓았다 하는 도제로 시작했을 것이다. 조부는 입석면 용주리龍珠里 226번지에 대장간을 소유했고, 큰고모부는 6척의 큰 키에 가슴이 넓고 몸이 아주 건장했다. 딸을 가진 사람이라면 늘 마음속으로 사윗감을 고르기 마련이므로, 조부는 몇 해 동안 도제로 키우면서 보아 온 그를 사윗감으로 택했을 것이다. 그런데 조부는 큰딸을 도제와 결혼시키기는 했지만 두 아들은 대장간 근처에 얼씬도 못 하게 했다. 근처에 나타나기만 해도 고함을 지르면서 쫓아냈고 몰래 '잠입'한 흔적이 있으면 그날은 어김없이 큰 사달이 났다고 한다. 그만큼 조부는 대장장이라는 자신의 직업을 천시하고 싫어했다. 나는 그 이야기를 듣고 무척 흥미롭다고 생각했을 뿐 별 관심을 갖지 않았다. 그런데 후에 우리 가문의 배경, 안주군 입석면에 관한 정보 등을 연구하고 나니 조부의 행동을 이해하게 되었다.

조상들에게는 죄송한 일이지만 나는 광주 이씨 가문에 대해서 아는 바가 전혀 없었다. 만주에서 살고 있을 때로 기억한다. 그때는 우리 집에도 두툼한 광주 이씨 족보가 있었다. 나는 그것을 들추어 보기도 했고 증조부와 조부, 부모님에 대한 세목들을 찾아본 적도 있다. 하지만 그 외에는 아는 게 전혀 없어서 광주 이씨를 그저 그런 가문으로만 생각하고 있었다. 그런데 어느 해인가 전라도 이리(익산)에 있는 원광대학교에서 특강을 할 기회가 있었는데 그곳의 한 교수님이 나의 본관이 어디냐고 물어보셨다. 나는 "경기도 광주 이씨인데요, 그저 상놈이겠지요. 저의 조부가 시골에서 대장간을 운영했으니까요."라고 대답했다. 그랬더니 그 교수님은 정색하며 "어찌 그렇게 조상을 모독하는 말씀을 하십니까?" 하면서 혼을 내듯 말씀하셨다. 광주 이씨는 조선시대 명문으로 누구누구는 당대의 지성이라고 알려져 있고 누구누구는 명재상이라고 알려져 있고, 누구누구는…… 하면서 길게 꾸지람을 섞어 가며 말씀하셨다. 나의 조상들이 그처럼 남들이 우러러보는 지식과 인덕을 갖춘 다재다능한 인재였다는 말씀이었다. 강당에 들어서기 바로 전이라 총장님과 다른 교수님들도 함께 계셨지만 그분은 막무가내로 계속 훈계하셨다. 몹쓸 잘못을 저지른 자식을 꾸짖는 듯한 어조의 말씀을 듣고 부끄러워서 얼굴이 붉어졌지만 또 한편으로는 나의 가문이 훌륭했다는 말씀을 처음으로 들어 기쁘기도 했다.

물론 나는 사과의 말씀을 드리는 한편으로 가문에 대해 공부하겠다고 약속드렸다. 그처럼 훌륭한 가문이라면 하지 말라고 해도 벌써 공부했어야 했는데 내가 너무나 무식했던 것이다. 그래서 이제는 언제 어디서든 나의 가문에 대해 이야기할 수 있게 되었다. 이것은 모두 그 교수님 덕분이다. 대단히 죄송한 것은 나에게 그처럼 크나큰 선물을 주신 그 교수님의 성함을 잊어버린 것이다(만일 교수님께서 이 글을 읽게 되신다면, 이 글을 나의 사과의 말씀을 대신하는 것으로 받아 주시기를 바라는 바이다).

조부가 자신의 직업을 비천하게 여기고 아들들을 대장간 근처에도 오지 못하게 했던 첫 번째 이유는, 그가 이름난 광주 이씨의 자손이었기 때문이다. 나중에 알고 보니 경기도 광주가 본관인 광주 이씨 가문은 한때 벌족閥族으로 알려질 정도로 조선왕조 초기와 중기에 대단히 유력한 집안 중 하나였다. 벌족이란 '명성이 높은 가문의 일족'이란 뜻으로 사회에서 인정받는 집안을 뜻한다. 특히 이름을 날린 선조를 꼽으면 7대왕 세조와 9대왕 성종 때 우의정에 오른 이인손李仁孫(1395~1463)이 있고, 그의 아들 이극균李克均(1437~1504)은 한층 더 높은 좌의정에 올랐다. 요즘으로 치면 우의정은 제2부총리이고 좌의정은 제1부총리가 될 것이다. 조선왕조는 삼권분립이 없는 전제국가였으므로 이들의 권력은 막강했다. 이극균은 여러 차례 연산군의 황음荒淫을 바로잡으려고 애쓴 것이 화근이 되어 갑자사화甲子士禍 때 41세의 젊은 나이로 사사賜死되었으니 애석할 따름이다. 16세기인 명종과 선조 대에는 이준경李浚慶(1499~1572)과 이덕형李德馨(1561~1613)이 영의정으로 명성을 떨쳤다. 영의정은 지금의 국무총리 격으로 좌의정보다 위이다. 이준경은 영의정 자리에 있으면서도 늘 겸손하고 신중한 자세로 정사에 임하여 명재상으로 칭송받았다고 하니 감탄을 금할 수가 없다. 그가 사망한 후 충정忠正이라는 시호를 받았다는 데에서 그의 인품을 헤아릴 수 있다. 이덕형은 사헌부 대사헌 직책을 맡은 1592년(선조 25년)에 임진왜란을 맞아 일본과 명나라와의 교섭에 나섰고, 절친한 친구 이항복·유성룡과 함께 왜적에 대한 전략 수립에 전력을 다했다. 이후 형조판서·병조판서·이조판서·공조판서를 지냈다. 특히 이항복과 교대로 병조판서를 역임하면서 군사 정책의 기초를 훌륭히 다졌다고 한다.

　이러한 선조들을 모신 광주 이씨 가문은 그 후에도 많은 인물들을 배출했다. 하지만 우리 선조가 평안남도 안주 지방에 정착한 것이 언제부터인지는 알 수가 없다. 조선시대 문과 합격자들을 연구하는 작업에 일생을 바친 에드워드 와그너Edward Wagner 교수에 의하면, 안주 지방에 거주하던 광주 이씨 중에 여러 명이 문과에 급제했다고 한다. 한영우韓永愚 교수의 연구에 의하면 급제자의 출신지 기록이 남아 있는 영조 이후의 합격자 5191명 중 829명(16%)이 평안도 출신이었으며, 평안도가 중국과의 무역로에 위치했기 때문에 부를 축적한 계층이 늘어나면서 과거를 준비할 여력이 있는 사람이 많아졌다고 한다. 당시 양반댁 자손들은 자기 가문의 전통에 숙달하고 선조들에 관한 지식도 숙지해야 했다. 따라서 조부도 남달리 훌륭했던 선조들에 관한 이야기를 여러 번 듣고 자기 가문에 대한 긍지를 가지고 있었을 것이다. 어떠한 이유로 그가 고아가 되어 동족의 마을을 떠나서 살게 되었는지는 알 수 없지만, 그런 그가 자신의 신세를 원통하게 생각했던 것은 분명하다. 당시에는 전염병으로 일족이 몰락하는 일도 흔했으니 그랬을 수도 있고, 전쟁이나 반란으로 살해당하는 일도 드물지 않았다. 과연 그에게 형제들이 있었는지도 알 수 없다. 나는 해방 전후에 만주 랴오양에서 우리 집안의 족보를 자세히 읽어 본 적이 있는데, 조부와 부친의 이름은 찾았지만 조부의 형제에 관한 기록은 찾지 못했다.

조부가 자신의 직업을 원통하게 생각했던 것은 당시 사회 인식으로는 대장장이라는 직업이 비천할 뿐만 아니라 그만큼 힘든 직업이었기 때문일 것이다. 대장장이는 쇠를 달구기 위해서 항상 뜨거운 불과 마주해야 하고 붉게 달구어진 쇠를 망치로 두들겨야 하는, 이른바 3D 업종이었다. 위험하고 힘들고 더러운 것이 3D인데 예나 지금이나 그런 일을 선호할 사람은 없다. 자신은 어쩔 수 없이 그 일을 한다고 해도 아들들에게 그 직업을 물려줄 수는 없었다. 그래서 어떠한 희생을 치르더라도 두 아들을 출세시켜서 존경받는 사람으로 만들고 싶은 마음이 간절했던 게 아닐까.

조부가 고아가 되어서 마을을 떠나 살아야 했다는 사실은 안주 지방에 관한 기록을 통해서도 쉽게 추측할 수 있다. 내가 20여 년 전에 어떤 모임에서 평안남도 안주군 출신이라고 이야기했더니 한 고마운 분이 반가워하면서 『내 고장 안주』라는 두껍고 무거운 책을 떠밀다시피 안겨 주었다. 너무나 많은 것을 가르쳐 준 훌륭한 책이어서 읽고 또 읽었다.

1930년 당시 우리 가문의 상황을 찾아보니 연호면과 대니면에 각각 광주 이씨 가문 62호, 58호가 모여 살았다. 이른바 동족 부락인데, 두 면에 광주 이씨 120호가 살았다는 것이다. 두 면의 중간에 있는 용화면에는 어찌된 일인지 이씨 동족 부락이 형성되어 있지 않았다. 그뿐 아니라 용화면 서남쪽에 있는 입석면에도 광주 이씨의 집단부락은 없었다. 물론 15호 이상의 동족이 모여 살아야 집단부락이라고 인정했던 모양이니 입석면에 광주 이씨가 전혀 살지 않았다고 단언할 수는 없다. 나의 추측으로는 동족 부락에서 태어난 조부가 고아가 된 후 동족이 살지 않는 입석면으로 옮겨 가서 대장간의 도제로 시작하여 성가成家한 것으로 보인다.

『내 고장 안주』에 나와 있는 기록이 정확하다면, 그 후 1921년까지 안주군에는 초등학교가 세워지지 않았다. 이렇게 보면 1913년 입석면에 학교가 설립된 것은 이례적인 일이었다. 1906년경에 출생한 아버지는 마침 초등학교에 입학하기 알맞은 나이였으니, 참으로 안성맞춤이었다고 할 수 있다. 자식들을 대장간 근처에 얼씬도 하지 못하게 했던 조부가 큰아들 봉주(나의 아버지)에게 무엇을 요구했는지는 두말할 나위가 없다. "공부해라!" 조부의 명령은 다른 부모들의 권고나 가르침과는 성격이 달랐다. 자식이 입신출세하는 것도 중요했지만 그에 못지않게 중요한 것은 자신의 사무친 원한을 푸는 것이었다. 그 후 아버지의 경력을 보면 그는 조부의 원한을 풀어 드리고도 남았다. 세상이 바뀌어 선조들처럼 좌의정이 되거나 영의정이 될 수는 없었지만, 새로운 세계에서 다른 이들의 존경을 받는 신사로서의 자력을 갖추었기 때문이다.

지방 유지들이 힘을 모아서 안흥학교를 세웠지만 정치와 경제가 혼란에 빠진 20세기 초에 지방 유지 몇 사람이 사재를 모아서 세운 학교가 오래갈 수 없는 것은 불 보듯 뻔한 일이었다. 어느 부자가 나서서 수천, 수만 평의 땅을 팔아 만들어 놓은 기금에서 매년 일정 수입이 있었다면 좋았겠지만, 대부분은 1~2년 동안 운영할 수 있는 자금으로 시작했을 테니 말이다. 안흥학교도 마찬가지 사정이었다. 그러나 안주 지방 유지들의 끈질긴 노력으로 1911년 안주에 공립 농업간이학교簡易學校[14]가 설립되었다. 이것은 총독부가 전국 각처에 실업학교實業學校를 세워서 기술자들을 양성하여 산업에 종사하도록 했기 때문이다.

안주의 농업간이학교는 1914년에 공립 농업학교로 승격했다. 승격했다는 말은 예산이 대폭 증가해 교사와 학생 수가 늘었다는 말이다. 당시 이 학교는 안주 지방의 유일한 중등학교였다. 여기서 공립이란 평안남도 도청의 예산으로 운영되는 학교라는 뜻이다. 총독부 예산으로 설립·경영되던 관립학교들은 주로 일본인 아동을 위한 것이어서 조선인 재학생이 극소수였다. 공립학교는 규모나 시설, 교사의 수 등 여러 면에서 관립학교에 비할 수 없었지만, 그나마도 몇 개 되지 않았다. 공립학교는 처음에는 2년제였다가 1921년에는 3년제로, 그리고 1928년에는 갑종학교甲種學校로 승격하여 5년제가 되었다고 한다. 아버지의 경우에는 안주농업학교를 다닌 연도가 확실치 않아서 그중 어느 학제에 속했는지 알 수가 없다.

자식이 공부하는 것을 인생 최상의 목표로 삼은 조부는 장남 봉주가 안주농업학교에 합격했다는 통보를 받았을 때 대단히 기뻤을 것이다. 서울이나 평양 등 대도시에 사는 양반이라면 농업학교에 합격한 것을 기뻐하는 일 자체가 우스꽝스러웠겠지만, 안주군에서 유일한 중등학교에 입학하기란 장원급제만큼이나 힘든 일이었다.

아버지의 학업 성적이 우수했던 것은 그가 농업학교를 졸업한 후 또다

---

14 간이학교란 일제 강점기에 학교에 취학하지 못한 한국인 아동에게 초등 교과 과정을 2년 동안에 마치도록 한, 보통학교 부설 속성 초등학교이다. 대체로 일본어 교육을 목적으로 하였으며, 1936년에 설치했다가 광복 직전에 폐지했다.

시 평양사범학교의 특과特科 학생으로 뽑혀서 교사 후보생이 되었다는 것으로 입증된다. 조선총독부는 서울에 관립 경성사범학교를 개설해서 조선에 사는 일본 거류민들의 자녀들을 가르치는 교사를 양성하도록 했다. 1923년에는 대구와 평양에 공립사범학교를 신설하여 조선인 아동을 위한 교사를 양성하기로 했다. 특과는 3년제였고 강습과는 1년제였다. 아버지의 특과 진학은 조부에게 너무나 자랑스러운 일이었을 것이다. 새로 창설된 사범학교의 경쟁률이 대단히 높았기 때문이다.

그런 까닭에 안주군 입석면은 조부에게 한이 서린 땅이자 영광의 땅이었다. 그가 어릴 때부터 품고 있던 한을 큰아들이 여한 없이 풀어 주었기 때문이다. 큰아들 이봉주는 평양사범학교를 졸업한 후 안주군 동쪽에 있는 개천군 북원에 교사로 파견되었다. 당시에 교사들은 긴 칼을 차고 다녔다고 한다. 그가 교사로 일하던 어느 때에 나의 어머니가 될 여인을 만났는지는 모르지만, 그들의 만남은 나와 나의 동생들을 태어나게 했고 아버지의 운명 또한 바꾸어 놓았다. 두 분은 어머니의 동생 봉실이 아버지의 제자였던 것을 계기로 만나게 되었다. 당시에 교사들은 학교에서는 물론이요, 가정방문을 통해 학생들을 지도했다. 그러던 어느 날 봉실 학생의 언니가 선생님의 눈길을 끈 것이다. 처녀 시절 어머니의 사진을 본 일은 없지만 결혼 후의 사진을 보니 과연 젊은 총각 선생님이 반할 만한 미모의 여인이었다. 내가 자란 후에 몇 차례 봉실 이모는 이 시절을 언급하며 때때로 대답 대신 야릇한 미소로 답하곤 했다. 이모는 두 분 사이에서 심부름하기 바빴을 것이다. 가정방문이라는 명분이 있기는 했지만 젊은 교사가 시집갈 나이의 처녀가 있는 집에 자주 드나들 수 없는 시절이었다. 두 분은 날로 뜨거워지는 갈망을 숨기기 위해 무척 애썼을 것이다.

나의 외조부 문창옥文昌鈺은 여러 가지 면에서 조부 이인길과 대조적이었다. 조부가 전통 사회에서 짊어져야 했던 굴레를 총독부가 세운 교육제도를 통해서 풀었다면, 외조부의 경우는 정반대였다. 그는 한말의 난세에 남다른 사업 수단으로 대성공을 거두었지만, 일본의 득세로 평생의 생업은 물론 축적해 놓은 막대한 재산마저 빼앗겼다.

외조부는 평안남도 영변군寧邊郡 독산면獨山面 삼봉리三峰里 사람인데 어떤 계기로 조선의 최북단인 초산楚山에 가서 벌목사업에 뛰어들었다. 나에게 이 이야기를 들려준 사람은 외삼촌인데, 내막을 모두 알았을지는 모르겠으나 나도 더 물어보지는 못했다. 하여튼 외조부는 백두산 깊은 산골에서 벌목해 압록강 하류의 의주義州에서 목재를 파는 사업을 하여 큰 부자가 되었다고 한다. 그 당시 백두산에는 무진장이라고 불릴 만큼 거목들이 무성했다. 끊임없이 흐르는 압록강 강물에 수백 년 동안 자라난 거목들로 뗏목을 만들어 띄우기만 하면 되는 사업이었다. 엄밀히 말하면 심산의 거목들은 국가의 재산이었지만, 그 당시의 정부 관리들에게 그런 나무들을 관리해야 한다는 개념이 있었던 것 같지는 않다. 초산군수가 허락하거나 묵인해 주기만 하면 마음껏 벌목할 수 있었을 텐데, 아니나 다를까 외조부는 초산군수와 의형제 관계였다고 한다.

하지만 한말의 국제정세는 외조부에게 너무나 불리했다. 사업장 일대가 전쟁터가 되어 버렸기 때문이다. 오랫동안 조선의 종주국 행세를 해온 청나라가 쇠약해진 상태에서 러시아는 만주를 차지하기 위해 행동에 나서기 시작했다. 러시아의 동점東漸을 가로막을 나라는 일본밖에 없었다. 한반도를 통해 만주에 이른 일본군이 전쟁에 돌입하자 외조부 문창옥은 더 이상 벌목사업을 계속할 수 없게 되었다.

외조부는 초산을 떠나야 했다. 그뿐만 아니라 1904년 12월에 일본 공사는 대한제국에 압록강·두만강 강변의 삼림 채벌권採伐權을 요구했다. 이제 초산군수나 문창옥이 설 땅은 완전히 없어져 버렸다. 외조부가 경영하던 사업이 바로 삼림을 채벌하는 것이었으니, 일본 정부가 외조부에게 직격탄을 날린 셈이었다.

외조부는 그렇게 전도유망한 사업을 포기해야 했다. 설상가상으로 조선총독부는 그가 축적한 재산마저 빼앗아 버렸다. 그가 조선총독부에 원한을 맺게 된 것이 바로 그런 이유였다. 당시에 모든 부자가 그랬듯이 외조부는 백두산에서 벌어들인 돈으로 땅을 사들였다. 지금 같으면 모아 놓은 돈을 은행에 저금하거나 금융시장에 투자할 테지만 당시에는 그런 방법이 없었다. 그는 방대한 땅을 소유한 지주가 되었는데 이것이 문제였다. 외조부는 1912년부터 몇 해 동안 시행된 이른바 토지조사사업 때문에 모든 것을 잃어버렸다.

나에게 이 이야기를 전해 준 외삼촌은 외조부가 재산을 잃어버린 것은 지정된 기간 내에 소유권을 등록하지 않았기 때문이라고 했다. 방대한 면적의 땅을 가진 대지주가 되어 아흔아홉 칸 크기의 집을 지으려던 외조부가 하루아침에 빈털터리 신세가 되어 버렸으니, 그의 울분은 상상이 되고도 남는다. 정치체제의 변화가 그의 신세를 안팎으로 망쳐 버린 것이다. 외조부는 토지 소유권 문제를 가지고 여러 차례 소송을 걸었다고 한다. 그러나 총독부를 상대로 한 소송에서 이길 수는 없었다.

나는 이처럼 진취적이고 호방한 사업가였던 외조부를 직접 만나 보지는 못했다. 내가 태어나기도 전에 돌아가셨기 때문이다. 울분과 과음이 그의 수명을 단축시켰을 것이다. 그러나 나는 외할머니의 사랑을 많이 받았다. 그래서 외갓집에 가는 것을 늘 좋아했다. 인자했던 외할머니가 지금도 그립다. 무속신앙을 믿은 외할머니는 옛날부터 남달리 귀신을 섬겨서 집의 골방에 귀신과 제사에 관한 물건을 가득 채웠다고 한다. 옛날에는 행상들이 파랗고 빨간 종이로 만든 초롱이나 말, 양 같은 동물 인형 등을 팔며 돌아다녔는데, 그런 것들을 사들여 제사를 올렸던 모양이다. 그런데 언제부터인가 기독교를 믿게 된 후로 그것들을 모두 태워 버렸다고 한다. 그 지역의 선교사가 누구였는지는 모르겠지만 아주 전도를 잘하는 분이었던 것 같다.

사회학자 에릭 호퍼Eric Hoffer에 의하면 어떤 종교나 사상을 깊이 믿었던 사람은 그것을 저버리고 새로운 것을 택했을 때 그전과 같은 깊이의 신앙을 갖는다고 한다. 우리 외할머니가 그러했다. 흰 치마저고리에 흰 머릿수건을 쓰고 돋보기안경을 끼고 성경을 읽거나 찬송가를 부르던 모습이 눈에 선하다. 곡조가 맞지 않고 박자도 틀렸지만 열성은 대단했다. 우리 어머니를 포함한 네 딸들도 모두 열심히 교회에 다녔는데 누구부터 신자가 되었는지는 모른다.

두 아들 중 큰아들(외삼촌)은 외조부가 파산한 후에 개천의 군모루(후의 군우리軍隅里)로 나갔다고 한다. 외삼촌은 19세의 어린 나이에 당시 갑부로 알려진 서상린徐相麟 씨가 경영하는 정미소에 취직했다. 여기에서의 경험을 기반으로 외삼촌은 '대기업가'로 자라났다. 훗날 외삼촌은 정미소에서 얻은 정미와 양곡에 관한 지식으로 만주에 가서 정미소를 차렸고, 콩·좁쌀·수수 등을 수출하는 양곡상으로 변신했다. 외삼촌이 외조부의 모험가 기질을 물려받았는지 그가 차린 신익상회信益商會의 규모는 대단히 컸다. 당시 만주의 콩·옥수수·좁쌀 등은 세계적으로 유명해서 일본은 물론 유럽 각국으로 수출했다고 한다. 사업에 성공하자 외삼촌은 초등학교 교사로 있던 나의 아버지를 불러들여 사업을 돕도록 했다. 이것이 우리 가족이 유랑민이 된 계기이다. 내가 세 살 때였다고 하니 1933년의 일일 것이다.

내게 큰고모는 생소했지만, 다행히 고종사촌인 국환이와 국찬이가 가루개의 우리 집에 놀러왔던 적이 있어서 우리는 더욱 친해질 수 있었다. 그들이 선돌 이곳저곳을 안내해 주었는데 특히 기억나는 것이 몇 가지 있다. 그중에서 가장 놀라웠던 것은 관개수로였다. 우리는 논두렁을 따라가다가 콘크리트로 마감한 깔끔한 구렁이 보여서 그 속에 들어가 놀았다. 폭과 높이가 4~5미터쯤 되는데 한적해서 그 안에 들어가 공놀이를 하기에 안성맞춤이었다. 한참 공놀이에 열중할 때였는데, 갑자기 한쪽에서 쏴! 하고 무언가가 몰려오는 소리가 들렸다. 그쪽을 쳐다보니 조금 전까지도 비어 있던 저쪽의 공간에서 4~5미터 너비의 물벽이 우리를 향해 돌진해 오고 있었다. 누군가 내지른 비명과 함께 우리는 일제히 콘크리트 벽 양쪽에 박힌 발판을 타고 숨차게 올라갔다. 겨우 그곳을 벗어나자 순식간에 폭포수 같은 물이 쏟아지며 수로를 흘러갔다. 몇 초만 늦었어도 엄청난 양의 급류에 휩쓸려 우리는 모두 어디론가 떠내려가 버렸을 것이다. 그곳이 관개수로라는 것을 나중에 알게 되었다. 그때처럼 강한 물결이 거세게 밀려오는 것을 본 것은 시간이 한참 흐른 후 영화를 통해서였다. 모세가 이스라엘 민족을 이끌고 가나안을 향해 떠나는 성경 속 이야기를 영상화한 영화 〈십계〉(1956)였다. 명배우인 찰턴 헤스턴이 모세 역할을, 율 브리너가 람세스 역할을 맡은 대작이다. 갈라졌던 홍해의 바닷물이 다시 합쳐져 이집트의 병사들과 수레들을 삼켜 버리는 장면을 보면서 나는 선돌의 관개수로를 떠올렸다.

우리 일행이 선돌에 갔던 주요 목적은 쌀을 얻어 오는 것이었다. 그런데 큰고모와 작은고모가 새로운 쌀 운반법을 개발했다. 바로 전대를 이용하는 것이었다. 세계 이곳저곳을 누비는 여행자들이 허리에 두르고 다니는 전대는 꽤 낯익은 물건이지만, 쌀을 나르기 위해 쌀 전대를 만든다는 것은 들어 보지도 못했을 것이다. 두 고모는 밤을 새워 가면서 크고 작은, 굵고 홀쭉한 쌀 전대를 만들어 쌀을 넣은 후 양쪽을 단단히 봉했다. 큰고모 집에서 재봉틀이 돌아가는 소리를 듣지 못했으니, 모두 손바느질로 밤을 새워 가면서 만들었을 것이다. 그토록 수고스럽게 전대를 만들고 나니, 남은 문제는 우리 어린아이들이 그 쌀 전대들을 허리에 매고 얼마나 걸을 수 있느냐 하는 것이었다. 작은고모를 빼면 초등학교 5학년인 내 나이가 가장 많았다. 어른 한 사람과 어린아이들 몇몇이 과연 얼마나 많은 쌀을 운반할 수 있었는지 모르겠다. 만성萬城역까지 가는 버스가 자주 있었다면 또 모르지만, 우리는 정거장이 있는 만성까지 몇십 리를 걸어가야 했다. 결국 모두 합쳐도 소두小斗 한 말이 될까 말까 했을 것이다.

여름방학이었으므로 겨울처럼 두터운 외투로 전대를 감출 수도 없었다. 그런데 우리는 어떻게 그 매서운 일본 '경제경찰'의 눈을 피할 수 있었을까. 당시 총독부는 쌀의 공출량을 최대한 정해 놓고 쌀과 모든 일용품의 암거래를 막기 위해 '경제경찰'이라는 제도를 만들어 감시하고 있었다. 우리의 행동은 모험에 가까운 일이었다. 걸을 때도 그렇지만 기차에 오르내릴 때 전대의 실밥이 터져서 쌀이 쏟아져 나올 수도 있었다. 거기다 눈 밝은 형사들을 피한다는 것은 요행을 바라는 것이나 다름없었다. 그날 우리가 그 먼 길을 어떻게 돌아왔는지 모르겠다. 길에서나 기차역에서, 그리고 기차의 객실에서 천하에 몹쓸 죄를 지은 사람들처럼 남의 눈길을 피하기 위해 조마조마한 시간을 보냈을 것이다. 겨우 쌀 한 말 때문에 우리는 발각되면 집안 어르신들의 손목에 수갑을 채워질지도 모르는 너무도 위험한 모험을 감행했던 것이다.

제3장

만주의 국공내전과
14세 소년 가장,
1943~1948년

평양에서 만주로

평양 제2중학교(평2중)의 입학시험에서 낙방한 것은 내 일생에서 가장 큰 실수이자 수치였다. 초등학교에서 늘 우등상을 받고 모의시험에서도 80명 중 유일하게 200점 만점을 받았던 터라 나는 시험이라면 누구보다도 자신이 있었다. 하지만 이런 나의 자만심이 스스로를 낙담케 하는 결정적 원인이 되었다. 평2중 입학시험을 치른 명륜국민학교 학생 12명 중에서 오로지 나 혼자 낙방했기 때문이다. 지금 생각해 보면 내가 부모 곁을 떠나 평양에 남아 있었던 것이 문제였다. 고모가 무척 애써 주셨지만, 그래도 나는 부모의 관리와 감독이 절대적으로 필요한 나이였던 것이다. 지금 생각해 봐도 쉽게 이해하기 어려운 것은 당시 나의 심리상태이다. 왜 하필이면 그 결정적인 날에 들떠서 실수를 했을까. 70년이 지난 오늘도 이해되지 않고 한탄스럽기 그지없다. 그때 평2중에 입학했더라면 훗날 내 인생뿐만 아니라 우리 가족의 삶 또한 바뀌었을 것이다.

그리하여 내가 평양에 계속 남아야 할 이유가 사라져 버렸다. 가족이 새로 정착해 둥지를 튼 만주 랴오양으로 떠나야 했다. 그런데 이상하게도 2년 남짓 거주했던 작은고모 집을 떠날 때의 기억이 전혀 없다. 심리학을 공부하는 어떤 친구의 말로는 사람들은 자기가 기억하기 싫어하는 일을 잊어버리려는 습성이 있다고 한다. 그래서일까? 압록강을 건너서 펑톈奉天(지금의 선양) 바로 전에 있는 쑤자툰蘇家屯이라는 정거장에서 기차를 갈아타고 두 정거장 남쪽에 있는 랴오양으로 간 여정도 기억나지 않는다.

시험에 떨어진 후 낙향한 소년은 우울하고 두려운 마음으로 가족을 만나야 했다. 나는 부모님을 뵐 면목이 서지 않아 몹시 침울했다. 하지만 랴오양에 도착한 후 나는 무척 놀랐다. 놀랍게도 부모님께서 내가 시험에 낙방한 것에 대해서 전혀 노여워하지도 책임을 묻지도 않았던 것이다. 오히려 온화하게 웃는 얼굴로 나를 맞아 주셨다. 책망을 두려워하던 나는 그저 어리둥절할 수밖에 없었다. 그런데 며칠 후 비로소 그 이유를 알게 되었다. 부모님은 지난 2년간 매달 나의 식비와 이런저런 생활비를 고모에게 보냈는데 그게 너무 큰 부담이었던 것이다. 평양에서 일자리를 구하지 못해 만주로 온 아버지는 만주 랴오양의 현공서縣公署(우리나라의 군청에 해당하는 공공기관)에 일자리를 얻었지만 급료가 얼마 되지 않아 살림이 빠듯했다. 보통학교 교사나 삼하흥업에서 일한 경력으로는 좋은 자리에 취직할 수 없었던 것이다. 내가 평2중에 합격했다면 또 몇 해 동안 경제적 부담을 감내해야 했는데, 가족이 함께 지내게 되어 두 분의 경제적 부담이 줄어든 것은 다행이었다. 부모님과 남동생 둘, 나를 포함한 다섯 식구가 살기에는 '평양 유학'이 아니어도 이미 생활이 쉽지 않았다.

부모님이 평2중 낙방을 문제 삼지 않은 또 다른 이유는 랴오양 상업학교라는 일본인 학교 때문이었다. 원래 일본 학생만을 위한 학교였는데, 몇 해 전부터 조선 학생들을 하나둘 받기 시작했다고 했다. 이 학교는 만주의 새로운 통치자로 군림하게 된 일본인들이 자녀 교육을 위해 세운 학교로 그중에서도 수준이 높았다. 교육 수준으로는 평2중보다 못할 것이 없었고, 집에서 통학할 만한 거리에 있어서 부모님은 결과적으로 모든 일이 잘되었다고 생각했다. 덕분에 나는 1년 동안 마음 놓고 로닌浪人(재수생) 생활을 할 수 있었다. 낮이건 밤이건, 토요일이건 일요일이건 시험 준비에 열중해야 했던 명륜국민학교에 비하면 만주는 별천지였다.

랴오양은 역사적으로 고조선의 영토였다가 전국시대에 연燕나라에 빼앗겼던 곳이다. 광개토대왕이 수복하여 요동성遼東城을 세운 이후 고구려의 변경지대로서 당태종唐太宗이 이끄는 십만 대군의 침공을 받아 격전을 벌인 곳이기도 하다. 유적으로는 금金나라 대에 세워진 백탑白塔이 유명한데, 70~80미터가 넘는 13층짜리 팔각탑이다. 연암 박지원이 그 유명한 『열하일기熱河日記』에서 언급했으니, 명·청 시대에 베이징을 오가던 사절단도 그 탑을 보며 지나다녔을 것이다. 그 백탑 옆에 랴오양 상업학교가 있었다.

우리 가족은 현공서의 관사에 살았다. 어버지가 일한 현공서의 별관 건물 뒤쪽이 바라보이는 곳으로, 걸어서 7~8분이면 현공서에 갈 수 있었다. 지금 생각해 보면 중국 사람들이 사는 연립주택 한 동을 임대해서 관사로 썼던 것 같다. 현공서 별관 바로 뒤쪽으로는 한 집에 세 식구가 살 수 있는 단층 가옥들이 여러 채 줄지어 있었고, 골목 건너편에도 같은 형태의 집들이 세워져 있었다. 모두 회색 벽돌집이었다. 두 줄로 늘어선 집들 사이로 나 있는 골목길은 포장되지 않아서 비가 오면 진창이 되곤 했다. 골목길의 모습은 조선이나 만주나 모두 비슷했다. 철도역을 중심으로 형성된 신시가지의 도로는 모두 포장되어 있었지만, 그곳은 일본인 거주 지역으로 조선 사람이나 중국 사람은 살지 않았다. 일본인 거주 지역을 지정해 놓고 법적으로 제한했다는 말을 들어 본 적은 없지만, 아마도 그 지역의 건물들은 남만주철도주식회사(만철)나 다른 일본 기관의 소유여서 다른 나라 사람들이 구매하거나 임대할 엄두를 내지 못했을 것이다. 1905년에 일본이 러시아의 철도를 이양받으면서 '철도부속지'라는 넓은 지역도 함께 받았는데, 그때부터 일본인 거주 지역이 형성되었을 것이다.

평양에 살면서 가장 힘들었던 것은 식량 문제였다. 배급받는 식량이 너무나 부족했고 그마저도 나날이 양이 줄었다. 만주에서는 식량이 부족하다는 말은 들어 본 적이 없었다. 그곳에서도 배급제도에 따라 식량을 받기는 했지만, 양곡의 보고寶庫라고 할 정도로 많은 곡식을 생산하고 수출까지 하는 곳이어서 주민들을 굶기지 않을 만큼의 식량을 확보했던 모양이다. 만주의 배급제도는 총독부 치하 조선의 배급제도와 크게 다른 점이 있었다. 바로 색깔이 서로 다른 세 가지의 '배급 통장'이란 것이었다. 일본인은 겉장이 흰색인 배급 통장을 썼고, 조선인은 노란색, 중국인은 적갈색 통장을 썼다. 통장의 색깔에 따라 배급하는 양곡과 물품이 달랐다. 흰색은 흰쌀, 노란색은 누런 좁쌀, 적갈색은 고량高粱, 즉 수수를 배급받았다. 표면상의 이유는 여러 민족의 생활양식이 서로 다르다는 것이지만, 명백한 민족 차별이었다. 조선인이나 중국인 역시 주식으로 흰쌀을 원하는 상태에서 좁쌀이나 수수를 배급하며 생활양식을 운운한다는 것은 말도 안 되는 소리였다.

당시에는 만주국을 '다섯 민족이 협화해서 사는 나라(五族協和)'라고 했는데, 다섯 민족이란 조선인·일본인·만주족·한족·몽골족을 가리킨다. 만주는 백두산 북쪽에서 일어난 여진족의 발상지로서, 거기에 살던 사람들이 자기 민족을 만주라고 불렀기 때문에 만주족으로 불렸다. 몽골족은 한때 만주뿐만 아니라 중국과 유럽까지 정복했던 민족이고, 한족과 조선족은 18~19세기부터 만주로 이민하여 정착했다. 오랫동안 조선 사람들은 만주 동남쪽의 국경지대인 간도間島에 밀집해서 살고 있었는데, 1931년에 일본은 만주 전체를 정복한 후 일본 사람과 조선 사람의 만주 이민을 장려했다. 일본이 조선을 점령한 후에는 땅을 잃은 조선 사람들이 만주로 대거 이민했지만, 중국인 지주들이 농지를 장악하고 있었으므로 소작인이 되어 힘들게 생활하고 있었다. 다섯 민족이라고는 했지만 배급 통장은 세 가지 색깔뿐이었으니 아마 일본인용, 조선인용, 기타 민족용으로 분류되었을 것이다. 당시 조선에 살던 일본인들도 조선 사람들과 겉장이 다른 배급 통장을 쓰지 않았을까 싶다.

만주국은 군국주의 일본이 만주를 점령한 후 만든 괴뢰 국가이다. 일본은 다섯 민족의 협화를 지상 목표로 내세웠다. 협화회協和會라는 선전기관까지 만들어 놓고 가는 곳마다 '오족협화五族協和'라는 구호를 내걸었다. 그런데 식량과 일용품 배급제도는 오족협화의 실체를 단적으로 보여 주었다. 통장 색깔에 따라 배급하는 곡식이 달랐을 뿐만 아니라 일본 사람에게는 설탕을 많이 먹어야 한다며 설탕과 과자까지 주었고, 청주淸酒, 간장, 양말, '지카타비地下足袋'라고 하는 작업용 신발, 수건 등 다양한 물품을 더 많이 주었다. 일본 사람들이 만든 제도인 만큼 자기들에게 유리하게 만들어 놓은 것이었다. 마찬가지로 일본 사람들은 만주국 정부는 물론 만주의 경제를 장악하기 위해 세운 남만주철도주식회사, 그리고 날로 팽창에 팽창을 거듭한 각종 회사와 공장의 중추를 장악했다.

　배급을 타러 다니는 일 외에 내 일과 중의 하나는 공습경보 연락망의 통신원 일을 하는 것이었다. 나는 현공서 안에 그런 곳이 있다는 것을 알고 난 후 늘 그곳에 갔다. 공습경보 연락망이라면 무슨 거창한 시설처럼 들리겠지만, 실상은 현공서 1층의 한쪽 구석에 있는 자그마한 방에 전화기 몇 대가 놓여 있는 것이 전부였다. 평상시에는 두서너 명이 그 방에 앉아 차를 마시거나 신문을 읽으면서 잡담을 나누었지만 미군의 비행기가 나타나면 몹시 분주해졌다.

　미군 비행기에 대한 연락보고란 만주 상공을 지나가는 비행기에 대한 정보를 릴레이식으로 전달하는 일이었다. B-29 폭격기가 나타나기 얼마 전부터 서남쪽 지방에 있는 잉커우營口나 안산鞍山에서 전화가 왔다. "지금 B-29 한 대가 동북쪽으로 이동 중." 그러면 우리는 시내에 공습경보가 울리도록 통지한 후 다음 연락처(아마도 펑톈이었을 것이다)로 전화해서 "지금 B-29 한 대가 잉커우 상공에서 동북쪽으로 이동 중"이라고 전해 주었다. 또 랴오양 상공에 B-29가 나타나면 "지금 B-29 한 대가 랴오양에서 동북쪽으로 이동 중"이라고 전달했다.

　이런 릴레이가 필요했던 것은 당시에 만주 전역을 연결하는 장거리전화가 없었기 때문이다. 무선통신, 즉 와이어리스wireless는 전보국에도 없는 기술이었다. 그래서 봉화처럼 릴레이식으로 적기 출몰을 보고했는데, 매우 유용한 시스템이었다고 생각한다. 어린 나에게는 그 일이 매우 신나고 재밌게 여겨졌다. 위에서 'B-29 한 대'라고 말했는데 나는 랴오양 상공에서 여러 대의 비행기가 지나가는 광경을 본 적이 없다. 아마도 모두 정찰을 위해 보내졌기 때문일 것이다. 우리보다 남쪽에 있는 안산에는 큰 규모의 제강소製鋼所가 있어서 폭격을 당했다고 하니, 여러 대의 폭격기들이 출몰했을 것이다.

거리에서나 집에서나 지구 반대편에 있는 친지와 통화할 수 있는 21세기 사람들이 보면 내가 하던 통신원 역할이 원시적이라고 할 것이다. 하지만 이것도 당시로서는 나름대로 최신 기술을 동원한 것이었다. 일반인들에게 전화기가 보급되지 않은 때여서 자유롭게 장거리 전화를 건다는 것은 상상도 하지 못하던 시대였다. 랴오양 현공서에는 여러 도시와 연결된 전화선이 있었기 때문에 가능한 일이었다. 그러나 잉커우나 안산처럼 남쪽에 있는 도시에서 북쪽 도시로 직접 통화할 수는 없었다. 랴오양처럼 연결해 주는 중간 연락처가 있어야만 했다. 다행히 랴오양에는 군사시설이나 중요한 공업시설이 없어서 폭격당한 경험이 없었지만, 폭격 대상이 될만한 큰 도시에서는 공습만큼 무서운 일이 없었다. 랴오양에서도 미군 비행기가 나타나면 여러 대의 고사포로 사격했으니 사격 준비를 위해서라도 공습경보가 중요했을 것이다.

오랜 시간이 지난 후에 알게 된 일이지만 우리가 잉커우로부터 전화를 받았던 것은 미군 비행기가 중국 서남쪽에 있는 공군기지에서 출발했기 때문이었다. 훗날 미 공군 비행사가 쓴 회고록에 따르면 미군 폭격기들은 윈난성雲南省 쿤밍昆明에서 출발하여 중국 서부 산악 지대를 지나 만리장성에서 동쪽으로 향하곤 했다. 그렇게 발해만을 지나면 만주의 서쪽 끝에 도달하는데, 바로 그곳에 잉커우가 있어서 그곳에서부터 우리의 통신 릴레이가 시작되었던 것이다. 만주의 서남단이라면 다롄을 떠올리겠지만 다롄이나 뤼순이 있는 랴오둥반도는 잉커우의 남쪽에 있다. 그 회고록을 읽고 호기심이 생긴 나는 1986년에 중국으로 가는 길에 쿤밍을 찾았다. 쿤밍은 중국 서남부의 고원지대인데, 미군은 미얀마를 통해서 중경으로 군수물자를 보낼 때 그곳의 비행장을 주로 이용했다.

비행기가 지나갈 때마다 고사포들이 연속 사격을 했다. 펑펑하는 소리와 함께 높은 상공에서 포탄이 터진 자취가 검게 생겨났다. 하지만 미군 비행기들은 고사포 포탄 따위는 아무것도 아니라는 듯 그대로 지나갔다. 비행기들이 워낙 고공비행을 해서 고사포 포탄이 비행기 근처까지 이르지 못하는 듯했다.

우리 어린 통신원들은 지나가는 비행기를 올려다보며 탄성을 내지르곤 했다. 푸른 하늘을 무심한 듯 지나가는 흰 비행기들은 너무나 멋져 보였다. 드문드문 떠 있는 흰 구름 속에 잠겼다가 다시 푸른 창공에 비행기가 모습을 드러내면 은빛 날개가 반짝거리며 광채를 발했다. 나는 그런 비행기들이 폭탄을 떨어트릴 거라고 생각해 본 적이 없었다. 어느 날 랴오양 서쪽의 안산으로 출장을 다녀온 아버지는 폭격 현장을 직접 목격하고 지상에 떨어진 폭탄의 위력에 너무나 놀랐다고 했다. 안산에는 만주에서 가장 큰 철강제련소가 있었으니 폭격 대상이 된 것은 놀라운 일이 아니었다. 그 후에도 그런 폭격은 얼마간 계속되었을 것이다.

어느 날, 랴오양의 상공을 유유히 지나가던 미군 폭격기가 놀랍게도 격추되었다는 말을 듣고 구경하러 갔다. 랴오양 시청 앞마당에 전시되어 있다고 해서 가보니, 과연 미군 비행기의 꼬리 부분, 미군 조종사의 비행복 등 난생 처음 보는 물건들이 진열되어 있었다. 특히 기억나는 것은 자그마한 중화민국 국기와 스포츠 타월 크기의 파란색 비단 헝겊이다. 중국어로 글자 자수가 놓여 있었는데 '이 사람은 미국 비행사로서 중국을 위해 싸우고 있는 사람이니 적극적으로 보호하여 만일의 사태 시 중국 정부 지역으로 이동시켜 달라'라고 적혀 있었다. 비행사가 입었던 가죽점퍼에는 미국 깃발과 중국 국민당 깃발이 수놓아져 있었다.

내가 아직 재수생 생활을 하고 있던 때였는지 아니면 학교에 다니고 있을 때였는지는 확실치 않지만, 징집령을 받은 조선 청년들을 위한 환송회가 열린다는 소식을 받았다. 장소는 랴오양에서 가장 큰 조선인 유곽(위안소)이었다. 랴오양에서 제일 큰 조선인 기업은 고려지高麗紙를 만들던 천일제지공사天一製紙公司였지만 그 공장에는 환송회를 열기에 적합한 공간이 없었던 모양이었다. 평소 공중목욕탕에 갈 때 그 앞을 지나다녀서 나는 유곽의 위치를 잘 알고 있었다. 나는 우연히 그 환송회에 참석하게 되었다. 옷을 멋들어지게 차려입은 사람들이 1층에서 내일 출정하는 청년들을 둘러싸고 이야기를 나누고 있었다. 나는 아는 얼굴도 없고 이야기를 나눌 만한 사람도 없어서 응접실인 듯한 큰방 한쪽 구석에서 구경만 하고 있었다. 깨끗하고 품위 있어 보이는 방이었다. 가만히 주위를 둘러보던 차에 문득 어느 젊고 귀여운 여인과 내일 출정하는 청년 사이의 비밀스런 대화가 내 귀에 들어왔다. "내일 나간다지?" "응, 그래." "총각이야?" "그럼." "그래? 내가 선물 하나 줄게." 2층으로 올라가는 계단에 서 있던 20대 초반의 젊은 여인이 청년의 손목을 잡아끌었다. 청년은 여인의 말을 못 알아들은 것인지, 아니면 다른 사람들의 눈이 신경 쓰였던 것인지 망설이다가 약간 상기된 표정으로 여인을 따라 계단을 올라갔다. 그때 2층 난간에서 아래를 내려다보고 있던 다른 여자들이 미묘한 미소를 지었다. 무심코 그들을 바라보고 있던 나는 과연 그 여인이 무슨 선물을 주겠다는 건지 생각해 보았지만 도통 알 수가 없었다. 그 후에도 나는 가끔 그 청년을 생각하곤 했다. 아마도 그 청년은 그날의 선물을 평생 기억했을 것이다. 징집 전날에 받은 선물이라면 쉽게 잊히지 않았을 것이기 때문이다.

이때 만주를 점령한 일본군은 관동군關東軍이라고 알려져 있었다. 관동
군이 조선 청년들까지도 징집한 이유는 무엇일까. 관동군이라면 일본군
에서도 정예부대로 알려져 있었다. 하지만 1944년 후반부터 관동군은 그
빛을 잃어 갔다. 태평양에서 미군의 공세가 거세지면서 관동군 휘하의 여
러 사단들이 사이판, 이오지마, 오키나와 같은 최전선으로 이동했기 때문
이다. 그런 데다 관동군에게는 또 하나의 중요한 임무가 부여되었다.

미군의 한반도 남해안 공격을 우려한 일본은 관동군에게 제주도를 포함
한 조선 남해안에 몇 개 사단을 파송하라는 명령을 내렸다. 하지만 동원할
수 있는 병력을 거의 소진한 상황이었다. 관동군은 만주에 체류 중인 일본
장정들을 대거 소집한 것은 물론, 그전까지는 일본에 대한 충성심을 믿을
수 없다며 방치하던 조선 청년들도 징집했다. 환송회에서 내가 본 그 청년
일행은 제주도 아니면 한반도 남해안에 파송되어 새로운 진지를 구축하는
데에 동원되었다가 해방을 맞이했을 것이다. 만일 그렇지 않고 만주 어느
곳에 남았다면 소련군의 포로가 되어서 시베리아로 끌려갔을지도 모른다.

1945년 봄 학기에 나는 드디어 랴오양 공업학교에 입학하게 되었다. 나
에게 다행이었던 것은 그해에 학교가 조선 학생 비율을 수백 퍼센트나 늘
린 것이었다. 그 전전해에는 전 학급을 통틀어 조선 학생을 한 명밖에 뽑
지 않았고, 전해에는 전혀 뽑지 않았는데 내가 입학할 때에는 반마다 두
명씩 총 6명이 입학하게 된 것이다. 필기시험은 없었고 면접시험과 신체
검사가 있었는데 모두 무사히 통과했다. 신체검사 때 귀 한쪽을 보면서 의
사가 "너 귓병을 앓았었구나." 하는 말을 듣고 깜짝 놀라서 "아닙니다!"
하고 대답했는데 후에 생각해 보니 6학년 때 요시노 선생에게 따귀를 맞고
귀에 피가 났던 일이 떠올랐다. 교정에서 교실로 올라가는 계단을 한꺼번
에 두 칸씩 넘는 나를 요시노 선생이 위쪽에 서서 내려다보고 있다가 학생

들이 교실에 모두 앉자마자 나를 불러내어 따귀를 때린 것이다.

내가 입학한 해에 랴오양 상업학교는 전시체제라는 이유로 공업학교로 현판을 바꾸어 달았다. 입학 첫날 교정에서 일어난 일이 너무나 선명히 기억난다. 학생들이 교정에서 집합 명령을 기다리고 있을 때였다. 다른 반 애들은 이미 교실로 들어갔고 우리 반 학생 40명만이 여기저기에 흩어져 있었다. 그날은 날씨가 매우 좋아서 겨울이었지만 이상하게도 봄날 같은 기운이 감돌았다. 그런데 그중에 키가 좀 큰 편인 한 아이가 땅에 무릎을 굽히고 앉아 있는 내게 와서 말을 건넸다. "야, 저 조선 새끼를 때려 주자!" 나는 당시 체구가 또래 학생들보다 좀 큰 편이어서 아마도 싸움판의 대장처럼 보였던 모양이다. 그래서 나는 "야, 그런 짓 하지 마. 인마, 나도 조선인이다"라고 대답했다. 그러자 상대는 정색하더니 "야, 인마. 그런 농담은 하는 거 아니야!"라고 큰소리를 질렀다. 그때 집합 명령이 내려와서 대화가 잠깐 끊어졌다. 그 아이가 가리킨 곳을 보니 멀리서 보아도 조선인 냄새가 풀풀 풍기는 아이가 앉아 있었다. 머리보다 큰 전투모를 얼굴까지 푹 눌러쓰고 촌티 나는 학생복을 입고 있었는데, 자기가 우리 대화의 주인공이 된 줄도 모른 채 입을 떡 벌리고 앉아 있었다. 우리 반의 두 번째 조선 학생이었다. 이후에 딱히 그 애와 대화를 나눈 기억은 없다. 담임선생님이 들어와 모두에게 각자 자기소개를 하라고 시켰다. 내게 조선인 학생을 때려 주자고 제안한 아이의 이름은 생각나지 않는데, 편의상 요코다橫田라고 하겠다. 키가 작은 애들부터 앞에 앉게 되어서 요코다와 나는 뒤쪽에 나란히 앉게 되었다. 내 차례가 와서 "나는 '나가사와 데이쇼쿠'이고 평양 명륜국민학교를 졸업했습니다"라고 크게 외친 다음 자리에 앉았다. 요코다는 어처구니가 없다는 듯한 눈으로 나를 쳐다보았다.

'나가사와'라는 이름으로는 조선 사람인 줄 알 수가 없지만, '데이쇼쿠'는 '정식'이란 이름을 일본어로 옮겨 발음한 것으로 엄연히 조선 사람의 이름이었다. 그 당시 일본 애들 이름으로는 다로, 사부로 등이 유행했는데 확실히 나의 이름은 일본 애들의 이름과는 거리가 멀었다. 게다가 평양의 무슨 학교를 졸업했다니 이놈이 정녕 '쵸센징'이 틀림없는데 그게 요코다에게는 너무나 어처구니가 없었던 것이다. 그런데 선생님은 학생들의 자기소개가 끝나자마자 예상치 못했던 지시를 내렸다. 최소한 나와 요코다에게는 폭탄 발언이었다. 선생님이 "나가사와!" 하고 부르더니, "너는 지금부터 급장級長이다!" 하는 게 아닌가. 내가 몸집이 커서 그랬던 것일까? 아니면 명륜국민학교에서 보낸 나의 성적이 만점이었기 때문에 그랬던 것일까? 혹은 내가 '쵸센징'이어서? 어찌 됐든 그 순간 나는 정신이 번쩍 들었다.

내가 나의 성적표를 본 것은 입학한 뒤 꽤 시간이 흐른 뒤였다. 요새도 학교에서 내신 성적을 부풀려서 문제가 되곤 하지만 확실히 나의 경우는 정도가 심했다. 전 과목에서 10점을 받은 것이다. 나의 성적에 객관적으로 점수를 매긴다면 도화圖畵(미술)나 음악은 7점 아니면 8점이 정확했을 것이다. 체조(체육)도 8점이나 9점이면 감지덕지했을 것이다. 그런데 예외 없이 10점이라니 아무리 우등생이라고 해도 좀 너무하다 싶었다. 요시노 선생에게 감사할 따름이다.

나와 요코다의 갈등은 그때부터 시작되었다. 요코다가 나를 보는 시선에는 언제나 질투와 분노가 불타올랐다. 그나마 다행이었던 점은 그들의 화살이 우리 반의 큰 모자님(두 번째 조선인 학생)에게 향하지 않고 좀 더 힘 있는 나에게 향했다는 사실이었다. '그들'이란 학교 뒤에 있는 기숙사에서 지내는 요코다와 그를 따르는 패거리를 말한다. 기숙사 선배들도 요코다의 후원자였다. 우리 학교가 만주의 일본인들 사이에서 알려져 있던 탓인지 다른 지방에서 유학 온 학생들이 많았고 그들 대부분은 기숙사에서 생활했다.

하루는 요코다가 방과 후에 나를 좀 보자고 했다. 공업실이라는 명패가 걸린 목공 방에는 책상이나 의자가 없었는데 그곳에 나 혼자만 호출되었다. 요코다는 이미 대여섯 명의 부하들을 데리고 나와 있었다. 우리가 한판 대결을 할 거라는 소문이 어떻게 퍼졌는지 상급생 여러 명이 구경을 나와 있었다. 3학년 중에 유일한 조선인 상급생도 있었다. 곧 싸움이 시작되었다. 나는 두 손을 모아서 주먹을 쥐고 나를 둘러싼 아이들 모두를 칠 것처럼 몸을 빠르게 움직이다가 요코다의 목을 붙잡고 땅에 쓰러졌다. 방과 후 유도부에 다니고 있어서 그를 넘어뜨리는 데에는 문제가 없었다. 그러고는 목을 잡은 채 이리저리 바닥을 뒹굴면서 녀석의 머리를 가격했다. 요코다는 비명을 질러댔다. 다른 녀석들이 나의 엉덩이를 차기도 하고 때리기도 했지만 아픔이 느껴지지 않았다. 결국 요코다만 내게 흠씬 두들겨 맞고 있어 다른 녀석들이 요코다를 구출하는 데 주력할 수밖에 없었다. 싸움은 너무나 싱겁게 끝나고 말았다. 상급생들 중에 누군가가 "야메로(그만해)!" 하고 명령을 내렸기 때문이다. 요코다와 한 패거리인 2학년생들이 모두 일어나 내게 덤빌 수 없었던 것은 3학년 조선인 선배 덕분이었다.

그 후로 상급생들은 갖은 교묘한 수단을 동원해 나를 괴롭히기 시작했다. 예를 들어 수풀 뒤에 숨어 있다가 내가 지나가면 불쑥 튀어나와서 "고라(이놈)!" 하고 고함을 질렀다. 왜 경례를 하지 않고 지나갔느냐는 것이다. 그러면 그저 "스미마셍(미안합니다)" 하고 차렷 자세로 경례를 할 수밖에 없었다. 그러면 그들은 한참 있다가 경례를 받아 주고는 "키오쓰께로(정신 차려)!" 하고 보내 주었다. 이런 일이 비일비재했는데 이것은 내가 꼭 조선인이어서만은 아니었다. 아마 조선인이 아니었어도 그랬을 것이다. 그들에게 나는 힘세고 위험한 하급생이었기 때문이다.

이후 요코다와 나 사이에 의도치 않은 갈등이 종종 생겼다. 아무래도 내게는 요코다의 심기를 불편하게 하는 무언가가 있었던 것 같다. 이번에는 나의 '작문'이 그의 분노의 심지에 불을 당겼다. 어느 날 작문 선생님이 봄을 주제로 글을 써 오라는 숙제를 냈다. 나는 평양에서 학교를 다녔기 때문에 일본어로 작문해 오라고 하니 안절부절못했다. 그래서 보통학교 선생을 지낸 아버지에게 도움을 구했다. 난생 처음으로 해 보는 부탁이었다. 제발 이 작문을 써 주시든가 아니면 어떻게라도 도와달라고 했다. 그런데 아버지는 그저 미소만 지을 뿐 대답이 없었다. 나는 아버지의 무관심에 크게 실망했지만 할 수 없이 내 솜씨로 글을 써서 제출했다.

그다음 작문 시간에 선생님은 우리가 쓴 글을 들고 와 한바탕 큰소리로 호통을 쳤다. 너희들은 문법이 엉망이다, 이것이 잘못되었고 저것이 잘못되었다, 도대체 소학교에서 무슨 공부를 했느냐 등등 노여움과 꾸지람이 섞인 말씀이었다. 그리고 학생들의 이름을 한 명씩 불러 작문지를 돌려주었다. 나 역시 종이를 반으로 접은 작문지를 받아 자리로 돌아왔다. 그런데 그것을 펴 보는 순간 옆자리에 앉았던 요코다가 낮은 목소리로 소리를 질렀다. "오마에(이 녀석)!" 하는 놀라움과 탄식이 섞인 소리였다. '봄'이라는 제목과 나의 이름이 적힌 줄 사이에 붉은 펜으로 적힌 글씨를 본 것이다. '秀. 타이헨 요로시이(대단히 좋다)'라는 글귀였다. 우優는 받아 본 적이 있었지만 수는 처음이었다. 나는 그 종이로 빨갛게 달아오른 내 얼굴을 감췄다. 믿을 수가 없었다. 가슴이 벅차오르게 기뻤다. 그 후에 나는 종종 그날의 감격을 떠올리며 몰래 설레곤 했다. 도움을 전혀 주지 않은 아버지에게 오히려 감사한 마음이 들었다. 만일 아버지에게 도움을 받았더라면 그렇게 큰 보람과 희열을 느끼지는 못했을 것이다.

아버지는 아무리 힘들더라도 자기 일은 자기가 해야 한다는 무언의 교훈을 주었다. "봄. 봄이라는 말만 해도 어쩐지 몸이 따뜻해지는 것을 느낀다. 이제 봄이 오면 얼었던 땅이 녹기 시작하겠지"라는 문장으로 시작하는 글이었다. 나에게 한없는 자신감을 안겨준 작문 선생님의 이름을 기억하지 못하는 것이 아쉽다.

얼마 후 학교에서 모스 부호를 배우기 시작했다. 랴오양 전보국의 기술자들을 데려다가 우리 학급 전체 인원인 120명을 큰 교실에 모아 놓고 "토쯔으, 토쯔으, 토쯔으" 하면서 외우게 했다. 모스 부호는 미국의 새뮤얼 모스Samuel Morse가 고안한 전보용 부호이다. 위의 부호들에서 (ㆍ—)는 일본어로 'ｲ(이)'이고 (ㆍ—ㆍ—)는 'ㅁ(로)'이고 (—ㆍㆍㆍ)는 'ㅅ(하)'인데, 일본 문자인 가나假名에 해당하는 51가지 부호와 0에서 9까지의 숫자에 대한 부호만 알면 전보로 메시지를 주고받을 수 있다. 한글 모스 부호는 모음 14개와 자음 15개로 되어 있어서 일본 모스 부호보다 훨씬 외우기가 쉽다. 영어 모스 부호는 26개의 알파벳으로 이루어져 있다. 조난신호로 유명한 SOS는 S가 ㆍㆍㆍ, O가 ———이어서 아주 쉽게 배울 수 있다. 일본군에 포로로 잡힌 미군 병사들이 모스 부호를 이용해서 수용소 안에서 비밀리에 연락했다는 이야기를 읽은 적이 있다. 학교에서 가르치는 과목이므로 나도 열심히 모스 부호를 외웠다. 곧 120명 중에서 일부 학생들을 대상으로 집중 연습을 시작했고, 그중에서 다시 12명이 선발되었다. 그중 나도 포함되었다. 선발된 인원들은 전보국에서 실제로 전보를 주고받는 연습을 했다. 랴오양역 앞에 있는 큰 건물에 있는 전보국이었다. 방과 후에 유도부에 다니던 나는 그때부터 유도부 대신 전보국에 다니게 되었다. 하다 보니 전보국 기술자들에게도 뒤떨어지지 않는 속도와 정확도로 전보를 주고받게 되었다.

우리가 이러한 훈련을 받고 있는 이유를 나는 생각해 보지 않았다. 돌이켜 보면, 사실 우리는 폭격기나 군함의 통신병이 되기 위한 훈련을 받고 있었던 것이다. 나는 중학교 1학년생이니 체중이 적어서 항공대에 배속되었을 가능성이 높았다. 다행스럽게도 우리는 소집명령을 받기 전에 해방을 맞았다. 그 당시 신문이나 잡지에는 소년 항공병에 관한 기사가 심심

찮게 실리곤 했다. 해방되지 않았다면 우리도 전선에 투입되었을 것이다. 일본이 미국을 상대로 격전을 벌이는 동안 우리는 학교에서 영어를 배웠다. 미국과 싸우려면 영어를 알아야 하니, 급작스런 영어 교육도 전쟁의 영향을 받은 것인지도 몰랐다. 우선 태평양 지역에서 포로가 된 미국과 영국의 군인들을 상대하기 위해서라도 당장 영어가 필요했을 것이다. 우리는 "A, B, C, D" 하면서 알파벳을 배웠고, "I am a boy. You are a girl" 하면서 기초 영어를 배웠다. 학교에서는 중국어도 가르쳤는데 역시 아주 기초적인 수준이었다.

'국어'(일본어) 시간에 망신당한 기억이 아직도 생생하다. 명륜국민학교에서 일본어를 철저히 배웠으므로 읽고 쓰고 해석하는 것은 어렵지 않았다. 문제는 억양이었다. 어느 날 내가 교과서 지문을 소리 내어 몇 줄 읽자 반 전체가 폭소로 가득 찼다. 평양에서 조선 학생들과 4~6학년을 다니는 동안 어느새 조선식 억양이 밴 것이다. 나는 홍당무가 되어 쥐구멍에라도 숨고 싶었지만 요코다는 속이 시원했을 것이다. 그 밖에 요코다가 기뻐할 일이 또 있었다. 교련 교관 한 명이 우리 학교에 새로 배정되었는데, 중위 계급의 젊은 장교는 도착한 첫날부터 나를 괴롭혔다. 그가 도착한 날 학년 전체 학생들은 큰 교실에 모여 앉아 있었다. 그가 교실에 들어서자마자 나는 예전처럼 "키리쯔(기립)!", "스와레(앉아)!"라고 구령했다. 그러자 교관은 "키리쯔라고 한 게 누구냐?"며 소리질렀다. 나는 벌떡 일어나서 "접니다!"라고 대답했다. 그러자 그는 "키오쯔께氣を付け", "야스메休め"라고 해야 한다고 말했다. 그것은 군대식 구령이었다. '키오쯔께'라는 말은 '정신 차려'라는 뜻인데 '차렷'이라는 한국군의 구령은 거기에서 따온 듯하다. 그날은 우리 학년의 세 반이 모두 모여 있었으니 다른 급장들도 구령을 했을 것이다. 당황한 나는 그들이 뭐라고 구령했는지 하나도 기억나지 않았다. 그때부터 교관의 괴롭힘이 시작되었다. 교련 시간에 그는

나의 동작이 굼뜨다느니, 자세가 정확하지 않다느니 하면서 트집을 잡았고 나중에는 교관실에 따로 불러 혼을 냈다. 담임선생님은 퇴역 군인이어서 교련 시간에 장교복을 입고 나왔는데, 그의 계급은 준위여서 젊은 장교보다 계급이 낮았다. 내가 꾸지람을 받을 때에도 담임선생님은 별다른 반응을 보이지 않았다.

앞서 언급한 것처럼 전시체제라 공업학교로 이름을 바꾼 학교에서는 '공업'이라는 이름에 걸맞게 형식적으로 목공을 가르쳤으나, 톱질을 가르치는 것이 전부였다. 나는 그때나 지금이나 톱질도 대패질도 제대로 하지 못한다. 지금도 내가 못질을 하려고 망치를 잡으면 주변에 있던 가족들이 모두 도망간다. 보나마나 못을 향해야 할 망치가 손가락을 쳐 내가 큰소리로 화풀이할 것이 틀림없기 때문이다.

한 학기가 거의 끝나갈 때쯤 기숙사에서 지내는 학생들 사이에 내가 우리 학년에서 1등을 했다는 소문이 돌기 시작했다. 기숙사에서 생활하는 독신 교사들이 있어서 기숙사 학생들은 뭐든 소식이 빨랐다. 나도 그 소문이 사실인지 무척 궁금했지만, 물어볼 데가 없었다. 그저 성적표 받는 날을 기다리고 있었는데 그러던 어느 날 학교 전체 학생들에게 '근로봉사' 명령이 떨어졌다. 랴오양 교외에 대전차호對戰車壕를 파는 작업에 동원된 것이다. 아마도 그날은 소련이 만주 공격을 시작한 8월 9일 이후였을 것이다. 나의 중학생 시절은 근로봉사에 나가기 시작하면서 끝났다고 할 수 있다. 그때부터 모든 학업이 중단되었기 때문이다.

우리가 근로봉사에 동원되어 대전차호를 파는 곳에서 중국 사람들도 나와 같은 작업을 하고 있었다. 어른 키의 몇 배나 되는 좁은 강 너비의 도랑을 파는 작업이었는데, 이미 어느 정도 길게 파여 있었다. 일본은 1941년 4월에 소련과 불가침조약을 체결했지만 만주를 점령한 일본 관동군은 소련과의 전쟁에 대비하고 있었다. 특히 1945년 5월에 나치 독일이 항복한 이후에는 소련군의 만주 공격 가능성이 날로 높아지고 있었다. 지금 생각해 보면 소련군 전차를 막기 위해 대전차호를 파는 작업은 무용한 일이었다. 만주 서남쪽에 위치한 랴오양은 만주 북쪽과 동쪽에 있는 소련 국경과는 까마득하게 멀었다. 소련군이 랴오양까지 오려면 하얼빈哈爾濱을 점령하고 창춘長春과 선양瀋陽을 함락해야 했다. 그쯤 되면 관동군의 방어진이 완전히 무너졌다는 것이니, 대전차호가 아무리 깊고 넓어도 아무 효과도 없을 것이었다. 그러나 우리 지역의 관동군 부대들은 속수무책 지켜보고 있을 수만은 없어서 우리를 동원한 것이다.

1945년 8월 15일. 나는 그날을 랴오양 시외에 있는 관동군 군수창고에서 맞이했다. 우리 반 학생 일고여덟 명과 군수창고에 파견되어 있었기 때문이다. 우리는 군수창고에 파견된 것을 다행스럽게 생각하고 있었다. 힘겨운 땅파기 노동에서 해방되었기 때문이다. 철판으로 만든 큰 건물에 선반이 여러 줄로 줄지어 있었고, 그 위에 기계 부속품들이 여기저기 놓여 있었다. 기계 창고인 듯했지만 창고는 거의 텅 비어 있었다. 전쟁을 오래 계속하다 보니 군수품이 동났던 것 같다. 군인들도 별달리 할 일이 없었고, 그들이 우리에게 시킬 일도 없었다. 왜 우리가 그곳에 파견되었는지 이해가 가지 않았지만 불평할 이유도 없었다. 그날 랴오양의 날씨는 참으로 맑고 서늘했다. 하늘은 공활했고, 공습경보도 울리지 않았다. 공습이라고 해봐야 서남 방향에서 날아온 B-29기 한 대가 철로를 따라 동북쪽으로 지나가는 정도였으니 경보가 울릴 일도 없었다. 그날은 고사포 소리도 울리지 않았고 푸른 하늘에 포탄이 터지며 남긴 검은 연기의 자취도 없었다.

특별한 일이 없었던 우리는 빈둥거리면서 놀고 있었다. 정오에 중대 방송이 있다고 들어서 정해진 장소로 향했다. 한쪽이 20~25미터 정도 되는 함석판으로 만들어진 큰 방이었는데, 천장이 매우 높았다. 방 한가운데에는 수십 촉짜리 전등이 하나 매달려 있었다. 실내는 어두컴컴했고 백여 명의 군인들로 가득 차 있어서 우리는 문간에 서서 기다렸다. 천황의 옥음玉音 방송이 있을 것이라는 아나운서의 말이 들렸다. 모두들 차렷 자세로 머리를 숙이고 방송이 나오기를 기다렸다. 잠시 후 기다리던 히로히토 천황의 〈종전조서終戰詔書〉 낭독이 시작되었다. 라디오의 잡음이 하도 심해서 그랬던지, 아니면 천황이 너무나 어려운 한자어를 사용한 탓인지 나는 도대체 무슨 뜻인지 알아들을 수가 없었다. 오랜 시간이 지난 후에 그날의 방송 내용을 글로 읽어 보았는데 일본 지식인들도 알아듣기 힘든 고어古語가 많이 사용되었다.

방송이 끝나고 흩어져 나오면서 연거푸 "혼토카나(정말일까)?" 하며 고개를 가로젓는 군인들의 뒷모습을 보고서야 나는 무슨 일이 일어났음을 직감했다. 20년만 있으면 다시 돌아올 것이라고 장담하는 어느 군인의 말을 듣고 비로소 일본이 항복했다는 것을 알게 되었다. 참으로 뜻밖의 일이었다. 우리가 매일같이 듣던 이야기는 일본이 미영米英의 귀축鬼畜을 격멸해 이기고야 만다는 결의였기 때문이다. 전쟁의 시작과 동시에 일본은 승리의 노래로 들끓지 않았던가? 우리는 〈대동아결전의 노래〉를 부르면서 행진하지 않았던가? 일본이 싱가포르를 점령한 후에는 고무공을 선물받아서 신나게 놀지 않았던가? 얼마 전에는 격추되었다는 B-29의 잔해와 미군 조종사들의 물품을 구경하지 않았던가? 그런데 무슨 항복이란 말인가.

어쨌든 우리의 근로봉사는 그 방송 하나로 끝났고, 우리는 대열을 지어 학교로 돌아갔다. 조선이 독립할 것이라는 말을 들은 것은 며칠 후의 일이었다. 아이러니하게도 나는 그 소식을, 나를 내내 증오했던 요코다로부터 들었다. 우리 반이 학교 앞의 큰길에서 열을 지어 행진하고 있을 때 갑자기 그 녀석이 "야, 조선은 곧 독립한다."라고 말했다. 아마도 요코다는 어른들의 이야기를 엿들은 모양이었다. 나는 독립이라는 말이 무슨 뜻인지 몰라서 "그래(소오카)?"라고 대답했다. 너무나 순박했던 나는 학교에서 가르쳐 주는 일 외에 바깥세상에 대해서는 아무것도 몰랐다. 대전차호를 파는 일도 그랬지만 정치에 조금이라도 관심이 있었다면 전세가 일본에 불리해지고 있는 조짐을 느낄 수 있었을 것이다. 알래스카 근방 알류샨 열도에서 있었던 일본군의 '옥쇄玉碎'가 보도된 것은 오래전의 일이었고, 일본 본토 공습과 태평양 각 지역의 '옥쇄'가 연일 신문에 보도되고 있었으므로 전쟁이 끝나 가고 있음을 눈치챈 어른들이 많았을 것이다. 하지만 전쟁이 언제 어떠한 형태로 끝날지는 아무도 예측할 수 없었다. 일본은 미군이 일본 열도에 상륙할 경우 1억의 신민臣民이 모두 옥쇄해야 한다고 주장했다. 일본인들의 징집 대상 연령이 몇 살이었는지는 모르지만, 40세 미만의 일본 남자들은 거의 모두 징집되었다. 우리 학교에도 젊은 선생님은 남아 있지 않았다. 1945년 8월까지 우리는 원자탄이라는 말을 들어 본 일이 없었다. 그런데 히로시마와 나가사키에 투하된 원자탄 두 개로 전쟁은 끝나 버렸다.

히로히토 천황의 항복 선언이 방송된 지 며칠 후 학교는 문을 닫았다. 그리고 학교는 일본 군대의 임시 병영이 되었다. 어디에 있던 군인들인지 연대 규모의 일본 군인들이 나타나 소총과 기관총 등을 질서 있게 정돈했다. 군인들은 하는 일 없이 한가롭게 누군가를 기다리고 있는 듯했는데 후에 알고 보니 그들은 자신들을 끌고 갈 소련군을 기다리고 있던 것이었다. 그들은 시베리아의 동토에 끌려가서 모진 고생을 하다가 상당수는 그곳에서 죽을 운명에 놓여 있었다. 소련은 만주와 북한에서 생포한 수십만 명의 일본 군인들을 시베리아로 데려가 노동을 시켰다. 북극이 가까운 그곳은 몇 길이나 되는 땅속까지 얼어붙을 정도로 몹시 추운 곳이다. 전쟁에 시달리던 소련이 갑자기 끌려온 그 많은 포로들을 위한 식량을 제대로 보급할 수도 없었을 것이다. 겨울옷이나 포로수용소 시설도 준비되어 있을 리도 만무했다. 이런 열악한 상황에서 중노동을 해야 했기 때문에 수많은 포로들이 늦가을의 파리 목숨처럼 스러져 갔다고 한다.

일본 군인들이 그들의 나라, 무모하고 잔인했던 일본 제국주의를 대신해서 죄의 대가를 치른 셈이다.

소련군, 팔로군, 그리고 조선독립동맹

일본이 종전 선언을 하고 며칠이 지난 후, 학교 앞 광장에 큰 트럭 두 대가 불쑥 나타났다. 먼지를 잔뜩 뒤집어쓴 채 화물칸에 앉아 있는 소련 병사들이 무표정한 얼굴로 우리를 내려다보았다. 병사 수는 다 합해 봐야 30~40명가량이었다. 갑작스레 나타난 트럭을 보고 하나둘 모여든 우리의 표정도 심드렁하기는 마찬가지였다. 참으로 싱거운 만남이었다. 그들의 족두리 같은 모자가 희한해 보였고, 무엇보다도 트럭의 바퀴가 커서 놀랐다. 오랜 세월이 흐른 뒤 한국이나 미국의 토목 건설현장에서 본 대형 트럭의 바퀴와 비슷했다. 아마도 험한 길을 달리기 위해 고안된 바퀴였을 것이다.

소련군의 만주 진주는 미국과 소련의 합의에 의한 조치였다. 1941년에 필리핀에서 일본군에게 밀려 후퇴한 미군은 호주 등 태평양 남단에서부터 반격을 시작하여 태평양의 섬들을 하나둘 점령하며 북상할 계획을 세웠다. 하지만 유럽에서 독일군과 싸우는 동시에 태평양에서 일본과 격전을 치르기에는 미군의 능력에 한계가 있었다. 따라서 미국은 소련에게 속히 일본과의 전쟁에 참가할 것을 요구했다. 일본 본토 공격을 계획하고 있던 미군 참모부로서는 만주와 한반도에 주둔한 일본군이 본토 방위를 위해 회군하는 상황을 우려했으므로 그전에 소련군이 만주와 한반도에 진입해야 한다고 주장했다. 또 태평양 지역의 미군 총사령관인 맥아더는 다른 각도에서 소련의 참전을 요구했는데, 자기 휘하의 병력만으로 일본 열도를 공격한다면 피해가 막심할 뿐만 아니라 성공 여부도 불확실하므로 소련군의 만주 공격이 먼저 시작되어야 한다고 주장했다. 맥아더 역시 만주와 한반도에 주둔한 60만 일본 병력의 향방을 염려했던 것이다.

미국 정부가 일본과의 전쟁에 속히 참가하여 만주를 공격할 것을 종용하자 스탈린은 그 상황을 이용하여 제정 러시아의 숙원을 풀었다. 1945년 2월에 열린 얄타회담에서 루스벨트 대통령을 만난 스탈린의 요구사항 중에는 만주의 철도와 항구를 중국과 공동운영하게 해달라는 조항이 포함되어 있었다. 이 철도와 항구들은 19세기 말엽에 제정 러시아가 건설했으나 러일전쟁에서 패배해 일본에 빼앗긴 것들이었다. 태평양 지역으로 진출하기 위해 다롄과 뤼순에 항구와 수천 킬로미터의 철도를 건설했던 러시아의 야망이 다시금 고개를 드는 순간이었다.

이처럼 미국의 요청은 소련에게 있어 숙적 일본에게 진 빚을 되갚아 주는 동시에 동양에 대한 영향력을 확대할 절호의 기회였다. 서부전선에서 독일과의 전쟁으로 막대한 희생을 거듭한 소련에게 그것은 반가운 소식이었다. 당시 소련의 상황은 참담했다. 독일과의 전쟁에서 입은 인명 피해는 말할 것도 없고, 비옥한 농토가 모두 폐허가 되었다. 공장은 파괴되고 많은 사람들이 굶주림과 질병에 시달렸다. 나치 독일을 박멸하고 전승의 개가를 높이 부른다고 해도 전쟁 이후 민생이 정상화되기까지는 오랫동안 고통을 감내해야 했다. 하지만 만약 주어진 기회를 이용하여 만주를 장악하는 데 성공한다면 전후 소련이 당면할 수많은 문제들을 해결할 수 있었다. 만주는 오래전부터 동양의 곡창지대였고, 1931년에 만주를 강점한 일본이 만주 각처에 발전소와 광산을 건설·개발하고, 중공업을 비롯한 다양한 공장들을 세운 뒤로는 공업적으로도 발달한 중요한 지역이었다.

서부전선에서 소련과 독일의 전쟁이 끝난 시기는 1945년 5월 초였다. 스탈린은 즉시 모든 병력을 동쪽으로 이동시켰다. 시베리아 철도는 단선 철도였는데 어떻게 수십만에 이르는 병력과 장비들을 단시일 내에 동부전선으로 옮길 수 있었는지는 아직까지도 수수께끼로 남아 있다.

1945년 7월 17일에서 8월 2일까지 열린 포츠담회담에서 스탈린은 8월

15일이 되어야 일본과의 전쟁에 참여할 수 있을 것이라고 했다. 하지만 그는 8월 8일 밤 열두 시에 돌연 일본에 전쟁을 선포했는데, 같은 달 6일에 히로시마廣島에 원자폭탄이 투하되면서 전쟁을 선포하기 전에 일본이 항복한다면 일본과의 전쟁에 참전하지 않은 소련이 만주를 장악할 명분이 사라지기 때문이었다. 만주의 풍부한 자원이 모두 그림의 떡으로 변할지 모르는 상황에서 소련은 8일 밤에 다급히 만주 공격을 개시했다.

하지만 정작 만주 수비를 담당한 관동군은 소련에 대항할 능력이 없었다. 그처럼 용맹하기로 이름 높던 관동군도 이름뿐이었다. 태평양에서의 전투가 치열해짐에 따라 자랑거리였던 관동군의 비행기나 대포 같은 대규모 무기들과 군수물자, 병력이 모두 태평양으로 이동한 상태였으며, 나중에는 몇 개 사단 병력이 통째로 한반도 남단으로 옮겨 갔다. 미군이 일본의 규슈九州와 혼슈本州를 공격하면서 제주도와 부산, 마산, 진주 등의 지역을 동시에 공격할 것으로 예상했기 때문이었다. 소련군은 치열한 전투 없이 만주를 장악하게 되었다.

적에게 항복하여 치욕을 당하는 것보다 1억億 '신민' 모두가 할복자살하는 것이 영예롭다는 식의 교육을 받아 온 일본 육군 장성들 중에는 항복하자고 제안할 용기를 가진 자가 없었다. 그들이 배운 무사도武士道에는 항복이란 것이 없었다. 일본이 패배하면 사내들의 생식기가 모두 잘려 나가고, 아낙네들은 모두 미군 병사의 노리개가 될 것이라는 교육이 지속되었다. 교사들도 이러한 선동적 내용을 진지하게 가르쳤다. 미군이 상륙하면 모든 여자가 죽창으로 대항하라고 했다.

도쿄와 오사카 등 본토에 강력한 미군의 공습을 받던 일본은 1945년 8월 6일, 히로시마에 원자폭탄이 투하되어 13만 명의 인구가 순식간에 몰살하는 참사를 맞았다. 이에 외무장관 도고 시게노리東鄕茂德를 위시한 화평파和平派는 포츠담회담을 수용하는 형식의 투항을 주장했다. 그러나 육군장관을 위시한 강경파強硬派는 이를 받아들이지 않았다. 강경파는 히로시마에 투하된 폭탄은 원자폭탄이 아니라거나, 무조건 항복을 요구한 포츠담회담의 선언 내용은 일본 신국神國의 국체를 손상하므로 받아들일 수 없다고 주장했다. 화평파 역시 투항했을 경우 혈기 넘치는 장교들이 쿠데타를 일으켜 정국을 혼란하게 만들 가능성에 대한 우려와 미군이 일본 본토에 상륙한 후에 일본 사람들에게 끼칠 피해를 최소한으로 줄이는 좋은 조건을 얻어 내야 한다는 희망적인 주장을 물리칠 수 없었다. 메이지유신 때부터 강하게 추진되어 온 군국주의 사상에 매몰된 일본 수뇌부였지만, 최고전쟁지도회의에서 강온파의 대립이 계속되는 동안 화평파인 스즈키 간타로鈴木貫太郎 수상은 10일에 이르러 '천황폐하의 성단聖斷'이라는 명분으로 투항 선언을 공표하기로 했다. 하지만 14일에 들어서 제2차 성단을 발표하기까지 갈등은 계속되었다.[1]

한편 미국에서는 1945년 4월 루스벨트가 갑작스럽게 사망하자 부통령 트루먼이 대통령직을 승계했다. 1945년 7월에 포츠담회담에 참석 중이던 트루먼은 오랫동안 진행되어 오던 원자탄 실험이 성공했다는 비밀 보고를 받고 고민했다. 원자탄 제조에 성공했다면 소련의 참전 없이도 일본을 투항시킬 수 있지 않을까 하는 생각 때문이었다. 소련이 개입하기 전에 일본을 항복시킨다면 소련이 어부지리漁父之利로 만주에 영향력을 행사하는 것을 막을 수 있으리라 생각한 것이다. 트루먼은 휘하의 육군참모총장 조지 마셜George Marshall 등의 막료들과 의논했지만 때는 이미 늦었다. 소련이 약속대로 온힘을 다해 병력을 동쪽으로 이동시키고 있었기 때문이다.

당시 열네 살 철부지였던 나는 이런 정세를 잘 몰랐다. 미국과 소련이

---

1 麻田貞雄, 「原爆投下の衝擊と降服の決定」, 細谷千博・後藤乾一・入江昭・波多野澄雄 編集, 『太平洋戰爭の終結』(東京: 柏書房, 1997), pp. 200~203.

연합하고 있다는 사실이나 미국이 소련에 군사 원조를 제공하고 있다는 사실도 몰랐다. 나중에 생각해 보니 내가 랴오양에서 보고 놀랐던 그 트럭들도 미국산이었다. 소련군이 도착한 후 랴오양은 혼란에 빠졌고 그전에는 본 적도 없는 장면들이 속속 펼쳐졌다. 전쟁은 확실히 끝났지만 랴오양은 여전히 혼란스러웠다. 그전부터 일본 군인들은 대열을 지어 행군했는데, 항복 이후에는 자그마한 백기白旗를 앞세우고 다녔다. 또 군인을 포함한 모든 일본 사람이 왼팔에 흰색 완장을 차고 다녔다.

지금까지 듣지 못했던 기관단총 소리, 소총 소리와 함께 들려오는 소문은 우리를 술렁거리게 했다. 중국 사람들이 소련 군인들을 앞세워 일본인들의 집을 약탈한다는 소문이었다. 그렇게도 도도하고 당당하던 일본 사람들은 하루아침에 기가 죽어버렸고, 여인들은 머리를 빡빡 깎고 다니게 되었다. 겁탈을 피하기 위해서 어쩔 수 없이 남장을 했던 것이다. 하지만 등에 아기를 업고 머리를 민 20~30대 여인들을 남자로 본 사람은 없었을 것이다. 그들의 남편들이 모두 징집되어 보호를 받을 수도 없었지만 설령 징집되지 않았다고 한들 무자비한 폭력을 어떻게 감당할 수 있었겠는가. 많은 일본 여인들이 능욕당했다.[2] 하지만 그것은 시작에 불과했다. 일본의 사내들은 세계를 제패한다는 야망을 품고 수많은 민족에게 고통과 슬픔을 안겨 주었지만, 그 대가의 일부를 만주에 있던 일본 여인들과 관동군

---

2 2018년 8월 15일자 『아사히신문朝日新聞』에 이와 관련된 기사가 보인다. 소련군이 닥쳐오자 북만 지역에 파송되어 있던 어느 개척단에서는 소련 군인들의 성폭행을 막기 위해서 급히 위안소를 차려놓고 17~21세의 여성들에게 접대부 노릇을 하라고 부탁했다고 한다. 당시 21세이던 지금의 90대 할머니는 소련 군인들의 술대접을 도우라는 줄 알고 자원했는데 그게 아니었다고 한다. 칸막이도 없는 큰 방에서 10여 명의 처녀들이 성 접대를 했는데 그런 일을 없던 일로 하라고 하니 참을 수가 없었다고 했다. 일본 정부는 청년 남녀들을 만주 오지에 파송하여 정착시키기 위해 '개척단'들을 조직하고 그곳에 살던 중국 농민들을 추방하거나 학살했는데 반대로 일본이 패배한 후에는 여러 가지 형태로 보복당했다. 『滿洲開發40年史』라는 책에 그 당시의 상황이 낱낱이 기록되어 있다.

장병들이 치렀다고 해도 과언이 아니다.

랴오양은 말 그대로 법과 질서가 없는 무법천지가 되어 버렸다. 소련군 사령부는 군정軍政을 실시한다는 포고문과 함께 법과 질서를 지켜야 한다고 엄포했지만 법과 질서가 지켜질 분위기가 아니었다. 우리 동네 인근에 있던 일본인 관사官舍들이 당시의 사정을 보여 주었다. 줄지어 새로 지어 놓은 아름다운 붉은 벽돌집들은 매일같이 그 모습이 달라졌다. 하루는 문짝이, 하루는 창문이 없어졌고, 나중에는 마루와 지붕의 판자가 뜯겨져 나갔다. 곧 담벼락마저 무너졌는데 벽돌조차 어디론가 사라져 버려 보이지 않았다. 그렇게 일본인 관사 지역은 얼마 안 가 허허벌판으로 변하고 말았다. 중국 사람들이 사는 집들 근처에는 문짝과 군데군데 시멘트가 붙은 벽돌들이 아무렇게나 쌓여 있었다. 일본은 5족의 협화와 번영을 위한 만주제국을 세운다는 구호하에 동아시아의 제패를 위한 공업기지를 건설했지만 만주제국은 허망하게 무너져 내렸다. 중국 사람들이 그 좋은 주택들을 차지하지 않고 허물어버린 이유는 한참 시간이 지난 후에야 깨달았다. 그들은 자신들을 억압했던 일본인들의 집을 부수지 않고는 견딜 수 없었던 것이다.

소련군이 랴오양을 점령한 기간은 짧았지만 어린 나에게는 인상 깊은 시간이었다. 도처에서 족두리 같은 희한한 모자를 쓴 소련 군인들을 볼 수 있었다. 거리를 돌아다니는 소련 군인들은 아무 걱정이 없어 보였다. 두리번거리며 걷다가 거리에서 파는 엿을 사먹고 "하라쇼(좋다)!"를 연발하고, 기관총을 어깨에 멘 채 안장이 없는 말을 타고 지나가면서 커다란 무를 한 손에 쥐고 사과처럼 게걸스럽게 베어 먹었다.

소련군은 랴오양에서 많은 가축들을 가져갔다. 우리는 거리에서 간혹 양떼나 소떼를 몰고 가는 소련 군인들을 보았다. 아마도 가축 시장에서 사들인 짐승이었을 것이다. 어쨌든 많은 짐승을 철도 정거장을 향해 몰고 갔고, 수많은 화차貨車들이 항상 북쪽을 향해 움직였다. 만주는 독일을 상대로 오랜 전쟁을 치르며 시달리고 굶주려 온 소련 사람들에게 많은 양의 양식과 공산물, 기계를 공급해 주었다. 소련에게 만주의 전략적 중요성은 두말할 것도 없지만, 소련은 전후 경제를 지탱하고 복구하기 위해서라도 만주를 장악해야 했을 것이다.

위에서 소련군이 짐승을 사들였을 것이라고 했는데 소련군은 진주하자마자 '홍표紅票'라고 부르는 붉은 돈을 찍어 내서 일본은행권, 만주은행권, 조선은행권과 동일한 가치의 화폐로 사용하도록 했다. 참으로 조잡한 붉은색 종이 딱지였다. 받기를 거부하면 그 자리에서 소련군 사령부에 끌려가게 될 터라 차마 거부할 수가 없었다. 그 종이를 진짜 돈으로 바꿔 주는 환전 시장이 따로 있었는지는 모르겠지만, 일부 상인들은 홍표를 헐값에 받아 주었을지도 모른다. 마구 찍어 내면 되는 종잇조각이니 부르는 게 값이었을 것이다.

그 후 각종 서적과 기록영화들을 통해서 독일과 전쟁 중인 소련 사람들의 고된 생활상을 여실히 볼 수 있었다. 독소전쟁은 그야말로 소련을 거의 파괴하다시피 했다. 많은 사람들이 먹을 것이 없어서 죽어 나갔다. 레닌그라드(현재 상트페테르부르크)가 포위되었을 때는 사람이 사람의 시체를 뜯어 먹었다는 이야기까지 있으니 오죽했겠는가.[3] 독일군은 그 옛날 표트르 대제의 자랑이던 레닌그라드를 빼앗기 위해 모든 길목을 차단한 채 1941년 9월 8일부터 1944년 1월 27일까지 871일 동안 공격했다고 하니 그곳에서의 참상은 상상을 초월하는 것이었다. 1948년에 들어서 우리 가족도 며칠 동안 봉쇄된 랴오양에서 식량 걱정을 한 적이 있었는데, 2년 이상을 포

---

3 Elena Zubkova (trans. and ed. Hugh Ragsdale), *Russia After the War* (New York: M.E. Sharpe, 1998).

위되어 갇혀 있었다니 살아남은 사람이 있었다는 것이 기적이었다. 레닌그라드는 극단적인 경우겠지만 소련군이 가는 곳마다 모든 것을 닥치는 대로 가져간 것은 어찌 보면 당연한 일이었다. 한국이나 일본 사람들이 전쟁동안에 식량난으로 많이 고생했지만, 소련 사람들이 겪은 고초도 그에 못지않았다.

소련군이 물러나자 팔로군八路軍이 그들을 대치했다. 당시 우리는 중공군이라는 용어를 쓰지 않고 팔로군이라고 불렀다. 팔로군이란 중일전쟁 발발 이후 중국 국민당과 중국 공산당이 연립전선(또는 통일전선)을 이룩한 다음 중공군에게 부여된 명칭이다. 우리는 처음에 랴오양에 들어온 팔로군을 '헤이빨루쥔黑八路軍', 즉 '검은 팔로군'이라고 불렀다. 그들이 검은색 군복을 입고 있었기 때문이다. 그러나 검은 팔로군은 어느새 사라져 버렸고 그들에 대해서는 별다르게 남아 있는 기억이 없다. 뒤에 들어온 '황빨루쥔黃八路軍'은 잘 기억하고 있는데, 그들은 물 빠진 노란색 누빈 솜옷을 입고 99식 소총을 어깨에 되는 대로 멘 채 대오隊伍도 짓지 않고 무질서하게 시내로 걸어 들어왔다. 또한 중국인들이 해 오던 원시적인 방법으로 짐을 운반했다. 그 방법이란 긴 나무 장대 양쪽에 짐을 하나씩 매달아서 그것을 한쪽 어깨에 짊어지는 것이었다. 때로는 짐짝을 잔뜩 실은 나귀도 보였다. 중장비는 말할 것도 없고 기관총 하나 보이지 않았다. 패전 이후에도 대오를 지어 질서정연하게 행진하던 일본 군대와는 대조적이었다. 물론 지프차나 트럭은 보이지도 않았고, 별도의 교통수단이라고 해 봐야 장교로 보이는 군인들이 타고 다니는 자전거뿐이었다.

팔로군이 총 한 방 쏘지 않고 랴오양에 입성한 데에는 복잡한 정치적 배경이 깔려 있었다. 스탈린은 1945년 2월에 열린 얄타회담에서 만주에서의 이권을 인정받은 후, 충칭의 국민당 정부와 오랫동안 교섭한 끝에 1945년 8월 14일에 중소우호동맹조약을 체결했는데, 중국은 만주에서 옛날 제정 러시아의 이권을 인정하고, 소련은 국민당 정부를 중국의 유일한 정부로 인정하고 만주에서 중국의 주권을 인정한다는 교환 조건이 있었다. 국민당 정부는 일본과의 전쟁이 끝난 후에 다가올 공산당과의 대결을 염두에 두고 있었으므로 소련 정부가 국민당 정부를 중국의 유일한 정부로 인정하는 것을 매우 중요시했다. 하지만 소련이 그 조약을 곧이곧대로 이행할 리가 없었다.

소련 정부는 국민당 정부를 인정하고 군대를 철수했지만 중국 내전內戰에서 중국 공산당을 도와주었다. 그럴 수밖에 없던 것이 중국 공산당은 1921년에 창당했을 때부터 소련의 후원을 받고 명령을 따라 왔다. 1936년경에 마오쩌둥毛澤東이 지도자로 등장한 후 스탈린은 중국 공산당을 의심했지만, 공산당이 소련의 충실한 위성세력임은 분명했다. 따라서 스탈린은 국민당 정권이 만주를 장악하는 것을 원치 않았다. 그렇게 된다면 국민당을 돕는 미국의 영향력이 만주에까지 미칠 것이기 때문이었다. 그래서 소련이 택한 전략이 바로 만주 각지에서 소련군이 물러간 후에 팔로군을 진주시키는 것이었다.

우리가 '중앙군中央軍'이라고 부르던 국민당군 또는 국부군國府軍은 일본과 전쟁을 치르는 동안 대륙의 서남쪽으로 이동하고 있었다. 동북 지방인 만주를 점령하려면 병력을 비행기나 기차 또는 선박으로 이송해야 했는데 팔로군은 중국 서북방에 집결해 있었으므로 일본과의 전쟁이 끝났을 때 재빨리 만주 지방으로 이동할 수 있었다. 그래서 소련은 이런저런 이유를 붙여서 중앙군이 만주에 진주하는 것을 지연시키고, 팔로군으로 하여금 소련군이 떠난 곳에 진주하도록 했다. 동시에 일본군으로부터 노획한 무기를 팔로군에 이양했다. 소련군에는 무용지물이었지만 팔로군에는 금을 주고도 살 수 없는 귀한 무기였다. 팔로군이 랴오양을 점령하게 된 데에는 이러한 배경이 깔려 있었다.

잘 알려진 대로 팔로군은 계급장이 없었다. 장교와 일반 병사를 식별할 수 있는 한 가지 다른 점이 있다면, 장교는 목제 권총집에 넣은 '모젤 권총'(마우저 권총)을 차고 있다는 것이었다. 이동할 때 자전거를 타고 다니는 사람들도 대부분 장교였다. 그중 한 분대가 우리 동네의 담배 창고 자리에 주둔했는데, 나는 가끔 그곳에서 병사들과 대화를 나누었다. 물론 나의 중국어가 아주 기초적인 수준이어서 깊은 대화를 할 수는 없었지만 그런대로 같이 시간을 보내곤 했다.

내가 본 팔로군 병사들은 비록 군복을 입고 있었지만 소박한 일반 농민과 아무런 차이가 없었다. 때때로 둥글게 모여 앉아서 회의나 공부를 하는 모습은 봤어도 군사 훈련을 하는 모습은 보지 못했다. 또 그들이 주민들에게 선전이나 교양 사업을 한다는 소식도 듣지 못했다. 우리 동네 사람들은 팔로군과 별 문제 없이 평범하게 지냈던 것 같다. 하루는 아버지의 심부름으로 큰 건물을 가진 부잣집에 갔다가 일개 소대쯤 되는 팔로군이 주둔한 모습을 보았는데, 주인집 사람들과 그들은 별다른 불편 없이 함께 잘 지내는 듯했다. 그들은 마당에서 세미나를 하는 듯 모여 앉아서 진지하게 토론하고 있었고 주인 집 사람들은 제각기 볼일을 보고 있었다. 팔로군이 진주해 있던 시절에는 이미 사회질서가 잡혔던 모양으로, 총소리도 들리지 않았고 일본 패망 직후와 같은 혼란도 없었다. 군인들이 민간인을 겁탈하거나 민폐를 끼친다는 소문도 전혀 없었다. 그때 들은 이야기인지는 모르겠으나 팔로군은 장병들이 강간죄를 범하면 꼭 사형시킨다고 했다. 소련군과는 너무나 대조적이었다.

내가 조선의용군 아저씨들을 만나게 된 것도 그즈음이었다. 잘 알려진 대로 조선의용군은 1942년에 중국 서북방에서 중국 공산당의 비호庇護하에 육성된 군대이다. 군대라고 하면 사단, 여단, 대대 등 큰 병력을 연상할 테지만 조선의용군의 규모는 예상보다 훨씬 작았다. 우리나라가 해방을 맞이한 1945년 8월까지 중국 북쪽에 모여든 조선 청년들의 수가 얼마 되지 않았기 때문에 병력은 겨우 수백 명에 불과했다. 그런데 해방이 되자 일본군에 징집되었던 군인들이 조선의용군과 광복군에 흡수되어 병력이 급속히 늘어나게 되었다. 조선의용군은 팔로군과 함께 행동했다. 심양의 서남방에 놓인 랴오양은 만주 남부지역인 남북만南北滿을 오가는 교통의 요충지여서 조선의용군 병사들이 트럭을 타고 이곳을 지나가곤 했다. 의용군 아저씨들은 때때로 랴오양에 머물며 식사를 하거나 쉬어 갔는데, 나는 그럴 때면 뒷자리에서 어른들이 모여 수군거리는 소리를 듣곤 했다.

겨우 자전거나 타고 다니던 팔로군과 달리 조선의용군은 트럭을 이용했다. 나의 머릿속에는 아직까지도 어느 날 본 한 장면이 선명하게 남아 있다. 휘날리는 태극기를 달고 조선말로 군가를 부르는 10여 명의 조선 군인들을 태운 트럭이 어디론가 떠나는 장면이다. 나는 오랜 시간이 지난 뒤에도 조선의용군과 중국 공산당의 관계도, 그들이 공산주의를 신봉한다는 것도 알지 못했다. 그들이 분명 조선 군인이었다는 사실, 그 강한 인상이 내가 간직한 이미지의 전부였다. 나는 그들이 너무나 자랑스러웠다.

조선의용군 병사들은 우리 집에서 얼마 떨어지지 않은 천일제지공사天一製紙公司에 머물곤 했으므로, 얼마든지 그들을 만날 수 있었다. 아직도 기억하고 있는 조선의용군 군가 몇 구절도 그들에게서 배웠다. 펑톈과 지린吉林 사이의 철도에서의 전투를 노래한 듯한 〈봉길선奉吉線〉이나, 문맹들이 글을 배워야 한다는 내용의 〈글장님〉 같은 군가가 기억난다. 나는 병아리 학자 시절인 1960년대 초반에 런던에서 출판된 『차이나쿼털리 China Quarterly』지에 조선의용군에 대한 글을 발표한 적이 있는데, 학자로서 내가 처음으로 혼자 발표한 글이었다.[4] 해방 직후, 내가 14세였을 때 만났던 의용군 아저씨들에 대한 기억이 나의 학문에도 영향을 끼친 것이다. 나의 박사학위논문 「한국 민족주의 운동사」에서도 조선의용군 창립에 관여한 지도자들인 김원봉, 김두봉, 무정 등의 발자취를 연구했다. 후에 서울 종로6가의 고서점에서 김두봉이 1900년대에 발표한 '조선말'에 대한 소책자를 발견하고 그가 원래 조선어학자였다는 사실에 놀랐던 기억이 있다.

해방 이전의 조선의용군은 수백 명 규모를 넘지 않았으며, 주로 팔로군을 위해서 선무宣撫 공작에 주력한 부대였다. 조선의용군이 팔로군과 함께 전투에 참가했다는 증언도 발표되었으나 수백 명의 병력으로는 큰 힘을 발휘할 수가 없었을 것이다. 그러나 조선의용군 대원들은 중국의 군관학교나 국내 또는 일본에서 고등교육을 받았으므로 대부분 장교 자격을 갖추고 있었다고 보아야 할 것이다. 정치 면에서도 화북華北의 연안延安 지방에서 오랫동안 훈련을 받아 와 군軍·정政 양면에서 간부로서 모자람이 없었다.

해방이 되자 조선의용군의 일부는 북한으로 돌아가 북한 정권에 참여했지만, 그 나머지는 화북과 만주에 산재한 일본군 출신 조선 청년들과 조선 민간인 청년들을 규합하여 수만의 대군으로 성장해 나갔다. 그 후 이들은 국공내전에서 팔로군과 함께 장제스 군대를 상대로 전투에 참가했는데, 용맹한 전투력을 발휘하여 좋은 성과를 냈다. 특히 1947년에 팔로군이 선양을 공격할 때 이홍광李紅光 부대가 혁혁한 공적을 세웠다. 이홍광은 1931년에 일본이 만주를 강점한 직후에 지금의 옌볜延邊 지역에서 자발적으로 항일유격대를 조직해서 유명해진 조선 사람이다. 특히 그가 조직한 유격대가 1941년경까지 만주 각지에서 관동군을 괴롭힌 동북항일연군

---

4 Chong-Sik Lee, "Land Reform, Collectivisation and the Peasants in North Korea," *The China Quarterly* No.14 (1963), pp.63~81 ; "Witch Hunt among the Guerrillas : The Min-Sheng-T'uan Incident," *The China Quarterly* No.26 (1966), pp. 107~117.

東北抗日聯軍의 모델이 되어서 그의 이름이 널리 알려졌다. 그는 1935년에 26세의 젊은 나이로 전사했지만 조선의용군 부대는 이홍광의 이름을 계승하여 기념하고 있었다. 이런 이유로 팔로군 측에서는 조선의용군을 중요시했을 뿐만 아니라 조선 사람을 우대해 주었다. 우리로서는 처음 보는 조선 군대였기 때문에 긍지를 가지고 의용군 아저씨들을 반갑게 대했다.

조선의용군 병사들은 팔로군과 똑같은 복장에 주로 99식이나 38식 소총을 가지고 다녔는데, 때로는 따발총도 가지고 다녔다. 장교들은 모젤 권총을 어깨에 메거나 허리띠에 차고 다녔다. 어느 날 내가 따발총을 쏴보고 싶다고 했더니 한 장교가 허락하여 최씨 댁 옆의 빈터에서 허공을 향해 쏴볼 기회가 생겼다. 총탄이 발사될 때의 위력이 얼마나 강했던지 그 반동으로 순간 총자루가 흔들려 총알 몇 발이 옆 이층집의 벽으로 날아갔다. 큰 총성에 놀란 사람들이 당황해 일대 소란이 벌어졌다.

깔끔하게 제복을 차려입고 꽤 똑똑해 보이는 인상의 장교들은 동네 유지이자 랴오양조선인회遼陽朝鮮人會 회장인 최씨 댁에서 동네 어른들과 대화를 나누곤 했다.

만주에 있던 의용군의 대부분은 한국전쟁 직전에 북한으로 이송되어 북한 인민군의 중추세력이 되었고 대남對南 공격의 선봉으로 활동했다. 하지만 나는 어느 날 한 의용군 장교가 흥분한 어조로 북한 정권을 비난하던 모습을 기억한다. 그 내용인즉, 그가 신의주에 잠시 들렀을 때 그쪽의 내무서원(경찰)들이 그를 '뙤놈'이라 부르고 자기가 차고 간 권총을 빼앗는 등 몹시 멸시하고 모욕적인 행동을 하더라는 것이다. 그러면서 그는 못된 놈들이라고 마구 욕을 퍼부었다. "우리는 혁명을 위해서 몸 바쳐 싸우고 있는데, 자기들이 도대체 무엇을 했기에 우리를 그렇게 천대하느냐"는 것이었다. 그 후에 나도 북한에 가서 비슷한 광경을 목격했는데 북한의 군대는 팔로군이나 의용군과는 하늘과 땅 차이였다. 팔로군이나 조선의용군의 장병들은 허술한 군복에 계급장도 없는 반면, 북한의 경찰 간부나 군 장교들은 소련 군인들처럼 맵시 나는 제복 차림으로 가죽 장화를 신고 큰 길을 활보했다. 그들이 의용군 장교를 '촌놈' 또는 '뙤놈'으로 취급한 것도 무리가 아니었을 것이다.

게다가 우리가 중국을 떠날 때, 즉 1948년 초까지의 중국 공산주의와 그 후에 우리가 본 북한의 공산주의는 여러 면에서 대조적이었다. 단적으로 말하면, 중국의 공산주의는 부드럽고 서민적인 데 반해 북한의 그것은 딱딱하고 관료주의적이었다. 원래부터 관료주의적이었던 우리 정치에 러시아의 유명한 관료주의 정치 문화가 섞였기 때문일 것이다. 물론 중국의 공산주의도 그 후로 많이 변질되었다. 오랜 시간이 지난 후 나는 북한정권 내부에서 일어난 이른바 연안파延安派와 갑산파甲山派 간의 혈투를 연구했다. 중국 공산당 비호하에 육성된 연안파와 소련의 비호하에 있었던 갑산파는 여러 면에서 대조적이었다. 연안파는 중국 화북의 옌안延安 지역에서 돌아온 사람들을, 갑산파는 평안북도 갑산 지역에서 김일성의 빨치산들을 지지하며 모여든 지하조직원들을 가리켰다.

내 나라가 독립된다는 것을 처음으로 의식한 것은 우리 동네 벽에 동진공화국東震共和國 내각 명단이 나붙었을 때였다. 거기에는 대통령 아무개, 총리대신 누구누구 등 전혀 들어 보지 못한 일고여덟 명의 이름이 실려 있었다. 무언가 '나라가 선다'는 느낌이 들었다. 오랜 시간이 지난 후 내가 한국현대사 전문가가 되어 당시의 상황을 파악해 보니 8월 16일경에 동진공화국이 설립되었다는 말이 서울에 나돌았고, 내각으로 대통령 이승만, 총리대신 김구, 육군대신 김일성, 외무대신 미정未定으로 알려졌다고 했다.[5] 라오양에서 본 벽보에 실린 이름들은 기억나지 않지만, 우리나라의

---

5 森田芳夫,『朝鮮終戰の記錄』(東京: 嚴南堂, 1964), p. 81.

이름으로 '동진東震'을 택한 것도 매우 놀랄 만한 일이다. 국내 역사학자들의 모임이 진단학회震檀學會이듯이 벼락 진震이라는 글자는 동쪽을 말한다.[6] 동진이라고 하면 동쪽의 동쪽을 말하니 뜻이 중복된다. 여러 학자들이 도대체 누가 어떻게 '동진공화국'을 선포했는지를 추적하였지만 그 정체는 아직까지도 수수께끼로 남아 있다.

얼마 안 가 독립기념식이 있었다. 어느 큰 건물의 2층 방에 100명 정도의 사람들이 모여 있었다. 랴오양에는 해방 당시 약 200호에 이르는 한국 사람들이 살았던 것으로 기억하는데, 해방 이후 많은 사람들이 고국으로 돌아갔음에도 아직도 적잖은 사람들이 머물러 있었다. 조국이 해방되었다고는 하지만 뿌리를 박고 살던 곳을 갑자기 떠날 수 없는 동포들이 꽤 많았던 것이다. 이들은 해방 직후에 한교회韓僑會인가 조선인교민회朝鮮人僑民會인가를 만들어서 나날이 바뀌다시피 했던 시정부市政府와 교섭도 하고 교민들 간의 연락도 맡았다(공산당 치하에서는 조선인이라는 표현을 썼고 국민당 치하에서는 한교라는 표현을 썼다). 처음에는 큰길에 있는 최 씨네 사랑방이 교민들의 집합장소였다가 얼마 후 천일제지공사 사무실을 쓰게 되었다. 최 선생님(그분의 성함을 기억하지 못한다)이 회장이 되고 조욱趙郁이라는 분이 부회장을 맡았다.

해방 이후 처음으로 동포들이 모여서 조선인회朝鮮人會의 결성식 겸 해방 기념식을 가졌는데, 그때 나는 난생 처음으로 애국가를 불러 보았다. 찬송가로 익힌 〈올드랭사인Auld Lang Syne〉의 곡조에 맞추어 부르는 애국가였다. 나는 애국가 가사를 몰랐는데, 누군가가 붓글씨로 가사를 크게 적어 앞에 붙여 놓아서 따라 부를 수 있었다. 처음으로 애국가를 부를 때

---

6 원래 『주역周易』의 팔괘八卦 중 하나로서 벼락, 동쪽, 장남長男이라는 뜻을 나타내는 글인데 외유내강의 뜻도 나타낸다고 한다. 藤堂明保, 『學研 漢和大字典』(東京: 學習研究社, 1978), p. 149.

나는 눈물을 흘렸다. 아직까지도 그때의 감정이 왜 그렇게 북받쳤는지 생각해 보곤 한다. 정치적 배경이 될 만한 지식도 감각도 전혀 갖지 못한 그때의 내가 한 행동이 실로 의아하지 않을 수 없다.

나는 정치적 감각은 전혀 없는 소년이었다. 앞서 말한 대로 해방 이후 며칠 만에 일본인 학우가 조선이 독립한다는 이야기를 했을 때에도 독립이라는 말의 의미를 전혀 몰랐을 정도였다. 아버지는 내게 정치와 관련한 가르침을 전혀 주지 않았다. 어쩌면 내가 초등학교 4~6학년 시절을 가족과 떨어져서 평양의 고모 집에서 보냈기 때문인지도 모른다. 아버지 슬하에 있었다고 하더라도 일제 치하에서 아버지가 정치적 말씀을 제대로 하지는 못했을 것이다.

라오양 공업학교에 다닐 때 나는 '쵸센징'으로 알려져 있어서 일본인 상급생들의 주목 대상(처벌 대상)이 되었다. 동급생인 일본 학생들과도 자주 싸웠는데, '차별적 취급'을 받는 것을 그저 당연하게 생각했을 뿐, 그들의 편견을 정치와 연결해서 생각하지는 못했다. 너무나 순진했기 때문이다.

해방이 되자 나는 한글을 배우기 시작했다. 선양 북쪽에 있는 톄링에서 다닌 보통학교 1학년 때 한글을 배우기는 했지만, 그 후에는 학교에서 배운 적이 없어서 한글을 아득하게 잊어버린 상태였다. 처음부터 한글 공부를 다시 시작해야 했는데, 독본讀本이 없었다. 결국 나는 집에 있던 유일한 한글 책인 성경을 독본으로 삼아 혼자 공부하기 시작했다. 집에서는 한국말을 계속 썼으므로 글자만 배우면 될 일이었다.

이 무렵 아버지가 고국, 즉 동진공화국에 있는 외삼촌에게 편지를 보낸 것이 생각난다. 아버지는 편지 봉투에 동진공화국 무슨 도, 무슨 마을 등으로 주소와 성명을 쓰고 기뻐했다. 고국의 이름이 바뀌고 받는 사람과 보내는 사람에 쓰는 이름도 창씨개명 이후 한동안 쓰던 일본식 이름이 아닌 본래의 한국식 이름이었으니, 봉투를 쓰면서 감격할 수밖에 없었을 것이다. 그 후에 들으니 외삼촌은 이 편지를 무사히 잘 받았다고 한다. 해방 직후 만주의 우편국이 동진공화국을 인정한 셈이었다. 하지만 안타깝게도 이것이 아버지가 보낸 마지막 편지가 되었다. 이후에 고국과의 우편 왕래가 완전히 단절되고 말았기 때문이다.

해방을 맞자 내 주변의 조선 동포들은 모두 기찻길이 막히기 전에 돌아가야 한다며 귀국을 서둘렀다. 봉안선(펑톈, 즉 선양에서 안둥으로 가는 선로)이 아직 운행 중일 때였다. 이따금 마적馬賊들이 열차를 습격하여 이삿짐과 돈, 귀중품을 빼앗는다는 소문이 들려왔지만, 그래도 기차는 늘 초만원이었다. 마적이라고 하면 말을 탄 강도단이어야 하는데, 만주에서는 말을 탔건 타지 않았건 마적이라는 말을 많이 썼다.

우리 가족도 짐 보따리를 싸서 귀국길에 나섰다. 삼촌이 농사를 짓는 샤오툰즈小屯子에 가서 추수를 도운 후 같이 귀국하기로 했다. 지금까지 도시에서만 지내던 아버지가 농사일에 그다지 도움이 되지는 않았겠지만 형제끼리 행동을 같이하자는 뜻이었을 것이다. 우리는 랴오양에서 40리 밖에 있는 샤오툰즈로 떠났다. 삼촌은 김 씨라는 소작인 가족과 함께 일본계 오노다小野田 시멘트 공장에서 나오는 폐수廢水를 끌어다가 논에 물을 대어 농사를 짓고 있었다.

가을의 농촌은 나에게 참으로 즐거운 곳이었다. 추수가 끝난 논에 생긴 물웅덩이에는 작은 고기들이 모여 있었는데 그것으로 매운탕을 끓여 먹기도 했다. 사촌은 논두렁에서 가재를 잡는 데 명수였다. 평생 도시에서 자라온 내게는 모든 것이 새롭고 신기했다. 공장 폐수라고 했지만 이상하게도 그때 본 물은 한없이 투명하고 맑았다.

추수가 끝나고, 추석을 하루 앞둔 날 우리 가족은 귀국길에 올랐다. 어머니는 가는 길에 먹을 밀가루 빵떡을 한 아름 만들었다. 한참 여행 준비로 분주할 때 아버지를 만나러 누군가가 찾아왔다. 샤오툰즈에서 조금 떨어진 주자쯔九家子 마을에 사는 조선인 지주 김 씨였다. 김 씨는 동네 인심이 험해져서 도저히 추수를 할 수 없으니, 아버지에게 랴오양 성내遼陽城內 현정부縣政府에 이야기하여 추수를 할 수 있도록 도와달라고 부탁했다. 아버지는 해방 직전에 2, 3년간 현공서에서 근무한 적이 있고 안면이 있는 사람도 많으니, 어떻게든 해결해 줄 수 있지 않겠냐는 것이었다. 그로 인해 우리는 며칠간 귀국을 연기하게 되었다. 아버지는 동분서주하며 일을 해결하기 위해 돌아다녔다. 그리고 일이 잘 해결되어 이제 떠날 수 있다고 했다. 김 씨는 팔로군의 보호를 받는 대신 수확한 곡식의 절반을 팔로군에 바치고 봄에 잡곡을 얼마 받기로 했다. 지금 생각해 보면 썩 좋은 교환 조건은 아니지만, 급한 대로 추수를 할 수 있게 되었으니 그럭저럭 성공적인 협상이었다고 할 수 있다. 조선인 지주가 추수를 할 수 있게 되었으니 말이다.

김 씨 문제를 해결한 이후 아버지는 만주에 사는 동포들을 위해 당신이 할 수 있는 일을 비로소 찾은 양 뿌듯해 했다. 봉사할 수 있다는 자신감과 생의 새로운 목표를 찾은 것이다. 그래서 우리는 귀국을 또다시 연기하고 랴오양의 옛집으로 돌아갔다. 샤오툰즈에 사는 삼촌이 우리 집까지 찾아와서 빨리 귀국하라고 설득하다가 언쟁이 생겨 집안에 작은 소요가 일어났지만 이미 아버지는 마음을 굳힌 상태였다. 우리 가족의, 그리고 나의 인생의 길이 갈리는 순간이었다.

다시 찾은 랴오양의 학교는 이미 폐교되어 나는 종일 갈 곳이 없어졌다. 하는 수 없이 매일 천일제지공사에 찾아가 빈둥거렸다. 창호지를 만드는 그 공장에서는 일본 사람들이 버리고 간 책들을 폐지로 사들이고 있어서 창고에 책이 산더미같이 쌓여 있었다. 그 책 무더기를 양잿물로 녹인 후 다른 원료(펄프)와 섞어서 창호지를 만들었다. 공장이 얼마간 작업을 중단한 상태여서 나와 친구들은 공장을 놀이터 삼아 하루를 보냈다. 나는 산처럼 쌓여 있는 책 무더기 앞에 설 때마다 황홀함으로 가슴이 벅차올랐다. 잠시 후 먹잇감을 찾는 야수의 눈빛으로 나는 읽을거리를 찾아 한 차례 수색전을 시작했다. 마침내 호기심을 채워 줄 책 한 권을 고르면 책 더미 위에 올라앉아 정신없이 읽어 나갔다. 어느 날은 우연히 누군가의 필체가 담긴 몇 권의 필기 노트를 찾아냈는데 거기에는 내가 한 번도 경험해 보지 못한 적나라한 성의 세계가 빼곡히 담겨 있었다. 내용인즉 갓 결혼한 새색시가 결혼을 앞둔 친구에게 자기가 직접 경험한 성생활을 낱낱이 들려주는 흥미진진한 스토리였다. 나는 어떤 장면에서는 한동안 숨이 막혀 호흡이 곤란할 정도로 깊이 빠져들었다. 종일 공장에서 그 책을 읽다가 아무도 모르는 곳에 감춰 두고 집에 돌아갔다가, 다시 이튿날 공장에 달려가 다음 페이지를 넘겼다. 어쩌면 거기서 나의 도서관 편력이 탄생했을 것이다. 그해, 비밀스런 창고에서 만난 책들의 기억은 두고두고 내 삶을 비추는 불빛이 되어 주었다.

고국에 돌아가지 않고 머물러 있던 랴오양의 조선인들은 아이러니하게도 고국으로 돌아가는 동포들의 시중을 들게 되었다. 일제하 만주에서의 생활은 쪼들렸던 고국에서의 생활보다 훨씬 나은 편이었지만, 이제는 해방된 조국에 가서 살아야겠다는 생각이 강하게 우리를 사로잡았다. 그러나 동포들이 짐을 싸고 길을 떠난 것이 단순한 향수 때문만은 아니었다. 해방은 드넓은 만주 벌판에 흩어져 살던 동포들에게 꼭 기쁜 소식만은 아니었던 것이다. 만주 이민자의 태반은 농민이었는데, 그중 많은 사람들이 만주에서 농사를 계속할 수 없는 처지에 놓이게 되었다. 그들은 곳곳에서 수전水田을 개발해 쌀농사를 지었는데, 모든 중국 사람이 그것을 반기지는 않았다. 조선 사람들이 일제의 핍박과 착취를 받아 온 것은 사실이지만, 중국 사람 중에는 조선 사람이 일제의 비호하에 중국 농민의 권리를 유린해 가며 논밭을 개척했다고 생각하는 사람들이 많았다. 이미 언급했던 대로 만주국 체제하에서 선계인鮮系人이라고 불리던 조선인은 2등 국민이었던 반면, 이른바 만계인滿系人이라고 불리던 중국인은 3등 국민이었으니, 조선 사람들이 중국 사람들을 괴롭히기도 했을 것이다.

이런 이유로 해방 이후에 만주의 여러 지방에서는 조선 농민들이 참혹하게 살해되거나 추방되었다. 특히 만주 북방(즉, 북만北滿)에서 그런 일이 자주 일어났다. 후에 들으니, 북쪽에 있는 무단장牧丹江에서는 1946년 5월에 토비土匪들이 조선인들을 습격하여 많은 동포들이 희생되었다고 한다. 또 1946년 겨울, 소련과의 국경지대인 미산密山에서는 토비들이 많은 조선인을 죽이고 그 시신을 얼어붙은 강에 내다 버려서 피바다가 되었다고 한다. 강을 건너 소련으로 피난했던 조선 사람들은 북한으로 갔다가 다시 미산으로 돌아갔는데, 스스로 피땀을 흘려 개척한 농토를 버릴 수가 없었던 것이다. 미산 지역은 원래 습지로서 쌀농사에 유리한 곳이었다. 당시 정확한 이야기는 듣지 못했지만 그 지역에 관한 흉흉한 소문이 자자했다. 그렇게 험악한 곳이 아니어도, 조선 농민에 대한 중국인의 인식이 좋지 않았던 것이다. 우선 조선 농민은 논을 개간하고 쌀농사를 지어서 중국 농민보다 많은 수익을 올렸다. 질투와 시기의 대상이 될 수밖에 없었다. 얼마든지 조선 농민을 쫓아내고 땅을 빼앗으려는 마음이 들 수도 있었다. 이런 연유로 일본이 패배하자 많은 조선 농민이 농사를 포기하게 되었다. 다만 예전에 간도間島로 불리던 옌벤 지방만은 상황이 달랐는데 이곳은 두만강을 건너간 조선 사람들이 먼저 개척한 곳이어서 중국 사람보다 조선 사람이 더 많았기 때문이다.

해방 후에 조선 사람들이 귀국을 서두른 것은 중국인들과의 충돌을 피하기 위해서이기도 했지만 이 외에도 여러 가지 이유가 있었다. 일제의 패배로 인해 만주 전역의 경제활동이 정지하다시피 해 만주에 그대로 머무를 수 없게 된 사람들이 많았다. 일본 기업들이 경영하던 모든 공장이 일시에 가동을 멈추고 폐업하였으므로 모든 노동자와 사무원이 하루아침에 실직자가 되었다. 이런 사회적 혼란 속에서 다른 산업들이 제대로 돌아갈 리가 만무했다. 만주에 이민 와서 겨우 어느 정도 자리 잡은 동포도 있었고 우리 같은 소시민도 많았지만, 피난민의 대부분은 빈농층이었다.

70여 년이 지난 오늘까지도 내 기억 속에 선연하게 남아 있는 풍경은 천일제지공사 앞길을 터벅터벅 걸어가던 어느 빈농 가족의 모습이다. 허술한 바지저고리를 입고 머리띠를 맨 남자는 이불 보따리를 둘둘 싸서 등에 짊어졌고, 색깔을 구별할 수 없을 정도로 더러워진 치마 차림의 아내는 때에 절은 흰 수건을 이마에 동여매고 머리에는 무엇인가를 이고 등에는 어린애를 업고 있었다. 그들 뒤를 어린애 한 명이 아장아장 따라가고 있었다. 대체 그런 몰골로 며칠이나 걸어온 것일까. 남편의 보따리 아래쪽에 대롱대롱 매달린 알루미늄 냄비가 인상적이었는데, 흰색인지 검은색인지 알아볼 수 없는 그 처참한 식기가 그들의 애처로운 처지를 대변해 주었다.

랴오양에는 피난민이 들이닥치고 있었다. 랴오양이 교통의 요충지였기 때문이었다. 본래는 만주를 동서로 가로지르는 철도와 신의주 건너편의 안둥安東을 연결하는 교차점에 놓여 있는 선양이 교통의 요충지였지만, 선양이 중국 공산당과 국민당 간의 전쟁으로 차단되었으므로 많은 사람들이 선양 남쪽의 랴오양을 거쳐야 했다. 랴오양에는 번시후本溪湖를 거쳐서 안둥으로 가는 철도길이 있었다. 피난민의 대부분은 걸어서, 일부는 화물차로 매일 랴오양에 속속 도착했다. 이들은 정거장도 아닌 화물 적치장積置場에 방치되어 있다가 우리를 찾아오기도 했고, 정거장에서 내린 후 다음 갈 길을 찾아서 교민회를 찾아오기도 했다. 피난민을 가득 실은 화물차가 역에 도착하면 우리는 그들을 마중 나갔고, 또 얼마 후에는 그들을 남쪽으로 향하는 화물차에 태우기 위해 역으로 나가기도 했다.

피난민 수용소로 돌변한 천일제지공사 2층의 혼잡함은 이루 형용할 수

가 없을 지경이었다. 1층은 고려지高麗紙를 만드는 작업장이었고, 2층에
는 크고 작은 방들이 여러 개 있었다. 방마다 피난민이 가득 차서 발 디딜
틈이 없었다. 매일 수백 명의 피난민이 그곳에서 합숙하며 먹고 잤다. 그
들을 먹일 양식을 조달하는 책임은 주인인 김창열金昌烈 씨가 부담했을 것
이다. 피난민들을 굶겨 보낼 수는 없었을 테니 말이다.

때로는 그 혼잡 속에서도 새 생명이 태어나 울음소리가 주위를 더욱 분
주하게 만들곤 했다. 하지만 분만과 산후조리를 위해 따로 방을 내줄 수도
없는 상황이었다. 어느 날 나는 직접 그 난리통 속에서 아기를 낳는 장면
을 목격했다. 그 모든 사람을 품어 준 김창열 씨의 공헌은 그야말로 송덕
비頌德碑를 세워 기념해도 모자랄 것이다.

중학교를 다니다가 해방을 맞고 별로 할 일이 없던 우리 패거리 몇몇은
그곳 교민회의 연락원, 사환, 길잡이 등의 역할을 맡게 되었다. 누가 와서
지금 어디 어디에 피난민 몇 명이 도착했다고 하면 우리가 뛰쳐나갔다. 또
어디에 화물차가 와 있는데 안둥으로 갈 것이라고 하면 피난민들을 안내
하여 역으로 달려갔다. 당국과의 연락은 어른들이 했지만 안내는 우리가
맡았다.

나는 어느 날 갑자기 조선독립동맹朝鮮獨立同盟의 맹원이 되었다. 해방
된 해의 겨울이었는지 이듬해 봄이었는지 확실치 않은데, 하루는 팔로군
의 노란 솜옷을 입은 김옥균金玉均이란 분이 느닷없이 나타나 조선인회를
조선독립동맹 랴오양분맹遼陽分盟으로 개조改組했다. 그래서 우리는 모두
엉겁결에 그 자리에서 조선독립동맹원이 되었다. 당시에 누가 나더러 조
선독립동맹이 무엇이냐고 물었다면 아무 대답도 못했을 테지만, 명목상
으로 나는 확실히 조선독립동맹의 맹원이었다. 나뿐만 아니라 당시 중국
랴오닝성 랴오양시에 사는 모든 동포가 그렇게 조선독립동맹의 맹원이 되
었다.

잘 알려진 바와 같이 조선독립동맹은 중국 북쪽 연안에 본부를 둔 독립운동 단체였으며, 만주에서 용맹을 날리던 조선의용군의 정치적 모체이기도 했다. 그때의 나는 그런 이야기를 들어 보지도 못했을뿐더러, 내가 오랜 시간이 지난 후에 조선독립동맹이나 조선의용군에 관한 논문을 쓰는 학자가 될 거라는 생각은 꿈에도 하지 못했다.

'시대의 풍운아'로 불리는 김옥균 씨의 위력은 실로 대단했다. 그가 팔로군과 교섭해서 안 되는 일이 없는 듯했다. 그는 권력의 상징인 권총을 차고 다녔고, 다른 어른들에게도 권총을 구해다 주었다. 또한 김옥균 씨는 예리한 직관의 소유자였다. 조선독립동맹에서 전기 모터가 필요하다고 해서 당국과 교섭했는데 어느 적산敵産 공장에든지 가서 뜯어 오라고 했다. 우리는 트럭을 얻어 타고 랴오양의 수많은 일본 공장들을 돌아다녔지만 그 많은 공장 어디에서도 끝내 모터를 찾을 수가 없었다. 모든 공장의 시설을 소련군이 고스란히 옮겨 가 버렸기 때문이다. 그렇게 가져간 시설들은 전쟁으로 폐허화된 소련의 재건에 쓰였을 것이다. 아무튼 그 덕택에 나는 공장 지대를 실컷 구경했다. 랴오양에 살면서도 정작 그곳에 그렇게 큰 규모의 공장이 산재해 있다는 것을 몰랐다. 건물이 웅장해 보이는 공장들이 많았는데 허탈하게도 내부는 텅 비어 있을 뿐 아니라 말끔히 청소까지 되어 있었다. 만주는 일본제국의 대륙 팽창, 아니 세계 제패를 위한 산업기지로 개조되어 있었고, 일본이 만주에 투자한 액수는 방대했다. 후에 나는 연구를 위해『만주개발 40년사滿洲開發40年史』라는 두 권짜리 큰 책,『만주국사滿洲國史』등 굵직굵직한 책들을 보면서 그 과정을 잘 알게되었다. 그런데 그 산업 시설들이 정작 일본의 적국인 소련으로 뿌리째 옮겨졌으니 아이러니가 아닐 수 없다.

어른들과 트럭을 타고 이리저리 돌아다닐 때 어른들이 공산주의에 대해 이야기하는 것을 들었다. 어떤 분이 도대체 공산주의가 뭐냐고 질문했는데 각기 대답이 궁색하고 의견이 사뭇 달라 천차만별이었다. 모두들 그저 자기 나름대로의 인상을 이야기했는데, 원元 씨라는 분이 남들과 달리 논리정연하게 말씀하여 모두들 경청했다. '공산주의라는 것은 국가가 모든 공장을 관리하고, 공장에서 생산한 것을 계급의 차이 없이 모두가 같이 분배받는 것이다' 하는 정도의 설명이었던 것 같다. 혁명이나 투쟁이라는 말은 듣지 못했다. 당시 랴오양과 그 인접 지역은 팔로군, 즉 공산당이 장악했지만 지주나 자본가들을 숙청한다는 이야기도 없었다. 그런 말을 듣게 된 시기는 1948년 공산당이 우리 지역을 다시 장악한 후였다.

내가 조선독립동맹 시절을 특히 잘 기억하는 것은, 피난민들을 인솔하고 기차역으로 향하던 어느 밤에 생긴 일 때문이다. 나는 초롱불을 들고 수십 명의 피난민들의 선두에 서서 역 쪽으로 가고 있었다. 그런데 깜깜한 암흑 속에서 갑자기 "수이야(누구냐)?" 하는 소리가 들리더니 총알을 장전하는 소리가 났다. 조용한 밤중이어서 그랬던지, 그날 밤에는 그 소리가 유난히 크게 들렸다. 선두에 선 나는 초롱불을 번쩍 들어서 그쪽을 비추며 "조선독립동맹 사람이오" 하고 대답했다. 내 초롱불 불빛에 중국 병사의 모습이 비쳤다. 중국 병사는 한참 우리 쪽을 쳐다보더니 "저우(가라)"라고 했다. 그래서 우리 일행은 무사히 지나갈 수 있었다. 그곳을 빠져나온 뒤 나의 뒤를 따르던 한 어른이 "자네, 그럴 때는 이쪽을 비추어 주어야지, 저쪽을 비추었다가 총을 쏘면 어쩌려고 그러나?" 하셨다. 옳은 말씀이었다. 나는 적군과 아군에 대한 대응방법조차 몰랐던 것이다. 그때 그 한마디에 정신이 번쩍 들었다. 하지만 다행히 당시의 랴오양은 병사들이 총을 쏠 정도로 분위기가 험악하지는 않았다.

얼마 뒤 김옥균 씨는 평양으로 돌아갔다고 한다. 우리 가족도 1948년에 평양으로 돌아왔는데, 우연히 랴오양에서 같이 지내던 분을 만나 김옥균 씨의 안부를 물었다가 뜻밖의 대답을 들었다. 랴오양의 김옥균 씨는 김옥균 행세를 한 가짜였고 그 일로 평양에서 처벌을 받았다는 것이다. 그렇다면 내가 참가했던 조선독립동맹도 가짜였던 것일까? 지금 생각해 보면 김옥균이라는 이름에 여러 모로 수상한 감이 있다. 오랜 세월이 흘러 내가 조선의용군과 독립동맹을 연구하는 학자가 된 것은 그때의 경험 덕분일 것이다.

우리 가족과 피난민들 사이에는 잊지 못할 '인연'이 있었다. 많은 동포들이 중국인들에게 농토를 빼앗기고 랴오양으로 몰려들자, 아버지는 이들을 랴오양 근방의 농토에 다시 정착시켜 보려고 여기저기 뛰어다녔다. 그때 아버지의 논리는, 국내에서 발붙일 곳이 없어서 만주로 이민 온 사람들인데 농기農期를 놓친 농민들이 무작정 돌아간다 해도 앞길이 막막할 것이 아니냐, 그들에게 필요한 것은 농토다, 그러니 어떻게 해서라도 농토를 구해 주어야 한다는 것이었다. 농토가 필요한 사람은 비단 피난민들만이 아니었다.

당시의 긴박한 상황은 우리 집 바로 뒤에 살던 박朴 씨 부부의 경우를 보아도 알 수 있었다. 30대의 박 씨 부부는 모두 중국 태생이었다. 두 사람은 중국어를 유창하게 했는데 중국어로 나누는 그들의 대화를 듣고 있으면 누구라도 그들을 중국 사람이라고 생각할 정도였다. 당시 부부는 생계가 막막했다. 경제가 멈춰 버린 상태에서 취직할 곳도 없었고 취직될 가망도 보이지 않았다. 우리는 아버지가 해방되었을 때에 받은 퇴직금 덕택으로 겨우 생계를 유지할 수 있었지만, 그들에게는 그나마도 없었다. 우리 집에서 때때로 됫박쌀이라도 나누어 주었지만 그들의 문제를 근본적으로 해결해 줄 수는 없었다. 순박하고 튼튼하게 생긴 부부는 늘 침울한 표정으로 식량과 일자리를 찾아 여기저기 돌아다녔다. 부부에게는 열두 살쯤 된 딸과 아홉 살쯤 된 아들, 다섯 살 된 딸, 마지막으로 두 살이 될까 말까 한 젖먹이 딸이 있었다. 모두 착하고 귀여운 아이들이었다.

하루는 박 씨 부부와 어린애들이 울대로 울어서 눈이 빨갛게 부어 있었다. 들창을 통해 그들의 모습을 보았는데, 모두들 허탈한 표정으로 축 늘어져 있었다. 박 씨 부부의 비통한 표정을 지금도 잊을 수가 없다. 무슨 큰일이 나기는 한 것 같은데 물어볼 수가 없었다. 나중에 알고 보니 박 씨 부부가 젖먹이 딸을 옆집에 사는 중국 부부에게 판 것이었다. 그들에게는 그것밖에 목숨을 이어갈 방도가 없었다. 자식을 팔아 나머지 자식과 부부가 살아남을 식량을 산 것이다.

우리 동네는 집집마다 생울타리가 있었는데 밖에서도 집안이 훤히 들여다보였다. 그런데 박 씨 부부네 옆집인 중국인 부부의 집만은 유달리 높은 판자로 만든 울타리가 있어서 안쪽이 보이지 않았다. 그 집에는 젊은 중국인 부부가 살았는데 아이가 없었다. 이 중국 부부에게 아이가 팔려간 것이다. 나는 어쩌다가 그 집 식구들이 대문을 나서는 모습을 창문을 통해 보았다. 팔려간 아이는 햇살처럼 말간 얼굴을 하고 어느새 볼에 토실토실 살이 올라 있었다. 그리고 전혀 슬퍼 보이지 않았다. 친부모 밑에서 굶다시피 지내다가 새엄마 새아빠 집에 들어가서 맛있는 음식을 양껏 먹고, 깨끗한 옷을 입고, 난생 처음 보는 장난감에 둘러싸여서 살게 되어서인지 담요에 둘러싸여 중국인 부부의 품 안에 안긴 아이는 무척이나 행복해 보였다. 박 씨 부부도 그 모습을 엿보았을 것이다. 그러면서 그들은 울었을 것이다. 참으로 비참한 광경이었다. 아버지가 농토를 구해 보겠다고 가족 곁을 떠난 데에는 박 씨 부부의 애처로운 사정이 적지 않게 작용했으리라 짐작된다. 그들처럼 피눈물 나는 곤경에 처한 농민이 너무나도 많았다. 그들은 농토가 절실히 필요했을 것이다.

아버지는 현정부縣政府에서 소개장을 받아 김동삼金東三 노인과 함께 근처에 있는 농촌으로 교섭하러 갔다. 김동삼 노인은 톄링에서 살다가 귀국길에 올랐는데, 오래전에 톄링에서 사업을 한 아버지와 안면이 있었던 모양이었다. 하여튼 두 사람은 마차를 타고 각 지방으로 바삐 돌아다녔는데, 협상에 성공했다는 소식을 들은 적은 없다. 해방 직후의 혼란기에 조선 농민을 새로이 받아들일 농촌이 있을 리 없었다. 아버지는 자동차 바퀴가 양쪽에 달린 세 필의 말이 끄는 '따처大車'를 타고 다녔는데, 마차에는 '멸사봉공滅私奉公'이라고 쓰인 조그마한 깃발이 달려 있었다. 그것이 아버지의 불굴의 신념이자 목표였다. 멸사봉공이란 자기를 죽이고 백성을 섬긴다는 말인데 누군가가 그 낱말에서 일본 냄새가 난다고 비난했던 것 같다. 어느 날 누군가가 그것을 고치라고 지적해서 내용을 바꾸었지만 이후에 바꿔 쓴 글자는 기억나지 않는다.

1946년 3월의 어느 날에도 아버지와 김동삼 노인이 집을 나섰다. 흐린 봄날이었다. 그리 멀지 않은 잉타오춘櫻桃村에 가면 가망성이 있을지도 모르니 가봐야 한다면서 두 사람은 길을 나섰다. 제련소로 유명한 안산鞍山 근처에 위치한 잉타오춘에서는 해방 이전에 조선 농민들이 벼농사를 짓고 있었다. 그런데 그날 이후 두 사람은 돌아오지 않았다. 다음 날에도 그 다음 날에도 아무런 소식이 없었고, 그 뒤로 두 사람은 영영 집으로, 가족의 품으로 돌아오지 않았다. 우리의 부탁으로 중국어를 유창하게 구사하는 노盧 씨라는 분이 두 사람의 발자취를 따라가 보았는데, 어딘가에서 조선 사람 두 명이 왔다 가기는 했지만 분명히 그곳을 떠났다는 이야기만 들었다. 어떤 이는 잉타오춘이 조선 사람에 대한 인심이 매우 고약해 살해당했을지도 모른다고 했고, 혹은 당시에 잉타오춘 근처에서 팔로군과 국부군의 전투가 있었는데 그 와중에 희생되었을지도 모른다고 했다. 그래서 로 씨는 잉타오춘 근처를 오랫동안 샅샅이 훑어보며 다녔다고 했다. 마르지 않은 흙이 덮인 새 무덤들을 맨손으로 파 보기까지 했지만 허사였다고 한다. 결국 아버지는 피난민들을 구제하려다가 자기를 희생하였는데, 글자 그대로 '멸사봉공'한 것이었다. 나중에 유품 중에 수첩이 있어서 유심히 살펴보았는데, '멸사봉공'이라는 네 글자가 여기저기에 적혀 있었다. 자기 자신을 설득하고 힘을 얻기 위해 쓴 것인지, 아니면 자기도 모르게 앞날을 예견하고 쓴 것인지 모를 일이다.

이후 원元 씨라는 분이 나타나 우리 가족에게 한 가닥 희망을 주었다. 그는 두 사람이 팔로군을 따라서 다른 지방으로 갔다고 말했다. 그 후에도 이따금 우리 가족을 찾아와 지금 두 사람이 어디 어디에 있다고 알려 주었다. 그래서 우리는 희망을 버리지 않고 기다렸다. 반신반의했지만 그를 믿을 수밖에 없는 처지였다. 그러면서 팔로군이 다시 랴오양으로 돌아오기를 기다렸다.

그러는 사이에 주자쯔에 사는 지주 김 씨가 우리 동네에 찾아왔다. 누군가를 만나러 온 것이다. 그는 바로 전해 가을에 아버지의 도움으로 추수한 지주였다. 만일 그가 그때 나타나지만 않았더라도 우리는 아버지와 함께 고향에 돌아갔을 것이다. 김 씨를 발견한 어머니는 혹 그가 인사라도 하러 들를지 모른다며 그를 기다리는 눈치였다. 하지만 김 씨는 끝내 우리 집에 들르지 않았다. 이李 아무개가 실종된 것과 자기가 무슨 상관이냐는 심보였을 것이다. 국부군이 우리 지역을 장악하던 때라고 기억한다. 그 후 얼마 안 가서 우리 지역을 다시 장악한 중국 공산당은 지주들의 숙청을 단행했는데, 김 씨는 동네 농민들의 인민재판에 회부되어 처형당했다고 한다. 돌에 맞아 죽었다고 했다. 그는 다른 사람들에게도 끝내 인심을 얻지 못했던 모양이다.

나는 아버지의 실종으로 갑자기 가장이 되었다. 만으로 열다섯 살이 되려면 넉 달을 더 기다려야 했지만 상황이 상황인지라 어머니와 내가 우리 식구를 이끌어 나가야 했다. 각각 아홉 살과 다섯 살 난 남동생 둘, 두 살짜리 여동생 하나, 아버지가 사라진 후에 태어난 유복자 남동생까지 모두 여섯 식구의 가장이 된 것이다. 이때부터 나는 선택의 여지가 없는 길을 걸어야 했다. 길 너머 보이지 않는 어딘가에 천 길 낭떠러지가 있다고 해도 당장 내 가족의 삶을 위해서라면 부지런히 걷고 또 걸어야 했다.

중국 국민당 치하의 의료원 조수 생활

1946년 3월 아버지가 실종되었다. 시간이 어느 정도 흐르고, 우리 가족은 가장의 '실종'이라는 무서운 현실에 직면했다. 그러나 우리가 할 수 있는 일이라고는 현실을 그대로 인정하고 받아들이는 것이 전부였다. '실종'이 확실해지자 이웃들이 우리 가족을 위로하고 걱정해 주었다. 고국으로 가는 길은 교통편이 완전히 단절되었고 우편 왕래도 끊겨 친척들에게 사정을 전할 수도 없었다. 거기다 만주의 시국이 극히 혼란한 상태여서 누군가의 도움을 받을 수도 없는 상황이었다. 모아둔 재산이 있을 리도 없었다. 아버지가 피난민들을 도우러 왔다 갔다 하는 동안 몇 푼 되지 않던 퇴직금도 동나 버렸기 때문이다. 우리의 사정을 아는 이웃들은 만삭이 되어 가는 어머니를 가련하게 보는 한편 샤오툰즈에 사는 삼촌에게도 동정의 눈길을 보냈다. "리 상은 큰일 났지"라는 이야기는 우리 귀에까지 들려왔다(이때는 모두들 일본식으로 '리 상', '김 상' 하면서 '상さん'이라는 일본말을 계속 썼다).

자기 먹을 농사나 겨우 짓던 처지에 갑자기 형네 여섯 식구를 떠맡게 되었으니 동정할 수밖에 없었을 것이다. 임부인 청상과부는 만삭이 되어 가고 장남은 아직 만으로 열다섯 살도 안 된 데다가 그 밑에 각각 아홉 살, 다섯 살짜리 아들, 두 살짜리 딸이 조롱조롱 달렸으니 일가의 처지가 가련하지 않을 수 없었다.

이렇듯 우리 식구가 걱정에 싸여 지내는 동안에도 중국의 정치 상황은 쉴 새 없이 변하고 있었다. 1921년에 중국 공산당이 창립된 이후로 계속되던 국민당과 공산당의 대결은 대일 항쟁 기간 중에는 일부를 제하고는 휴전 상태에 놓여 있었지만, 일본이 항복한 후에 다시 격화激化되고 있었다. 중국에서의 연합정부를 구상하고 있던 미국 정부는 제2차 세계대전 동안 미국 육군참모총장으로 명성을 날리며 세계대전을 총지휘하다시피 한 조지 마셜 장군을 중국에 파견하여(1945년 12월 20일에 중국 도착) 1946년 1월에 국민당과 공산당의 정전협정을 체결하는 데 성공했다. 곧이어 국공國共 양측과 기타 정당 대표들의 정치협상회의政治協商會議를 개최하여 민주연합정부를 수립하기 위한 결의안을 채택하는 데에도 성공했다. 하지만 회의장에서 토의하는 것과 합의된 조항들을 실천에 옮기는 일에는 엄청난 차이가 있었다. 기록에 의하면 1946년 4월에 팔로군이 만주 북방에 있는 창춘을 점령함으로써 전투가 다시 시작되었다고 하는데, 그전부터 랴오양을 점령하고 있던 팔로군이 언제 철수했는지 기억이 없다. 랴오양을 점령하고 있던 팔로군은 어디론가 소리 없이 사라져 버렸고, '중앙군'이라고 알려진 국부군國府軍, 즉 국민당군이 랴오양을 점령했다. 전투가 있었던 것도 아니었다. 나는 쌀쌀한 어느 날 랴오양 시청 앞에 갔다가 국부군이 랴오양을 점령했다는 사실을 알게 되었다. 팔로군은 1946년 4월부터 선양과 하얼빈의 중간 지점에 있는 쓰핑제四平街에서 대격전을 벌였는데, 이를 위해 북상했던 모양이다.

그때 내가 시청 앞에 간 것은 죽마고우竹馬故友인 용삼이의 옆집에 살던 일본인 부부 중 남편이 시청 앞에 있는 경찰서에 감금되어 있어서 그를 면회하기 위해서였다. 그는 해방 전에 만주국에서 높은 지위에 있었던 모양인데, 당시에 일본인 부인 아사코麻子 씨가 면회를 갈 수 있는 분위기가 아니었다. 하는 수 없이 용삼이가 대신 가기로 하여 내가 동행했는데 면회는 허락되지 않았다. 경찰서라면 으레 그렇기 마련이지만, 그때 찾아간 경찰서에는 냉랭한 분위기가 감돌았다. 중앙군이라고 불렸던 신육군新六軍의 병사들은 무뚝뚝해 보여서 말을 건넬 수조차 없었다. 당시만 해도 국민당이 미국과 소련을 포함한 세계 각국으로부터 인정받는 중앙정부였기 때문에 그 군대를 그렇게 불렀다.

신육군은 내가 처음 본 중앙군이었는데 첫인상은 아주 세련된 군대였다. 무엇보다 복장이 멋졌기 때문이다. 신육군은 초록색 작업복, 목이 긴 가죽장화 등 지금까지 그 어디에서도 보지 못했던 신식 복장을 갖추고 있었는데, 이것이 미군의 복장임을 알게 된 것은 꽤나 시간이 지난 후의 일이다. 소문에 따르면 이들은 중국 남쪽에서 미군 고문단이 훈련한 부대로 중앙군 중에서도 정예부대라고 했다. 그래서 신육군과 또 하나의 청년군靑年軍이 나타나면 팔로군은 바람과 같이 사라진다는 것이다. 역시 후에 알게 된 일이지만, 팔로군을 이끌던 마오쩌둥은 강적과 맞닥뜨리면 전투를 하지 않았다. 적이 진격하면 후퇴하고, 적이 주저하고 있으면 그들을 집적거려 괴롭히고, 적군이 후퇴할 때에는 공격한다는 유명한 전술을 따랐다. 팔로군은 쓰핑제 전투에서 패배한 후 1946년 6~7월에 중국 공산당 북방국北方局 회의를 열었다. 그 회의에서 팔로군은 도시를 점령하는 전술을 포기하고, 만주 북방인 쑹화강 북부 지역에 혁명기지를 구축해서 병력을 양성하기로 결정했다고 한다. 내가 살던 랴오양은 만주 서남쪽에 위치해 있었으므로 국민당 치하에 놓이게 된 것이다.

이런 상황에서 갑자기 가장이 된 나는 예전처럼 마냥 한가롭게 놀면서 지낼 수만은 없었다. 아버지가 입었던 옷가지를 내다 팔아도 수중에 들어오는 돈이 적어 우리 식구가 며칠 연명하기도 힘들었다. 무슨 일이든 해야 했다. 나는 새로 개업한 동북의원東北醫院이라는 병원에 취직하게 되었다. 우리 집의 애처로운 사정을 아는 누군가가 도와주었을 것이다. 그 병원은 랴오양현공서遼陽縣公署가 있는 큰 거리에 있었다. 원래 그 자리에서 유곽을 경영하던 조선 사람 이 씨가 박씨 성의 의사를 초빙하여 병원을 개업한 것이다. 앞에서 이야기했던 조선 청년 환송회가 열린 유곽에서 몇백 미터 떨어진 곳으로, 학교 다닐 때 그 앞을 지나다닌 적이 있어 낯익은 건물이었다.

'박 의사'는 30대의 젊은 남자였는데 키가 크고 미남형에 성격이 쾌활하고 서글서글했다. 부인은 20대 후반이나 되었을까 싶었고 아주 날씬했다. 두 사람은 천생연분으로 사이가 좋고 보기에 훈훈한 부부였다. 의사부부와 주인 이 씨는 같은 건물에 살았지만 이 씨의 부인을 본 적은 없다. 이 씨가 독신이었을지도 모른다. 본래 유곽이었던 건물이라 방이 많았다. 정문으로 들어서면 왼쪽에 현관방이 있고, 복도 왼쪽에는 6조 다다미(약 3평) 방들이 너덧 개 있었다. 그 끝에 기역 자로 꺾어진 곳에 또 방이 여러 개 있었다. 박 의사 부부는 현관에 가까운 방에 살았고, 주인 이 씨는 안쪽 깊숙한 곳에 살았다. 모든 방에는 골풀과 짚을 겹겹이 엮어서 만든 일본식 다다미가 깔려 있었다. 원래 응접실로 사용되던 곳은 진료실이 되었고 그 건너편의 자그마한 방은 약제실이 되었다.

병원은 성황을 이루었다. 환자는 주로 중앙군 병사들이었다. 간혹 예외가 있었지만 거의 모두가 성병 환자였다. 임질과 매독이 유행했던 모양으로 병세가 상당히 악화된 군인들이 병원에 찾아와 '606'이라는 독한 유황 냄새가 풍기는 주사를 맞았다. 혈관주사는 박 의사가 놓았지만 궂은일은 중국인 간호사와 내가 도맡았다. 매독이나 임질로 썩은 국부局部에서 풍기는 냄새가 너무나 고약했다. 감염 부위를 소독하고 붕대를 감아 주었는데 과연 그 정도 처치로 완치되었는지는 알 수가 없다.

그러던 중에 큰 문제가 터졌다. 유일한 성병 치료제였던 606 주사약을 구할 수가 없게 된 것이다. 시내의 약방을 아무리 찾아다녀도 약이 없었다. 일본이 통치하고 있을 때는 만주에 그 약을 만드는 제약회사가 있었는지도 모르겠지만, 십중팔구 일본에서 수입했을 것이다. 그래서 일본과의 교역이 단절되고 나서는 더 이상 약품을 들여올 수 없게 되었다. 그때까지는 어떻게든 약방들에 남은 606 주사약을 모아서 치료하고 있었는데, 그 것이 모두 동나 버린 것이다.

이 사장과 박 의사, 그리고 나는 약을 구하기 위해 급히 선양으로 출장을 갔지만 그곳 역시 사정은 마찬가지였다. 선양에도 국민당군이 주둔하고 있었던 터라 성병 환자들이 많아져서 수요가 급증했을 것이다. 중국 정부는 대부대들을 만주에 파송하면서 성병 방지 대책을 세우거나 606 주사약을 많이 준비해 왔어야 했지만 그럴 겨를이 없었다. 국민당 병사들은 여러 도시에 산재한 유흥소, 위안소, 또는 유곽에서 성병에 걸린 직업여성들에게서 감염되었을 텐데, 성병 환자가 걷잡을 수 없이 늘어나서 지방정부들이 성병 방지 조치를 짧은 시간 안에 강구할 수 없었을 것이다.

나는 자연스럽게 606 주사약에 호기심을 갖게 되었다. 우선 그 이름부터가 기이했다. 왜 하필 약의 이름으로 606이라는 숫자를 붙였는지, 또 때로는 살바르산Salvarsan이라고 불렀는지 궁금했지만 물어볼 사람이 없었다. 그런데 수십 년이 지난 후에 *Nature's Building Blocks*라는 화학책을 읽다가 606이라는 숫자가 적혀 있는 것을 보고 깜짝 놀랐다. 독일 화학자인 파울 에를리히Paul Ehrlich는 일본 유학생 하타 사하치로秦佐八郞와 함께 비소를 원료로 삼은 매독 치료제를 개발하려고 각종 물질들과 합성하는 실험을 거듭했는데, 마침내 606번째 실험에서 성공하여 606이라는 이름을 붙였다고 한다. 살바르산은 그 약을 판매할 때에 쓴 상표였다. 파울 에를리히는 면역학 연구에 기여한 공로를 인정받아 1908년에 메치니코프와 함께 노벨 생리·의학상을 받았으며 화학요법chemotherapy의 기초를 닦았다. 미국에서는 제2차 세계대전이 한창이던 1943년에 페니실린이 개발되어 606을 대치했다고 한다. 1944년경에 찍은 미국의 한 사진을 보면 '페니실린은 네 시간이면 매독을 치료한다. 오늘 가서 의사를 만나라'라는 광고가 낡아빠진 우체통에 붙어 있다. 이 정도로 광고가 나붙은 것을 보면 미국 시민들 사이에도 매독이 만연했던 것 같다. 나는 한국전쟁이 일어난 이후인 1950년대가 되어서야 페니실린이라는 약 이름을 들었다.

동북의원은 임질, 매독에 걸린 국민당 휘하 중앙군 병사들의 단골 병원일 뿐만 아니라 고급장교 전용 클럽 호스티스들의 검진 지정 병원이었다. 나는 용삼이 덕에 그 장교 클럽에 가 본 적이 있다. 6, 7층짜리의 당시로서는 아주 높은 흰색 현대식 건물인데, 랴오양역 부근에 있는 일본인 거주지에 위치해 있었으니 아마도 만철에서 지은 건물이었을 것이다. 용삼이가 옛날부터 알고 지낸 일본 여학교 학생들이 그곳에서 호스티스로 일하고 있다고 했다. 우리가 갔을 때에는 여러 명의 일본인 아가씨들이 뜰에서 배구를 하며 매우 화기애애하게 놀고 있었다. 쾌청한 날씨였는데 흰 바지를 입은 젊은 일본 남자들과 짧은 치마를 입은 아가씨들이 밖에서 탁구를 치고 있었다. 너무나 평온하고 자연스러워서 그곳에서 노는 젊은 남녀들이 얼마 전까지만 해도 세도를 부리던 일본 사람들이라고는 생각되지 않았다.

어떤 아가씨가 자기들이 유숙하는 장소를 보여 주겠다고 해서 가 보았는데, 천장이 아주 낮은 지하실 방에 1미터 너비도 될까 말까 한 아주 작은 침대가 꽉 채워져 있었다. 이렇게 좁은 데서 자느냐고 물었더니, 대부분의 아가씨들은 장교들에게 불려 가서 넓고 멋진 침대에서 자기 때문에 침실은 문제가 되지 않는다고 했다. 나는 그날 그들 무리에 끼어서 배구를 했고, 용삼이는 여자친구와 함께 어디론가 사라졌다가 얼마 후 시치미를 떼고 나타났다. 용삼이는 나보다 나이가 한 살 더 많아서 조숙한 편이었다. 그는 이미 이성에 눈뜬 상태였다. 그날의 광경이 선연한 걸 보면 내 마음속에 용삼이를 부러워하는 잠재의식이 있었던 모양이다. 그는 아사코와 같이 살다시피 하면서도 다른 여자들을 만났는데 그때까지도 나는 상황을 파악하지 못한 숙맥이었다. 지금 생각해 보면 자기 방을 보여 준

아가씨에게 다른 의도가 있었을지도 모른다.

병원에서 검진하는 날에는 10여 명의 호스티스들이 키득거리며 박 의사 부부 방에 한 명씩 들어갔다 나왔다. 박 의사도 항상 활짝 웃는 얼굴이었는데, 호스티스들이 진료를 받을 때면 박 의사의 부인이 특별히 입회했다. 검진은 형식적일 수밖에 없었을 것이다. 현미경 하나도 제대로 갖추지 않은 조악한 시설의 병원이었기 때문이다. 아가씨들은 현장縣長 자리를 맡은 고급장교와 다른 장교들을 접대하게 되어 있어서 검진을 받으러 가야 한다고 했다. 얼마 전까지도 중학교에 다녔다던 일본인 아가씨들의 얼굴은 그늘 한 점 없이 눈부셨다.

일본의 만주 침략에 대해서는 나도 꽤 많은 것을 알고 있다. 일본의 만주 점령과 중국인과 조선인의 항일운동 전개과정을 연구하여 책을 출판하기도 했다.[7] 일본인이 중국인의 농토를 빼앗았을 뿐 아니라 많은 중국인을 참혹하게 학살하고 약탈한 사실을 나는 잘 알고 있다. 그러한 '대일본제국大日本帝國'이 지은 죄의 대가를 패망 후 어찌 보면 일본인 여성들이 지불했다고도 할 수 있다. 전쟁 말기에는 거의 모든 일본인 남자가 군대에 징집되었고, 일본이 패배한 이후에는 남아 있던 여성들을 보호하고 원조하는 기관들이 힘을 발휘하지 못했다.

일본 여인들은 자식들을 데리고 호구지책을 찾아야 했는데, 그들에게 남은 길이란 몸을 파는 일밖에 없었다. 해방 전에 우리가 다니던 일본 목욕탕 집의 중학생 딸도 어느덧 장교 클럽에서 몸을 팔고 있었다. 젊은 여인들은 말할 것 없고 소학교에 다니는 자식을 둔 중년 부인들이 몸 파는

---

7 Chong-Sik Lee, *Counterinsurgency in Manchuria: The Japanese Experience, 1931~1940*, (Santa Monica, California: Rand Corporation, 1976); *Revolutionary Struggle in Manchuria: Chinese Communism and Soviet Interest, 1922-1945* (Berkeley: University of California University Press, 1983).

모습도 보았다. 길거리에서 중앙군 장교들은 물론 병사들까지 일본 여인들을 객마차客馬車에 태우고 다니는 광경을 너무나 많이 보아서 나중에는 그런 것들이 그저 예삿일로 여겨졌다. 임질, 매독에 걸린 중국 군인들은 우리 병원에 와서 606 주사를 맞았지만 일본 여인들에게는 그럴 만한 여유가 없었을 것이다.

여름에는 시내에 콜레라가 돌아서 예방주사를 놓아야 했다. 병원 앞마당에 운집한 사람들은 아우성을 치면서 서로 밀고 당기며 야단이었다. 우리가 있는 신시가지에서 성내城內로 들어가는 길목에 검문소가 있었는데, '면역 증명'이 없으면 통과할 수 없었기 때문이다. 병원답지 않게 큰 간판을 단 동북의원은 면역 증명을 받으려는 사람들로 북적였다. 사람들을 앞뜰에 줄지어 세운 다음 주사를 놓고 증명서에 이름을 적고 도장을 찍어 주는 일에 나도 동원되어, 나는 마치 의사처럼 흰 가운을 입고 주사를 놓아 주기 바빴다. 그 같은 상황이 며칠 동안 반복되었다. 병원에 있던 모든 주사약이 동원되었다. 엄지손가락보다 큰 20cc 병에 든 주사약도 있었고, 새끼손가락보다 작은 병에 든 것도 있었다. 흰색 주사약도 있었고 갈색 주사약도 있었다. 주삿바늘을 찔러 넣은 후 그 위를 알코올 솜으로 닦고 약을 찔끔 집어넣었다. 내가 주사를 놓아 준 사람만 해도 족히 100명은 되었을 것이다.

수십 년 후에 나는 그때의 일을 회상하다가 깜짝 놀라고 말았다. 전염병을 방지하는 예방약이 따로 있다는 것을 그제야 알았기 때문이다. 정상적인 사회에서라면 시청이나 군청의 보건 담당 부서가 예방약을 마련해서 병원이나 의사들에게 나누어 줘야 하는데 랴오양의 동북의원은 그렇지가 않았다. 우리는 아무 주사약이나 닥치는 대로 주사기에 담아서 사람들의 팔에 놓아 주었으니 전염병이 예방될 리가 없었다. 지금 생각하면 끔찍한 일이 아닐 수 없다. 당시에는 주삿바늘이 몹시 귀해서 알코올로 닦아 재사용했다. 다행히도 그해에 콜레라에 걸려서 사람이 죽었다는 뉴스는 나오지 않았다. 또한 우리가 무턱대고 놓아 준 약들 중에 유독한 약은 없었던지 주사를 맞고 목숨을 잃었다는 사람의 소식도 듣지 못했다. 또 한 가지 생각나는 것은 주사를 맞기 위해 줄지었던 사람들은 모두 남자였다는 사실인데 과연 여자에게는 어떤 면역성이 있었던가?

박 의사는 병원에서 환자들을 돌보면서 가끔 왕진을 나갔다. 그럴 때면 나도 가방을 들고 따라다녔는데, 객마차를 타고 마중 나온 사람을 따라 어느 노인 환자를 찾아갔던 것이 아직도 기억에 남아 있다. 우리가 찾아간 곳은 뜰이 크고 깨끗한 기와집이었다. 집 안에 들어서니 캉炕이라고 하는 만주식 온돌 위에 한 노파가 얇은 이불을 덮고 누워 있었다. 그 모습이 너무도 고요해 보여 순간 공포감이 엄습했다. 어둠이 물들기 시작한 저녁 무렵이어서 그랬는지도 모른다. 박 의사는 청진기를 귀에 꽂고 소리를 들어 보고 맥을 재어 보더니 혈청주사를 놓고, 이어서 모르핀과 캄풀 주사를 투여했다. 그가 항상 쓰는 세 가지 약이었다. 왕진이 끝나고 우리는 돌아왔지만 나는 내내 그 노인이 치료되었는지 때때로 의문에 사로잡혔다.

박 의사는 우리 병원에서 그리 멀지 않은 곳에 있는 보안대保安隊의 촉탁의사로 채용되어 소령 제복과 계급장을 받았다. 보안대는 우리 가족이 사는 현공서 바로 옆에 있었다. 왕진하러 간 박 의사와 내가 탄 마차가 보안대 정문에 도착하면 보초들이 받들어총 동작을 취하고 무어라 고함을 질렀다. 의사와 똑같이 흰 가운을 입고 옆에 앉아 있었던 나는 기분이 우쭐해졌다.

나는 박 의사의 조수이자 약제사였다. 무슨 병이든지 처방하는 약이 똑같아서 조제는 아주 쉬웠다. 약이 부족해서 한동안 와카모토若素라는 비타민제를 약 절구에 넣고 빻아서 약 대신 환자에게 주었다. 그 냄새가 독특해서 그것을 먹어 본 사람이라면 가루를 내어 놓아도 금세 눈치챌 수 있었을 텐데, 와카모토 봉지를 들고 항의하러 온 사람은 없었다.

606 주사약을 구할 수 없게 되자 박 의사는 나를 근처에서 개업 중인 중국인 의사에게 보냈다. 우리 동네를 지나 다음 거리에 있는 그 의료원은 너무도 한가해서 파리를 날리고 있었다. 의사의 이름이 적힌 전통적인 나무 간판이 문간에 붙어 있었지만 개점휴업 상태였다. 간호사도 환자도 보이지 않았다. 그에게 606 주사약에 대해서 물어보았더니 그런 것은 없다고 했다. 그 약을 써 본 적이 없는 듯한 눈치였다. 그는 나더러 바쁘냐고 물었다. 나는 바빠서 눈코 뜰 새가 없다고 사실대로 말했다. 환자가 몇 명이나 되느냐고 묻기에 아는 대로 대답했다. 후에 생각하니 조용한 성격으로 보이는 그 의사는 샘이 나서 배가 아팠을 것이다. 그가 신고했는지, 아니면 내가 지은 약이 문제가 되었는지 관청에서 조사가 나왔다. 키가 후리후리한 30대 후반의 젊은 중국 청년이 약제사 방에서 흰 가운을 입고 와카모토를 빻고 있는 나를 보더니 무어라고 중얼거리는데 야단을 치는 듯했다. 그러고 나서는 앞문으로 뛰쳐나가 버렸다.

병원 일이 고된 편은 아니었지만 개중에는 하기 싫은 일도 있었다. 성병 환자들의 국부를 치료하는 일도 그중 하나였지만 더 고약한 일은 붕대를 빠는 일이었다. 환자들을 매일 치료하다 보니 606 주사약은 물론 붕대도 떨어졌는데, 약방을 돌아다녀도 재고가 없었다. 그래서 박 의사는 고름이 묻은 더러운 붕대를 재사용하기로 결정했다. 깨끗이 빨아서 끓는 물에 삶으면 소독될 것 아니냐는 생각이었다. 그는 그 중책을 간호부와 나에게 맡겼다. 지금도 문득 그때의 기억을 떠올리면 나도 모르게 구역질이 난다. 지금 같으면 어린 소년에게 어떻게 그런 일을 시키느냐고 그를 비난할 사람이 많을 것이다. 70년 전의 내 심정이 딱 그랬다. 가루비누나 세탁기가 있었다면 모르겠지만 그 당시에 그런 것은 구경할 수조차 없었다. 또 고무장갑이 있었다면 코를 막고 작업했을지도 모른다. 왜 깨끗한 흰 천을 붕대 대신 쓰지 않았는지 모르겠다. 하는 수 없이 간호부와 나는 숯불을 피워 그 위에 물을 받은 냄비를 올려 놓고 붕대를 잔뜩 담근 후 나뭇가지로 그 위를 눌러 놓았다. 그런데 내가 그 일을 하면서 무던히도 투덜거렸던 모양이다. 점심을 먹으러 집에 갔다가 조금 늦게 나타났더니 모두들 내가 화가 나서 그만둔 줄 알고 있었다. 내가 투덜거리는 소리를 들은 중국인 간호사가 그렇게 보고한 것이었다. 나도 더 이상 일할 마음이 없어서 그날로 그만두고 말았다. 동북의원의 보수가 얼마였는지 기억나지 않지만 많은 액수는 아니었을 것이다.

얼마 안 가서 동북의원은 문을 닫았다. 당국의 조사를 받게 되었는데 박 의사는 면허가 없을뿐더러 의과 전문학교 문턱에도 가 본 일이 없는 돌팔이로 판정받았다고 했다. 소문에 따르면 그는 랴오양 북쪽 어느 곳에서 병원 조수로 일하는 동안 주사 놓는 방법과 몇 가지 약에 대한 지식을 배웠고, 거기서 만난 여배우처럼 예쁜 사모와 눈이 맞아서 도망친 뒤 의사 행세를 해왔던 것이었다. 그 사모는 잘생기고 남자다운 박 의사의 외모에 반한 것이리라. 그러나 그들의 거짓말은 너무나 일찍 들통나 버렸다. 그들이 그 후에 어떻게 되었는지 소식을 듣지는 못했다. 비타민을 만병통치약으로 쓴 것도 큰 문제였지만, 콜레라가 돌고 있을 때 동북의원에서 어떤 예방약을 썼는지를 알았다면 당국이 기절초풍했을 것이다. 선무당이 사람 잡는다는 속담이 생각난다.

내가 병원 일을 그만둔 때는 아직 날씨가 온화한 초가을이었지만 집에서는 벌써 월동 준비를 하느라 분주했다. 만주의 추위는 매섭기로 유명하기 때문이다. 나는 온 가족과 함께 석탄을 장만하는 일에 전념했다. 다행히 우리 집에서 50~60미터 떨어진 가까운 거리에 옛날에 저탄장貯炭場으로 쓰이던 곳이 있었다. 눈에 보이는 석탄은 모두 가져가서 없었지만, 땅을 긁으면 석탄이 많이 섞인 검은 흙이 나왔다. 이것을 마대에 담아서 집으로 옮긴 다음 물에 개어 반죽을 만들고, 나무로 만든 네모꼴 틀에 부어 벽돌같이 찍어서 말렸더니 좋은 땔감이 되었다. 어머니와 동생들이 모두 동원되었다. 며칠 내내 일했더니 한겨울을 날 만큼의 땔감을 장만할 수 있었다.

샤오툰즈의 삼촌 집에서 쌀을 얻어 등에 지고 온 때가 이 무렵일 것이다. 나는 40리 밖에 있는 샤오툰즈까지 터벅터벅 걸어가서 쌀을 한 말 얻어 등에 지고 다시 그 길을 걸어왔다. 쌀 한 말이면 7, 8킬로그램 정도였는데 왜 그리도 무거웠는지 모르겠다. 돌아오는 길에 맑은 시냇물을 만나서 두 발을 담그고 쉴 때의 황홀한 휴식은 영영 잊지 못한다. 지금도 자동차를 몰고 가다가 시냇물을 만나면 샤오툰즈에서 돌아오던 길을 회상하곤 한다. 랴오양성城에 들어선 다음에도 또 한 시간을 걸어야 집까지 올 수 있었다. 성내에 들어와서 큰 건물의 창문 밖에 짐을 내려놓고, '아직도 한참 걸어야 하겠구나!' 한탄하며 느꼈던 그 절망감도 잊히지 않는다. 그때는 시내에도 시외에도 버스가 없었다. 샤오툰즈를 왕래하는 마차들이 있었을 텐데, 그때는 미처 그런 교통수단을 이용할 생각을 하지 못했다. 따처大車라고 부르던 타이어 바퀴가 달린 마차들이 다니는 것을 보았지만 나는 그런 것을 어디서 타는지, 요금이 얼마나 되는지도 알지 못했다.

내가 샤오툰즈에 도착하자 삼촌은 두말없이 흰 자루에 쌀을 담아 내 등에 메어 주셨다. 아마도 삼촌은 내가 오기 전에 여러 가지 생각을 했을 것이다. 가을철, 추수가 막 끝났을 때이니 문제가 없었겠지만 우리 여섯 식구의 앞날은 너무나 막막했다. 나를 샤오툰즈에 보낼 수밖에 없었던 어머니의 심정도 답답했을 것이다. 그러나 어머니는 내게 근심 어린 하소연을 하지도, 눈물을 보이지도 않았다. 다만 담담히 기도하는 모습만을 보여 주었을 뿐이다. 어머니는 강직하고 신앙심이 깊은 사람이었다.

하루는 앞날을 걱정하고 있는데 노盧 씨가 찾아 와서 우리 집에서 멀지 않은 곳에 있는 면화공장에 취직하지 않겠느냐고 물었다. 노 씨는 아버지가 행방불명된 후에 우리가 부탁해서 잉타오춘에 갔다 온 고마운 사람이었다. 그는 중국 사람 못지않게 중국말을 잘 했고, 검은 천으로 만든 중국 옷을 입고 다녀서 꼭 중국 사람 같아 보였다. 오랫동안 옷을 빨지 않아 소매에 기름기가 반질반질 도는 모습을 보면 중국 노동자 같기도 했다. 그는 중국인 친구들이 많았던 모양이다. 노 씨는 내일 이른 아침에 자신이 아는 구顧 씨라는 중국 사람이 공장에 가는 길에 잠시 들를 것이라고 했다. 앞날이 막막했던 우리 가족에게 한 가닥 희망이 생긴 셈이었다.

랴오양 면화공장에서의 출세

몹시 추운 날이었다. 밤새 눈이 내렸는데도 새벽바람이 칼날처럼 매서웠다. 나는 내복을 챙겨 입고 아버지의 외투와 방한모자로 중무장했다. 하지만 만주 벌판을 휩쓸고 온 칼바람이 얼굴을 베고 지나가는 듯하여 무의식적으로 얼굴을 돌리며 "렁아冷阿(춥다)!"라는 말을 내뱉지 않을 수 없었다.

1946년 어느 겨울날 아침, 구顧 씨라는 사람이 나를 데리러 왔다. 그 전날 초저녁부터 내린 눈은 그쳤지만 길에 눈이 한 척이나 쌓여 있어서 걷기가 힘들었다. 구 씨는 겹겹으로 누빈 중국식 신발을 신고 잰걸음으로 앞장서 걸었다. 하지만 나는 내 발보다 조금 큰 아버지의 신사용 양화洋靴를 신고 있어서 그의 빠른 걸음을 따라잡기가 쉽지 않았다. 신발 속으로 자꾸 눈이 비집고 들어왔다. 길은 어찌나 미끄러운지 구 씨와의 간격이 점점 더 벌어져 갔다. 나는 미끄러지지 않으려고 그가 남기고 간 발자국을 밟으며 걸었다.

한적한 길을 2킬로미터쯤 걸었을 때 높은 벽돌담에 에워싸인 어느 공장의 정문 앞에 이르렀다. 푸른 제복을 입은 경비원들이 99식 총검을 들고 문 앞을 지키고 있었다. 구 씨가 그들과 몇 마디 나눈 후 나더러 따라오라고 손짓했다. 한 무리의 노동자들이 저마다 신분증을 제시하며 공장으로 들어가고 있었는데 그들 또한 구 씨와 같은 옷차림을 하고 있었다. 나는 그 문 앞을 몇 번 지나가 본 적이 있지만 그곳이 무슨 일을 하는 곳인지는 몰랐다.

구 씨는 나를 정문 오른쪽에 위치한 기다란 중국식 가옥으로 데려갔다.

그곳에는 커다란 돼지 한 마리를 통째로 삶을 만한 엄청나게 큰 검은 솥이 걸려 있었다. 구 씨가 솥의 나무 뚜껑을 열자 수수밥 특유의 냄새가 진동했다. 그는 작은 공기에 밥을 퍼서 내게 건네주었다. 그리고 옆의 솥에서 뜨거운 배춧국을 한 국자 떠 주었다. 그리고 자기 몫을 챙겨 내 옆에 앉더니 바삐 음식을 먹기 시작했다. 그는 나에게 "츠吃(먹어라), 츠." 하고 권한 후 옆 사람과 대화를 시작했다. '차오셴朝鮮', '쭤궁作工(노동)' 등 몇 마디씩 내가 아는 단어도 들려왔다. 수수밥에서 꽤 오래 묵은 냄새가 나서 막상 먹으려니 비위가 상했지만 억지로 겨우 한 그릇을 비웠다. 주위에 앉은 사람들은 밥도 국도 게걸스럽게 잘 먹었다. 배춧국은 끓는 물에 배추를 넣고 소금으로 간한 것으로 전혀 요리했다는 느낌이 들지 않았다.

아침 여섯 시쯤이 되자 하나둘 자리에서 일어나 어디론가 향했다. 구 씨는 내게 한 노인을 소개해 주었다. 키가 작은 노인은 항상 두 손을 소매 속에 숨긴 채 허리를 구부리고 다녔다. 노인이 따라오라고 눈짓을 보내자 나는 냉큼 그의 뒤를 쫓았다. 어느 방에 안내되었는데 거기에는 목공들이 쓰는 연장이 여기저기 널려 있고 한가운데에서 난롯불이 억세게 타오르고 있었다. 그 가장자리로 10여 명의 장정들이 모여서 불을 쬐고 있었다. 그런대로 훈훈한 분위기였다. 잠시 후 노인이 장정들에게 지시를 내리자 그들이 일제히 일어나 부삽을 들고 밖으로 나갔다. 나도 그들을 따라 나섰다.

식당 앞에는 몇 길이나 되는 높은 건물이 나란히 서 있었다. 우리는 그 건물 앞에 쌓인 눈을 치우기 시작했다. 큰 트럭들이 족히 예닐곱 대 넘게 들어설 수 있는 넓은 마당이었지만, 날이 밝아 오면서 어느 정도 정리되어 갔다. 따처大車들이 대문을 통해 들어오기 시작했을 때에는 눈이 거의 치워져 마당이 깨끗해졌다. 대신 그 주변으로 치운 눈이 산더미처럼 쌓여 있었다.

따처는 말이 끄는 마차인데 바퀴는 자동차 타이어 바퀴였다. 너비는 5,

6척 정도 되고 길이는 그 두 배 정도 되는데, 바퀴가 달린 곳 외에는 모두 나무로 된 만주에서만 볼 수 있는 특이한 마차였다. 따처는 막대한 양의 짐을 싣고도 상당한 속도로 달렸다. 공장에는 목화를 6, 7척 높이로 넘치게 쌓아 올린 따처들이 들어왔다. 주변의 농가에서 목화를 팔러 오는 농민도 있지만, 농민에게 목화를 사서 이곳에 팔러 오는 중간상인도 있다고 했다. 어디서 왔는지 모를 수많은 따처가 창고 앞에 줄서 있었다. 그들이 끌고 온 많은 말들이 다리 사이로 무엇인가를 툭툭 떨어트렸는데 그것이 내가 해야 할 두 번째 일감이었다. 김이 무럭무럭 나는 말똥이었다. 계속해서 눈과 똥을 치우는 동안 온몸에서 쉼 없이 땀이 흘렀다. 하지만 몹시 추운 날이어서 얼굴과 손, 구두 속의 발은 꽁꽁 얼어붙었다. 다른 쿨리苦力(일꾼)들도 추위를 견디지 못해 한동안 일하다 갑자기 목공소로 뛰어 들어가 난롯불을 쬐곤 했다. 우리는 모두 한결같이 일그러진 표정을 하고 "렁아, 렁아(춥다, 춥다)."라는 말만 반복했다. 온도계가 없는 세상이니 과연 몇 도나 되는지 아는 사람은 없었다.

창고 옆에는 목화에서 씨를 뽑는 공장이 있었는데, 씨를 뽑은 솜은 공장 건물의 한쪽 끝에 있는 기계를 통해 포장되었다. 훤칠한 사람 키의 두 배쯤 될 정도의 큰 나무 상자 같은 압축 포장기에 솜을 가득 담고 기계를 작동하면 순식간에 솜이 줄어들어 6척 높이에 4척 사방이 되는 목화 덩어리가 마대에 싸여 나왔다. 이 솜 덩어리들은 공장 건물 밖에 산처럼 쌓였다.

이 면화 추적장推積場이 우리 쿨리들의 다음 작업장이었다. 면화 덩어리를 저울에 올려서 중량을 재고 검은 먹물로 중량을 표시했다. 그런 후 그 거대한 것을 여러 명의 장정들이 힘껏 밀며 앞으로 굴렸다. 150킬로 정도 되는 목화 덩어리가 무겁기는 해도 틈틈이 쉬면서 하는 일이라 일 자체는 그리 힘들지 않았다. 다만 밖에서 하는 노동이어서 몸에 스며드는 추위를 견디기가 힘들었다. 중량치値를 마대에 표시하는 먹물도 얼어붙어서

칠하기가 어려웠다. 우리는 먹물을 녹이기 위해서라도 목공소에 뛰어가야 했다.

면화 덩어리를 쌓기 위해 장정들 서넛이 덩어리 하나를 번쩍 들어 주면 그것을 어깨에 올려놓고 빠른 걸음으로 걸어가서 내려놓았다. 나도 장난 삼아 그들처럼 목화 덩어리를 어깨에 올려놓았다가 허리가 휘청거려 놀라 땅에 떨어트린 적이 있다. 어마어마한 무게였다. 그대로 감당하려 했다면 내 척추가 부러지고 말았을 것이다. 그 무모한 시도 이후 한동안 허리가 몹시 아팠다. 척추가 약간 상한 듯한 느낌이 들었지만 큰 탈은 없었다.

면화공장에서 겪은 고통 중 하나는 추위였고 나머지 하나는 언어 장벽이었다. 나는 학교에 다닐 때 중국어 선생님으로부터 발음이 제일 좋다는 칭찬을 들었지만 중국어 공부를 오래 하지 않아서 회화를 할 수 없었다. 초등학교 2, 3학년 시절 양쯔강변에 있는 한커우에서 살았을 때는 중국말을 아예 하지 못했고, 랴오양에 온 후에도 따로 배울 기회가 없었다. 그래서 아주 쉬운 말 몇 마디 외에는 알지 못했다. 학교에서 아는 척을 하다가 선생님에게 주의를 받은 일이 기억난다. 일본인 중국어 선생이 '我的(나의)'라는 말의 발음을 '워더'라고 가르쳤는데 내가 큰 소리로 '워디'라고 발음했더니, 만주에서의 발음은 '워디'이지만 관어官語 즉 베이징의 표준어로는 '워더'라고 발음해야 한다고 고쳐 주었다. 만주의 발음과 베이징의 발음이 다르다는 것은 그 후에 베이징 출신 천룽푸陳容甫 씨가 우리 공장의 창장廠長(공장장)으로 취임한 후 절실히 깨닫게 되었다.

면화공장에서 대화의 어려움은 점차 피로함으로 바뀌었다. 작업 중에는 쉬운 말 몇 마디로 충분했지만 휴식 시간에 동료 청소부들과 소통을 할 수 없었다. 하지만 그들은 내게 변함없이 친절을 베풀어 주었다. 그러나 다른 노동자들은 다짜고짜 나를 향해 '까오리빵즈高麗棒子'라고 불러대며 욕지거리를 하기 일쑤였다. 욕설은 어느 나라에서나 본능적으로 알 수 있는 예민한 언어다. '까오리빵즈'란 중국인이 한국 사람을 비하해서 부르는 말인데, 문자 그대로 옮기면 '고려 작대기'라는 뜻이다.

하루는 창고에서 쉬다가 젊은 쿨리 한 명과 격투를 벌일 뻔한 일도 있었다. 내용을 정확히 기억하지 못하지만 그가 무슨 이유에선지 나를 보며 연신 기분 나쁜 미소를 지었다. 나는 참다못해 그에게 내가 자주 들어온 중국어 욕 한마디를 쏘아붙였다. 그랬더니 그가 벌떡 일어나 주먹을 휘두르며 내게 달려들었다. 사람들이 모두 말려서 상황은 곧 수습됐지만 분하기 짝이 없었다. 그런 일이 비일비재하게 일어났다. 견딜 수 없었던 나는 어느 날 구 씨를 찾아가 일이 너무 힘들다고 하소연했다.

그때 나는 아버지의 신사 구두를 신고 하루 꼬박 열두 시간의 야외 노동을 했다. 발가락에 동상이 와 피부가 시퍼렇게 변해 가고 있었다. 중국식 신발을 사서 신으면 됐으련만 그때는 그런 생각이 떠오르지도 않았다. 해방이 된 후 내가 상점에 들어가서 물건을 구경하거나 무엇을 산 기억이 전혀 없는 것을 보니, 물건을 산다는 개념조차 몰랐던 것 같기도 하다. 아무튼 나는 그때의 하소연 덕분인지 야외노동에서 벗어나 탈면脫棉 작업실로 자리를 옮겼다. 그곳은 솜에서 나오는 먼지가 안개처럼 자욱하게 진을 치고 있어서 언제나 양쪽 문이 열려 있었다. 난방장치는 없지만 바깥보다 온도가 높아 춥지 않았다. 작업실에는 약 50대의 탈면기脫棉機가 줄지어 있었는데, 탈면기에 하나씩 달린 모터에서 피어오른 온기가 작업실을 훈훈하게 데워 주었다. 가끔 과열된 모터에 불이 붙었지만 여직공들은 익숙한 솜씨로 불을 잠재웠다.

직공들이 탈면기에 씨가 박힌 목화를 집어넣으면 롤러가 씨와 솜을 분리했다. 나는 창고에서 목화를 날라다 탈면기마다 공급하거나, 기계를 돌아다니며 뽑아낸 솜을 모아서 포장실로 운반하는 일을 맡았다. 창고에서 큰 마대 자루에 솜을 가득 담아서 그것을 메고 탈면실로 가져와 마룻바닥에 내려놓고 질질 끌어다 탈면기마다 보급하는 일이었다. 한참 일하다 보면 온 몸이 땀범벅이 되었다. 목화를 담은 포대가 너무나 무거웠기 때문이다. 물론 일을 처음 해 보는 나 같은 노동자에게는 가장 힘든 일이 부여되기 마련이다. 탈면실로 자리를 옮긴 나는 아침 여섯 시에 일을 시작해 열두 시간 동안 노동했다. 아침에 집에서 밥을 먹고 왔지만 점심은 아무리 묵은내를 풍기는 수수밥이라도 꾸역꾸역 먹지 않을 수가 없었다. 밥을 먹지 않으면 너무 허기가 져서 일할 수가 없었다. 그때 나는 내 또래에 비해 덩치가 제법 큰 편에 속했지만 성인의 노동 강도를 요구하는 일을 하기에는 너무 어린 나이였다.

어느 날 오후였다. 구 씨가 어떤 노인과 함께 와서 나를 탈면실 밖으로 데리고 나갔다. 그 노인은 나더러 주판을 놓을 줄 아느냐고 물었다. 주판은 조금밖에 배우지 못했지만 계산은 잘한다고 했다. 나는 암산만큼은 자신이 있었다. 대답을 들은 노인은 고개를 끄덕이며 내게 따라오라고 했다. 그의 안내를 받아 간 곳은 열다섯 평 정도 되는 아담한 사무실이었다.

예전에 창고로 쓰인 공간인 듯 사방에 벽돌이 그대로 보이고 바닥도 흙바닥이었다. 하지만 방 한가운데에 난롯불이 활활 타오르고 그 위에 놓인 주전자가 훈훈한 김을 내뿜고 있었다. 내가 실내에 들어서자 중년쯤 되어 보이는 직원이 고개를 들어 나를 물끄러미 쳐다보았다. 그는 연필과 종이를 내주며 내게 계산해 보라고 시켰다. 아주 쉬운 문제였다. 내가 순식간에 계산하는 모습을 본 그는 내게 내일부터 이곳으로 출근하라고 했다. 아침 여덟 시에 나와서 난로에 불을 피우고 계산을 시작하면 된다고 했다. 나는 하루아침에 쿨리에서 사환 겸 사무원으로 승진한 것이다. 종일 따뜻한 방에서 지낼 수 있다는 것, 출근시간이 두 시간 늦어진다는 것만으로도 너무나 황송한 일이었다.

알고 보니 그 중년 신사는 루징안盧敬安이라는 고원雇員이었는데, 알화창軋花廠(조면공장) 공무조工務組(공무과)의 작업감독이었다. 그는 온종일 작업소를 드나들며 탈면 작업과 목화와 목화씨(棉實)의 반출입搬出入을 감독하고 전표들을 가지고 사무실을 드나들었다. 그러면서 일일 보고서도 작성해야 했는데 그것이 그에게는 고역이었다. 목화의 반입량, 목화씨와 솜의 생산량 등의 통계표를 작성해야 하거니와, 솜 생산량과 목화씨 생산량의 백분율, 즉 퍼센티지도 계산하여 기입해야 했다. 목화의 종류도 갑, 을, 병이 있어서 계산이 복잡한데, 루 씨는 나눗셈을 잘하지 못해서 퍼센티지를 내는 데 고심하고 있었다. 계산이 더욱 복잡한 것은 통계의 조작이 필요했기 때문이었다. 목화의 품질에 따라 솜의 기준 생산량이 달리 정해져 있어서 목화 반입량, 목화씨 생산량, 솜 생산량 들을 전표에 나오는 도합 숫자 그대로 보고할 수가 없었다. 예를 들어 갑종 목화의 경우 솜을 30퍼센트 이상 생산해야 하는데, 전표의 도합 숫자가 30퍼센트에 미달하면 생산량을 늘리고 재고 중 소모량을 늘려야 했다. 이런 일이 루 씨에게는 벅찼는데, 남에게 넘겨줄 수도 없고 사무직원을 채용할 수도 없었기 때문에 계산할 줄 아는 사동使童이 필요했던 것이다. 1947년경에 우리 사무실에도 3, 4킬로그램 정도 되는 수동 계산기가 들어왔지만 주판의 속도를 따르지 못해서 별로 사용하지도 못하고 곧 사라져 버렸다.

나를 구 씨에게 소개받아 사무실로 데려간 후리후리한 노인은 자오밍첸趙明臣 씨로, 직공장職工長으로서 루 씨보다 직책이 낮고 온순한 성격이었지만 카리스마가 있었다. 핸섬하고 누가 봐도 일류신사인 왕위민王裕民 조장組長(과장)이 정문 옆의 사무실에서 왕림할 때마다 루 씨와 자오 노인의 지위 차이를 알 수 있었다. 자오 노인은 왕위민 조장과 빙그레 웃으면서 여유 있게 농담을 나누었지만 루 씨는 몸이 굳어 보였다. 그이도 나름대로 왕 조장을 담담하게 대하려고 애쓰는 눈치였지만 그렇게 되지 않았다. 자오 노인이 왕 조장의 개인 문제까지도 주저 없이 이야기하는 것을 보니 인척관계인 게 틀림없었다. 자오 노인은 노무勞務 담당이었다. 그는 노무자들의 출근부에 도장을 찍어 주고 한 달에 두 번씩 임금을 계산해 주었다. 그런데 그도 산술에 그다지 밝지 못했다. 하루 임금이 1원 10전인데, 15일로 곱하는 것이 어렵진 않지만 노무자가 많다 보니 계산이 복잡해져 조수가 필요했다. 역시 나 같은 존재가 필요했던 것이다.

나는 출근하면 먼저 난로에 불을 피웠다. 처음에는 난롯불이 잘 붙지 않았다. 불쏘시개를 건조하기 위해 저녁에 방에 갖다 놓았지만 아침에는 얼어붙은 탓인지 쉽게 불이 붙지 않았다. 그럭저럭 불을 피워 놓으면 두 사람이 출근하고, 나는 옆 건물의 식당에 가서 세숫물을 얻어 왔다. 연장자인 자오 노인이 먼저 세수하고 나면 그 물로 루 씨가 세수했다. 그 후 두 사람은 공장을 한 바퀴 돌며 호령하다가 직원용 소小식당에서 아침을 먹었다. 일반 노동자들은 대식당에서 수수밥과 배춧국으로 끼니를 해결했지만 소식당에는 주방장이 따로 있어서 직원들이 올 때마다 요리를 따로 만들어서 대접했다.

처음에는 작업 보고서가 꽤 복잡하게 여겨졌지만 일에 익숙해지는 데 오랜 시간이 걸리지 않았다. 두 사람의 세수가 끝나고 아침 식사 후에 입가심하는 끓인 물을 대접한 후에는 나도 제법 사무원처럼 책상을 차지하고 필산筆算에 몰두했다.

언제부터 사무실에 오기 시작했는지 기억나진 않지만, 일본인 한 명이 나와 말을 주고받게 되었다. 그는 해방 전에 이 공장의 공장장工場長이었는데 가족을 모두 귀국시키고 혼자 남아 있다고 했다. 일제 패망 후 점령 당국(처음에는 소련군, 그 후 잠시 팔로군, 그리고 우리가 중앙군이라고 부르던 국민당군)의 '요청'으로 기술고문 격으로 남아 있다는 것이었다. 그도 중국말이 익숙지 못한 데다 출입이 자유롭지 않고 공장에서 일본말을 하는 중국 사람도 없었으니 그이에게도 내가 좋은 말동무가 되었을지 모른다. 그는 아직도 공장 울타리 안에 있는 공장장 관사에서 살고 있었는데 나와 이야기를 나누다가 관사로 걸어가는 그의 뒷모습은 너무나 쓸쓸하고 외로워 보였다. 어깨를 축 늘어뜨리고 터벅터벅 발걸음을 옮기는 그를 보면서 나도 모르게 애처롭다는 생각이 들곤 했다. 하지만 그는 내게 참으로 소중한 존재였다. 어쩌면 하늘이 보내준 천사였는지도 모른다.

내가 연필로 계산하는 것을 본 그는 주산으로 곱하기와 나누기 하는 방법을 가르쳐 주었는데, 마치 지게를 지고 걸어 다니던 사람이 트럭으로 물건을 나르게 된 양 속도가 천양지차로 빨라졌다. 그전까지 나는 주판으로 할 수 있는 일이 오직 더하기와 빼기뿐이라고 생각했는데 그것이 아니었다. 백만 대건 천만 대건 숫자 단위가 바뀌더라도 얼마든지 계산이 가능했다. 그는 나에게 주판용 '나누기 구구'를 가르쳐 주었는데 그 방식은 편리하고 유용하기 짝이 없었다. 한동안 사무실에서는 물론이고 출퇴근을 하면서도 "니이치텐사꾸노고二一天作の五", "산이치산쥬노이치三一三十の一", "산니로꾸쥬노니三二六十の二" 하면서 나누기 구구를 외웠고 주판으로 연습했다. 아주 복잡해 보이지만 나누기 구구의 원리는 의외로 간단하다. '1을 2로 나누면 0.5가 된다. 10을 3으로 나누면 3이 나오고 하나가 남는다.' 나누기 구구는 숫자가 아무리 커지더라도 계산식을 술술 풀어낼 수 있게 도와주었다. 하루에도 수십 번 해야 했던 곱하기와 나누기를 이제 밥 먹듯 쉽게 할 수 있었다. 그 일본인의 이름을 기억하지 못하지만, 그이는 얼마 안 가 뜻을 이뤄서 일본으로 귀국했다고 했다. 다시 그의 모습을 보지는 못했다.

어느덧 살벌했던 추위가 가시자 봄이 왔다. 얼어붙었던 눈이 녹고 따스한 봄기운이 사방에 가득 피어오르고 있었다. 여느 때와 다름없이 식당 앞을 지나고 있는데, 난데없이 "리셴성, 리셴성(이 선생, 이 선생)." 하는 목소리가 들려왔다. 멀리서 보니 왕위민 조장이 나를 부르고 있었다. 무슨 일이 일어났는지 몰라서 그이가 서 있는 업무조業務組, 즉 사업부 사무실 쪽으로 곧장 뛰어갔다. 누군가 부르면 "요우有!" 하고 대답하면 그만인데, 그때는 그 말을 몰랐다. 나는 무조건 왕 조장이 있는 곳을 향해 뛰어갔다. 마당을 쓸던 옛 동료 청소부들이 그 광경을 보고는 "리셴성, 리셴성." 하면서 싱글벙글 웃었다. 내가 확실히 출세하긴 한 모양이었다. 중국에서는 글 쓰는 사람을 '셴성'이라고 부르는데, 왕 조장은 그날 청소부에 지나지 않던 나를 '셴성'으로 승격해 준 것이었다. 아직 만으로 16세도 안 된 어린 나에게 과분한 호칭이었다. 가만 생각해 보니 그때 나의 동료들은 나를 놀릴 생각으로 '셴성'이란 호칭을 일부러 사용했던 것 같다.

왕 조장은 나를 사무실로 데려갔는데, 처음 들어가 보는 곳이었다. 바깥의 밝은 햇빛을 보던 눈이 실내로 들어가니 한동안 어두컴컴해 사람들의 얼굴을 구별할 수 없었다. 잠시 후 내 시야에 하나둘 사람들의 얼굴이 들어오자 당황하지 않을 수가 없었다. 사무실 한가운데에 천룽푸 창장의 모습이 보였기 때문이다. 소개받은 적은 없어도 그는 공장의 모든 사람이 아는 임금님이었다. 그는 중국방직건설공사中國紡織建設公司 동북분공사東北分公司 랴오양알화창遼陽軋花廠의 창장이었을 뿐 아니라, 동북분공사 랴오양지구 경비대대의 대대장이었다. 우리 면화공장 그리고 같은 회사 소속인 방직공장의 경비원들이 대대를 형성했는데 그의 직위와 위엄은 아무도 넘볼 수 없는 대단한 것이었다. 그는 늘 푸른 색깔의 군복을 입고 권총을 차고 다녔다. 뿐만 아니라 공장 문을 출입할 때에는 말쑥한 정복에 긴 가죽 장화를 신고 권총을 찬 경호원 두 명이 승용마차 양쪽의 발판에 서서 경호했다. 그의 마차가 공장 정문 근방에 다다르면 보초들이 "받들어 총!"을 외쳤다. 그는 성격이 급한 편이어서 누구든 그 앞에서 절절매지 않는 사람이 없다고 했다. 나도 틈이 날 때 정문 옆에 있는 전화교환대에서 놀고 있다가 그의 전화를 받고 "워쓰 천룽푸아(나는 천룽푸요)."라는 그의 관어官語, 즉 북경어 목소리를 듣고는 그 위세에 눌려 주눅이 들곤 했다. 그런 그가 갑자기 나를 불렀다니, 분명 보통 일이 아니었다.

나는 긴장한 얼굴로 조심스럽게 그를 건너다보았다. 그는 사무실 중앙에 놓인 '왕좌王座'에 앉아 있었다. 왕 조장을 비롯한 다른 고관들이 그의 뒤에 서서 나의 알현謁見에 배석 중이었다. 그들 뒤의 창문으로 밝은 빛이 쏟아져 들어오고 있어서 역광 때문에 그의 생김새를 자세히 볼 수 없었지만 나는 온 신경을 집중해 그 앞에 서 있었다. 사무실의 모든 움직임이 정지되어 있고 순간 모든 시선이 내게 몰려 있는 듯했다. "이것은 자네가 쓴 것인가?" 하는 날카로운 질문이 들려왔다. 보니 분명히 작성자 루징안의 도장이 찍혀 있고, 고장股長(계장) 아무개, 조장 아무개의 도장이 찍힌 일일 작업 보고서였다. 나는 곧장 "쓰是!"라고 대답했다. 무엇이 잘못되었기에 이런 소동이 난 것일까. 나는 이제 끝장났나 보다 하는 생각이 머릿속에 가득 찼다. 순간 엄한 표정을 하고 있던 임금님의 얼굴에 슬며시 미소가 돌더니 "자네, 일 잘한다는 이야기 들었어. 잘해!" 하는 세련된 북경어가 들려왔다. 온몸이 그저 얼어붙고 말았다. 순간적인 알현이었지만 나에게는 더할 수 없는 영광의 시간이었다. 70년이 지난 오늘에도 그 순간의 감격이 생생하다. 그 후 얼마 안 가 나는 '사무직공事務職工'으로 승급했다. 참으로 희한한 직명職名인데, 어쩌면 나를 위해 만들어졌는지도 모른다. 그때 공장 전체에서 사무직공이라고는 나 외에는 없었으니 말이다. 어제까지 나의 직명은 청소부였다. 그때부터는 일일보고서의 작성자란에 당당히 내 이름이 파인 도장이 찍혔다.

국민당의 만주 통치가 점점 고착화되어 가면서 우리 공장도 승승장구 더욱 발전해 나갔다. 어디선가 최신형 미제 포드 트럭이 두 대 들어왔고 직원 수도 늘어났다. 우리 공무조 사무실도 창고나 다름없던 열다섯 평짜리 방에서 그 옆방으로 옮겼는데, 전보다 면적이 네 배는 더 되는 방이었다. 루 씨의 매부인 쑤창쩌蘇長澤가 우리 방에 와서 계장으로 군림하게 되었고, 루 씨의 동생인 루징더盧敬德도 나와 같이 일하게 되었다. 루징더에게도 사무직공 직위를 주었다. 주산에 능숙하고 얌전한 신사이며 노임 담당인 주朱 씨가 우리 사무실에 들어왔고, 그 밑에서 쑤 계장의 작은부인의 동생인 왕汪 군이 사무직공으로 일하게 되었다.

새로 채용된 사무직공으로 업무조의 고장 닝寧 씨의 동생이자 키가 후리후리한 닝유타오寧有鞱는 나와 부쩍 가까워졌다. 아침 여덟 시에 출근하면 출근부에 붓으로 자필 서명을 하는데, 우리 둘은 서로의 필체를 연습하여 대신 서명해도 진위를 가려낼 수 없으리만치 되었다. 좀 늦게 출근해도 문제가 없게 된 것이다. 무엇보다 지금껏 지내던 방보다 조금 큰 방으로 옮긴 것이 내게는 더할 나위 없는 기쁨이었다. 왜냐하면 나는 그날로 사동 신세를 면하고 글자 그대로 사무직공이 되었기 때문이다. 이제는 다른 사무원들과 같은 시간에 출근하여 작업 보고서만을 작성하면 되는 것이었다.

1947년 중엽에 들어서자 누구도 나의 주산 실력을 능가하지 못했다. 나와 닝 군, 왕 군은 매일 주산 시합을 했다. 시합은 주로 작업반에서 들어오는 출입 전표에 기입된 중량 보고의 합계를 내는 것이었다. 루징더나 다른 이가 앉아서 숫자를 빠른 속도로 불러 주면 셋 사이에 불꽃 튀는 속도 경쟁이 벌어졌다. 주판알을 튕기는 속도도 문제였지만 그보다 중요한 것은 계산의 정확도였다. 자오 노인은 노동자들의 출근부를 담당할 뿐이었지만 여전히 계장과 더불어 모든 직원 위에 군림하고 있었고, 루 씨는 나에게 일일 보고를 전담시키고 작업감독만 하게 되었다. 인플레 하의 임금제도 노임 담당으로 저우 씨가 새로 들어왔지만 그 혼자서는 노임 계산을 해낼 수가 없어서 우리 몇 명의 사무직공들은 주기적으로 그를 도와 노임을 계산하게 되었다. 여기에는 두 가지 원인이 있었다. 우선 공장의 노동자 수가 많이 증가했다. 일본이 항복한 직후에 파손된 공장시설과 기구를 복구했기 때문이다. 처음 내가 취직했을 때에는 탈면실을 하나만 운영했는데 그동안 창고에 박혀 있던 탈면기들을 수리하면서 또 하나의 탈면실이 수리·복구되어서 노동자 수가 늘어난 것이다. 그보다도 더욱 중요한 이유는 심한 인플레이션 때문이었다. 다행히도 우리 공장에서는 그런 흐름에 맞추어 임금을 인상했고 저우 씨가 추가 임금을 계산했다.

랴오양 면화공장과 방직공장은 원래 일본 자본이 창설해서 경영하던 것을 중국 사람들이 접수해서 반관반민半官半民으로 운영하고 있었다. 중국 방직건설공사에서는 직원들과 노동자들의 임금을 은본위銀本位로 정하여 놓았는데, 예를 들어 나의 일급日給은 은전으로 1원元 3각角(1.30元)이었다. 그런데 인플레가 지속되면 은값이 오르게 마련이어서 매주마다 은값이 오른 것만큼 보충 지급을 해주었다.

계속되는 공산군과의 전쟁 비용을 지출하기 위해서 정부는 동북유통권東北流通券이라는 지폐를 계속 찍어냈고, 당연히 물가가 올랐다. 그래서 우리는 원봉原俸을 한 번 타고, 거기에 인플레 보충금을 추가로 받았다. 노임을 계산하느라 늘 바빴지만 물가가 아무리 오르고 올라도 우리 노무자와 직원들의 생활은 위협받지 않았다. 그 추웠던 겨울날 청소부로 채용되었을 때는 이런 제도가 있다는 것조차 몰랐는데, 하나님이 주신 혜택이 분명했다. 그래서 한 달에 두 번 받던 노임을 네 번씩이나 받게 되었다. 매번 새로 찍어낸 지폐를 노임으로 지급했다. 목화를 사들일 때에도 그랬다. 당시에 나는 새 지폐가 문제의 근원이라는 생각은 전혀 없었고, 새로 찍은 지폐의 종이 질과 잉크 냄새가 황홀할 따름이었다.

돈을 가져올 때의 풍경은 높으신 창장님이 출입할 때와 다름없었다. 승객용 마차에 새로 찍은 돈으로 가득 찬 마대들을 잔뜩 싣고 양쪽 발판에 권총을 찬 멋진 차림의 경호원들이 서 있었다. 약 300명쯤 되는 노동자의 임금을 지급하기 위해 큰 마대 네댓 자루 분량의 지폐가 필요했다는 말이다. 돈을 세는 것은 즐거운 작업이었다. 나에게도 주어질 돈을 세는 것이니까.

당시 내 월급의 구매력이 어느 정도였는지는 기억나지 않는다. 나는 면화공장에서만 생활해서 물건을 사 본 기억이 없다. 일주일에 한 번씩 월급봉투를 받으면 곧장 어머니에게 갖다 드리는 것이 전부였다. 그 덕에 생계가 안정되어 우리 가족은 랴오양에 사는 100여 가구의 동포 가족 중에서도 '윤택한' 축에 속했다. 나의 수입이 유달리 많아서가 아니라, 그때 조선 사람들이 거의 실직 상태에 있었고 장사하는 사람도 없었기 때문이다. 나는 매일 출근하느라 조선 사람을 만날 기회도 없었지만, 콩죽만 끓여 먹고 얼굴이 퉁퉁 부은 사람들도 있다는 소식이 들려오곤 했다. 해방 직후 귀국하지 않은 동포들은 발이 묶여 버린 데다, 혼란 상태에서 취직자리도 없어서 큰 곤경을 겪을 수밖에 없었다.

물론 우리 집의 생활도 원시적인 생존의 수준을 넘어서지 못했다. 흰쌀은 너무나 귀했기 때문에 사다 먹을 수가 없었고, 좁쌀이 주식이었고 콩과 콩기름이 우리의 부식물副食物이며 단백질의 근원이었다. 어머니가 가끔 중국 시장에 가서 사는 것은 좁쌀 10킬로그램과 콩 10킬로그램, 그리고 콩기름과 채소뿐이었다. 내가 공장에 출근하면 어머니와 동생들은 맷돌로 콩을 갈아서 비지를 만들거나 두부를 만들어 식사를 준비했다. 다행히 만주에서 콩이 많이 생산되어서 가격이 쌌기 때문에 영양실조에 걸리지는 않았다.

이런 형편에서도 우리는 샤오툰즈에 사는 삼촌의 소작농 김 씨에게 돈을 빌려주기도 했다. 공장에서 노동자로 일하는 내가 소작농을 상대로 고리대금을 한 셈이다. 1947년 겨울이었다. 식량이 떨어져서 굶주리게 된 소작농에게 겨울철에 좁쌀 한 가마 값을 빌려주면 가을에 추수한 후에 벼 한 가마를 갚는다는 조건이었다. 확실히 기억나지는 않지만, 조와 벼의 가격에 50퍼센트 정도 차이가 있었을 것이다. 그러니 8, 9개월 사이에 50퍼센트의 이자를 받게 되는 셈이었다. 돈이 귀해서 삼촌이 우리 집까지 와 어머니에게 부탁하곤 했다. 그러나 우리 가족은 고리대금을 해서는 안 될 운명이었는지 우리가 벼 몇 섬을 받기도 전에 공산군이 일대를 다시 점령하게 되어 그 돈에 대해서는 다시 이야기를 꺼낼 기회가 없었다. 그러고 보면 나는 결과적으로 우리 가족만 먹여 살린 것이 아니라 샤오툰즈의 김 씨 가족을 잠시나마 부양했고, 또 삼촌에게도 다소 보탬이 된 셈이었다.

철이 바뀌니 사무직원들에게 양복지가 배급되었다. 나도 다른 직원들과 같이 배급을 받아 중산복中山服을 맞춰 입었다. 사진에서 흔히 보던 쑨원이 입은 옷과 꼭 같은 회색 바탕에 검은 점이 많은 옷감인데, 퍽 품위 있어 보였다. 이제는 중국 직원들과 똑같은 옷을 입고 서투른 대로 중국어로 일상적 대화가 가능해지니 어쩌다 외부에서 온 손님들은 내가 중국 사람인지 아닌지 분간하지 못했다. 동료들은 나를 가끔 '까오리高麗'라고 불렀지만, 손님들은 그것이 나의 별명인 줄로만 알았을 것이다.

쑤 계장을 찾아온 손님들 중에는 의외의 사람도 있었다. 하루는 좋은 옷차림에 교양 있어 보이는 신사가 나타났다. 그는 분명 나의 아버지와 친했던 중국 상인이었다. 내가 아버지의 심부름으로 갔던 큰 집의 아들인데, 그도 나를 알아보고 놀라워하며 반갑게 인사를 건넸다. 코흘리개였던 내가 중국 사업체에서 의젓한 사무원으로 앉아 있으리라고는 상상도 못했을 것이다. 그는 우리 공장의 직원들 사이에 아는 사람이 많았던 것 같다. 어쩌면 그도 면화와 관련된 사업을 하고 있었는지 모르겠다. 하지만 그와 내가 만난 것은 그때뿐이었다.

나는 다른 이들에 비해 시간에 여유가 많은 편이어서 틈틈이 문 앞에 있는 업무조, 즉 사업부에 놀러가곤 했는데, 거기 앉아 있노라면 목화를 팔러 온 농민들이 영수증을 써 달라고 조르기 일쑤였다. 농민들이 목화를 창고에 입고한 후 전표를 가지고 업무부 회계계로 가면 그곳에서는 농민들에게 정해진 양식대로 영수증을 써 오라고 했다. 그런데 농민들은 대개 문맹이어서 영수증을 쓰지 못해 돈을 못 받아 난처해했다. 그들은 "셴성, 셴성(선생, 선생)" 하면서 내게 도움을 구했다. 업무부 직원들은 영수증을 써 주지 못하게 되어 있다고 하면서 나더러 써 달라는 것이었다.

당시 중국 사람들 중에는 문맹이 참으로 많았다. 목화를 팔러 온 농민들도 그랬지만, 노임을 타러 오는 노동자들 중에도 자기 이름을 읽거나 쓸 줄 아는 사람이 거의 없다시피 했다. 그러니까 글을 쓸 줄 아는 사람을 "셴성, 셴성" 하면서 존대했던 것이다. 우리 사무실에 항상 드나드는 노동 십장什長인 마펑밍馬鳳鳴도 일자무식이었다. 일생을 밖에서 노동만 해 온 탓인지 새까맣게 탄 얼굴은 곰보딱지로 울퉁불퉁했는데, 그 영감은 나를 볼 때마다 욕지거리를 퍼부으며 고함을 내질렀다. 막노동판의 십장이어서 입이 험하기 짝이 없었다. 그러나 자오 노인의 친구인 이 영감도 내 보호자 중 한 사람이었다. 내게 하는 욕지거리는 그에게는 그저 평범한 인사말 같은 것이었다.

자기가 하지 못하는 일을 남이 조금이라도 하면 어쩐지 신비해 보이고 신통해 보이기 마련이다. 나 또한 남과 다른 '희귀한 능력'을 발휘해 본 일이 있다. 어느 날 위에서 무슨 보고서를 써 오라고 해서 공장의 누군가가 그것을 썼는데, 면화의 종류에 관한 조항이 있어서 영어를 몇 자 집어넣어야 했다. 업무조에서 영어를 쓸 줄 아는 사람을 찾지 못하자 '샤오까오리小高麗'에게 물어보라고 했다. 나는 공업학교에서 한 학기 동안 'I am a boy. You are a girl' 정도는 배웠으니 A, B, C는 쓸 수 있었다. 그래서 나는 일약 영어도 할 줄 알고 일본말도 할 줄 아는 '까오리'가 되었다.

천룽푸 창장이 나를 또 부른다고 했다. 이번에는 그다지 겁나지 않았다. 업무부 옆의 아담한 방으로 그를 찾아가니 그는 내 안부부터 물었다.

가족은 잘 지내는지, 생활은 어떤지, 지금 수입으로 생활은 되는지를 자상하게 물어봤다. 나는 너무도 감격스러워서 아무 걱정도 없다고, 그저 고맙다고 했다. 그는 내가 일을 잘한다는 보고를 받았다고 했다. 나는 말이 짧아서 감정을 제대로 표현할 수 없었지만 그저 태도로써 고마움을 표시했다. 왜 그가 밑바닥에 있는 나에게 그토록 관심을 표해 주는지 알 수가 없었다. 공장에서는 두려운 존재로 알려졌지만 내게는 한없이 인자한 임금님이었다. 그것은 지금까지도 내 인생의 수수께끼이다.

내가 종종 여가를 보낸 곳이 한 군데 더 있다. 탈면실 옆에 있는 전기실이었다. 자오 노인의 아들인 자오더셴趙德賢이 그곳에서 견습공으로 일했는데 나와 비슷한 또래였다. 전기실 실장도 자오 씨 성을 가진 이였는데, 그는 예민한 성격이었지만 내게는 유난히 친절했다. 탈면기에 하나씩 붙은 모터들은 자주 고장을 일으켰다. 당장 새것을 사올 수가 없어서 전기실에서는 언제나 모터를 재생하는 작업을 했다. 가느다란 전깃줄을 일정한 규격으로 감아서 모터를 만드는 것이다. 세월이 흐른 후에 나는 자오더셴을 찾아서 편지를 주고받았는데, 내가 만주를 떠난 지 30년이 지난 1979년경의 일이다. 1981년에는 랴오양에 가서 며칠간 함께 지내기도 했다.

나는 가끔 쿨리들이 떼 지어 일하는 넓은 뜰을 돌아보았다. 벽돌로 된 창고들 뒤에는 몇천 평가량의 빈터가 있었다. 그곳에는 만주에서만 볼 수 있는 '툰쯔屯子'가 있었다. 샷(갈대를 엮어서 만든 자리)을 밑에 겹겹이 깔고, 또 방바닥에 까는 샷의 절반쯤 되는 너비의 샷으로 높게 둘러싼 원형圓形의 야외 저장소인데, 창고가 꽉 차 더 이상 저장할 수 없는 목화를 보관하는 용도로 사용되었다. 쿨리들이 광주리에 목화를 메고 와서 툰쯔에 쏟아 놓았고, 목화가 주변의 샷보다 높아지면 샷을 또 풀어서 주변을 높였다. 그런 식으로 툰쯔는 위로 위로 한없이 높아 갔다. 몇 길이나 되는 툰쯔 수십 개가 줄지어 서 있었다.

밑바닥 일꾼인 청소부부터 사동 그리고 어엿한 사무직으로 승진해 그럭저럭 일 년 남짓 지났을 때 나는 면화공장의 명물이 되다시피 해 많은 중국인들의 총애를 받았다. 내 인생에 처음으로 나를 '셴성'이라고 불러 준 왕위민 조장은 다른 부하에게는 싫은 소리를 하다가도 나를 대할 때면 언제나 웃는 얼굴로 바뀌었다. 온화한 표정, 검은 자갈색 안경테, 맵시 나는 중산복 차림은 내게 안도감을 안겨 주었다. 천룽푸 창장이 나에게 특별한 관심을 보인 것도 왕 조장의 배려 때문이었을 것이다. 그들과 달리 쑤 계장은 항상 불만에 찬 듯 얼굴을 찌푸리고 다녔다.

목화씨도 산더미처럼 툰쯔에 쌓여 있었는데, 초봄이면 농민들에게 헐값으로 팔려 나갔다. 그것을 심어서 다시 가을에 추수해야 덩달아 이쪽의 사업도 유지되기 때문이다. 농부들과 상인들이 따처를 몰고 와서 목화씨를 가득가득 싣고 나갔다. 우리는 업무부에서 적어 준 전표대로 물건을 내주었는데, 어떤 농부는 내게 뒷거래를 하자고 제안했다. 점심 값을 줄 터이니 몇 포대 더 달라는 것이었다. 아마도 그것이 내 인생에서 처음으로 맛본 달콤한 유혹이었을 것이다. 물론 단호히 "부싱不行!"이라고 거절했다. 안 된다는 말이다.

하루는 뜻밖의 희소식이 들려왔다. 내가 사무직공장으로 진급했다는 것이다. 내가 담당한 작업 보고서가 그만큼 중요했기 때문이었을 것이다. 우리 공장에서 하는 일이란 면화를 사들여서 목화씨를 뽑아내고, 생산된 솜을 방직공장에 넘겨주는 것이 전부였으므로 공장의 작업 보고는 어떤 일보다도 중요했다. 사무직공장은 본사에서 사령장을 받는 정식 직원은 아니지만 준準직원 대우를 받을 수 있는 위치였다. 물론 임금이 조금 더 올라가서 좋았지만, 그것보다도 몇 배나 더 기뻤던 것은 직원용 소식당에서 식사할 수 있게 되었다는 사실이었다. 사무직공들은 '셴성'이라고는 하지만 아직 일반 노무자와 함께 대식당에서 수수밥과 배춧국 일색의 조악한 음식을 먹었는데 사무직공장이 되자 아담하고 정갈한 소식당에서 요리사가 특별히 만들어 주는 음식을 먹게 되었다. 소식당 앞을 지나갈 때면 요리 재료를 지지고 볶는 소리가 날 뿐만 아니라 기름진 음식 냄새가 흘러나왔다. 내가 그곳에서 식사하게 되었다는 사실은 큰 영광이 아닐 수가 없었다. 그야말로 사병이 장교로 탈바꿈한 경우였다.

상상했던 대로 소식당의 음식은 과연 일품이었다. 아침에는 수수밥 대신에 팥이 섞인 수수죽이 나오고 점심에는 미옌바오麵包(속이 없는 흰 만두)가 나왔다. 돼지고기와 채소를 볶은 요리가 나오고, 두부로 만든 반찬이 나왔다. 나에게는 아득하게 높은 분들, 즉 조장이나 계장들과 둥그런 식탁에 같이 앉아서 함께 음식을 먹게 되었으니 출세를 해도 이만저만한 것이 아니었다.

사무직공장으로 진급하게 되어서 나도 좋아했고 우리 가족도 기쁨에 넘쳤지만 동료들 간에는 문제가 생겼다. 그들은 자신들의 놀림감이었던 내게 그런 대단한 일이 있으리라고 전혀 상상조차 못 했는데 내 대우가 격상되자 몹시 분개했다. 특히 쑤 계장의 처남인 왕 씨가 노골적으로 불만을 표시했고 내게도 그것을 적극적으로 표현했다. 우리의 관계에 서서히 보이지 않는 금이 가기 시작했다. 쑤 계장 또한 나의 진급을 못마땅하게 여겼다. 최소한 닝유타오와 왕 아무개를 함께 진급시켜 줘야 마음이 편안했을 터인데 인사 조치가 잘못되었던 것이다. 내가 외국인이라는 점도 있지만 나는 그들보다 나이가 많이 어렸다. 만으로 세면 내 나이는 겨우 16세에 불과했다. 묵묵한 편이었던 왕 씨가 나에게 각별히 '축하'한 것도 나로서는 너무나 불편했다. 그런데 눈에 띄게 나를 괴롭힌 사람은 내 후임으로 들어온 사동 아이였다. 그 애는 우리가 큰 사무실로 옮기면서 들어온 아이로, 누군가의 친척이었을 것이다. 그러니 사무실의 공기를 잘 알 수밖에 없었다. 그는 나의 책상에 와서는 "리셴성"이라고 강조하면서 차를 부어 주고는 히쭉 기분 나쁜 미소를 지었다. 그는 오랫동안 나를 조롱했다. 직장에서 특별 진급하는 것이 마냥 기뻐할 일만은 아니었다.

회사는 나날이 번창했다. 그럴 수밖에 없었을 것이다. 새로 찍어 온 돈으로 목화를 사들인 후 씨를 빼서 공장 바로 옆에 있는 같은 계열의 방직공장으로 솜을 옮겨 주면 되는 것이니, 딱히 실패할 이유가 없었다. 물가는 쏜살같이 올라가고 있었고 면직물의 수요는 팽창할 수밖에 없었다. 방직공장은 그야말로 탄탄대로의 사업이었다.

추석에는 큰 잔치가 벌어졌다. 백 칸이나 되는 듯한 큰 창고 하나를 비워서 둥근 식탁들을 줄줄이 차려 놓고, 상해요리 전문 취사장炊事長과 북경요리 전문 요리사가 재주를 발휘하여 수십 명 직원들의 식욕을 돋워 주었다. 그야말로 산해진미가 계속 나올 뿐 아니라 포도주까지 지급되었다. 나는 난생 처음으로 포도주를 마시고 얼큰해져서 크게 성공해 금의환향한 사업가가 된 기분으로 집에 돌아갔다.

하지만 산해진미의 중국 연회에 참석한 동안 나는 실종된 아버지를 생각하지 않을 수 없었다. 우리 가족이 한커우에 있던 시절에 이런 행사가 심심치 않게 열렸기 때문이었다. 그때마다 맛있는 음식들이 끊임없이 나와서 처음에 나온 음식을 너무 많이 먹은 것을 늘 후회했다. 회사의 축하연은 그때를 연상케 해 주었다. 회사가 날로 발전하는 것을 축하하는 뜻에서 그랬는지 모르지만, 하루는 나와 닝유타오가 새로 도착한 포드 트럭에다 북을 싣고 그걸 치면서 시내를 한 바퀴 돈 적도 있었다. 누가 시켜서 그랬던 것은 아니었다. 우리끼리 그렇게 장난할 정도로 흥이 넘쳤고 분위기가 자유로웠던 것 같다.

어느 날 내 밑에 중국 청년 한 명이 배속되었다. 나보다 나이가 한 살 많았다. 그는 압록강 강변에 있는 안둥安東, 지금의 단둥丹東에서 고등학교를 다니다가 피난을 왔다고 했다. 팔로군, 즉 중공군이 안둥을 공격하기 시작해서 피난을 온 것이었다. 학생모에 학생복을 입은 것으로 보아 옷을 갈아입을 새도 없이 그대로 도망 나온 것 같았다. 나는 기분이 나쁘지 않았다. 아직 17세도 되지 않았는데 내 밑으로 부하가 생겼기 때문이다. 참으로 출세한 셈이었다. 나는 신문을 통해서 팔로군의 반격이 안동 지방을 넘어 만주 전역에서 일어나고 있다는 사실을 알았다. 1947년 중엽에 들어서면서 만주에서의 국공내전의 양상은 급격히 변하기 시작했다.

그런데 나에게는 풀리지 않는 퍼즐 하나가 생겼다. 팔로군은 그 전해에 쓰핑제에서 신육군 등의 공격을 받아 모두 북만주로 후퇴했다고 하지 않았던가? 그런데 안동이라면 압록강이 황해로 흘러 들어가는 곳이니 만주 남단에 속하는데 팔로군이 어떻게 안동을 점령했다고 하는가? 그러나 그런 문제를 누구에게 물어볼 수도 없었다. 오직 그 질문은 풀리지 않는 퍼즐로 마음속에 간직할 뿐이었다.

안동을 함락한 팔로군은 급격히 북상해 오고 있었다. 해방 전 방학 때마다 왕래하면서 낯익은 안동과 랴오양 사이의 도시 이름들이 신문에 자주 오르기 시작했다. 점점 치열해져 가는 팔로군과 중앙군 사이의 격전, 그리고 팔로군의 연승은 우리 가족에게 한 줄기 소망의 빛이 되어 주었다. 같은 동네에 사는 원 씨가 가끔 팔로군의 동정을 전해 주면서, 아버지가 어느 지방에 계신다는 소문이 들린다고 하셨기 때문이었다. 우리 가족은 팔로군이 랴오양을 점령하면 분명 아버지의 소식을 들을 수 있으리라 철석같이 믿고 있었으므로 팔로군이 가까이 오고 있다는 소식이 그리운 아버지에게 한 발짝 다가서는 기분이 들어 그저 반가울 따름이었다.

만주에 있던 조선인의 태반이 그랬겠지만 우리는 팔로군과 중앙군의 싸움에 대해 중립적이었다. 즉 어느 쪽이 이기든 우리와는 상관이 없다는 태도였다. 나는 그들이 무엇 때문에 싸우는지 생각해 본 적도 물어본 적도 없었다. 공장 직원들 사이에 끼어서 회사의 조례朝禮에 참석하여 음침한 곡조의 〈국민당가國民黨歌〉를 부르기는 했지만 가사가 내포한 정치적 사상을 생각해 보지도 않았고, 또 그런 이야기를 해 주는 사람도 없었다. 그저 대부분의 높은 직원들이 국민당 당원이라는 것 정도만 알고 있었을 뿐, 그들이 정치에 대해 토론하는 모습을 본 적은 없다. 대체로 중국 사람들도 무감각한 듯했다. 정부의 역할이 마적을 잡고, 세금을 받아 가며, 허가를 내 주는 곳이라는 것 외에는 아는 바가 없었다. 그리고 허가를 받으려면 많은 돈이 필요하다는 정도의 '상식'밖에 아는 것이 없었고, 또 생각할 필요도 느끼지 않았다.

나는 어느 날 쑤 계장이 사무실에서 권총을 작동하는 모습을 보았다. 어쩐지 긴장감이 느껴졌다. 그는 탄창에 총알을 넣었다 뺐다 하고, 다시 탄창을 비운 후에 사격하는 시늉을 했다. 권총을 발급받으며 사용법을 배워 온 듯했다. 그의 심각하고 진지한 표정을 보며 나는 불길한 예감에 사로잡혔다. 즉 랴오양에서도 권총을 써야 할 때가 가까워 오고 있다는 직감이었다.

물론 나도 공산당의 목표를 어렴풋하게나마 알고 있었다. 공산당의 목표는 '공산화'였다. 그런데 '공산'이 정확히 무엇을 뜻하는지는 몰랐다. 지주가 없어진다고도 하고 모든 산업 시설이 국가의 소유가 된다고도 했다. 그렇지만 공산주의는 조선인 동포들을 위협하는 존재가 아니었다. 조선인 중에 재산을 가진 사람도 지주도 없었기 때문이다.

동포 중에서 유일하게 처지가 다른 사람은 천일제지공사의 주인인 김창열 씨였다. 얼마나 많은 재산을 모았는지는 모르지만 그는 해방 후에 피난민과 교민회를 위해 참으로 많은 재산을 내놓았다. 하지만 모두들 그의 제지공장이 불원간 몰수될 것이라고 생각했다. 팔로군이 랴오양을 점령할 것은 불을 보듯 훤한 일이었기 때문이다. 김창열 씨는 팔로군이 랴오양을 점령할 날을 대비해 재산을 교민회에 기증하는 형식을 취했다. 그의 공장은 개인 소유가 아니고 교민 전체의 공동 소유물이니까 공산당의 몰수 대상에서 제외될 것이 아니냐는 계산이었다. 나는 연일 면화공장에 나가 있어서 이런 문제에 대해 사람들이 나누는 대화를 직접 들을 기회는 없었지만 소식은 끊임없이 들려오고 있었다.

　팔로군은 날개가 달린 듯이 하루에도 수십 리씩 움직인다는 소문이 돌았다. 중앙군은 비행기가 있어서 팔로군의 동정을 살피고 공격도 하지만, 팔로군은 모두 흰 옷을 입거나 흰 천으로 마차나 다른 장비들을 씌우고 눈길로 이동하기 때문에 비행기들이 팔로군을 발견할 수 없다고 했다. 결국 팔로군이 선양을 공격하고 있다는 소식이 들려왔다. 이홍광李紅光 부대가 가장 정예부대라는 뉴스도 전해져 왔다. 어쨌든 선양에서 100리 안팎밖에 되지 않는 랴오양도 불시에 공격 대상이 될 것이라고 했다. 시내의 공기가 점점 험악해지기 시작했다. 시내 각처에 주둔한 중앙군 부대들은 모래와 흙을 담은 마대로 방어진을 쌓기 시작했다. 어느 날 공장에서 퇴근하는데 총검을 든 한 병사가 나를 붙들고 자기들 공사를 도우라고 해서 부득이 일한 적도 있었다. 아버지가 남긴 신사용 털외투를 입고 털모자를 쓰고 있어서 신사 차림을 하고 있는데도 아랑곳 않고 노동을 시킨 것이다. 검은 구름이 온 대지를 휘감던 추운 날이었다. 우리 집 바로 앞에도 방어진이 만들어졌고, 십자로 모퉁이에는 벽돌과 시멘트로 만든 기관총 진지가 세워졌다. 집 앞의 삼층집 중국 요리점에서는 매일 저녁 손님들이 서로 술 먹이기를 하느라고 '화취안划拳'이라는 가위바위보를 하며 밤늦도록 떠들썩하곤 했는데, 이제는 아무런 소리도 들리지 않았다. 랴오양은 완전히 전투 상태에 돌입했다. 긴장감이 감도는 전선 지역이 된 것이다. 곡식 값은 매일 천정부지로 뛰어올랐다.

　1948년의 해가 밝자마자 나는 면화공장에서 해고당했다. 천룽푸 창장이 전근을 가고 얼마 되지 않았을 때였다. 얼마 전 부창장副廠長으로 새로

182

온 루盧 씨는 키가 작고 깔끔하게 생겼지만 어쩐지 표정이 음울한 사람이었다. 늘 무엇인가 못마땅한 눈길로 사람들을 응시했다. 어느 날 멀찍이서 부창장이 쑤 계장과 밀담을 나누며 나를 은밀히 손가락질하는 모습을 보았다. 중국 사람이 그렇게 많은데 왜 하필이면 '까오리'를 쓰느냐고 쑤 계장이 말한 것일까? 어쨌든 나는 해고당했다. 쑤 계장은 속이 시원했을 것이다.

후에 들으니 나의 후원자인 왕위민 조장과 루 부창장의 사이가 좋지 않았다고 한다. 루 부창장이 오기 전에는 왕 조장이 부창장 역할을 했으므로 그들 사이에 모종의 알력이 존재했을 것이다. 루 씨가 창장이 되면서 왕 조장은 약세에 놓이게 되었는데, 나를 해고한 것도 힘겨루기의 일부였는지 모른다. 공무조 내에서도 나를 쓰는 데 대해 비난이 있었던 모양이다. 내 직속 상사였던 쑤 계장부터가 비판적이었기 때문이다. 하여튼 나는 면화공장을 떠나게 되었다.

처음에 청소부로 취직한 때가 1946년 11월경이고 해고당한 때가 1948년 2월쯤이니 랴오양 면화공장에 다닌 기간은 1년 몇 개월 정도의 짧은 기간이었다. 하지만 그동안 너무 많은 일이 있어서 내 기억에는 꽤 긴 시간을 보낸 듯한 느낌으로 자리 잡았다. 어쨌든 랴오양 면화공장은 내게는 참으로 귀중한 인생학교였다. 우선 그곳에서 배운 것이 많았다. 랴오양 면화공장이라는 '상업학교'에서 배운 주산법珠算法은 평양에 돌아와 장사꾼이 되어 우리 가족의 생계를 유지하는 데 필수적인 기능이 되었다. 공장에 있는 동안 나의 글씨체도 많이 달라졌다. 공장을 떠나기 얼마 전에 우연히 내가 초기에 작성한 보고서들을 볼 기회가 있었는데 부끄러움으로 얼굴이 화끈거렸다. 15세 소년이 작성한 보고서를 16세 때 다시 보니 너무나 엉성하고 유치해 보였다. 그 보고서가 천룽푸 창장의 눈에 띄었던 것도 무리가 아니었다.

면화공장에서 터득한 면화에 대한 지식이나 공장 운영에 대한 지식을 그 후에 다시 사용할 기회는 없었지만 랴오양 면화공장이 나의 중국어 학교였던 것은 틀림없다. 중국 사람들과 매일매일을 보내면서 배운 중국어가 그 후 얼마나 큰 도움이 되었는지 모른다. 너무나 짧은 기간이어서 유창한 회화를 배울 겨를은 없었지만, 그때 중국어를 배우지 않았더라면 내 인생의 방향은 완전히 달라졌을 것이다.

이처럼 나는 랴오양 면화공장에서 배운 것들이 많았지만, 돌이켜 보면 무엇보다도 소중한 것은 인간의 온정을 경험한 일이었다. 자오밍첸 노인이나 왕위민 조장, 그리고 천룽푸 창장이 내게 베풀어 준 사랑은 국경을 넘은 진정한 인간애였다. 그들의 온정이 없었더라면 나와 나의 가족은 절망의 구덩이에서 헤어나오지 못했을 것이다. 내가 1983년에 『만주혁명투쟁사』라는 책을 내면서 그 책을 랴오양 면화공장의 옛 친구들에게 바친 이유가 여기에 있다.[8] 왕위민 조장과 나는 1981년에 다시 만나서 정을 나누었고 그 후에 편지 왕래를 계속했다. 그때 들은 이야기로는 왕위민 조장은 공산군이 랴오양에 들어온 후에 면화공장 옆에 있는 방직공장의 지배인으로 영전했고, 여러 번의 정변政變이 있을 때에도 공장 노동자들의 요청으로 그 자리를 유지했다고 한다. 방직공장에는 면화공장의 열 배나 되는 수천 명의 노동자들이 있었는데, 그는 그들에게 놓칠 수 없는 벗이자 지도자였던 것이다. 그는 나와 함께한 시절에 모든 간부 직원이 그랬듯이 국민당에 가입해 있었고 그 사실을 모두가 알았지만 그의 인품과 실력에 모두가 존경심을 품었다. 다만 그 무지몽매하고 신랄했던 이른바 문화대혁명文化大革命 시절에는 그도 어쩔 수 없이 그 자리에서 물러나고 말았다. 내가 랴

---

8 Chong-Sik Lee, *Revolutionary Struggle in Manchuria: Chinese Communism and Soviet Interest, 1922-1945* (Berkeley: University of California University Press, 1983).

오양을 다시 방문했을 때 그는 30~40명의 직원을 데리고 오리고기 구이를 파는 상점의 지배인으로 지내고 있었다. 70대 노인이 되어서도 여전히 일하고 있었다.

면화공장에서 해고당했지만 내가 그다지 애석하지 않았던 이유는 시국이 너무도 혼란스러워 머지않아 팔로군이 입성하리라는 기대감 때문이었다. 실제로 랴오양은 그로부터 얼마 안 가 팔로군에게 완전히 포위되었다. 샤오툰즈의 삼촌 집과는 40리밖에 떨어져 있지 않았지만 그곳과의 연락도 단절되었다. 그러자 시내에 식량 기근이 일어났다. 도시를 포위한 중공군이 곡식 반입을 금지했기 때문이었다. 우리는 좁쌀과 콩 등 잡곡을 약간 저장해 두었지만, 랴오양이 포위될 것이라고는 미처 예상하지 못했다. 얼마나 시간이 지나야 포위망이 풀릴지 알 수 없었다. 랴오양이 포위된 지 두 주쯤 지났을 때일 것이다. 우리는 탈곡하지 않은, 즉 껍질이 붙은 수수를 사다가 그대로 맷돌에 갈아서 반죽을 빚은 후 찐빵을 만들어 먹고 있었다. 맛없는 곡식인 수수에 껍질까지 섞여 있으니 그 맛이란 견디기 힘든 것이었다. 그렇게 끼니를 때운 나날이 퍽 오래 계속된 것 같은데 기억이 확실치 않다.

랴오양 시내에서 포위당한 중앙군도 바깥세상과의 교통이 단절된 상태여서 이따금 비행기가 날아와 무엇인가를 낙하산으로 떨어뜨리고 가곤 했다. 식량일 것이라고도 했고 탄약일 것이라고도 했다. 그러나 포위망이 풀리지 않고서는 그런 식의 공급만으로 포위된 군대를 지탱해 나갈 수 없다는 것쯤은 우리도 어렴풋하게나마 알고 있었다. 언젠가는 멀리서부터 대포 소리가 들리기 시작했다. 이따금 중앙군의 비행기가 기관포를 쏘는 소리가 들리기도 했다. 비행기의 기관포 소리는 국부군 장병들의 사기를 북돋아 주는 역할을 하기보다는 오히려 역효과를 가져왔을 것이다. 그 소리가 팔로군이 포위망을 죄어 오고 있다는 사실을 알려 주었기 때문이다.

드디어 올 날이 왔다. 칠흑 같은 먹구름이 땅을 뒤덮은 날이었다. 아침부터 대포 소리가 자주 들리더니 더욱 치열해지면서 점점 가까워졌다. 기관총 소리도 들렸다. 랴오양의 방어진이 뚫린 모양이었다. 드디어 우리 집바로 앞의 진지에서 총소리가 요란하게 나더니 고함소리가 터져 나왔다. 나는 담을 넘어 내다보고 싶은 충동이 일었지만 어머니가 허락지 않았다.

얼마 지나지 않아 문밖에서 사람들이 떼를 지어 뛰어가는 소리가 들렸다. 동네의 중국 사람들이었다. 어디론가 급히 뛰어가고 있었다. 나도 그들을 따라 달렸다. 한참 가니까 양조장이 나왔다. 모두들 거기에 뛰어들었다. 배갈 양조장이었다. 나는 이 동네에 이사 온 지 1년쯤 되었지만 양조장이 그렇게 가까운 거리에 있는지조차 몰랐다. 모두들 쌓아 놓은 수수와 좁쌀 포대를 메고 달렸다. 우선 먹고 보자는 것이었다. 나도 한몫 끼려고 했으나 양곡보다는 배갈을 가지고 가는 편이 나을 듯했다. 배갈을 양곡으로 바꾸면 내가 운반할 수 있는 양곡의 몇 배 가치가 될 듯했던 것이다. 나는 배갈 두 초롱을 들고 나섰다. 집에 달음박질해 와서 술 초롱들을 놓고 또 나가려고 하는데 어머니가 내 옷자락을 붙잡았다. 어머니는 그런 행동은 죄가 된다고 했다. 그때 내게는 약탈이라는 개념이 없을 때여서 모두가 하는 그 행위가 진정 나쁜 일인지 분간하지 못했다. 하지만 그것은 어머니의 말대로 약탈이 틀림없었다.

몇 시간이나 되었을까. 팔로군의 분대 하나가 우리 집으로 들어왔다. 군인들이 갑자기 떼 지어 들어오니 겁이 더럭 났다. 그러나 이들은 배낭에서 흰쌀을 풀어 주면서 밥을 지어 달라고 했다. 백미를 너무나 오랜만에 본 우리는 혹시 우리에게도 기회가 올까 잔뜩 기대했지만 결과는 허사였다. 그들은 지은 밥을 한 숟가락도 남기지 않고 모두 먹어 버려서, 민중을 애호한다고 하는 팔로군에게 나는 크게 실망하지 않을 수 없었다.

드디어 며칠 후에 팔로군의 포위망이 해제됐다. 이제는 굶어 죽을 염려는 없게 되었다고 하여 어머니는 항아리 밑에 남은 좁쌀로 밥을 지었다. 난생 처음 보는 황금색 밥이었다. 흰쌀은 이미 오래전에 떨어져서 좁쌀과 섞을 수도 없었다. 하지만 그날 우리가 먹은 황금색 조밥의 맛은 무어라고 형용할 수 없을 만큼 감동적이었다. 그 후에 맛있는 음식을 많이 먹어 보았지만 그날의 밥처럼 맛있는 음식은 다시 없었다. 진찬진미의 프랑스 요리보다도 훨씬 맛있었다. 김치도 반찬도 없는 식사였지만 죽음의 문턱에서 해방된 것을 기념하는 축하연이었다.

나는 곧 샤오툰즈의 삼촌에게로 향했다. 가족의 소식을 전하고 양식도 구해 와야 했다. 샤오툰즈에는 별로 변한 것이 없어 보였다. 달라진 것이라면 촌村사무소에 빈농위원회 간판이 새로 붙어 있는 것이었다. 그동안 지주들이 숙청당했다고 했다. 랴오양이 포위되고 있을 때 벌어진 일인 듯했다. 악질 지주들은 인민재판에 회부되어 사형당했고 그렇지 않은 지주들은 추방당했다고 했다. 다행히 삼촌 옆집에 살던 지주는 후자의 경우였다고 했다. 중국은 소용돌이치는 급격한 변화의 아침을 맞이하고 있었다.

제4장

공산 치하 평양의 쌀장수, 1948~1950년

만주를 떠나 평양으로

라오양에 팔로군이 들어온 후의 나날은 너무나도 빨리 지나갔다. 천일제지공사 사무실에 자리 잡은 한교회韓僑會는 조선인민회朝鮮人民會라는 새로운 간판을 내걸었다. 국민당 치하에서는 '한국' 사람이라고 했는데 공산당 치하에서는 다시 '조선' 사람이 된 것이다. 이유를 알 수 없었지만 궁금하지도 않았다. 팔로군이 들어오기 전에 자신의 재산을 한교회, 즉 교민회에 이양하는 형식을 취해 놓았던 김창열 씨는 그 문서를 태워 버리고 다시 천일제지공사의 주인이 되었다. 공산당이 중소기업의 개인 소유를 허용한다고 들었기 때문이다. 어째서인지 공산당은 지주들의 땅은 몰수하면서도 개인 기업은 허용한다고 했다.

며칠 후에 팔로군을 환영하는 가두행진이 있었다. 큰 거리의 상점들과 집집마다 붉은 깃발이 휘날렸고, 그 아래로 운집한 사람들의 갈채와 박수 속에서 팔로군의 행진이 시작되었다. 라오양 시민들은 진심으로 그들을 환영하는 듯했다. 어쩌면 그들의 환호는 전쟁으로부터, 그리고 굶주림으로부터 해방된 데 대한 환호였는지도 모른다. 우리는 〈동방홍東方紅〉이라는 노래를 배웠다. 첫 구절에서는 중국 공산당을 찬양하고, 둘째 구절에서는 마오쩌둥을 찬양하는 중국 민요 비슷한, '동녘에는 해가 떠오른다. 중국에는 공산당이 나왔다. 이 당은 인민의 생활을 위해 노력한다. 이는 중국을 해방시킨다'라는 몇 구절의 노래였다. 모두들 신이 나서 흥겹게 불렀다. 나는 훗날 미국의 대학 강의실에서 중국 공산당에 대한 수업을 하는 도중에 그 노래를 불러 주고 100명이 넘는 학생들의 박수 세례를 받았다. 중국 공산당의 선전과 세뇌 방법을 설명하는 과정에서 재현한 상황이었다. 노래는 중국 공산당의 중요한 선전 도구였다. 흥과 단합의 결기를 고취해 주기 때문이다.

우리 가족은 행방불명된 아버지로부터 소식이 오기를 간절히 기다리고 있었다. 그동안 우리에게 아버지의 거처를 알려 주던 원 씨의 말을 그대로 믿지는 않았지만, 그래도 한 가닥 실낱같은 희망을 붙잡고 있었던 것이다. 원 씨에 의하면 아버지는 팔로군에 끌려가서 무슨 일인가를 하고 있다고 했고, 그 이후로도 그는 때때로 아버지가 있다는 부대의 거동에 대한 '정보'를 알려 주었다. 팔로군이 만주 전체를 점령하다시피 했으니 아버지가 살아 있다면 소식이 올 때가 되었다. 그런데 몇 주일이 지나도 아버지의 소식은 들려오지 않았다. 원 씨도 어찌 된 영문인지 알 수가 없다고 했다. 결국 우리 가족은 마지막 희망마저 버리지 않을 수 없었다. 더 이상 만주에 머무를 이유가 없어진 것이다. 어머니의 간곡한 기도 덕으로 그럭저럭 살아남았지만 앞으로 다시 어떤 변수가 생길지 모르기에 우리는 랴오양을 떠나기로 했다. 다행히 팔로군이 랴오양에서 조선 국경까지를 장악하고 있었고, 북한은 공산 치하에 있었으므로 어렵지 않게 귀국하리라 생각했다. 우리 가족은 팔로군 사령부에 가서 여행 허가증을 얻어 귀국길에 올랐다. 태평양전쟁 말기에 아버지가 인솔해서 떠났던 길을 이번에는 아버지 없이 돌아가게 된 것이다.

예전처럼 기차가 다녔다면 신의주 건너편에 있는 안둥까지 7~8시간이면 족했지만, 이제는 랴오양과 안둥의 중간에 있는 번시후本溪湖에 가야 기차를 탈 수 있다고 했다. 번시후까지 가려면 험한 산을 몇 개씩이나 걸어서 넘어야 했다. 어머니는 젖먹이를, 나는 네 살짜리 누이동생을 업고 가야 했기 때문에 감당할 만한 짐 서너 개만 챙겨야 했다. 다행히도 중도까지의 길은 그리 힘들지 않았다. 삼촌이 당나귀 한 마리와 작은 수레를 구해 주었기 때문이다. 어머니와 어린 동생들은 수레에 올라타고, 나와

삼촌은 걸어서 샤오툰즈에 있는 삼촌 집에 도착했다. 그곳에서 하룻밤을 지내고 다음 날 번시후를 향해 떠났다.

　평온한 시절이었다면 소풍을 가는 가족처럼 보였을지도 모른다. 그러나 당나귀를 앞세우고 가는 길의 주변은 전쟁의 상처를 적나라하게 드러냈다. 길 옆의 철도는 엿가락을 꼬아 놓은 듯한 상태로 방치되어 있고, 철교들도 폭파된 상태 그대로여서 이곳이 전쟁터임을 새삼 느끼게 해 주었다. 몇 시간이나 걸었는지 기억이 없다. 산길이 좁아져서 나귀가 수레를 끌고 올라갈 수 없게 되자 우리는 수레를 버리고 나귀 등에 보따리들을 싣고 계속 나아갔다. 다행히 산길은 그리 가파르지 않았다. 사람들이 많이 걸어다닌 길임에는 틀림없었지만 사방을 둘러보아도 우리밖에 없었다. 사람의 기척도 없었다. 날이 약간 흐렸는데 비가 오지 않은 것이 천만다행이었다. 얼마나 걸었는지 어느새 우리는 산정에 도달했다. 삼촌은 당나귀와 수레를 주인에게 돌려주어야 해서 그곳에서 돌아가기로 했다. 앞에 더 높은 산이 보이지 않으니 좀 더 가면 내리막길을 만나게 될 것이라고 했다.

　삼촌과 헤어질 때의 순간이 지금도 선연하게 떠오른다. 어느 누구도 앞날을 예측할 수는 없지만, 생전에 다시 만날 수 없을 것이라는 불길한 예감이 들었다. 너무나 슬픈 시간이었지만 가족 중 누구도 눈물을 보이지 않았다. 아마 우리는 앞으로 다가올 일들에 대한 불안감이 커서 슬픔에 잠길 여유가 없었을 것이다. 우리는 삼촌과 당나귀가 낮은 지대로 내려가 자취를 감출 때까지 계속 눈을 떼지 않고 바라보았다. 삼촌이 완전히 시야에서 사라지자 우리는 돌아서서 다시 걸음을 재촉했다. 그것이 삼촌과의 마지막 이별이었다. 샤오툰즈까지 먼 길을 돌아가면서 나의 삼촌 이봉규李奉奎는 어떤 생각을 했을까.

　도중에 어느 산골에서 잠시 머물렀는데 마치 온천지대처럼 시원한 샘물이 끊임없이 솟아 나와 내를 이룬 곳이었다. 생의 오아시스를 만난 기분으로 우리 가족은 잠시 휴식을 취했다. 물이 솟아 나오는 곳 가장자리에 큰 돌을 놓아 정사각형 틀을 만들어 놓았는데, 돌에 이끼가 끼어 있는 것을 보니 역사가 오래된 샘터인 듯했다. 산 중턱에 놓인 그 샘터를 보아서는 산속에 물줄기가 흐르는 모양이었다. 그곳 근방에서 젠빙煎餅을 사 먹은 기억이 난다. 고량과 콩물을 함께 갈아서 둥근 판자 모양의 뜨거운 철판에 구운 것인데, 중국 사람들이 흔히 먹는 음식이다. 직경 25센티미터 정도 되는 얇은 빈대떡에 된장을 바르고 생파를 넣고 말아서 먹었다.

얼마 후, 근방에서 수십 명의 한국 피난민이 여행허가증이 없어서 곤란에 처한 광경을 보았다. 그들은 선양에서 온 사람들이었다. 그곳은 아직 국민당군이 점령하고 있어서 자위대원들이 인정하는 증명서를 얻어올 수 없었다. 고급스런 옷차림과 등에 진 값비싼 배낭들로 보아 그들은 아마도 통행증 대신에 현금 거래를 하고 통과했을 것이다. 어쨌든 우리는 번시후에 도착해서 기차에 올랐는데 얼마나 기다렸는지 그리고 몇 시간이나 기차를 타고 갔는지 아무 기억도 없다.

무사히 안둥에 도착한 우리 가족은 랴오양의 친지들이 이야기해 준 대로 가장 먼저 조선인민회를 찾아서 근처의 여인숙에 여장을 풀었다. 하지만 들리는 소식은 좋지 않았다. 안둥과 신의주를 연결하는 철교의 교통이 단절된 지가 오래되어서 아무도 압록강을 건너갈 수 없다는 것이었다. 압록강 건너편으로 고국이 빤히 보이고 철교는 여전히 무사한 데도 말이다. 우리는 꼼짝없이 갈 곳이 없는 사람들이었다. 갖고 있는 돈도 얼마 되지 않아서 안둥에 오랫동안 머물 수 없었고, 의지할 사람도 없었다. 랴오양으로 다시 돌아갈 수도 없었고, 돌아가 봤자 생계를 유지할 길도 없었다. 무슨 수를 써서라도 강을 건너가야 했다. 평양에 가면 고모도 있고 외갓집과도 연락할 수 있었기 때문이다.

안둥에서 며칠 동안 불안하게 지낸 후 어머니와 나는 결단을 내렸다.

더 이상 기다리지 않고 압록강을 건너기로 한 것이다. 하나님께 모든 것을 맡길 수밖에 없었다. 수소문 끝에 중국 노인이 노를 젓는 낡은 고깃배의 신세를 지기로 했다. 1미터 너비에 5미터 길이가 될락 말락 한 배였지만 우리 가족 여섯이 몸을 의탁하는 데는 문제가 없었다. 노인은 배의 맨 뒤에서 하나밖에 없는 긴 노를 저으며 남쪽으로 향했다. 건너편에서 받아 주든 안 받아 주든 일단 가 보는 수밖에 없었다. 우리 가족은 모든 운명을 하늘의 뜻에 따르기로 했다. 검푸른 압록강은 바람 한 점 없이 고요했다. 강을 건너는 배는 우리 배가 유일했다. 고즈넉한 강을 거슬러 건너편에 이르는 데 채 30분도 걸리지 않았다. 대낮이어서 양쪽 강변에 있는 사람들이 우리 배를 보고 있었을 텐데도 아무도 제지하지 않았다. 안동 쪽의 교포들은 특히 우리 배가 향하는 곳을 주시했을 것이다. '아무도 압록강을 건널 수 없다고 하지 않았더냐?'라고 말할 준비를 한 채로 말이다.

맞은편에서 우리가 탄 고깃배를 맞아 준 것은 따발총을 어깨에 멘 젊은 소련 병사였다. 배가 남쪽 강변에 가까워지자 20세가량의 한 병사가 손짓을 하면서 올라오라고 했다. 우리가 가파른 강변에 올라서자 그는 우리 일행의 짐을 보자고 손짓했다. 그는 짐 속에서 나온 사진첩을 들춰보다가 웃는 얼굴로 내 어린 시절의 얼굴을 향해 이것이 너냐고 가리켰다. 백일 사진이었는지 돌 사진이었는지는 모르겠지만 헝겊으로 만든 고깔모자를 쓴 사진 속의 나는 사내의 자랑거리를 내어놓게 만든 바지를 입고 활짝 웃고 있었다. 내가 미소를 짓고 고개를 끄덕이자 그는 깔깔 웃어댔다. 우리에게는 백만금의 가치가 있는 평화의 폭소였다. 안동에서 듣기로는 허가 없이 도강한 사람은 혹독한 취급을 받는다고 했는데, 그 소련 병사는 노여움 대신에 큰 웃음으로 우리를 맞이해 주었다.

우리 가족은 지프차로 한참을 가서 시골 한구석에 있는 시설로 옮겨 갔다. 철망으로 된 울타리 안에 널찍하고 깨끗한 뜰이 있고, 함석으로 벽을 두른 흰색 건물들이 여기저기에 여러 개 세워져 있었다. 후에 생각해 보니 전염병자들을 격리하는 시설인 듯했다. 꼭 같은 규격의 건물들이 나란히 세워져 있는데 사람의 흔적이 전혀 없어서 이상한 기분이 들었다. 우리 가족은 그중 한 건물에 머물게 되었다.

3월의 신의주는 아직 겨울 기운이 남아 있어서 해가 지자 매서운 추위가 밀려왔다. 방에는 난방시설이 없었는데, 담요를 덮어쓴 기억도 없다. 아무도 없는 시설에 짐짝처럼 일가족을 내려놓고 가버렸으니 우리는 누구에게 하소연할 수도 없었다. 얼음 같은 찬 기운이 가득한 곳에서 우리 가족은 서로를 껴안고 하룻밤을 보냈다. 뼛속까지 밀려드는 한기에 몸속까지 얼어붙는 듯했다. 몇 달 후 유복자인 의식義植이가 죽었을 때 어머니가 그날 밤의 추위 때문에 그 애가 죽었다고 하신 것만 봐도 그날 밤의 상황을 짐작할 수 있다. 게다가 우리 가족은 내내 굶주림에 시달리고 있었다.

바로 다음 날이었을 것이다. 또다시 지프차가 나타나서 우리를 어디론가 태우고 갔다. 신의주 시내를 한참 달리더니 어떤 높은 건물 앞에 차가 멈춰 섰다. 거기는 평북보안국平北保安局이라는 무시무시한 곳이었다. 그러니까 평안북도의 경찰국이라 할 수 있다. 그곳을 드나드는 초록색 제복을 입은 보안대원들은 만주에서 보던 보안대원들과는 사뭇 달랐다. 우리 가족은 안내 대원을 따라 어두컴컴하고 긴 복도를 지나서 어떤 방에 들어가 앉았다. 우리를 데리고 간 그 보안대원이 옆방에 가서 무어라고 하니까 누군가의 굵직하고 노여운 목소리가 들려왔다. "뭐라고? 피난민? 받아들이지 말라고 했잖아!" 하는 힐난의 소리였다. 다시 보안대원이 무어라 속삭이는 소리가 들렸는데 아마도 자기네가 받아들인 것이 아니고 소련 군인이 받아들여서 어쩔 수 없었다고 했을 것이다. 그제야 굵은 목소리는 잠잠해졌다. 얼마 후 그들은 우리를 석방해 주었다.

우리가 떠나는 모습을 본 안동 사람들은 고개를 저었겠지만 우리 가족은 결국 쫓겨나지 않고 고국 땅에 남게 되었다. 압록강변에서 우리가 탄 배를 보고 이리 오라고 손짓을 보낸 그 젊은 소련 병사는 하나님이 보내 주신 천사였을 것이다. 만일 북한 보안대원이 우리 배를 먼저 발견하고 신의주 쪽에 접근하지 못하도록 저리 가라고 손짓했다면 뱃사공은 두말없이 방향을 돌려 압록강 북쪽으로 돌아갔을 것이다. 보안국 간부의 추상같은 노성怒聲은 우리가 아무리 통사정을 하고 애걸복걸해 보았자 소용없었으리란 것을 보여 주었다. 물론 우리는 그날 왜 보안국 간부가 그처럼 고함을 질렀는지, 왜 소련 병사가 마침 그곳에 있었는지를 몰랐다. 사실 나는 압록강 강변에서 소련 병사를 만났을 때 이상한 느낌을 받았다. 한때는 만주 땅에도 소련군이 많았지만 그들은 이미 오래전에 떠났기 때문이다. 확실히 북한의 사정은 만주와 달랐다. 만주는 중국의 일부였고 그곳을 소련군이 장기간 점령할 경우 미국과의 대립이 격화될 우려가 있었다. 따라서 소련은 팔로군에게 유리한 상황을 만들어 주면서 점령군을 철수시켰다. 스탈린은 이미 얄타에서 만주에 대한 특권을 약속받았을 뿐만 아니라 만주로부터 막대한 양의 기계와 식량, 그리고 포로라는 노동력을 취득할 수 있었다. 따라서 미국과의 대립을 원치 않았다. 그런데 소련이 조선반도 전부를 점령할까 봐 우려한 미국이 한반도의 분할 점령을 제안했고, 그에 따라 소련군은 1948년 가을에 철수할 때까지 점령군을 주둔시켰다.

그런데 왜 우리는 철교가 아닌 고깃배를 타고 압록강을 건너야 했나? 왜 신의주의 보안국 간부는 우리의 상륙에 대해 그처럼 분노했을까? 나는 중국 현대사와 아울러 동아시아 국제관계를 연구하고 강의하는 교수가 되어서 많은 자료를 찾아보았지만 수긍이 가는 해답을 찾아내지 못했다. 그런데 2011년, 즉 63년 후에야 미스터리가 풀렸다. 북만주에서 패배한 중공군은 북한을 후방 기지로 쓰게 되었는데 그 지역은 승전한 국민당군이 침범할 수 없는 성지聖地였다. 엄연히 북한이 소련의 통치하에 놓여 있었기 때문이었다. 그래서 중공군은 소련군의 비호하에 만주 북쪽에서 두만강을 건너 북한 땅에 들어와 휴식·치료·재공급·군대의 재정비와 훈련 등 여러 가지 일을 진행할 수 있었다. 또 한편으로는 북한을 동쪽에서 서쪽으로 연결하는 철도들을 이용해서 압록강 하류 쪽으로 건너가 국민당군을 공격할 수 있게 되었다. 그러기 위해서 압록강을 건너는 철교는 팔로군, 즉 중공군의 전용물이 되어 버렸고, 우리 가족처럼 애타게 강을 건너려는 민간인들은 건널 수 없는 다리가 되어 버린 것이었다.

이로써 1947년 말경에 북쪽으로 후퇴했던 중공군이 어떻게 만주 남쪽에 있는 안둥을 공격하게 되었는지, 또 어떻게 안둥에서 피난 온 그 학생이 나의 밑에 들어와서 일을 배우게 되었는지에 대한 미스터리가 풀렸다. 북한이라는 후방 기지가 없었더라면 동양의 역사가 완전히 다른 방향으로 나아갔을 것이다. 중공군이 북한에서 보급받은 군수물자의 물량만을 보아도 그 영향이 얼마나 컸던지를 알 수 있다. 중국 공산당 동북국 평양 사무소의 보고에 의하면 평양사무소의 근무자들은 100명 미만이었고, 지사들의 근무자들은 업무량에 따라 배치되었으며, 그중 나진羅津지사에는 100여 명의 간부와 500명 이상의 하역 인부가 있었다고 한다. 나진에 하역 인부들이 그처럼 많았다는 것은 그만큼 많은 물자가 소련으로부터 운반되어 왔다는 것을 시사한다. 동해의 북쪽 끝에 위치한 나진은 소련에 가까운 항구이기 때문이다. 또한 이 보고서에 따르면 '사무소의 건립은 동북 해방전쟁 시기에 하나의 중대한 전략적 대책이었다. 이것은 우리가 남만주에서 적에 대한 투쟁을 벌이고 우리 동북해방군에 대한 국민당의 공격을 결정적이고 효과적으로 분쇄하며, 나아가 전 동북 지역을 해방하는 위대한 승리를 달성하는 데 있어서 중요한 역할을 감당하였을 뿐만 아니라 화동華東과 화북華北지구의 해방전쟁, 더 나아가서 전국 해방전쟁의 최종 승리에 일정한 역할을 했다'고 한다. 북한이 후방 기지로서 만주의 북쪽과 남쪽의 교통로 역할을 해 주었고, 수송된 물자들의 종류와 수량을 볼 때 그 물자들이 팔로군 승리에 결정적 역할을 했다는 것은 틀림없는 일이다. 이처럼 팔로군은 1947년에 들어서 북쪽에서 공격을 시작하는 동시에 남만주에서도 공격을 시작해서 국민당군을 압도하게 되었다.

국민당군은 중공군이 압록강을 건너와 공격하리라고는 예측하지 못했을 것이다. 앞서 이야기한 대로 국민당군 고급장교들은 장교 클럽에 예쁜 일본인 아가씨들을 옆에 끼고 승리의 맛을 만끽했고 요릿집에서 매일 저녁 술을 마시며 놀았다. 이처럼 장교들이 주지육림에 빠져 있었으니, 북한 각지에서 재정비와 재훈련을 마치고 충분한 보급을 받아 강을 넘어 기습해 오는 팔로군을 만났을 때 혼비백산할 수밖에 없었다. 우리 가족이 압록강을 건널 때에는 쏜살같이 북상한 팔로군이 선양 근처에서 치열하게 싸우고 있었는데, 그 전투는 중국 대륙의 장래를 결정한 대전투였다.

이처럼 중국의 내전이 진행되는 과정에서 압록강의 다리는 너무나 중요한 역할을 했다. 만일 만주 북쪽에서 후퇴하던 팔로군이 북한 땅과 압록강의 다리를 이용하지 못하고 만주 남쪽으로 이동하려 했다면 한반도 동북쪽에 있는 훈춘渾春에서 선박으로 한반도의 남단을 돌아 다롄이나 뤼순으로 가야 했는데, 팔로군에게는 불가능한 일이었다. 그런 임무를 수행할 만한 선박이 없었기 때문이다. 그런데 북만주에서 지금의 옌볜 지역으로 내려와서 두만강을 건너 북한 땅에 진입한 다음, 철도를 이용해서 서쪽의 신의주까지 가는 길은 아주 짧았으니 압록강 다리의 중요성은 말할 것도 없다. 모름지기 중공군은 밤중에만 다리를 이용했을 테지만 다른 시간에 민간인이 이용하는 것은 원치 않았을 것이다.

평안북도 보안국에서 풀려난 우리 가족이 처음 간 곳은 신의주의 어시장이었다. 그곳에 간 이유가 보안국에서 가까워서였는지 아니면 우리가 식사를 해야 했기 때문이었는지 정확하게 기억나지는 않는다. 우리가 찾

야간 어시장은 내 눈에 너무나 눈부시고 황홀해 보였다. 은빛으로 번쩍이는 통통한 갈치, 넓은 시장 곳곳에 널려 있는 오징어, 이름 모를 수많은 생선들이 퍼덕이고 있었다. 우리가 살던 만주에서는 절대 볼 수 없는 풍경이었다. 시장 사람들이 모두 조선말을 하는 것도 신기했다. 압록강 북쪽의 시장이나 거리에서는 하나같이 중국말만 했기 때문이다. 안둥에서는 검은 구름이 하늘을 덮는 나날이 계속되었는데 신의주의 날씨는 상쾌하고 맑았다. 그리고 따스한 훈풍이 불어왔다. 우리 가족은 신의주에서 평양으로 향하는 기차에 올랐다. 무슨 돈으로 어떻게 표를 샀는지는 기억나지 않는다. 어린애를 업은 여인, 색 바랜 푸른색 옷을 입은 열여섯 살의 장남, 그리고 그들 뒤를 졸졸 따라가는 동생들, 낡아빠진 멜 것 두서너 개. 우리는 너무나 초라한 피난민 가족이었다. 그러나 나는 고국에 돌아왔다는 안도감과 이제 무엇을 하든 살 수 있다는 희망에 가슴이 벅찼다. 창밖에는 낯익은 고국 땅이 쏜살같이 지나가고 있었다. 다행히 어린아이와 함께 탄 승객을 위한 객실이 따로 있다고 하여 어머니는 막내 의식이와 네 살짜리 혜숙이를 데리고 그쪽으로 갔다. 나는 승객으로 만원이 된 기차에서 선 채로 꾸벅꾸벅 졸았다.

평양에 도착한 오후 두 시쯤, 돌발사고가 일어났다. 내 실수로 우리 가족이 뿔뿔이 흩어져 버린 것이다. 나는 평양에 도착한 것이 너무나 기뻐서 동생들을 이끌고 서평양西平壤역에서 내렸다. 그곳이 평양의 첫 정거장이고 내가 늘 내리던 정거장이었기 때문이다. 혼잡한 플랫폼에서 어머니와 혜숙이, 의식이를 기다리다가 그들 셋을 찾아가려는 찰나, 기차가 움직이기 시작했다.

그제야 평양에 있는 두 개의 정거장 중에서 어느 정거장에서 내리자고 약속하지 않았다는 사실이 생각났다. 신의주에서 기차를 탈 때 흥분한 나머지 깜빡한 것이다. 게다가 만원 기차에서 내릴 때까지도 어머니에게 연락할 생각을 하지 못했다. 그때 바로 역 앞에 가서 시내 전차를 타고 평양 역으로 달려갔으면 되었겠지만, 그때는 그런 생각을 하지 못했다. 하는 수 없이 일단 고모 집으로 가기로 했다.

남동생 둘을 데리고 시내 전차를 타 평양역까지 갔으면 되었을 텐데 얼떨결에 대동문 앞에서 내려 신양리까지 걸어갔으니 아마도 한 시간은 걸렸을 것이다. 터벅터벅 걸어서 내가 2년이나 살았던 집의 문을 두드렸을 때의 심정은 과연 어떠했을까. 종착지에 이르렀다는 안도감에 다리가 풀렸을 것이다. 너무나 멀고 험한 길이었으니 말이다. 신의주에서 출발해 여기까지 오는 동안 우리는 아무것도 먹지 못했다.

한참 후 문이 열리고 마주 선 사람의 얼굴을 보고 나는 화들짝 놀랐다. 처음 보는 낯선 얼굴이었기 때문이다. "이 댁이 김태섭 씨 댁이죠?" 하고 물으니 십 대 소녀가 고개를 저었다. 소녀는 전에 살던 사람들이 이사 간 지 꽤 오래되었으며, 자기는 그들이 어디로 갔는지 모른다고 했다. 말문이 막혔다. 평양에는 고모 가족 외에 의탁할 곳이 전혀 없었다. 평양역에 가서 피난민 수용소가 어디 있는지 물어봐야 할까? 우리의 미래는 어떻게 될까? 불길한 생각이 머릿속에 가득했다. 소녀는 내 모습이 딱해 보였는지 잠시 기다리라고 한 후 곧 나이가 몇 살 더 들어 보이는 다른 아가씨를 데리고 왔다. 이 애가 김 씨네가 이사 간 집을 안다는 것이다. 새로 등장한 아가씨는 그 집이 여기서 그리 멀지 않다면서 앞장섰다. 나는 그제야 숨을 들이쉴 수 있었다.

내가 명륜국민학교에 다닐 때 살던 고모의 집은 중상류층이 사는 단정한 한옥으로, 골목이 깨끗했고 잔돌이 깔려 있어서 물이 고이지 않고 진탕도 보이지 않았다. 그런데 그 아가씨는 큰길을 지나서 점점 더 가난해 보이는 동네로 우리를 데리고 갔다. 한참 만에 우리가 도착한 곳은 지붕이 곧 내려앉을 듯한 낡아빠진 한옥이었다. 대문을 두드리니 울타리 전체가 흔들렸다. 아가씨가 "할머니!" 하면서 큰 소리로 불렀다. 잠시 후 할머니가 모습을 드러냈다. 나를 알아보고 놀라움과 기쁨이 뒤섞인 표정을 짓던 할머니의 얼굴은 급기야 우는 얼굴로 변했다. 소식이 끊긴 지 이미 4년이 지나 있었다. 그동안 우리는 서로의 생사조차 모르고 있었다. 얼마 후 골목길에서 사람이 뛰어오는 소리가 들리더니 고모가 나타났다. 아가씨가 고모를 데려온 것이다. 고모는 예전과 달리 초라한 옷차림에 바싹 여위어 보였다.

"덩식이, 어떻게 된 거야?"(덩식이는 평양 사투리로 나의 이름이다.)

"지금 금방 왔어요. 만주에서. 엄마는 평양역에서 기다릴 거예요. 우리는 서평양에서 내렸는데 어머니는 지금 평양역에서 우리를 기다릴 거예요. 미리 말을 하지 못했어요."

"엄마가? 아바지(아버지)는?"

나의 말문이 막혔다. 아바지? 너무 참혹했던 현실에 묻혀 잊고 있던 호칭을 듣자 나는 순간 당황스러웠다.

"아버지는 46년 봄에 집에서 나가셨다가 돌아오지를 않았어요. 우리는 계속 기다렸는데 끝내 돌아오지 않았어요."

고모는 놀라고 하늘이 무너진 듯한 표정으로 통곡했다. 아버지가 사라진 후에 우리 가족은 한 번도 목 놓아 울어 본 적이 없었는데, 이제야 제방의 둑이 무너진 듯 모두 울음을 터뜨렸다. 할머니와 고모는 큰 충격을 받아 슬픔을 주체하지 못했다. 하지만 우리는 계속 거기 머물러 있을 수만은 없었다. 빨리 평양역으로 달려가야 했다. 그러려면 전차를 이용해야 했다. 나는 지금도 역으로 가던 그때 수많은 정거장에 전차가 멈춰 설 때마다 덩달아 심장이 멈춰 버릴 듯했던 초조함을 잊을 수 없다.

어머니는 평양역 플랫폼에 초연하게 앉아 계셨다. 썰물이 지나간 듯 한적한 플랫폼에는 어머니와 어머니가 업고 있는 유복자, 어린 동생 혜숙

외에는 아무도 없었다. 어머니는 등에 업힌 아이와 네 살배기를 데리고 막연하게 길을 나설 수 없었다고 했다. 그런데 연락할 길조차 없어서 그저 먼 하늘만 바라보고 있었던 것이다. 모든 것이 내 불찰이었다. 어머니를 만나자 고모는 다시 오열했다. 두 여인은 한참을 끌어안고 눈물을 흘렸다.

만주에서 살아남기 위해 몸부림친 나날과 귀국의 환희까지 우리 가족에게는 그간 너무나 많은 일들이 있었다. 만주에서도 공산당과 국민당의 투쟁을 뼈저리게 보았지만, 우리는 제3자일 뿐이었다. 그런데 평양에 도착한 그날부터 나는 고국의 정치가 나에게 미치는 영향을 뼈저리게 느꼈다. 평양에서 피복 공장을 경영하던 고모부는 해방되자마자 공장을 몰수당하고 남한으로 내려갔고, 외갓집도 모두 월남했다고 한다. 숙청이란 말은 만주에서도 흔히 들었지만, '38선'과 '월남'이라는 말은 그날 처음 들었다. 우리가 다시 고모 집으로 돌아간 때는 이미 늦은 오후였다. 어머니와 눈물겨운 대화를 나누던 고모는 손님이 올 시간이 되었으니 시장에 나가 봐야 한다고 했다. 시장이 어떤 곳인지 나도 따라가 보기로 했다.

예전에 평양에 사는 동안 나는 시장다운 시장을 구경한 적이 없었다. 고모를 따라 종종걸음으로 7, 8분 정도 걸어 신양리 시장의 뒷문을 지나고 또 2, 3분을 더 가서 고모의 쌀가게에 도착했다. 시장은 장바구니와 쌀자루를 든 손님들로 붐볐다. 고모를 기다리는 손님도 서너 명이나 되었다. 고모는 "아이고 경돈이 엄마, 잘 지내시죠? 은실이는 공부 잘하고 있죠? 명환이는 학교 좋아하죠?" 하면서 손님을 반겼다. 모두 고모를 기다릴 정도로 가까운 단골손님들이었다. 고모는 손님이 가져온 쌀자루에 말박으로 두 말씩 쌀을 담았다. 쌀자루의 크기가 두 말을 담을 만큼이기도 했지만 손님들도 보통 두 말은 사가는 듯했다. 서로 가격이나 양을 물어볼 필요가 없는 사이였다. 돈 계산을 하면서도 고모는 계속 대화를 이어 갔다. 성격이 워낙 붙임성 있고 사교적인 것은 알고 있었지만 고모가 그처럼 활달한 줄은 몰랐다. 고모는 시장의 소매상으로 완전히 탈바꿈한 것이다. 아낙들은 두 말짜리 쌀자루를 머리에 이고 집으로 향했다.

1948년 3월, 우리가 평양에 도착했을 무렵 고국은 완전히 두 동강 나 있었다. 얼마 후에 고모부가 서울에서 왔다 간 것을 보면 남북의 왕래가 완전히 두절되지는 않았지만 38선은 어느 국경선보다도 밀폐된 경계선이 되어 가고 있었다. 38선 근방에 있는 해주에 가면 돈을 받고 길을 안내해 주는 길잡이들이 있어서 보안대의 눈을 피해 왕래할 수 있었지만 위험천 만한 일이었다.

북한의 정치와 경제체제는 전환기에 놓여 있었다. 우선 북한에서는 소련군정 체제를 끝내고 북한 정권을 설립하기 위한 준비가 한창이었다. 물론 형식상으로는 북조선인민위원회가 북한을 통치하는 것처럼 보였지만, 우리를 압록강 강변에서 맞이한 소련 병사가 보여 주듯 북한은 소련군 점령하에 있었다. 따라서 소련군 사령부가 북한의 모든 것을 관장했는데, 소련은 1947년 9월 24일에 소련군과 미군이 한반도로부터 동시에 철수할 것을 제안한 후, 북조선인민회의(후의 최고인민회의)로 하여금 그해 11월부터 '장래 통일적 조선민주주의 국가의 헌법 기초를 담아' 놓기 위한 '조선 림시(임시)헌법'의 작성과 '조선 법전초안法典草案 작성' 등을 토의하도록 했고, 1948년 2월에는 조선인민군을 창설했다. 1948년은 북한 정치에 큰 변동이 일어난 해였다.

정치적 역학관계 면에서는 소련에서 돌아온 2세, 3세 조선족, 즉 소련 파와 김일성 계열의 이른바 갑산파, 박헌영 계열의 국내파, 그리고 독립 동맹(조선의용군) 계열의 이른바 연안파가 연립 또는 연합해서 정권을 장악 하고 있었다. 갑산파는 평안북도 국경 지역에서 김일성 주도하의 빨치산 을 지지하던 무리를 지칭한다. 물론 김일성이 인민위원회 위원장 자리를 차지하고 있어서 거리 곳곳에 스탈린과 김일성의 초상화가 붙어 있었고, 모두 김일성 장군의 노래를 부르곤 했다. 하지만 그가 독자적으로 권력을 행사하게 된 것은 퍽 오랜 후인 1956년 내지 1958년의 일이므로 당시는 연합정권 시대라고 보는 것이 옳을 것이다.

경제적으로도 북한은 과도기에 놓여 있었다. 일본인이 경영하던 대기업체들은 물론이고 한국 사람이 운영하던 몇몇 공업시설은 이미 정권이 몰수해서 국영기업으로 전환해 버렸지만, 아직도 시내에서는 소상인들이 자유롭게 장사하고 있었다. 내가 34개월을 보낸 신양리 시장에는 비단 장사, 옷 장사, 정육 장사, 고무신 장사, 채소 장사 등 없는 게 없다고 할 정도로 장사 품목이 다양했다. 신양리에서 멀지 않은 보통강 근처에 자동차 부속품을 파는 상점이 몇 개 있던 것이 기억난다. 신양리 시장 근처에는 시계방과 금은방도 있었다. 이들의 생활은 꽤 넉넉해 보였다. 즉 북한에서도 한국전쟁 전까지는 소상인의 상업이 허용되었고 빈부격차도 존재했다. 소상인의 상업이 허용되는 상태를 과도기라고 하는 이유는 북한 정권이 유통사업을 국가사업으로 전환할 준비를 하고 있었기 때문이다. 신양리 시장의 경우를 보더라도 시장 입구에 국영소비조합이 있어서 그곳에서 국영공장들이 생산하는 물건을 팔고 있었다. 잡화상 비슷한 그곳에는 여러 가지 물건이 진열되어 있었지만 늘 한산해서 시장 내의 각종 가게들과 대조를 이루었다. 결국 어느 시기에는 국영소비조합 형식의 상점들이 유통사업을 독점할 계획이 있었던 것으로 보이지만 그때는 아직 그런 단계에 도달하지 못했던 것 같다.

배급제도 그랬다. 신양리 시장 밖 큰길에 쌀을 배급해 주는 곳에서 쌀과 잡곡을 거의 무료에 가까운 헐값에 팔았지만 배급을 받는 사람은 극히 제한되어 있었다. 정부기관 또는 국영기업체에 다니는 사람들은 전적으로 배급을 받는 모양이었으나 일반 시민에게는 배급이 나오지 않았다. 우리 가족의 경우를 보면 학생에게는 배급이 나왔지만 다른 사람들에게는 배급이 없었다. 그리고 배급의 양도 적었던 것으로 기억한다. 당시 북한의 경제는 정부가 관리하는 부분과 자유경제 체제가 혼합된 상태로 영위되고 있었다.

여행의 자유와 종교의 자유도 제한적이지만 현실적으로 상당한 정도로 묵인되었다. 누가 여행을 가거나 이사할 경우 도착지에서 숙박 보고 또는 이주 보고를 해야 했지만 사전에 허가를 받을 필요는 없었고, 특별한 이유가 없는 한 길에서 조사를 받는 일도 없었다. 주민등록증 같은 신분증을 소지하고 다닌 기억도 없다.

이런 상황에서 고모는 신양리 시장에 나가 쌀장사를 하면서 생계를 유지했다. 평양에서 피복공장을 경영하던 고모부는 벌써 오래전에 공장을 몰수당하고 월남했다. 그런데도 고모가 평양에 남아서 쌀장사를 한 이유는 노부모 때문이었다. 고모의 부모, 즉 나의 조부와 조모께서 아들들을 따라서 만주로 가시지 않고 고모와 사셨던 것이다. 조부는 그 전해에 돌아가셨지만 노환을 앓는 조모가 생존해 계셨다. 그리고 고모에게는 식구가 많았다. 자그마치 여덟 명의 자식이 있었으니 무턱대고 월남할 수도 없는 일이었다.

가족이 많은 것이 궁극적으로 고모가 쌀장사라는 업종을 택한 이유였다. 그러지 않고는 먹고살 수가 없었다. 가장이 숙청된 대가족이 먹고 입고 살아가려면 누군가가 돈을 벌어야 했다. 정치체제가 어떻게 바뀌든 간에 직장이 없는 사람이 생계를 유지하기는 쉽지 않을뿐더러, 고모 혼자서 공장에 나가서 일해 보았자 그 수입으로는 단 며칠의 생계도 보장되지 않았다. 자식들은 큰아들 둘(쌍둥이)을 제외하고 아직도 초·중학교에 다니고 있었다. 공산 정권이 북한을 장악했지만 당시 일반 시민들은 장마당에 의존해 생활했다. 산업 시설이나 큰 기업체는 국유화되어 정부가 운영했으나 시장은 소상인들에게 맡겨 둔 이중二重 경제체제여서 각종 상인들이 번성하고 있었다.

고모의 이러한 처지가 내 운명을 결정했다. 다른 친척들의 소식 중 반가운 소식은 하나도 없었다. 큰고모는 고향인 평안남도 안주군 입석면, 즉 선돌에서 대장간을 경영하면서 농사를 지었고 외갓집은 모두 월남했다고 했다. 우리 가족이 의지할 곳은 평양 고모네밖에 없었다. 이미 대가족을 이룬 고모네에 우리 여섯 식구가 더해졌으니, 만남의 기쁨이나 행방불명된 아버지에 대한 슬픔에 잠겨 있을 여유가 없었다. 그것은 우리가 평양에 도착해 극적 재회를 한 날에도 저녁 대목에 어김없이 시장에 나가야 했던 고모의 현실과도 같았다. 내가 고모를 따라나선 것도 은연중에 다급한 마음이 있었기 때문이리라. 우리 가족이 평양에 온 이유는 단 하나, 바로 생존이었다.

신양리 시장의 쌀장수

신양리 시장 입구의 정문으로 들어서면 왼편에 국영소비조합이 있었고, 가운데에는 4~5미터 너비의 콘크리트로 포장된 통로가 나 있었다. 언제나 손님으로 붐비는 통로 양쪽에는 두서너 평짜리 점포들이 줄지어 있었다. 포목 가게나 신발 가게에서는 나무로 만든 서너 척 높이의 가판대에 상품을 진열해 놓았으며, 엇비슷한 크기의 점포들이 150개 이상 있었다.

미곡상, 즉 쌀가게는 시장 깊숙한 곳의 오른편에 있었다. 쌀가게는 열 개쯤 있었는데, 가게들이 있는 목조 건물에는 나무판자 지붕만 있고 문이나 벽, 칸막이가 없었다. 점포들이 있는 곳은 통로 사이에 빗물 방지턱을 설치해 놨을 뿐 노천시장露天市場이나 마찬가지였다. 저녁이 되면 쌀가게 주인들은 쌀가마를 집에 가지고 가거나 가게 한구석에 쌓아 놓았다. 시장 전체를 지키는 수위가 있었지만 자기 물건은 자기가 관리해야 했다. 물건 재고가 많을 때면 주인이나 점원이 점포에서 숙직하며 물건을 지켰다. 나중에 알고 보니 평양에는 신양리 시장 같은 큰 시장이 여러 곳에 있었다.

시장 입구 초입에는 양쪽으로 포목상들이 진을 치고 있고 그다음 고무신 가게, 비단 가게, 생선 가게, 야채 가게가 있었다. 시장 맨 안쪽에 있는 쌀가게들은 목조 건물 앞뒤로 총 세 줄로 늘어서 있었는데, 고모 가게가 있는 줄과 그 줄을 마주 보는 길 건너 가게들이 주류를 이루었고, 우리 뒤편에 있는 줄의 가게들은 주로 콩, 팥, 좁쌀 등 잡곡을 취급해서 한산한 편이었다. 각 점포의 뒤편에는 10여 자루의 쌀가마가 한 줄로 쌓여 있었는데 이것은 점포의 경계선이기도 했다.

쌀가게가 모여 있는 구간에 들어선 손님들은 제일 먼저 유柳 씨네 쌀가게를 지나가게 되어 있었다. 그곳이 가장 목이 좋은 곳이었다. 고모의 가게는 그 왼쪽에 놓여 있어서 유 씨네보다는 불리했지만, 고모는 특유의 사교성과 활달한 성격으로 고객을 끌어들였다. 각 쌀가게는 점포 한가운데에 멍석을 깔아 놓고 그 위에 흰쌀 대여섯 가마를 쏟아 놓았다. 멍석의 가장자리는 10여 센티미터 정도 올라와 있어서 쌀이 땅바닥에 흘러내리지 않았다.

손님이 오기 전에 됫박에 쌀을 담아 조금씩 쏟으면서 부채질을 해 쌀겨를 털어 냈는데, 그러면 쌀에서 광채가 났다. 그러다보니 모두들 쌀겨를 뒤집어쓰지 않을 수가 없었다. 손님이 오면 점포 상인들은 쌀을 가득 담은 말박을 보여 주며 손으로 꽉꽉 눌러서 쌀을 더 많이 주겠다고 소리를 지르거나 가격을 깎아 준다고 고함을 지르며 호객했다. 고모 가게 맞은편의 최 씨네가 특히 심했다. 남자 둘이 동업하는 가게였는데, 콧수염을 기른 황 씨가 손님들의 쌀자루를 잡아채면 최 씨가 말박으로 쌀을 퍼서 자루에 집어넣으며 억지로 팔려고 들었다. 쌀 사러 나온 아주머니들은 쌀가게들을 한 바퀴 휘 돌아본 후 단골집으로 발길을 돌렸고, 그들의 걸음을 붙잡느라 장사꾼들은 말박으로 쌀을 재서 자루에 넣을 때마다 큰 소리로 "하나에 하나, 둘에 둘." 하면서 자기들이 많이 파는 양 과시했다.

쌀장수가 뒤편에 쌓인 빈 쌀가마를 들고 나오면 주변에서 기다리던 지게꾼이 얼른 나서서 가마니를 잡아 주었고, 쌀장수가 쌀을 되어 가마니에다 채우고 나면 지게꾼이 가마니를 새끼줄로 묶어서 지게에 올린 후 손님을 따라갔다. 쌀 소두 한 말이 7.5킬로그램이니까 열 말이면 75킬로그램인데, 지게꾼들에게는 익숙한 중량이었다. 쌀을 가마로 사 가는 손님은 거의 모두가 시장 입구를 나서면 오른편에 있는 장대현 고개 너머에 살고 있어서 지게꾼들은 가파른 비탈길을 올라가야 했다. 쌀가게들 주변에는 예닐곱 명의 지게꾼들이 항시 대기했고 종종 쌀장수들을 도와주었는데,

208

그들은 얼마 안 되는 배달 품삯으로 생활을 꾸려 나갔다. 손님을 붙잡는 소리, 쌀 되는 소리, 왁자지껄한 잡담이 어우러져 오후 서너 시가 되면 시장은 그야말로 아수라장 야단법석이었다. 그렇게 생동감이 넘치는 난장판 신양리 시장, 바로 그곳이 장래 우리 가족이 살아갈 생활의 터전이었다.

고모 가게에 들어서자마자 나는 시장 분위기에 압도되어 금세 적응해 나갔다. 말박으로 쌀을 되는 것이 내 첫 번째 임무였다. 남들이 하는 것을 보고 그대로 따라하니 얼마 안 가 제법 숙련되게 일할 수 있었다. 말박은 22~23센티미터 직경의 단단한 나무로 만든 원통형 됫박인데, 높이가 30센티미터 정도 되었다. 말박의 맨 윗부분에는 흰색 양철로 테를 둘렀고 양쪽에는 손잡이가 달려 있었다. 말박으로 쌀을 될 때는 양쪽 손잡이를 쥐고 둥근 돗자리에 쌓아 놓은 쌀더미에 20~30도 각도로 기울여 밀고 들어간 후 말박을 위로 세워 올렸다. 그다음 쌀 위쪽을 밀대로 밀어 평평하게 깎았다. 쌀가게의 밀대는 밀가루 반죽을 밀어 만두피를 만들 때 쓰는 것과 같은 모양인데 아주 딱딱한 나무로 만들어져 있었다. 말박은 1년에 한 번씩 정부의 검열을 받도록 정해져 있었는데, 쌀가게에서 쌀을 살 때 쓰는 말박과 쌀을 팔 때 쓰는 말박이 달랐다. 오랫동안 쓴 말박은 나무가 마르고 약간 닳아서 쌀이 조금 더 들어가기 때문이었다.

장사꾼들은 손님을 끌기 위해서 쌀을 꽉꽉 눌러 담아 주겠다고 고함을 질러댔지만 사실 새빨간 거짓말이었다. 쌀을 되어 놓은 후에 말박 옆을 살짝 치면 쌀이 서너 줌 들어갈 만한 공간이 생겼기 때문이다. 소매상들은 도매상에 가서 같은 값을 주고 쌀을 사 왔는데, 경쟁이 심하다 보니 남들보다 값을 더 받고 팔 수는 없었다. 이윤이 아무리 박해도 많이 팔면 하루에 쌀 한 가마 값은 벌 수 있었다. 하지만 쌀가게에서 예전부터 쓰던 말박에 쌀을 꽉꽉 담아 팔았다가는 본전도 찾지 못하게 될 터였다. 나도 앞집의 최 씨를 따라서 쌀을 꽉꽉 눌러 드린다고 고함을 질렀지만 어린 나는 이런 사정을 잘 몰랐다.

　최 씨는 한가할 때 은근슬쩍 은어를 섞어 가며 '와이당猥談'(음담패설)을 잘했다. 그중에는 내가 이해할 수 있는 것도 있고 그렇지 않은 것도 있었다. 사실 여기에는 독재사회에서 살아가는 그들만의 노하우와 '지혜'가 담겨 있었다. 독재사회에서 민감한 사회문제를 들먹였다가는 쥐도 새도 모르게 골로 가는 수가 있었으므로 사람이 많은 장소에서는 실없이 '와이당'이나 하는 것이 무난했다. 실제로 가끔 따발총을 멘 보안대원들이 시장에 순찰을 나왔다가 최 씨가 떠드는 이야기를 듣고는 실소하며 돌아가는 모습을 몇 차례 보았다. 그들은 젊고 나 같은 총각이어서 듣기에 민망했을 것이다. 그렇게 보면 최 씨가 떠드는 '와이당'에는 유익한 면이 있었다. 참고로 말하자면 따발총을 메고 순찰하는 보안대원들은 시내의 보안서원들과 다른 부류의 사람들이었는데, 군복 차림을 한 이들은 늘 둘이서 다녔다. 남한의 경우라면 국방경비대(군대)와 경찰의 차이다.

　시간이 흐른 후 나도 다른 쌀장수들의 상술을 쓰게 되었다. 시골 사람들은 통상적으로 수확한 쌀을 자기 고장에서 주기적으로 열리는 오일장에 내다 팔거나, 평양까지 와서 위탁상회委託商會라고 알려진 도매상을 통해서 팔았다. 그런데 가끔은 달구지에 쌀을 싣고 와서 소매 시장에 파는 경우가 있었다. 위탁상회가 있는 것을 몰라서 그랬는지 아니면 위탁상회에 지불해야 하는 수수료를 아끼려고 그랬는지는 모르겠으나 가끔 이런 농민이 방문하면 우리 상인들의 '봉'이 되곤 했다. 말박으로 쌀을 되는 방식이 달랐기 때문이다. 여기서 나의 '죄상罪狀'을 고백해야겠다.

　우리 가게를 방문한 시골 노인은 우리가 팔고 있는 쌀값을 잘 알고 있었다. 시장에 와서 사전 조사를 한 것으로 보였다. 우리는 달구지에 싣고 온 쌀을 본 후에 값을 흥정하면서 두당斗當 가격을 우리가 위탁상회에서 사 오는 가격보다 많이 쳐 주겠다고 했다. 그랬더니 노인은 아주 흐뭇해했다. 다음 단계는 쌀의 양을 되는 것이었는데, 물론 그 일은 내 소임이었다. 거래에서 매우 중요한 단계였는데, 쌀을 사는 우리가 쌀을 되는 것이니 우리에게 유리할 수밖에 없었다. '쌀을 살 때만 쓰는 말박'을 쓴 것은 물론이고, 당시에는 지방에 따라서 쌀을 되는 방법이 달랐다. 우리가 쌀을 팔 때는 말박에 쌀을 살짝 담고 말박 위를 밀대로 쭉 밀었는데, 시골에서는 말박에 쌀을 '곡상'(고봉)으로 담는 경우도 있었다. 나는 노인의 얼굴을 쳐다보면서 말박 위로 쌀을 올릴 수 있는 대로 올렸다. 말박의 쌀을 꽉꽉 누르기도 하고 말박을 흔들기도 했는데 노인의 미소 띤 얼굴에 변화가 없었으니, 문제가 없다는 뜻이었다. 평양시장의 소매 기준으로 보면 그 한 말이 1.2말가량 되었을 것이다. 그렇게 우리가 순박한 농민을 우롱하고 있을 때 밉살스러운 건너편의 최 씨가 큰 목소리로 '축하의 인사'를 건넸다. "야…… 꼭거이 잡았다, 꼭거이 잡았다." 평양말로 '꼭거이'는 꽃게를 의미하는 말로, 횡재했다는 의미였다. 우리에게 쌀을 '비싸게' 판 노인은 기쁨을 감추지 못하고 활짝 핀 얼굴로 빈 달구지를 몰고 떠났다.

고모에게는 혈육 상봉이라는 이유 말고도 나의 등장을 반길 이유가 있었다. 고모 가게의 좌우에는 정鄭 목수木手 가게와 유柳 씨 가게가 있었는데 세 집이 동업하자는 이야기가 오갔던 모양이다. 두 집은 부부가 장사를 하니 혼자인 고모에게도 짝이 필요했다. 16세쯤 된 고모의 쌍둥이 아들 둘이 장사를 도왔지만 나이가 어렸기 때문에 동업 대상은 될 수 없었다. 어느 곳이나 마찬가지겠지만 소매상은 시장에 나와서 일해야만 돈을 벌 수 있으므로 일손이 필요했다. 그때 나는 7월에 17세가 되니 고모의 쌍둥이 형제와 큰 차이가 없었다. 하지만 나는 랴오양 면화공장이라는 '상업학교 속성과'를 통해서 상업에 대한 지식과 경험을 터득한 상태였고, 힘이 장사여서 고모의 파트너로서 안성맞춤이었다. 키가 큰 편이고 만주에서 왔다고 해서 나에게는 '팔로군'이라는 별명이 붙었다.

우리 세 집의 동업은 남들이 부러워할 정도로 잘되었는데 여기에는 남다른 이유가 있었다. 우선 장사하는 곳의 위치가 비교적 시장에서 목이 좋은 곳에 속했다. 유 씨네 가게가 쌀가게들이 모여 있는 입구의 귀퉁이에 있고 다른 두 집이 유 씨네 쌀가게의 좌우로 날개처럼 달려 있으니 손님을 잡기에 더욱 유리했다. 그리고 정 목수 부인과 고모는 그야말로 붙임성이 넘쳐나서 아는 사람이 많았다. 모든 장사가 그렇겠지만 널리 안면이 있는 것은 대단히 유리했다. 특히 가을에 쌀을 대여섯 가마씩 사들이는 단골손님들이 안면을 중시했는데, 비단옷에 예쁜 두루마기를 입고 털목도리를 두른 아주머니들은 꼭 단골집에서 쌀을 사들였다. 이런 손님들에게 쌀을 많이 팔려면 축적된 신뢰관계가 필수적이었다. 고모에게는 잘 살던 시절의 친구도 많았지만 어려운 사정을 터놓고 이야기하는 새로운 단골손님이 참으로 많았다.

세 집이 동업하고부터는 점포의 면적이 넓어져서 쌀 외에도 각종 잡곡을 취급할 수 있었다. 남들은 두서너 평짜리 점포에다 뒤에는 쌀가마를 쌓아 두고 앞에는 쌀을 몇 가마씩 멍석에 담아 놓고 파느라 옴짝달싹 못하는 처지였지만, 우리는 한집에서 콩, 팥, 옥수수, 좁쌀, 메밀 등 여러 가지 곡식을 전문적으로 취급할 수 있었다. 잡곡은 쌀처럼 많이 팔리지 않으나 이윤이 높았다. 쌀처럼 경쟁이 심하지 않기 때문이었을 것이다.

쌀은 보통 아침에 위탁상회에 가서 사 왔다. 우리 시장 근처에도 위탁상회가 있었지만 우리는 서평양 쪽에 있는 기림리箕林里의 위탁상회를 가장 많이 이용했다. 위탁상회란 각 지방의 시장에서 중간상인들이 사온 쌀을 팔아 주는 곳인데, 그곳의 주인이나 직원들은 시세에 따라 가격을 정하고 쌀가마를 저울에 달아서 소매상에게 넘겨주고 수금을 했다. 새벽에 가면 밤새 트럭에 실려 온 쌀이 큰 창고에 가득가득 쌓여 있었다. 서너 대의 트럭이 싣고 온 쌀가마들이 무질서하게 내려졌고, 우리는 좋은 쌀을 사기 위해서 이른 아침부터 서둘러 위탁상회로 향했다. 오늘날 백화점 같은 큰 바이어들이 어디서 어떤 물건을 어떻게 사들이느냐에 따라 사업의 흥망이 결정되듯이, 어떤 쌀을 얼마에 사오느냐에 따라 우리의 손익損益이 결정되었기 때문이다.

새벽에 일찍 위탁상회로 가는 것도 중요했지만 무엇보다도 좋은 쌀을 볼 줄 아는 안목이 있어야 했다. 쌓여 있는 쌀가마들의 쌀은 중간상인들이 지방 시장에서 몇 말씩 구입한 쌀을 모아 놓은 것이어서 품질이 일정치 않았다. 예를 들어 쌀가마 아랫부분의 쌀 세 말은 희고 좋지만 중간의 두 말은 그렇지 않고, 위의 다섯 말은 또 달랐다. 그래서 산더미처럼 쌓인 쌀가마들을 이리저리 움직이면서 삭대질을 해서 쌀의 견본을 뽑아 보고 좋은 것을 골라야 했다. 삭대(색대의 방언)는 22~25센티미터 길이의 수도 파이프처럼 생긴 물건인데, 한쪽 끝을 뾰족하게 만들어서 쌀가마에 쉽게 파고들게 되어 있고, 다른 쪽에는 가죽으로 만든 손잡이가 달려 있었다. 삭대는 그 속이 보이도록 반 정도를 깎아 놓았는데, 그래서 삭대를 쌀가마에 찔렀다가 빼면 그 속에 쌀이 담겨 나와서 가마니 속 쌀의 품질을 눈으로 확인할 수 있었다. 문제는 그 큰 창고에 40촉 정도의 전깃불이 두 개 이상 설치되어 있지 않아서 어둑어둑해 쌀의 품질을 시각적으로 판단하기가 힘들다는 것이었다. 처음에는 동업자인 정 씨와 유 씨가 위탁상회에 같이 갔지만 얼마 안 가서 내 솜씨가 그들을 능가하게 되었다. 쌀이 잘 팔리는 계절에는 남들보다 좋은 쌀을 사들이기 위해 새벽 3시경에 집을 나섰다.

쌀가마를 고르고 나면 큰 저울로 중량을 쟀다. 가격은 한 말에 얼마씩으로 정해져 있지만, 그 많은 양의 쌀을 모두 말박으로 될 수는 없기 때문이다. 중량을 용량으로 환산해야 했는데(10관貫이 몇 말인가 하는 계산), 계산기가 없던 시절이라 위탁상회의 서기가 쩔쩔맬 때는 소매상들이 기다리면서 담배를 피우거나 잡담을 나누면서 시간을 보냈다. 이런 상황에서 혜성처럼 나타난 '신양리의 총각'이 번개 같은 속도로 환산을 하니 장안의 화젯거리가 될 수밖에 없었다. 나는 랴오양 면화공장에서 배운 곱하기 나누기 산법을 써서 화려한 주산 실력을 보여 주었다. 정 목수에 의하면 위탁상회 사람들 간에 나를 고용하거나 동업자로 두었으면 좋겠다는 이야기까지 나왔다고 했다. 하지만 그들이 나를 동업자로 맞아 준대도 나는 신양리를 떠날 형편이 아니었다. 우선 내가 없어지면 고모가 다시 외톨이가 되고 세 가족의 동업체가 해체되기 때문이었다. 위탁상회 주인들 중에 아리따운 딸이 있어서 나를 사위로 맞이하겠다고 했다면 어쩔 수 없었겠지만 그런 이야기는 들리지 않았다. 하지만 신양리 시장에서는 나를 욕심내는 사람들이 더러 있었다.

우리가 사는 신양리에서 기림리로 가는 길은 몇 가지가 있었지만 철로를 따라가는 길이 제일 빨랐다. 나는 철로 위로 걸어다니곤 했는데, 어느 날 새벽에 보안대원에게 검문을 당했다. 정 씨와 내가 허리에 매단 삭대가 문제가 되었다. 매일같이 쓰느라 닳아서 백금처럼 하얗게 된 삭대가 먼 곳에서 비치는 전깃불에 반짝여 보안대원들의 눈에 띈 것이다. 우리는 삭대에 대해 열심히 설명했지만 보안대원은 좀처럼 이해하지 못했다. 쇠로 만든 물건에 앞쪽 끝이 뾰족하니 경비대원은 삭대를 무기로 의심했다. "왜 깜깜한 꼭두새벽에 철로를 걸어가느냐?", "이것이 뭐냐?" 하면서 한참을 묻던 보안대원은 나더러 민청증(민주청년동맹회원증)을 보자고 했다. 당시 내 또래 남자들은 모두 민주청년동맹에 가입해 민청증을 휴대했지만 내게는 그런 것이 없었다. 나는 보안대원에게 오늘 급히 집을 나오면서 민청증을 가지고 나오지 않았다고 말했다. 내 임기응변에 반신반의하던 그는 한참을 망설이다가 그냥 가라고 했다. 사실 나는 우리 동네의 민청 간부 청년 세 사람이 집으로 찾아와서 민청에 가입하라고 권유했지만 따르지 않고 있었다. 나는 초등학교밖에 나오지 못한 무식쟁이에 쌀장사로 동생들

을 먹여 살리는 처지여서 민청 같은 단체에 가입할 자격이 없다고 사양했
다. 그들은 상관없다며 자기네가 가르쳐 주겠다고 했지만 가입을 강요하
지는 않았다. 그날 버선에 짚신을 신고, 몸에 반짝거리는 삭대를 허리에
달고 가던 우리가 보안대로 끌려가지 않은 것이 천만다행이었다. 민청증
을 집에 두고 왔다고 거짓말까지 했으니 내 심장은 그야말로 오그라들 지
경이었다.

계산을 마치면 어두컴컴한 불빛 아래에서 골라 놓은 쌀가마들을 아침에
리어카 두서너 대에 나눠 싣거나, 당나귀가 끄는 마차에 실어 신양리 시장
까지 배달해 주었다. 서평양 쪽에서 신양리로 오려면 선교사들이 사는 외
인촌을 지나 장대현 교회 앞의 길고 긴 고개를 넘어야 했는데, 나귀도 리
어카를 끄는 사람도 땀을 뻘뻘 흘려야 하는 난코스였다. 짐을 실은 리어카
를 따라가던 우리가 뒤에서 힘껏 밀어 주어야 했는데 나는 그때의 수고로
움을 많이 본 터라 20년이 지난 후 서울 약수동에 살 때도 한남동 고개를
올라가는 리어카꾼을 만나면 꼭 뒤에서 밀어 주었다. 구공탄을 잔뜩 실은
리어카를 끌고 언덕길을 올라가느라 고생하던 아저씨들은 난데없이 나타
나 리어카를 밀어 주는 신사복 차림의 나에게 무던히도 고마워했다.

위탁상회에서 돌아오면 아침 아홉 시, 열 시가 되어 아침을 먹고 한잠
잔 후 신양리 시장에 나가서 어두워질 때까지 쌀을 팔았다. 리어카가 무
엇인지를 모르는 세대는 왜 쌀을 트럭으로 운반하지 않았느냐고 물을지도
모른다. 물론 평양에도 트럭은 많았다. 그러나 트럭은 운송업자들이 물건
을 싣고 장거리를 다니는 일에만 쓰였고, 시내 배달용으로는 쓰이지 않았
다. 타산이 맞지 않았던 것이다. 또 당시에는 소형 트럭이 없었다.

위탁상회 말고도 우리가 이따금 쌀을 사들이는 곳은 국영 양곡상점이었
다. 그것은 북한 정권이 장마당의 쌀값을 조정하기 위해서 취한 조치 중
하나로 매우 효과적이었다. 시장 한구석에 국영 양곡상점을 만들어 현미

玄米, 즉 정미精米되지 않은 쌀을 수십 가마씩 쌓아 두었는데, 소매는 하지 않지만 언제든지 누구라도 가서 쌀을 살 수 있었다. 이곳의 정가는 소두小斗 한 말에 195원이었는데 여덟 말이 든 가마 단위로 팔았다. 평상시에는 현미를 사 가는 사람이 없어서 파리를 날렸지만 시장에서 쌀값이 갑자기 오르거나 쌀이 아주 잘 나가서 동난 경우 우리는 그곳에 가서 몇 가마씩 현미를 사다가 정미소에 가서 흰쌀로 만들어서 팔았다. 현미를 시장 바로 앞에 위치한 정미소에 가져가 정미하면 양이 10퍼센트 정도 줄어드는데, 정미소에 비용을 지불하고도 원가가 220원 정도여서 230원에 팔면 마진이 남았다. 일반 소비자들은 이런 곳이 있는 것을 몰라서 그랬는지 아니면 그런 절차가 거추장스러워서 그랬는지 아무도 그곳을 이용하지 않았다. 국영 양곡상점 덕분에 쌀값은 소두 한 말에 230원 선을 잘 넘지 않았다.

쌀이 잘 팔릴 때는 너무나 신이 났다. 세 집의 여섯 사람이 눈코 뜰 새 없이 쌀을 팔며 중앙에 매달아 놓은 쌀가마에 계속 돈을 집어넣었다. 당시에는 100원짜리 지폐가 액면가가 가장 큰 돈이면서 동시에 가장 많이 사용된 돈이었는데, 저녁이 되면 가게 중앙의 말뚝에 걸어 놓은 쌀가마가 100원짜리 지폐로 가득 차곤 했다. 가마로 쌀을 사 가는 경우에도 손님 앞에서 말박으로 한 말씩 되어서 팔아야 해서 장사帳士인 내가 그 일을 전담했지만 전혀 피곤하거나 귀찮지 않았다. 오히려 반대로 쌀이 팔리지 않을 때가 더 힘들었다. 또 매일 해야 하는 결산 과정도 힘겨웠다. 세 집이 동업을 하고 위탁상회에 돈을 가져다주어야 해서 매일 저녁마다 결산을 보아야 했다. 저녁이 되면 쌀과 콩, 팥, 옥수수, 좁쌀, 녹두 등 각종 곡물의 재고在庫를 보고, 그것을 원가대로 계산하고 현금을 세었다. 이 모든 작업에 한 시간 이상 걸릴 때가 많았다. 다행히 내가 주판을 일급一級으로 했기 때문에 계산은 빨랐지만, 결산에는 역시 시간이 필요했다. 간혹 계산이 맞지 않아서 밤늦게까지 계산을 거듭하고 돈을 다시 세는 일을 반복해야 할 때도 있었다. 평상시에도 보통 아홉 시쯤에 일이 끝났는데, 그토록 분주한 생활이 연중무휴로 계속되었다. 일요일에는 매출이 많지 않았지만 그렇다고 휴업할 수는 없었다. 손님을 다른 상인들에게 넘겨줄 수는 없기 때문이었다.

지금 생각해 보면 17~18세의 나는 소년 장사였다. 시장에서 우리가 취급하는 쌀가마에는 보통 쌀 열 말이 들어 있었는데, 위탁상회에서 가져오는 쌀가마에는 열두 말이 든 경우도 적지 않았다. 소두 한 말이 7.5킬로그램이니까 90킬로그램 정도의 쌀가마를 어깨에 메고 시장 입구에서 우리 점포까지 30~40미터를 걸어오기도 했다. 이때가 가장 힘들었다.

이른 새벽에는 당나귀가 끄는 마차나 리어카꾼이 끄는 큰 리어카가 우리 점포까지 들어올 수 있지만, 조금만 늦게 도착해도 시장 입구 근처의 상점들이 차양막이나 상품으로 길을 막아 버려서 당나귀 마부나 내 어깨에 의존하는 수밖에 없었다. 75~80킬로그램짜리 쌀가마를 어깨에 메고 가려면 무게 균형을 잘 잡아야 했고 아무리 장사라도 고생하게 마련이었다. 우리 가게에 리어카로 배달해 주는 경우에는 나 아니면 정 목수나 유씨가 리어카를 뒤에서 힘껏 밀어 주었다. 양촌이라고 알려진 선교사 거주지에서 서문 밖 교회로 올라오는 언덕은 경사가 심해서 리어카꾼은 물론이고 목탄을 때는 트럭이나 버스도 힘에 부쳐 윙윙 큰 소리를 낼 뿐 사람들이 걷는 속도도 따라가지 못하곤 했다.

평양의 여름은 끝없이 무덥고 겨울에는 매서운 추위가 기승을 부린다. 그런데 우리 쌀장수에게는 계절의 느낌이 완전히 달랐다. 겨울 혹한 동안은 그럭저럭 지낼 수 있었지만 여름은 반대로 추웠다. 바깥 온도가 내려가서 그런 것이 아니라 삶 전체에 다가오는 느낌이 그랬다는 것이다. 가마 단위로 쌀을 사는 사람들은 쌀독에 저장한 것이 있으니 시장에 나오지 않는다 싶었지만 한 말, 두 말씩 사 가는 손님들마저 통 시장에 나오지 않는 이유를 알 수가 없었다. 평양 시민들이 해수욕장에 가거나 산속 별장에 가서 지내는 것도 아니었으니, 여름에 손님이 뚝 끊기는 현상은 풀리지 않는 수수께끼였다. 어쨌든 여름에는 장사꾼들의 일이 없어지고 시장 안에는 냉랭한 분위기가 감돌았다.

우리 쌀장수들에게 여름이 너무나 힘겨운 시간이었다면, 가을은 신나는 계절이었다. 농부가 추수하는 계절이어서 공출하고 남은 햅쌀을 시장에 내보냈기 때문이다. 소비자가 햅쌀을 먹고 싶어 하니 우리 쌀장수들은 다시 활기를 되찾았다. 농민은 수확한 쌀의 30퍼센트를 정부에 바치고 남은 것을 시장에 내다 팔게 되어 있었는데, 나중에 여러 가지 명목으로 바치는 것이 있기는 해도 가을에는 언제나 쌀을 포함한 다양한 곡식이 시장에 나왔다. 가을에 일어난 일들 중에 내가 아직도 똑똑히 기억하는 것은 대동강변의 선창에 나가서 쌀을 사 왔던 일이다. 위탁상회가 중간에서 시세에 따라 가격을 정해 주고 다음 날에 소매상에게 수금해서 수수료를 제하고 파는 쪽에 쌀값을 지불하면 소매상들이 마부들과 함께 배에 올라가 쌀가마를 가져다 실었다. 그날 우리는 마차 두 대에 쌀을 가득 싣고 돌아왔다. 나는 생전 처음으로 아주 큰 돛단배(범선)에 올라가서 배 안을 들여다보았는데 거기에는 수백 가마의 쌀이 빼곡히 저장되어 있었다. 새 목재로 만든 배였는데 큰 돛이 세 개쯤 달려 있던 것으로 기억한다.

평양 남쪽에 있는 황해도 재령벌은 맛 좋은 쌀의 산지로 이름나 있었다. 일제강점기에는 일본 천황이 이곳 쌀을 먹었다고 한다. 이 쌀은 불티나게 팔렸다. 멋진 옷차림을 한 귀부인들이 여덟 가마, 열 가마씩 사 들일 때가 바로 이때였다. 시장의 모든 지게꾼이 동원되어 한 가마씩 지고 부인을 따라가곤 했는데, 그때의 풍경을 잊을 수가 없다. 지금이라면 각자 한 가마씩 쌀을 지고 줄을 지어 언덕길을 올라가는 지게꾼들의 모습을 찍기 위해 많은 사진작가들이 모여들었을 것이다. 그때에도 많은 사람들이 그 광경을 구경하곤 했다.

북한에서 재령벌 쌀에 다음가는 것은 평안북도의 불이농장不二農場 쌀이다. '불이'라는 지방 이름은 없으니 아마도 일제 때에 후지不二라는 이름을 가진 일본 사람이 경영하던 농장의 이름이었을 것이다. 재령벌 쌀은 둥그스름한 데 반해 불이농장 쌀은 약간 긴 편이었다. 나는 얼마 안 가서 쌀만 보아도 어디에서 나온 것인지 대충 가늠할 수 있게 되었다.

지금의 독자들은 지게꾼 열 명이 한 가마씩 쌀을 지고 멋진 옷차림의 부잣집 마나님을 따라간 풍경이 생경하게 여겨질지도 모른다. 그 당시 평양은 공산 치하였는데 무슨 부자가 있었다고 하는가? 이것이 사실인가? 하고 의구심이 드는 분들이 계실 것이다.

우리가 시장에서 상대한 고객들은 오래전, 즉 해방 전부터 장사를 하거나 공장을 운영해서 부자가 된 사람들이었다. 고모부도 그런 부류에 속했지만 피복공장을 몰수당하고 말았다. 그 공장에 군수공장이라는 딱지가 붙었기 때문이었다. 원래 학생복을 만들다가 전쟁 때 강제로 군복을 만들게 된 것이었지만, 소련 군정이 그런 사정을 인정해 주지 않은 모양이었다. 당시 공산 정부의 정책에 따라 중소기업은 몰수하지 않았고, 우리 가게에 나타나서 쌀을 가마로 사간 아주머니들은 그런 집의 부인들이었으리라 추측된다. 추측이라는 말을 쓰는 이유는 나는 쌀을 팔았을 뿐 그들의 집에 가본 일이 없기 때문이다.

여기에서 한 가지 기억해야 하는 것은 공산주의자들은 지주와 기업주를 확실히 구분했다는 것이다. 마르크스가 이 두 부류를 구별했는지는 모르겠으나, 중국 공산당이나 조선 공산당은 두 부류를 달리 취급했다. 소련의 경우를 보면 1921~1928년에 이른바 신新경제정책을 시행한 기간이 있었다. 볼셰비키가 정권을 장악한 후 극단적으로 지주들을 숙청하고, 화폐를 폐기하고, 공장들을 몰수하여 공산사회를 이룩하려고 하자 경제가 완전히 침체되어 공산정권이 위태로운 상태에 놓이게 되었다. 그러자 레닌은 1921년 3월에 열린 당대회를 계기로 중공업, 수송 수단, 은행, 대외무역은 정부가 계속 관리하면서 농업, 상업, 경공업 부문에서는 개인 소유를 허용하여 경제가 소생하도록 했다.

평양에 부유층이 남아 있던 것도 이런 이유 때문이었을 것이다. 신양리 시장에도 국영상점이 있었지만 국영기업체에서 만든 물건들을 전시하는 곳이라는 인상을 주었을 뿐 본격적으로 물건을 팔기 위한 곳이 아니었다. 판매가 주목적이었다면 물건을 많이 갖다놓고 광고도 하고 싸게 팔아야 했을 테지만, 그 상점에서는 그런 기미가 전혀 보이지 않았다.

레닌이 실행한 신경제정책은 오랜 후에 덩샤오핑鄧小平이 중국에 도입한 정책과 대동소이했다. 소련공산당 지도자들 사이에는 이 정책에 강하게 반대하는 집단도 있었다고 한다. 공산주의로부터 후퇴해서는 안 된다는 입장이었다. 레닌이 사망한 후(1924년) 당 정치국원들 간의 의견 차이가 계속되는 가운데 신경제정책은 그대로 진행되었고, 1933년에 스탈린이 독재자로서 위치가 확고해지자 과격한 집단화와 국유화의 길을 택했다. 중공업을 중심으로 한 경제정책은 또다시 혼란을 가져왔으나 1939년 독소전쟁에 대비하는 데 기여하기도 했다. 북한에서는 한국전쟁이 발발하기 전까지 신경제정책 모델이 계속되었으나 전쟁이 시작된 후로는 스탈린식 정책을 따르게 되었다.

나는 오랜 시간이 지난 후에 한국 독립운동사를 연구하면서 무정武亭 장군에 대한 글을 썼다. 그런데 쌀장사를 하던 시절, 평양에 있던 그의 저택에 간 일이 있다. 무정 장군은 일찍이 중국 공산혁명에 가담하여 남쪽의 장시江西성에서 화베이華北의 옌안 지방까지 후퇴한, 장정長征이라고 알려진 고난의 행군에 참가했고 나중에 공산군 포병대장으로 유명해진 인물로, 특히 화베이 지방에 모여든 조선 청년들을 조직해서 조선의용대 대장으로 활약한 바 있었다. 그의 경력은 만주에서 빨치산 활동을 전개한 김일성을 능가한다고 알려질 정도로 명성이 자자했지만, 결국 비운의 인물이 되고 말았다. 그 이유를 여기서 길게 논할 필요는 없겠지만 하나만 말하자면 그가 중국 공산당에서 자란 인물이었다는 것이다. 스탈린은 중공의 마오쩌둥을 신뢰하지 않았고, 따라서 그의 밑에서 자란 무정 장군을 선호하지 않았다. 물론 당시에 나는 이런 배경을 전혀 몰랐다.

하루는 어떤 사람이 나타나서 쌀을 한 가마 팔 것이 있으니 따라오라고 해서 지게꾼을 데리고 따라갔는데 바로 그곳이 무정 장군의 집이었다. 조선노동당 중앙당부 옆에 있는 깨끗한 한옥으로, 그리 크지 않은 마당이 깨끗이 정리되어 있었고 이상하리만치 인기척이 전혀 없었다. 물론 무정 장군을 직접 만나 보지는 못했다. 그 쌀은 배급받은 것인 듯했는데 여분이 생긴 모양이었다. 조선노동당 중앙당부는 해방 전에 일본인을 위한 야마테山手 소학교가 있던 건물이었다.

야마테 소학교를 언급하니 명륜국민학교 동창생 혼다를 만났던 기억이 떠오른다. 그날 나는 동평양 쪽에 있는 시장에 '정찰'하러 가고 있었는데 바로 그 학교 옆에 있는 언덕길에서 혼다를 만났다. 혼다는 일본식으로 개명한 이름인데 그 애와는 그리 가깝게 지내지 않아서 한국 이름은 들어 보지 못했다. 어쨌든 그는 파란색 김일성종합대학 학생복을 입고 같은 색깔의 독특한 모자까지 쓴 멋진 차림의 대학생이 되어 있었다. 나의 허술한 쌀장수 차림과는 너무나 대조적이었다. 옷에 묻은 쌀겨는 털어냈지만 색이 바랜 무명옷을 입고 허리에 삭대를 걸고 고무신을 신고 걸어가던 나는 그를 발견하고 아연실색했다. "혼다! 야, 반갑다!"라고 인사했지만 그다음에 무슨 말을 했는지 기억나지 않는다. 그 애는 우등생 축에 들지 못했는데 월반했는지 벌써 대학생이 되어 있었다. 공부 잘하고 일본말 잘한다고 날뛰던 나는 이발도 제대로 못 하고 허름한 행색이었으니 부끄럽기 짝이 없었다. 왜 나는 평2중 시험 날 그처럼 까불면서 떠들고 다녀서 신세를 망친 몰락한 우등생이 되었는가? 내가 평2중에 합격해서 평양에 남았더라면 가족이 만주에 남지 않고 평양으로 돌아왔을 텐데 하는 자괴감이 들었다. 수치심, 원망, 질투, 한탄. 그날 나의 심정은 표현할 길이 없다. 혼다를 만난 후 나는 얼마 동안 걸어 내려가다가 시장에도 들르지 않고 심란한 기분으로 집으로 돌아갔다.

내가 한탄한 것은 그날만의 일이 아니었다. 장사가 한산한 날이면 잡곡을 담은 밀짚 바구니들이 흩어진 쪽에 서서 먼곳을 내다보면서 생각에 잠기곤 했다. 공부를 했다면 얼마나 좋았을까. 남들은 모두 학교에 다니는데 나는 왜 이렇게 되었는가. 그렇지만 공부해 보겠다는 생각은 하지 않았다. 못 했다는 것이 더 정확할 것이다. 학교에 다닐 수 없는 형편임을 스스로 너무나 잘 알았기 때문이다. 그 시절의 어느 날 나는 느닷없이 어머니에게 이렇게 말했다. 학교에 갈 생각은 집어치우고 그저 동생들을 위해서 일하겠노라고. 어머니는 고개를 끄덕이며 "글쎄 말이다"라고 하더니 긴 한숨을 내쉬었다. 30대 초반에 아이들 다섯을 데리고 생과부가 된 어머니는 그동안 얼마나 힘들었을까? 하지만 그런 생각을 하기에 나는 너무 어리고 철이 없었다.

공산 치하의 평양 생활

평양에서의 생활은 주로 신양리 시장의 쌀가게를 중심으로 이루어졌지만 그것이 전부는 아니었다. 내가 시장 일에 익숙해졌을 무렵, 하루는 고모가 내게 영화 구경을 하고 오라고 했다.

어느덧 날씨가 풀려 가는 봄날이었다. 손님이 별로 없고 한가로운 틈을 타 시내의 번화가로 향했다. 평양에는 고구려 시대부터 내려오는 유적지가 많지만 그곳에서 초등학교 4, 5, 6학년을 보낸 나는 모란봉이며 을밀대며 칠성문 등에 별다른 흥미가 없었다.

그런데 시내 중심가에서 예전에 보지 못했던 새로운 간판들이 속속 눈에 띄었다. 골목마다 러시아어 강습소 간판이 많이 보였다. 해방 직후 북한이 소련군 점령하에 놓이면서 러시아어를 배우려는 사람이 많아진 모양이었다. 나도 러시아어를 배워 두면 쓸 데가 있지 않을까 하는 생각이 들었지만 그럴 만한 시간적 여유가 없었다. 거기다 막연하게 러시아어에 대한 거부감도 있었는데, 소련이 공산주의의 종주국이고 공산주의는 압제한다는 잠재의식이 마음 한켠에 자리해 있었던 것 같다. 시내에서는 간간이 러시아어 책방도 보였다. 목조 건물이 즐비한 거리 곳곳에 흩어져 있는 러시아어 강습소들이 무질서한 느낌을 주었다면, 큰길 옆의 튼튼한 석조 건물에 자리한 러시아어 책방은 왠지 품격과 위엄이 있어 보였다. 수백 권의 러시아어 책들이 진열되어 있어서 표지에 실린 진귀한 사진이나 그림을 구경하면서 한 바퀴 돌아보았다. 아직도 기억하는 것은 레닌의 사진들이다. 얇거나 두꺼운 여러 종류의 책들이 수북이 쌓여 있었는데, 모두 러시아어로 써 있어서 제목은 알 수 없었다. 지금껏 쌀가게에서 몇 명의 외국 손님들을 보기는 했지만 막상 러시아 사람을 만난 기억은 없다. 그래서 인지 그 새로운 세계는 내 호기심을 자극하기에 안성맞춤이었다. 하지만 조용하고 우아한 책방은 러시아라는 낯선 나라처럼 나와 거리가 있는 머나먼 이국땅 같았다.

책방에서 나올 때 한 무리의 여인들이 눈에 들어왔다. 그들은 가죽 구두를 파는 상점 입구에 모여 있었다. 모두 소련 군인이 입는 외투에 가죽 부츠를 신고 있었는데 군인으로 보이지는 않았다. 아마도 소련에서 온 높은 사람, 아니면 기술자의 가족이었을 것이다. 나는 소련에 여러 민족이 살고, 여러 문화가 공존한다는 사실을 몰랐다. 조선 사람 아니면 모두 소련 사람으로 인식했다. 분명히 소련에서 온 여인들이었을 텐데, 서양인치고는 모두 키가 작았다. 지금 생각하니 그들은 카자흐스탄이나 우즈베키스탄에서 온 한국인 2세 아니면 3세였고, 성장기에 열악한 환경에서 영양 섭취를 제대로 하지 못해 충분히 자라지 못한 것이었다.

삶의 터전인 연해주에서 갑작스럽게 쫓겨난 조선 사람들의 생활은 고될 수밖에 없었다. 특히 소련은 스탈린의 농업 집단화 정책 때문에 기근과 식량난에 처해 있었으니 그들이 당했던 고난은 말로 형용할 수가 없었을 것이다. 만주에서 살던 동포들도 고생을 많이 했지만 연해주에서 살다가 중앙아시아로 쫓겨나 그야말로 '입에 풀칠하기도' 힘든 삶을 버텨 내야 했던 '고려인'들의 고통에는 비할 바가 아니다. 1941년, 일본이 진주만을 공격하자 미국의 루스벨트 대통령은 하와이 거주 일본인의 일부를 하와이 내의 수용소로, 캘리포니아에 살던 일본 사람들은 네바다Nevada와 유타Utah의 사막지대로 이동시켜서 고역을 치르게 했는데, 스탈린은 루스벨트보다 일찍 '적성국가敵性國家' 민족들을 죄인 취급해 버린 것이다.

나는 평양 거리에서 만난 그 여인들이 주고받는 말을 하나도 알아들을 수 없었다. 그들이 러시아어로 말하는 줄 알았는데, 후에 생각하니 그렇지 않았을 수도 있겠다는 생각이 들었다. 1988년쯤 카자흐스탄 알마아타(현재 알마티)의 시장에서 나는 야채를 파는 '고려인' 아주머니들의 한국말을 알아듣지 못했다. 서울에서 온 한국 사람이라고 하니 그 아주머니들이 '고려말'로 환영하며 무어라 물어보았는데 도무지 무슨 말을 하는지 알아들을 수가 없었다. 아마도 그들의 부모나 조부모가 러시아로 이민가기 전, 즉 19세기 말엽의 함경도 사투리에 우즈베키스탄과 카자흐스탄의 말이 섞여 있는 듯했다. 그 말은 평소에 내가 들어 보지 못한 말이었다. 평양 거리의 그 여인들을 보니 랴오양 시내를 활보하던 멋진 소련 여군이 떠올랐다. 그 여군은 키가 훤칠하고 날씬했던 반면, 내가 평양에서 본 아주머니들은 키가 작고 왜소했다.

어느 큰길에는 넓고 긴 현수막들이 걸려 있었다. 영화관 두서너 개가 줄지어 있는 큰 거리에 무슨 회의를 한다는 내용이 쓰여 있었다. '정당', '사회단체'라는 말이 희미하게 기억나서 곰곰이 생각해 보니 바로 그때 근처의 어느 극장에서 이른바 남북협상 회의가 열리고 있었다. 공식 이름은 '전조선 제정당 사회단체 대표자 연석회의'인데 내가 오랜 시간이 지난 후에 그 회의에 관한 전문가가 될 줄은 상상조차 하지 못했다.

어느 날 어머니와 함께 능라도에 사는 친척집에 갔다. 외가의 몇 촌 되는 집인데 그 집 땅콩 농사가 잘된다고 들었다. 섬이라 모래 비중이 높아서 그렇다고 했다. 모란봉 바로 아래에 위치한 이 섬이 대동강 상류에서 흘러내려 온 토사로 형성되어서 그랬을 것이다. 그 친척집에 아주 작은 배가 있어서 동생(용식)과 함께 둘이서 올라탔는데, 타자마자 말뚝에 매어 놓은 노끈이 풀리면서 배가 떠내려가기 시작했다. 물살을 타고 배가 계속 미끄러져 나가자 놀란 우리는 소리를 내질렀다. 그러자 잠시 후 하류에 계시던 어떤 분이 배를 붙잡아 멈춰 주셨다. 우리가 탄 배에는 노가 없어서 조정할 길이 없고, 우리는 수영할 줄도 몰랐으니 까딱하면 황해바다까지 표류할 뻔했다. 대동강의 물살은 그리 빨라 보이지 않았는데 우리 배는 아주 빠른 속도로 흘러 내려갔다. 상류에서 내려오던 물살이 능라도 때문에 두 갈래로 갈라지면서 빨라진 것 같았다. 정말 큰일날 뻔했다.

그 후에 생각해 보니, 1866년에 미국 상선 제너럴셔먼호가 공격받은 곳이 우리가 뱃놀이를 하려던 곳에서 그리 멀지 않았던 것 같다. 제너럴셔먼호는 강 입구에서부터 상류에 올라가지 말라는 경고를 무시하고 대동강을 거슬러 올라갔다가, 상류에서 땔감을 실은 여러 척의 작은 배들에 불을 붙여 내려보내는 화공火攻에 당해 타버리고 말았다.

내가 이런 기록을 찾게 된 것은 연암 박지원朴趾源의 손자인 박규수朴珪壽에 관심이 있었기 때문이다. 그는 이때 평안감사로서 대원군의 쇄국정책을 충실히 수행하고 있었다. 훗날 그는 일본의 수교 요청을 받아들여야 한다고 주장했으나 수구파守舊派의 반대를 물리칠 수가 없었다. 개국을 반대하는 완고한 세력은 일본 사절이 가지고 온 문서의 오만한 용어들에 분개하여 수교 제안을 일축해 버렸고, 박규수는 대국적 견지에서 일본 정부의 무례함을 묵과하고 개국해야 한다고 주장했다. 이때 대원군이 박규수의 주장을 받아들였다면 최초의 통상조약이 강화도 조약(1876)보다 좀 더 우호적인 조건으로 체결되어 나라가 발전의 길을 걸었을지도 모른다. 하지만 조선은 결국 일본 함정의 포격을 받은 후에 불리한 상황에서 개국했다. 나는 광해군光海君의 현명한 외교정책을 물리치고 정묘호란(1627), 병자호란(1636)을 자초한 서인 세력에 대한 분노도 참기 어렵지만, 박규수의 현명한 주장을 물리치고 운요호雲揚號의 포격을 자초한 대원군의 몽매함에도 답답함을 금할 수가 없다. 나라가 갈림길에 놓여 있을 때는 먼 앞을 내다볼 수 있는 지도자의 혜안이 필요한 법인데 그렇지 못했던 것이 개탄스럽다.

평양의 거리는 예전처럼 전차가 다니는 등 겉으로는 별다른 변화가 없는 듯했다. 하지만 자세히 들여다보면 여러 가지 변화가 있었다. 이전에는 평양신사平壤神社가 시내 중앙의 가장 높은 곳에 있었는데 이제 그 자리에 음악관이 세워졌다. 그 북쪽 건너편 산꼭대기에 있던 웅장한 평안남도 도청 건물은 북조선인민위원회, 즉 북한의 정부청사로 변신했다. 이 건물은 물론 모든 공공건물의 앞면에는 스탈린과 김일성의 거대한 초상화가 나란히 붙어 있었는데 왼쪽의 서열이 높은 듯 스탈린의 초상화가 항상 왼쪽에 놓여 있었다. 우리 가족이 귀국했을 때에는 아직 소련이 북한을 통치하고 있었으므로 두 지도자의 초상화가 나란히 붙어 있는 것이 당연했겠지만, 소련군이 철수하고 조선민주주의인민공화국이 설립된 후에도 초상화에는 변동이 없었다. 이처럼 거대한 초상화가 진열된 곳마다 현수막이나 나무로 만든 개선문 같은 구조물에 스탈린과 김일성을 칭송하는 문구들이 큰 글씨로 적혀 있었다. '세계 노동계급의 지도자 스탈린 원수 만세', '해방의 은인 스탈린 원수 만세' 등의 슬로건이 과연 선전효과가 있었는지는 알 수 없지만 그것을 제거하기는 정치적으로 힘들었을 것이다.

언제 어디서 배웠는지는 기억하지 못하지만 나도 〈김일성 장군의 노래〉를 곧잘 불렀다. '장백산 줄기줄기 피 어린 자욱'이란 가사로 시작하는 이 노래를 씩씩하게 부르곤 했다. 당시에는 텔레비전이 없고 주변에 신문을 보는 사람도 없어서 김일성 수상의 영상은 별로 보지 못했다. 그런데 나는 그의 모습을 직접 본 일이 있다. 우리가 귀국한 1948년 아니면 그 다음 해였을 것이다. 8·15, 즉 '조국해방기념일'에 리里 사무소, 즉 동회洞會에서 해방 기념행진이 있으니 나오라고 했다. 김일성 수상을 비롯한 높은 사람들이 평양역 앞에 세워 놓은 목조 건물 안에서 휴식하고 있었다. 그들은 평양역 광장에서 수상의 연설 등 각종 행사를 치르고, 많은 사람들의 행렬이 지나가면서 깃발을 흔들고 노래하는 모습을 보고 있었을 터인데, 우리 신양리 주민들이 그곳에 갔을 때에는 휴식을 취하고 있었다. 그들의 연단은 서너 척 높이에 사방 7~8미터 길이의 소박한 것이었다. 그 위에서 김일성 수상은 겉옷을 벗고 넥타이를 풀어 목에 건 차림으로, 상체를 낮춰 무엇인가를 짚은 듯한 자세를 취하고 있었다. 누가 농담을 했는지 얼굴에 웃음꽃이 피어났다. 여기저기서 자주 보던 김두봉과 박정애의 얼굴은 알아보았지만 다른 인물들은 잘 기억나지 않는다. 군중은 이처럼 격식을 차리지 않고 휴식을 취하는 그들의 훈훈한 모습을 보면서 계속 만세를 부르며 지나갔지만 이에 대답해 주는 사람은 없었다. 우리 차례가 오기까지 꽤 오래 기다렸지만 모두 소풍 가는 기분으로 웃고 있었다. 그때까지만 해도 지도자들에 대한 공포심이나 증오감이 전혀 없었는데 언제부터 나의 인상이나 감정이 달라졌는지는 기억나지 않는다.

어머니는 교회에서 집사를 오랫동안 맡았기 때문에 우리가 귀국한 직후부터 교회에 나가고 싶어 했다. 하지만 당장 그럴 형편이 아니었다. 무엇보다 고모가 기독교인이 아닌 데다 쌀가게를 운영하며 세 집이 동업하던 중이어서 어머니 혼자만 교회에 나가기가 영 자연스럽지 않았다. 동업하는 유 씨나 정 목수도 기독교인이 아니었다. 그 당시에 교회에 다닌다는 것은 예배 시간에 잠깐 들렀다 오는 정도가 아니라, 일요일 아침에 성경 공부를 하고 예배에 참석한 후 저녁 예배에 다시 참석하고, 주중에도 수요일 예배에 나가는 것이었다. 대부분의 교인들이 이런 식으로 교회에 다녔지만 어머니가 이렇게 집을 비우기는 어려웠다.

그러나 유복자로 태어난 나의 동생 의식義植의 죽음이 모든 것을 바꾸어 놓았다. 고모네 대식구에다 우리 가족까지 끼어들어서 스무 명이나 되는 대가족의 식사, 설거지, 세탁 등의 집안일은 끝이 없었고, 할머니의 시중도 들어야 했다. 어머니는 이 모든 일을 홀로 도맡아 하셨고 그 일만으로도 기진맥진해져 두 살밖에 안 된 어린 의식이를 돌볼 틈이 없었다. 그런데 무슨 병에 걸렸는지 의식이가 돌연히 죽고 만 것이다. 청상과부 처지에 어렵사리 낳은 유복자를 만주에서 머나먼 평양까지 업고 왔는데, 그 귀한 자식을 순식간에 영문도 모를 병으로 잃고 만 것이다. 어머니는 깊은 죄의식에 빠졌다. 의식이의 죽음이 오로지 당신의 잘못 때문이라고 생각했다. 어머니의 상처는 너무나 깊어서 누가 뭐라 위로해도 치유되지 않았다. 그 후 어머니는 오래 마음에 두어 온 신앙의 길로 접어들었다. 고모 집을 떠나서 신양리 시장 안에 있는 단칸방으로 이사를 가고, 일요일마다 교회에 나가기로 결심한 것이다. 어머니는 예전처럼 교회에 다니며 신실한 기독교인의 삶을 걷기 시작했다.

우리 가족은 신양리 시장의 쌀가게에서 그리 멀지 않은 곳에 방을 구해 이사했다. 그때가 정확히 언제인지 기억나지 않지만, 고모 집에 들어간 지 일 년쯤 지난 시점이 아닐까 한다. 어머니는 우리 방 앞에다 시장 쪽을 향해 미역, 명태 등 몇 가지 식료품과 조미료 등으로 점방을 차려 놓으셨는데, 과연 수입이 있었는지는 기억나지 않는다. 나는 변함없이 종일 쌀가게에 매달려 생계를 책임지고 있었다.

어머니가 왜 하필이면 집에서 가까운 장대현교회가 아닌 조금 더 남쪽에 위치한 만수대 근처의 신현교회新峴敎會를 택하셨는지 모르겠다. 신현교회가 아담한 편이어서 그랬는지, 아니면 그 교회의 교인 중에 아는 사람이 있어서였는지, 그 이유를 나는 물어보지 않았다. 어찌 되었든 어머니에게 결과적으로 잘된 선택이라고 생각했다. 신현교회는 교회 본당과 청년부 등 모든 건물이 흰색 화강암으로 지어져 외관이 매우 아름다웠다. 그 교회는 어머니에게 마음의 안식처이자 피난처였고, 나에게도 일주일에 한 번씩 찾아가는 안식처가 되었다. 나는 일요일이 되면 내 옷 중 가장 깨끗한 무명옷을 입고 고무신을 신고 교회로 향했다. 내 또래 청년들도 여럿 있었지만 어쩐지 그들과는 가까운 관계를 맺지 못했다. 그들이 이미 찬양대원이나 주일학교 선생으로 활동하고 있었기 때문이었을 것이다. 나 같은 시장의 장돌뱅이가 가까이 할 수 있는 청년은 없었던 것 같다.

　신현교회에서 우연히 본 아름다운 아가씨의 눈길을 끌기 위해서였는지, 아니면 그보다는 나의 열등감을 없애기 위한 것이었는지는 모르겠지만 나는 어느 날 신양리 시장에서 내 몸에 꼭 맞는 멋진 양복 바지를 사 입고 무척 기뻐했다. 중고 옷장사에게서 산 것이니 누군가 입던 옷이었겠지만 비단실이 들어가 광택이 흐르는 고급 옷감으로 만든 검은색 바지에는 양쪽 솔기에 큼직한 은색 장식까지 달려 있었다. 아주 멋있어 보여서 일요일에 자랑스럽게 차려입고 교회에 나갔는데 나중에 알고 보니 그것은 결혼할 때 입는 턱시도 예복 바지였다. 내 옷차림을 보고 웃는 사람들도 있었겠지만 나는 홀로 출세한 기분이었다. 무명으로 만든 홑바지보다 얼마나 좋았는지 모른다. 모르는 것이 약이라고 하지 않던가.

　신현교회 본당 내부는 다른 교회와 대동소이했지만 다른 점이 있었다. 앞에 놓인 강대상이 훌쩍 높은 곳에 자리해 있고, 신도들은 모두 마룻바닥에 방석을 하나씩 깔고 앉아서 예배를 보았다. 다른 교회도 그랬겠지만 우리 교회에는 의자가 없었다. 남자는 왼쪽에 앉고 여자는 오른쪽에 앉았는데 여자 수가 두 배는 더 많았다. 마치 남학교, 여학교가 따로 있듯이 남녀가 함께 앉지 않는 것을 당연하게 생각했다.

　이유택李裕澤 목사님은 일이 생긴 후 영영 다시 교회에 나오지 못하셔서 늘 고 장로님이 예배를 주관하셨는데 설교는 누가 하셨는지 기억이 없다. 열심히 믿는다고 했지만 기억나는 말씀이 없는 것을 보니 나의 기억력이 모자라거나 믿음이 부족한 모양이다. 이유택 목사님은 일제강점기에 신사 참배를 반대했다는 이유로 몇 해 동안 감옥살이를 하셨고, 해방 후에는 공산당 정부가 일요일에 행사를 여는 것에 반대하시다가 끝내 영어囹圄의 몸이 되셨다고 들었다. 한참 후에 들으니 교회 청년부 학생들에게 반공사상을 고취했다는 명목으로 정치보위부에 잡혀가셨다고 한다.

1948년 8월에 채택된 조선민주주의 인민공화국 헌법은 종교의 자유를 보장했지만 동시에 종교를 반대하는 자유도 보장했다. 우리는 직감적으로 정권이 어느 쪽인지를 알고 있었다. 우리 집안이 중국에서 돌아온 1941년에 강량욱康良煜 목사가 담임한 감북리교회坎北里敎會에 다닌 적이 있어서 나는 김일성의 어머니가 강반석 권사라거나, 김일성의 가족이 기독교 계통이라는 것 등을 희미하게 알고 있었다. 하지만 바로 그 체제에서 이유택 목사님이 감금당한 것 역시 엄연한 사실이었다. 그래서인지 우리는 "환란과 핍박 중에도 성도는 신앙 지켰네. 성도의 신앙 따라서 죽도록 충성하겠네"라는 찬송가를 거의 매 주일마다 눈물을 머금고 불렀다. 이 찬송가는 19세기에 만들어진 것으로 초대 교회 신도들의 신앙을 추앙하는 것이었지만 우리에게는 신앙의 다짐과 함께 정권에 대한 소극적 저항의 표시이기도 했다.

지금 생각건대 이유택 목사님의 희생은 나도 모르는 새 내 생애에 큰 영향을 끼쳤다. 그렇게 영향을 받은 사람이 나뿐만은 아니었을 것이다. 1950년 초, 우리 교회 앞에 있는 큰길에 학교 선생님 여러 명이 나타났다. 멀리서 그들을 쳐다보고 있던 내가 그들의 신분을 알게 된 것은 누군가가 흘린 말 때문이었다. 선생님들이 교회 앞에 나타나서 아이들이 교회에 들어가는 것을 막고 있다고 했다. 아이들의 부모들이 선생님들의 제지에 어떻게 행동했는지는 모른다. 예배가 시작된다고 해서 모두 본당으로 들어갔기 때문이다. 그날 학교에서 무슨 행사가 있어서 선생님들이 아이들을 동원하려고 나타난 것일 수도 있다. 그러나 나는 그들이 아이들을 예배당에 다니지 못하게 하려고 온 것으로 이해했다. 분위기가 그랬기 때문이다. 나는 그때까지 공산주의나 북한 정권에 대한 증오감이 없었다. 그러나 혐오감과 공포감, 즉 싫어하는 마음과 두려워하는 마음을 여러 번 느끼며 그 감정들이 누적되어 증오감으로 변했을지도 모른다. 북청역北靑驛에서 있었던 민청 열성분자들과의 '만남', 전쟁 소동이 있을 때 시장에 나타나곤 했던 위엄 있는 '높은 사람들', 보통강 공사를 위한 노력 동원, 내게 세례를 베푼 이유택 목사님의 체포와 빈번하게 들려오는 정치보위부의 한밤중의 체포 소식이 무의식중에 내 마음을 바꾸어 놓았을 것이다. 과연 내가 품게 된 감정을 증오감이라고 할 수 있을까? 아니면 단순한 공포감이었을까? 확언할 수가 없다.

평양에 돌아와서 첫 번째로 맞은 여름, 신양리 시장에서 지루한 나날을 보내다가 문득 생각했다. '앞으로도 이처럼 쌀 장사꾼으로 여생을 보낼 것인가?', '어디 가서 직장을 찾아 일하면서 야간학교라도 다니면 내 미래가 달라질 수 있을지도 모른다.' 고민 끝에 나는 어머니와 상의했다. 어머니는 만주에서 알고 지내던 김진목 씨가 무슨 사업소에 책임자로 있으니 찾아가 보라고 했다. 랴오양에서 돌아온 몇몇 분에게 수소문했더니 김진목 씨가 지금 평양시설사업소 소장이라고 했다. 토목 분야 일을 했는데 평양에 돌아와 능력을 인정받은 모양이었다. 어머니는 그가 랴오양에서 아버지와 가까운 사이였고 우리의 어려운 사정을 잘 알고 있으니 도와줄 거라고 했다. 나는 강남의 선교리 쪽에 있는 시설사업소에 찾아갔다. 김진목 씨는 나를 반갑게 대해 주었다. 그리고 당장 일자리는 없지만 가지 말고 기다려 보라고 했다. 양철로 벽을 에워싼 널찍한 건물 안에 약 스무 명의 직원들이 책상을 맞대고 앉아 사무를 보고 있었다. 짧은 소매에 검은색 바지를 입은 젊은이들이 서류를 보며 계산하거나 글을 쓰고 있었는데 동작이 신속하고 능률적으로 보였다.

나는 시설사무소의 넓은 마당을 돌아보면서 몇 시간을 보냈다. 그러다 다섯 시가 되었을 때 나는 화들짝 놀라지 않을 수가 없었다. 처음으로 보는 광경이 눈앞에 벌어졌기 때문이다. 모두들 일제히 일어나더니 종종걸음으로 이 방 저 방으로 흩어졌다. 동작이 너무나 신속하고 질서정연했다. 잠깐 열린 문들을 통해서 엿보니 그들은 작은 방에 놓인 긴 테이블에 둘러앉아 회의를 하고 있었다. 엄한 교장님이 훈시하는 듯한 굵은 목소리가 들려오고, 그날의 과제물을 읽는 듯한 낭랑한 목소리도 들려오는데 내가 두리번거리고 있을 곳이 아니었다. 나에게 눈길을 돌리지도 인사를 하지도 않고 자기 일에 열중하다가 회의실에 들어가 버린 그 직원들은 분명히 나와 다른 세상에 사는 사람들이었다. 분명 그때의 나는 그 직원들에게 투명인간이었다. 그게 아니라면 그렇게 눈길 한 번 주지 않고 미소도 지어 보이지 않을 수가 있었겠는가? 그날 사업소를 떠나면서 불가사의하다고 생각했던 점은 어째서 그들이 서너 개의 방으로 분산해 모였던가 하는 것이었다. 그 수수께끼가 풀린 것은 족히 20년 후의 일이다. 나는 지도교수 겸 공저자인 스칼라피노 교수와 『한국의 공산주의Communism in Korea』라는 책을 쓰면서 그날 본 장면을 이해하게 되었다. 그들은 모두 같은 직장에 다니면서도 각기 다른 단체에 속해 있었기 때문에 학습해야 할 과제가 달랐다. 노동당에 속한 당원, 민주청년동맹(민청)에 속한 청년, 직업동맹에 속한 맹원 들의 목표는 같았겠지만 해야 할 일, 그리고 배워야 하는 일이 각기 달랐고, 그 때문에 따로따로 모인 것이었다. 그들의 분위기가 엄숙할 정도로 진지했던 것은 책임감과 사명감 때문이었을 것이다.

나는 김진목 씨를 다시 찾아가지 않았다. 내가 사업소에 채용된다고 해도 그곳의 군대 같은 분위기에 적응할 수 없을 것 같았기 때문이다. 시장에서 떠들고 다니던 내가 엄격한 상사 밑에서 종일 쪼그리고 앉아서 사무를 보다가 독서회에 참석하고, 자아비판을 하는 장면은 상상만 해도 끔찍했다. 사무원의 초봉이 55원이라는 사실에도 놀랐다. 아무리 손님이 없어도 시장에서는 하루에 100원, 200원을 쉽게 벌 수 있었다. 한 달에 55원으로는 가족의 입에 풀칠도 할 수 없었다. 이때 쌀 소두 한 말이 220원 안팎이었다.

손님이 귀한 여름철 어느 날, 시간을 내어 청진淸津에 다녀왔다. 동해안 북쪽에 있는 청진에 무명을 가져다 팔면 돈을 벌 수 있다는 말을 듣고 무작정 무명 몇 필을 사서 기차를 타고 청진으로 향했다. 하지만 소문과 달리 직물의 가격 차이가 별로 없었다. 기차표 값에 여관비, 식비를 빼고 나니 남은 돈이 없다시피 했다. 한 나라 안에서 거리도 멀지 않은 곳의 물가가 크게 차이 나지 않는 것은 당연한 일이었다. 하지만 그 여행은 나에게 잊을 수 없는 추억을 만들어 주었다. 첫째는 우리나라 동해안의 풍경이 그토록 아름답다는 깨달음이었고, 두 번째는 함경도 지역 공산주의자들의 열정을 본 것이었다.

　평양에서 청진에 가려면 우선 동쪽 해변에 있는 원산으로 가야 했다. 내게 깊은 인상을 준 것은 원산에서 북쪽으로 올라가는 기찻길이었다. 동해안을 처음 본 나는 창가를 떠나지 못했다. 어업이 유명하다는 말은 들었지만 백사장에서 명태를 말리는 광경을 실제로 보니 신기하기 이를 데 없었다. 명태를 길게 잘라서 내장을 빼고 나무나 참대로 만든 틀에 말리는 풍경이 100미터, 200미터씩 끊임없이 이어졌는데 어부들이 풍어를 이룬 모양이었다. 언젠가 평양의 신양리 시장에서 소금에 절인 명란을 산더미처럼 쌓아 놓고 헐값에 파는 광경을 본 적이 있다. 동해안의 명태가 그 이유를 설명해 주고 있었다. 옛날에 북한 지역에서는 남한은 물론이고 이웃 나라 일본에까지 명태를 수출했다. 그런데 해방 직후 수출길이 막혀 북한에서는 전량을 소비해야 하는 형편에 놓이게 된 듯하다.

　기차가 북쪽으로 이동하면서 해안의 절경이 잇달아 펼쳐졌다. 언덕을 오르는 길을 타며 해안선은 아득히 멀어졌지만 흰 파도의 포말이 해안의 바위에 부딪쳐 부서지는 광경은 너무나 아름다웠다. 나는 이후에도 여러 나라를 여행하며 시야를 압도하는 절경을 만났지만 그때 북한의 동해안에서 보았던 풍경은 어느 나라의 절경과 비교해도 손색없는 장엄한 것이었다. 기차가 어두운 터널에 진입해 어둠에 휩싸여 있다가 터널을 빠져나왔을 때 찬란하게 빛나던 동해안의 파도는 눈부신 감동으로 나를 벅차오르게 했다. 몇 번이나 그러한 환희가 계속되었다. 그것은 마치 감미로운 선율로 영혼을 잠재웠다가 순식간에 몸서리치는 긴박함으로 다시 울려 퍼지는 바로크 음악의 장중함과도 같았다.

청진에 가는 길에는 그처럼 설레는 관광객의 기분을 느꼈는데 돌아오는 길에는 정반대였다. 나는 거의 공포감에 휩싸였다. 기차가 청진에서 그리 멀지 않은 북청北靑에 이르렀을 때 반팔 옷을 단정하게 입은 청년 두 명이 우리 객차에 올라 인사를 했다. 그러고는 바로 연설을 시작했는데, 마치 승객들을 심하게 꾸짖는 듯한 말투였다. "오늘이 무슨 날인지 아십니까? 오늘은 우리 인민민주주의공화국을 세우기 위한 인민회의의 대의원들을 선거하는 날입니다. 투표하는 것은 우리가 누리는 영광스런 권리이기도 하지만 의무입니다. 여러분은 이미 투표하셨나요? 이제 댁에 돌아가셔서 투표하실 것인가요?" 하면서 따지는데 거기까지는 좋았다. 그런데 그중의 한 청년이 입구 쪽에 앉은 젊은 여성 승객에게 다가가더니 민청증을 보자고 했다.

민청증을 내보이라는 말을 듣자마자 나는 바싹 온몸이 굳어졌다. 예전에 신양리에서 우리를 검문한 철도 보안대원도 그랬지만, 당시에 신분을 확인할 때면 민청증을 제시하라고 요구했다. 민청증은 그만큼 당시 북한 청년들에게 필수적인 증명서였는데 내게는 그것이 없었다. 나는 그때 민청에 가입하면 각종 모임이나 작업에 참가해야 하므로 시간을 많이 빼앗기게 될 테고, 내 처지에 그런 단체에 가입한다는 것은 격에 맞지 않는다고 생각했다. 또 민청에 들어가면 공산주의를 학습하고 시사 문제에 대한 독서와 토론도 해야 하니 가급적 기피했다. 그런데 민청증 제시를 요구하니 겁이 더럭 나지 않을 수 없었다. 만일 저들이 내 앞에 오면 어떻게 대답

할까? 민청에 가입하지 않은 것을 보니 반동분자가 아니냐고 물으면 나는 뭐라고 말해야 할까? 만주에서 돌아온 지 얼마 안 되어 민청에 가입하지 않았다고 해도 될까? 이런 생각에 골몰하면서 마음을 졸이고 있는데 멀리 입구 쪽에 서 있던 그들이 플랫폼으로 내려갔다. 기차가 떠날 시간이 되었는지, 아니면 다른 객차로 옮겨 갔는지 알 수 없었지만 나는 식은땀을 닦으며 안도의 한숨을 내쉬었다.

한국전쟁의 발발

한커우에서 평양으로 돌아온 1941년에 제2차 세계대전을 맞이한 나는 9년 후인 1950년에 같은 곳에서 한국전쟁을 맞이하게 되었다. 제2차 세계대전은 사람들에게 식량과 옷, 각종 생필품의 극심한 궁핍을 안겨 주었지만, 우리 가족은 극심한 물자 부족에 시달리기 전에 만주로 이사했기 때문에 그런 고난을 피했다. 하지만 한국전쟁은 달랐다. 이 전쟁은 나의 삶을 완전히 뒤흔들어 버렸고 결국 나는 평양을 떠나게 되었다.

전쟁의 징조는 오래전부터 있었다. 특히 우리 미곡상들은 일종의 전쟁 연습을 여러 번 치르는 동안 그것을 피부로 느꼈다. 전쟁이 일어난다는 소문을 들은 사람들이 제일 먼저 달려가는 곳이 바로 쌀가게였기 때문이다. 가을철에 쌀을 몇 가마씩 사 놓은 부자가 아닌 이상 대부분의 일반 가정에서는 쌀을 형편에 맞게 그때그때 한두 말씩 사 먹었다. 그리고 간헐적으로 전쟁의 소문이 돌 때면 비축식량을 마련하기 위해 미곡상을 찾아왔다. 따라서 미곡상들은 기압계처럼 전쟁의 소문에 예민했고, 이미 몇 번이나 그런 전쟁 예행연습을 치렀다. 수만의 남북한 군인이 대치하고 있던 38선에서 총격 사건이나 어떤 일이 벌어지면 전쟁이 일어난다는 소문이 돌았기 때문이다. 많은 사람들이 갑자기 몰려와서 쌀을 사 가면 소매상들이 비축해 두었던 쌀이 동나곤 했다.

신양리 시장에서 장사하는 사람들은 물론이고, 당시 신양리 근방에 살던 사람들은 일찍부터 중학생들의 입대 지원 운동에 대해 알고 있었다. 수천 명의 학생들이 숭실전문학교의 강당으로 모여 들었기 때문이다. 그 강당은 우리 시장에서 장대현교회, 그리고 대동강 쪽으로 100미터 정도 언덕을 올라간 곳에 자리해 있었는데, 군 입대에 지원했다는 수백 명의 학생들이 북적거리는 모습을 육안으로도 볼 수 있었다. 숭실전문학교의 강당은 그들의 임시집합소process center였다. 당시에 그 학교는 노동당 중앙학교로 사용되고 있었다. 그 강당에서 들려오는 소음에 마을 사람들은 불길한 느낌에 사로잡혔는데, 그곳에 머물던 젊은 학생이 도망치려다가 지붕에서 떨어졌다는 소문은 우리를 더욱 불안하게 만들었다. 군 입대에 자원한 사람이 도망치려다 상처를 입었다니 앞뒤가 맞지 않았기 때문이다.

그 수수께끼는 얼마 후 의외의 사건을 통해 풀렸다. 사촌동생 규식逵植이가 돌연히 나타난 것이다. 나보다 두세 살 어린 규식은 만주에 남은 작은삼촌 이봉규李奉奎의 외아들로, 당시 신안주新安州에서 중학교 3학년에 다니고 있었다. 그곳은 우리 본가가 있는 고향 안주군에 있는 학교였다. 규식은 자기네 반 전체가 군대에 지원했기 때문에 자기도 군대에 가기로 했고, 입대하기 전에 할머니에게 인사드리려고 평양에 왔다고 했다. 1950년의 이른 봄쯤이었다. 규식의 방문으로 인해 스스로 지원한 학생이 도망치려 했다는, 이치에 어긋나는 행동에 대한 의문이 쉽게 풀렸다.

학생들을 동원하는 과정은 내가 6학년 때 했던 '애국적' 연설의 경우와 대동소이했다. 우선 선생님이 시국에 대해 일장연설을 늘어놓는다. 지금 미국 제국주의자들과 남반부의 괴뢰들이 우리 공화국을 침범하려고 획책하고 있고 그중의 일부가 38선 근처에서 때때로 침범해 오니 우리가 그들을 격파해야 할 것이 아니냐는 내용의 '강의'를 한다. 그다음에는 학생들의 의견을 묻는다. 그러면 학생들 중 민청 간부가 일어나서 미 제국주의자들과 괴뢰들을 격파하기 위해서 군대에 나가서 싸워야 한다고 열변을 토한다. 이를 지지하는 연설이 뒤따르면 흥분한 학생들은 군대에 나가자는 결의안을 채택한다. 물론 만장일치이다. 위기에 처한 조국의 수호를 위해 모두 나가자고 하는데 반론을 제기할 사람이 누가 있겠는가. 이런 과정을 거쳐 학생들은 자의반 타의반 일사천리로 군대에 지원했다. 평양까지 오게 된 학생들 중에는 지원을 꺼린 학생들이 있기 마련이다. 숭실전문학교 강당에서 빠져나가려던 학생들이 바로 그런 부류였던 것이다. 지붕까지 올라갔다가 떨어진 학생 외에도 빠져나갈 기회를 찾던 학생들이 적지 않았을 것이다. 하지만 전쟁을 준비하는 북한 정권이 그들의 의사를 존중해 줄 리가 만무했다.

이처럼 지방에서는 막무가내로 자원입대라는 형식을 빌려 학생들을 동원했다. 평양에서는 군사등록증의 발급이 시작되었다. 모든 징병 대상자는 관계기관에 등록하여 군사증軍事證을 받아야 한다는 통지가 내려왔다. 작은고모의 쌍둥이 아들인 경목, 경립은 등록했지만 나는 등록하지 않았다. 만으로 거의 19세가 되었으니 징병 대상자였지만 나는 군사증을 받지 않고 숨어 버리기로 했다.

지금 생각해 보면 이 결정은 황당하고 무모한 것이었다. 어느 사회에서나 징병을 피한다는 것은 정권의 명령에 따르지 않는 이적 행위여서 엄벌을 받을 수밖에 없는 반역 행위이다. 그런 것을 알면서도 내가 등록하지 않고 잠복을 택한 배경에는 나의 맹신盲信이 있었다. 일단 전쟁이 나면 북한이 질 것이라는 맹신이었다. 나의 생각을 맹신이라고 단언하는 것은 그 결정이 결코 남북의 군사 상황이나 국제 관계에 대한 지식이 풍부해서 계산 끝에 내린 결론이 아니기 때문이다. 이것은 반드시 내 소원이 성취되리라는 맹신에서 비롯된 자기 확신이었다.

후에 알고 보니 남한 군대는 북한군에 대응할 능력이 전혀 없었고 국제 정세도 불리하게 돌아가고 있었다. 미국은 남한에 주둔한 미군 일개 사단을 1949년에 철수시켰는데, 그들이 남겨 놓은 국방경비대는 허술하기 짝이 없었다. 이런 상황에서 대한민국의 국방장관은 전쟁이 나면 해주에서 조반을 먹고 평양에서 점심을 먹고 저녁은 동해안의 원산에서 먹게 될 것이라고 호언장담했다고 하니, 참으로 한심한 일이 아닐 수 없었다. 어쨌든 한국전쟁이 일어난 후 미국이 참전하게 되었고 신생 중국이 군대를 보내는 등 전쟁은 대규모 국제전으로 확장되어 나갔다.[1]

미국의 참전으로 한국전쟁의 양상은 급격히 변했지만, 내가 숨기로 작정했을 때는 북한군이 서울을 점령한 개전 초기였으니 나의 결정은 너무나 무모했다. 내가 남한을 전적으로 선호하여 그런 결정을 내린 것이었는데, 막상 어째서 남한을 선호했느냐고 물으면 설득력 있는 대답을 할 수가 없었다. 만주에서 살 때는 물론이고 평양에 돌아온 후에도 남한의 사정에 대해 자세히 알 길이 없었기 때문이다. 어느 전람회에서 남한은 전기가 모자라서 모든 공장이 가동을 멈춰 거미줄투성이라는 전시를 보았지만 나는 믿지 않았다. 남한의 공업은 북쪽에서 보내는 전기에 의존하고 있었는데 북한 정권이 전기를 중단했기 때문에 공장이 가동되지 못하고 있다는 사실을 내가 알 리 없었다. 한국전쟁 동안 압록강에 설치된 수풍댐이 자주 언급되었는데, 그것이 당시 한반도에서 가장 큰 발전시설이었다. 내가 아는 것이라고는 북한 정권이 기독교를 탄압한다는 것, 우리가 접촉한 많은 사람들이 남한에 가고 싶어 한다는 것, 모두가 정치보위부를 두려워한다는 사실뿐이었다.

북한 정권에 대한 불신이 얼마나 컸는지, 나는 전쟁이 일어나고 며칠 후에 열린 '서울 해방축하대회'의 중계방송을 들으면서도 그것이 거짓이라고 생각하고 무시해 버렸다. 시장 모퉁이에 걸려 있는 확성기에서는 군중의 환호 소리, 김일성이 연설하는 소리가 들려왔다. 나는 북한군이 서울을 "해방했다"는 메시지를 믿지 않았다. 남한의 군대가 몇 배나 강할 텐

---

1 필자는 다음 글에서 미국의 한반도 정책을 상세하게 서술했다. "The Road to the Korean War: The United States Policy in Korea, 1945–48," Gerhard Krebs and Christian Oberländer, eds., *1945 in Europe and Asia* (München: Iudicium, 1997), pp. 195~212.

데 어떻게 북한군이 서울을 점령할 수가 있겠느냐는 것이 나의 논리였지만 그것은 어불성설이었다. 이때를 돌아보면 인간에게 선입견이 얼마나 큰 역할을 하는지를 알 수 있다. 1972년 7 · 4남북공동성명이 발표된 직후에 서울을 방문한 북한 대표가 교통이 혼잡한 것을 보면서 전국의 자동차를 모아 오느라 힘드셨겠다고 인사했다는 일화는 너무나 유명하다. 그는 서울 시내에 통상적으로 그처럼 많은 차량이 오가고 있다는 사실이 믿기지 않았던 것이다. 1950년 겨울, 압록강 근처에서 중공군 포로를 포획한 부대들이 한국전쟁에 중공군이 개입했다는 보고를 올렸을 때, 도쿄에 있던 맥아더 사령관이 믿지 않았다는 이야기와도 일맥상통한다.

이런 상황에 갑자기 규식이 나타났으니 우리의 반응은 두말할 필요가 없었다. 가족회의에서 우리는 규식을 군대에 보내지 않기로 결정하고 그가 가져온 군사증을 찢어 버리고 함께 은신하기로 했다. 그래서 쌍둥이 사촌동생들과 나, 규식이 함께 숨어 살게 되었다. 나중에 들은 이야기이지만 큰고모가 사는 안주 시골에서도 학생들을 집단 '지원'시켰다고 한다. 사촌동생인 국찬이도 거기에 끼어 있었는데, 그는 집합 장소에서 간질병 증세를 가장하여 발작 연기를 한 끝에 간신히 풀려났다고 한다. 한밤중에 큰 소리로 노래를 불러대서 독방에 격리되었는데, 자기 똥을 집어 먹으면서 히죽히죽 웃는 등 혼신의 연기를 펼쳤더니 정신병자로 판단해 집으로 돌려보낸 것이다. 돌아온 그를 보고 가족들이 울고불고했음은 말할 것도 없었다. 이 웃지 못할 이야기의 주인공은 그 후 평양으로 와서 우리와 함께 숨어 지내다가 국군이 안주를 점령한 후에 집으로 돌아갔다.

지금 생각해 보면 전쟁이 일어날 것이라는 조짐이 또 하나 있었는데, 바로 상인들에게 강요된 국채國債사기운동이었다. 시장 상인들은 그 비용이 너무나 커서 내심 불평했지만 왜 우리가 그처럼 큰 부담을 져야 하느냐고 질문할 엄두도 내지 못했다. 시장관리소에서 모든 점포에 내려보낸 지시어서 거절할 수 없었고, 거의 매달 지난번의 두 배나 되는 금액이 할당되니 보통 심각한 문제가 아니었다. 지시하는 대로 돈을 바치면 두껍고 멋진 종이에 인쇄된 국채 증서를 발급해 주었는데, 몇 달 동안 받아 온 100원짜리 채권증서들을 합치면 나와 어머니가 지내는 방의 벽을 전부 도배하고도 남을 만했다. 처음 배당된 국채 액수는 우리 수입의 몇 분의 일 정도였지만 얼마 후에는 우리가 매달 버는 금액을 전부 갖다 바쳐도 부족할 정도였다. 국채라고 하지만 사실상 세금이나 다름없었다. 전쟁에 필요한 비용의 일부를 우리 상인들이 지불한 셈이다.

언제부터인가 탱크와 대포 같은 거대한 무기들이 남쪽으로 대거 운송되고 있다는 소문이 돌았다. 그리고 얼마 후 나는 직접 그 장면을 목격했다. 양쪽 측벽이 없는 화물차에 녹색 캔버스 천을 덮어 씌운 무개차들이 수도 없이 철로를 지나고 있었다. 멀리서 보면 끝을 알 수 없는 기차가 지나가는 듯 화물차의 대열은 길고 길었다. 이후에도 다시 똑같은 장면과 마주쳤는데 대량의 무기가 남쪽을 향해 수송되고 있음을 알 수 있었다. 하지만 무기가 남하한다고 해서 반드시 전쟁으로 이어지리라고 생각하지는 않았다. 군사 훈련 용도일 수도 있기 때문이다.

1950년 6월 말 또는 7월 초 쯤으로 기억한다. 불길한 예감이 점차 확신으로 굳어져 갈 때였다. 보안대원들이 길에서 만난 청년들을 조사한 후 잡아간다는 이야기가 들려왔다. 그도 그럴 것이 어느 시점부터인가 시장에서 청년들을 찾아보기가 어려워졌다. 나는 본능적으로 급히 몸을 숨겨야 한다고 느꼈다. 당장 염두에 두어 온 은신처를 마련했다. 방구석의 구들장을 들어내고 그 자리에 구덩이를 팠다. 한동안 흙을 파냈더니 몸을 숨길 만한 공간이 확보됐다. 원래 장롱이 놓인 자리의 뒤라 문간에서는 감쪽같이 보이지 않았다.

종일 방에 숨어 있었지만 저녁에는 해야 할 일이 있어서 밖으로 나와야 했다. 시장에서 함께 장사했던 동업자들이 매일 밤 우리 집에 와서 하루의 수익을 정산했는데, 그들의 일을 도와야 했기 때문이다. 계산기가 없던 시절이라 주판을 다룰 줄 아는 내가 절대적으로 필요했다. 쌀과 잡곡을 팔아서 번 돈을 합산하고 도매상에서 외상으로 가져온 곡식 값을 제한 후 남은 재고량의 총원가를 반영해 그날의 수익을 계산하는 일이었다. 유씨 아저씨가 옆에서 금액을 부르면 나는 재빠르게 주판알을 튕겨 더하고 빼고 나누며 계산했다. 그런 후 값을 말하면 정 목수 아저씨가 옆에서 깨알 같은 글씨로 장부에 숫자를 적어 나갔다.

짧은 밤이 지나고 환한 새벽빛이 새어 들어오면 나는 방문을 닫은 채로 붓글씨 연습을 했다. 습자 교본 하나 없이 무작정 먹을 갈아 놓고 글을 썼다. 처음에는 생각나는 대로 글을 쓰다가 나중에는 성경을 베껴 썼다. 집에 있는 책이라고는 달랑 성경 한 권뿐이었기 때문이다. 당시 성경은 한글과 한자가 혼용되어 있어서 한자 공부하는 데도 도움이 되었다. 모르는 한자가 나오면 옥편을 찾아보았다. 성경에서 '지혜의 서書'라 불리는 잠언을 주로 옮겨 썼는데 유익한 구절이 많았다. 다섯 번이나 옮겨 썼지만 외운 문장은 없었던 것 같다. 머릿속에 글이 들어올 리가 없었다. 그러나 붓글씨를 쓰는 동안에는 마음이 평안해졌다.

공습경보 사이렌이 울린 뒤부터 경보 해제 사이렌이 울릴 때까지의 짧은 시간은 우리가 평안을 느끼는 시간이었다. 모두 마루에 앉아서 마음 놓고 햇볕을 쬘 수 있기도 했지만 전투기들이 포격하는 광경을 구경할 수 있었기 때문이다. 그때 맛본 햇빛의 에너지가 내 삶의 유일한 낙이었다. 눈부신 광명이 열리는 그 찰나의 환희와 감격을 지금도 잊을 수 없다. 공습경보가 연달아 울리는 때에는 햇빛을 자주 볼 수 있었다. 남들에게는 죽음과 삶이 교차하는 공포의 시간이었지만 내게는 폭격처럼 쏟아지는 햇빛을 온몸으로 맞을 수 있는 그야말로 축복의 시간이었다. 나는 구덩이 속의 안전한 어둠보다 비록 절체절명의 짧은 순간이더라도 그 눈부신 광명이 더 절실했다.

성경의 잠언서를 베껴 쓴 후 시편에 이르렀을 때 나는 '나를 쫓는 모든 자에게서 나를 구하여 건지소서'라는 문장 앞에서 가슴이 먹먹해졌다. 그 것은 추상적인 기도가 아닌 너무나 절박한 내 현실이었다. 우리의 행방을 쫓았던 신양리 사무소의 관리들은 한 명이라도 은신한 청년을 색출해 내 기 위해 혈안이 되어 있었다. 이들은 집안 각각 다른 장소에 몸을 숨긴 나 와 쌍둥이 사촌 형제를 찾아 내기 위해 갑자기 낮에 들이닥치거나 밤중에 급습하곤 했다. 아무래도 우리가 집안 어딘가에 숨어 있으리라는 의심을 거두지 못하는 눈치였다.

집 앞에 50~60미터가량의 긴 골목이 있었는데 멀리서 그들이 뛰어오는 소리가 들리면 개들이 짖기 시작했다. 그러면 나는 얼른 장롱 위를 넘어서 구덩이 속으로 들어가 몸을 감췄다. 어머니는 부리나케 이불을 개켜 장롱 위에 올려 두었다. 어떤 때는 그 과정이 채 끝나기도 전에 그들이 잽싸게 집안으로 들어섰다. 이 방 저 방의 문을 열어 보고 온 집안을 돌아다니는 소리가 들렸다. 그들 중 한 사람이 내가 숨어 있는 방의 문을 열고 한참 동 안 서 있었던 적도 있었다. 그는 붙박이가 된 듯 문간에 꼿꼿이 서서 움직 이지 않았다. 그때 내가 미세한 숨소리라도 내었다면 즉시 발각되고 말았 을 것이다. 나는 공벌레처럼 잔뜩 몸을 움츠리고 숨을 참았다. 30초가 지 나고 40초, 50초, 60초가 지나도 그는 방문을 닫지 않았다. 방안에 덩그 러니 놓인 살림이라고는 장롱과 작은 옷장 하나가 전부였는데 그는 옷장 을 의심했는지도 모른다. 방안으로 들어와 옷장 문을 활짝 열어젖히고 거 기서 두려움에 떨고 있는 누군가를 끄집어내는 상상을 했을지도 모른다. 나는 바짝 긴장해 있었다. 그와 나 사이의 거리가 채 4미터도 되지 않아 나지막한 숨소리까지도 조심해야 했다. 어머니의 기도 덕분이었는지 다행히 나는 그날 위기를 모면했다.

　이후에도 아슬아슬한 위기 상황은 계속되었다. 무더위가 한창이던 여름날이었는데 해가 지고 얼마 지나지 않은 초저녁이었다. 공습경보 사이렌이 한 차례 길게 울리고 잠시 후 큰방 쪽에서 "안 돼요, 어머니!" 하는 고모의 날카로운 목소리와 함께 전깃불이 반짝 켜졌다. 무엇인가를 찾고 있던 할머니가 답답한 마음에 천장에 매달린 스위치를 누른 것이다. 할머니는 "공습은 무슨 공습이야!" 하며 신경질적으로 대꾸했다. 그러자 곧장 대문 쪽에서 문을 두드리는 소리가 났다. "문 열어요! 문!" 하고 외치는 소리는 분명 신양리 사무소 관리들의 목소리였다. 우연히 골목을 지나다가 집안의 불빛을 보고 찾아온 듯했다. 고모는 큰 소리로 "나갑니다!" 대답한 후 할머니에게 소근소근 입단속을 했다. 고모가 고무신을 끌고 밖으로 나가는 동시에 와다닥 뛰어 들어오는 발소리가 들렸다. 그런데 이상하게도 집 안에 들어선 그들은 마당 한가운데 멈춰 서서 한쪽을 바라보는 듯했다. 바로 석탄창고였다. 연료로 쓸 석탄을 쌓아둔 창고 쪽에서 와르르 석탄 덩어리가 쏟아져 내리는 소리가 들렸기 때문이다. 그들 중 한 사람이 "저기, 누가 있어! 빨리 성냥 가져 와요!" 하고 재촉했다. 그러자 고모는 허둥지둥 집안 여기저기를 뛰어다니며 "아이고, 성냥이 안 보이네. 성냥! 성냥!" 외치고 다녔다. 그러자 다급해진 관리가 종이를 가져오라 해서 수도전 옆에 피워둔 석탄불에 불을 붙이자고 했다. 종이에 불을 붙여 석탄창고 안으로 들어갈 생각이었다. 그때 고모가 갑자기 울타리를 흔들기 시작했다. "여보세요. 대문을 여니까 담장이 흔들리잖아요. 그러니까 석탄이 굴러 떨어진 거 아니야요? 있기는 뭐가 있다고 그래요?" 그러면서 울타리를 더 흔들자 석탄 덩어리들이 와르르 와르르 쏟아져 내리는 소리가 들렸다. 그때 나는 고모가 그렇게 법석을 떠는 이유를 몰랐다. 나중에 알고 보니 수돗물로 등목을 하고 있던 쌍둥이 형 경목이 사람들이 들이닥치자 당황해 석탄 창고로 뛰어들었다고 한다. 날이 어두워지자 형제가 마당 수도 가에서 더위를 식히던 중이었는데 갑자기 사람들이 쳐들어오자 동생 경립은 원래의 은신처인 툇마루 밑으로 잽싸게 들어갔지만 경목은 그럴 만한 시간이 없어 냅다 석탄창고로 몸을 숨겼던 것이다.

다행히 고모의 기지로 위기를 모면할 수 있었다. 만일 그날 그 관리들이 담배를 피우는 사람들이었다면, 그래서 품 안의 성냥을 꺼내 불을 붙여 석탄창고를 들여다보았다면 경목은 물론이고 우리 가족은 전부 신양리 사무소에 잡혀갔을 것이다. 고모는 울타리를 흔들어 보이며 관리들을 향해 밑도 끝도 없는 하소연을 늘어놓아 그들을 질리게 했다. 그렇잖아도 쌍둥이 형제가 안주로 놀러 갔다가 그곳에서 인민군에 지원했다는 소식을 들었다, 미제 놈들 괴뢰도당들이 생떼 같은 자식을 전쟁터로 내몰아 기가 막히고 코가 막혀 죽을 지경이다, 하나도 아니고 둘이나 잃게 생겼으니 부모로서 애간장이 타들어가지 않겠느냐 등등 고모는 일장 연설을 했다. 고모의 훌륭한 즉흥연기에 넘어간 관리들은 가택수색을 하려던 마음을 접고 혀를 차며 슬그머니 그 자리를 빠져나갔다.

그때 우리는 전쟁에 대해 아는 바가 없었다. 단파 라디오 하나 가진 사람이 없어 도무지 세상 돌아가는 소식을 알 수가 없었다. 하지만 어렴풋하게나마 전황을 파악할 수 있는 단서가 있었는데 그것은 남쪽에서 날아온 비행기가 뿌리는 '삐라'였다. 삐라 살포는 유엔군이 서울을 탈환한 9월 28일 후부터 시작되었을 것이다. 전쟁 초기에는 미군 비행기가 평양 상공에 나타난 적도 없고 전단을 뿌릴 만한 경황도 없었을 것이다. 미군이 인천에 상륙하고 서울을 탈환할 때까지 북한 주민들을 고무할 만한 사건이 없었으니 10월에 들어선 이후에야 비로소 삐라를 제작했을 것이다.

우리는 비행기가 삐라를 뿌리는 장면을 여러 번 목격했다. 우리 동네에도 삐라가 내려앉았는데 다행히 우리 집 근처에는 떨어지지 않았다. 공습경보가 울린 후 삐라가 살포되면 신양리 사무소 관리들이 이리 뛰고 저리 뛰면서 그것을 수습하기 바빠서 한참 동안 우리는 긴장해야 했다. 삐라는 높은 나무에서 흩날리는 낙엽처럼 공중을 한참 떠다니다가 땅에 떨어졌다. 그 광경을 보노라면 대충 어느 지점에 삐라가 낙하할지를 짐작할 수 있었다. 그러면 사무소 관리들은 집요하게 그 구역을 돌며 대문을 두드리며 삐라를 주워 갔다. 하지만 눈에 띄지 않아 그들이 미처 회수하지 못한 삐라는 우리도 볼 수 있었다. 덕분에 시내 주민보다 시골 사람들이 더 빨리 전황을 파악했다. 그리고 시장을 왕래하는 고모와 어머니가 그 소식을 전해 듣고 집안 사람들에게 알려 주기도 했다. 지금 어디에서 전투가 벌어지고 있으며 미군이나 국군이 어디까지 왔는지를 소상히 알 수 있었다.

이 사실은 매우 주목할 만한 일이다. 만일 광주리에 채소나 음식을 담아 팔러 오는 그 아주머니들이 북한 정권을 지지하는 사람들이었다면 절대 삐라를 소지하지 않았을 것이기 때문이다. 위험한 물건을 소지했다는 사실은 그만큼 공산주의를 지지하지 않는 세력이 많았다는 것의 방증이기도 했다.

전쟁이 일어난 때가 1950년 6월이니, 북한에 공산주의가 도입된 지 채 5년이 안 된 시기였다. 또한 북한 정권이 수립된 지 햇수로 2년이 되지 않았을 때였다. 농촌에서 토지개혁으로 농토를 분배받은 빈농 출신이라면 몰라도 그 외의 계층은 공산주의 체제의 혜택을 받은 바가 없었다. 오히려 그로 인해 화를 입은 사람이 대다수였다. 어쨌든 우리는 삐라를 통해서 대체적인 전황을 파악했는데, 유엔군의 북진이 느려져서 날이 갈수록 초조한 마음이었다.

남쪽의 '해방군'이 빨리 오기를 기다리며 동시에 나는 다시 사이렌 소리가 울리기를 고대했다. 숨어 있던 우리가 마루에 나와 잠시라도 햇빛을 쐬며 하늘에서 전투기와 폭격기가 활약하는 모습을 구경할 수 있었기 때문이다. 우리 집은 저지대에 위치해 있었지만 먼 곳에서 전투기들이 굉음을 울리며 급강하하며 기관포를 쏘는 광경을 낱낱이 볼 수 있었다. 무엇을 사격하는지 구체적으로 보이지 않았지만 아마도 트럭이나 기차가 아닐까 상상했다. 우리는 빠르게 하늘을 가로질러 지나가는 작은 비행기 편대를 '쌕쌕이' 부대라 불렀다. 항공모함에서 날아온 전투기일 거라고 했는데 확인할 길은 없었다.

어느 날, 우리는 그중 한 대가 매우 느린 속도로 저공비행하는 모습을 보았다. 엔진을 끄고 '활공'하며 포로수용소 같은 시설을 찾고 있었던 게 아닌가 싶다. 잠시였지만 그 비행기는 마치 우리 집 상공에 머물러 있는 듯했다. 검은 테두리의 고글을 끼고 우리를 내려다보는 조종사와 눈이 마주쳤다. 나와 쌍둥이, 그리고 어린 두 명의 동생들이 함께 손을 흔들었다. 아마도 조종사는 놀랐을 것이다. 작은 비행기의 그림자가 우리 집의 지붕을 지나 마당을 건너갔다. 짧은 순간 비행기의 그림자 아래 머물렀던 그 시간이 나는 너무도 황홀했다. 지금 생각해 보면 위험천만한 일이었는데도 나는 그때 우리의 머리 위를 지나 하늘로 비상하는 비행기가 얼마나 찬란해 보였는지 모른다.

우리는 매일 폭격기들이 날아오거나 폭탄을 투하하는 장면을 보았다. 보통 서쪽 상공에서 날아와 우리 집 북쪽에 폭탄을 떨어트렸는데 정확히 어느 곳을 폭격하는지는 알 수 없었다. 처음에는 고사포들이 콩 볶는 소리를 내곤 했지만 얼마 안 가 고사포의 대응도 시들해졌다. 그러나 완전히 없어진 것은 아니었다. 그날도 나는 늘 하던 대로 비행기를 구경하고 있었다. 그런데 우리 앞에 고사포의 포탄 파편이 떨어졌다. 갑자기 동생 용식이의 발밑에서 '쉬이!' 하고 철도 기관차가 증기를 내뿜는 듯한 소리가 들렸다. 놀라서 보았더니 담뱃갑 크기의 파편이 떨어져 땅속으로 파고 들어가 있었다. 작은 파편이었지만 얼마나 뜨거웠던지 그리 많지도 않은 땅의 수분을 증발시키는 소리가 났다. 용식이가 "아야!" 하고 신음소리를 냈다. 다행히 파편이 용식이의 무릎을 스치고 지나가 크게 다친 데는 없었다.

우리는 폭격에 대해서만은 전문가가 되었다. 폭격기들은 수십 개의 폭탄을 한꺼번에 떨어뜨리는데, 처음에는 무질서하게 내려오는 듯하다가 잠시 후에는 비행기가 날아가는 방향을 향해서 45도 각도로 질서정연하게 떼를 지어 내려왔다. 매일 같은 장면을 보다 보니 언제부터인가 폭격기가 떨어트린 폭탄이 어디쯤에 떨어져서 폭발할지를 추측할 수 있었다. 사냥감을 향해 쏜살같이 내려오는 매처럼 폭탄들이 떨어지는데 처음 투하됐을 때는 아무 소리도 들리지 않다가 지상에 가까워지면 공기를 내리꽂으며 휘몰아치는 회오리바람 소리가 나고 잠시 후 폭음이 들려왔다. 우리는 공감각적 촉수가 발달해 소리와 냄새, 대기의 흔들림만으로도 폭격기의 예상 진로를 짐작할 수 있었다. 비행기 엔진 소리만 들어도 비행기가 어느 쪽에서 어느 방향으로 가고 있는지를 알 수 있게 된 것이다.

불행한 사실은 그러한 전문지식을 우리 스스로에게 시험하는 순간이 찾아왔다는 것이었다. 검은 먹구름이 하늘을 뒤덮은 어느 날이었다. 어머니와 고모는 시장에 나가고 공습경보 사이렌이 울린 뒤여서 우리는 늘 그렇듯이 두 방의 마루에 나와 앉아 있었다. 하지만 그날은 구름 때문에 비행기를 볼 수 없었다. 그런데 갑자기 구름을 뚫고 비행기 엔진 소리가 들려왔다. 소리가 점점 가까워지고 있었다. 직감적으로 우리는 그 비행기가 우리를 향하고 있음을 알았다. 너무 긴장해 가슴이 터질 것만 같았다. 갑자기 쏴- 하는 공기를 찌르고 휘몰아치는 소리가 들렸다. 회오리바람이었다. 누가 먼저랄 것도 없이 모두 마루 밑으로 뛰어들어 갔다. 마치 잠수함의 함장이 "다이브! 다이브!" 하는 명령을 내리고 경보를 울린 듯이 우리는 신속하고 재빠르게 툇마루 밑으로 몸을 날렸다.

원래 그 공간은 쌍둥이 동생들과 사촌 규식이 숨기 위해 마루 중간의 판자를 잘라 문을 만들어 놓고, 문에 막대기를 세워 열어 놓은 곳이었다. 흔히 새를 잡기 위해 광주리 한쪽에 막대기를 세워 놓고 줄을 달아 놓은 것과 비슷한 형태였다. 먼저 들어간 사람이 가장 구석으로 들어가 문 밑의 공간을 비워 두어서 모두가 순식간에 몸을 숨길 수 있었다. 우리가 문을 닫는 순간, 엄청난 굉음이 들리며 마루 위로 와자작 떨어지는 소리가 들렸다. 우리가 있는 마루 밑에도 먼지바람이 확 불고 지나갔다.

사위가 고요해지자 문을 밀고 나와 보니 조금 전까지도 어두컴컴하던 마루방이 훤해져 있었다. 방의 벽이 모두 무너져 있었다. 방이 있던 자리가 마루를 빼고는 거짓말처럼 사라지고 없었다. 벽도 창문도 문도 아무것도 남아 있지 않았다. 모두 날아가서 박살이 나 버린 것이다. 아마도 그때 방안에 앉아 있었으면 우리도 문짝처럼 날아가 산산조각이 나버렸을 것이다. 내려앉은 천장과 들보 앞에 우리는 망연자실한 채 서 있었다. 하지만 모두가 목숨을 부지한 것만으로도 감사한 일이었다.

가족회의가 열렸다. 이제는 미국이 평양을 마구 폭격하게 된 모양이라며 모두들 시골로 피난을 간다고 했다. 우리 가족은 먼저 큰고모네가 있는 선돌로 피난하는 방안을 논의했는데, 나는 집을 떠날 수 없다고 했다. 우선 험로가 예상되었다. 군사등록증도 없는 우리가 기차를 타고 갈 수도 없었고, 100킬로미터는 족히 될 먼 길을 가다 보면 검문에 걸리기 마련이었다. 그리고 시골에서는 더더욱 숨어 지낼 수가 없었다. 시골 동네의 이웃들은 옆집 장독 안 사정까지도 훤하게 알고 지내는 판인데, 장정들이 남모르게 숨어 있는다는 것은 불가능한 일이었다. 아무리 위험하다고 해도 평양에 남아 있을 수밖에 없었다.

우리 대가족은 둘로 나뉘기로 했다. 작은고모는 어린아이들을 데리고 선돌로 가고 어머니는 우리 젊은이들과 남기로 한 것이다. 나의 직계 가족 중에서는 열 살 된 광식이만 고모를 따라가기로 했다. 열세 살인 용식이도

가라고 했지만 어머니가 남으면 자기도 남겠다고 해서 그러기로 했다. 어린 혜숙 역시 마찬가지였다. 할머니도 남겠다고 하셨다.

　나는 집 밖으로 나갈 수가 없어서 우리 동네의 피해가 어느 정도인지 알수가 없었다. 우리 집에서 직선거리로 70~80미터 떨어진 피복 창고가 정통으로 폭격을 맞았고, 거기서 좀 떨어진 곳에 있던 철공소도 폭격을 당했다고 했다. 우리와 동업하는 유 씨네 집은 신양리 시장 너머에 있는 공장옆에 있었는데, 역시 직격탄을 맞은 듯 집터에는 큰 구덩이 하나만 덩그러니 남아 있었다. 거기다 점심 먹으러 간 부인과 둘째 딸도 온데간데없이 사라져 버렸다고 했다. 유 씨는 혹시나 해서 동네 곳곳을 찾아 헤맸지만 옷자락 하나도 찾을 수 없었다면서 흐느꼈다. 졸지에 아내와 딸, 집을잃어버린 유 씨의 모습은 너무나 참혹했다. 우리는 말문이 막혀서 위로조차 할 수 없었다. 그날 저녁 그와 그의 큰딸이 어디서 밤을 보냈는지는 모르지만, 도저히 잠을 이룰 수 없었을 것이다.

제5장

남한 피난생활,
1950년 12월~1953년

평양을 떠나 남한으로

무시무시한 폭격을 당하고 나니 예전처럼 철없이 폭격 구경을 할 수가 없게 되었다. 우선 방공호를 파야 했다. 한동안 전혀 운동을 하지 못했지만 우리는 아직 한창인 청년들이었다. 땅을 파는 일이 전혀 어렵지 않았다. 순식간에 3미터 길이에 1.5미터 넓이, 2미터 깊이의 구덩이를 팠다. 철도를 깔 때 쓰는 침목을 몇 개 얻어서 구덩이 위에 가로로 놓고 쌀가마로 덮은 후 땅에서 파낸 흙을 올려놓았더니 그럭저럭 방공호의 모습을 갖추었다. 대가족의 3분의 2가 안주로 피난을 갔기 때문에 그리 크지 않은 방공호로도 충분했다. 덕분에 공습경보가 울리면 우리는 다시 마루로 나와 공습을 구경하곤 했다. 직격탄을 맞지 않는 이상 안전할 것 같았다. 물론 우리가 만든 방공호의 안전성을 테스트해 본 것은 아니다. 그 후로 우리 동네에는 폭탄이 떨어지지 않았기 때문이다.

폭격을 당하고 나니 한 가지 좋은 일이 생겼다. 그처럼 우리를 괴롭히던 리사무소 관리들의 발길이 뚝 끊어진 것이다. 아마 그들도 시골로 피난을 간 게 틀림없었다. 대부분 피난을 가버려서 사실상 폭격이 있던 날 이후로 우리 집 앞의 골목을 지나다니는 사람은 거의 찾아볼 수가 없었다. 고모가 안주로 간 후 유 씨네와 정 목수네도 어디론가 피난을 갔다. 신양리 시장은 그야말로 텅 비어 버려서 적막이 가득했다.

우리와 함께 남은 어머니는 혼자 시장에 나가서 쌀을 사고팔았는데 하루에 몇 시간씩밖에 나가지 않았지만 장사가 그렇게 잘될 수가 없었다. 우리처럼 특별한 사정이 있어서 남아 있는 사람들이 적지 않았던 모양이었다. 어머니는 시장에서 돌아올 때 거의 매일같이 갈비짝을 들고 왔다. 집안의 장정들은 집에 숨어 있다고는 하지만 나름대로 최상의 음식을 먹으며 지낸 것이다. 어머니는 도매상에 갈 수 없었지만 농촌에서 쌀을 팔러 나오는 사람들이 계속 있었던 모양이다. 전쟁이 일어난 후 먹을 것이 없어서 허덕이는 사람이 많았지만 우리의 경우는 예외였다. 한창 나이의 장정 넷은 매일 흰쌀밥에다 갈비를 먹을 수 있다는 것만으로 너무나 큰 축복을 받은 기분이었다. 선돌 시골마을에 은신해 있던 국환이와 국찬이도 우리 집에 합류해 장정 여섯이 숨어 있었지만 끼니만은 걱정이 없었다.

유엔군의 북상이 너무 느려서 초조했는데 후에 알고 보니 그럴 만한 이유가 있었다. 낙동강 전선으로 정예부대를 파송했던 북한군은 미군의 인천 상륙으로 허리가 부러진 장수 격이 되어서 힘을 쓰지 못했지만[1] 미군 수뇌부는 38선을 넘어서 북상할 것인가를 두고 고민하고 있었다. 우선 중국 공산정권의 전쟁 개입 가능성이 있었고 소련과의 대결 가능성도 무시할 수 없었기 때문이다. 그런 가능성이 희박하더라도 미군이 38선을 넘어 북상할 경우 전쟁이 장기화되어 미국의 유럽방위 능력이 감소할 것이라고 하여 영국 정부는 물론 미국의 유럽제일주의자들이 38선 돌파를 극구 반대했으니 문제가 매우 심각했다.

그 당시의 정세와 관련해 내게는 잊지 못할 일화가 하나 있다. 1985년에 옥스퍼드 대학교 세인트앤터니스칼리지의 로즈메리 풋Rosemary Foot 교수가 한국전쟁과 관련해 워싱턴에서 벌어진 문제를 연구한 책(*The Wrong War: American Policy and the Dimensions of the Korean Conflict, 1950–1953*, Ithaca: Cornell University Press, 1985)을 출판했는데, 1996년에 내가 옥스퍼드 대학교에서 '한반도의 남북문제'에 대해 강의하게 되었다. 풋 교

---

1 38선 남쪽에 있던 북한군은 미군의 인천 상륙으로 인해 북쪽으로부터 무기와 탄약을 공급받을 수도, 38선 북쪽으로 후퇴할 수도 없어 북쪽을 공격하는 미군이나 한국군에 대항하지 못하게 되었다.

수가 나를 소개하고 앞자리에 가서 앉은 후 나는 다음과 같이 나를 소개했다.

『잘못된 전쟁』이라는 훌륭한 책을 출판한 풋 교수가 있는 옥스퍼드 대학교에서 강의하게 된 것을 큰 영광으로 생각합니다. 초청된 강사가 초청자의 저서를 비판하는 것으로 강의를 시작한다는 것은 도저히 있을 수 없는 일입니다만 저는 그 상식적인 법칙을 어기게 됨을 매우 유감스럽게 생각합니다. 물론 그 책을 쓰기 위해 동원된 자료나 증거는 1급의 것이고 '미군이 38선을 넘어 북상해서 얻은 것은 전혀 없다. 하지만 그들이 입은 손실은 너무나 컸다. 따라서 미군은 38선을 북상하지 않았어야 했다'는 결론은 지당합니다. 그렇지만 저는 한 가지 문제로 풋 교수의 주장을 받아들일 수가 없습니다. 제가 풋 교수의 책을 비판하는 이유는 당시 제가 평양에 거주하며 은신 중이었기 때문입니다. 저는 유엔군이 평양을 해방시켜 주기를 갈망하며 매 순간 초조하게 기다렸습니다. 만일 그때 유엔군이 북상하지 않았더라면 저는 오래전에 사라져 버렸을 것이고 여러분은 오늘의 강사를 만나지 못했을 것입니다.

이처럼 짓궂은 농담으로 자기소개를 했더니 풋 교수는 자리에서 일어나 활짝 웃는 얼굴로 한마디 했다. "나는 내 주장에서 한 가지, 단 한 가지만의 예외를 받아들이겠습니다."

풋 교수의 책 제목은 한국전쟁 당시 미 합참의장 오마 브래들리Omar Bradley가 "한국전쟁은 잘못된 곳에서 잘못된 때에 잘못된 적을 상대로 싸운 잘못된 전쟁이다A wrong war, at the wrong place, at the wrong time, and with the wrong enemy"라고 한 말에서 따온 것이다. 그럼에도 불구하고 백선엽 장군이 이끈 한국군 제1사단이 10월 19일에 평양을 탈환한 것은 놀랄 만한 사건이었다. 서울을 탈환한 때가 9월 28일이니 불과 3주 후의 일이었지만 나에게는 애간장이 녹아내리는 긴 시간이었다.

국군이 평양 공격을 시작한 때가 언제인지 기억나지 않지만 우리 상공을 오고간 포화의 빛깔은 지금도 잊을 수 없다. 늦은 가을비가 추적추적 내린 밤, 하늘에 붉은색, 파란색, 보라색의 긴 줄을 그리며 양쪽을 오고가던 포탄들의 궤적을 잊을 수 없다. 그 광경이 마치 연못 속의 금붕어들이 헤엄치는 모습 같아 아름다워 보일 정도였다. 우리는 그날 밤을 방공호 속에서 지냈는데 비막이를 하지 않은 출입구를 통해서 후두둑후두둑 떨어지는 빗물이 방공호 밑바닥에 고이고 있었다.

새벽이 되니 시끄럽던 대포 소리가 뚝 끊기고 주위가 이상스레 여겨질 정도로 적막해졌다. 골목에서 발자국 소리가 들리지 않는 것은 물론이고 개들이 짖는 소리조차 없었다. 가을비가 지나간 후의 대기는 서늘하기도 했지만 매우 상쾌했다. 쌍둥이 형제의 사촌 형 경빈이의 경우를 보자니 북한군은 이미 평양을 포기하고 북쪽으로 후퇴했을 가능성이 높았다. 대문을 열고 당장이라도 뛰쳐나가 자유를 만끽하고 싶은 욕구가 치밀었지만 어머니가 허락지 않았다.

일곱 시 혹은 여덟 시쯤이 되어 어둠이 완전히 내려앉자 나는 더 이상 참을 수가 없어서 거리에 나가 보기로 했다. 쌍둥이 사촌동생들도 나가겠다고 했다. 그래도 혹시 누군가가 갑자기 총을 쏘지 않을까 해서 조마조마한 마음으로 담장에 붙어 조심조심 걷다가 한동안 아무 기미가 없는 것을 확인하고 길 가운데로 나왔다. 골목 끝에 다다르자 맨 먼저 보이는 것은 어느 집의 벽돌담이 피로 얼룩진 광경이었다. 누군가가 폭격을 당해 폭사爆死한 것 같았다. 사람의 흔적이라고는 없는 큰길 한가운데에 파인 크고 깊은 구덩이 안으로 음모처럼 검은 어둠이 고여 있었다. 아무래도 그곳에 떨어진 폭탄이 우리 집에 영향을 미친 듯했다.

다행히 고개 위에 있는 장대현교회는 무사했다. 쌍둥이 형제와 나는 그곳을 지나 대동강 쪽으로 내려가 신현교회를 찾아갔는데 오랜만에 보는 흰 화강석 건물과 계단뿐만 아니라 건물을 둘러싼 창문도 깨진 것 하나 없이 그대로였다. 예배당 안의 마룻바닥에는 먼지가 뽀얗게 깔려 있었는데 어떤 정부 기관이 사무실로 썼는지 책상 10여 개가 몇 줄로 가지런히 놓여 있었다. 미군 폭격기가 교회 건물을 폭격 대상으로 삼지 않은 덕분에 무사했던 모양이다. 먼지가 자욱하게 덮인 것을 보니 이곳을 포기하고 떠난 지 며칠은 된 듯했다. 평양은 동쪽의 예루살렘이라고 알려져 있을 정도로 기독교인과 교회가 많았으니 공중에서 내려다본 미군 비행사들은 놀랐을 것이다. 이탈리아의 교회당들처럼 뾰족한 종탑은 없지만 크고 작은 교회가 많이 산재해 있었다.

우리 셋은 책상을 한쪽에 밀어 놓고 창고에서 비, 양동이, 자루걸레 등을 찾아 마루 청소를 시작했다. 청소를 마친 후 종탑에 매달린 종을 울렸다. 셋이서 번갈아 가면서 종에 매달린 노끈을 끌어당겼다 놓았다 하니 댕그렁, 댕그렁 하는 해방의 종소리가 우렁차게 울려 퍼졌다. 그날 내 마음 깊은 곳에서도 환희와 감격의 울림이 계속되었다.

한참 후 근처의 교회에서도 연이어 종소리가 들리기 시작하니 마치 한 곡의 심포니가 연주되는 듯했다. 계속 천지에 울리는 그 뜻 모를 종소리를 듣고 드디어 평양이 해방되었음을 느낀 사람들도 있었을 것이다. 대동강 남쪽의 선교리 쪽은 우리보다 빨리 해방되었으니 그쪽에 있는 교회의 종들은 이미 다 울렸겠지만 강북의 평양에서는 아마도 우리가 처음이었을 것이다.

교인들이 하나둘씩 예배당으로 모여들었고, 모두 교회에 들어서자마자 마룻바닥에 꿇어앉아 기도부터 했다. 지금 생각하니 기도하던 교인들은 거의 다 부인이었던 것 같다. 꿇어앉아 눈을 감고 조용히 드리는 기도의 내용은 들어 보지 않아도 알 수 있었다. 우리처럼 감사의 마음으로 가득 차 있거나 전선으로 끌려간 아들의 안위를 기원하는 기도였을 것이다. 그날의 장면을 회상할 때마다 눈시울이 뜨거워진다.

우리가 대동문 쪽을 향해 걸어가고 있을 때 국군부대가 대열을 지어 입성하고 있었다. 처음 보는 미국식 작업복 차림의 군인들이 소총을 메고 큰길 복판으로 걸어 들어오는데 이들이야말로 우리가 절실히 기다리던 구국의 용사들이었다. 북쪽으로 행진하는 대열은 끊임없이 계속되었다. 구경 나온 평양 시민들은 보도에 서서 그들을 망연자실 바라보고 있었다. 영화를 보면 이럴 때 사람들이 깃발을 흔들거나 박수를 치고 만세를 부르지만 우리는 반가운 마음으로 하염없이 그들의 얼굴만 바라보았다. 아마도 태극기를 숨겨 놓았던 사람은 없거나 아주 드물었을 것이다. 소련군이 북한을 점령한 직후에는 북한에서도 태극기를 사용하고 애국가를 불렀지만 북한 정권이 수립되면서 깃발이 새로운 것으로 바뀌었기 때문이다.

행군하던 한 군인이 내게 이리 오라고 손짓했다. 나보다 한두 살 위인 것 같은 그는 나를 골목으로 데려가더니 내 손목에 찬 시계를 가리키며 자기한테 팔라고 했다. 그러면서 호주머니에 손을 넣는 시늉을 했다. 나는 조마조마한 마음으로 선뜻 시계를 풀어 그에게 건네주었다. "그냥 가져가세요. 너무나 수고가 많으십니다." 하는 인사까지 잊지 않았다. 시계를 받은 그는 환한 미소를 띠며 뒤도 돌아보지 않고 달려가 대열에 합류했다. 얼마 전 동네 시계방에서 산 야광 시계였으니 눈에 띄었을 것이고 밤낮으로 전투해야 하는 용사에게는 필요한 물건이었을 것이다. 그러나 어쩐지 "다와이, 다와이." 하면서 시계를 빼앗아 가던 러시아 병사들이 생각나 마음이 편치 않았다. 내 재산이라고는 달랑 그것밖에 없었으니 아쉬움이 컸다.

다음 날 우리는 뜰에 파 놓았던 방공호를 다시 메우기로 했다. 더 이상 필요도 없었지만 작은 뜰의 중간에 구덩이가 있어서 불편하기 짝이 없었다. 흙으로 메우고 다시 토양을 다지느라 절구를 들었다 놓았다 하면서 법석을 떨고 있을 때였다. 갑자기 국군의 일개 분대가 열린 대문을 확 차고 마당으로 들어섰다. 하나같이 M1 장총에 검을 꽂은 전투태세로 우리에게 총구를 겨누며 집안을 수색하기 시작했다. 분대장이 뭐라고 명령하고 구석 마루방을 향해 안에 있는 사람들에게 나오라고 고함을 질렀다. 그리고 마루방 밑에 만들어 놓은 문짝을 열라고 소리쳤다. 아마도 사람이 숨어 있을 만한 장소로 보였던 모양이다. 물론 거기에는 누가 있을 리 만무했다. 너무도 순식간에 벌어진 일이라 나를 포함한 우리 가족은 간담이 서늘했다. 바로 며칠 전, 경빈이에게 숨어 있으라고 한 장소였기 때문이다. 마루 밑이 빈 것을 확인한 분대장은 우리에게 무엇을 하고 있었느냐고 물었다. 그래서 얼떨결에 방공호를 메우고 있었다고 대답했지만 말귀를 잘 못 알아들은 것 같았다. 우리가 하늘을 가리키며 비행기, 폭격, 피신이라는 말을 경황없이 늘어놓자 이해하기가 어려운 모양이었다. 그러더니 난데없이 우리에게 발바닥을 보이라고 명령했다. 오랫동안 행군했으면 굳은살이 박이거나 물집이 생겼겠지만 3개월 반이나 집안에 숨어 있던 우리의 발바닥은 그저 하얗기만 했다. 거기에 우리의 몰골은 한결같이 장발에 추레했다.

나는 그날의 일이 매우 야릇한 기억으로 남아 있다. 같은 민족이면서도 서로 말이 통하지 않아 답답했던 심정은 도무지 표현할 수 없는 절망 그 자체였다. 우리는 강한 평양 사투리를 사용했고 아마 그들은 남쪽 지방 어딘가의 언어를 썼을 것이다. 우리에게 서로의 말은 마치 외국어처럼 들렸다. 한 나라 안에서 이런 불통을 겪어야 했다는 것이 희한할 따름이다.

국군이 평양을 탈환한 후 나는 평양 YMCA에서 서기 일을 보게 되었다. 내가 어떻게 그 일을 하게 되었는지는 도통 기억이 나지 않는다. 그전에 YMCA와 아무런 관계도 없었는데 무슨 연줄로 그렇게 되었는지 참으로 수수께끼이다. 그때 나는 아직 19세였고 변변한 학력도, 인정할 만한 경력도 없었다. 그런데 YMCA의 중요 직책이라 할 서기가 된 것이다.

내가 맡은 업무는 YMCA 회원증을 발급하는 것이었다. 이 회원증은 ― 약간 과장하면 ― 생명을 좌우할 수 있는 것이었다. 왜냐하면 당시 북한 주민들은 너나없이 빨갱이라는 혐의를 받게 마련이었는데 기독교 신자임을 증명하면 신변이 보장되어서 혐의를 벗을 수 있었기 때문이다. 그도 그럴 것이 당시 거의 모든 기독교인은 공산주의를 반대했다. 교회에서 증명서를 발급해 주면 되지 않았겠느냐고 질문할 수도 있겠지만 그런 관례는 없었다. '교인 증명서'라는 말조차도 들어 본 일이 없다. 성경을 가지고 다니면 되지 않겠느냐고 하겠지만 성경을 신분증 대신에 항상 가지고 다니기는 쉽지 않았다.

그 대신 YMCA의 Y 마크는 국제적으로 통하는 것이어서 기독교인임을 증명할 수 있었다. 어느 정도 효과가 있었는지는 알 수 없지만 모두들 YMCA의 회원증을 원했다. 평양 YMCA에서는 등사판으로 만든 회원증을 발급했는데 그것을 얻으려고 일제히 모여드니 종일 눈코 뜰 새가 없었다. 그중에는 서울에 간다고 하며 증명서를 급히 필요로 하는 사람도 있었다.

이승만 대통령이 평양을 방문하니 시청 앞 광장에서 환영식을 할 것이라는 소식이 왔다. 나는 그 연락을 YMCA에서 받았는데 그날 아침 동원한 인력이 족히 100명은 되었다. 자료를 찾아보니 1950년 10월 30일에 있었던 일이다. 나는 당시에도 그랬고 지금도 '시청 앞'이라는 표현을 자주 사용하는데 그 건물 앞의 광장에서 북한의 각종 행사가 거행되었다. 우리는 학교에서 하던 식으로 네 사람씩 열을 지었는데 대열이 매우 길었다. 서기로 일하던 내가 지휘하여 몇 블록이나 되는 시청 앞까지 사람들을 인솔했다. 참으로 신나는 행진이었다. 찬송가를 군가軍歌 대신에 부르며 행진했는데 그전까지는 찬송가가 그렇게 우렁찬 행진곡이 될 수 있으리라고 상상조차 못 했다. 찬송가를 조금 빠르고 힘차게 부르니 훌륭한 행진곡이 되었다. 감사의 마음이 가득 찬 대열이었으니 찬송가도 저절로 힘차게 불렀다. "십자가 군병들아 주 위해 일어나"를 부르다가 곡이 끝날 무렵이 되면 대열 중의 누군가가 "믿는 사람들아"로 연결하여 선창했다. 다시 곡이 끝나 가면 또 누군가가 다른 노래를 선창하는 식으로 노래가 계속 이어졌다. 한 번도 경험해 보지 못했던 신나는 상황이었다. 오랫동안 목청을 높여 노래를 불러 보지 못했던 차에 찬송가나마 그렇게 힘차게 부르면서 행진하니 절로 가슴이 확 트이는 기분이었다. 아마도 그곳에 있던 모든 사람이 감격에 겨워 흘러내리는 눈물을 삼켰을 것이다.

광장에 도착하니 이미 많은 사람들이 모여 있었다. 그들도 직장이나 동네에서 단체로 모여서 광장으로 나왔을 것이다. 사람들이 계속 운집하여 시청 앞의 큰 광장이 인파로 가득 차자 잠시 후에 이승만 대통령이 나오신다는 안내 멘트가 확성기를 타고 울려 퍼졌다. 드디어 숨 막히는 순간, 흰 두루마기를 입은 백발의 노인이 베란다에 나타났다. 우레와 같은 박수 소리와 함께 "만세!"를 부르짖는 환호의 함성이 평양 거리로 퍼져 나갔다. 나는 그날 너무나 큰 감격에 목이 메었다.

이승만 대통령의 환영식을 하고 며칠 후였는지는 기억나지 않지만 나는 내 인생의 중대 전환점이 되었다고 할 만한 사건을 겪게 되었다. 그날도 홀로 대동문 가까이에 있는 대로를 걷고 있었다. 길 왼쪽에 군용 트럭이 줄지어 서 있었는데 그중의 한 차가 금방 도착했는지 군복을 입은 청년 두 명이 트럭 뒤편에서 막 뛰어내리고 있었다. 무심코 쳐다보다가 나는 너무나 놀란 나머지 탄성을 내질렀다. "야. 너 명린이 아니가? 너는 자인이 아니야?" 서울에서 온 사촌형들이 평양 땅을 처음으로 밟는 순간을 목격한 것이다. 이들과 나는 어릴 때 함께 자라다시피 해서 아무리 오랜만에 보더라도 금세 서로를 알아볼 수 있었다. 큰외삼촌의 아들인 명린이는 내가 외갓집에 갈 때마다 싸우곤 했던 한 살 위의 사촌이고 큰이모의 아들인 자인이는 나보다 두 살 위였다. 내가 그들을 마지막으로 만난 것은 우리가 한커우에서 돌아온 1941년경이었을 것이다. 거의 10년이 지났는데 그렇게 길에서 우연히 만나게 되리라고는 꿈도 꾸지 못했다. 그날의 놀라움과 반가움은 어떤 말로도 표현할 수가 없다.

왜 내가 그날의 만남을 '인생의 전환점' 운운하는 극단적인 표현까지 동원해 가며 강조하는가. 그것은 어떤 '기적'을 이야기하기 위함이다. 그로 인해 우리 가족의 미래가 달라졌기 때문이다. 결과적으로 우리도 수만, 수십만의 피난민과 합류하여 남쪽으로 걸어내려 왔지만 그 대가족이 보따리를 지고 38선을 넘어가는 광경은 상상만 해도 끔찍하다. 몇 년 전 우리 가족도 랴오양에서 압록강변에 이르는 길의 일부를 걸어왔지만 우리의 상황은 평양에서 남하한 동포들의 경우와는 비교할 수 없을 만큼 좋았다. 우선 삼촌이 도중까지 우리를 데려다 주었고 나귀가 끄는 수레의 도움을 받았으며 우리 가족만 단출하게 움직여서 인파에 휩쓸릴 일이 없었다. 하지만 군중 속에 뒤섞인 피난민 행렬에는 많은 위험요소가 존재했다. 가족들이 서로 헤어질 가능성과 굶주림, 추위, 그리고 예상할 수 없는 아귀다툼이라는 요소가 있었다. 대동강변의 기적은 우리 가족이 이러한 참극을 면하는 축복을 주었으니 하나님께 감사하지 않을 수 없다.

그날 나는 자인이의 부친, 즉 이모부를 만났는데 이모부는 군인은 아니지만 정부와 밀접한 관계를 맺은 기관의 책임자라고 했다. 좀체 이해할 수 없었던 부분은 이모부도 사촌형들처럼 계급장이 없는 군인 작업복을 입고 있었다는 것이다. 만주에 있을 때 본 팔로군 장병들도 계급장이 없었지만 그들의 경우는 이들의 경우와 많이 달랐다. 한국 군인들은 엄연히 계급장을 달고 다니는데 군인이 아닌 사촌들과 이모부는 군복을 입고 다녔다.

이모부 선은모 씨는 원래 평안남도 개천에서 영화관과 더불어 운송업체를 경영한 사업가였다. 해방 직후 소련군이 진주할 때까지는 자치단체를 만들어 관여했는데 소련군과의 관계가 원만치 않아서 서울로 월남했다. 그곳에서 청년단체와의 인연으로 정부의 특명을 받고 평양에 파송되었다고 한다.

당시 나는 종로에 있는 YMCA 건물에서 인쇄업을 시작할 생각이었다. 그런데 자인이가 와서 이제 유엔군이 후퇴해야 할지 모르니 모든 것을 정리하고 피난 갈 준비를 하라고 했다. 청천벽력 같은 소식이었다. 나는 너무 놀라서 반문했다. "아니 며칠 전에 국군이 압록강변에 있는 초산을 점령했다고 하지 않았어? 그런데 후퇴는 무슨 후퇴야?" 자인이는 작전상 그럴 수도 있는데 며칠이면 돌아올 것이라고 하면서 고모와 어머니 외에는 아무에게도 말하지 말라고 했다. 기밀이 누설되면 혼란이 일어나 작전에 장애가 될 수 있으니 반드시 비밀을 지키라고 신신당부했다.

곧바로 신양리 시장에 나갔더니 어머니와 고모는 쌀장사에 여념이 없었다. 고모가 안주에서 애들을 데리고 돌아온 지 며칠 되지 않았던 것처럼 다른 사람들도 피난에서 돌아와 다시 일상을 시작했으니 모든 장사꾼이 눈코 뜰 새 없이 바빴다. 푸줏간, 생선가게, 채소가게 주인들이 분주하게 손님을 상대하고 있었다. 나 또한 장사에 가세해 일손을 돕다가 잠시 짬을 내어 비밀스런 소식을 전했다. 며칠 내로 조용히 모든 것을 정리하고 가진 돈을 남한 화폐로 환전해서 떠날 준비를 해야 한다고 말했다. 그리고 철저한 입단속을 당부했다. 우리는 입에서 입으로 전달되는 소문의 위력이 얼마나 큰지 너무나 잘 알았다. 남들에게는 참으로 미안한 일이지만 어쩔 도리가 없었다. 국군이 평양을 점령했지만 우리는 여전히 북한 화폐를 사용하고 있었다. 그런데 남한 화폐로 환전해 주는 곳이 있다고 했다. 대혼란을 막으려면 일사천리로 모든 일을 처리해야 했다.

며칠이면 돌아올 수 있다고 하니 준비는 간단했지만 고모 가족과 우리 가족을 합치면 열대여섯 명이나 되는데 대가족의 이동수단이 문제였다. 그런데 발 빠른 이모부가 벌써 조치를 취해 놓았다고 했다. 운송업을 하던 시절 친하게 지낸 지인이 평양 근교에 사는데 그가 트럭을 소유하고 있다고 했다. 자인이가 와서 자초지종을 말해 주며 따라오라고 해서 갔더니 최 씨라는 사람이 벌써 기다리고 있었다. 나에게 주어진 첫 번째 임무는 그를 따라가 안내를 받아 가족 모두를 태우고 대동강 남쪽으로 가는 것이었다.

그 집 마당에 이르렀을 때 나는 아연실색하고 말았다. 내 눈앞에 보이는 것은 트럭이 아니라 벌겋게 녹슨 쇳덩어리였기 때문이다. 앞과 뒤에 시멘트 블록을 쌓아 놓고 트럭의 골격을 올려놓았을 뿐이었다. 최 씨는 이것이 우리가 타고 가야 하는 트럭이라고 했다. 트럭을 완전분해해서 부품들을 여러 곳에 분산해 놓았다는 것이다. 만일 그렇게 하지 않았다면 자기까지 끌려가서 전쟁터를 왔다 갔다 하다가 기관포를 맞고 날아가 버렸을 것이라고 덧붙였다. 나는 젊은 장정만 끌어간다고 생각했는데 트럭은 우리보다 몇 배나 더 중요한 차출 품목이었던 것이다.

최 씨는 눈부시게 빠른 속도로 움직였다. 몇 명의 사람들이 나타나 도와주었는데 시간이 지나면서 녹슨 쇳덩어리는 차츰 차량의 모습을 갖추어 갔다. 하지만 얼마나 더 지나야 내가 아는 트럭의 모습이 될지는 알 수 없었다. 대낮에 작업을 시작했는데 저녁 때가 되어도 한밤중이 되어도 작업은 끝나지 않았다. 날이 저물자 먼 곳에서 포화가 오가는 소리가 들렸다. 나는 안달하면서 트럭을 조립하는 광경을 지켜보았다. 밤이 깊어갈수록 포화는 점점 더 가까워졌다. 그런데 우리를 살려 줄 트럭에는 바퀴조차 달려 있지 않았다. 식은땀이 흐르는 초조한 시간이었다. 식구들이 집에서 걱정하며 기다리고 있을 것을 생각하니 더욱 마음이 다급해졌다. 전화라도 있으면 연락했겠지만 그런 물건은 최 씨네 집에도 우리 집에도 없었다.

새벽 서너 시쯤 되어서 트럭 연료통에 기름을 부었다. 누군가 운전석에 올라 시동을 거니 놀랍게도 부르릉 하는 반가운 엔진 소리가 들렸다. 집에 도착한 나는 골목 가장 가까운 곳에 트럭을 세우고 뛰어가서 대문을 두드렸다. 어머니가 황급히 뛰어 나왔다. 모두들 내가 사정이 있어서 혼자 간 것으로 생각하고 잠자리에 들었지만 어머니만은 끝내 포기하지 않고 기다렸다고 했다. 우리는 잠자는 동생들을 깨워서 트럭에 태웠다. 이부자리를 몇 채 싣고 쌀도 한 가마 올려놓았다. 마지막으로 나는 만주에서 가져온 사진첩의 사진들을 몇 장 떼어 가져갈까 하다가 단념했다. 며칠 있으면 돌아올 텐데 굳이 지니고 다니다가 잃어버릴까 염려되었기 때문이다.

모든 준비가 다 끝나갈 즈음, 예기치 않았던 난관에 부닥쳤다. 할머니가 트럭에 오르기를 한사코 거절한 것이다. 우리는 모두 함께 행동해야 된다고 설득했지만 할머니는 요지부동이었다. "며칠이면 돌아온다고 하지 않았느냐? 우리 집에는 쌀과 메밀이 몇 가마나 있지 않니? 나는 그것이면 족하니 어여 다녀와라. 이 늙어빠진 뼈다귀를 누가 무엇 때문에 해치겠니? 왜 내가 이 추운 겨울에 따뜻한 집을 두고 이리저리로 헤매야 하니?" 할머니의 주장에도 일리는 있었다. 며칠 후 돌아온다는 것을 전제로 한다면 위궤양을 앓는 70대 노인을 엄동설한에 밖으로 돌게 하는 것은 위험천만한 일이었다. 결국 설득에 실패한 우리는 할머니를 두고 집을 떠났다.

우리를 태운 트럭은 심야의 평양 거리를 지나서 남쪽으로 향했다. 그렇게 곧 돌아오겠다는 인사를 하고 떠난 우리는 이후 영영 할머니에게 돌아가지 못했다. 수십 년 동안 우리 가족은 그날 지키지 못한 약속으로 인해 말없이 눈시울을 적셨다. 각자에게 그날의 기억과 죄책감이 너무나 커서 죽는 날까지 사라지지 않을 흉터로 남았다.

그때로부터 40여 년 후인 1990년대 어느 해에 서울에 갔더니 선돌에 남았던 국환이가 서울에 와 있다고 했다. 우리가 평양을 떠날 무렵 그는 고향 선돌에 돌아갔다가 국군이 후퇴하는 것을 몰라서 남게 되었는데 자동차 운전을 한 덕으로 어느 고관의 경호원 겸 운전수가 되어서 평온하게 생활했다고 한다. 그런데 전쟁 후에 사회가 어느 정도 안정되자 당 조직이 모든 인원의 전쟁 동안의 행동을 조사하기 시작했다. 자기의 과거를 숨길 수 없음을 알게 된 그는 아내와 딸을 데리고 남쪽으로 도피하려다가 발각되어 몇 해 동안 징역을 살았고, 중국에서 문화대혁명이 일어나 북한과의 관계가 악화된 것을 기화로 가족을 데리고 두만강을 넘어서 중국으로 도피했다. 그러나 중국 역시 피난처로 적합하지 않아서 우수리강을 넘어 소련으로 피신했는데, 그곳에서는 그의 경력을 이용하여 북한에 파송해 정보 수집을 시키려고 했다고 한다. 국환이는 이에 완강하게 저항했고, 평민으로 생활하다가 고르바초프의 개혁운동과 개방정책을 맞았다. 이후 소련과 한국의 관계가 호전하자 KBS를 통해서 나를 찾으려고 했으나 찾지 못했다고 한다. 그러나 이정식을 찾는다는 방송을 여러 번 들은 친동생 국찬이와 연락이 닿아서 서울을 방문하게 되었다는 것이다.

국환이는 나에게 너무나 기쁜 소식을 전해 주었다. 국군이 평양에서 철수한 지 얼마 후에 평양에 가서 우리 집을 찾았더니 할머니가 혼자 계셨는데 바로 그때 만주에 살던 삼촌이 가족(나와 같이 월남한 외아들 규식이는 빼고)을 데리고 귀국해서 선돌에 와 있었다고 한다. 그래서 할머니는 선돌에서 둘째 아들인 봉규와 같이 지내시다가 노환으로 별세하셨다고 했다.

할머니를 홀로 남겨둔 채로 우리 가족은 서울을 향한 피난길에 올랐다. 그런데 이번의 여정은 압록강을 건너 북한 땅을 밟은 1948년 봄의 피난과 여러모로 달랐다. 지난번에는 만주의 산야를 걸어서 지나고 도강渡江이 금지된 압록강을 건너는 등 육체적으로 고단하고 위험천만한 일이 많았지만 이번 피난은 그에 비하면 거의 수나롭다 할 정도로 호사스러운 길이었다. 가족 전원이 트럭에 올라타 남한으로 갔기 때문이다. 친척들이 살고 있는 남한이 점점 가까워지고 있었다.

　12월의 겨울밤은 몹시 추웠다. 황해도 신막을 지나면서 본 미군 헌병들의 모습이 당시의 날씨를 웅변했다. 미군 파카를 입고 깊숙이 모자를 쓴 두 군인은 장작불을 지핀 드럼통 난로 앞에 서 있었지만 그 열기로는 날선 추위를 감당할 수 없어 발을 동동 구르고 있었다. 옆에 있는 폐가의 벽에서 판자를 계속 뜯어서 불 속으로 던졌다. 큰길가에 있던 그 집은 규모로 보아 한때 일본인 부자나 관리가 살았겠지만 미군들의 추위를 막아줄 만큼의 연료를 제공하지는 못했다.

　평양의 보통 시민들이 고요히 잠든 시간이고, 유엔군의 후퇴가 아직 시작되지도 않았을 때라 남쪽으로 가는 큰길이 뻥 뚫려 있어 우리 일행이 나눠 탄 두 대의 트럭은 쉼 없이 질주할 수 있었다. 내가 탄 트럭보다 앞서 가는 트럭에는 자인이와 명린이, 그리고 그들의 동료들이 탔는데 그 외에 누가 더 탑승했는지는 미처 물어보지 못했다. 밤길을 얼마나 달렸을까. 서울에 도착했을 때는 이미 동이 튼 지 한참이 지난 시간이었지만 검은 구름에 가려 세상은 아직 어둠 속에 잠겨 있었다.

　최 씨가 몰던 트럭이 갑자기 급정거하자 누군가 서울에 왔다고 소리쳤다. 눈을 비비며 나는 주변을 바라보았다. 이곳이 서울이라니. 도저히 믿을 수 없었다. 화려한 도시로 알고 있었던 상상 속의 수도가 한낱 폐허의 땅에 지나지 않았다.

　자인이의 집인 일본식 주택은 수리해서인지 파손된 곳이 보이지 않았지만 '단독주택'이라는 말에 걸맞게 황무지에 홀로 서 있었다. 주변은 완전한 폐허인데 그 집만이 우뚝 서 있었다. 집에서 오른쪽으로 70~80미터 거리에는 몇 층짜리인지 모를 큰 건물의 파벽破壁이 있었는데 그것이 반도호텔이었다고 한다. 문짝이나 창문이 남아 있지 않은 것은 물론이고 콘크리트 잔해가 강한 불길에 타서 새카맣게 그을려 있었다. 건물의 왼쪽 뒤로는

30~40평쯤 되어 보이는 목조건물이 보였는데 벽의 판자가 퇴색해서 회색이 되었고 지붕에는 검은 기름종이를 깔아 날아가지 않도록 벽돌들을 몇 개 얹어 두었다. 한 귀퉁이에 '아서원'이라는 낡고 허름한 간판이 붙어 있었는데 원래 중국식당이 있던 곳이라고 했다. 이곳은 지금 롯데백화점과 롯데호텔이 자리한 소공동으로, 당시 그 일대는 깨어진 콘크리트 덩어리와 벽돌 잔해만이 어지럽게 널린 폐허의 들판이었다.

사방을 돌아보아도 그 건물들 외에는 보이는 것이 없으니 너무나 공허한 살풍경이 아닐 수 없었다. 자인에 의하면 9·28 탈환전의 함포 사격과 공습이 땅과 하늘을 요동치게 할 정도로 맹렬했다고 했다. 포탄이 잇따라 떨어지니 순식간에 건물과 길이 무너지고 갈라졌으며 폭풍처럼 치열한 시가전이 휩쓸고 간 후에는 거리에 시체가 즐비해 차마 눈 뜨고 볼 수 없는 지경이었다고 한다.

트럭을 운전하던 최 씨가 자인이 집의 문을 두드리자 자인의 어머니, 즉 나의 이모가 나와 트럭에 탄 우리를 휘 둘러보다가 그 속에서 어머니를 발견하고는 깜짝 놀라 소리쳤다. "아니, 어떻게!"라는 말과 함께 이모는 눈물을 쏟았다. 오랫동안 생사조차 알 수 없었던 동생과 가족이 갑자기 나타나 눈앞에 서 있으니 그럴 수밖에 없었을 것이다. 서둘러 트럭에서 내린 어머니 역시 놀라움과 감격에 겨워 이모를 덥석 안았다. 하지만 반색하던 이모의 얼굴이 금세 어두워졌다. 트럭에 옹기종기 쭈그려 앉은 세 가족의 모습을 보자니 한숨부터 나왔을 것이다. 그 많은 식솔들의 입을 책임져야 했기 때문이다. 최 씨네 가족까지 합하면 우리 일행이 족히 스무 명이 넘으니 어느 가정주부라도 걱정했을 것이다. 쌀장사를 하는 집이라면 모르지만 그처럼 많은 식구가 동시에 한 끼를 해결하려면 얼마나 많은 식량이 필요할 것인가.

그러나 이모의 난처한 안색은 순식간에 달라졌다. 우리가 가져간 쌀가마 덕분이었다. 그제야 숨통이 트이는지 이모의 얼굴이 밝아졌다. 거기에 최 씨네 일가족이 트럭에서 내리지 않고 어디론가 가버린 것도 다행스러운 일이었다. 당시 서울의 식량난은 대단했다고 한다. 피난 갔던 주민들이 많이 돌아오고 있었지만 시장이 회복되지 못했기 때문이었을 것이다. 남한 일대가 전쟁터로 변해 버렸으니 농산물의 생산이 당연히 줄어들었을 것이다.

나는 그날 우리 가족을 남한으로 데려온 트럭 주인 최 씨와 보낸 하루를 지금껏 잊지 않고 있다. 그에게 엄청난 신세를 졌음에도 제대로 인사를 건네지 못했던 것이 평생의 아쉬움으로 남는다. 그와 이모부는 이후에도 지속적으로 교류했을 테지만 나와의 만남은 그것이 마지막이었다.

중공군 개입과 국민방위군 사관학교 입대

우리는 유엔군이 후퇴하는 이유를 모르는 상태로 평양을 떠났는데 우리의 피난생활은 서울에서 끝난 것이 아니었다. 자인의 집에 도착해 보니 그곳에서도 피난 문제를 진지하게 고려하고 있었다. 자인은 작전상 얼마 동안 후퇴한다고만 말했는데 만일 그 이유를 제대로 알려 주었더라면 할머니를 억지로라도 모시고 떠났을 것이었다. 나중에 알고 보니 후퇴한 이유는 중공군의 개입 탓이었다. 그렇다면 일시적인 후퇴로 해결될 문제가 아니었다. 국군이 평양에 입성한 10월 19일에 중공군은 압록강을 건너서 한국전쟁에 개입했고 유엔군은 후퇴를 거듭했다.

우리가 서울에 도착한 직후 나는 국민방위군이라는 단어를 처음 들었다. 자인과 명린, 그리고 내가 도착했을 때 청년들의 징병 문제가 사람들의 입방아에 오르내리고 있었다. 서울에서 남하하려면 한강을 건너야 하는데 입대해서 군인이 되기 전에는 강을 건널 수 없다고 했다. 헌병들에게 끌려간다는 것이다. 금방 평양에서 내려온 나도 대한민국의 군인이 되어야 한다고 했다. 하지만 나는 오히려 그것이 당연하게 여겨졌다. 내가 평양에서 극구 징병을 피해 숨어 있었던 것은 공산정권을 싫어하고 미워했기 때문이었지 살아남기 위한 것만은 아니었다.

그러나 입대 논의는 내가 생각했던 것처럼 간단치 않았다. 군대에 가기는 가되 거기서도 어느 길을 택할 것이냐라는 선택의 문제가 있었다. 이등병으로 입대하는 길은 너무나 고되었고, 그렇지 않으면 장교훈련생으로 지원해 한 달 동안 훈련받은 후 소위로 임관되는 방법이 있었는데 이 과정을 밟는 장교들은 소모품으로 취급받는다고 했다. 전쟁터에서 가장 많이 희생되는 군인들이 제대로 훈련을 받지 못한 풋내기 소대장들이다. 물론 영어를 할 줄 아는 학생은 통역장교가 될 수도 있고, 의과대학을 다니던 학생은 의무장교가 될 수도 있지만 그것은 내가 선택할 수 있는 길이 아니었다.

그런데 이모부, 즉 자인의 아버지는 내가 몰랐던 제3의 방법을 알려 주었다. 얼마 전부터 정부가 국민방위군 사관학교를 설립하고 후보생을 모집하고 있으니 그곳에 지원하라고 했다. 자기와 함께 청년운동에 관여했던 사람들이 국민방위군에도 관계가 있어 잘됐다는 말도 덧붙였다. 우리 셋은 남대문 앞에 있는 큰 건물에 가서 시험을 보았는데 그것은 형식에 불과했다. 주최 측에서는 바로 합격증을 내주면서 온양에 있는 국민방위군 사관학교에 가라고 했다.

국민방위군이 조직된 시기는 중국 병사들이 밀물처럼 남하하기 시작했을 때였다. 국민방위군설치법이 제정된 때가 1950년 12월 21일인데 우리 트럭이 서울에 도착한 날짜는 정확하지 않지만 아마도 그때쯤이었을 것이다. 군인, 경찰관과 학생을 제외한 모든 청장년(17~40세)은 남쪽에 설치될 방위군 교육대에 집합하라는 명령이 내려졌다. 정부가 이렇게 결정한 것은 한국전쟁이 일어난 1950년 6월의 '역사'가 있었기 때문이다. 북한군이 공격을 시작한 지 3일 만에 대한민국의 수도 서울을 점령하는 놀라운 일이 벌어졌던 것이다. 당황한 사람들은 일반 시민뿐만이 아니었다. 28일 새벽, 아직 수도가 완전히 함락되기도 전에 국군 공병대가 하나밖에 없는 한강다리를 폭파해 버린 것을 보면 국군 장성들이 얼마나 당황했던가를 알 수 있다. 한강교 폭파는 서울뿐만 아니라 한강 이북에 살던 모든 주민이 선택할 수 있는 길을 끊어 버리고 장병들의 사기를 한없이 떨어뜨린 조치였는데, 이는 방위 준비를 제대로 하지 않았음을 말해 준다. 최소한 국방부는 비상사태에 대비했어야 했는데 신성모 국방장관은 북한의 전차가 서울 근교에 도달했을 때까지도 "조금도 걱정하실 것이 없습니다." 라고 대통령에게 되풀이해서 장담했다고 하니[2] 한심한 일이었다. 어쨌든 한강교 폭파로 인해 대다수 청년들이 북한군에 징발되어 친구와 친척에게 총을 겨누게 되었다. 1950년 12월, 중공군이 유엔군을 밀어붙이고 남하하는 상태에서 청장년들을 방치했다가는 또다시 적군에게 도움을 주게 될 것이므로 조치를 취해야 했다. 그래서 제정된 것이 국민방위군설치법으로, 강원도, 경기도, 충청도의 50만 장정을 동원해서 남하시켜 훈련하여 예비 병력을 양성하자는 취지의 법이었다. 추측컨대 내가 입학한 국민방위군 사관학교는 간부를 양성하여 제2국민병이라고 부른 이 장정들을 통솔하기 위해 설립된 것 같다.

어느 날 아침 명린이 갑자기 배가 아프다고 해서 가족들과 함께 남기로 하고 자인과 나는 군인 작업복을 입고 서울역에 나갔다. 서울역에는 기차표를 파는 사람도 역부도 없었다. 모두 선로에 정차한 무개 화물차에 올라탔다. 양쪽에 얕은 벽이 있는 화차貨車인데 남쪽으로 간다고 했다. 우리뿐만 아니라 남녀노소가 올라타니 금방 피난민 열차가 되었는데 소문과 달리 여객을 검열하는 헌병도 없었다. 우리 둘의 짐은 너무나 단출했다. 칫솔, 치약, 내의 몇 벌, 그리고 어머니가 정성껏 싸준 검은 엿 한 판을 군용담요에 싸서 노끈으로 칭칭 매어 어깨에 멘 것이 다였다. 천안은 서울에서 가까우니 삽시간에 도착했을 터이고 그곳에서 온양까지는 버스나 트럭으로 갔을 터인데 전혀 기억이 나지 않는다.

국민방위군 사관학교는 온양온천의 허허벌판에 자리 잡고 있었다. 주위가 철조망으로 둘러싸여 있는데 일본 사람이 먹는 가마보코 모양으로 만든 퀀셋quonset이라는 철판 구조물 수십 개가 줄지어 있었다. 그중에 하

---

2 釜山日報社 編,『臨時首都千日』(釜山: 釜山日報社, 1985), p. 30.

나가 내가 한 달 동안 생활하게 될 건물이었는데 한 퀸셋에 일 구대區隊가 수용될 예정이었다. 하나의 구대는 120명이니 일개 중대와 같은 수의 장정이 모인 셈이다. 평양을 떠난 지 두 주가 될까 말까 하는 날에 나는 어엿한 사관후보생이 되어 있었다.

사관학교의 교장과 모든 교관은 현역 군인이었는데 내 느낌에 그들은 국민방위군이라는 존재를 경멸 아니면 저주의 눈으로 보았던 것 같다. 우리 사관학교는 원래 어느 청년단이 훈련소로 쓰던 곳이고, 국민방위군 역시 청년단을 개편한 것이나 다름없었는데 갑자기 사령관으로 임명된 김윤근 준장은 군인 경력이 전혀 없는 씨름꾼이었다고 하니 직업군인들이 국민방위군을 군대로 취급하지 않았던 것도 무리는 아니었다. 게다가 그들은 국민방위군의 일부인 사관학교에 배속된 것을 일종의 좌천으로 여겼다. 사단이나 연대에서 계속 근무하는 동료들은 육군이 매일 콩나물처럼 팽창하는 과정에서 2계급 승진을 하면서 승승장구하고 있는데, 국민방위군 사관학교에 배속된 그들에게는 국민방위군에 배속되었다는 경력상의 오점과 승진 트랙에서 떨려났다는 허탈감만 남아 있었기 때문이다. 내가 이런 생각을 하게 된 것은 교관들이 후보생들을 너무나 엄하게 대했기 때문이다. 감옥의 죄수처럼 취급했다는 것이 옳은 표현일지도 모른다.

어떤 이들은 그 이유가 장교들이 일본의 군대문화를 이어받은 사람들이었기 때문이라고 말했다. 일본 군인은 부하를 노예같이 때리고 차고 하지 않았더냐? 일제하에 군대에 들어가서 두들겨 맞은 선배들이 그 악습을 심어 놓았고, 국민방위군이 아닌 정규군대에서도 그런 악습이 되풀이되었다고 한다. 이것이 사실이라면 우리는 위에서 말한 두 가지 악습이 결합된 체벌을 받은 것이다. 너무나 고된 나날이 기다리고 있었다.

사관학교라고는 하지만 약 일주일에서 열흘 동안 우리가 받은 교육은 모든 군인이 받아야 하는 기초훈련이었다. 몸을 단련하고 기계처럼 명령에 복종해서 적과 싸울 수 있는 심신을 단련하는 과정이다. 행진, 구보, 포복, 군가 배우기 등 고된 일과가 계속되었다. 아침저녁에는 내무반 검열이 엄격하게 실시됐다. "전우의 시체를 넘고 넘어 앞으로, 앞으로"라는 군가는 내가 남한에 내려와서 처음 배운 군가였을 것이다. 후에 들으니 미군 고문관들이 그 군가의 뜻을 알고 놀랐다고 하는데, 한국 군가는 일본군의 전통을 계승한 것인지도 모른다. 우리가 어릴 때 배운 일본 군가에도 죽음을 각오한다, 공을 세우지 못하고 죽을 수는 없다 등 과격한 표현이 많았다.

어느 날 아침의 점호는 유별났다. 모든 소지품을 배낭에 넣고 점호를 받으라는 지시가 내려왔다. 점호가 끝난 후 주먹밥을 하나씩 먹은 후 출발 명령이 내려져 제1구대부터 출발했는데 우리 구대는 중간쯤이었는지 한참 후에야 출발했다. 야외연습이 있는 것인가 했는데 그것은 아니었다. 국민방위군 사관학교에 배속된 보병 일개 소대를 앞세우고 우리는 어딘가를 향해 가고 있었다. 어디에 간다는 이야기는 물론 없었고 후퇴라는 말도 없었다. 온양에 도착한 후 신문을 보지도 라디오를 듣지도 못했으니 행진하는 이유를 몰랐고 물어볼 사람도 없었다. 방향감각이 없는 나는 동쪽으로 가는지 북쪽으로 가는지도 모른 채 대열을 따라 행군했다. 하지만 그 영문 모를 행군이 후퇴라는 것을 감지하는 데에는 오래 걸리지 않았다.

그렇게 천안역까지 가서 많은 철로들을 건너고 있었는데 우뚝 서 있는 유개 화차가 보였다. 주변에 기관차나 화차도 없이 홀로 한쪽 문이 열려 있길래 올려다보니 외삼촌의 큰딸인 명숙 누나가 목탄 화로에 불을 지펴 놓고 부채질을 하고 있었다. 아직 불길이 성하지는 않아 보였다. 그 옆에 누군가가 보였는데 봉섭 매부는 아니었다. 아마도 누나 아들 중의 하나였을 것이다. "아니, 명숙 누나. 어떻게 된 거야?" "아! 정식이. 넌 어떻게 된 거야?"

10여 년 만에 만난 사람들의 첫 인사말이라기에는 밋밋하기 이를 데 없었다. 명린의 친누나인 명숙 누나는 서울역에서 화물차에 올라타 한강을 건넌 후 천안역에서 하차하거나 걸어 내려오다가 그 화차에 우연히 오른 것 같았다. 화로가 새것이어서 이상하다고 생각했는데 아마 천안에서 샀을 것이다. 피난길에 오르는 사람이 목탄 화로를 들고 집을 떠났을 리 만무하기 때문이다. 누나는 화물열차를 떠나서 갈 곳도 없고 마침 화차가 비와 바람을 막아 주니 망연자실한 채 가족의 운명을 철로에 맡겨 두고 기다리고 있었던 것이다. 언제 어디로 갈지도 모르고 가야 할 목적지도 없는 피난민 명숙 누나 부부의 처지는 모든 피난민의 형편을 대변했다.

명숙 누나와 헤어진 후 우리 대열은 철로를 따라 한참 가다가 물길을 만났다. 아주 튼튼해 보이는 돌다리가 있었지만 일부러 왼쪽으로 돌아 상류로 올라갔다. 다리 밑에는 살얼음이 끼어 자칫하면 물에 빠질 염려가 있고 의외로 수심이 깊은 지역이었기 때문이다. 또한 우리는 다리를 이용하지 못하게 되어 있었다. 다리뿐만 아니라 국도도 마찬가지였다. 국도라고 하지만 트럭이 한 차선에 겨우 한 대씩 다니는 2차선 도로였으니, 3천 명이나 되는 긴 대열이 그 길을 이용하면 군용물자 수송이 중단되기 때문이었다.

그 물길을 강이라고 해야 할지 개천이라고 해야 할지 애매했다. 한참 올라갔더니 도보로 건너갈 만한 곳이 시야에 들어왔다. 물살이 빠르기는 했지만 하천 폭이 넓어져 수심이 무릎 정도밖에 되지 않았다. 아마도 근처의 농부들이 소나 나귀를 이끌고 다니는 건널목이었을 것이다. 그곳의 첫인상은 애들을 데리고 소풍하거나 근처의 풍류객들이 모여 시를 읊을 만큼 평화로워 보였는데 직면한 현실은 너무나 살벌했다. 얼음장 같은 물에 발을 담그고 40~50미터의 자갈밭을 건너야 했으니 말이다. 우리는 재빨리 군화를 벗은 후 양말을 벗어 그 속에 집어넣고 물길을 건넜다. 다시 군화에 발을 넣으니 화끈한 난로에 발을 집어넣은 느낌이었다. 발이 얼었다가 화르르 녹는 듯했다. 만일 그 물길의 폭이 더 넓었다면 우리는 여지없이 동상에 걸렸을 것이다.

그러나 그것은 고난의 시작에 불과했다. 행군을 시작한 후 스물일곱 시간 동안 빈속에 잠도 제대로 자지 못해 우리는 지칠 대로 지쳐 버렸다. 간간이 '5분간 휴식'이라는 지시가 떨어지면 너나없이 그 자리에 풀썩 쓰러지고 말았다. 달빛도 비치지 않는 칠흑 같은 밤에 3천 명의 후보생들을 이동시키려니 인솔 책임자들도 진땀을 뺐을 것이다. 하지만 우리 후보생들에게도 너무나 혹독하고 힘겨운 행군이었다. 배고픔은 어떻게든 참을 수 있지만 그것보다 더 급한 것은 시도 때도 없이 밀려오는 졸음이었다. 팔을 바짝 들어 네 명씩 어깨동무를 하고 걸었는데 모두 반수면 상태로, 즉 절반밖에 깨어 있지 않은 상태에서 걸었다. 칠흑 같은 밤이어서 앞은 보이지 않았다. 오직 행렬의 앞줄 네 명의 옷자락을 붙잡고 걸었다. 앞이 보이지는 않지만 직감적으로 한쪽은 산등성인 듯했고 한쪽은 낭떠러지인 것 같았다.

나는 자꾸 미끄러져서 몇 발자국을 채 옮기지도 못하고 계속 넘어졌다. 나중에는 울화가 치밀어 내 자신이 싫어졌다. 지금 생각해 보면 그때 내가 신은 군화에 문제가 있었던 것이 틀림없다. 군화를 얻어 신고 기뻤는데 구두창이 닳아 버린 낡은 군화였던 것 같다. 연식이 오래된 자동차 바퀴가 밋밋하게 닳아 브레이크를 밟아도 정지하지 않고 미끄러져 나가는 형국과 다를 바가 없었다.

명색이 사관학교인데 새 군화를 주지 않느냐고 묻는 사람이 있겠지만 천만의 말씀이었다. 군화뿐만 아니라 군복, 모자, 담요 등 모든 물품을 후보생들이 직접 가져와야 했다. 한 달 동안 먹을 쌀을 가지고 오라는 명령이 없었던 것만도 감사해야 할 일이었다. 국민방위군은 중공군이 개입한 후 혼란 속에 편성되었고 사관학교 역시 마찬가지였다. 아마도 비품 예산을 짜서 정상적으로 시행할 겨를이 없었을 것이다.

스물일곱 시간을 걷고 난 후 우리 대열은 제법 큰 마을에 도착했는데 읍 소재지 정도의 규모가 되는 듯했다. 3천 명의 장정들에게 숙소를 제공하려면 그만한 시설이 있어야 하는데 마땅한 곳이 없어 큰 농작물 창고에서 묵게 되었다. 저장해 놓았던 곡식은 모두 팔려 나갔는지 아주 말끔하게 정돈되어 있었다. 우리는 주변에 쌓인 볏짚을 한 아름씩 가져다 잠자리를 만들고 그대로 쓰러져 잤다. 그 창고에서 잔 사람들이 족히 수백 명에 이르렀을 터라 고단한 청년들의 코 고는 소리가 교향악처럼 벽돌 건물의 높은 지붕까지 요동쳤다. 그날 저녁에 먹은 음식은 전혀 기억나지 않는다. 3천 명이나 되는 후보생들에게 식사를 제공하려면 모르긴 몰라도 몇 차례 교대했을 것이다. 밥을 짓는 것도 보통 문제가 아니었지만 식기와 수저를 준비하는 일과 뒤처리도 만만치 않았을 것이다.

첫날부터 우리는 매일 끊임없이 걸었다. 엄습하는 피로도 문제였지만 거의 공복 상태로 행군을 계속했으니 불미스러운 일도 있었다. '5분간 휴식' 명령이 떨어지면 길에서 조금 떨어진 농가에 뛰어가서 밥을 얻어 먹기도 했다. "돈을 드릴 테니 밥 좀 주세요."라고 외치니 아주머니가 머리를 돌리면서 큰 솥을 가리켰다. 솥 안에는 밥을 가득 담은 놋그릇이 보였다. 그러나 내 뒤로 일고여덟 명의 장정들이 줄을 서 있어 혼자 한 그릇을 차지할 수는 없었다. 놋그릇 뚜껑으로 한 입 떠서 입에 넣고 밥그릇을 뒤로 돌리고 대열로 돌아가야 했다. 그 집 주인 영감님은 아마도 그날의 끼니를 다 내어 주었을 것이다. 그때를 생각하면 지금이라도 돌아가 쌀 한 가마 값을 드리고 싶지만 그곳이 정확히 어디였는지는 기억나지 않는다. 우리 중 누구도 밥값을 치르지 않은 것만은 분명하다. 두 번째 숙소는 어떤 학교의 교실이었는데 깨어진 창문 외에는 떠오르는 것이 없다. 짚더미도 없어서 마룻바닥에 서로 뒤엉켜 잠을 청했다.

그 무렵 희미한 기억 속에서 비교적 선명하게 기억나는 것이 있다. 바로 우리 구대장이 늘 가지고 다니며 지휘봉으로 쓰던 일본 군도의 칼날이다. 아마 칼집이 더 정확한 표현일 것이다. 우리 대열은 산길을 올라가고 있었는데 구대장이 "번호 붙여 갓!"이라고 구령했다. 부대가 패잔병 모양으로 무질서하게 이동하는 꼴을 보고 싶지 않았던지 그는 "하나 둘 셋, 넷, 하나 둘 셋, 넷" 하면서 구령을 붙여 대열을 정비했다. 그런데 채 몇 분이 지나지 않아 그가 앞쪽으로 뛰어와 군도로 내 목덜미를 힘껏 내리쳤다. 딱딱한 나무로 얻어맞은 기분이었는데 칼자루로 내려쳤을 것이다. 나는 너무나 아파 목을 감싸 쥐었다. 하지만 항의할 수 없었다. 앞쪽 대열에 속한 내가 제대로 발걸음을 맞추지 못했으니 원인을 제공한 셈이었기 때문이다. 더 분발해서 보조를 맞추지 않으면 안 되었다.

행군의 종착점은 범어사였다. 범어사는 대한민국의 대형 사찰 중 하나이다. 부산에서 서면을 지나 울산 쪽으로 가는 길에 위치해 있는데 지금은 관광지로 유명하다. 산 밑에 있는 학교를 지나면 산길이 시작하는데 비탈길을 올라가면 그 계곡이 온통 범어사의 경내境內이다. 이곳저곳에 선명한 단청을 올린 사찰의 부속건물들이 계곡과 조화로운 풍경을 이루고 있다. 울창한 숲을 이룬 산은 한없이 평화롭고 아름다웠다. 그곳에서 우리 사관학교 후보생들은 한 달 동안 뛰어다니면서 생활하고 훈련받았다. 하지만 불행히도 우리에게는 그러한 절경을 즐길 여유가 없었다. 남아 있는 기억은 대부분 굶주림과 극도의 피로, 그리고 억울함이다. 그 시절 한창 나이였던 내게 가장 고통스러운 것은 바로 허기였다. 새벽부터 달리기 같은 격한 운동을 하고 시작되는 일과와 강도 높은 훈련에는 많은 양의 에너지가 필요했다. 그러나 우리에게는 가장 기본적인 최소한의 열량마저도 공급되지 않았다. 하루 세 끼가 나오기는 했지만 밥 양은 식기의 절반도 안 되었고, 매일 주는 콩나물국은 싱겁기 그지없었다. 소금으로 간을 한국그릇에는 콩나물 몇 줄기가 바다 위를 표류하듯 둥둥 떠 있었다. 그 안에 자그맣게라도 고기 조각이 나오는 일은 없었다.

그마저도 아쉬웠던 우리는 너나없이 식사당번 순서가 돌아오기를 손꼽아 기다렸다. 이유는 취사장이 숙소에서 꽤 멀어 취사장에서 담아 준 여러 개의 밥통을 옮겨 오는 와중에 밥을 미리 먹을 수 있었기 때문이다. 당번이 되면 한쪽 어깨에 배달할 음식통을 올려놓고 한 손으로 부지런히 음식통의 밥을 움켜쥐어 입으로 가져갔다. 숙소에 배달될 음식에 미리 손을 대어 동료들에게 미안했지만 오랫동안 지속된 굶주림의 고통을 면하는 것이 시급했다. 우선 먹고 보자는 배짱은 사실 파렴치하고 부끄러운 생각이었지만 그렇게라도 하지 않으면 우리는 살아남을 수 없었을 것이다.

그런데 후보생 중에는 굶주림과 상관없이 지내는 부류가 있었다. 이들은 구대장을 어떻게 구워삶아 놓았는지 자주 주막에 가서 파티를 즐기곤 했다. 불행히도 나는 그 그룹의 일원이 아니어서 한 번도 파티에 초대된 적이 없다. 수상한 파티가 열린다는 것을 처음 감지한 것은 숙소가 있는 산기슭의 위쪽에서 난데없이 아가씨들의 웃음소리가 들렸을 때였다. 짐작컨대 그 그룹의 왕초는 김윤근 사령관과 가까운 사이인 씨름꾼 송 아무개였다. 키가 크고 운동선수답게 체격이 좋았던 송 아무개 후보생은 우리 사관학교가 범어사로 옮긴 후 입교한 훈련병이었다. 그는 언제나 두세 명의 일명 '꼬붕'들을 거느리고 다녔다. 그가 입교할 때 누구에게 각별히 소개를 받았는지 구대장은 유난히 그를 아끼고 남다르게 대우해 주었다. 김윤근 사령관의 전력이 씨름꾼이어서 특별한 관계가 형성된 것이 아닌가 짐작된다. 나중에 바깥세상에서 그를 만났는데 그는 국민방위군 소령 견장을 달고 있었다.

내가 속한 구대는 계곡 옆 산비탈에 있는 자그마한 건물에서 묵었다. 공간이 협소해 취침시간이 되면 우리는 성냥갑 안의 성냥들처럼 빼곡히 서로의 어깨를 맞대고 잠들었다. 120명이 모여 잠자는 온돌방에 침대는커녕 이부자리도 제대로 펼 공간이 없었다. 양쪽에 누운 동료들의 체온만으로도 방안은 이미 후텁지근했다. 누군가 자다가 일어나 소변을 보러 가게 될 경우에는 최소한 대여섯 명이 동시에 일어났다가 함께 누워야 했다. 하지만 다시 잠드는 데는 채 1초도 걸리지 않았다. 그만큼 피로감이 극심했다.

범어사에 와서도 구대장의 괴롭힘은 여전했다. 내게 군도를 휘둘렀던 그는 훈련 중에 다시 나를 구타했다. 경내가 좁아 구보를 마친 후 학교 마당에 가서 총검술 훈련을 했는데 나는 무의식중에 총검으로 적을 찌르는 순간 고함을 내질렀다. 랴오양 상업학교 시절의 습관이 나온 것이다. 내가 소리를 내지르자마자 구대장이 달려오더니 내게서 목총을 빼앗아 사정없이 구타하기 시작했다. 얼마나 때렸는지 구대장은 총대가 부서지는 것도 몰랐다. 그는 옆에 있던 후보생의 목총을 빼앗아 다시 나를 가격했다. '전선에서 소대장들의 전사율이 높은 것은 그들을 향한 총탄이 앞쪽에서 오는 것뿐만은 아니기 때문이다.'라는 말의 의미를 알 것 같았다.

국민방위군 사관학교에서 졸업장을 받은 후 사령부 부산 분실이라는 곳에서 한동안 지냈는데 실장이 누구였는지, 무슨 일을 했는지 기억나지 않는다. 주어진 과업이 확실치가 않았고 기간이 짧았기 때문이다. 국민방위군 사령관과 부사령관, 그리고 고급장교 몇 명이 체포되어 군사재판을 받게 되어 모두 관망 상태로 개점휴업을 하게 된 것이다. 재판의 결과로 사령관 김윤근, 부사령관 윤익헌 등 고급간부 다섯 명이 총살당했는데 죄목은 공금을 횡령하여 소비한 까닭에 장정들의 죽음을 가져온 것이라고 했다. 제2국민병으로 동원된 무수한 청장년의 대다수가 교육대로 가는 도중에 굶어 죽거나 얼어 죽었다고 한다.[3]

---

3 위의 책, p. 111에서는 희생된 청장년 수가 5만 명이라고 하는데 확실한 데이터는 찾을 수가

검찰관들이 사건 조사에 나섰을 때 김윤근 사령관은 줄곧 "나는 모른다. 윤익헌 부사령관이 모든 일을 알아서 처리했다."라는 대답을 되풀이했다는데 실상 김윤근은 소박한 씨름꾼에 지나지 않았다. 국민방위군 사령관 직위를 맡을 적임자가 아니었다. 후에 김윤근은 "송충이는 솔잎을 먹어야지 씨름꾼이 별(장군)을 단 게 잘못이었다."[4]라며 한탄했다는데 그 말대로 사령관 직책은 그가 감당하기에는 너무나 무거운 자리였다. 더욱이 50만 장병들의 이동에 대한 책임을 맡길 만한 인물은 아니었다.

국회가 방위군 해체를 결의한 때가 1951년 4월 30일이니 부산에 봄이 찾아왔을 때이다. 후에 들으니 나와 함께 국민방위군 사관학교를 졸업하고 방위군 소위로 임명된 동기들 중의 대부분이 예비사단에 배속되어 일선에서 전투에 참가했는데 그중 여러 명이 전사했다고 한다. 내가 근무했던 부산 분실은 이후 소리 없이 해체되어 버렸고 나와 방위군의 인연은 그로써 대단원의 막을 내렸다.

없었다.
4 위의 책, p. 186.

나의 영어학교 ATIS(미군 번역-통역부대)

1948년 3월 압록강을 건널 때 나는 팔로군 병사들을 다시 만날 일이 없을 것으로 믿었다. 그러나 팔로군은 내 뒤를 끈질기게 따라다녔고 내 운명까지 바꾸어 놓았다. 우리 가족이 평양을 떠나게 된 배경과 내가 국민방위군 사관학교에 입학한 것도 팔로군 때문이었다. 그리고 우리 가족이 부산으로 피난을 가게 된 것도 궁극적으로는 팔로군 때문이다. 물론 그들이 한국 땅에 침입했을 때 팔로군 대신 중국인민의용군이라는 명칭을 사용했지만 그들이 입은 누비옷과 군모는 예전 그대로였다. 돌이켜 보면 나와 그들의 인연은 참으로 애꿎고 야릇하다. 1946년 만주의 랴오양에서 나는 팔로군이 입성하는 행렬을 목격했고, 동네에 주둔한 팔로군 병사들과 자주 대화를 나누었는데 결국 먼 길을 돌고 돌아 다시 그들과 대화를 나누는 직업을 갖게 되었다. 얄궂은 운명의 장난이 아닐 수 없다.

나는 38선을 넘자마자 국민방위군에 들어갔는데 곧 조직이 해체되어 망연자실해지고 말았다. 살아남기 위해 그토록 몸부림친 시간들이 아무 의미가 없어지고 순식간에 소속과 정체성마저 물거품처럼 사라져 버렸다. 극도의 혼란 속에서 앞으로 무슨 일을 해야 할지 막막하기 그지없었다. 그즈음 우연히 중국어 통역 모집광고가 눈길을 끌었다. "아! 중공군이 한국전쟁에 개입했으니 중국어 통역이 필요하구나!"라고 막연히 짐작하면서 무릎을 쳤다. 곧장 미군직업소개소에 가서 물었더니 여직원들은 10여 명의 통역을 모집한다는 것밖에 모른다고 했다.

미군 직업소개소라는 곳이 있는 것도 그때 처음 알았는데 거기에는 이미 일자리를 찾는 사람들이 모여들고 있었다. 나는 우선 시험부터 치르기로 했다. 정해진 날 찾아간 시험장소는 예비 수험생들로 북적거렸다. 너무 많은 경쟁자들의 모습을 보고 잠시 주눅이 들었다. 모집 인원의 7~8배수는 되어 보였고, 몰려든 수십 명의 사람들 중 나는 가장 어린 축에 속했다.

그때가 1951년 늦은 봄, 내가 두세 달이 지나야 겨우 스무 살이 되는 시기였다. 그런데 시험장에 온 사람들은 거의 중장년층이었다. 그들과 경쟁해야 한다고 생각하니 심적으로 부담감이 엄습했다. 여직원들이 불쑥 타자 치는 사람을 찾는다고 소리를 질렀다. 나는 손을 번쩍 들었다. 부산에서 피난살이를 하면서 초량에 있는 타이프 강습소에 다닌 적이 있어서 영문 타자에는 나름대로 자신이 있었다. 간단한 테스트를 거친 후 체중이 꽤 나갈 법한 미군 상사가 스리쿼터(4분의 3톤 트럭)에 타라고 했다. 가서 보니 왜 남자 타이피스트를 찾고 있었는지 알 수 있었다. 사무실은 부산부두 하역장 구석의 음습한 공간이었는데 분위기가 매우 살풍경했다. 화물을 올리고 내리는 장소 같은데 사람의 흔적은 하나도 없고, 어떤 기계가 작동하니 바닥이 찌걱찌걱 소리를 내며 요란하게 흔들렸다. 덩치 큰 사내가 내게 다가왔는데 그 얼굴 역시 침울해 보였다. 그는 내게 공문서 한 장을 꺼내 주며 그대로 타이프를 치라고 했다. 타자기 앞에 앉았는데 분위기에 압도당한 탓인지 손가락이 제대로 움직이지 않았다. 공문서는 정해진 규칙이 있어서 우선 윗부분 중앙에 소속 부대 이름을 적어 넣어야 했다. 일정한 간격과 서너 줄의 문장이 모두 중앙에 위치하도록 정확히 정렬해야 했다. 수동 타자기였으므로 매 줄을 바꿔 같은 위치에 정렬할 때마다 글자 수를 세어 여백의 중간 지점부터 활자를 입력해야 했는데 그런 일에 익숙지 않은 내게는 꽤 어려운 작업이었다. 'HEADQUARTERS, UNITED STATES EIGHTH ARMY'라는 문구가 맨 위의 두 줄이었던 것 같은데 몇 번을 해 보아도 가운데 정렬이 제대로 되지 않았다. 영어를 전혀 모르니 그 글자들의 의미도 알 수 없었다. 나를 지켜보던 사내는 불쾌한 어조로 고함을 내질렀다. 나중에 생각해 보니 욕설을 섞어 가며 꺼져 버리라고 화를 냈던 것 같다. 나는 보기 좋게 2차 시험에 미끄러져 다시 스리쿼터를 타고 직업소개소에 돌아왔다.

그런데 막 도착한 중국어 시험관들이 이제부터 시험을 실시한다고 말했다. 나를 심사한 사람은 키가 훤칠하게 크고 날씬한 중국인이었는데 견장이 없는 미군 작업복을 입고 있었다. 일개 사단에 몇 연대가 있느냐고 묻길래 랴오양에서 중앙군(국민당군), 팔로군과 지낸 경험을 바탕으로 일개 사단에는 3개 연대가 있고 일개 연대에는 3개 대대가 있고 하는 식으로 중대, 소대, 그리고 분대까지 재빠르게 대답했다. 그랬더니 그는 연필을 건네주면서 '쓰촨'을 써 보라고 했다. 얼떨결에 '泗川'이라고 썼더니 '하오'라고 하면서 가보라고 했다. 질문을 하나 하고 답을 써 보라고 한 것이 전부였는데 구두시험이 모두 끝났다고 했다. 중국의 사천은 四川인데 삼수 변이 있는 경상남도 사천의 '사'자를 썼으니 낙제가 틀림없었다. 거기다 그것으로 시험이 끝났다고 하니 더 이상 할 말이 없었다. 세상에 이렇게 짧은 시험도 있나 생각하면서 집으로 돌아왔다.

합격을 기대하지 않으면서도 나는 다음 날 설레는 마음으로 직업소개소에 나갔다. 그런데 웬일인지 내 번호가 합격자 명단에 있는 게 아닌가. 나 자신도 랴오양 면화공장에서 배운 중국어를 과소평가하고 있었던 것이다. 매일 중국 사람들 사이에 섞여 중국말만 하면서 지내는 동안 최소한 나의 발음은 거의 중국 사람과 다를 바가 없었는데 나만 그것을 모르고 있었다. 랴오양 면화공장은 확실히 내 중국어 학교였다. 70여 명의 응시자 중에서 나를 포함한 열 명이 뽑혔다.

합격자들에게 출근 지시가 내린 곳은 전방부대가 아닌 동래온천의 동래관東萊館이었다. 부대명은 ADVATIS인데 두 개의 약자, 즉 ADV와 ATIS를 붙여 놓은 것이었다. 풀이하면 Advance, Allied Translator-

Interpreter Service, GHQ, FE인데 미극동군 총사령부, 번역-통역사업부, 전방부대라는 뜻이다. 미군이 일본을 점령하고 있었기 때문에 통역이 매우 중요해서 만든 부서로, 그 일부를 동래에 파견해 포로 심문을 하도록 한 것이다. 새로 채용된 우리의 직책은 '번역관'이었지만 중공포로들의 심문 통역이 우리의 주요 업무였다.

신입 번역관으로 채용된 사람들이 모두 도착하자 우리는 지엠시 트럭을 타고 거제리 병원 옆에 위치한 포로수용소로 이동했다. 동래에서 서면으로 가는 길 중간쯤에 있는 곳인데 자그마한 병원 앞에서 좌회전하니 철조망으로 둘러싸인 포로수용소가 나타나고 얕은 산 중턱에 텐트 일고여덟 개가 세워져 있었다. 그곳이 우리의 근무처였다. 엄격히 말하면 우리 텐트는 포로수용소에 속하지 않았지만 심문 대상자들이 수용소에 거주하고 있어서 그곳에 텐트를 세운 것이었다.

심문이라고 하면 포로를 매달아 놓고 고문하면서 자백을 받아 내는 장면을 연상할지도 모른다. 하지만 우리가 할 일은 그들과 정해진 대화를 나누는 것이었다. 포로들도 첫날에는 긴장했는지 말문을 쉽게 열지 않았지만 시간이 흐르면서 점차 편안한 마음으로 응대해 주었다. 특히 포로들의 태반이 중공군에 흡수되기 전 국민당군에 소속된 전사들이었기 때문에 대화가 일사천리로 진행되었다. 출생지부터 군인이 되기 전 받은 교육, 직업 등을 묻고, 입대 경위와 배치받은 곳, 그 후의 일 등을 물어본 후에 각처에서 본 것들, 들은 것들에 대한 정보를 수집하는 일이었다. 어렵지 않은 질문이라 대답도 명쾌했다.

통역 업무를 시작하며 맨 처음 든 궁금증은 미군이 이런 정보를 수집하는 이유였다. 나중에 생각해 보니 미군의 목적은 폭격 목표를 찾는 것이었다. 중공군이 압록강을 건너기 전에 폭격할 것이라고 맥아더 장군이 주장했기 때문이다. 미 공군과 직접 연관이 있었음을 알 수 있는 징후는 우리 부대에 와 있는 미군 병사들 중에 제5공군 마크를 단 군인들이 적지 않았다는 것이다. 중국 본토에 있는 중공군 부대사령부, 철도, 비행장, 군수공장, 훈련장소 등을 폭격하면 중공군의 전투력이 약화될 텐데 왜 압록강을 건널 때까지 기다려야 하는가? 일단 도강한 중공군 병력은 산속에 숨어 버리기 때문에 격파하기가 힘드니 선수를 치자는 전략이었다. 물론 이런 이야기를 내게 해준 사람은 없었다. 당시의 정황을 알게 된 것은 훗날의 일이다.

포로 심문을 담당하면서 가장 놀란 것은 심문을 담당한 미국 군인들이 거의 모두 일본인 2세였다는 사실이다. 미국 군인이라면 으레 백인 아니면 흑인인 줄 알았는데 ATIS 소속 군인의 대부분은 일본인 2세였다. 19세기 말에 다수의 가난한 일본 농민들이 살길을 찾아서 하와이의 사탕수수밭에 노동자로 이주했고 이들의 자손이 그들이었다. 후에 알고 보니 일본 사람들보다 더 많은 수의 중국 노동자들이 더 일찍 미국 대륙에 가서 노동했다고 한다. 그들 대부분은 노동계약이 끝난 후 중국으로 돌아가서 남겨진 이민 2세대가 그리 많지 않았다. 반면 일본인은 일본에서 데려온 여자들과 결혼하고 정착해서 2세가 많았다. 우리 부대에는 일본인 2세가 30~40명가량 있었다. 일본인들이 자국의 여성들을 데려와 결혼하는 과정에는 여러 가지 문제들이 생겼다고 한다. 나이가 든 남자들이 옛날 사진을 보내거나 심지어 남의 사진을 보내서 일본 아가씨들을 모셔 왔다고 하니 많은 일화가 있을 수밖에 없었다. 태평양을 건너는 여인들의 여비는 물론 남자들의 부담이었다. 그런데 일단 바다를 건너 이국의 대지에 발을 붙이면 다시 일본으로 돌아갈 길이 없었다. 그래서 많은 수의 일본 여성들이 그 당혹스런 상황을 체념하고 결국 운명으로 받아들이며 살았다고 한다.

포로 심문의 대상은 중국 포로들이 아니었던가? 그렇다면 중국인 2세들을 데려다 심문해야 하지 않았을까? 왜 하필 일본인 2세들이 그 일을 맡앉을까? 처음에 이런 의문을 품었지만 수수께끼는 얼마 지나지 않아 해소되었다. 우선 ATIS는 일본 통치에 필요한 통역을 하기 위해 만들어진 곳이어서 일본인 2세들이 배속되어 있었다. 그리고 또 하나 더 중요한 이유는 미국에 사는 중국인 2세들이 중국 포로와 대화할 능력이 없었다는 것이다. ATIS에 중국인 2세 상사 한 명이 있었지만 그는 모터풀Motor Pool에서 차량을 관리했다. 목소리가 크고 체격이 우람한 그는 도저히 심문관 자질이 없어 보였다. 미국에 간 중국 노동자들은 거의 100퍼센트가 남쪽의 광동 말만 할 뿐, 표준말로 알려진 북방 말을 못 했기 때문이다. 포로들은 거의 다 양자강 이북 출신이었기 때문에 남쪽 사람들과는 대화가 불가능했다. 중국 공산당이 승리한 후 문맹퇴치사업을 강력히 추진하고 TV가 많이 보급됨에 따라 차차 남북 간의 언어소통이 원활해졌지만, 한국전쟁 기간에는 상황이 달랐다. 중국 대륙의 다양한 언어에 대해서 길게 말할 필요는 없겠지만 광둥성 안에서도 서로 통하지 않는 언어가 세 개나 된다는 사실을 한참 후에 그곳 사람을 통해 듣게 되었다.

그래서 ATIS의 수뇌부가 생각해낸 것이 이중 통역이었다. 한국이 일본 통치로부터 해방된 때가 1945년이니 초등교육이라도 받은 한국 청년이라면 일본말을 할 것이 아니냐, 미국 군인들 중 일본어를 할 줄 아는 2세들을 데려다 일본어와 중국어가 동시에 가능한 한국 통역관들로 하여금 중국 포로들을 심문케 하면 될 것이 아니냐라는 아이디어였다. 한국인 통역이 중국어도 하고 영어도 할 수 있다면 금상첨화겠지만 당시에는 눈을 씻고 찾아도 그런 인재가 없었다. 따라서 소위 '중역'이라고 하는 중간 지점에서 소통하는 방법을 찾아낸 것이다. 그래서 포로 심문을 위해 일본인 2세 군인과 한국인 통역관이 한 팀을 이뤄 활동하게 되었다. 군인과 통역관의 팀워크는 몇 달 동안 지속되었는데 대부분의 경우 군인들이 제대하고 본국으로 돌아갈 때까지 계속되었다.

예외적으로 영어를 하는 중국인이 우리 부대에 열 명 정도 있었는데 이들은 군인이 아닌 DAC(Department of the Army Civilian), 즉 육군성 군무원이었다. 나의 중국어 능력을 심사한 왕 씨도 그중 하나였다. 이들은 대만이나 홍콩에서 선발되어 온 사람들 같았는데 이들의 국적에 대해서는 누구도 언급하지 않았다. 만약 대만인이 한국전쟁에 동원되었다는 사실이 알려져 '한반도에서의 중국과 대만의 전쟁'이라는 표제로 신문기사라도 나오는 날에는 외교 문제가 발생할 수 있었기 때문이다.

장제스 총통은 한국전쟁에 파병된 중국 공산군을 격멸하기 위해 중화민국 군대, 즉 국민당군을 파송할 용의가 있다는 담화를 발표한 바 있다. 그런데 미국은 그를 무시할 수밖에 없었다. 마오쩌둥 정부가 한반도에 파병한 군대를 '지원군'이라 명명함으로써 중화인민공화국은 한국전쟁과 상관이 없다는 급조된 허구를 선전해 왔는데 미국 역시 그 가공된 진실을 받아들였다. 중국과의 전쟁이 지원군과의 전쟁이 아닌 두 나라 간의 전쟁으로 사실화되어 중국의 동맹국인 소련이 개입하게 된다면 한국전쟁은 제3차 세계대전으로 확전될 수 있었기 때문이다. 얼마 후에 트루먼 대통령은 맥아더를 해고하여 세계의 이목을 집중시켰는데 맥아더가 정치적 허구에서 벗어나 중국을 폭격해야 한다고 주장했기 때문이다. 미국 정계에서는 한국전쟁을 '경찰행동Police Action' 또는 '제한전쟁Limited War'이라 부르며 확전을 피하고자 했다. 그러나 휘하의 공군 비행사와 지상군 장병들이 무참하게 희생되는 모습을 직접 본 맥아더의 입장은 그들과 다를 수밖에 없었다.

중국 사람 외에도 한국 장교 여러 명이 우리 텐트촌에서 심문 통역을 했는데 이들은 전적으로 북한 군인들을 맡았다. 그들은 따로 장막을 쳤던 것으로 기억하는데 전쟁이 시작된 직후에 북한군에 포로로 잡힌 윌리엄 딘 William Dean 소장에 관한 뉴스를 터트려서 화젯거리가 되기도 했다. 해방 직후 미군정 시대에 남조선 군정장관으로 근무한 딘 소장은 전쟁이 발발하자 미 24사단장으로 임명되어 일본에 주둔해 있었다. 그런데 대전 전투에서 북한군의 포로가 된 것이다. 미군은 그 사실을 모르고 그를 행방불명으로 처리했는데 그가 잡힌 후에 후방으로 그를 이동시켰다는 운전병이 나타나 큰 파장이 일어났다.

한국군 장교들도 여러 명 배속되어 북한군 포로들을 심문했다. 나는 육군 중위 양호민梁好民 선생을 그곳에서 만났다. 그는 나중에 서울대학교 법과대학 교수로, 『사상계』 잡지의 주간으로, 북한 전문가로, 그리고 한국의 양심적 학자로 널리 알려졌다. 구연수 중위는 이후에 미국 유학길에 올랐는데 지난 수십 년간 필라델피아에서 우리 가족과 같은 교회에 다니고 있다. 우리 텐트촌에는 그 후에 연세대에서 독립운동사를 전공하고 정치학을 가르친 추헌수秋憲洙 교수도 있었다. 추 교수도 나와 같은 일을 했던 것으로 기억한다.

2년 동안의 포로 심문 과정을 통해 나는 그 일의 중요성을 누구보다 잘 알게 되었다. 전쟁터에서 붙잡힌 포로들은 적지敵地 사정을 잘 알고 있는 정보의 원천이기 때문에 매우 소중한 존재였다. 특히 한국전쟁에서처럼 포로들 대다수가 국민당군 출신이고 공산당 체제를 반대하던 그들의 이용 가치는 대단했다. 물론 포로 각자의 배경과 지위에 따라 얻어내는 정보의 질이 다를 수밖에 없지만 포로 수가 워낙 많았기 때문에 유용한 정보를 어렵지 않게 찾아낼 수 있었다.

아군 측에서 묻는 질문도 전방과 후방에 따라 크게 달랐다. 일선의 관심은 적군의 진지 상황, 탄약고나 지휘부의 장소 등이었지만 최후방인 부산에서는 전략적 정보를 얻는 데 집중했다. 옛날 명나라 말기에 고염무顧炎武(1613~1682)는 중국의 여러 곳을 답사하여 각처의 지리, 역사, 경제, 사회, 전략 가치 등 백과사전적 저서들을 남겨 놓은 바 있다. ATIS가 수집한 여러 가지 정보를 정리해서 사전을 만들었다면 지식의 폭과 종류가 다양해 아마 그에 버금가는 작품이 나왔을 것이다. 그만큼 포로들의 출신지와 경험이 매우 다양했다.

내가 2년 동안 만난 포로 숫자가 몇이나 되었는지 기억나지 않는다. 그들과 대화를 시작할 때 반드시 질문하는 소속부대 정보(예를 들어 무슨 사단, 무슨 연대, 무슨 대대 등)만 알아도 나는 그들이 걸어온 길을 대충 알 수 있게 되었다. 만리장성의 끝에 놓인 산해관山海關을 언제쯤 지났고, 선양 부근에 위치한 집합장소에서 얼마 동안 있었고, 어떤 무기를 어디에서 받았고, 도중의 기찻길에서 무엇을 보았을 것이라는 점은 묻지 않아도 알게 되었다. 특히 미군이 주목한 것은 공군기지였는데 압록강 북쪽 인근에 비행장이 건설되고 있는 것은 일찍부터 알고 있었다. 활주로가 언제 완성되었고, 전투기가 몇 대 도착했고, 그 후에 몇 대쯤 증가했는지 등등 연달아 도착하는 포로들을 통해서 상황의 진전을 알 수가 있었다.

일고여덟 개 놓인 텐트에서 각기 대여섯 개의 팀이 매일 심문을 했으니 30여 명의 포로들이 연달아 제공하는 정보는 방대했을 것이다. 포로들과의 대화는 시간이나 날짜에 제한되지 않고 계속되었다. 어떤 포로의 경우 2, 3일 만에 끝났지만 어떤 포로와의 대화는 며칠씩 계속되었다. 일단 기본적인 질문에 관한 노트가 상부로 올라가면 그곳에서 다시 지시가 내려왔다. 이 포로의 어느 부분을 더 상세하게 물어보라는 식이었다. 포로들은 저항하지 않고 우리와의 대화를 즐겼다고 생각한다. 그들의 배경에 대해서는 이미 언급했지만 그들이 이러한 취조가 아닌 '대화'를 즐기게 된 이유는 단조로운 포로수용소의 일과를 조금이라도 벗어나 종종 바깥세상 소식을 들을 수 있었기 때문이다.

나는 그들과의 대화에서 소련군이 한국전쟁에 개입하고 있음을 일찌감치 알게 되었다. 압록강 근처에 고사포 진지가 설치되어 있는데 소련 군인들이 그것을 작동하고 있다는 말을 들었기 때문이다. 그 후에 오는 포로들에게도 물어보았더니 소련 군인들을 본 사람들이 몇 명 있었다. 그러니 많은 심문조서들을 취합, 분석한 도쿄의 사령부에서는 상황을 더 잘 파악하고 있었을 것이다.

나의 중국어는 중국인들과 생활하며 배운 것이어서 발음이 정확해 부대 내에서도 회화 실력을 꽤 인정받았다. 그러나 제대로 학교에서 배운 게 아니어서 여러모로 한계가 있었다. 내가 쓸 수 있는 단어가 일상생활에 관한 대화에 한정되었기 때문이다. 중국어 신문을 읽는 데도 어려움이 없었으나 신문에 나오는 단어와 어구를 사용해서 문장을 만드는 것은 전혀 다른 일이었다. 그런 문제가 수면 위로 올라온 적이 있었다. 부대가 어디론가 장소를 옮길 때였는데 그곳에 방송 장치가 설치되어 있었다. 포로들에게 방송을 들려 주자는 의도에서 설치된 것이었는데 엉겁결에 내가 아나운서로 뽑혔다. 나의 시험 심사를 담당했던 왕 씨가 다짜고짜 나를 데리고 가서 마이크 앞에 앉혀 놓았다. 그는 영어 신문기사 조각을 내밀면서 중국어로 방송하라고 했다. 나는 왕 씨의 터무니없는 주문에 매우 당황했다. 왕 씨는 내 발음이 가장 좋아 내가 중국어 공부를 많이 한 것으로 착각했던 모양이다. 그런데 중국어로 번역해서 준 것도 아니고 영어로 된 글을 주면서 중국어로 방송하라고 하니 나는 진땀을 흘릴 수밖에 없었다. 결국 나는 포기하고 말았다. 즉석 번역을 하며 방송하는 일은 웬만한 프로도 하기 어려운 일인데 왕 씨는 나를 너무 높이 평가했던 것이다.

내가 언제부터 영어를 배우기 시작했는지는 확실치 않지만 영어를 배워야겠다는 필요성을 느끼게 된 것은 중국어 통역 시험을 치르기 얼마 전의 일이다. 평양 길거리에서 만나 함께 월남한 외사촌 형들(자인과 명린)은 가끔 초량 산10번지의 판자촌 집 앞뜰에서 자기들끼리 영어 단어를 주고받으며 웃음을 터트렸는데 그 모습이 한편 부럽기도 하고 얄미워 보이기도 했다. 자인은 이때 미군부대에서 통역을 하고 있었으니 쉬운 영어는 웬만큼 했고, 명린의 실력은 그보다 부족했다. 그럼에도 불구하고 그들은 몇 개의 영어 단어를 주고받으며 농담을 나눌 정도의 실력은 갖추고 있었다. 그것이 내게는 꽤 훌륭한 영어회화로 들렸다. 내가 타자 강습소에서 영어 타자를 배우게 된 것도 그들을 따라잡아야겠다고 마음먹었기 때문이다.

그러다 포로수용소에 다니게 되어 매일 여덟 시간 동안 군인들이 주고받는 영어를 듣게 되었는데 처음에는 무슨 말을 하는지 도무지 알 수 없었다. 하지만 3개월 정도 지나자 단어의 의미를 하나둘씩 짐작하게 되면서 영화英和사전, 즉 영어―일본어 사전을 찾아 공부하게 됐다. 포로가 한 말을 내가 번역해 주면 파트너인 군인이 그 내용을 필기하는데, 그때 시간이 많이 소요되어서 그동안 여러 개의 단어를 찾아 메모할 수 있었다. 미군 장병들은 주기적으로 일본에 휴가를 갔는데 나는 영화사전과 화영和英사전을 그들에게 부탁해 살 수 있었다. 덕분에 나는 미군 작업복의 위쪽 주머니에 사전을 한 권씩 넣어 다니며 단어를 외웠다. 겐큐샤研究社에서 출판한 소형사전 두 개는 내 몸의 일부나 마찬가지였다.

초량과 거제리를 오가는 30분가량의 출퇴근 시간은 영어 단어를 외우는 시간이었다. 군용 트럭 뒷자리의 내 좌석이 교실이었다. 비포장도로를 털털거리며 달리는 트럭 안에서 콩 볶이듯 튀면서 먼지를 뒤집어썼지만 그것이 내 학구열을 멈추게 할 수는 없었다. 포로를 심문하는 와중에도 나는 틈틈이 영어 공부를 했다. 암기한 단어 수가 늘어가자 차츰 영문법, 영어 독해, 일상 숙어, 영작문 등 깨우치고 싶은 영역이 늘어나 자습서도 10여 권에 달했다. 당시 영한사전이나 한영사전이 출판되어 있었는지를 모르기도 했지만 일본 교재가 훨씬 다양해서 일본 출판물을 보고 배우는 것이 효율적이었다. 산세이도三省堂와 겐큐샤에 직접 갈 수는 없었지만 그곳들은 나의 단골 서점이 되었다. 약 6개월이 지나니 군인들 간의 회화를 어느 정도 해독하게 되었는데 그들이 쓰는 일상용어가 극히 제한적이었기 때문일 것이다. 약 9개월이 지나니 자연스럽게 입에서 간단한 영어 문장이 흘러 나왔다. "May I abandon this?" 내가 처음 만든 영어 문장은 이것이다. "이것을 버려도 됩니까?"라는 뜻으로, 나의 파트너인 일본인 2세 중사에게 물었더니 "OK!"라는 대답이 나왔다. 책상 위에 놓인 종이를 버려도 되느냐고 물어본 것이다. 그의 이름은 기억나지 않지만 그가 내 첫 영어 문장에 자연스럽게 대답해 줬던 기억만은 또렷하다. 'Abandon'이라는 단어는 '포기하다'라는 뜻인데 내가 "이것을 포기해도 좋습니까?"라고 물었는데도 그는 나를 조롱하지 않고 흔쾌히 대답해 준 것이다. 그럴 때는 'throw away'라는 숙어를 써야 했는데 나는 '버린다'라는 말에 해당하는 영어 단어 중에서 가장 어려운 낱말인 abandon을 택했다. 우리 문화에서는 힘든 한자를 쓸 줄 아는 사람일수록 유식한 사람으로 대접받아 왔다. 그 현학적 습관이 몸에 배어서 영어 작문을 배울 때에도 어려운 단어, 즉 길고 까다로워 보이는 단어를 쓰는 것이 지적으로 우월하다고 착각했던 것이다. 그런데 영어의 경우는 정반대이다. 일상 회화에서는 쉬운 단어만 쓴다. 물론 대화 내용에 따라 다를 때도 있지만 보통은 그렇다.

나는 그야말로 영어를 '맹렬히' 공부했다고 할 정도로 열심히 했는데 어느 정도 영어에 눈을 뜨자 영어 일기를 쓰기 시작했다. 마스 구라오카 일등병이 나의 파트너로 부대에 도착한 후였을 것이다. 아침부터 저녁까지 내 주변에서 일어난 일들을 기억하는 대로 써서 그에게 수정해 달라고 부탁했는데 그 과외가 몇 달 동안 계속되었다. 좀 더 영작에 능숙해지자 내 생각과 감정도 표현할 수 있게 되었다. 그는 내 글을 수정해 주고 친절하게 지도해 주었다. 나중에 알고 보니 그는 캘리포니아 출신으로 UCLA를 졸업한 사람인데 장교가 되지 않고 사병으로 입대한 것이었다. 장교가 되면 사병보다 좀 더 오랫동안 군복무를 해야 했기 때문이었을 것이다.

그 후 내가 UCLA를 다니게 되면서 로스앤젤레스 부근에 살던 구라오카 부부와 자주 만나 우정을 나누었고, 그가 UCLA를 다닐 때 주말마다 일했다던 캐서디Cassady 부부 댁 뒤뜰의 과수원에서 내가 일하기도 했다. 구라오카 부부는 미국 일주 도중에 펜실베이니아에 있는 우리 집에도 들른 적이 있다. 구라오카가 등산을 갔다가 심장마비로 세상을 떠난 후에도 우리 부부는 구라오카 부인과 크리스마스카드를 주고받으면서 지내고 있다. 구라오카는 내 은인 중에 한 사람이다.

영어 회화에 자신감이 생기면서 한 가지 이상한 일이 생겼다. 새로 도착한 사병들 중에 나보다 어려 보이는 하와이 출신 2세 두 명이 나를 보고 부럽다고 털어놓은 것이다. 자기들의 영어는 독특한 하와이식 피진pidgin 영어인데 군대에 들어와서 하와이를 벗어나니 자기들은 몇 마디만 해도 남들과 다른 영어로 조롱거리가 되어 부끄러웠다고 했다. 그런데 나는 처음부터 표준영어를 배웠으니 부럽다는 것이다. 하와이식 피진 영어는 각종 언어가 섞인 영어인데 그럴 만한 역사적 배경이 있다. 19세기 후반부터 하와이에서 사탕수수 농사가 대규모로 확대되자 세계 각국의 노동자들이 이주하면서 여러 언어가 혼합된 것이다. 하와이 출신자들은 발음이 독특할 뿐만 아니라 단어도 미국 본토의 말과 사뭇 달랐는데, 평생 써 온 언어이니 고치기가 쉽지 않았다. 이후 이들과 나는 서로의 속내를 털어놓는 사이가 되어 매우 친밀해졌다. 나중에 UCLA 교정에서 만난 적도 있다.

거제리의 '영어학교'를 다니기 시작한 지 두 해쯤 지나자 나는 중국어와 영어를 쓸 줄 아는 4개 국어 통역관이 되었다. 한국어, 일본어, 중국어에 영어를 덧붙이니 금상첨화였다. 누구도 대체할 수 없는 인력이 된 것이다. 당시 미국 이등병의 봉급이 70달러였는데 4개 국어를 할 수 있었음에도 나는 30달러밖에 받지 못했다. 불공평한 대우였다고 생각한다. 그런데 당시 달러화와 한화의 환율 차가 어떠했는지는 기억나지 않는다. 공식

환율과 시장 가격의 차이가 너무나 심해서 과연 30달러가 어떻게 산출한 금액인지 모르겠다. 어쨌든 나는 봉급 액수를 불평할 처지가 아니었다. ATIS가 무료로 영어 공부를 시켜 준 것이나 다름없기 때문이다.

영어를 할 줄 알게 되니 일본어를 못 하는 미군 장교와 동반 출장을 가기도 했다. 홀Hall 소위는 대학에서 ROTC 과정을 갓 마치고 임관된 젊은 장교였는데 제대하면 버지니아 대학교의 법과대학원에 갈 예정이라고 했다. 미군 전투기가 추락하는 광경을 목격한 포로를 찾아서 상세한 정보를 얻는 임무를 부여받아 그를 찾아가 만나기도 했다. 하지만 우리는 결정적인 정보를 얻을 수는 없었다. 그가 기억하는 것이 추락 장면뿐이었기 때문이다. 미 국방부에서는 비행기보다도 조종사에게 더 관심이 많았다.

거제리 시절에 특히 인상적인 기억은 북한 포로들의 시위행렬이다. 당시 한국정부는 부산을 임시수도로 삼았고 이승만 대통령은 경남 도지사 관저를 임시관저로 사용하고 있었다. 그런데 그곳에서 겨우 10킬로미터 떨어진 곳에서 스탈린과 김일성의 대형 초상화를 든 무리가 연일 데모하고 있다는 사실을 아는 사람은 몇 명 없었을 것이다. 어느 신문사가 그런 사진을 찍어서 보도했다면 사회적으로 큰 파장이 일었을 것이다. 그러나 언론 통제나 보도지침이 있었는지 그 사건은 조용히 묻히고 말았다. 유일한 언로 역할을 했던 라디오에서도 그런 뉴스는 한 마디도 흘러나오지 않았다. 거제리 포로수용소는 큰길에서 약간 떨어져 있어서 신문기자들의 시선이 닿지 않았는지도 모른다.

어쨌든 우리는 며칠간 출퇴근길에 포로수용소 앞을 지나갈 때마다 스탈린과 김일성의 대형 초상화를 구경했다. 그 초상화를 들고 시위하던 포로들은 수용소가 지급한 의복을 입지 않고 북한군 군복과 군모를 착용했다. 그들은 포로수용소 내에서 자체적으로 그러한 의복을 제작할 수 있는 시설을 갖춰 놓고 있었던 것이다. 수용소가 지급한 의복은 미군 작업복의 등

쪽에 페인트로 PW라고 크게 써 넣은 옷이었다. Prisoner of War의 약자인데 포로라는 뜻이어서 그들은 매우 수치심을 느꼈던 것 같다.

거제리 수용소에서 내가 목격한 풍경은 경남 거제도 포로수용소에서 일어난 폭동의 여파였다. 바로 미군 수뇌부가 골머리를 앓았던 대사건이다. 하급 장교도 아닌 수용소 소장 프랜시스 도드Francis T. Dodd 준장이 포로들에게 잡혀 감금된 사건으로 미국으로서 매우 당혹스러운 사건이었다. 반면 포로들은 장소와 상관없이 미제 침략자들을 무찌르겠다고 기세가 충천해 있었는데 부산 서면 옆에 있는 거제리의 포로들이 이에 호응하며 거세게 시위한 것이다.

규모가 매우 작은 거제리 수용소와 달리 경남 거제도의 수용소에는 수만 명의 포로가 수용되어 있었다. 협소한 장소에 포로 수가 계속 늘어남에 따라 미군은 수용소 관리 능력을 상실해 버렸다. 포로 중에는 북한 정권을 반대하는 이른바 반공포로도 있어서 친공세력과의 폭력 충돌이 계속되었고 인민재판까지 열렸다. 하지만 이를 제어할 장치가 없었다. 포로 수가 급증함에 따라 원성도 높아졌다. 이런 문제가 있는 와중에 도드 준장이 포로들의 의견을 청취하기 위해서 수용소에 들어갔다가 변을 당한 것이다. 그는 상황이 매우 심각하다는 것을 간과했다. 자신을 보호하기 위해 무장 헌병들을 대동해야 했는데 안타깝게도 부관 한 명만을 데리고 그 살벌한 수용소에 들어갔던 것이다. 즉시 미 육군 준장을 생포한 포로들은 그의 석방을 빌미로 미국 정부에 여러 가지 조건을 내세웠다. 아마도 미군 역사상 보기 드문 치욕적인 사건이었을 것이다.

2년 남짓 포로수용소에 출근하며 영어를 배우고 나니 자리를 옮기고 싶다는 생각이 들었다. 그래서 수소문했더니 내무부 치안국 고문관실에 통역장교와 비슷한 자리가 있다고 했다. 고문관실은 미군 8군사령부가 위치한 대구에 있었다. 고문관은 한국 경찰에 자문하기 위해서 만든 직책이라고 했다. 나는 안면 있는 사람의 도움을 받아 고문관실 직원 채용시험을 치를 자격을 얻었다. 내 직속 팀장인 클레이턴Clayton 대위에게 ATIS를 그만두어야겠다고 했더니 그는 몹시 의아한 표정으로 무슨 일이냐고 물었다. 나는 조건이 좋은 일이 생겨 다른 곳에 취직하려 한다는 말을 차마 꺼낼 수 없어 얼떨결에 대학에 들어가 공부할 계획이라고 했다. 그런데 예상치 못했던 대답이 돌아왔다. "그렇다면 왜 미국에 가서 공부하지 않느냐"는 것이었다. 순간 나는 뒤통수를 맞은 듯 정신이 번쩍 들었다. 그때까지 미국 유학은 꿈에도 생각해 본 적이 없었기 때문이다. "물론 나도 미국에 유학 가고 싶지만….." 하면서 머뭇거렸더니 그는 자기가 곧 제대하는데 디트로이트Detroit에 돌아가면 웨인 주립대학Wayne State University에 연락해서 입학서류를 보내 주겠다고 했다.

지금 생각하면 그날의 짧은 대화는 내 인생을 송두리째 바꿔 놓은 엄청난 사건이었다. 내가 걸어온 길은 참으로 파란만장했지만 그때까지 내가 가진 학력이나 전문지식은 없었다. 나는 그 일을 계기로 자기 자신을 냉철하게 돌아볼 수 있었다. 사회에서 인정하는 학력은 중학교 중퇴였으니 앞으로 치안국 통역관으로 채용되더라도 그 이상의 미래는 기대할 수 없었다. 현실을 직시하니 비로소 보지 못했던 세계에 눈이 뜨였다.

사실 나는 ATIS에서 일을 시작했을 즈음 신흥대학 학생이었다. 내가 다니던 랴오양 공업학교가 해방 직후에 폐교하는 바람에 나는 중학교 중퇴 학력자가 되어 버렸다. 이후에는 생업 현장에 뛰어들어 가장 노릇을 해야 했기 때문에 공부를 할 기회를 얻지 못했다. 랴오양 면화공장 시절은 학업을 생각할 여유조차 없었던 절박한 시간이었고, 평양에 돌아오니 나는 초등학교 동창생들과는 신분이 달라져 있었다. 그들은 대부분이 고등학교를 다녔는데 한 친구는 월반을 했는지 이미 김일성대학을 다니고 있었다. 한때 우등생이었던 나는 그저 시장통의 노동자일 뿐이었다. 그 메워지지 않는 간극으로 인해 나는 자주 마음이 무너졌다. 그래서 부산에 오자마자 야간대학부터 찾았다. 낮에는 일해야 하는 형편이었기 때문이다. 정식 대학생이 되지 못해도 상관없다고 생각했다. 대학 강의를 들을 수만 있다면 그 자체로도 지식을 습득할 수 있으니 얼마나 유익할 것인가 하는 단순한 생각뿐이었다. 그런데 신은 내게 의외의 선물을 안겨 주었다. 그날의 일이 생생하다.

부산에서 유명한 40계단 부근 대로변에 '신흥대학'이라는 간판이 걸린 건물이 있었다. 큰 창고 같은 방 앞쪽에 두 사람이 자그마한 책상 두 개를 놓고 잡담을 하고 있었다. 나는 그들에게 청강하고 싶어 왔다고 했다. 그랬더니 한 사람이 태어난 해가 언제냐고 물었다. 1931년생이라고 했더니 그는 "그럼 2학년이로구먼!" 했고, 옆에 앉은 사람은 이름을 묻더니 학생증에 나의 이름을 적어 주었다. 지금 생각해 봐도 황당한 일이었다. 나는 놀랐지만 아무 말도 하지 않았다. 학생증이 있으면 무슨 강의라도 들을 수 있었기 때문이다.

2학년으로 학생증을 받았는데 발급일이 1950년 4월로 기재되었다. 1950년 4월이면 내가 평양 신양리 시장에서 쌀을 팔고 있을 때였다. 전혀 이치에 맞지 않았다. 그러나 얼마 후 나는 신흥대학의 이러한 상황을 이해하게 되었다. 많은 대학이 전쟁의 포화를 피해 임시수도 부산으로 내려갔지만 남하한 피난민만으로는 대학을 운영하기가 쉽지 않았다. 당시 서울대학교 상과대학이 학생을 모집한다는 광고를 본 적이 있다. 내 연령대의 많은 청년들은 군대에 가거나 의용군 명목으로 징집되어 북한군에 끌려가고 없었다. 그중에서 전사하거나 부상당해 학업을 이어갈 수 없는 학생도 생겼을 것이다. 따라서 대학은 심각한 학생 부족에 시달렸을 것이다. 명문이라 일컬어지는 서울대학교에서조차 보결학생을 대거 모집하는 상황이었으니 해방 이후에 창설되었다는 신흥대학의 형편은 더했을 것이다.

이런 정황으로 인해 나는 신흥대학의 위탁생 신분으로 동국대학의 임시 교사로 사용되던 한 사찰에서 강의를 듣게 되었다. 그것이 전시연합대학 이었는지 모르겠다. 전시연합대학이란 교수와 학생 수가 극히 제한된 터라 여러 대학들이 연합해서 만든 학교이다.

내 삶의 행로는 급격한 반전을 맞게 되었다. 당연히 일과에도 큰 변화가 생겼다. 거제리에서 여덟 시간 일을 마친 후 나는 대신동의 절간 강의실로 달려갔다. 경제학을 배우고 싶어서 신태환, 고승제 교수가 강의하는 화폐금융론, 국제경제론 등을 들었다. 경제학 입문 또는 원론 등의 기초 공부도 하지 않은 채 전문 강의를 들었으니 내용을 이해했을 리 만무했다. 중국문학사 강의는 두 차례나 청강했지만 예비지식이 전연 없던 내게는 너무나 어려운 내용이었다. 정치학 강의시간에는 칠판에 적힌 외국인의 이름을 보고 주눅이 들어 스스로 강의실을 나오기도 했다. 서양 정치사상사 강좌였는데 소크라테스, 플라톤, 아리스토텔레스 등의 이름이 적혀 있었던 것 같다.

나는 계급장이 없는 군대 작업복을 입고 다녔다. 그런데 나뿐만 아니라 대부분의 학생들의 차림새가 비슷했다. 군 장교로 복무하는 학생도 있었겠지만 아마 나처럼 유엔군 산하기관 혹은 한국군 등 군대와 관련된 직장을 다니며 야간에 공부하는 학생이 많았을 것이다. 서로 바쁜 처지라 우리는 통성명하고 대화를 나눌 만한 여유조차 없었다. 강의가 끝났다고 해서 일과가 끝난 것은 아니었다. 부산 중앙동에서 서면까지 가는 큰 거리에는 전차가 다녔지만 대신동에서 초량 산10번지까지는 전차나 버스가 없어서 걸어가야 했다. 아무리 빨리 걸어도 40분은 걸렸다. 영주동 고개를 넘어서 초량의 산 밑까지 25분 정도 걸렸지만 초량산의 중간 지점을 지나서 더 올라가는 길은 경사가 가파른 산길이어서 힘들고 시간도 많이 소요되었다. 어두운 길을 따라 산 중턱을 넘어 좀 더 올라가면 자그마한 절간이 있었는데 그 바로 밑에 우리 집이 있었다.

강의를 듣고 돌아오는 날에는 공부한다는 기쁨에 배고픔을 참을 수 있었지만 휴강이라도 하는 날에는 화가 치밀어 올라 더 배가 고팠다. 그렇게 허탕 친 날이면 영주동 고개를 넘어 초량 산꼭대기까지 오르는 길의 거리가 두 배가 된 듯했다. 반대로 밥을 먹지 않아도 알찬 강의를 들은 날은 지식을 얻은 기쁨으로 배가 불렀다. 그런 날은 꼭 공책에 필기하는 일을 잊지 않았다. 전기가 들어오지 않는 판잣집에 살 때라 우리는 콩기름에 솜을 꽂아 심지를 만든 호롱불을 켜고 살았다. 일렁이는 불빛 아래서 강의 노트를 정리하다가 잠드는 나날이 계속되었다.

나는 나무 조각들을 잘라 사방 40센티미터쯤 되는 책상을 제작했는데 네 귀가 반듯하게 맞아 떨어지는 나무 조각이 없어 두께가 제각각인 것들을 얼기설기 짜서 길이만 맞추었다. 옹색하고 조악한 구조물이었지만 그것은 내 책상이자 우리 가족의 유일한 식탁이 되었다. 당시 피난 온 사람들의 삶은 무척이나 초라하고 궁핍했다. 그나마 판잣집을 짓고 둥지를 틀게 된 우리는 그중에서도 나은 축에 속했다. 지붕과 사면의 벽이 있고 방바닥에 온돌까지 있으니 바람과 추위를 피할 수 있었다. 지붕과 제대로 된 벽을 갖추지 못한 채 산비탈에 천막을 치고 사는 사람도 많았다. 외국의 어느 구호기관에서 원조 물자를 지급받기도 했다. 큰 봉지 안에 이상한 곡물 같은 것이 담겨 있었는데 어떻게 요리해서 먹는 것인지 도통 알 수 없어 그냥 버렸다. 후에 알고 보니 그것은 미국 사람들이 우유를 부어서 먹는 시리얼이었다. 너무 생소한 음식이라 다른 사람들은 어떻게 그것을 먹었는지 궁금하다.

초량 산10번지를 생각하면 잊을 수 없는 사건 하나가 떠오른다. 막 잠이 들려는 시간이었는데 갑자기 쾅 하는 소리가 나며 바람이 휙 불어 닥쳤다. 눈을 떠 보니 지붕이 없어졌다. 거기에는 대신 밤하늘에 총총한 별자리들이 들어와 있었다. 나는 무의식중에 그만 웃음을 터뜨리고 말았다. 그러자 잠시 후 온 가족들의 웃음소리가 들렸다. 그때 알았다. 사람이 너무나 갑작스럽고 황당한 사건 앞에서는 자기도 모르게 웃음이 터진다는 사실을 말이다. 우리 가족은 캄캄한 밤중에 모두 밖으로 나가 지붕 찾기에 나섰다. 판잣집 아래쪽 배추밭에서 날아간 지붕을 발견했다. 가족들이 낑낑대며 그 지붕을 들고 다시 산비탈을 올라오던 밤. 고지대에 살았던 우리 가족의 웃지 못할 수난사였다. 높은 곳에 산 덕분에 우리는 가끔 비행기가 날아와 DDT 가루를 뿌리는 장면을 구경하기도 했다. 그때 부산 지역에는 전염병을 방지하기 위해서 DDT를 뿌렸지만 우리 집은 너무 높은 곳에 있어서 창궐하는 빈대를 막을 길이 없었다.

우리가 살던 산꼭대기 집에서는 멋진 부산 항구의 전경이 내려다보였다. 탁 트인 전망 덕분에 비행기가 지나가면서 남긴 비행운도 더 선명하게 볼 수 있었다. 자인과 명린은 어디서 배웠는지 가끔 부산 항구를 향해 목청을 높여 노래를 부르곤 했다. 〈오, 솔레미오〉, 〈산타루치아〉, 〈나폴리〉 같은 이탈리아 가곡이었다. 한창때의 젊은 남자들이 큰 소리로 노래를 부르면 화답이라도 하는 양 어디선가 키득거리는 아가씨들의 웃음소리가 들렸다. 부산 토박이들인지 알아듣기 힘든 사투리로 빠르게 말을 주고받는 그들의 한바탕 와자지껄한 반응에 청년들의 가슴이 설레었다.

직속 상사로서 내게 미국 유학을 권유했던 클레이턴 대위는 미국에 돌아간 후 오랜 시간이 흘러도 연락을 주지 않았다. 그와 연락이 끊기자 이번에는 같은 팀에 있던 사이토 씨가 나서서 대신 알아봐 주겠다고 했다. 사이토 씨는 하와이 출신의 일본인 2세인데 앞서 말한 DAC, 즉 육군성 군무원이었다. 징병된 젊은이들 중에 일본어를 제대로 하는 병사가 모자라서 DAC가 늘어났는데 내 파트너 사이토 씨는 그중 한 사람이었다. 그는 매우 독실한 기독교 신자였는데 자기가 다니던 하와이 교회의 목사를 통해서 이곳저곳 알아봐 주었다. 그리고 마침내 캘리포니아주 패서디나 Pasadena에 있는 하일랜드 대학Highland College에서 나를 받아 주겠다는 소식뿐만 아니라 재정보증서도 함께 보내왔다. 내가 치안국 고문관실의 번역관 자리로 직장을 옮기기 바로 전날의 일이다. 사이토 씨는 내가 크게 신세를 진 은인 중 한 사람이다. 그 소식을 듣던 날의 감격과 기쁨은 이루 표현하기가 어려울 정도다. 나는 일평생 그에게 고마움을 느끼며 살아 왔다. 유학을 떠나 미국에 도착한 후에도 그와 오랫동안 소식을 나누면서 지냈는데, 한국전쟁이 끝나고 ADVATIS가 해산되자 그는 바로 일본으로 옮겨 갔다. 그리고 사업을 해 보려다 어려움을 겪고 있다고 했는데 그때 그를 도울 길이 없어서 너무나 안타까웠던 기억이 난다. 클레이턴 대위는 비록 함흥차사가 되어 버렸지만 그 또한 내게 소중한 사람이다. 그때 미국 유학에 대한 꿈을 그가 심어 주지 않았다면 나는 지금쯤 어떤 사람이 되어 있을 것인가.

당시 치안국은 중앙정부의 다른 기관들처럼 부산에 있었지만 고문관실만 유독 대구에 있었다. 대구에 미8군사령부가 있었는데 치안국 고문관은 미군 헌병대령으로 미8군에서 파송된 사람이어서 아무래도 그가 대구에 있는 것이 미군 측에 유리했던 모양이었다. 내가 고문관실 직원으로 있었던 기간은 7~8개월에 지나지 않았지만 짧은 기간 동안 나는 많은 것을 배우고 다양한 경험을 했다.

치안국은 경찰 업무를 총괄하는 경찰본부이니 그곳의 고문관이라 하면 경찰 업무를 도와주는 사람이라는 생각이 든다. 그런데 미8군사령부가 고문관을 파송한 이유는 오로지 한국의 경찰이 미군의 무기를 필요로 했기 때문이었다. 치안국 휘하에는 전투경찰대가 있었는데 지리산을 비롯한 산악지대에 있는 북한군의 잔재와 토착 주민들로 형성된 유격대를 소탕하는 것을 전업專業으로 삼았다. 전투경찰대 규모가 어느 정도였는지는 확실히 모르지만 아마 일개 대대 규모는 되었을 것이다.

고문관실에는 영어에 능숙한 유내형 경위와 성낙인, 민철홍 두 경사가 있었다. 유 경위는 서울대 문리대를 중퇴하고 전투경찰대에서 활약하다가 고문관실에 배속되었다. 고문관실을 관장하는 경무과장 최치환 경무관도 전투경찰대 출신이었다. 내가 담당한 첫 번째 과업은 전투경찰대의 무기 요청서를 번역하는 일이었다. 기관총, 소총, 박격포 등 여러 종류의 무기와 물품 목록을 요청하는 문서를 번역하는 일인데 항상 빨리 하라는 명령이 떨어졌다. 그래서 홀로 치안국 본부로 내려가 밤을 새며 번역했다. 별도로 무기나 군사용 단어를 공부한 일이 없었기 때문에 매번 화영사전을 뒤적거렸다.

ATIS 시절에는 타자기를 쓸 필요가 없었지만 초량에서 배운 타자 기술이 그때 큰 도움이 되었다. 그 밖에도 전투경찰대와 지속적으로 연락하는 일을 했다. 전투경찰대의 일일보고, 즉 매일 제출하는 보고서를 번역했다. 출몰한 게릴라 숫자, 전투 횟수, 사살자 수, 부상자 수, 포로 수, 특이사항 등등 주로 공비 토벌 상황보고를 했는데, 이즈음 삼남지방에는 게릴라들이 계속 출몰하고 있었다. 맥아더 사령관의 인천 상륙으로 남쪽에 남은 북한군의 일부였는지 아니면 한국전쟁 전부터 투쟁하던 게릴라들이 었는지는 모르겠으나 전투경찰대가 그들의 소탕을 담당했다.

치안국에 취직한 후 가장 인상 깊은 일은 1953년의 제2차 환도이다. 미8군 사령관 매슈 리지웨이Matthew Bunker Ridgway 대장 휘하의 아군이 서울을 재탈환한 시기는 1951년 3월이지만 우리 정부가 서울에 환도한 날은 1953년 광복절, 즉 8월 15일이었다. 그런데 우리 고문관실은 정부의 다른 부처들보다도 훨씬 먼저 환도하여 내가 귀한 경험을 하게 된 것이다. 환도가 그렇게 지연된 데에는 물론 이유가 있었다.

판문점에서 휴전회담이 시작된 때는 1951년 7월이었지만 전쟁은 쉴 새 없이 계속되었다. 하나밖에 없던 한강다리가 복구되어 개통한 때가 1952년 7월 20일이라고 하나 전쟁으로 폐허가 되어 버린 서울은 사람이 살 수 있는 곳이 아니었다. 서울에 돌아온 사람들은 이전보다 참혹한 생존 전쟁을 겪어야 했다. 지붕과 바람막이가 될 벽이 있는 주거지에 물과 전기가 들어와야 살 수 있는데 최소한의 생활환경은커녕 일할 곳조차 변변히 남아 있지 않았다.

서울역사박물관에 보존된 사진들 중에 1973년에 청계천 판자촌을 찍은 사진을 보면 그때까지도 피난민 생활을 계속한 서울시민이 있었음을 알 수 있으니 그로부터 20년 전인 1953년의 상황은 말할 것도 없다. 환도했으니 서울에서 살았을 텐데, 내가 어디에 발붙이고 지냈는지 기억이 없다. 가족은 모두 부산에 남아 있었으므로 다른 직원들과 함께 어딘가에서 합숙했을 것이다.

내가 환도한 날짜는 잘 기억나지 않는다. 1953년의 이른 봄, 아직 추위가 완전히 가시지 않았을 때였다. 우리가 타고 온 지프차는 서소문 거리에서 시청 앞을 지나 을지로 입구로 향했는데 그날의 광경은 나의 뇌리에 깊이 간직되어 있다. 아직 민간인들의 환도가 허용되지 않은 탓인지 거리에는 사람의 모습이 전혀 보이지 않았다. 폐허가 된 도시의 곳곳은 마치 오래된 흑백영화에 펼쳐진 유령도시 같았다. 한 가닥 핏줄처럼 겨우 남은 경첩에 의지해 앞뒤로 삐걱거리며 흔들리던 어느 상점 2층의 찌그러진 생철문 소리가 지금도 요란하게 들리는 것 같다. 바람이 불 때마다 그 소리는 더 요상하고 괴이하게 도시의 대기를 흔들었다. 내 생의 전쟁은 그 후로 오랫동안 계속되었다.

제6장

미국 유학과 공산주의 연구,
1954~1974년

내가 선택한 길: 1954년 미국 유학

1954년 초, 만 스물세 살의 내가 미국으로 유학을 떠난 그해는 한국전쟁이 끝나고 휴전협정이 체결된 이듬해여서 국내 상황이 피폐하기 그지없었다. 당시 외국에 나가기 위해 여권을 받는 것 자체가 하늘의 별따기처럼 어려운 일이었다. 그때 미국 남가주 지방 전체의 한국 학생 수가 70명 정도에 불과했다. 이것은 내가 아직도 갖고 있는 로스앤젤레스 총영사관이 만든 남가주 지역 한국 학생 명단에 근거한 수치이다. 이승만 정부는 외환 관리에 매우 신경을 썼고 미국 달러에 대해서는 유독 더 예민했다. 따라서 유학생에게는 매월 100달러씩의 송금만 허용되었다. 외화가 없을 때여서 그 잣대가 엄격했다.

여권을 받고 난 후 돌이켜 보니 관청이라는 곳은 국민들의 삶을 돌보고 편의를 도모하기 위해 존재하는 곳이 아니었다. 유학 수속을 밟기 위해 나는 매우 까다롭고 어려운 절차를 거쳐야 했다. 동사무소부터 구청, 경찰국, 외무부, 문교부, 국방부 등 허가를 받아야 하는 곳이 셀 수 없이 많고 절차와 규정이 까다로워서 그 과정이 여간 어려웠던 게 아니었다. 모든 수속에는 유효기간이 있는 호적등본이 필요했는데, 서류를 뗄 때마다 구청에 가서 줄을 서서 기다려야 했다. 거기다 경찰국에서는 사찰계 형사들이 나서서 신원조회를 하니 부지하세월일 수밖에 없었다. 문교부에서는 영어 시험을 통과해야 했다. 국방부에서는 국민방위군의 병적兵籍만으로 병역의무를 인정할 수 없다면서 시간을 끌었다. 나는 한국전쟁 중에 중공군 포로들을 만 2년 동안 심문하며 나라에 공헌했다고 내심 자부했지만 대한민국 법률은 그런 공적은 인정하지 않았다. 한 기관이 만들어 놓은 벽을

308

뚫고 가려면 최소한 대여섯 개의 도장을 받아야 했다. 그런데 도장 하나를 받기 위해 다시 몇 개의 증명서류와 첨부할 허가 승인서를 준비하다 보면 몇 달이 쏜살같이 지나가 버렸다. 오죽하면 이 땅을 떠나면서 단군에게 사직서를 쓰고 싶다는 말까지 나돌았을까.

그때 내가 치른 많은 통과의례 중 기억에 남는 한 장면이 있다. 문교부가 실시한 영어시험을 치르던 날이었다. 박마리아 교수가 영어 문장을 읽어 주면 그대로 받아 적은 후 번역하는 시험이었는데 불러 주는 영어 단어의 발음을 정확히 듣지 못해 진땀을 뺐다. 그래서 그 장소와 '박마리아'라는 독특한 이름이 오래도록 뇌리에 남았다. 박마리아는 해방 후 서울시장과 국방부 장관을 지낸 이기붕 씨의 부인이었다. 훗날 4 · 19혁명이 일어난 후 그들 가족이 이승만 대통령 집안에 양자로 보낸 친아들 강석에 의해 비참한 최후를 맞았을 때 나는 지난날의 인연을 떠올리곤 섬뜩했던 기억이 있다.

유학 수속을 마친 후 막상 미국을 가려니 교통수단이 문제였다. 대부분의 유학생들은 부산에서 미국을 오가는 화물선을 이용했다. 중석 같은 원자재 물자를 싣는 수출용 선박이었다. 배 한 척에 일고여덟 명의 손님을 태울 수 있었지만 선박의 주목적이 화물을 선적해 최종 목적지에 이르는 것이어서 여러 경유지를 거쳐야 했다. 사람보다 화물이 위주여서 이곳저곳을 들러야 했기 때문에 도착하는 날을 정확히 예측할 수 없었다. 1월 초부터 봄 학기가 시작되는 터여서 나는 일본 도쿄에서 출발하는 배편을 택하기로 했다. 자주 일본에 드나드는 분으로부터 도쿄에 가면 미국행 선박이 수시로 있다는 말을 들었기 때문이다. 부산의 수영비행장에서 일본행 민간 항공기를 타기로 했다. 수영비행장의 활주로는 지금과 완전히 다른 모습이었다. 검은색 콜타르로 미끈하게 포장된 도로가 아니라 구멍이 숭숭 뚫린 철판을 연결한 활주로였다. 녹슨 철판은 벽돌색을 띠었다. 나중에 알게 되었지만 그 철판들은 제2차 세계대전 때 발명된 것이었다. 많은 항공모함을 동원했으나 태평양의 섬을 이용해서 북상해야 했던 미군은 곳곳의 섬에 이런 이동 활주로를 만들어 전투기와 폭격기를 출격시켰다. '마스턴 매트Marston Mat'라 불린 철판조각들을 연결하면 50미터 넓이에 1킬로미터 길이의 활주로를 만들 수 있었다고 한다. 매 조각마다 중량을 줄이고 배수가 용이하도록 87개나 되는 구멍을 뚫어 놓았다. 비행기가 이륙하던 순간의 요란한 굉음, 날개 밑을 스쳐 지나가던 구멍 뚫린 붉은 철판들이 지금도 생생하게 떠오른다.

당시 유학을 가는 일은 집안의 영광이자 큰 이벤트였다. 어머니와 동생들은 물론이고 삼촌, 이모, 사촌형과 그 동생들까지 서울역에 총출동해서 화려한 작별식을 해 주었다. 노스웨스트 항공의 2발 여객기를 타고 지상을 내려다보았을 때의 감회는 참으로 비장했다. 내 눈앞에서 급하게 조립된 트럭을 타고 온 가족이 남쪽으로 내려온 때가 1950년 12월 말이었는데 채 3년이 지나지 않아 나는 미국으로 향하는 비행기에 몸을 실었다.

3년 전 나는 평양의 장터에서 쌀을 팔던 장사꾼이었다. 그런데 남한으로 내려와 국민방위군을 시작으로 새로운 삶의 여정이 시작된 것이다. 2년간 다닌 연합군 번역통역부 ATIS는 실전영어로 영어 문법과 회화 실력을 키워 주었고, 9개월간 근무한 치안국 고문관실에서는 대한민국 관료사회의 분위기를 맛보았다. 내가 처음 본 비행기는 만주의 랴오양 상공을 가로지르던 B29였다. 평양에서는 전투기와 폭격기를 매일같이 보고 살았지만 비행기에 탑승해 지상을 내려다볼 일이 생기리라고는 상상조차 하지 못했다.

도쿄의 하네다 공항에 내려 나는 곧장 YMCA 호텔로 향했다. 어릴 때부터 일본어를 익혀 일본인들과의 소통은 어렵지 않았다. 나는 피치Piech 선교사가 목회하고 있는 일본 교회에 가서 간증을 했다. ATIS에서 나의 파트너였던 사이토 씨가 자신이 다니던 하와이 어느 섬의 교회를 통해 그곳에 연락해 주었기 때문이다. 일본어로 만주 생활과 한국전쟁 후의 이야기 등 많은 경험담을 들려주었는데 모두들 조용히 경청했다. 청중 중에는 만주나 한국에서 돌아온 일본인들이 있었을지도 모른다. 만일 그랬다면 그들은 일본인을 상대로 전쟁의 후일담을 들려주는 한국 청년과 그 상황을 기이하게 여겼을 것이다.

YMCA 호텔에서 있었던 일은 지금도 기억이 생생하다. 생전 처음 더운물이 나오는 수도꼭지를 보았다. 그런데 아무리 꼭지의 손잡이를 돌려도 더운물이 나오지 않았다. 참다못해 밖으로 나가 계단에서 만난 일본인에게 사정을 이야기하고 도움을 청했다. 그런데 신기하게도 그의 손이 닿자마자 뜨거운 물이 콸콸 쏟아져 나왔다. 그가 고개를 갸웃하며 어이없다는 표정으로 나를 쳐다보았다. 내가 살았던 서울과 부산의 목욕탕에는 샤워 시설이 없어서 나는 더운물을 틀어 놓고 한참 기다려야 한다는 사실을 몰랐다.

여장을 푼 후 도쿄의 화물선 회사와 기선 회사를 찾아갔다. 그런데 한국에서 들은 이야기와 현실은 완전히 달랐다. 바로 출항하는 배가 없다는 것이다. 그때 내게는 단 사흘 동안만 체류가 가능한 통과通過 비자가 허락되어 있었기에 기한 안에 배편을 구하지 않으면 큰 낭패가 아닐 수 없었다. 하는 수 없이 노스웨스트 항공사에 찾아갔더니 샌프란시스코까지 가는 비행편이 있는데 가장 저렴한 표 값이 750달러라고 했다. 이미 환전해 온 달러 중에 도쿄에 오느라 74달러 정도를 써버려서 수중에 있는 돈은 400달러 정도가 전부였다. 까딱하면 부산으로 되돌아가야 할 상황이었다. 나는 허둥지둥 교통편을 물색하다가 '아메리칸 프레지던트 라인'이라는 미국 상선회사를 발견했다. 문 닫을 시간이 가까웠는지 출입구 셔터 문이 반만 열려 있었다. 반가운 마음에 들어가 물어보니 3일 후 호놀룰루를 경유해서 샌프란시스코로 가는 기선이 있다고 했다. 나는 가슴을 쓸어내리며 깊은 안도의 숨을 내쉬었다. 그런데 문제는 그날로부터 3일 후였기 때문에 비자 연기 신청을 해야 했다. 곧장 법무성으로 달려갔다. 대기하라는 말에 가슴을 졸이며 앉아 있는데 직원이 하네다 비행장의 출입국관리소에 전화를 걸었다. 왜 출국할 선편도 항공편도 없는 사람을 받아들였느냐고 호통 치는 소리가 들렸다. 그 목소리를 들으니 몇 해 전 신의주에서 들었던 보안국 간부의 고함소리가 떠올랐다. 피난민들을 받아들이면 안 된다고 했는데 왜 이들을 받아들였는가 하는 노여운 목소리였다. 법무성 직원은 잔뜩 짜증 난 목소리로 내게 하네다 공항으로 가보라고 했다. 공항으로 달려가니 공항 직원은 상사에게 질책을 당한 것에 화가 나서, 왜 곧장 이쪽으로 오지 않고 법무성에 갔느냐며 매섭게 날을 세웠다. 나는 연신 '스미마셍, 스미마셍' 소리를 연발하며 고개를 숙였다. 몰라서 그랬는데 대단히 미안하다고 용서를 구했다. 법규대로 하자면 나는 일본 입국을 거절당하고 그 자리에서 부산으로 되돌아가야 했다. 하지만 다행히도 그런 일은 벌어지지 않았다.

일정에 여유가 생기자 나는 도쿄 시내를 둘러보기로 했다. 2차 세계대전 때의 공습으로 도쿄는 황폐했다. 태평양전쟁 시절 궁성宮城과 그 앞의 고층 건물 몇 개를 빼고는 상상을 초월하는 폭격에 문자 그대로 초토화된 상태였다. 전쟁이 끝난 후에 피난 갔던 주민들이 돌아와서 이층집을 짓고 살았지만 모든 거리가 허술하게 보였다. 살풍경을 둘러보다 나는 평양의 우리 집이 폭격당했을 때가 떠올랐다. 50미터 거리에 떨어진 폭탄으로 인해 집의 대들보가 무너지고 순식간에 벽과 문짝이 산산조각으로 흩어져 날아가 버렸다. 그런데 일본의 도시들은 수백 대의 폭격기가 소낙비처럼 폭탄을 투하했으니 그 피해는 상상을 초월했다. 도쿄는 1944년 11월부터 1945년 5월까지 여러 번의 공습空襲을 받았다. 특히 도쿄대공습이라 불리는 1945년 3월 10일에는 약 344기의 B-29 슈퍼포트리스 폭격기가 총 2,400여 톤의 소이탄을 투하해 불과 세 시간여 만에 10만여 명이 사망하고 부상자는 100만 명에 달했다. 그 후 크고 작은 공습들을 제외하고도 4월 13일, 5월 24일, 25일의 대규모 공습으로 7천 명에 가까운 사람들이 사망했으며 도쿄는 완전히 잿더미가 되었다. 특히 소이탄으로 인한 피해가 무시무시했다. 소이탄은 목표물을 순식간에 불살라 버리는데, 나무가 주재료인 일본의 건물들은 속수무책으로 화마에 휩쓸렸다. 일본군은 제공권을 잃어버린 상태여서 뚜렷한 방어책이 없었다. 그리고 8월에 히로시마와 나가사키에 투하된 원자폭탄은 전쟁에 종지부를 찍었다.

이처럼 초토화된 일본이 부흥하기 시작한 것은 1947년에 들어서였다. 소련과 대립한 미국이 일본과 유럽의 경제 부흥에 도움을 주기도 했지만 그 후 일본의 반전은 결정적으로 한국전쟁 덕분이었다. 우리나라에 전쟁이 발발하자 일본은 미군의 군사기지로 탈바꿈했는데 그때 미국이 정책적으로 일본의 공산품을 사들인 덕분에 경제 전반이 활황을 맞게 된 것이다. 지난날, 나는 영국의 템스 TV가 한국전쟁에 관한 다큐멘터리를 만드는 과정에 참여하여 인터뷰를 했다. 그때 앵커가 내게 물었다. "한국전쟁에서 승리한 나라는 어느 나라인가?" 나는 서슴없이 답했다. "일본입니다." 일본은 궁극적으로 한국전쟁의 특수特需를 이용해 경제대국의 발판을 다시 마련한 셈이다. 한국전쟁 동안 미국이 일본에 지출한 돈이 자그마치 30억 달러가 넘는데, 지금 화폐 가치로 환산하면 족히 300억 달러 이상이 될 것이다. 그런 까닭에 나는 줄곧 일본인들이 서쪽을 향해 요배遙拜를 해야 한다고 주장한다. 바로 김일성과 스탈린을 향해서 말이다. 김일성도 스탈린도 일본을 극도로 혐오했지만 그들은 아이러니하게도 일본에게 큰 선물을 준 꼴이 되어 버렸다.

도쿄를 떠나는 날, 도쿄역에 가서 요코하마로 가는 전철에 올랐다. 행인에게 길을 물어보니 1번 플랫폼으로 가라고 했다. 붐비는 전철을 타고 한참을 가는데 아무리 가도 요코하마가 나오지 않았다. 내가 타고 갈 프레지던트 클리블랜드호SS President Cleveland의 출발시간까지 여유를 두고 나왔지만 시간이 가까워져 가는데도 요코하마역에 정차한다는 방송이 나오지 않았다. 초조한 마음으로 옆 사람에게 물어보니 주변 사람들이 모두 놀라며 전차를 잘못 탔다고 말했다. 플랫폼은 맞았지만 내가 탄 전철은 도쿄 순환선인 야마노테山手선이었던 것이다. 급히 전철을 바꿔 탄 후 허둥지둥 뛰어갔다. 배와 육지를 잇는 배다리gangplank를 막 들어올리려는 순간이었다. 나를 보자 출입국관리소 직원이 마중 나오며 "리상데스카?"(이 씨입니까?) 하고 물었다. 대답을 들을 겨를도 없이 그는 나를 배다리로 올려 보냈다. 여권이고 서류고 아무것도 확인하지 않았다.

내가 탄 프레지던트 클리블랜드호는 아메리칸 프레지던트 라인 상선회사 소속인 네다섯 척의 여객선 중 하나였다. 이 회사의 배 이름은 모두 미국 대통령의 이름에서 따 온 것이었다. 내가 머문 호실이 이등칸이었는지 삼등칸이었는지 잘 기억나지 않지만 6인실이었다. 이층 침대가 세 개였고 나를 제외한 모든 사람이 하와이에 거주하는 일본인 2세였다. 그들은 일본어와 영어를 절반씩 섞어 가며 말했는데 영어 발음에 특유의 억양이 있었다. 거제리 포로수용소에서 일본인 2세들과 가깝게 지낸 적이 있어 내게는 익숙한 발음이었다.

하와이에 거주했던 일본인 2세들은 2차 세계대전 동안 그들 나름의 고생을 감내해야 했다. 일본군으로부터 진주만을 공격당한 미국 사람들은 그들을 적대시했다. 그중 일부는 재산을 몰수당하고 수용소에 갇히는 등 '적국인'이라는 이유로 학대당했다. 국적이 미국이건 일본이건 상관 없었다. 나는 한참 후에 이 상황을 실감나게 그려낸 〈두 개의 조국二つの祖國〉이라는 일본 드라마를 보면서 이들이 당한 참상을 간접 경험했는데, 너무나 비참

했다. 정권을 장악한 일본 장성들은 진주만에 집중된 태평양함대를 공격해서 수장하고 나면 무력해진 미국이 꼬리를 내리고 일본의 요구를 따를 것이라고 계산했는데 그것은 너무나 무모한 생각이었다. 하와이와 미국 서해안에 산재한 일본인 2세들은 그 여파로 쓰라린 삶을 살았다.

배는 태평양의 거센 물살을 가르며 며칠 동안 나아갔다. 큰 여객선이어서 다행히 뱃멀미는 하지 않았다. 중국인 요리사가 만드는 기름진 음식은 입에 맞지 않아 매일 오렌지와 판 초콜릿을 사 먹었다. 한국에서 먹을 수 없었던 오렌지를 많이 먹었고 특히 판 초콜릿을 자주 사 먹었다.

내가 탄 배에는 미국 유학의 꿈을 안고 각국에서 모인 청년들이 많았다. 나는 그들 중에서 단연 인기가 있었다. 중국어와 일본어에 영어까지 자유롭게 구사한 덕분이었다. 그들 사이에서 나는 만능 통역사로 통했다. 훗날 내가 외교관이 되고 싶다는 꿈을 갖게 된 것은 그 선상에서의 추억 때문일 것이다. 필리핀, 대만, 일본 학생들과의 즐거운 한때는 마치 흑백 필름처럼 인화되지 않은 추억으로 고스란히 남아 있다. 우리는 갑판에 모여 노래를 부르고 게임을 했다. 50여 명의 청년들 중 한국인은 내가 유일했지만 외롭지 않았다.

요코하마를 떠날 때는 전형적인 겨울 날씨여서 두터운 양복이 안성맞춤이었는데 날씨가 점점 따뜻해지니 옷이 무겁게 느껴졌다. 우리가 탄 배는 남쪽을 향해 나아가고 있었다. 나는 날짜변경선이 있다는 것도, 여행 중에 기후가 겨울에서 여름으로 바뀔 수 있다는 사실도 전혀 알지 못했다. 그야말로 지구가 나를 중심으로 회전하고 있다고 생각한 은둔자의 나라에서 온 사람이었던 것이다. 넓은 바다의 수평선을 지나면 폭포 같은 것이 나타나 배가 뚝 떨어지는 게 아니냐고 묻지 않은 것이 다행이었다. 다른 이들처럼 정상적인 교육 과정을 밟았더라면 최소한 중학교 지리시간에 기초적인 지식을 얻었을 테지만 내게는 세계지리에 대한 상식이 전혀 없었다. 그런데 이상하게도 그때 내가 어떻게 호놀룰루의 아열대성 기후를 버텨냈는지에 대한 기억은 남아 있지 않다.

출발한 지 열흘쯤 지나 프레지던트 클리브랜드호는 호놀룰루에 도착했다. 열 시간 정도 정박할 예정이라고 했다. 나는 ATIS에서 일할 때 안면이 있었던 한국계 미국인 찰스 김에게 연락했다. 공중전화의 사용법을 몰라 20센트를 날렸지만 불행 중 다행으로 찰스와 통화할 수 있었다. 소형 자동차를 몰고 온 찰스는 내게 호놀룰루를 구경시켜 주었다. 호놀룰루 시내는 마치 천상의 정원처럼 아름답게 꾸며져 있었다. 전쟁으로 만신창이가 된 한국의 도시와는 비교가 되지 않았다. 석탄재를 뒤집어쓰고 산 임시 수도 부산, 폐허가 된 서울과는 완전히 다른 세계였다. 나는 얼어붙은 흑백의 세계에서 화려한 컬러의 세상으로 처음 나온 사람처럼 휘둥그레진 눈을 감을 수가 없었다. 놀랍도록 찬란하고 아름다운 하와이를 구경하면서 나는 처음으로 한국전쟁에 참전해 죽거나 겨우 살아남은 모든 미군 병사에게 미안하다는 생각이 들었다. 이처럼 천국 같은 세계에서 살던 그들이 추위와 고통 속에서 싸우다 죽어갔구나 생각하니 애처롭기 그지없었다. 찰스 덕분에 한인교회를 방문하고 한국인 이민자들을 만났다. 특히 나와 같은 종씨인 광주이씨 어른을 만난 기억이 생생하다. 말투에 강한 이북 사투리 억양이 고스란히 남아 있었는데 아니나 다를까 평안도가 고향이라고 했다. 구한말 시기에 많은 사람들이 지상낙원 하와이에 대한 꿈을 안고 노동이민을 왔는데 결국 사탕수수 농장과 파인애플 농장에서 죽을 고생을 했다. 그 어른도 한 많은 수난기의 이민사를 갖고 있는 분이었다.

호놀룰루를 떠나 며칠 만에 우리는 샌프란시스코에 이르렀다. 1954년 1월 30일이었다. 한국은 아직 혹독한 겨울이었지만 샌프란시스코의 날씨는 섭씨 15도 정도로 화창하고 따스했다. 지중해성 기후의 영향을 받아서 그렇다고 했다.

샌프란시스코 항구에 내리니 누군가 내 이름을 불렀다. 상상도 못한 일이라 황망히 서 있는데 그들을 불쑥 세관원이 막아섰다. 세관원은 다짜고짜 내 트렁크는 어디 있냐고 물었다. 달랑 손가방 두 개만 든 나는 이게 전부라고 답했다. 그가 계속 의심어린 눈초리로 쳐다보자 나는 "한국에서 전쟁이 있었던 사실을 모르십니까? 이토록 부유한 부자 나라에 오면서 제가 낡아빠진 옷가지들을 가져왔겠어요?"라고 응수했다. 내가 생각해도 재치 있는 임기응변이었다. 그제야 세관원이 미소를 띠며 길을 내주었다. 나는 그때 들고 온 손가방 두 개 중 하나를 반세기 넘게 간직했다.

나를 마중 나온 분은 샌프란시스코에 거주하는 아서 영Arthur Young이라는 분으로 하일랜드 대학의 부탁을 받고 온 기독교인이었다. 영 부부는 친절하게도 나를 자신들이 사는 아파트에 데려가 식사를 제공해 주었다. 식전에 우유 한 잔을 주기에 나는 정중하게 설탕을 청했다. 부부는 나를 의아하게 쳐다보더니 설탕을 건네주고 내 행동을 유심히 살펴보았다. 나는 우유 잔에 설탕을 몇 숟가락 넣고 섞은 후 달콤한 맛을 음미했다. 그러자 부부가 갑자기 "Interesting, interesting!"을 연발하는 것이 아닌가. 나는 당혹스런 상황에 어색한 미소를 지었다. 한국 다방에서는 우유에 으레 설탕을 넣어 마셨는데, 사실 그것은 우유가 아니라 전지분유를 물에 탄 것이었다. 나는 미국에 와서 처음으로 생우유를 맛보았다. 문화의 차이를 제대로 느끼게 해준 사건이었다. 샌프란시스코 상륙 후의 첫 생활 레슨이었던 셈이다.

식사 후 부부는 나를 로스앤젤레스행 버스가 다니는 정류장에 안내해 주었다. 버스의 운행정보를 미리 알아 두었던 모양이다. 이른바 '개그린 버스'라고 알려진 그레이하운드Greyhound 버스였다. 한국에서 누군가 미국에 가면 개가 그려진 버스를 타면 되는데 그것이 바로 개그린 버스Gagrin Bus라고 알려 준 바가 있어 익히 염두에 두고 있었다. 아니나 다를까 개그린 버스가 내 앞에 멈춰 섰다. 버스는 시속 60마일(100킬로미터)의 속도로 질주했다. 한국에서 타던 버스보다 무려 두 배나 빨라 나는 아연실색했다. 그보다 놀라웠던 것은 버스가 그렇게 빨리 달리는데도 좌석이 전혀 요동치지 않는다는 사실이었다. 부유한 나라에만 있는 매끄러운 포장도로에도 경탄했다.

여덟 시간을 달려 나는 드디어 천사의 도시라는 로스앤젤레스에 도착했다. 버스 정류장에서 테이크아웃 토스트와 계란 프라이를 사 먹었는데 내 영어가 통한다는 사실에 기분이 우쭐했다. 루디 슈미트Rudy Schmidt라는 학생이 나를 마중 나와 주었다. 그는 키가 훤칠하고 온유한 성격의 독일계 학생이었다. 2차 세계대전 중에 미국이 독일과 교전하면서 독일계 사람들은 자기의 배경을 감추기 위해서 독일 이름을 영국식 이름으로 바꾸었다고 하는데 그의 부친만은 유독 원래 이름을 고집했다고 한다. 루디의 차를 타고 패서디나Pasadena를 지나던 나는 한 고등학교 앞에서 나도 모르게 탄성을 내질렀다. 넓은 주차장에 자동차가 빼곡히 들어차 있었기 때문이다. 웬 선생님이 그리 많으냐고 물었더니 운전하고 있던 루디가 웃음을 터트리면서 "선생님들의 자동차가 아니라 모두 학생들 거야."라고 대답했다. 그러고 보니 주차한 자동차들은 거의가 2인용 포드 컨버터블Ford convertible이었는데 남녀가 데이트할 때 타고 다니기에 안성맞춤인 차였다.

전쟁이 끝난 후 1945년부터 몇 해 동안 자동차 회사들은 제대한 젊은이들이 원하는 자동차를 대량으로 만들어서 전성기를 구가했는데 그 덕분에 젊은이들이 모두 '자기용 자가용'을 몰고 다니게 된 듯했다. 이것은 내가 만들어 낸 말인데, 당시 미국은 '자가용自家用' 시대를 넘어서 1인 1차를 보유한 '자기용自己用' 시대로 넘어가고 있었다. 운전대의 자리가 높은 1940년대의 컨버터블은 그 후에 자취를 감추어서 보기 힘들어졌다. 하지만 나는 그 차가 이후에 출시된 어떤 모델보다 더 멋스럽다고 생각한다.

단지 흠이 있다면 속도를 낼 수 없다는 것이었다. 70년 후인 지금까지 보존된 것들은 모두 고가의 앤티크 차로 거래되고 있다.

개그린 버스 정거장이 있는 LA 중심지에서 하이랜드 칼리지가 있는 패서디나까지 가려면 동북쪽으로 뻗은 고속도로를 달려야 하는데 그 길은 캘리포니아에서 처음 생긴 고속도로라고 했다. 30~40분간 신나게 달려가자 아담한 마을이 나왔다. 캘리포니아 공과대학California Institute of Technology과 헌팅턴 도서관Huntington Library, 로즈볼Rose Bowl 경기장 등 유명한 곳들이 있는 도시 근처였다. 내가 다닐 하일랜드 대학Highland College은 고속도로에서 그리 멀지 않은 언덕 위에 있었다. 대학 구내에 들어서니 대학이라기보다 아담한 수도원 같았다. 트럭이 출입할 만한 넓은 입구를 제외하고는 전체 부지가 목조 건물들로 둘러싸인 직사각형 모양이었다. 길이가 100미터 안팎, 넓이가 60~80미터 정도 되었다. 그 좁은 공간 중앙에 서 있는 높은 나무 몇 그루를 둘러싸고 짙은 녹색으로 칠한 단층, 이 층 건물들이 자리 잡고 있었는데 교실, 기숙사, 식당, 예배-회의실, 사무실이었다. 학교 입구에서 언덕을 따라 올라가면 정면에 예배-회의실이 보이고 그 왼쪽으로 식당과 취사장 건물이, 오른쪽으로 기숙사가 있었다.

총 학생수가 43명이니 매우 작은 규모의 학교였다. 예배-회의실은 족히 100명은 수용할 만한 크기였다. 내 방은 기숙사 건물 1층이었고 건물 끝쪽에 교장의 숙소가 있었다. 교수 서너 명도 교내에서 살았다. 얼마 안 가 나는 모든 교수와 학생들의 이름을 알게 되었다. 학교 분위기는 규모만큼이나 매우 가족적이었다. 아침이면 식당에 모여서 기도하고 식사한 다음 각기 강의실로 갔다. 당번이 되면 접시를 치우고 닦고 건조하는 일을 나누어 했는데 미국 풍습을 배우고 학생들과 사귀기에 좋은 환경이었다. 나는 한국에서 접해 보지 못한 주방세제를 사용한 설거지 방법, 만찬에 참석할 때는 반드시 정장을 입어야 하는 등의 서양식 예절을 배웠다.

교수가 적은 만큼 학생 수도 적어 수강생은 늘 열 명 안팎이었다. 학생과 교수가 주일마다 가는 글렌데일Glendale에 있는 교회의 글라이드Glyde 담임목사는 필수과목인 요한복음을 가르쳤다. 내용을 다 잊었지만 어느 날의 강의는 지금도 또렷이 기억한다. 글라이드 목사가 학생들에게 불쑥 알고 있는 경제학자들의 이름을 말해 보라고 했다. 학생들은 모두 침묵했다. 그때 나는 부산에서 어깨 너머로 주워들은 이름, 애덤 스미스, 데이비드 리카도, 존 스튜어트 밀을 말했다. 글라이드 목사는 또 누구를 아느냐고 물었다. 그래서 내심 나오지 않은 이름 중 그가 생각하고 있는 인물인 듯한 카를 마르크스를 말했다. 내 예상대로 목사는 고개를 끄덕이며 맞다고 했다. 그러면서 경제학자들은 모두 공산주의와 가까운 위험한 사람들이라는 뜻밖의 이야기를 했다. 나는 무척 당혹스러웠다. 부산에서 신흥대학 위탁생 자격으로 힘들게 강의를 들으러 다니며 경제학 공부를 하고 싶어 화폐금융론, 국제경제론 과목을 택했는데, 그가 경제학이라는 학문 자체를 위험한 학문이라고 하니 납득하기가 어려웠다. 특히 내가 거명한 스미스, 리카도, 밀은 자유주의 경제학자로서 공산주의와 정반대 입장을 취한 사람들이었다. 글라이드 목사는 말씀을 계속했지만 내 머릿속은 뒤죽박죽이 되어 버렸다. 그 후 모든 강의 내용이 의심스러웠다. 이 장면은 내내 나에게 여러 가지 생각을 떠올리게 했다. 무엇인가 잘못됐다는 생각이 들었기 때문이다.

로버트 레이번Robert G. Rayburn 교장은 히브리서를 가르쳤는데 나는 강의 시간에 필기를 한 후 다시 그 내용을 타자로 쳐 정리했다. 그리고 동급생인 루디에게 봐 달라고 부탁했다. 아마도 루디는 폭소를 터뜨렸을 것이다. 요한복음 성경 구절에 'Hail!'이란 말이 많이 나오는데 나는 그 단어를 Hell!이라는 말로 잘못 알아듣고 그대로 적었다. Hail!은 환호성을 지른다는 뜻으로 찬양한다는 말이고 Hell은 지옥이라는 말이었으니 완전히 정반대의 의미였다. "Hail! Jesus" 하면 예수를 환영한다는 뜻으로 '호산나 hosanna'와 비슷한 의미이다. 그런데 "Hell! Jesus!"라고 쓰면 예수에게 욕설을 내뱉은 것이 되니……. 스스로 영어를 꽤 잘한다고 믿었는데 나의 수준을 적나라하게 보여 준 해프닝이었다.

레이번 교장은 위엄 있고 잘생긴 사람이었다. 한국전쟁 때 제101낙하산 부대의 군목을 지내고 제대한 후 설립된 지 2년 된 이 대학 교장으로 부임했다. 성품이 자상하고 인품 또한 훌륭했다. 그는 내게 많은 시간을 내어 상담을 해 주었고 때때로 부탁을 들어 주었다. 부인은 키가 크고 가냘 펐는데 출산한 지 얼마 되지 않아 벤틀리라는 귀여운 남자 아기를 안고 다녔다. 벤틀리는 학생들의 귀여움을 독차지했다. 교장 부부의 숙소가 기숙사 끝쪽에 있다 보니 나는 잠옷 차림으로 복도를 지나가다가 종종 레이번 부인과 마주쳤다. 그때마다 부인은 눈살을 찌푸리며 고개를 돌렸다. 나는 한동안 영문을 몰랐다. 해변에 나가면 온통 알몸을 드러낸 사람투성이인데 파자마로 온몸을 가린 내가 무슨 잘못이란 말인가. 그때 내게 미국 문화는 한없이 낯설고 이해할 수 없는 모순으로 가득 차 있었다. 나중에야 미국에서는 파자마를 속옷의 하나로 여긴다는 것을 알고 고개를 끄덕였다. 파자마를 입고 돌아다닐 요량이면 그 위에 반드시 로브robe를 걸쳐야 한다는 사실도.

레이번 교장의 모친도 생각난다. 70세쯤 된 노부인은 고매한 인상을 풍기는 분이었다. 그때 내가 놀랐던 점은 노부인이 자동차 운전을 한다는 사실이었다. 한국에서는 여자가 운전하는 모습도 본 적이 없는데 하물며 나이 든 부인이 운전을 한다니, 놀라지 않을 수 없었다.

패서디나에 도착한 지 얼마 후 로스앤젤레스 총영사관에서 통지가 왔다. 아마도 3월, 봄방학 기간이었을 것이다. 남가주 학생회가 주최하는 피크닉에 초대한다는 공문이었다. 한국 학생들이 가장 많이 다닌 페퍼다인 대학Pepperdine College 근처에 있는 공원에서 열린다고 했다. LA의 남쪽이다. 패서디나는 LA의 북쪽에 있어 자동차로 달려도 거의 두 시간을 가야 했다. 안타깝게도 나에게는 교통편이 없었다. 우리 학교 옆을 지나다니는 버스는 패서디나 시내까지만 갔다. LA 남쪽으로 가는 버스는 없었다. 남가주 지방은 원래 매우 넓어서 그런지, 아니면 나처럼 자동차가 없는 사람이 드물어서 그런지 대중교통 시설이 최악이었다. 어쨌든 나는 피크닉을 포기해야 했다.

그렇게 결정하고 나니 서러움이 북받쳤다. 침대 앞에 무릎을 꿇고 엉엉 울었다. 한국 학생들을 만나지 못하는 한탄의 눈물이었는지, 갑자기 엄습한 고독감 때문이었는지, 아니면 그동안 팽팽했던 이국에서의 긴장이 풀려서였는지 모르겠으나 그저 한없이 눈물이 쏟아졌다. 그때 내 방 앞을 지나가던 누군가가 흐느끼는 소리를 듣고 루디를 불렀던 모양이다. 아니면 루디가 직접 들었을 수도 있다. 그는 영사관에서 온 편지를 보고 나의 마음을 꿰뚫어 보았다. 그리고 기꺼이 나를 위해 자신의 소중한 하루를 '희생'하겠다고 했다.

공원의 이름은 기억나지 않지만 수풀이 너무나 아름다운 곳이었다. 당시 남가주의 한국인 유학생 수가 70명이었다고 하는데 그날 몇 명이 참석했는지는 기억나지 않지만 몇 달 만에 한국말을 나누게 되니 모두가 고향 사람처럼 친근하게 여겨졌다. 이름도 들어 보지 못한 이곳저곳의 대학들에 다니는 여러 학생들과 교류하게 되어서 너무나 즐거웠다. 당시 LA의 한국 교민 수는 300명 정도였고 한국 상점이나 한국 식당이 따로 없었다. 아마도 그날의 성찬은 영사관 직원들이 특별히 준비한 이벤트였을 것이다. 김밥과 함께 김치가 나와서 인기를 끌었다. 영사관에서 각종 운동기구도 가져와 모두들 즐거운 시간을 보냈다. 이미 자동차를 장만한 학생들도 있어서 그 후에 서로 왕래를 이어갔다. 루디에게는 너무나 미안했지만 나에게 한국 유학생들과의 만남은 정신적 안정을 가져다주었다.

얼마 후 나도 자동차를 한 대 샀다. 대학과 관계가 있는 아주머니에게 80달러를 지불하고 프레이저Frazer 자동차 1948년형을 구입했다. 난생 처음으로 자동차 소유주가 되었다. 한국에 있을 때 너무나 운전이 하고 싶어서 치안국 고문관이 주차해 놓고 간 지프를 앞뒤로 몰다가 들켜서 야단맞던 내게 나만의 자동차가 생겼다는 사실은 더할 나위 없이 흥분되고 기쁜 사건이었다. 나는 틈날 때마다 학교 앞 큰길에 나가서 운전 연습을 했다. 서울에서 지프를 몰아 본 경험이 있어서 주행 연습을 따로 하지 않아도 되었다. 8기통짜리 푸른색 차량이었는데 앞으로 어디든 갈 수 있다는 생각에 가슴이 벅차올랐다.

여름방학이 되기 전에 미국 동부로 여행을 갈 기회가 생겼다. 필라델피아에서 우리 대학이 속한 교파의 국제회의가 열리는데 학교 측에서는 원한다면 다녀오라고 했다. 빌이라는 거구의 학생이 시보레 승용차를 갖고 있어 그 차편에 동행하기로 했다. 왕복 7천 마일, 즉 1만 1천 킬로미터가 넘는 거리여서 휘발유 값이 만만치 않았고 쉬지 않고 운전하는 일도 부담이 되었는데 뜻하지 않은 동행이 생겨 다행이었다. 도중에 호텔에 들지 않아도 동부까지 갈 수 있지만 마침 빌의 집이 테네시주의 내슈빌에 있어 그곳에서 쉬어 갈 수 있다고 했다. 당시에는 미국에 대륙을 횡단하는 고속도로가 건설되지 않아 모두 66번 국도를 이용했다. 66번 국도는 캘리포니아주 로스앤젤레스에서 일리노이주 시카고까지 연결된 길인데 냇 킹 콜의 노래 〈Route 66〉으로도 유명한 도로이다. 비록 2차선이었지만 잘 포장되어 있고 간간이 주유소와 식당이 있어서 편리한 길이었다. 이후 황무지였던 도로 주변에 하나둘 마을이 들어섰는데 아마도 66번 도로 때문에 생겼는지도 모를 일이다.

성능 좋고 조용한 시보레를 타고 우리는 가도 가도 끝이 없는 모래사막 한가운데를 달렸다. 애리조나주에서는 보통 인디언이라고 불리는 북미 원주민의 주거住居 가옥인 티피tepee를 보았다. 티피는 원뿔형 천막으로, 직경 3미터에 높이는 5미터가량이고 1미터쯤은 땅속에 들어가 있었다. 티피가 바람에 흔들리지 않게 하기 위한 과학적 공법이었다. 그랜드캐니언을 향해 북쪽으로 올라가는 길에서 보니 티피는 관광객들에게 전시용으로 세워진 것이 아니라 인디언들이 실제 거주하는 주택이었다. 비록 전통적인 생활방식이기는 하나 바야흐로 20세기에 열악하게 생활하는 모습을 보니 마음이 착잡했다. 그 광경을 목격한 후 나는 인디언에 지대한 관심을 갖게 되었다. '인디언'이라는 말은 인도를 향해 항해하던 콜럼버스 일행이 신대륙을 발견했을 때 그곳을 인도로 착각하고 원주민들을 인디언이라고 부른 데에서 유래했다고 하는데, 나는 우선 그 '발견'이라는 용어부터가 부적절하다고 늘 생각해 왔다. 수천 년 동안 그곳에서 살아온 원주민이 있는데, 대륙을 '발견'했다고 말하는 것은 그들에 대한 모독이라고 생각했기 때문이다. 또한 소위 '개척자'라 명명된 백인들의 미美대륙 정복은 지울 수 없는 야만적인 범죄라고 생각한다. 한동안 할리우드에서는 백인 무리들의 대륙 팽창 과정을 그리면서 원주민에 대한 무자비한 살육과 기만적인 거래를 자랑스런 행동으로 묘사했는데 21세기의 윤리적 잣대를 적용해 볼 때 그것은 명백한 범죄행위였다.

미국 흑인 노예의 역사 또한 마찬가지이다. 얼마나 많은 아프리카 흑인들이 미국에 끌려와 고통을 겪었는가? 그리고 흑인 차별의 역사가 지금까지도 이어지고 있지 않은가? 나는 흑인 차별의 현장을 이 여행에서 실제로 경험했다. 당시 텍사스주에는 아직도 노예제도의 전통이 강하게 남아 있었다. 한 식당에서 음식을 주문해 놓고 화장실에 갔는데, 문에 '백인 전용'이라고 써 있길래 무심코 그 옆에 있는 화장실을 이용했다. 그런데 나를 본 주인이 "너는 그 화장실을 이용하지 않아도 된다."라고 했다. 내가 사용한 화장실 문에는 'Colored'라고 표시되어 있었다. 번역하면 유색인종이라는 말인데 당시에는 흑인을 지칭하는 용어였다. 그는 내가 보기 드문 동양인이어서 흑인 취급을 받지 않아도 된다고 특별히 친절을 베푼 것이었지만 내게는 이쪽이나 저쪽이나 똑같은 화장실이었다. 나중에 알고 보니 화장실 사용 문제는 그곳 주민들에게 너무나 중요한 일이었다. 남북전쟁에서 남부가 패배하여 항복한 지 거의 백 년이 지났지만 50만 명의 사상자를 내면서 치열하게 싸운 남부 백인들은 지난날의 관습을 그대로 지키고 있었다. 노예시장에서 돼지나 말처럼 사고팔던 짐승이나 다름없는 흑인들과 같은 화장실을 사용한다는 것은 이들에게 상상할 수 없는 일이었다. 2019년 아카데미 작품상을 탄 〈그린북Green Book〉을 보면 당시 미국 남부 사회에 만연한 흑인 차별의 실상을 알 수 있다.

사실 되돌아보면 한국에도 비슷한 역사가 있다. 조선 시대에 백정은 1890년대까지 짚신조차 신지 못하고 맨발로 돌아다녀야 했다. 외국인 선교사들이 백정들을 교회 예배에 참석시키자 양반들이 모두 교회를 떠나버리기도 했다. 양반들은 상민이나 노비와 한 방에서 예배를 보는 것까지는 어찌어찌 양보할 수 있으나, 마소나 다름없는 백정과는 절대 함께 예배를 볼 수 없다고 고집했다. 이 문제는 선교사들에게도 큰 고민거리였다. 사회 지도층인 양반을 먼저 개종해야 교회가 번성할 터인데 양반의 이탈을 무릅쓰고 백정을 포용할 것인가, 아니면 교세 확장을 선택할 것인가를 두고 갈등했다. 이러한 상황에서 서울 승동교회를 세운 무어Samuel E. Moore(한국 이름 모삼율)가 백정들을 받아들여 한동안 승동교회가 백정 교회라고 불리었다고 한다.

우리 일행은 뉴멕시코주와 텍사스주를 지나 테네시주 내슈빌에 있는 빌의 집에서 하루를 묵었다. 지금도 기억나는 것은 빌의 동생과 나눈 대화이다. 이런저런 이야기를 하다가 내가 '미국은 자본주의 국가'라고 했더니 그가 '그럼 너는 공산주의자냐?'라고 반문했다. 자본주의라는 용어를 쓰는 것만으로도 내 사상을 의심한 것이다. 그는 자본주의라는 말을 적의敵意를 품은 공산주의자들의 용어로 받아들이는 듯했다. 그의 질문을 받자 자연스레 글라이드 목사의 얼굴이 떠올랐다. 특정한 사고에 경도되어 지적知的 세계와 크게 동떨어져 있는 사람들이었다. 훗날 나는 한국 공산주의 운동을 연구하게 되었는데, 어쩌면 이때의 경험이 나를 더욱더 지적인 세계로 이끌었는지도 모를 일이다.

UCLA의 낯선 봄

무슨 영문인지 자세히 알 수 없었지만 하일랜드 대학이 문을 닫는 바람에 나는 UCLA로 편입했다. 'UCLA'라는 약자가 무엇을 뜻하는지도 모르던 시절, 나는 얼떨결에 그 학교의 학생이 되었다. 사전지식이 전혀 없던 상태에서 편입한 터라 내게 보통 현지 학생들과 다른 운이 작용했다는 것도 몰랐다. 이 학교의 명성이 높다는 것과 입학 과정이 매우 까다롭고 어렵다는 사실을 알게 된 것은 오랜 시간이 지난 후의 일이다. 내가 전입轉入할 때 캘리포니아 대학교에는 두 개의 캠퍼스밖에 없었는데 그 후에 각처에 캠퍼스가 생겨서 State College들과 경쟁하고 있었다. 한국말로 번역할 때 University of California도 캘리포니아 주립대학이라 할 수 있고 State College도 주립대학이라 번역할 수 있지만 나는 아직도 State College 중 어느 학교가 전미 대학 평가 순위에 포함되는 경우를 본 적이 없다. UC버클리는 항상 전미 대학 순위 1, 2위를 다투었는데 UCLA가 20위 권에 진입한 것은 1990년대 아니면 2000년대의 일일 것이다. 어느 나라에서나 그렇지만 대학의 위상을 평가하는 기준이 다르기 마련이니 대학 순위도 상대적이다.

　UCLA에는 놀라운 점이 많았다. 하일랜드 대학의 면적은 기껏해야 2에이커 정도였는데 UCLA의 면적은 400에이커(1.6km²)라고 하니 과연 학교의 대지가 어디에서 어디까지인지 알 수가 없었다. UCLA가 웨스트우드에서 개교했을 때에는 건물이 네 채였다고 하는데 내가 전입한 1954년에도 건물이 그리 많지 않았다. 그 큰 광야에 대형 건물들이 드문드문 서 있었다는 표현이 적합했다. 그러한 학교 중앙에 세워 놓은 로이스 홀Royce

Hall과 그 건너편의 도서관 등은 설립자들의 포부가 얼마나 컸는지를 보여주었다.

학기가 시작해서 등록하는 과정에 간단한 건강진단이 있어서 의과대학 건물에 갔다. 많은 학생들이 줄서 있는 새로 지은 의과대학 건물에는 아무리 눈을 씻고 보아도 창문이 보이지 않았다. 전쟁터에서 온 지 얼마 안 된 나는 걱정과 불안감에 휩싸였다. 만일 정전이라도 나면 어떻게 하나 싶었다. 부산 초량동에서 피난 생활을 한 판잣집에서 우리 가족은 전기가 들어오지 않는 방에서 살았다. 서울로 환도한 후에도 안방에 들어오는 전압이 너무 약해서 불빛이 흐린 전구 바로 밑에서야 비로소 글을 읽을 수 있었다. 어디 전압뿐이었겠는가. 수압이 약한 수도 앞에서 간신히 흘러나오는 물줄기 때문에 얼마나 많은 아주머니들이 양동이를 세워 놓고 기다려야 했던가. 창문이 보이지 않는 그 건물이 마치 빛을 거부하는 이상한 공간으로 보여 신기했다. 이러한 감정은 건물에 들어가자 마자 금세 사라졌다. 낮보다 환하게 조명이 켜져 있었기 때문이다.

미국이라는 나라의 풍요는 내가 상상조차 하지 못한 신세계와 같았다. 전기 같은 기본적인 것부터 물과 공산품에 이르기까지 모든 것이 쓰고 남을 만큼 풍족했다. 그중 내가 경악을 금치 못했던 것은 미국인들이 종이를 함부로 사용하는 것이었다. 해방 이후 한국전쟁을 겪은 평양과 서울의 폐허에서 종이는 너무도 귀한 물자였다. 서점에서 파는 책도 마분지馬糞紙에 찍은 것이었다. 한자로 마분은 내가 만주 벌판에서 치워야 했던 '말똥'이라는 의미가 아니던가. 마분지는 색깔도 말똥 같은 갈색이지만 마분처럼 볏짚 같은 불순물들이 섞여 있었다. 더욱이 미국인들이 마구 쓰고 버리는 종이는 서울에서는 구하기도 힘든 고급 제지였다. 세월이 흘러 미국에서도 자원의 한계를 인식하고 폐품 재생운동을 시작했지만 그전의 낭비 풍조는 내게 놀라움을 안겨 주기에 충분했다.

UCLA의 첫 학기에 나는 정치학 강좌를 두 개 선택했다. 정치학을 전공하기로 마음을 굳힌 것이다. 아이번 힌더라커Ivan Hinderacher 교수가 가르치는 '미국 국회와 입법 과정'에 관한 강좌는 미국 정치를 이해하는 데 큰 도움이 되었다. 그리고 제임스 콜맨James Coleman 교수의 '국제정치론'을 택했는데 하일랜드 대학에서 택했던 과목의 연속이라고 할 수 있었지만 수준이 더 높았다. 당시 나는 유엔에서 연설하는 외교관들을 동경했다. 하지만 그 꿈은 오래가지 않았다. 배우면 배울수록 국제관계를 좌우하는 것은 힘이라는 것을 깨닫게 되었기 때문이다. 외교관계는 모든 나라가 현명하게 운영해 나가야 하는 과업이지만 당시 한국 외교관들의 활동영역은 너무나 좁고 미미해 보였다. 특히 로스앤젤레스와 샌프란시스코 총영사관에 배치된 직원들의 생활을 보면서 막연했던 동경마저 사라지고 말았다.

두 강좌의 과제물로 논문을 작성해서 제출했지만 나는 첫 학기에 B 학점을 얻은 것으로 만족해야 했다. 아무래도 나의 영어 실력에 한계가 있었기 때문이다. 그러나 내게 필수과목이었던 '외국인을 위한 영어' 강좌는 그야말로 누워서 떡먹기였다. 공부할 필요조차 없는 강좌였는데 한 주일에 네 시간짜리였기 때문에 학점 수가 많아서 평균 학점이 3.4에 이르렀다. 덕분에 얼마 되지 않은 등록금은 그대로 내야 했지만 수업료가 면제되었다. 그리고 신흥대학에서 이수한 학점도 인정해 주어서 학부를 뜻하지 않게 빨리 졸업할 수 있었다.

일본어와 중국어 실력을 활용해서 담당 과목 교수들을 찾아가 개별적으로 시험을 치고 학점을 받기도 했다. 이 과정에서 중국어 교수가 내게 준 충고는 지금도 감사하게 기억한다. 내가 될 수 있는 대로 빨리 졸업하고 싶어서 시험을 치려 한다고 했더니 그는 "왜 그리 서두르느냐? 좀 더 시간을 두고 착실하게 공부하면 좋지 않겠느냐?"라고 말해 주었다. 정말 그랬어야 했다. 나는 왜 그리 서둘렀던가? 원래 5년 동안 열심히 공부해서 졸업해 돌아가겠노라고 결심하지 않았던가? 그런데 왜 나는 학부를 그토록 빨리 졸업하려고 애썼을까? 아무래도 나의 마음속에 품은 불안감 때문이었을 것이다. 떳떳치 못한 신흥대학의 학력에 대한 불안감 말이다.

학부를 졸업하려면 자연과학 과목을 10학점인가 12학점을 받아야 했기 때문에 나는 첫 번째로 천문학과 지리학을 접목한 지리학 과목을 택했다. 담당 교수인 로건Logan 교수는 매우 친절하고 재미있게 강의를 이끌었다. 100여 명의 학생이 대규모 강의실에서 수업을 받았는데 그 시간은 이후 내가 선택한 생물·식물학 강좌와 함께 삶을 살아가는 데에 큰 도움이 되었다. 두 번째로 택한 상용수학은 내용이나 교수법 면에서 내가 UCLA에서 들은 모든 강좌 중 최하였다고 단언한다. 그 강의를 담당한 젊은 강사는 단지 시간을 채우기 위해 나와 있을 뿐이었고 학생들이 강의를 듣건 말건 관심이 없었다. 아무리 지루한 과목이라도 열정적인 교수가 가르치면 흥미가 생기고 집중할 수 있었지만 성의 없는 강의를 통해서는 아무 지식도 얻을 수 없었다.

UCLA에서의 첫 학기에 가장 신났던 강좌 코스는 단연코 사교댄스 과정이었다. 지난날 치안국 고문관실에 다니던 시절, 성낙인 경사가 자기 집에서 사교댄스를 배우자고 초대한 적이 있었지만 그럴 만한 시간적 여유가 없어 가지 못했는데 우연히 UCLA에 그 과목이 있다는 것을 알고 몹시 반가웠다. 거기다 사교댄스는 필수과목인 체육과 운동의 일부라고 했다. 40명 정도의 남녀 학생을 모아 놓고 각종 댄스의 기본 스텝부터 차근차근 가르쳐 주어서 배우기가 쉬웠다. 왈츠, 스윙(지르박), 차차차, 탱고, 삼바 등 여러 가지를 배웠다. 그때 배운 동작과 몸짓은 내 평생 춤의 기본이 되어 주었다. 수십 년 후에 아내와 함께 오랫동안 델라웨어Delaware주에 있는 듀퐁 클럽Dupont Club의 댄스 클래스를 다녔지만 어쩐지 새로 배운 스텝들이 하나도 몸에 익지 않아 UCLA에서 배운 스텝만을 복기하곤 했다.

사교댄스 과정에서 나는 신선하고 경이로운 세계를 경험했다. 이성異性과의 첫 접촉이 그것이다. 멀리서 바라보기만 하는 아득한 존재 같았던 여학생의 손을 잡고 허리를 붙잡는 일은 내게 무척이나 설레는 일이었다. 내 첫 파트너는 체구가 꽤 통통한 백인 여학생이었는데 외모는 그다지 중요하지 않았다. 몇 주일 후 한 남학생이 내게 하필이면 왜 그렇게 풍만한 여자와 춤을 추느냐고 물었다. 하지만 나는 부드러운 곡선미를 가진 그 여학생이 싫지 않았다. 그전에는 다른 여학생과 이야기를 나누거나 손을 잡아보지도 못했다. 계속된 전쟁의 와중에 이성을 만날 기회 자체가 없었기 때문이다. 잠시 부산에서 ATIS에 다닐 때 광복교회 성가대의 한 아가씨에게 눈길이 간 적은 있었지만 역시 손목 한 번 잡아 보지 못했다. 사교댄스 강좌는 두 학기 동안 계속되었다. 내가 속한 반에는 동양계 여성이 없었다. 물론 UCLA에서 한국 여성은 물론 동양 여자도 보기가 힘들었다. 동양 남자도 마찬가지로 드물었다.

처음 UCLA에 들어갔을 때 한국 사람이 전혀 없지는 않았다. 대학원 미생물학과에 유준 박사가 있었고 공과대학 대학원에 이은우 씨가 있었다. 하지만 학부에는 오로지 나뿐이었다. 유준 박사는 세브란스 의대에서 교편을 잡다 온 사회인이어서 어린 학생(만 23세)인 나와는 어울리지 않았지만, 해군을 제대하고 유학 온 이은우 씨는 나와 꽤 친하게 지냈다. 그는 나를 '소'라고 불렀는데 소같이 우직하고 성실히 공부만 한다는 뜻이었다. 사실 공부 외에는 달리 한눈 팔 곳도 없었다. 학부 시절에도 그랬지만 대학원에서는 쉴 새 없이 학업에 매진했다. 공부하고 싶다는 열망이 너무나도 강렬했던 데다 본래 내가 남들에 비해 집중력이 강한 편이었다.

나는 UCLA에서도 여전히 1948년형 프레이저를 몰고 다녔다. 숙소는 월세 25달러짜리 집이었다. 우리는 그 집을 '벌로이트 피플스 호텔Beloit

People's Hotel'이라고 불렀다. 그런 이름을 지은 사람은 코넬 대학을 졸업하고 UCLA 대학원에서 영문학을 공부하는 로버트 루브먼Robert Ruebman이었다. 우리가 살던 숙소는 벨로이트Beloit 거리에 있는 낡고 더러운 곳이었는데 루브먼이 장난스럽게 '인민 호텔'이라고 이름을 붙인 것이다. 그도 그럴 것이 일고여덟 명의 독신 남학생들이 더러운 취사장을 나누어 쓰면서 삐걱거리는 마룻바닥을 지나다녔으니 어쩌다 놀러 온 여학생들도 기겁해서 도망가지 않을 수 없었을 것이다.

그 이 층 건물인 우리 '호텔' 뒤에는 자동차 서너 대를 주차할 만한 크기의 공터가 있어서 내 애마인 프레이저를 주차하거나 종종 세차를 했다. 어느 날 2층 방에서 나를 내려다보고 있던 루브먼이 소리쳤다. "인마! 그 차가 필요한 건 물이 아니고 페인트야. 아무리 물을 부어도 소용없다구!" 그러고 보니 프레이저의 천장 도료가 벗겨져 벽돌색이 드러나 있었다. 다른 부분은 옅은 초록색이었는데 말이다. 그처럼 내 자동차는 낡고 볼품없었다. 그럼에도 불구하고 나의 애마는 한국에서 유준 박사를 찾아온 군의관들에게 로스앤젤레스를 관광시키는 데 매우 중요한 역할을 했다. 나는 공부하는 시간과 식당 아르바이트 하는 시간을 쪼개어 관광 안내를 했는데 일고여덟 명이 쉽게 타는 큰 자동차이니 더없이 요긴하고 편리했다. 당시 휘발유 값이 1갤런에 23센트 정도였으니 리터당 6센트쯤 되었을 것이다. 그런데 군의관들은 나를 부모 잘 만난 갑부의 자식으로 알았는지 기름 값을 단 1달러도 지불하지 않았다.

그렇게 바쁜 나날을 보내면서도 나는 가을날 주말이 되면 풋볼 경기를 관람하러 다니곤 했다. 토요일만 되면 UCLA의 거의 모든 학생이 풋볼 경기장에 몰려가서 응원을 했다. 우리의 상대는 태평양 지역에 위치한 워싱턴 대학교University of Washington, 스탠포드 대학교Stanford University, 버클리 분교 등 여덟 개 대학이었다. 같은 로스앤젤레스에 위치한 남가주 대학교University of Southern California와 경기할 때면 로스앤젤레스 전역이 떠들썩했다. 지역축제를 겸한 경기였는데 로스앤젤레스 시민들은 그중 어느 학교의 편을 들어 열렬히 응원했다. 그때부터 나는 풋볼에 큰 관심을 갖게 되었다. 당시 UCLA 풋볼팀은 실력이 출중해서 태평양 지역 팀들 중에서 거의 매년 우승하여 정월 2일이면 로즈볼 경기장에서 미국 중부지역의 빅 10 팀 중에서 우승한 팀과 대결했는데, 오하이오 주립대학 팀이 아주 강했다. 경기를 하기 전에 열린 로즈볼 퍼레이드에는 귀빈과 미인들이 동원되었는데 장미꽃으로 장식된 자동차 행렬이 두 시간 이상 계속되었다. 보기 드문 축제 중의 축제였다.

내가 UCLA 학생이 된 것은 너무나 감사한 일이었다. 하지만 이전 대학에서 봉착하지 않았던 문제가 생겼다. UCLA는 주립대학이어서 캘리포니아 주민은 학기당 등록금 25달러만 내면 되었는데 등록된 주민이 아닌 경우에는 등록금 외에 별도로 한 학기에 수업료 150달러를 더 부담해야 했다. 사립대학 수업료의 몇 분의 일밖에 되지 않는 저렴한 금액이었지만 나에게는 큰 돈이었다. 거기다 의식주 문제도 해결해야 했다. 하일랜드 대학에서는 모든 것이 무료였는데 더 이상 그럴 수 없게 된 것이다. 할 수 없이 대학 구내에 있는 직업소개소에 가서 일자리를 알아보았다. 다행히 학교 근처에 하우스보이를 구하는 집이 있다고 했다. 일주일에 몇 시간만 할애하면 숙소와 음식이 해결될 뿐 아니라 경우에 따라 돈도 얼마간 받을 수 있는 제도인데 미국 대학가에서 오랫동안 내려온 관습이라고 했다.

나는 소개받은 집에 입주하는 조건으로 마당의 잔디 깎는 일을 하고, 때로는 주방에 들어가 접시도 닦고 집 청소도 돕기로 했다. 그러면 틈틈이 용돈도 챙겨 준다고 해서 한 학기 동안 머물기로 했다. 깔끔한 집이었는데 중년 부부 외에 장성한 아들이 한 명 있을 뿐이어서 그다지 까다로운 환경은 아닌 것 같았다. 집주인 남자는 말이 별로 없고 온화한 사람이었다. 키가 훤칠한 아들은 종일 우유만 마시고 다른 음식을 일체 먹으려 하지 않는 이상한 습관을 갖고 있어 늘 어머니와 말다툼을 했다. 가족이 모두 성인이어서 생활하는 데 큰 어려움은 없었다. 하지만 단 한 가지 당혹스러운 일이 있었다. 여주인이 매일 내가 해야 할 일을 하나 정해 주었는데 그것은 아침마다 자기 부부의 침대를 정돈하라는 주문이었다. 밤새 부부관계를 하고 어지러워진 침대를 치우는 일은 끔찍했다. 규정상 그런 종류의 일을 학생에게 시켜서는 안 되는데도 여주인은 한사코 내게 일과의 시작으로 그 일을 맡겼다. 처음에는 묵묵히 그들의 잠자리를 치웠으나 나는 몇 주일을 못 버티고 그 집을 나와 버렸다.

하지만 그 집에서 꼭 나쁜 기억만 있었던 것은 아니다. 나중에 두고두고 '추억'이 될 만한 사소한 에피소드도 있었다. 어느 주말 아침이었다. 주인 부부와 나는 함께 아침 식사를 했다. 부인이 상냥한 목소리로 내게 물었다. "계란을 프라이로 해서 줄까요?" 나는 "네." 하고 대답했다. 부인은 토스트를 먹겠느냐고 물었다. 그래서 이번에도 역시 좋다고 답했다. 다시 소시지도 먹겠느냐고 물었다. 물론 내 대답은 "Yes!"였다. 그랬더니 가만히 나를 노려보던 부인이 버럭 화를 냈다. "You never say No!"라는 말과 함께. 너는 'No!'라는 말을 할 줄 모르느냐는 것이다. 에티켓이 없다는 비난이었는데 내가 언제 그런 서양식 에티켓을 익힐 기회가 있었겠는가. 더욱이 여주인이 친절하게 물어보는데 내가 어떻게 거절하겠는가. 그것은 한국식 예절이 아니었다. 이때가 1954년 10월쯤이었다. 만 23세의 젊고 건장한 청년이니 당연히 식욕이 왕성할 수밖에 없었다. 아무리 먹어도 배부르지 않은 시절이었다. 이미 60여 년 전의 일이지만 요즘도 나는 아내로부터 "You never say No!"라는 말을 듣는다. 아내가 무엇을 먹겠느냐고 물으면 나는 거의 100%퍼센트로 "Yes!"라고 대답하는데, 내 일화를 아는 아내는 그럴 때면 "You never say No!"라고 대꾸하고는 웃는다.

하우스보이로 몇 주간 머무른 그 집에서 내 자동차도 수난을 겪었다. 집 앞에 넓은 길이 있어 나는 보기 좋게 내가 머무는 집 맞은편 갓길에 차를 주차해 놓았는데, 어느 날 집주인이 내게 와서 조용히 주의를 주었다. 내 차를 '우리 집' 가까이에 바짝 주차하라는 것이었다. 앞쪽 집에서 항의를 한 모양이었다. 앞집 가족의 차는 모두 차고에 들어가 있어 보이지 않는데 고물 자동차 한 대가 자신의 집 앞에 매일 주차해 놓으니 눈에 거슬렸던 것이다. 미국의 전형적인 중산층이 모여 사는 그 동네에 내 차는 격이 떨어져도 한참 떨어지는 모양새였다. 이후로 나는 '미국식 에티켓'에 많은 주의를 기울이게 되었다.

그 집을 나온 이후 나는 식당 일을 시작했다. 내 생활비는 보통 75달러 정도였고 어떤 때는 100달러 정도가 필요했다. 그런데 집에서 도움을 받는 생활비로는 부족해서 따로 일해 부족한 돈을 충당해야 했다. 웨스트 로스앤젤레스West Los Angeles 피코 대로Pico Boulevard에 있는 피자 식당이 생생하게 기억난다. 주인 혼자서 피자와 스파게티를 만들어 파는 식당인데 솜씨가 좋아 늘 손님으로 붐볐다. 나는 주방보조로 그의 일을 돕게 되었다.

어느 날 퇴근길에 일어난 일이다. 손님이 뜸해진 한 시쯤에 청소를 마치고 서둘러 큰길에 세워 놓은 프레이저의 시동을 걸어 막 출발했는데 사이드 미러를 보니 내 차 옆을 유유히 지나간 순찰차가 멀리서 유턴해 돌아오는 게 보였다. 아마도 나를 수상한 인물로 여긴 듯했다. 불을 끈 식당 앞에서 바삐 차량에 옮겨 타는 모습이 그들의 시야에 포착된 것이다. 새벽에 가까운 시간이어서 주변 상가가 모두 문을 닫은 후였다. 그들은 내 차 뒤로 바짝 따라와서 나에게 차에서 내리라는 신호를 보냈다. 경찰들은 내 몸수색을 하고 나서 자동차의 트렁크를 들여다보았다. 불시에 당한 일이어서 나는 몹시 당황스러웠지만 웃는 얼굴로 "I did look suspicious, didn't I?"라고 말하니 그들도 고개를 끄덕이며 웃었다.

한때 내가 일한 비벌리힐튼 호텔Beverley Hilton Hotel은 당시에도 세계적으로 이름난 호텔이었다. 내가 맡은 직책은 식당에서 접시를 나르는 '버스 보이Bus Boy'[1]로 여러 가지 직책 중에서도 가장 임금이 싼 일이었다. 웨이터나 웨이트리스의 도우미 격으로 설거지통에서 나온 접시들을 요리사들에게 가져다주고, 식탁에 포크와 나이프, 물잔과 커피잔을 나르거나 손님이 나가면 접시를 치우고 테이블을 닦았다. 나는 3년 동안 여러 곳에서 그 일을 했다. 정식으로 웨이터를 하려면 식당의 메뉴에 있는 모든 음식과 술을 포함한 음료에 대해 알아야 하는데 내게는 그것을 익힐 시간이 없었다. 또한 외국인 학생 신분이어서 일주일에 20시간 이상은 노동할 수 없었다. 아무리 고급인력이라 하더라도 외국인은 정부와 연관된 공공기관에서 채용해 주지 않았다. 그러니 가장 구하기 쉬운 일자리가 바로 식당이었다. 임금은 한 시간당 1달러였고 늦게까지 일하더라도 야간 수당이 붙지 않았다. 특히 남가주에서는 그 같은 일을 구하는 멕시코 청년들이 많아 나는 그들과 부득이하게 경쟁해야 했다. 급료는 적었지만 두 끼를 해결할 수 있어 내게는 안성맞춤인 직장이었다.

나는 해고되거나 불성실하게 근무한 것도 아닌데, 돌이켜 보면 '식당 순례'라고 할 정도로 많은 식당을 옮겨 다니며 일했다. 라 시에네가 대로 La Cienega Boulevard라는 유명한 식당 거리에 있는 스티어스Steers라는 스테이크 가게에서도 일했고, 조미료가 포함된 소금으로 유명해진 로리스 Lawry's라는 립 식당에서도 일했다. 가장 오랫동안 일한 식당은 산타 모니카Santa Monica에 있는 허들스Huddles라는 식당이다. 보통 저녁 여덟 시부

1　백학순 박사의 전언에 의하면 '옴니버스 보이omnibus boy'가 '버스 보이'가 되었는바, '버스 보이'는 식당에서 거의 모든 일을 돕는 직책을 의미한다.

터 새벽 네 시까지 일했는데 여름방학 동안에는 매일 여덟 시간, 학기 중에는 일주일에 스무 시간쯤 일했다. 허들스는 한편에 바가 있고 반대편에 테이블이 있는 아담한 식당이었는데, 주인은 내가 나타나기만 하면 일자리를 주었다. 한번은 오랜만에 나타난 내가 다시 일을 구한다고 하니 그간 일했던 멕시코 청년 둘을 그 자리에서 해고하고 나를 채용해 주었다. 고용주의 입장에서 보면 나는 한 사람의 급료로 두 사람 몫의 일을 하는 꽤 쓸모 있는 일꾼이었다.

UCLA 학부를 졸업한 후에도 나의 직업은 변함이 없었다. 가끔 나는 내 처지가 안타깝고 또 그러한 상황에 은근히 부아가 치밀어 올랐다. 그리고 하는 일만 보고 함부로 사람을 대하는 이들도 야속해 일부러 UCLA의 졸업 반지를 끼고 일한 적도 있다. 종종 이를 알아보고 놀라며 나를 보고 무슨 사연이 있느냐고 묻는 손님들도 있었다. 당시에도 UCLA 졸업생은 비교적 우수한 무리에 속하는 재원으로 인정받았다. 또 하나 내 정체성을 잃지 않기 위해 내가 선택한 방법은 여름 강좌를 등록하는 것이었다. 그것도 두 강좌를 등록했는데 강의실에 가면 내가 학생이라는 긍지를 재확인할 수 있었다. 그래서 그런지 나는 그 여름에 들은 로버트 노이만Robert Neumann 교수의 국제법 강좌가 잊히지 않는다. 수십 년이 지난 지금도 강의실에서 본 노이만 교수의 모습이 눈에 선하다. 일취월장한 영어실력 덕분에 두 강좌 모두 A학점을 받았다. 어느 정도 식당 일이 손에 익어갈 무렵 웨이트리스들은 나에게 그들이 받은 팁의 10분의 1가량을 나눠 주었다. 물론 연말이나 크리스마스처럼 유난히 바쁜 날에는 팁을 많이 받았겠지만 내게 나눠 주는 팁은 평소보다 조금 더 많은 정도였다.

나는 UCLA에서 학부를 졸업한 후 그것으로는 흡족하지 않아서 대학원에 진학했다. 그리고 MA 시험을 무난히 통과하여 학위를 받은 후 한시름 놓고 있었다. 미국 학생들도 두 학기에 석사시험을 통과하는 일은 매우 드문 편이어서 모두들 내게 장하다고 칭찬과 격려를 해 주었다. 그러자 나는 좀 더 공부해 보고 싶다는 욕심이 생겼다. 장학금만 받을 수 있다면 박사 과정까지 마치고 싶었다. 학부를 졸업한 후 유명 대학 여러 곳에 입학 신청과 장학금 신청을 해 놓았으나 도무지 연락이 없었다.

어느 날 정치학과 학과장인 윈스턴 크라우치Winston W. Crouch 교수가 나를 불렀다. 그는 나에게 로스앤젤레스시의 무슨 특별구역을 연구하고 있는데 조교 일을 해 보지 않겠느냐고 제안했다. 마침 박사학위를 밟으려면 장학금이 필요한 터여서 연구조교 일을 흔쾌히 수락했다. 평소 말수가 적고 깐깐하기로 소문난 크라우치 교수가 조교 자리를 준다니 여간 고맙지 않았다. 그의 '인사행정론' 수업은 무미건조했으나 스승으로서의 마음 씀씀이는 무척 따뜻하다는 인상을 받았다.

그러던 중 버클리에서 편지 한 통이 날아왔다. 로버트 스칼라피노Robert Scalapino 교수가 내게 만나자고 한 것이다. 그는 UCLA에서 대학출판부 회의가 있어 로스앤젤레스에 가게 되었는데 시간이 된다면 자신과 점심을 함께하자고 했다. 스칼라피노 교수의 첫인상은 온화했다. 간간이 입가에 띠는 자연스러운 미소가 편안함을 주었다. 그는 30대의 조교수로 일본어를 유창하게 구사했다. 나중에 알고 보니 그는 2차 세계대전 중에 미국 육군성에서 젊은이들을 대상으로 한 일본어 교육을 받은 사람이었다. 스칼라피노 교수는 내게 자신이 지금 동양 각국의 공산주의사를 연구하려는데 자신의 연구조교로 일해 보지 않겠느냐고 물었다.

나중에 알고 보니 영국정치론과 비교정부론 세미나를 가르친 딘 E.맥헨리Dean E. McHenry 교수가 버클리에 보내는 추천서를 쓰면서 내 어학 실력에 대해서 언급했다고 한다. 이 정황은 내가 UCLA를 떠난 직후 그곳 대학원에 입학해 맥헨리 교수의 제자가 된 이채진 씨에게서 들었다. 이채진 씨에 따르면 맥헨리 교수는 자기가 UCLA에 도착하자마자 이정식이라는 학생을 아느냐고 묻고 대뜸 내가 제출했던 50여 장의 논문을 건네면서 읽어 보라고 했다고 한다. 맥헨리 교수는 내심 나의 실력을 높게 평가했던 것 같다. 이전 학기에 열린 '비교정치론' 세미나에 나만 등록하는 바람에 맥헨리 교수에게 개인 강습을 받다시피 했는데, 그때 나를 유심히 눈여겨 보았던 것이다. 문제 선택부터 자료 선정, 논문 구성과 집필 과정까지 매주 지도를 받았기 때문에 그는 나를 너무나 잘 알고 있었다. 어느 날 나는 동료 대학원생과 외국어 실력에 대해 논쟁했는데, 그때 갑자기 동료가 내게 물건을 셀 때 어느 나라 말을 쓰느냐고 물었다. 나는 그때그때 상황에 따라 사용하는 언어를 쓴다고 대답했다. 그리고 한국어와 일본어, 중국어를 자유롭게 구사할 수 있다고 말했다. 사실 중국어의 경우는 살짝 과장해서 말하긴 했다. 그런데 그때 옆에 앉아 있던 맥헨리 교수가 우리가 나누는 대화를 듣고 있었다.

나는 외국어에는 누구보다 자신이 있었다. 그 단적인 예로, 하루는 중앙도서관 3층에 있는 열람실에서 공부하고 있을 때였다. 어떤 사람이 나에게 일본어를 할 줄 아느냐고 묻더니 이 한자를 일본말로 어떻게 읽느냐, 그 뜻은 무엇이냐며 연달아 물었다. 전문용어도 아니고 통상 사용하는 글자들이어서 쉽게 대답해 주었는데 그가 나중에 탄식하는 듯한 감탄사를 뱉으며 자신의 이야기를 꺼냈다. 본인은 일본어 공부를 했고 일본에서 7년 동안이나 선교사 생활을 했는데 소학교와 중학교를 통틀어 7년을 공부한 나보다 실력이 못하다는 것이었다. 그러나 그 논리에는 문제가 있었다. 내가 그와 본질적으로 달랐던 점은 그는 직업 때문에 외국어를 학습했지만 나는 모국어로서 일본어를 배웠다는 것이다. 내가 산 시대가 일제시대였기 때문이다. 또한 나는 일본 학생들만 있는 한커우의 메이지 심상소학교에서 2~3학년을 다녔기 때문에 일본어 발음이 정확했다.

버클리로 와서 자기의 연구를 도우라는 스칼라피노 교수의 제안은 내 인생의 행로를 바꾼 결정적 사건이었다. 그때 그가 나를 부르지 않았다면 나는 동양 전문가 혹은 한국 전문가가 아닌 도시계획 전문가가 되었을 것이다. 크라우치 교수의 지도를 받으며 로스앤젤레스의 도시 문제를 연구하다 보면 결국 운명이 그쪽으로 흘러갔을 게 분명하다. 버클리로 오라는 스칼라피노 교수의 제안은 내게 참으로 반갑고 가슴 벅찬 일이었다. 나는 로스앤젤레스에서 3년을 보내고 나니 조금 지루해졌다. 한 곳에서 정규 코스를 마쳤으니 이제 다른 대학교에서 새로운 교수들 아래에서 공부하고 싶은 마음이 일었다. 그래서 버클리로 오라는 스칼라피노 교수의 제안이 그렇게 반가울 수가 없었다. 크라우치 교수에게는 미안했지만 그도 내 심정을 이해해 주었다.

버클리와 스칼라피노 교수

1957년 초여름, 나는 버클리에 도착했다. 미국에 건너와 캘리포니아주 남쪽 지방에서 3년 반을 지냈지만 버클리에 대해서는 아는 바가 거의 없었다. 그저 캘리포니아 대학교의 본교가 있는 곳이라는 막연한 지식뿐이었다. 로스앤젤레스에서 버클리까지의 거리가 800킬로미터쯤 되니 고속도로를 아무리 빨리 달려도 가는 데 여덟 시간은 족히 걸렸을 것이다. 나는 할리우드의 단역배우로 일해 번 돈으로 구입한 포드 컨버터블을 몰고 갔다.

버클리는 지형부터가 로스앤젤레스와 많이 달랐다. 광활한 남가주 지역이 평지로 이루어진 세상이라면 버클리는 아담한 언덕에서 시작해 바닷물이 넘실거리는 오클랜드 베이까지 연결된 경사진 도시였다. 물론 남가주 지역에도 높은 산들이 평야의 서쪽을 둘러싸고 있어서 오염된 공기가 빠져나가지 못한다는 이야기를 들었지만 버클리의 산들은 비교적 대부분 낮아서 언덕이라고 이르는 편이 더 적합했다. 버클리는 대학을 중심으로 이루어진 전형적인 대학 마을college town인데 시내에는 상점과 호텔, 주택과 음식점이 즐비했지만 모두 대학 때문에 세워진 시설이었다.

스칼라피노 교수는 내게 일본 사회주의에 관한 문헌과 한국의 민족주의 및 공산주의 운동에 대한 자료를 정리해 달라고 부탁했다. 그런 후 그는 학교에 일 년간 휴가를 얻어 자료 수집차 동아시아 지역으로 떠났다. 덕분에 나는 자유로움을 만끽하며 새로운 지적 세계에 몰두할 수 있었다. 「여운형 신문조서」, 「안창호 신문조서」, 「조선공산당사건」 등 그간 한 번도 접해 본 적이 없는 한국 현대사 자료들은 참으로 신기했다.

나는 스칼라피노 교수의 조교라는 직함 덕분에 정치학과에서나 그 외교내 어느 곳에서나 대우를 받으며 어깨를 펴고 지낼 수 있었다. 나는 UCLA에서 동양에 대해 공부하지 않아 스칼라피노 교수를 몰랐다. 그런데 버클리로 가니 그의 인기를 실감할 수 있었다. 처음 버클리에 도착했을 때 인터내셔널 하우스International House에서 여름 한 철을 보냈는데 거기에 함께 있던 학생들이 내가 스칼라피노 교수의 조교라는 사실을 알고 난 후부터 눈빛이 달라지는 것을 느꼈다. 그들은 낯선 사람들에게 나를 소개할 때마다 반드시 그 사항을 빠뜨리지 않았다.

그들은 내가 4개 국어를 할 수 있다는 사실에 놀라워하며 법석을 떨기도 했다. 그래서인지 나는 학생들 사이에서 인기가 많았다. 여학생들은 유난히 더 친절하고 살갑게 굴었다. 나의 새 차인 포드 컨버터블은 여학생들이 교회에 갈 때 자주 이용하는 교통수단이 되었다. 네다섯 명의 여학생들이 내가 운전하는 차에 동승할 때마다 나는 기분이 제법 우쭐해졌다. 당시 나는 스물여섯 살의 피 끓는 청년이었으므로.

여름이 지난 후에도 많은 친구들을 만났다. 정치학과 대학원생 수가 200명가량 되었는데 나는 대학원 학생회의 재무위원으로 선출되어 9월 학기에 새로 온 학생들을 등록시키고 안내하는 역할을 맡았다. 쉴 틈 없는 나날이었다. 오후에는 다른 연구조교들과 스티븐스홀Stephens Hall에 있는 카페에 가서 교수들의 동향과 연구, 정치학 분야의 최근 저서와 논문 등을 소재로 거의 매일 토론했다. 그때 나는 참으로 많은 지식을 얻었다. 또한 인터내셔널 하우스에 있을 때부터 알게 된 래리 존스턴Larry Johnston과는 같은 조교실을 사용하며 친해졌다. 주말이면 그가 사는 언덕 위의 집에서 파티를 열곤 했다.

2년 동안 스칼라피노 교수의 연구조교를 한 후에 스칼라피노 교수가 나의 박사 논문에 대해 의논하자고 했다. 그는 내게 한국 민족주의 운동에 대해 써 보는 것이 어떠냐고 제안했다. 만일 내가 그 연구에 흥미가 있다면 자기가 수집한 모든 자료를 이용하게 해 주고, 내가 논문을 끝낸 후 자기가 증보하고 수정하여 공저로 출판하자고 제안했다. 나는 그동안 스칼라피노 교수의 자료를 정리해 온 터라 그 제의가 흥미롭게 여겨졌지만 조건이 너무 과분해 황송한 나머지 쉽게 대답하기가 어려웠다. 유명한 교수와 함께 책을 출판한다는 전제로 논문을 쓴다는 것은 일개 대학원생으로서 더 이상 바랄 수 없는 최상의 조건이었다.

그리하여 나의 연구에 대한 열의는 더욱 뜨거워졌다. 출판이 보장된 박사논문이므로 더 자신감을 갖고 글을 쓰기 시작했다. 1959년 여름에는 자료 수집을 위해 대학에서 연구비 300달러를 얻어 대륙을 횡단했다. 워싱턴 D.C.에 있는 국회도서관에 갔는데 다행히 그때 일본 육군성, 해군성 및 외무성의 문헌 마이크로필름의 정리가 완성되어 금광에 들어간 기분으로 많은 자료를 접할 수 있었다. 100피트짜리 필름 하나에 수천 매의 자료가 들어 있는데 그런 롤이 수백 개에 달했으니 그야말로 학자에게는 노다지가 아닐 수 없었다. 자료목록만 있고 상세목록이 없어서 하나하나 전부 내용을 찾아봐야 하는 힘겨운 노동을 해야 했다. 예를 들어 「1920년 간도주재총영사관 서류철」이라는 제목만 있고, 그 서류철에 있는 내용을 확인하려면 필름을 돌려 보며 일일이 확인해야 했다. 보통 일이 아니었다. 그래서 워싱턴에서 2개월 동안 볼 수 있는 만큼 보고, 버클리로 돌아가 대학도서관에 의뢰하여 내가 필요한 자료들을 모조리 사 달라고 했다.

외무성 자료 중 간도間島총영사관 서류에는 많은 정보가 담겨 있었다. 만주 룽징龍井에 위치한 간도총영사관 경찰부에서는 많은 독립운동가들을 체포해서 가두어 놓고 심문하여 조서를 만들고 그들을 검찰국에 넘겨서 재판을 받도록 했다. 1920년대에 조선공산당이 간도 지방에 침투하자 중국 지주들 밑에서 억압당하며 살던 많은 농민들이 폭동을 일으키고 지주제를 반대하고 나서면서 사태가 더욱 악화되었다. 일경에 체포당하고 취조받은 농민 숫자가 수천 명으로 늘어났다. 이런 상황에서 일본 정부는 간도총영사관 산하에 영사관 분관分館들을 세우고 정보를 수집해서 보고하도록 했는데 거기에는 독립운동가와 공산운동가들의 거동, 회의, 토론·결정과정 등이 아주 상세하게 보고되어 있었다. 중국 상하이와 하와이의 경우도 마찬가지였다. 운동가들은 모두 서로 믿고 의견을 나누고 결정했겠지만 그들 중의 누군가가 정보를 팔고 있었다는 말이다.

이처럼 많은 분량의 서류가 남아 있으니 총독부 통치하의 한국 경제나 사회의 일반 사정이 그들 사이에서 공유되었으리라 생각할 수 있겠지만 사실은 그와 정반대였다. 일본 총독부는 경제에 관한 모든 정보를 극비로 분류해 통제했기 때문에 관계 직원들 외에는 경제의 흐름조차 알 수가 없었다. 같은 이유로 총독부의 경제부서에는 조선인 직원이 한 명도 없었다. 총독부에서는 그럴 만한 자격을 갖춘 한국 청년이 없었다고 변명했을 터이지만 실은 조선인들이 비밀서류에 접근하지 못하도록 한 조치였을 것이다.

1940년대에 총독부는 조선 사람 몇 명을 도지사로, 여러 명을 군수로 임명했으나 과연 그들이 몇 급의 비밀문서를 취급할 수 있었는지는 알려져 있지 않다. 그리고 총독부는 일본이 항복하자마자 비밀문서는 물론 주요 서류들을 남김없이 불살라 버리라고 지시했다. 서류를 태우는 총독부 굴뚝에서 뿜어져 나온 연기가 멀리 인천에서도 보였다고 하니 얼마나 많은 분량의 중요한 서류가 소각되었는지를 짐작해 볼 수 있다. 물론 서류 소각은 조선총독부에서만 자행된 일이 아니었다. 그 후의 자료들을 보니 일본 본토 각 기관에서도 똑같은 일이 있었다. 소련군은 일본이 항복하기 전인 8월 11일에 북한에 진입했으니 그쪽의 일본 관료들은 비밀서류들을 소각할 겨를이 없었을 것이다. 하지만 미군은 9월 9일에야 서울에 도착했으니 남한에서의 사정은 많이 달랐다. 서울에 자리 잡은 총독부의 서류 소각과 포악한 역사의 증거 인멸을 막을 수 있는 세력이 없었다. 따라서 1943년 이후에 관한 총독부 문서들은 남아 있는 것이 거의 없다. 이전 것은 총독부나 일본중앙정부의 기관들이 인쇄하여 관계 부처에 돌리거나 문서 창고에 보관해 두어 미군부대가 가져다 마이크로필름으로 촬영해 놓았지만 1944~1945년에 관한 서류 중에 남아 있는 것은 거의 없다고 할 수 있다.

나는 그 시절의 서류를 찾기 위해서 도쿄의 서류보관소까지 가서 시간을 보낸 적이 있었으나 결과는 예상을 벗어나지 않았다. 1944~1945년에 관한 중요 서류들이 모두 사라진 것이다. 그러한 상황에서 내게 마이크로필름에 담긴 자료는 노다지나 마찬가지였다. 워싱턴을 가야겠다고 생각했을 때 나는 그곳에 그렇게 엄청난 광맥이 있을 거라고는 전혀 상상하지 못했다. 그런데 막상 산더미 같은 자료들을 만나게 되자 계획을 수정해야 했다. 한두 달로 끝날 일이 아니었기 때문이다. 대체로 어느 상자에 어떤 자료가 들어가 있다는 상황을 파악한 후 버클리에 돌아가 내가 필요한 것들을 동양도서관에 요청해 주문하도록 했다. 저명한 스칼라피노 교수와의 공동작업이었기 때문에 도서관에서는 조건 없이 모든 자료를 주문해 주었다. 덕분에 연구가 빠르게 진척되었다.

나는 그즈음부터 부엉이과가 되어 버렸다. 즉 새벽 두세 시까지 연구하는 것이 습관이 된 것이다. 그때부터 생긴 버릇이 지금까지 계속되고 있다. 저녁 일고여덟 시부터 새벽까지의 시간에는 자리에서 일어나야 할 일도 없고, 일이 중단될 상황도 없어서 한 가지 문제를 장시간 동안 숙고하고 사색하며 깊이 연구할 수 있다. 이러한 나의 괴벽에 대한 가족의 불평은 대단하다. 그러나 내게는 낮이 너무 짧다.

당시 나는 한국 역사에 대하여 아는 바가 전혀 없었는데, 그때 내게 여러 편의 논문을 알려 주고 지도해 준 사람이 연세대학교의 손보기孫寶基 선생이다. 그로부터 참으로 많은 지도를 받았다. 손보기 교수는 학위 취득을 위해 버클리에 올 때 『사상휘보思想彙報』 전 24권을 가져왔다. 매우 귀중한 그 자료는 조선총독부 고등법원 검찰국이 편집한 것으로서 그들이 취급했던 모든 사상범에 관한 자료가 총망라되어 있었다. 스칼라피노 교수가 손 교수의 허락을 받아 이 전집의 마이크로필름을 만들어 두어 나는 유용한 자료를 활용할 수 있었다. 『사상휘보』는 '사상월보思想月報'라는 이름으로 등사판으로 출판했던 대외비 자료의 속편으로 인쇄 출판된 것이다. 여기에서 사상범이란 물론 우리 입장에서는 독립지사를 말한다. 이 자료는 고등법원 단계까지 올라가기 전에 경찰과 검찰국이 수개월 내지 수년 동안 지사들을 고문하며 정리한 자료일 것이다. 다행히도 사법성의 마이크로필름에서 사상월보도 찾아볼 수 있었다.[2]

이 문서들에는 옥중에서 진술한 독립지사들의 회고록도 있었다. 지금도 생각나는 글은 기독교 청년운동의 중진인 신흥우申興雨 씨의 글이다. 어릴 때부터 이승만과 가까이 지낸 그는 이승만에 대한 회고담을 쓰면서 그의 가장 큰 결함은 고집이 센 것이라고 하며 그는 이미 "과거의 인물"이라고 말했다. 1938년에 옥중에서 쓴 글을 21년 후인 1959년에 읽으면서 나는 야릇한 감회에 젖어 미소를 짓지 않을 수 없었다.[3] 바로 그 이승만이 1948년 8월부터 10년 이상 우리나라의 대통령이었기 때문이다. 그는 73세 때 대통령으로 취임하고 85세에 퇴임했다. 미국에서 최고령 대통령으로 꼽히는 로널드 레이건Ronald Reagan이 69세에 취임해서 77세에 퇴임한 것과 여러 모로 비교되었다.

---

2 오랜 후에 일본에서 『사상휘보』의 복사판이 출판되었다고 하여 구입했는데 24호 중에 여러 호가 빠지기도 했거니와 어떤 호는 재출판하는 과정에서 삭제한 대목이 있어서 크게 실망했다.
3 『사상휘보』 제16호.

'도서관 상호대차서비스Interlibrary Loan Department'는 자료를 더욱 광범위하게 수집하는 데 큰 힘이 되어 주었다. 미국에서는 일찍이 전국 모든 도서관의 책과 자료를 서로 공유해 볼 수 있는 제도가 마련되어 있었다. 가령 내가 서재필이 주도한 독립협회를 연구하는 과정에서 그가 발간한 『독립신문』을 꼭 읽어야 할 때 버클리 도서관의 상호대여 부서에 신청하면 『독립신문』의 전질을 모아 놓은 뉴욕공립도서관New York Public Library에 연락해 자료를 버클리 도서관으로 가져와 내가 빌려 볼 수 있었다. 버클리에서 동쪽 끝의 뉴욕까지 자료를 보러 가지 않아도 되는 것이다. 이 서비스를 통해 나는 김규식 박사에 관한 출판물도 열람할 수 있었다. 그가 3 · 1 운동 직후에 평화회의가 열리는 파리에 가서 일본의 한국 통치가 부당할 뿐 아니라 포악해 한국의 독립이 마땅하다는 취지의 인쇄물을 배포했는데 그 인쇄물 전체를 모아 놓은 곳을 찾을 수가 없었다. 상호대차 제도를 이용해 대부분의 내용을 찾았지만 누락된 부분이 있어 아쉬웠다. 자료 수집은 학위논문을 쓰는 데에도 필수적이었지만 그 후에 국내에서 독립운동사 자료집을 출판하는 데에도 큰 도움이 되었다. 특히 1960년대 후반에 청뢰靑雷 이강훈李康勳 선생이 주도한 독립운동유공자 사업기금위원회가 방대한 양의 자료집을 편집하여 출판할 때 내가 보낸 자료가 자료집 제7권 (1,552쪽)에 번역되어 실렸다.[4]

원고가 엉망이어서 박사 논문이 완성되기 전까지는 손보기 선생께 차마 보여드릴 수가 없었다. 당시에 지금 같은 복사 기술이 있었다면 어느 정도 정리한 후 원고를 복사해서 보내 드려 읽어 주십사 하고 부탁드렸겠지만 제록스Xerox 복사기가 나타난 것은 10여 년 후의 일이었다. 그런데 논문이 끝나기 전에 내가 버클리를 떠나게 되어 정작 내가 쓴 원고의 내용에

---

4 『독립운동사자료집』, 1973년 12월 출판.

대해서는 지도를 받지 못했다. 그로 인해 손 선생의 지탄을 받아야 했다. 손 선생은 내게 일본 관헌들의 자료에 치중한 결과 한국인의 감정을 잘 반영하지 못했다고 하며 크게 화를 냈다. 10여 년 후 연세대의 홍이섭洪以燮 선생의 비판도 받았는데 홍 선생은 고맙게도 잘못된 점들을 지적해서 글로 보내 주겠다고 약속했다. 그런데 얼마 안 가 연탄가스 중독으로 홀연 세상과 작별해 버렸다. 당시에는 주로 연탄으로 난방을 했는데 불완전 연소되어 발생한 일산화탄소가 덜 말랐거나 금이 간 구들장을 거쳐 장판지 사이로 스며 나와 인명을 빼앗는 경우가 자주 있었다.

스칼라피노 교수와 공저로 출판하기로 한 내 논문은 결국 나의 이름만 표기된 단독 저작물로 출판되었다. 논문이 끝나갈 무렵 스칼라피노 교수가 나를 부르더니 "이 논문은 자네 혼자서 모든 과정을 진행했고 연구해 쓴 것이네. 그러니 자네 이름만으로 출판하게나." 하는 것이 아닌가. 나는 스승의 배려와 사랑에 감동하지 않을 수 없었다. 대신 그는 그동안 진행해 온 한국 공산주의 운동 연구를 공동으로 하자고 새로운 제안을 건넸다.

나는 1957년에 스칼라피노 교수의 연구조교로 채용되어 한국 공산주의 운동 연구를 돕기로 되어 있었다. 그런데 내가 공저자로 승격한 데는 그만한 이유가 있었다. 스칼라피노 교수는 내가 정리한 자료들을 근거로 1959년 봄에 「한국 공산주의 운동의 기원The Origins of the Korean Communist Movement」이라는 논문을 정리하여 미국 동부 지역에서 열린 동양학회에서 발표했는데, 당시에 이런 연구를 한 학자가 국내외를 막론하고 전무했던 까닭에 학계의 지대한 관심을 모았다. 아시아학회Association for Asian Studies의 학보(『아시아연구저널Journal of Asian Studies』) 편집자는 그 논문을 학회지에 실을 터이니 속히 보강해서 보내 달라고 부탁했다. 논문 보충 작업을 해야 했던 스칼라피노 교수는 자료 정리를 도맡아 하던 나를 조교에서 공저자로 승격시키기로 결정했다. 권위 있는 학회지에 발표하는 논문의 공저자로 만들어 주겠다고 하니 나는 흥분할 수밖에 없었다. 나는 더욱 열정적으로 논문에 매달렸다.

논문은 1960년 겨울호와 다음 해 봄호에 상·하편으로 나뉘어 발표되었다. 드디어 내 이름이 학회지에 오르게 된 것이다. 내가 만 스물아홉 살 때의 일이다. 그 후 나를 만난 이들은 내가 스칼라피노 교수와 동년배로 마흔 살가량 된 사람인 줄 알았다고 했다. 명성 있는 스칼라피노 교수의 공저자가 젊은 청년이라는 사실에 그들은 매우 놀라는 눈치였다.

그 무렵은 미국에서 동양을 대상으로 한 연구가 절정에 달해 있을 때였다. 그러나 한국의 경우는 달랐다. 북한과 대립하고 있던 국내에서는 공산주의 내지 공산주의 운동을 학문적 대상으로 삼는다는 것 자체가 위험시되었다. 서울 서대문에 있는 한국연구원에서 우리 논문을 번역하기로 결정했는데, 그런 결단을 내렸던 것도 4·19혁명이 일어난 후 정치 분위기가 달라졌기 때문일 것이다.

그런데도 우리 논문은 경찰당국의 관심 대상이 된 모양이었다. 「한국 공산주의 운동의 기원」이라는 민감한 제목도 문제였지만 1918년에 시베리아에서 시작된 한국 공산주의 운동이 독립운동의 일부였다는 논조는 민족주의와 공산주의를 엄격하게 구별해 대립항에 놓았던 당시 국내 분위기로 받아들이기 힘들었을 것이다. 나중에 들으니 형사들은 그때 동국대학교 정치학 교수로 재직 중이던 나와 같은 이름의 이정식 교수를 찾아갔다고 한다. 한자로 쓰면 나는 李庭植이고 그분은 李廷植이어서 '정' 자가 다르지만 한글로는 이름 석 자가 같을 뿐 아니라 생년과 생월이 같아 혼동하기가 아주 쉬웠다. 내가 사찰계에 잡혀 들어갔더라면 과연 어떤 고초를 겪었을지 모르겠다.

「한국 공산주의 운동의 기원」을 발표하기 한 해 전에 국회도서관에 가기 위해 워싱턴에 갔던 기억이 난다. 1959년 무더위가 한창이던 여름의 어느 날 새벽, 나는 워싱턴에 도착해 장거리 버스 정거장에서 국회도서관을 가는 전철을 탔다. 전철에 타자마자 코를 찌르는 사람들의 땀 냄새는 캘리포니아에서는 맡아 보지 못하던 참으로 오랜만에 맡는 냄새였다. 마침 출근 시간이어서 전철 안은 사람들로 가득했다. 나는 국회도서관에 가서 양기백梁基伯 선생을 만나 조지워싱턴 대학에 다니는 정기원 씨를 소개받았다. 나는 정기원 씨의 아파트에 잠시 머물기로 했는데 아파트가 어찌나 더운지 찜통 속에 앉아 있는 기분이었다. 냉장고 문을 열어 놓고 냉기를 받아 보기도 했지만 문을 닫으면 다시 더운 열기가 온몸을 휘감았다. 열대야에 잠을 이루지 못하고 공원에 나가 서성거리고 벤치에 앉아 누워 보아도 마찬가지였다.

이후 내가 두 달가량 머무른 집은 국회도서관 바로 옆에 있는 아주 낡은 집이었다. 하루에 1달러짜리 방이었는데 장소가 도서관에서 가깝다는 점을 빼고는 장점이라고는 전혀 없는 열악한 공간이었다. 오래된 집이어서인지 퀴퀴한 냄새가 코를 찔렀고 국가에서 지급하는 복지후원금을 받는 노인 무직자들이 사는 집이어서 환경이 지저분했다. 로스앤젤레스에서 내가 살았던 '벌로이트 피플스 호텔'보다 더 열악했다. 나는 처음으로 미국 최하위계층의 생활을 엿보았다. 푹푹 찌는 더위와 악취에 나는 오래도록 잠을 이룰 수 없었다. 하는 수 없이 마시지도 않는 위스키를 몇 모금씩 마시고 뒤척이다가 겨우 잠들곤 했다. 나는 그때 수면제라는 약이 있다는 사실을 몰랐다.

다행히 국회도서관 안은 서늘했다. 냉방장치는 없었지만 웅장한 석조 건물이었고 곳곳에서 대형 선풍기가 돌아가고 있었다. 나는 밤 열 시에 도서관 문이 닫힐 때까지 연구에 집중할 수 있었다. 폐관 시간이 가까워질 때면 애석한 마음을 금할 수가 없었다.

양기백 선생은 연구하는 우리를 분에 넘치게 대접해 주고 도와주었다. 명칭은 국회도서관이지만 실제로는 미국의 중앙도서관 역할을 하고 있던 그곳에는 체계적으로 서지화된 자료가 수도 없이 많았다. 그러나 아직 정리되지 않은 채 서가에 꽂힌 책과 자료도 많았다. 우리는 양 선생 덕분에 서가에 들어가 모든 자료를 열람할 수 있었다. 또한 우리의 연구과제를 상의하기도 했는데 양 선생의 조언으로 나는 독립운동사의 범위를 합방 이후가 아닌 개항 직후 시기로부터 시작하게 되었다. 한국의 역사에 대한 지식이 거의 없던 나로서는 무모할 정도로 힘겨운 수정이었는데 내가 현대사 전반에 관심을 두는 계기가 되었다. 그 후에도 계속 한국 현대사 연구를 하면서 양 선생의 도움을 많이 받았다.

그때 미국 대학들은 2차 세계대전 후의 베이비붐 세대인 학생들을 맞기 위해 분주했다. 한국에서 휴전 후에 유학 온 나 같은 학생들이 박사 논문을 작성하는 단계에 도달한 시절이어서 워싱턴에 있는 국회도서관의 한국과는 한국 학생들로 붐볐다. 1959년에는 김한교, 김종익, 김홍락 등이 모여서 매일 지루한 줄 모르고 시간을 보냈다.

워싱턴에서 큰 성과를 얻고 온 것까지는 좋았으나 막상 버클리에 돌아오니 머물 곳이 없었다. 인터내셔널 하우스도 있고 아파트도 있었지만 그런 곳은 임대료가 비싸서 나의 재정 상태로는 엄두조차 낼 수 없었다. 물론 학교에서는 연구조교로 있었기 때문에 수업료를 면제받고 1년에 2,400달러의 봉급이 나왔지만 그 돈으로 기숙사 생활을 하기에는 역부족이었다. 버클리에는 학생들이 많아 방을 구하기가 어려운 데다 저렴한 비용으로 방을 얻기가 매우 힘들었다. 여러 명이 함께 사용하는 공용시설이 갖춰진 루밍 하우스rooming house를 구해야 했다.

그런데 이미 늦은 여름이라 모두 예약이 끝난 상태였다. 수소문 끝에 간신히 방을 하나 얻어 한나절 동안 이삿짐을 옮겼다. 모든 짐을 옮기고 집안으로 들어갔는데 집주인 할머니가 내 방에 들어와 보더니 기겁을 하며 당장 나가라고 소리쳤다. 내 방에 수북이 쌓인 책 상자들 때문이었다. 버클리에서 2년 동안 공부하며 사들인 책이 너무 많았다. 할머니는 책의 무게 때문에 집이 내려앉을지도 모른다고 호들갑을 떨었다. 아무리 통사정을 해도 소용이 없었다. 하는 수 없이 나는 다시 거리로 나섰다. 다행히 드와이트웨이Dwightway에서 빈 방을 하나 발견했다. 역시 매우 낡은 집이었지만 사면의 벽과 천장만 있다면 그만이라고 생각했다. 그런데 방과 연결된 베란다에서 누군가 마약을 했는지 이상한 냄새가 풍겼다. 하지만 그때 내게는 선택의 여지가 없었다. 다시 그곳으로 책 상자들을 옮겼다.

나중에 알게 되었지만 그 집은 사회주의 청년동맹Young Socialist Alliance이 소유한 집이었다. 사회주의자들이 학생들에게 집세를 받고 방을 빌려 준 것이다. 또한 그 집은 미국 연방수사국FBI의 감시를 받고 있는 집이었다. 그도 그럴 것이 집주인인 사회주의 청년들은 가끔 아래층에서 무슨 진지한 모의를 하는 것 같았다. 그들이 모임을 갖는 날이면 온 집안이 떠들썩했다. 사상에 대한 것인지 전술에 대한 것인지는 모르지만 치열한 논쟁이 벌어졌다. 그러다 보면 결국 고함소리가 들리고 요란하게 의자를 이동하는 소리가 들렸다. 그들 중 유난히 키가 큰 한 사람은 아래층에 혼자 살았는데 직업이 우편배달부였다. 어떻게 해서 연방수사국이 감시하는 사회주의자가 미국 정부에서 관할하는 우편국에 취직해 일할 수 있었는지 알 수 없었다.

나는 내가 이사 온 집이 정부의 감시 대상이었다는 정보를 옆방에 살던 여학생으로부터 들었다. 그 아가씨는 수사관들이 자신에게 우편배달부의 사진을 보여 주며 여러 가지를 물어보았다고 했다. 그들은 나에 대해서도 알고 있었지만 내가 외국 학생이라는 사실을 알고 내게서 관심을 끊었다. 아마 나의 신원조회를 이미 했을 것이다. 내 방이 있던 2층에는 에드라는 미국인 친구도 살고 있었다. 그는 성격이 온화하고 친화적이었는데 자동차 디자인을 해서 디트로이트의 자동차 회사에 보내는 중이라고 했다. 하지만 어디에서도 그의 디자인을 채택하지 않았다. 에드는 직업이 없어 보였는데 이상하게도 사는 모양새가 전혀 궁핍해 보이지 않았다. 그리고 매일 여자친구가 방에 놀러왔다. 가끔 침대가 요동치는 소리가 들렸다. 버클리에는 에드처럼 자유분방한 보헤미안이 수두룩했다. 춥지도 덥지도 않아 살기 좋은 데다 매우 개방적인 도시여서 에드 같은 족속들이 살기에는 더없이 이상적인 곳이었다.

사실 나 또한 생활하는 데 큰 어려움은 없었다. 방세가 한 달에 25달러 정도였고 내게는 이미 적지 않은 액수의 저금이 있었다. 책을 사느라고 돈을 썼지만 그 외에는 검소한 생활습관 덕분에 크게 돈 쓸 일이 없어 약간의 비상금을 확보할 수 있었다.

언제였는지는 기억이 희미하지만 스칼라피노 교수는 내게 동양도서관에 있는 한국의 최근 정치나 경제에 관한 책들을 모두 찾아서 중요한 대목들을 요약해 달라고 했다. 급히 논문을 써야 하니 서두르라는 말까지 덧붙였다. 그리고 그는 다시 동양의 여러 나라를 향해 떠났다. 당시 미국에서는 한국을 비롯한 동북아에 관심이 많았다. 따라서 당연히 그 분야의 권위자인 스칼라피노 교수의 역할이 매우 중요했다. 그의 강의나 연설은 매우 내용이 알차고 설득력이 있어서 인기가 높았다. 그는 강연을 하기 전 노트에 적힌 몇 줄의 글을 쓰윽 훑어본 후 대개 청중만 보면서 계속 말을 이어갔는데 그 것만을 녹음해 받아 적어도 곧 논리적인 한 편의 논문이 될 정도였다. 논리 정연한 어조에는 나름대로의 형식이 있었다. 그는 '그 문제에는 세 가지 이유가 있다'든가 '세 가지 접근 방법이 있다'는 식으로 문제를 분석하곤 했다.

스칼라피노 교수는 인간적으로도 매우 친밀감을 주는 사람이었다. 다분히 호인형이어서 언제나 먼저 인사를 건넸다. 하지만 원칙이나 소신이 뚜렷해서 교내에서 발생하는 사건이나 정치적 문제를 그냥 넘어가는 법이 없었다. 따라서 공공연히 적대시되거나 공격 대상이 되기도 했다. 그는 매우 부지런한 성격의 소유자이기도 했다. 흔히 제자들은 학교에 세 명의 스칼라피노가 동시에 존재한다고 말했다. 한 명은 강의실이나 연구실에 있고, 또 한 명은 그가 주관하는 연구소와 『아시아 서베이*Asian Survey*』편집실에 있고, 또 한 명은 비행기를 타고 다닌다고 했다. 이처럼 그는 모든 일에 완벽을 기하는 멀티형 인간이었다. 그를 따르는 제자들조차 그 근면성에 혀를 내두를 지경이었다. 게다가 유머 감각도 탁월해서 좌중을 사로잡는 기술이 있었다. 한 가지 예로 건강 비결을 묻는 제자들에게 이렇게 말한 적이 있다. 건강의 첫째 조건은 부모를 신중하게 잘 골라 태어나야 하고, 둘째는 절대 운동을 하지 말 것이며, 셋째는 비행기 위에서 반생을 보내야 한다고 했다. 물론 농담이었지만 그는 거의 반생을 비행기에서 보냈다고 할 정도로 여행을 많이 다녔다. 주로 회의에 참석하거나 강의하기 위한 여행이었지만 이번에는 대만, 일본, 한국 등을 방문해서 그들 나라의 정치, 경제, 사회상황에 대한 보고서를 쓰기 위한 출장이었다.

그가 쓴 콘론 보고서는 유명했다. 미국 상원 외교분과의원회의 의뢰를 받은 콘론협회Conlon Associates가 스칼라피노 교수를 위촉해 만들어진 보고서는 1959년 11월에 인쇄되어 나왔다. 잡지 『사상계』가 한국에 관한 대목을 따로 발췌해 이듬해 1월호에 번역해 소개하여 한국에서도 큰 파장을 일으켰다. 한국 정부의 예산 중에서 국방비 부담이 너무나 과중하므로 이를 축소해야 한다는 충고는 이승만 정권의 환영을 받았겠지만 국내 정치에 대한 신랄한 비판은 정반대의 반응을 불러일으켰다. 이승만 대통령 휘하의 자유당 정권은 인권을 유린하고 민주주의 단체들을 억압하고 있으므로 이러한 정책이 시정되지 않을 경우 앞으로 한미관계가 악화될 것이라고 경고하라고 했기 때문이다. 미국은 한국의 민주주의를 수호하기 위해 수만 명의 병사들을 희생시켰으므로 그런 충고를 할 자격이 있다고도 덧붙였다.

이후 스칼라피노 교수는 그때 이승만 대통령이 콘론 보고서를 읽고 분노한 일화를 여러 차례 이야기했다. 이 대통령은 스칼라피노 교수가 한국에서 면담한 인사들 중에 고려대학교의 김준엽 교수가 있다는 보고를 듣고 그에게 전화를 걸어서 '왜 당신은 진실을 알려 주지 않았느냐'고 추궁했다고 한다. 즉 대통령은 자기 정권이 인권을 유린하고 민주주의를 억압하는 경찰국가라는 비난을 받아들이지 않았던 것이다. 그럴 수밖에 없었을 것이다. 왜냐하면 그는 안데르센의 우화에 나오는 벌거벗은 임금님처럼 듣기 좋은 말만 듣고 있었기 때문이다.

스칼라피노 교수의 콘론 보고서는 중국과 대만에도 회오리바람을 일으켰다. 대만을 중국의 유일한 정부로 인정해 온 정책을 버리고 '두 개의 중국' 정책을 써야 한다고 했으니 그럴 수밖에 없었다. 대만 정권은 그를 친공분자라고 규탄하는 캠페인을 벌였다. 북경 정권은 자기들의 인민공화국만이 정당한 정부라는 주장 아래 '하나의 중국' 정책을 취했으므로 역시 반기를 들었지만 실질적으로는 환영했을 것이다. 북경 정권을 무시해 온 미국으로 하여금 북경 정부와도 관계를 맺어야 한다고 했으니 말이다. 후에 나는 내가 콘론 보고서의 작성 과정에서 큰 역할을 했다는 풍문을 들었다. 하지만 그것은 사실과 다르다. 내 역할은 단순히 참고서적들을 모아서 요약한 것이 전부였다. 콘론 보고서가 훗날 4·19혁명의 도화선이 되었다는 이야기도 들었으나 과연 그랬는지는 확실치 않다.

내 학위논문이 책으로 나온 때는 내가 펜실베이니아 대학교University of Pennsylvania로 옮긴 후인 1963년 9월 초였다.[5] 콜로라도 대학교University of Colorado에서 1년을 보내고 다트머스 대학교Dartmouth College에서 전임강사로 2년을 보내는 동안 캘리포니아 대학교 출판부에서 논문을 축약 편

---

5 Chong−Sik Lee, *The Politics of Korean Nationalism*(Berkeley: University of California Press, 1963).

집하고 인쇄와 제본을 했는데 나는 편집자와 연락을 주고받을 뿐 마땅히 할 일이 없었다. 내가 쓴 글에 결함이 있다는 것을 알았더라면 수정했을 테지만 그러지 못했다. 다행히 다트머스 대학교 측에서 800여 페이지나 되는 논문을 줄이는 작업을 맡은 사람에게 따로 사례금 1,000달러를 지불해 주어서 큰 도움이 되었다.

이 자서전의 프롤로그에서도 언급했지만 다트머스 대학교는 내게 잊을 수 없는 많은 추억을 남겨 주었다. 나는 'Great Issues' 과목의 전임강사로서 저명한 강사를 초청하여 매주 월요일에 한 시간 동안 강의를 한 다음 닷새 동안 졸업반 학생들과 대화를 나누는 세미나를 주관했다. 과학, 국방, 외교, 인종문제를 포함한 사회문제 등 각계 인사들과 대화하려면 연사들의 저서와 작품은 물론 그들에 대한 평론도 미리 읽어 놓아야 했다. 그래야 연사들과 대화를 이어 나갈 수 있었기 때문이다. 졸업반 학생들은 여러 분야를 공부했으니 다양한 질문을 할 수 있었지만 토론을 이끌어 가는 내 입장에서는 많은 지식과 재능이 필요했다. 다트머스 대학교에 있었던 2년간은 나의 시야를 넓히는 데 큰 역할을 해 주었다. 대문호인 로버트 프로스트와의 만남뿐 아니라 마틴 루서 킹Martin Luther King 목사와도 인연이 있었는데 그가 널리 명성을 알리기 직전이었을 것이다.

우리 부부는 다트머스 대학교 소재지인 뉴햄프셔주 하노버Hanover에서 일어난 일들에 대해서 각별한 기억이 많다. 아내는 그곳에서 피아노 교수를 사사하고 공연도 했다. 그리고 무엇보다 우리는 하노버의 유일한 개신교회인 '하얀 교회White Church'에서 결혼식을 올렸다. 아직 눈이 녹지 않고 날씨가 추웠던 3월 어느 날 학교 동료들의 축복 속에서 우리는 조촐한 결혼식을 올렸다. 그 지역에 거주하던 두 한국인 가족들도 참석해 축하해 주었다. 당시 다트머스 대학교는 남자만을 위한 학교여서 젊은 여자를 찾아보기가 어려웠다. 그때 스물세 살의 내 아내는 특히 눈길을 끄는 아름다

356

운 여학생이었다. 하노버는 눈의 고장으로도 유명하다. 겨울이 되면 눈이 오는 날이 오지 않는 날보다도 많을 정도로 늘 눈이 내렸다. 겨울이 되면 다트머스 대학교는 축제의 열기로 뜨거웠다.

1963년은 내게 뜻하지 않은 선물이 찾아온 해이다. 생각지도 못하게 펜실베이니아 대학교에 조교수로 취직했고, 첫 딸을 얻었고, 또 첫 저서를 발간했으니 말이다. 나는 그 책을 안고 자다시피 했다. 아내가 내게 자식보다 그 책이 더 좋으냐고 물을 정도였다.

첫 책이 나온 것 못지않게 나를 기쁘게 한 것은 글렌 페이지Glenn Paige 교수의 서평이었다. 그는 『아시아연구저널Journal of Asian Studies』의 부탁을 받고 서평을 쓴 후 원고를 나에게 보내 주었는데 나는 그것을 읽고 놀라지 않을 수 없었다. "이정식 교수는 단숨에, 세련된 솜씨로, 풍부한 자료에 근거하여 가장 포괄적이고 객관적인 한국 현대사를 세상에 내어 놓았다."라고 격찬해 주었으니 기쁘지 않을 수가 없었다. 그런데 그 원고가 막상 인쇄되어 나왔을 때는 너무나 놀라고 실망했다. 교열사校閱士가 문장의 첫 번째 콤마comma를 삭제하면서 문장 전체의 뜻을 바꿔 버렸기 때문이다. 'Single, disciplined'이라는 문구에서 콤마를 삭제하면 '단숨에 세련된'이라는 말이 '단일 분야'라는 말로 바뀌어 그다음에 이어지는 글의 뜻이 이상해진다.

여하튼 『아시아연구저널』은 미국의 아시아 전문가 수천 명이 참여하는 학회에서 1년에 네 번씩 출간하는 학회지인데 페이지 교수의 글은 내가 일약 1급 학자로 승격하는 계기가 되었다. 또 하나의 서평은 다른 의미에서 나를 기쁘게 했다. 워싱턴에 사는 조지 모트George Fox Mott 씨가 미국 정치사회학회가 발간하는 『학보Annals』에 발표한 서평에서 지금까지 자기가 읽은 한국 현대사에 관한 책들 중에서 내 책이 "참다운 정치학자이며 치밀하고 객관적이라는 검인檢印을 받을 수 있는 첫 번째 책"이라고 극찬해 주었다. 그 외에도 여러 곳에서 서평이 발표되었는데『런던타임스London Times』의 격찬 또한 잊을 수 없다.

국내에서 내게 고마운 격려와 찬사를 해준 분이 있다. 바로 중국에서 무정부주의자로서 백범 김구와 함께 항일운동을 한 정화암鄭華岩 옹이다. 1966~1967년 즈음 나는 서울에서 그분과 가까이 지낼 기회가 있었는데 정화암 옹은 내게 무척 고무적인 말씀을 해 주셨다. 그분께서는 누구에게 따로 번역을 시켜 내 책을 읽었다고 하시면서 지금 나와 있는 독립운동에 대한 여러 저술들은 과장된 것이 많은데 그중 제일 객관적이고 정확한 것이 "이 선생 것"이라는 분에 넘치는 말씀을 해 주셨다.

내가 받은 찬사들 중 가장 기뻤던 것은 가마다 미쓰토鎌田光登라는 일본인의 서평이었다. 그는『도쿄신문東京新聞』서울지국장을 지낸 사람으로 나의『조선노동당소사Korean Worker's Party: A Short History』(일어 제목『朝鮮勞動黨小史』, Korea 評論社, 1980)를 일본말로 번역한 후 역자 후기에 다음과 같은 평을 남겨 주었다.

나는 과거에 이정식 씨의 논문을 몇 개 번역한 일이 있으나 아직 면식은 없다. 이번에 이 책의 번역을 맡은 것은 그분이 쓴『김규식의 생애』(1974) 때문이다. 나는 그 책을 읽고 감격한 일이 있는데「코리아 평론사」의 김삼규金三奎 씨와 잡담을 하던 중에 그때의 일이 언급되어 결국 이 책『소사』의 번역을 종용받게 되었다.『김규식의 생애』에는 해방된 조국에 돌아갔지만 통일을 염원하여 정치활동에 몸을 바친 끝에 한국전쟁 당시 공산군에게 납치되어 비참하게 일생을 마친 민족의 선각자를 애도하는 이정식 씨의 민족애와 시정詩情(시적인 정취)이 담겨 있다.

이 책에서도 그렇지만 이정식 씨의 저서는 엄밀한 학구적 추구 속에 과거 조국의 독립을 염원하여 좌측으로 기울인 항일투쟁에 분투하다 중도에 쓰러진 자들, 또는 실패한 자, 좌절한 자들을 애처롭게 생각하는 감을 느끼게 한다. 한국의 분단이 계속되는 한 망각의 저편에서 스러질 운명에 있는 사람들이다.

당시 내게 사관史觀이라 규정할 수 있는 무엇이 있었을 리 만무했지만 가마다 씨는 내가 알지 못했던 나의 성향을 잘 대변해 주었다. 나는 기록에 나타난 사실들을 내 나름대로 분석하고 기술하되 등장하는 모든 인물이 나와 같은 인간이라는 기본 원칙을 갖고 논문을 썼다. 왜 그들이 민족을 위한 투쟁 선상에 나오게 되었는가. 왜 그들은 그때 그런 결정을 내렸고, 왜 그 일은 결국 그렇게 되었는가. 독립운동가들 중의 많은 사람들이 영웅 칭호를 받을 만한 이들이었고, 내 존경의 대상이 되었으나 그들도 장점과 동시에 결함이 많은 인간이었다. 그리고 독립운동의 길은 너무나 힘든 고난의 길이었다. 일제의 끊임없는 추적도 문제였지만 무엇보다 그 시간을 버텨내며 빈곤과도 싸워야 했다. 독립운동을 하면서 돈을 벌 수도 없었지만 누가 생활비를 줄 리도 없었기 때문이다. 그래서 평상시라면 그들 사이에 쉽게 해결될 일도 신경을 곤두세우며 싸우는 일이 많았다.

나는 이런 측면들까지 모두 기록하려고 노력했는데 지금 생각해 보면 내 학위논문에는 미숙한 점이 적지 않았다. 논문을 마치고 20여 년이 지난 후에 『한국과 일본Japan and Korea』이라는 책을 쓰면서 일제의 한국 통치에 대해 좀 더 성숙된 글을 썼다고 자부하는데 그 책의 첫 대목에서 기록한 여러 가지 일들은 당시 학위논문에 들어갔어야 할 내용이었다. 논문을 기초로 해서 보다 더 충실한 한국 현대사를 쓰고 싶다는 욕망을 가진 지는 오래되었지만 그것은 아직도 요원한 꿈으로 남아 있을 뿐이다.

한국 공산주의 연구

스칼라피노 교수의 배려로 나는 『한국 민족주의의 정치학*The Politics of Korean Nationalism*』의 단독 저자가 되었지만 나와 스칼라피노 교수의 관계는 이전보다 더욱 돈독해졌다. 1957년에 내가 스칼라피노 교수의 연구조교로 채용되면서 시작한 공산주의 운동 연구가 아직 남아 있었기 때문이다.

우리가 처음 만났을 때 그는 중국과 일본, 그리고 한국의 공산주의 운동사를 연구하겠다고 했는데 「한국 공산주의 운동의 기원」이 발표된 후 나는 학위논문 주제인 '민족주의 운동사'에 전념하게 되었고 그는 그전에 시작한 일본 공산주의 운동사를 집필하느라 분주했다. 나도 버클리에 와서 처음 얼마 동안 일본 사회주의 운동의 창시자인 고토쿠 슈스이幸德秋水와 아라하타 간손荒畑寒村 등이 쓴 잡지 기사들을 번역 요약하는 일을 담당했다. 하지만 후에 일본 자료는 히가 미키오比嘉幹雄, 오가타 사다코緒方貞子 등 일본 학생들이 전담하게 되었다. 중국 자료는 조지 유George Yu라는 중국인 조교가 담당했는데 그는 훗날 스칼라피노 교수와 공저로 중국혁명사를 다룬 책을 출간했다. 히가 군은 오키나와 출신이었는데 후에 몇 해 동안 그곳 부지사副知事로 활약하면서 유명해졌고, 나보다 4년 위인 오가타 씨는 1991~2001년에 유엔 난민고등판무관UN High Commissioner for Refugees으로 활약하며 전 세계에 명성을 날렸다. 그는 수천만에 달하는 세계 각국의 피난민들을 돌보는 힘겨운 일을 하면서 수십 개 나라의 원수들로부터 훈장을 받았지만 무엇보다 학문적 업적과 저술 능력 면에서 타의 추종을 불허할 만큼 뛰어났다. 나는 그가 펴낸 『만주 관동군의 반항: 일본 외교정책 결정, 1931−32*Defiance in Manchuria: Making of Japanese*

Foreign Policy, 1931-32』라는 책을 여러 번 읽었다. 그리고 그가 직접 쓴 스칼라피노 교수의 자서전 일본어 번역판 서문을 읽으면서 감탄했다. 연구차 게이오 대학교에 가 있을 때 나는 오가타 씨의 명성을 다시 한번 확인할 수 있었다. 그와 내가 동창이라는 사실이 알려지자 주변 사람들의 태도가 달라졌기 때문이다.[6]

『한국의 공산주의*Communism in Korea*』[7]의 공저자가 되면서 나는 어느덧 한국 공산주의와 북한 전문가로 세간에 유명세를 타기 시작했다. 스칼라피노 교수는 초고에서 한국 공산주의는 어떠한 환경에서 누구에 의해 왜 시작하게 되었는지, 시베리아에 있던 독립운동가들이 주도한 공산주의 운동과 일본에 있던 청년 유학생들 간에 일어난 사회주의 사상운동과는 어떠한 관계가 있었고 어떻게 달랐는지, 그들이 봉착했던 문제들은 어떤 것이었는지 등의 질문을 중심으로 골격을 잡아 놓았고, 내가 할 일은 거기에 살을 붙여 논리적으로 뒷받침해 주는 것이었다. 나는 자료 원본들을 다시 읽고 정리하며 더욱 설득력 있는 결과물을 만들기 위해 노력했다.

자료를 분석해 보니 시베리아와 일본의 환경은 판이하게 달랐다. 처음 볼셰비키와 접촉한 인사들은 원래 독립운동을 하다가 망명한 사람들이었는데, 일본에서 처음 마르크스주의를 만난 청년들은 고등교육을 받으러 간 청년들이었으니 그들의 생각이나 행동이 다를 수밖에 없었다. 후에 한국 공산주의 운동은 파벌 문제로 번져 극심하게 지탄받게 되는데, 한국 공산주의자들의 배경과 환경은 러시아, 일본의 공산주의자들과도 애초부터 달랐다.

스칼라피노 교수와 함께 연구해 작성한 논문은 아시아학회의 『아시아

---

6   이 글을 마무리하던 중 『니혼게이자이신문』에 나온 오가타 씨의 부고를 보았다. 2019년 10월 30일이다. 그의 명복을 빈다.

7   한국에서는 제1권 운동 편이 『한국 공산주의 운동사』라는 제목으로 번역되었다.

연구저널』에 1960~1961년도에 연재되었는데 단행본으로 출간된 시기는 1973년이었으니 책으로 만들어지기까지 12년이라는 오랜 세월이 소요되었다. 위에서도 언급했지만 우리는 각자 맡은 일이 있었고 다른 연구들도 많아 지속적인 공동 작업이 쉽지 않았다. 특히 스칼라피노 교수의 경우가 그랬다.

내가 버클리로 돌아가 그와 가까운 곳에 있으면 더욱 연구에 박차를 가할 수 있을까 해서 1965년 학기에 펜실베이니아 대학교에서 휴가를 받아 가족과 함께 그곳에 갔지만 허사였다. 그가 워낙 유명하다 보니 교내와 학계에서 관여해야 하는 일들이 너무나 많아 도저히 시간을 쪼갤 수 없는 형편이었다. 학술 서적의 한 장章을 쓰려면 적어도 몇 주 동안은 그 일에 전념해야 하는데 우리 처지에는 그런 여유와 사치가 허용되지 않았다. 그때 우리는 공산주의 운동과 북한 정권의 성장 과정을 추적하고 분석할 뿐 아니라 이를 분야별로 추적하고 분석하는 분류사를 정리하는 중이었다. 많은 시간이 소요되는 방대한 작업이었다. "태산이 높다 하되 하늘 아래 뫼이로다"라는 양사언의 시조가 자연적으로 떠오르는 '장정'이었는데, 마침내 이 일이 종료된 것은 1971년 즈음이었다. 그때 우리는 무척 건강했고 의욕도 대단했다. 본문 작업을 마친 후 부록 작업을 하는 데 또 일 년을 꼬박 보냈다.

지금 생각해 보면 우리의 작업 방식은 매우 고전적이어서 일의 속도가 느릴 수밖에 없었다. 각자 맡은 장의 초고를 완성하면 상대편에게 속달우편을 보내 의견을 묻는 방식을 취했기 때문이다. 우리는 엄밀하게 따지면 사제지간이었으나 학자로서는 도반의 길을 걷는 동료였다. 가감 없이 솔직한 대화가 오가고 감정의 개입 없이 냉철한 의견 교환이 이루어졌다. 나는 이 과정에서 12년 연하의 제자라는 사실과 상관없이 스승이 써서 보낸 글의 초고를 두 장이나 각하reject해 버렸다. 예의에서 벗어난 행동이었지만 그는 나를 전혀 책망하지 않았다.

스승의 글을 비판하는 습관은 아이러니하게도 어느 토요일 아침 스칼라피노 교수 댁에서 열린 세미나에서 시작되었다. 그는 일본의 노동운동에 관한 글을 마친 후 조교 네 명과 제자 몇 명에게 복사한 글을 배포해서 읽게 한 후 매우 자유로운 분위기에서 토론을 진행시켰다. 사제 관계나 사회적 지위를 떠나 연구자로서 각자의 의견을 기탄없이 나누는 자리였다. 날선 비판과 새로운 제안이 오갔지만 어느 누구에게서도 감정의 기복은 느껴지지 않았다. 동료 학생 찰머스 존슨Chalmers Johnson의 표현이 기억난다. "이 대목은 당신이 새벽에 졸면서 쓴 것 같다." 아마도 문장의 논리가 부족하다는 뜻이었을 것이다. 명석한 두뇌와 예민한 성격의 존슨은 후에 중국 연구와 일본 연구로, 그리고 말년에 미국 제국주의 비판으로 유명해졌는데 결국 스승과의 의견 차이를 좁히지 못해 상극의 관계로 남았다.

부지하세월이던 작업이 뜻하지 않게 활기를 띠게 된 계기가 있었다. 북한 정권이 발간하는 『김일성선집』, 『노동신문』이나 『근로자』 잡지를 통해서 정책의 변천과정을 추적하고 있을 때였는데 북한 정권의 각 분야에서 활동했던 인사들로부터 직접 증언을 들을 기회가 생긴 것이다. 거기다 우리는 뜻하지 않게 발굴한 당내 기밀문서들을 읽고 인용하게 되었는데 이것은 김남식金南植이라는 특이한 인물 덕분이었다.

김 씨는 원래 남쪽 출신으로 남로당에서 활약하다가 전쟁 기간에 월북하여 여러 기관에 종사했던 사람이다. 내가 만났을 때에는 남쪽의 방첩기관에서 일하고 있었다. 첩보사업을 위해 남파되어 활동하다가 전향한 것이다. 그가 서울에서 소속되어 일하던 기관의 이름은 물어보지 않았지만 그곳은 의외로 내가 상상조차 하지 못했던 문서와 사진들을 소장하고 있었다. 김남식 씨는 이 귀한 자료를 대출해 복사할 수 있게 해 주었다. 그 자료들은 매우 놀라운 가치가 있는 것이었다. 전쟁 중에 북한 정권이 발행한 기밀문서뿐만 아니라 휴전 전후에 발행된 지령들이 들어 있었기 때문이다. 그것들이 파손되거나 불타지 않고 고스란히 보관되어 있다는 것은 거의 기적과 같은 일이었다. 김남식 씨는 자기처럼 북한에서 남파됐다가 전향한 사람들을 소개해 주기도 했다. 물론 문서의 역할도 중요했지만 보다 실질적이고 생생한 증언은 그들의 육성을 듣는 인터뷰에서 얻어냈다. 예를 들어 당에서 어떤 법령이나 지령을 내렸을 때 주민들은 어떻게 반응했는가, 그리고 어떻게 시행되었던가 하는 질문에 대한 대답은 역시 그곳에 있던 사람에게 물어보는 것이 가장 빠르고 정확할 수밖에 없었다. 물론 객관성 문제, 신빙성 문제 등이 있음을 인식하고 될 수 있는 대로 객관적인 평가를 내려야 했다. 오래전 거제리 포로수용소에서 비슷한 일을 한 적은 있었지만 그때의 인터뷰는 그것과 여러 면에서 많이 다르고 특별했다. 환경도 달랐지만 면담 대상부터 달랐다. 중국 포로들은 단순한 병사이고 독신 청년이었는데, 이들은 직업이 있고 가정을 이룬 기혼자이며 당의 지시로 일정한 목적을 갖고 남파된 인물들이었다. 이들은 가족과의 생이별을 감수하며 체포의 위험을 무릅쓰고 활동했다. 그리고 검거된 후에 겪은 고통도 극심했다.

나는 이들을 만나는 날이면 최대한 각별히 예우하기 위해 신경 썼다. 거기에는 아내의 헌신적인 내조가 뒷받침되곤 했다. 가령 러시아 유학파 증인인 오기완吳基完 씨를 만날 때에는 특별히 보드카를 구해 놓고 극진히 대접했다. 보드카나 배갈이 귀할 때였다. 그러자 그는 나의 배려를 느꼈는지 한때 러시아에서 사랑했던 여인과의 이야기까지 털어놓으며 눈시울을 적셨다. 나는 인터뷰하면서 더 많이 대화하기 위해 그들이 지금껏 하지 못했던 많은 사적인 이야기와 주변 이야기들에 귀를 기울였다. 그리고 거기서 들은 내용 중 꼭 필요한 부분만을 정리해 영어로 번역한 후 스칼라피노 교수에게 보냈다. 그러한 노력 끝에 우리의 작업은 다시 활력을 찾게 되었다.

어떤 계기가 있었는지는 잘 기억나지 않지만 스칼라피노 교수는 리더십과 간부, 국가와 통제제도, 사상 문제, 군과 당, 공업과 농업 등에 대한 장을 많은 시간을 들여 집필해서 『한국의 공산주의*Communism in Korea*』 제2권의 초고를 만들었다. 물론 거기에도 내 손길이 미치기는 했지만 제2권은 거의 그의 산물이라고 해도 과언이 아니다. 하지만 불행히도 제2권은 국역되지 않아 국내 독자의 수는 제한적이었을 것이다. 만일 북한을 심층적으로 연구하는 연구자가 있다면 그 글은 꼭 읽어 보라고 덧붙이고 싶다.

1957년에 시작한 작업이 10년 이상을 끌게 되니 너무나 힘겨웠다. 이제는 끝을 봐야 하지 않겠느냐고 서로를 격려하며 채찍질했지만 날이 갈수록 마음만 초조할 뿐 일에 속도가 붙지 않았다. 거기에 여러 정치적 사건들이 위험요소로 작용하기도 했다. 북한의 헌법, 노동당 당헌, 그리고 1대에서 4대까지의 중앙위원 분석, 도서목록 등 부록에 실리게 된 대목들은 내가 담당했는데 이전과 같은 열정이 생기지 않아 쉽지 않았다. 하지만 끈질기게 해내고야 말겠다는 집념으로 마침내 원고를 완성해 캘리포니아대학교 출판부에 보냈다.

그런데 의외의 사건이 터졌다. 1971년 남북 간에 움직임이 있더니 드디어 7·4남북공동성명이 발표된 것이다. "통일은 자주적으로 해결해야 한다", "통일은 평화적으로 실현하여야 한다" 등 이상적인 주장을 포함한 공동성명이 발표되었다. 그로 인해 1972년에 출판될 책에 공동성명 내용을 담아야 할 상황에 봉착했다. 안 그러면 시대의 흐름을 좇지 못한 책으로 낙인찍힐 수 있기 때문이다. 그래서 7·4남북공동성명에 대한 해설과 남북관계의 전망에 대한 내용을 정리했다. 스칼라피노 교수가 해외에 체류 중이라 급히 출판부장에게 전화를 걸었는데 이미 책이 인쇄에 들어간 뒤라 추가 원고를 반영할 수 없다고 했다. 역사적인 남북공동성명에 관한 내용을 싣지 않을 수도 없고, 그렇다고 막대한 추가 비용을 감수하고 인쇄기를 멈출 수도 없는 상황이었다. 고민하던 출판부장은 물리적 손해를 감수하기로 결정했고, 결국 책은 이듬해가 되어서야 출판되었다. 상·하 두 권으로 된 책이었는데 출판 후에 감격은커녕 피로감이 몰려와 새 책을 쳐다보는 것도 싫었다.

그런데 다음 해인 1974년, 놀라운 일이 생겼다. 막 아침 식사를 마친 후였다. 한 통의 전화가 왔다. 미국정치학회 사무총장이었다. "스칼라피노 교수와 당신이 우드로 윌슨 파운데이션 상의 수상자로 선정되었습니다." 그 말을 듣는 순간, 나는 놀라지 않을 수가 없었다. 믿을 수 없는 소식이어서 몇 번이나 "그게 정말입니까? 사실입니까?"를 반복했다. 내 반응이 얼마나 충격적이었는지 옆에서 내 동정을 살피던 아내는 그 전화가 스칼라피노 교수의 급작스런 별세를 전하는 소식인 줄 알았다고 했다.

우드로 윌슨 파운데이션 상Woodrow Wilson Foundation Award은 미국정치학회가 주는 상 가운데 가장 권위 있는 상이다. 그 외에도 정치이론상, 비교정치상, 행정학상 등 분야별로 작은 상이 있지만 이 상이 최고상이었다. 한국 문제에 대한 책이 그 반열에 오르리라고는 생각도 못 했기에 나는 그 갑작스런 낭보朗報를 믿을 수 없었다. 하지만 나는 곧 내게 일어난 놀라운 사건을 받아들이게 되었다. 얼마 전의 인쇄 중지 사건으로 그토록 분개하던 출판부장으로부터 축하 전화가 왔기 때문이다. 거기다 미국정치학회와 아시아학회의 학회지에 전면 광고를 내주었다. 출판부로서도 큰 기쁨이 아닐 수 없었던 것이다.

우드로 윌슨(1856~1924)은 정치학자로 시작해서 프린스턴 대학교 총장과 미국 28대 대통령을 지냈다. 그의 이름을 딴 우드로 윌슨 파운데이션 상은 자유주의적 평화론자이자 존경받는 정치학자인 그를 기리는 상인데 윌슨은 우리나라의 3·1운동과도 깊은 관계가 있다. 어쨌든 회원이 1만 3

천 명이 넘는 미국정치학회가 주는 최고상을 우리가 받았다니 그야말로 놀라운 일이 아닐 수가 없었다. 그 덕분에 7·4남북공동성명의 분석을 포함한 1,500페이지가 넘는 두꺼운 책이 2쇄를 매진했다. 학술저서로는 보기 드문 흥행작이었다. 그러니 출판부장 필립 릴리엔탈Phillip Lilienthal도 기쁘지 않을 수 없었다.

두 번의 인쇄를 거듭했다는 반가운 소식을 받았을 때의 감회는 특별했다. 여러모로 극찬해 준 서평도 고마웠지만 나를 가장 기쁘게 한 찬사는 일본 NHK 편집위원 아에바 다카노리饗庭孝典 씨가 전해 준 박길룡朴吉龍 씨의 말이었다. 아에바 씨는 한국전쟁에 대한 다큐멘터리를 만들기 위해 지구를 두 바퀴나 돌았다고 했는데, 그 와중에 나를 두 번이나 찾아왔다. 그는 북한에서 외무성 부상, 즉 차관을 지내고 체코, 폴란드 등의 대사를 지낸 박길룡 씨를 모스크바에서 만났다고 했다. 그에게 북한에서 일어난 일들을 물었더니 그가 그것을 알고 싶으면 『한국의 공산주의』를 읽어 보라고 했다고 한다. 나는 그 말을 너무나 고맙게 생각하며 은사인 스칼라피노 교수에게 전했다.

에필로그

아이비리그의 새로운 길

역사책을 보면 동점東漸이라는 단어가 나온다. 이 낱말은 우랄산맥의 서쪽에서 세력을 확보한 러시아 민족이 산맥을 넘어서 동쪽으로 팽창하는 과정을 말할 때 쓰인다. 미국 서부에서 시작한 내가 동쪽으로 움직인 과정에는 동점과 흡사한 점이 없지 않다. 북미 대륙의 분수령인 로키산맥이 있는 콜로라도주는 캘리포니아의 동쪽, 미국 중서부에 있다. UCLA와 UC 버클리에서 학사, 석사와 박사 학위를 취득하는 과정 끝머리에 처음으로 취직한 콜로라도 대학교는 나의 '동점' 과정의 시작점이었다.

콜로라도대에 간 1960년 여름에는 1년 시한이라는 조건이 안성맞춤이었는데 한 해가 지나자 서울의 집에서 1, 2년 더 경험을 쌓고 오라고 권고했다. 4·19혁명으로 인해 한국이 아직 안정을 찾지 못한 탓이었을 것이다. 그래서 다시 갈 곳을 알아보고 있는데 콜로라도대 정치학과의 선배 동료인 에어맨 교수에게서 전화가 왔다. 지금 자기가 다트머스 대학교로 가게 되었는데 그곳에 갈 생각이 있느냐는 것이었다. 다트머스 대학교에서 전임강사를 찾고 있어서 자기가 나를 추천했다고 했다. 나는 더 이상 갈 곳을 찾지 않아도 되었다.

나는 다트머스 대학교라는 이름은 들어 보았지만 그 학교에 대해 아는 게 별로 없었다. 아이비리그에 속해 있고 동부의 좋은 학교라는 것은 알았지만 아이비리그가 정확히 무슨 뜻인지 잘 몰랐다. UCLA가 무엇이냐고 물어보던 촌닭이 달라진 게 별로 없었던 모양이다.

내가 서슴지 않고 다트머스대에 가겠다고 나선 이유는 일자리 때문만은 아니었다. 캘리포니아라는 미국 서해안, 즉 미국의 서쪽 끝에서 몇 해를 보내는 동안 미국의 동해안, 특히 뉴잉글랜드New England에 가보고 싶다는 의욕이 생겼기 때문이었다. 뉴잉글랜드는 새로운 영국이라는 뜻인데, 영국에서의 박해를 피해 멀고 험한 바다를 건너온 청교도puritan들은 왜 새로운 정착지를 뉴잉글랜드라고 불렀을까. 그들이 정착한 뉴잉글랜드는 서해안의 캘리포니아와는 어떻게 다를까. 막연한 질문에서 시작된 호기심이 시간이 갈수록 더욱 꿈틀거렸다. 미국에 처음 도착한 1954년에 뉴욕을 구경한 적이 있지만 보스턴을 포함한 뉴잉글랜드에는 가 보지 못했다. 그런 처지에 그곳에 일자리가 생겼다니 주저할 이유가 없었다.

나는 1961년 봄 학기가 끝난 후에 소지품을 볼보Volvo 444에 싣고 동부로 향했다. 그때의 여정에서 지금도 기억나는 것은 다트머스대가 있는 뉴햄프셔New Hampshire주로 들어가기 전에 만난 버몬트Vermont주의 어느 산의 모습이다. 산이라기보다 산의 실루엣이라고 말하는 것이 더 정확할지도 모른다. 날이 완전히 어두워지기 직전에 산의 모습은 웅장함 그 자체였다. 나는 산 바로 앞에서 핸들을 왼쪽으로 꺾어야 했지만 그 장면은 아직도 뇌리 깊숙이 남아 있다. 어릴 적 양쯔강을 거슬러 올라가면서 본 석양의 모습과 함께 말이다. 버몬트주의 스키장들이 아주 좋아서 봄 늦게까지도 가서 스키를 타곤 했다.

그 산을 지나서 얼마 가지 않아 코네티컷Connecticut강 다리를 건너니 뉴햄프셔주가 나타났다. 다트머스대가 있는 하노버Hanover는 강에서 멀지 않은 곳에 있는 작은 도시로, 방학 중이어서 그런지 가로등 불빛만 군데군데 켜져 있을 뿐 아주 조용했다. 나중에 들으니 하노버 주민 수가 3천 명 정도인데 학기가 시작되면 이곳에 약 3천 명의 학생들이 몰려들어 번잡해질 뿐만 아니라, 미식축구 경기가 열리는 주말에는 하노버 근처에 있는 여자 대학의 학생들이 모여든다고 했다.

1930년대부터 아이비리그라는 단어가 쓰이기는 했으나 공식적으로 아이비리그 연맹이 설립된 때는 1954년이라고 한다. 원래 목적은 회원 대학들 간의 미식축구 게임을 관리하는 것이었으나 참여한 여덟 개 대학의 입학 수준이나 학문 수준이 월등히 높았기 때문에 아이비리그는 엘리트 대학이라는 말과 같은 의미로 간주되게 되었다고 한다. 코넬 대학교는 1865년에, 나머지 일곱 개 대학은 17~18세기에 창립된 후 우수성을 유지하며 전통을 쌓아 왔다. 그런데 평양의 쌀장수 출신인 내가 다트머스 대학교에서 2년간 학생들을 가르친 후에 역시 아이비리그 대학인 펜실베이니아 대학교로 옮겨 36년간 교편을 잡았으니 나의 경우가 특이하다고 하겠다. 펜실베이니아대는 1740년에 벤저민 프랭클린이 설립한 유서 깊은 대학으로서, 소재지인 필라델피아에는 그와 관련된 사적이 많이 남아 있다. 이왕 아이비리그 얘기가 나왔으니 아이비리그의 다른 대학들과의 관계도 언급해야겠다. 나는 한국 문제가 뉴스에 오를 때마다 하버드 대학교의 부탁을 받아 특별강연을 했고, 프린스턴 대학교에서는 특별강연뿐만 아니라 한 학기 동안 현대 한국에 대한 과목을 가르치기도 했다. 하버드대에는 비행기를 타고 가야 했지만 프린스턴대는 우리 집에서 자동차로 한 시간 정도만 가면 되는 거리에 있어서 아주 편리했다.

펜실베이니아대에는 36년간 재직했다. 내가 취임한 지 1, 2년 후에 수학과에 임덕상 교수가 취임하여 가까이 지내게 되어 참으로 감사했는데, 그는 10여 년 후에 암으로 세상을 떠나고 말았다. 또 컴퓨터과에 이인섭 교수가 취임하여 반갑게 맞이했는데 서로 전공이 너무나 다르고 연령 차이도 있어서 가깝게 지내지 못한 것이 아쉽다.

무엇보다 내가 펜실베이니아대에 오랫동안 있었던 덕분에 여러 명의 우수한 동지와 제자들을 갖게 된 것은 내가 받은 몇 가지 복福들 중에서 으뜸

가는 복이라고 하겠다. 한국전쟁 직후에 나와 비슷한 한국 청년 여럿이 미국에서 박사학위를 취득한 후 교수로 남았는데 이들 모두가 나의 제자 복을 축하해 주고 부러워한 것을 보면 나의 경우가 특수했던 것 같다. 나는 '찬바람 교수'라고 비난받을 정도로 공정성을 지키기 위해 노력했는데도 그들은 나를 떠나지 않고 돌보아 주고 있다. 내 자서전의 내용을 면밀히 감수하고 일조각 출판사와의 소통을 자진해서 맡아 준 김용호 인하대 교수(중앙선거관리위원, 장관급)가 그중의 한 명이고, 경희대 총장으로 활약하다가 경희학원 이사장 자리로 옮긴 조인원 박사, 같은 대학에서 대외협력 부총장직을 맡고 있는 손혁상 박사, 경희대 평화복지대학원장을 담당해 온 권기붕 교수, 세종연구소 소장으로 활약하고 있는 백학순 박사, 국민대에서 오랫동안 학생들을 가르친 이종찬 교수 등이 박사학위를 받고 나간 제자들이다. 그들의 선배들 중에는 문교부 차관과 서울시립대 초대총장을 지낸 故 정희채 박사, 청와대에서 몇 해 동안 대통령을 보필한 오명호 박사, 서울대 강신택 교수, 고려대 이종범 교수도 있다. 또 펜실베이니아대에서 박사학위 코스를 마친 후 런던대에 학위 논문을 제출한 김관봉 박사도 잊을 수 없다. 처음부터 석사학위를 목표로 입학한 후 졸업한 최우석과 이철민은 『조선일보』 기자로 독자들을 매혹하고 있고 김경근, 김두영, 한충희, 조정원, 신동익, 조백상 등은 외교부에서 세상이 좁다 하며 세계 각국을 누비고 다닌다.

군 복무 중에 펜실베이니아대에 와서 석사학위를 마친 한철용 장군과 김창곤 씨가 너무나 우수하고 또 열심히 공부하는 모습을 보고 난 후 나는 대한민국 국군을 다시 보게 되었다. 한국에서 신문사 기자로 활약하다가 펜실베이니아대에서 석사를 마치고 텍사스대에서 신문학 박사를 획득한 후 미국 대학교수로 있는 유승우도 잊을 수 없다. 나의 방위군 동창인 정희채 박사는 은퇴 후 화백이 되었다. 힘든 환경에서 나를 도와준 오명호 박사에게도 못 다 한 감사의 말씀을 드린다. 또 낮과 밤을 가리지 않고 상담과 대화의 파트너가 되어 준 장익태 군에게 고마움을 표하고 싶다. 그동안 국내에서 한결같이 나를 사랑하고 격려해 준 故 한표욱 대사, 이홍구 총리, 이인호 교수, 한배호 교수, 故 구영록 교수, 한승주 교수, 김영호 교수(경북대 경제학과 명예교수, 전 산업자원부 장관), 공로명 대사, 김용덕 교수, 김학준 교수, 이정복 교수 등에게도 깊이 감사드린다.

감사의 말씀을 드리는 데 빠뜨리면 안 될 분들이 있다. 이 책은 2018년부터 약 2년간 월간 『문학사상』에 연재된 내용을 정리 및 수정하여 펴낸 것인데, (주)문학사상의 임지현 대표이사, 고승철 사장, 권영민 주간, 당시 편집을 담당한 은현희 씨께 각별한 감사의 말씀을 드린다. 그리고 이 자서전 출판을 결정하고 지금과 같은 단행본을 만드는 데 크게 애써 주신 일조각 김시연 사장과 편집부 여러분께 진심으로 감사드린다.

나는 이 회고록을 미국정치학회가 주는 우드로 윌슨 파운데이션 상을 받은 1974년에서 끝맺었다. 46년 전의 일이다. 미국정치학회가 주는 최고 저작상을 받음으로써 인생 단락의 한 전환점을 지난 것은 틀림없지만 그 후 나의 삶이 궁금한 독자들도 있을 것이다. 하지만 그 얘기를 하자면 책이 너무나 길어지기 때문에 다음으로 미룰 수밖에 없겠다. 그래서 여기서는 46년 동안 있었던 일 중에 가장 보람을 느꼈던 것 하나를 서술하여 독자들의 궁금증을 풀어 드릴까 한다.

1985년에 있었던 일이다. 역사책에도 나와 있지 않고 그 회의가 이어지지 않았기 때문에 일회성 행사로 끝나 버렸지만, 나는 남북 학자들이 첫 회동을 갖는 데에 숨은 역할을 했다. 지금도 남북관계는 빙하기처럼 꽁꽁 얼어붙어 있지만 35년 전에도 그랬다. 남과 북은 한국전쟁이란 동족상쟁을 겪었으니 놀랄 일이 아닌지도 모르겠다.

1984년 3월, 당시는 아직 미국과 소련의 냉전체제가 유지되던 시절이었다. 미국 하원 외교위원회 동아시아 지역 분과위원회가 미국의 한반도 정책에 대한 공청회를 가질 예정이니 내게 참석하여 의견을 말해 달라고 요청했다. 위원장은 당시 끗발 있던 스티븐 솔러즈Stephan Solarz 의원이었고 공청회에 같이 초청된 사람들은 주한 미 대사 윌리엄 글라이스틴William Gleysteen과 존스홉킨스대 교수로서 솔러즈 의원과 함께 평양에 갔다 온 랠프 클러프Ralph Clough였다.

나는 경직된 남북관계를 완화하여 동아시아 지역에 평화를 가져오려면 미국이 선도적 역할을 해야 한다는 주제의 글을 써서 워싱턴으로 갔다. 중국의 개방을 위해서 미국이 취한 정책, 즉 중국이 밖으로 팽창하는 정책을 버리고 경제 발전에 주력하도록 한 선례를 따라야 한다는 것이었다. 그리고 이쪽의 방위력을 물샐 틈 없이 하여 상대방이 딴생각을 할 수 없도록 하되 어디까지나 공세가 아닌 방위태세를 취하여 상대방이 다른 방향으로 나아갈 수 있는 여건을 만들어야 한다고 주장했다.

나의 발언은 여러 방면에서 주목받았는데, 공청회에 참석한 지 몇 달 후에 도널드 맥도널드Donald Macdonald 교수가 내게 뜻밖의 질문을 던졌다. 만일 국무부가 북한 학자의 미국 입국을 허락하면 내가 패널을 조직하고 사회자 역할을 할 생각이 있느냐는 것이었다. 두말없이 그러겠다고 했다. 그때 우리는 프린스턴대[[=에서 열린 미국 아시아학회 대서양 중부지역 분회의 연례회의에 참석 중이었는데 그해에도 내가 사회자 역할을 했다. 소련, 중국, 미국의 외교관과 전문가들을 모아 놓고 한반도 문제의 새로운 길을 모색하기 위해 토론하는 자리였다. 맥도널드 교수는 그 연례회의에서 대서양 중부지역 분회의 차기 회장으로 선출되었는데, 다음 해 회의에서 색다른 일을 해봐야겠다는 생각을 품었던 모양이다. 교수가 되기 전에 오랫동안 외교관을 지내 국무부에 남다른 연줄이 있었던 맥도널드 교수는 국무부 설득 작전에 나섰다. 미국 정부에서는 여러 가지 의론이 분분했는데 북한 학자들을 미국에 들어오게 하여 미국 정책에 융통성이 있음을 보여 주자는 맥도널드 교수의 주장이 받아들여진 것은 1985년 7월이었다. 당시 북한 정권은 미국과의 외교관계 수립을 외교전선의 지상목표로 삼았으므로 평양 측이 초청에 응할 것은 당연했다. 그러나 남한은 그와 정반대였다. 전두환 정권은 미국이 어떠한 형태로든 북한과 접촉하는 것을 반대했다.

이런 상황에서 나는 남북의 학자들을 동원하여 패널을 조직하는 책임을 맡게 되었다. 주제 선택부터 참가자 선정, 호텔 예약과 심지어 논문 번역까지 처리해야 했기 때문에 일이 참으로 많았다. 일반 패널의 경우에는 초청 편지 한 장만 보내면 되었지만 우리의 경우는 너무나 복잡했다. 특히 최초로 북한 학자들의 미국 입국을 성사시키는 일은 상상외로 까다로웠고 예상치 못한 문제가 많이 일어났다.

내가 놀란 것은 북한의 대미인식이었다. 북한 지식층은 미국 서부활극 영화를 통해서 미국에 대한 이미지를 형성해 왔다. 영화를 좋아할 뿐만 아니라 큰 규모의 영화 컬렉션까지 가졌다고 알려진 김정일 위원장의 멋진 선택이었는데, 반미교육을 하는 데에 그보다 좋은 교재가 있을 수 없다. '이것은 틀림없는 미국 영화 아니냐. 미국 놈들은 사람 죽이기를 장난 삼아 하지 않느냐. 잔인무도하지 않느냐? 자기들끼리도 저렇게 치고 죽이고 하니 조선 사람들을 학살할 수밖에 없지 않느냐'라는 말이 무언중에 전달되어 확신으로 변해 있었다. 우리 패널로 참석한 학자들을 위시해서 유엔대표부의 직원들도 '미제 공포증'에 걸려 있었다.

내가 북한 대표부와 연락하기 시작할 때부터 그쪽 직원들이 자기네 학자들의 신변을 보호해 달라고 매번 부탁할 때마다 나는 가볍게 응대했는데, 미국에 첫발을 디딘 최진혁 교수가 "나는 그러지 않아도 몸이 허약한데 그놈들 서너 명이 대들면 두들겨 맞을 수밖에 없죠."라고 말하며 "이제는 나 혼자라도 올 수 있으니 다시 초청해 달라."라고 부탁할 때 북한 사람들의 미국에 대한 공포증의 깊이를 알게 되었다. 북한 과학원 원장에게 보낸 내 초청장이 도착한 후 평양에서는 온갖 소문이 돌았는데, 워싱턴이라면 미국의 수도인데 설마 그곳에서 만행을 저지르지는 않을 것 아니냐는 말도 들었다고 했다. 북한 학자들이 워싱턴에서 아무 사고 없이 편안히 지낸 후 북한으로 떠나기 전에 링컨 기념비 앞의 넓고 아름다운 뜰에서 우리는 위와 같은 대화를 주고받았는데, 그날의 날씨는 유난히도 쾌청했다.

우여곡절 끝에 남북 학자들을 초청해 개최한 회의는 무사히 치러졌다. 두 시간 남짓 이어진 발표와 토론이 끝나자 지금까지 숨죽이고 앉아 있던 100여 명의 관중이 모두 일어나 갈채를 보내 주었다. 남북 학자들의 첫 회동은 누가 보아도 성공적이었다. 갈채가 끝난 후 한국 공보관 직원이 내게 해준 귓속말이 지금도 기억난다. "이 교수님이 사회하시는 모습을 보면서 민족의 긍지를 느꼈습니다." 잘했다 못했다라는 수준을 넘어서 민족의 긍지를 언급해 주다니, 너무나 감사했다. 평양에 돌아간 최진혁 교수도 내게 보낸 편지에서 그런 뜻을 비치었다. 정확한 문구는 기억나지 않지만, 그는 내게 '리정식 교수의 공산주의관은 모르겠지만 당신의 민족애의 깊이는 확인할 수 있었다'고 말해 주었다.

내게 민족애가 있다는 말을 처음 해준 이는 내 책『조선노동당소사 *Korean Workers' Party: A Short History*』(일어 제목『朝鮮勞動黨小史』)를 번역한 가마다 미쓰토 씨이다. 그는 역자 후기에서 나의 또 다른 책『김규식의 생애』에 "해방된 조국에 돌아갔지만 통일을 염원하여 정치활동에 몸을 바친 끝에 한국전쟁 당시 공산군에게 납치되어 비참하게 일생을 마친 민족의 선각자를 애도하는 이정식 씨의 민족애와 시정(시적인 정취)이 담겨 있다."라고 언급했다. 나는 가마다 씨의 글을 읽은 후 과연 나에게 그런 측면이 있는지 의심해 왔는데, 한국 공보관 직원이 같은 말을 해주니 흐뭇해졌다.

토론은 두 시간 남짓밖에 걸리지 않았지만 게리 레드야드Gari K. Ledyard 교수와 내가 투입한 시간은 그 시간의 몇 배나 되었다. 또한 맥도널드, 최영호崔英浩, 신인섭申麟燮, 양기백梁基伯 등 여러 사람들이 많은 시간을 바쳤다. 레드야드 교수는 컬럼비아대 교수로 한국말에 능숙하며 뉴욕에 살고 있어서 유엔 대표부와의 연락을 담당했다. 아메리칸 대학에 재직 중이던 신인섭 씨는 마침 그때 서울에 있었던 덕분에 이기백李基白 교수의 참석을 추진했다. 최영호 교수는 역사학자로 하와이 대학에 재직 중이었고, 양기백 박사는 미국 국회도서관 한국과장이었다.

특히 레드야드 교수와 나는 바쁜 와중에 꼬박 이틀을 번역 일에 투자했다. 최진혁 교수가 가져온 영어 논문의 번역이 좋지 않기 때문이다. 북한 정권은 대외선전 목적으로 나를 비롯해 해외에 각종 영문 인쇄물을 정기적으로 우송했는데, 인쇄물에 실린 글들은 내용과 상관없이 읽기가 상당히 힘들었다. 최 교수의 영문 발표문 역시 상태가 비슷했다. 나는 즉시 워싱턴 근교에 사는 맥도널드 교수에게 전화를 걸어서 컴퓨터와 프린터를 빌리기로 했다. 노트북 컴퓨터가 없던 시절이었다.

한글 논문 내용이 수준 이하라면 유감없이 패널을 포기했겠지만, 내용이 아닌 번역 수준 문제로 멀리서 온 손님들을 실망시킬 수는 없었다. 내가 번역 작업을 시작할 무렵 레드야드 교수가 내 방에 들어왔다가 작업에 동참했다. 한참 동안 일에 열중하던 레드야드 교수는 갑자기 더 이상 못하겠다며 벌떡 일어섰다. 자신은 도저히 번역할 수가 없다는 것이었다. 그가 방을 나간 후에도 나는 계속 작업했다. 레드야드 교수는 이 일을 남의 일이라고 볼 수 있었겠지만 나는 그럴 수 없었다. 맥도널드 교수가 나에게 남북 학자들의 첫 회동을 이끌어 달라고 부탁한 것은 그 모임을 성공시키기 위해서가 아니었던가? 나에게는 이 모임을 학술적으로 의미 있는 자리로 만들어야 할 의무가 있었다. 이심전심했던 것일까, 얼마 후 레드야드 교수가 돌아왔다.

우리의 노력은 다음 날 꽃을 피웠다. 평양에서 온 통역관의 영어는 여러 면에서 미숙했지만 발음이 정확해서 청중이 그가 읽는 글을 이해하는 데에는 문제가 없었다. 그러나 토론 시간에는 상황이 전연 달랐다. 그가 역사가들이 흔히 쓰는 단어에 익숙지 못했기 때문이다. 처음 몇 분 동안은 엉뚱하게 틀린 부분이 있어도 그대로 넘겼으나 결국 그의 번역이 끝난 후에 내가 새롭게 번역해 주는 식으로 개입하게 되었다. 그렇지만 그의 체면을 세워 주기 위한 연극도 벌여야 했다. 내가 통역관의 말을 수정해 주자 바로 내 옆에 앉아 있던 레드야드 교수가 더 적합한 단어로 재수정해 주었는데, 내가 "이것 보세요. 나는 미국에서 산 지 수십 년이 되었는데 아직도 올바른 영어를 쓰지 못해요. 그러니 미스터 김의 고충을 충분히 이해하지요." 하면서 청중에게 하소연하자 모두 웃음을 터트렸다. 아마 미스터 김의 긴장도 풀렸을 것이다.

이때 방미한 북한 학자들은 이때 자신들이 생각하는 미국이 얼마나 현실과 동떨어져 있는지를 깨닫고 여러 가지 면에서 미국을 새로이 보게 되었을 것이다. 평양 손님들이 도착한 날 중국 식당에서 저녁 식사를 마친 뒤 호텔로 돌아가는 길에 백악관을 지나가게 되었다. 저 건물이 백악관이라고 지적했더니 모두 놀라며 백악관 1, 2층의 불빛을 유심히 쳐다보았다. 당시에 과연 북한 학자들이 김일성 주석의 거처를 알고 있었는지는 모르겠으나 그럴 가능성은 매우 희박했을 것이다. 러시아의 수뇌부 가족은 높은 담벼락으로 둘러싸인 크렘린에 살 터인데 미국 대통령과 가족이 사는 백악관은 일반 시민들의 주택처럼 시내에 위치해 있다는 것 자체가 정권의 차이를 말해 주었다. 그들은 다음 날 다른 관광객들 사이에 끼어서 안내를 받으며 백악관 안팎을 구경하였는데, 아마 느끼는 바가 많았을 것이다.

멀리서 찾아온 손님들을 놀라게 한 일이 또 하나 있었다. 미국 국회도

378

서관 방문이다. 도서관의 한국도서 담당자인 양기백 박사는 그들에게 김일성이 출판한 각종 연설을 기록한 800여 장의 도서카드와 인쇄물을 보여주어 북한 학자들을 놀라게 했다. 북한 정권은 평양의 인민대학습당을 자랑하지만 장서 면에서 미국 국회도서관과는 비교할 수 없다. 김일성 저작물의 경우는 특히 그러하다. 미국은 해방 직후부터 발표된 모든 문헌을 그대로 간직하고 있지만 북한은 그렇지 않다. 과거에 지도적 위치에 있던 인물이 반당분자라고 규탄되고 숙청당하면 그 인물이나 도당에 대한 연설이나 저술이 삭제되거나 수정되어야 하기 때문이다. 이것은 소련의 관습에서 내려온 것인데 과거의 인쇄물은 특수한 임무를 띤 소수 인원 외에는 볼 수 없다. 따라서 모든 시대의 인쇄물을 수집해서 보관한 미국의 경우와는 판이하게 다를 수밖에 없었다.

* * *

이 책을 끝맺기 전에 나에게 과분한 학술상과 격려의 말씀을 주신 여러 단체와 선현先賢들에게 감사의 말씀을 드려야겠다. 한국에서 나에게 처음으로 학술상을 준 단체는 1990년 위암장지연선생기념사업회로, 내가 받은 위암상 상패의 문구는 너무나 과분했다. 나의 학문적 업적이 "실학 전통에 입각하여 조국의 역사를 탐구하셨던 국학의 선구자 위암 장지연 선생의 위업을 계승, 확대, 심화한 것으로 간주"된다니 말이다. 그 상은 내가 존경해 온 박권상朴權相 이사장과 유영익柳永益 교수의 성원聲援에 의한 것으로 알고 있는데, 두 분은 그 외에도 여러 가지 형태로 나를 도와주셔서 감사의 마음을 품고 있다.

2012년에 받은 경암상은 송금조 선생이 돌밭을 갈아서 열매를 맺는, 즉 경암耕岩 정신으로 모은 사재를 털어 만든 한국의 노벨상인데, 나는 인문·사회 부문을 수상하였다. 상패에 "탁월한 연구업적을 통해 명실공히

현대 한국정치 연구의 대가"가 되었다는 격려의 말씀이 있었다. 2018년에는 인촌 김성수를 기리는 인촌기념회가 주는 인촌상(인문사회 부문)을 받았는데 "귀하는 한때 불모지였던 한국현대사 연구를 선구적으로 시작하고 1960~1970년대 금기시되었던 공산주의 연구에 집중"하였고, "이승만, 김구, 여운형 등 해방 전후 주요 정치인들의 궤적을 추적, 국내외 학계에 새롭고 균형 잡힌 시각을 제시했습니다."라고 언급되었다.

이처럼 뜻하지 않은 영예를 누린 나는 자서전의 서두에서 제기한 질문, 즉 '왜 신은 내게 이처럼 다채로운 생애를 주셨을까?'를 다른 각도에서 묻기로 했다. '왜 신은 나로 하여금 이렇게 예상외의 영예를 누리게 하셨을까'라고 말이다. 내가 이 질문을 던지자마자 옆에 있던 아내가 말했다. 어머님의 간절한 기도 덕분이라고. 정곡을 찌른 대답이었다. 30대 중반의 청상과부가 겨우 열다섯 살짜리 장남을 엄동설한 이국땅의 노동판에 내보내고 얼마나 간절하게 기도를 올렸을 것인가. 어린 아들의 기를 꺾지 않기 위해 눈물을 보이지 않으려고 얼마나 애쓰셨을 것인가. 살던 곳을 떠날 때 눈물의 원천까지 말라 버려서 울 수도 없었다고 하셨던 어머니. 내가 받은 영예는 그 눈물과 간절한 기도의 결실이었다.

이정식 자서전

만주 벌판의 소년 가장, 아이비리그 교수 되다

제1쇄 펴낸날 2020년 8월 25일

지은이 | 이정식
펴낸이 | 김시연

펴낸곳 | (주)일조각
등록 | 1953년 9월 3일 제300−1953−1호.(구: 제1−298호)
주소 | 03176 서울시 종로구 경희궁길 39
전화 | 02−734−3545 / 02−733−8811(편집부)
　　　 02−733−5430 / 02−733−5431(영업부)
팩스 | 02−735−9994(편집부) / 02−738−5857(영업부)

이메일 | ilchokak@hanmail.net
홈페이지 | www.ilchokak.co.kr

ISBN 978−89−337−0773−9 03800
값 28,000원

*지은이와 협의하여 인지를 생략합니다.
*이 도서의 국립중앙도서관 출판시도서목록(CIP)은 e−CIP 홈페이지(http://www.nl.go.kr/ecip)와
국가자료공동목록시스템(http://www.nl.go.kr/kolisnet)에서 이용하실 수 있습니다.
(CIP제어번호 : CIP2020025995)